U0508071

七斤 著

亲爱的被试

北京出版集团
文津出版社

图书在版编目（CIP）数据

亲爱的被试 / 七斤著. -- 北京：文津出版社，
2025.6. -- ISBN 978-7-80554-937-8

Ⅰ. I247.5

中国国家版本馆 CIP 数据核字第 2025TK6034 号

责任编辑：董拯民　张　颖
责任印制：燕雨萌
责任营销：王绍君
装帧设计：白　雪

亲爱的被试

QIN'AI DE BEISHI

七斤　著

出　　版　北京出版集团
　　　　　　文津出版社
地　　址　北京北三环中路 6 号
邮　　编　100120
网　　址　www.bph.com.cn
总 发 行　北京伦洋图书出版有限公司
印　　刷　天津联城印刷有限公司
开　　本　880 毫米 × 1230 毫米　1/32
印　　张　24.625
字　　数　510 千字
版　　次　2025 年 6 月第 1 版
印　　次　2025 年 6 月第 1 次印刷
书　　号　ISBN 978-7-80554-937-8
定　　价　68.00 元

如有印装质量问题，由本社负责调换
质量监督电话　010-58572393

目　录

第一章　春日迟迟

一

"帝都"的春天十分特立独行。春风一般四五级起步，动辄七八级，拂面是不可能的，用"照脸扇耳光"来形容可能会更贴切。有时遇上西伯利亚过来的冷空气，裹挟着蒙古高原的沙尘滚滚南下，盘桓几天以后碰上了暖气团，留下一场泥浆雨之后，就像吵架理亏的男人一样摔门而去，过不了几天又觍着脸卷土重来。花花草草就在这暴烈天气的夹缝里生长出来，灰头土脸地挨到了夏天。

沈捷在"帝都"住了十来年了，早就对窗外鬼哭狼嚎的风声免疫了，妄图在这个难得不用出差的周末狠狠地睡一个上午。谁知道还不到十点，就被一声巨响吓得从床上蹦了起来——楼上某一家的空调外机被风吹了下来，正七零八落地横尸在地上，连着一截长了铁锈的栏杆，构成了一个大风天不要靠近高层建筑的活体教育现场。

此时是上午九点半，狂风呼啸，天色昏黄，对面楼的日光灯现出荧荧蓝光，正是一个标准的沙尘暴周日。沈捷的瞌睡虫一去不返，情知今天又是没法儿出门进行光合作用的一天，索性缩回被窝里开始看手机。手机刚一解锁，便噼里啪啦地蹦出来许多条提醒。沈捷刷到其中一条，即刻支棱起来，也不顾外头刮沙子，头不梳，脸不洗，套上一件厚卫衣就蹿出了门。

她苦等多日的好东西终于到了！

程朗接到她小姨电话的时候早就醒了，正坐在地垫上拼乐高的土星五号运载火箭，身旁乱七八糟摆了一堆奇形怪状的塑料小块儿。

那边沈捷神神秘秘地问："朗朗，今天有空吗？"

程朗手机开着免提，手上没有停下，依然在拼她的乐高，答道："有没有空取决于你找我要干什么，帮你审狗屁不通的奇怪的剧本就没空。"

沈捷否认三连："不是不是不是，我们上次说的那事儿……你还记得不？"

程朗这回来了兴致，放下了手里的乐高："到了？"

"到了！"

"行，我这就去！"

程朗放下乐高，眼睛里神光骤起，一跃而起要去冲澡，结果结结实实地踩在了乐高上，顿时疼得龇牙咧嘴。

好在她也不是第一次踩到乐高上了，金鸡独立蹦了一会儿，终于还是一瘸一拐地换好衣服、化好妆，抄起车钥匙冲进了漫天风沙里。

沈捷是她妈沈凝的堂妹，虽然辈分上是她小姨，但其实也没比她大几岁。两个人自小玩到大，倒更像是姐妹，工作后又都定居"帝都"，隔三岔五地就要混在一起。

沙尘暴天气里头出门的人不多，虽然两人的住处一东一西，见个面要横跨"八环"，倒是没有堵车。程朗一路哼着小曲，兴致勃勃地到了沈捷家门口，心情和糟糕的天气完全不成正比。

沈捷过来开门，惨叫了一声："呀！你头发呢？"

程朗摘掉墨镜翻个白眼："在头上。"

"我问你为啥要把头发给剪了？年前不还是长发嘛！"沈捷脸上涌现出了八卦的光辉，"怎么了？失恋了你？"

程朗皱眉："你这人，怎么什么事都能扯到男女关系上？前阵子颈椎病又犯了，觉得头太重就给剪了。"

沈捷倒吸一口冷气："哎，你们搞研究的也是不容易，天天就坐在那不动。"然后注意力光速转移，"你这个耳环不错哎，哪里买的？"

程朗看她一眼："埃及。"

沈捷垮下脸来："我就知道！你这些首饰，凡是我看中的就没有能代购的！我跟你说GUCCI这一季出了一个……哎，你耳环戴这么重，脖子不疼吗？要不要我来帮你分担一下……"

程朗把风衣脱掉，熟门熟路地往沙发背上一扔，一句话终结了沈捷离题万里的扯淡，眼睛里露出饿狼的绿光："在哪儿?"

沈捷会意,指指冰箱:"靠你了!"

程朗拉开冰箱,里头一堆荠菜、春笋、马兰头拱卫着两个保鲜盒,一盒是刀鱼肉馅儿,一盒是馄饨皮。

吃刀鱼馄饨,是她们俩这几年春天的新兴传统。

沈捷身为北方人,却长了一条南方舌头,尤其热爱江浙一带的菜式。一到了春天就嚷着要去包邮区吃绿化带,夏天想吃三虾面,秋天又要去吃螃蟹,一年恨不得去包邮区两百回,只恨自己卖身给了影视公司,大部分资源和业务都在"帝都",没法儿整个人搬到南方去。

这刀鱼馄饨,几年前她在南京出差时候吃过一回,被鲜得五迷三道的,念念不忘。如今长江刀鱼禁捕,自然是吃不到的,湖刀鱼和海刀鱼的供应量还够得很。清明前的刀鱼肉酥骨软,刚好剔了鳞剁成刀鱼糜,再加上两成猪肉馅儿、一点儿早春的鲜荠菜,配上特意加了蛋清进去的馄饨皮,就是让她魂牵梦绕、欲罢不能的那个味道。

好在如今生鲜物流方便,一开春沈捷就七托八寻,找到了个著名美食博主,求着人家帮忙定了靖江相当好的一家刀鱼馄饨,默默排队等着发货。终于在这个满天飘着黄沙的周末,把她的一口春天给等到了。

刀鱼馄饨这种东西矫情得很,包好了冻起来再寄过来,味道就变得有点儿怪,非得把馅儿和皮分着寄过来,现吃、现包、现下锅才有鲜掉眉毛的况味。可是沈捷此人,中西菜式样样精通,就是面食苦手,偏不会包这些馄饨饺子之类的东西,只好央求程朗来帮忙。程朗自小喜欢手工活，在家帮她妈包饺子、雕萝卜花都是一把好手，偏偏炒菜难吃得很，放调料的手法"鬼斧神工"，不是咸就是甜，和沈捷形成了完美互补。

程朗脱了外套，准备大显身手包她的馄饨，却被沈捷拦下来："等会儿再包，菜还没做好呢我！"

程朗原样照抄她小姨的倒装句："早饭还没吃呢我，饿，先包几个吃两口我。"

被沈捷严肃地拒绝："不行！汤还没有吊好呢我，锅上炖着腌笃鲜，不能侮辱馄饨，这儿有麦片。"

程朗从善如流，坐下来一边吃酸奶拌水果麦片，一边看她小姨沈捷女士在开放式厨房里头上下翻飞地折腾。

"哎，你怎么还看这个？"沈捷开着电视，里边的电视剧正在用西北方言聊天。

沈捷埋头剥她的笋："这是工作，扶贫剧、献礼剧最好做现在，每家公司都在搞这种项目。"

此时电视里头男主角在请女主角办事："女子，就四今儿，需要泥的时刻到了啊！"

程朗摇摇头："这配音不太行啊，前半句陕西话，后半句河南话，也太不统一了。"

沈捷把切好的笋下锅焯水，还不忘替同行辩护："差不多得了，能播就是胜利，影视剧制作，就是糊弄的艺术！"

"不是，这真的有问题，你看这个女主，明明是甘肃人，但是她说的是陕南口音，这就离谱儿。"

"好不好的也不是我们公司的，我就看看剧情就行。"

沈捷知道如果让程朗这么说下去，今天这个电视剧势必要陷入发音语法纠错大讨论，不如赶紧抛出自己的八卦来分散她的注意力："话说我最近找了个新男朋友。"

程朗舀完最后一勺酸奶麦片，叹口气，沈捷都采取这么明显的话题回避策略了，那就还是顺着她说吧。

当即相当配合地转移了话题："哎，你速度好快！上一个刚分手一个月吧？"

沈捷说到小男朋友，马上来了精神："我跟你说这个不一样，话不多，又爱运动，搞技术的就是比较单纯。我跟你说，我们圈子里那些人，不是江湖就是油腻，这样的还真没有。遇见了赶紧拿下就得。"

程朗吞下最后一勺麦片："这种款我们那儿多的是，你不是都看不上嘛，嫌人家呆！"

沈捷在切春笋，说："搞学术的跟搞技术的也不一样，搞学术的还是呆。"

程朗摇头："也有不呆的，二十年换三个老婆，都是自己学生。"然后突然来了一句，"盲猜你那小男孩是山东人。"

"你怎么知道的！"震惊的沈捷菜刀差点儿脱手，一刀切歪了，笋被切了个半身不遂，偏瘫在了案板上。

程朗叹口气："不觉得最近说话奇怪的倒装句有点儿多吗你？一听就是跟山东人接触过于频繁，你还挺喜欢那山东人。喜欢一个人才会学他说话，虽然学得也不太像吧你。"

沈捷松了一口气："吓死，还以为小号被你发现了。"

程朗来了精神："你居然还有我不知道的小号？"

沈捷赶紧转移话题:"不是,你们搞语言学的都这么可怕吗?一个个都跟名侦探柯南似的?我怎么以前不知道你有这个技能?"

程朗没吃饱,一双眼睛在屋里逡巡着找别的吃的,有点儿心不在焉:"以前你也不说你都跟谁约会。这不就是个短期的言语趋同①行为嘛,多常见啊。"

她找到了一包豆乳夹心蛋卷,扬扬手问沈捷:"能吃吗?"

"吃吃吃,只要不把桌子腿啃了,你随便吃。"沈捷还沉浸在刚才的惊吓里,"不是,朗朗,那你们专业的人都这么厉害?"

"有的人是比我厉害,我不是专门搞语言学的,也就能听个大概,这种事搞方言的比较在行。要是碰上熟悉这个地方的人还能更精确一点儿,比如这人来自山东济南市平阴县之类的。"

沈捷哆嗦了一下:"这些连我都不知道,我就知道他是山东人。"然后放下菜刀凑过来,一脸八卦,"这个技能细思极恐啊,朗朗,那不是一听人说话,他最近见过啥人就都知道了?哎,之前那个Mark,是不是就这样被你给抓现行然后甩了的?"

程朗又干掉一个蛋卷,往椅子上一靠,吐出一句扎心台词:"小姨,我觉得你现在呈现出一种'包打听'气质,是不

———

① 言语趋同(convergence):一种言语交际策略,指交际过程中说话人通过改变自己的语言风格或者习惯,使话语尽量贴近受话人的言语,以获得对方的赞同或好感。

是家庭伦理剧做太多被同化了，任何事情在你那儿怎么都能跟男女关系扯上关系。你放心吧，我才没那个闲工夫跟电视剧里一样天天掐架侦查打小三。"

果不其然迎来沈捷的无能狂怒："都跟你说了不要喊小姨！我才比你大三岁凭什么要当你小姨！我是永远的小捷姐。"

"'小结界'是天津话。"程朗没憋住，突然冒出来一句评论音轨。

眼见沈捷眼神开始变得不太善良，程朗赶紧掏出来一块蛋卷堵住她嘴："好啦，你不是小姨，你是小姐姐行了吧。快点儿！那边马兰头再焯就老了。"

沈捷气哼哼嚼着蛋卷去捞她的马兰头，留下程朗在后面唠叨："其实你用不着纠结这个，有的方言里小姨就是小姑娘，换个地方你马上就变小姑娘了。这不就跟刀鱼一样啊，在东北管带鱼叫刀鱼，带鱼那么腥咋包馄饨，到了长江边上换个物种就可以了。能指跟所指……"

程朗意识到再往下说沈捷势必听不懂了，恰到好处地往嘴里又塞了一块蛋卷，结束了对话。

当然沈捷也没买账，回头瞪了她一眼："不许叫就是不许叫，你在那儿王八念经也没用！再叫馄饨不给你吃。"

程朗当即收声。

天大地大，刀鱼馄饨最大。

折折腾腾一上午，在把沈捷的零食库存扫荡一空之后，终于轮到了程朗上场，手指头翻飞，刀鱼馄饨们娇娇俏俏站在盘子里排队等待下锅。

按说馄饨汤该用刀鱼骨头吊出来，买不到的话熬一锅鸡高汤替代也行，沈捷偏要堆叠鲜味，搞一锅腌笃鲜的汤来配。照她的说法，到了剧组出差又是天天在荒山野岭吃盒饭的命，好不容易回城里做一顿饭，就要把想吃的全整上。

于是现今桌子上摆着刀鱼馄饨、腌笃鲜、香干马兰头、青豆烧小河虾，还有一碟子空气炸锅炸出来的花椒芽。红的红，绿的绿，黄的黄，都是不饱和色，配上花瓶里的蝴蝶洋牡丹，硬生生在北方的沙尘天里拗出来一桌江南。

程朗咬开一只刀鱼馄饨："啊！好吃！"

沈捷也长出一口气，解开围裙松松裤腰带，开始消灭她的一桌春天，全然不顾手机在旁边发癫痫，三五不时就震上一会儿。

吃到第六只馄饨的时候，还是程朗忍不下去了："接电话吧，他们不会放弃的。"

沈捷夹了一筷子春笋，摇头说："不想面对现实。"

程朗也向汤里头的春笋发起了进攻："那你可以静音。"

沈捷欲言又止，露出一脸吃了鱼腥草的神情，是刀鱼馄饨都化解不了的烦躁："臣妾不敢啊！你是不知道，我老板弄回来个祖宗，我现在每天都想把那个小哔——"

在语言研究者程朗面前，沈捷还挺爱惜羽毛，活活咽回去一个脏字："把那个小崽子物理超度。"

程朗笑着说："说吧，憋回去多难受啊，我们有个同事专门研究骂人的话，能用十八种方言七种外语问候别人祖宗。"

沈捷摇头说："不行，我好歹也是著名艺人经纪，我有偶像包袱，最近得扳扳。都叫那个小王八犊子给带坏了，我现在一张嘴就往下三路跑。"

程朗来了兴趣："到底是个什么人，能叫你气成这样？我看你以前带那些小男孩也挺愁人，后来不都消停了？"

沈捷摇头，狠狠舀了一勺香干马兰头："这个不行，这货是蛊王之王，犊子中的北美野牛，之前那些加一起都干不过他，我现在一见他肝就疼。"

说王八犊子，王八犊子就到，沈捷的电话以一种大无畏的气势没命震动起来。

她瞟一眼来电显示，知道这回不接不行了。

程朗坐在饭桌旁边，一边吃着腌笃鲜汤底的刀鱼馄饨，一边欣赏了她家小姨完整的一套东北话加北京话脏话输出，全程还配有动作。

这场通话以沈捷手舞足蹈碰翻了花瓶结束，还有一声清脆响亮的："让他滚犊子！"

蝴蝶洋牡丹和水，以及玻璃碴子散落一地，无辜地承担了犊子的角色。

程朗解决了碗里最后一只刀鱼馄饨，看看她小姨："我觉得你骂人都开始吞音了，一股北京味儿。"

沈捷垂头丧气，既不搭理程朗，也不去扫地，刀鱼馄饨也不吃了，一屁股坐回沙发上，长出一口气："我要是哪天猝死了，肯定是被周凯这小王八羔子气死的！"

然后继续哭丧着脸，掏出手机来打电话："陈总，哎，不是，他不是故意的，您大人有大量别和他一般计较……他就是嘴欠……什么？……那……那也行……您消气了就行，人没事吧？没吓着您吧？……等回去我好好说说那小王八蛋。"

程朗在一边闲闲对她小姨亲手剥出来的河虾仁发起了进攻，嘴里还念念有词："你说这王八犊子、王八蛋和王八羔子是同源的吗？它们三个词到底谁先出现的呢？得回去查查文献。"

二

从沈捷家回来，下了一夜雨，虽然一早起来发现车上全是黄泥点子，程朗的好心情倒也没被破坏。

今天的风照例有点儿大，但是个难得的晴天。住在"帝都"，没什么比遇到晴天更值得高兴的。

研究所的工作费颈椎归费颈椎，时间上还是相对自由一点儿。她可以施施然错过早高峰出发，到沈捷那边的时候，刚刚好打劫她一顿早午餐。

今日沈捷有求于她，必然不会吝惜龙虾班尼迪克蛋与和牛汉堡的钱，可是一早起来吃不下那么具体的东西，不如暂且放过她，搞个应季奶酪火腿拼盘加沙拉随便吃吃就好。

昨天吃了那么认真的一顿，今天可以简略一点儿。

沈捷跟她约在公司旁边的"bowl-wow"。这家店是个网红店，又贵人又多，早午餐时段排队一个小时起，请人吃饭谈事情诚意算是很够了。

当然沈捷也不会自己去等位，一早叫助理下去拿个号，只等程朗过来了再慢慢晃悠下去。

　　她的办公室在36楼，从窗子望出去蓝天白云一片晴好，中国尊的细腰矗立在前方。沈捷长舒一口气，暗想昨天的刀鱼馄饨来得可真是及时，救命仙丹就摆在眼前，怎么就给忘了呢？

　　还好仙丹长了腿，自己找上了门，甚至还长了手，给她包了两锅馄饨。

　　事情还是要从那半碗凉了的刀鱼馄饨说起。

　　昨天中午，沈捷跟程朗饭吃到一半，就被某个倒霉孩子得罪合作方的破事给搅和了。等沈捷几通电话打过，四处灭火完毕，她的刀鱼馄饨也就凉了个彻底。

　　程朗问要不要回锅热一下，沈捷萎靡地坐在沙发上，有气无力地摆摆手："算了，扔那儿吧，气也气饱了。晚上再吃我。"此时仍然不忘练习倒装句。

　　然后掏出手机招呼程朗："朗朗，你过来看。"

　　手机里头一个男孩子蹲在地上修车，穿一件破T恤和脏得看不出花色的大短裤，手里拿着把扳手回望镜头。寸头，黑皮肤，眼睛里头有股意义不明的疯劲。伦勃朗式打光只给他露出了四分之三张脸，左边脸颊那块三角形的高亮挨着一段有点儿奇怪的鼻梁，像是给人打折过。

　　程朗看一眼："小王八犊子？"

　　"咋不猜是我的新欢呢？"沈捷问。

　　"你刚才说的十句话里，八句话主语是他，突然转移话题聊上新欢可能性很小。而且这照片一看就是摄影师费了大劲拍出来的，你那个山东新欢不是搞技术的吗？还有拍硬照的需求？"

沈捷叹口气："盲生，人太聪明了不好，老能发现华点。"

程朗没接茬，她吃得有点儿撑，在地上走来走去消食："说吧，怎么惹你了？"

沈捷把自己脸朝下在沙发上铺平，声音从北极熊靠垫里传出来："不光是我，从我们公司，到剧组，到合作方，他挨个儿得罪一遍。我的天呐！我这是造的啥孽啊！"

"你这是电视剧里学的陕南口音，佟湘玉也是关中人。"程朗一个没留意，又犯了职业病。

果然迎来了她小姨的武力镇压——北极熊靠垫凌空飞起，正正好好砸到了她脸上，耳朵上黄金镶彩宝的巨大埃及风耳环也跟着晃荡了起来。

沈捷盘腿坐起来，向程朗提出了严正警告："从现在开始，你给我把嘴闭上，这屋里只有我能说话。"

程朗看看她小姨那比外头天色还要昏黄的脸色，赶紧在嘴上比了个拉链的手势。

留下沈捷倾诉她最近一阵子的血泪史。

沈捷大学毕业的时候，too young too naive。对某位男明星的热爱无法抑止，怀揣着一颗看演唱会不要钱的私心，稀里糊涂摸进了娱乐行业。结果一干就是十来年，如今忝居某影视公司艺人经纪总监一职。对那位男明星也早就从热爱转向仇恨——她当年就是个食物链底层的跟组编剧，那谁的意见又爆多，天天下了工还让她改剧本到凌晨四点，谁就是她的敌人，此生不共戴天那种。

那部剧拍完了之后，她对编剧行业彻底产生了阴影，扭头直奔别家公司的艺人经纪部从零开始。

这公司的老板人称橘子姐，数十年如一日地喜欢穿夏威夷衬衫配白裤子，虽然自己在圈外没啥名气，但是配偶白导演可是大大地出名。

白导演其人就有意思了，喜欢他的人喊他白大仙儿，说他拍的电影脑筋奇诡有股文艺仙气。讨厌他的人叫他老白毛儿，说拍的那什么破玩意儿一看就困。沈捷管他叫皇太后，因为此人老是越过他老婆橘子姐来管她们公司的业务，是个事儿精，在沈捷心里获得了跟自己亲妈一样的地位。

就这样一位评价相当两极的主儿，偏偏不时能从各个电影节上都刮点儿小奖下来，一来二去也是知名导演了。但凡哪个演员想表现自己是个有文化的实力派，都愿意来他电影里蹭个角色。

可是皇太后白导演偏偏有个毛病：不爱用大牌明星，谁火他躲着谁。

半火不火的他都不怎么爱搭理，能叫他看上眼拍戏的，都是些个三十六线小演员，或者干脆是群演，再或者，是他不知道从哪个犄角旮旯里头捞出来的人物。

捞出来一个，给冲冲指甲缝里的泥，跟大萝卜似的洗刷干净，送他老婆公司签约，他领去剧组拍戏，夫妻店一气呵成。

其实也好理解，演员一出名，意见就多。一个两个都想来改他的戏，想给自己整出个高光时刻来，拍出来那玩意儿左一个补丁右一个飞页，五官四肢恨不得全部错位，基本上怎么看怎么像弗兰肯斯坦博士的究极"缝合怪"。控制欲过剩的白导演，看到了大牌演员那必定是要望而还走。

剧组你说了算？不可能！你算老几！

根本没演过戏的素人或者糊咖多好指挥，让瞅哪瞅哪，让念啥念啥，如臂使指。

白导演不知道命格里有什么好东西，他这样喜欢找普通人演戏，偏偏经常乱拳打死老师傅。虽然他拍的电影大部分人看了就困，但是好几个主角就这样一炮而红，捧回来个金猞猁影帝、银水豚影后啥的，转身成了白导演再也不会用的那种人，被他老婆橘子姐笑嘻嘻接收，踏上一条正常的明星之路。

江湖上流传着各种关于白导演的传说，什么曹影帝是他从电影学院门口的群演里薅出来的；严影后是他们小区保安的三外甥女，端午节给亲戚送粽子被慧眼识珠；华大腕沉沦三十六线糊咖七八年，在不入流选秀节目里唱了个跑调的歌就被相中，现在已经香车美酒私人飞机走上人生巅峰。

总体来说，白导演就是影视界American dream的实体具象。你一文不名，你沉沦下僚，你又穷又丑吃鸡蛋灌饼都舍不得夹烤肠，没有关系，白导演是你最后的微末希望。

所有不得志的演员都指望着某一天能被白导演那双一边三层一边四层眼皮的慧眼看中，仰天大笑出门去，我辈岂是蓬蒿人。

可惜伯乐和千里马都在，而投资人却不常有。

白导演想拍的新戏过于文艺，自己写的剧本没一个制片人能看懂。自然在流量当道的时代里持续拉不到投资，谈一个黄一个，蹲在家里靠橘子姐养了好几年，也就没有再搞出什么新的造星神话来。

谁知道就在去年，居然被他找到了钱！他那奇怪的创意居然就这么可以落地了。

各大影视公司马上翻出来自己那里积压的陈年男女艺人送去给选角团队过目，白导演数层眼皮翻上去又耷拉下来，一个都没看上。表示要自己找去。

这一找，万众瞩目。

谁都想知道下一个中奖的是谁。

那阵子白导演一出门，就跟皇上逛御花园一样，老是能偶遇各种奇人逸事。

雨天路滑，那小伙子一个没站稳然后唰唰唰单脚离地连转五圈还带个一字马是咋回事？

下车时候不小心掉了东西出来，一个浓妆艳抹的大姑娘"蹭"地蹿上来帮着捡，用字正腔圆的一甲普通话说："先生，这是您的钥匙！"还附送一个可疑的联系方式。

连拿个快递都不得安宁，来送猫砂的小伙子把帽子一摘，露出了八颗白牙，用雪白的T恤擦了擦汗，露出来八块腹肌，把后头的橘子姐看得直咽口水。

只获得了白导演一句评语：你有病吧。

再后来，白导演高调宣布，他的新戏开机了！男主保密，女主没有。

其实还根本没有找到。

"这也可以吗？这不就跟实验已经开始了还找不到被试的

一样?"程朗终究没忍住,还是插了一句嘴。

沈捷还在记仇:"我让你说话了吗?"

程朗敬服于北极熊靠垫的威势,默默地闭上了嘴。

沈捷露出一个莫测微笑:"我跟你说,拍电影的时候一切皆有可能,电影都开拍了还没剧本的项目到处都是。"

程朗心满意足,每次听沈捷聊他们圈里那点儿事,都感觉像是进入大型人类学田野调查的现场,对人类社会的认识又加深几分。

后来,这个电影的男主角,新一代天选之子,自然是找到了,那位让沈捷气得连刀鱼馄饨都吃不下的小王八犊子是也。

据沈捷所述,白导演伙同剧组移师到了影视城,跟没事人一样拍他的戏,男主角什么的,仿佛完全可以不存在。

某日要拍吃饭的戏,道具给弄来两盆铁锅炖大鹅,盖子一掀开全组人都跟着抽鼻子。

黄澄澄的土豆配上碎尸万段的大鹅,汤汁里混着淀粉,浓稠地浇在米饭上,肉炖得酥软但又不至于完全失去形态,是一锅脱离了低级趣味的铁锅炖。

但是能吃上的只有俩演员,那俩小伙子捧着饭盆,在镜头前面吃得那叫一个热闹,生生把别人都看饿了,包括导演白大仙儿。

两个临时拉来的群众演员都是半大小伙子,饭量奇大,遇上了异香扑鼻的土豆炖大鹅,一点儿没客气全给消灭了,给导演留下两个光溜溜的饭盆。

白导演当即拍板,这哪家店买的?下了工他请大伙儿吃个痛快!

你别说，这家铁锅炖大鹅在影视城还挺出名，墙上都是各路明星的签名，白导演一进店就走不动路了。

别人是被碳水裹蛋白质加酱油的香气冲昏了头脑，他是被厨房里的小伙子勾去了魂魄。

这家店搞透明厨房，那玻璃后面挥舞着铁锹搅和炖锅的身影，那股子把饭菜往外一盛爱吃吃不吃滚的劲头，那侧脸看上去像被人打折过的鼻梁骨，一瞬间白导演心中的男主角形象刻画便出现了。

那人走到玻璃面前，头也不抬："没好呢，回去等着!"

白导演如遭五雷轰顶。

行了，就他了，周南风。

这个怎么看怎么像个小混混的饭店帮厨兼合伙人，在二十五岁那年，演上了白导演的新电影，签约了橘子姐的公司，简直像一个都市童话。

"那他这个艺名起得还挺有文化，《诗经》里的，凯风自南，吹彼棘心。"程朗下了个结论。

马上被沈捷推翻："啥玩意儿啊，你看我们公司上下谁有文化? 还《诗经》《三字经》都没人看过。那都是他自己起的，我们说你就叫周南风吧? 多有特点多好记。人家就是不干，说这个大名他从生下来就不待见，死活不能拿它出去行走江湖。"

"还行走江湖吗?"程朗的重点很奇怪。

沈捷一撇嘴："这就是他的原话。这人就是这么不着调! 然后他们那饭店叫凯旋铁锅炖，他说不能忘本，就要叫周凯。

我们谁都拿他没辙，就只能这么将就了。"

程朗笑："这人挺有想法。"

"有想法个大头鬼！老娘这些年带过的艺人里，就他最难搞！真是，我现在一看见他就血压升高！真是不知道造了什么孽才摊上这个祖宗！"沈捷脾气上头，也就忘记了她跟新欢学来的倒装句。

本名叫周南风的青年改成周凯，成功在拍电影的几个月里气疯了导演和经纪人，以及剧组其他的闲杂人等。

沈捷掏出来手机，找了个小视频给程朗看："你看看，就这样！"

应该是一段没放出来的访谈，周凯和白导演接受采访。

记者："白导，您能谈谈这部电影要表达什么吗？"

白导演："我主要就是想表达一种人类在经历了痛苦之后的茫然和虚无。"

记者转向周凯："您觉得呢？"

周凯七扭八歪地靠在沙发上："靠，是挺痛苦，他成天磨磨叨叨，磨叨得我脑袋疼。"

记者："那您觉得您饰演的是一个什么样的角色呢？"

周凯："一个傻×。"

记者完全茫然，白导演满脸绝望。

只有周凯还在自顾自地说："就说有一个男的，天天特么啥也不干，就顺大道溜达，拿个扳手碰见谁要给人家修车，然后一边修一边跟人唠半天嗑，光唠嗑不要钱。最后碰着个不愿意跟他唠的，他就"咣叽"上去一下子给开瓢了。你就说傻不傻?"

白导演赶紧上去拦住:"小刘,小刘,这段不能写啊!涉及剧透了没播呢!得保密。"

周凯还很自如:"没事,就你那破玩意儿,剧不剧透关系不大,反正不带有人愿意看的。"

记者还在强行保持微笑:"为什么这么说呢?"

周凯把脸伸过去:"找我演,那不就是脑袋被驴踢了吗?要不是大锅非说挣钱,非让我来,我才不演这破玩意儿!"

一时间大家竟无言以对。

沈捷拿着手机都一脸想要当场撞墙的表情,程朗倒是如同看到了新的限量款乐高,眼睛里突然有了光,右手食指在沙发扶手上有节奏地敲击起来。

"这个人……挺有意思啊……你觉不觉得,他说话像个暴躁的鸽子。"

"啥?"沈捷没反应过来,"你说就这个货?他要是像鸽子那我马上把他烤了!嘴上完全没个把门的,一张嘴就能把人气个倒仰,到现在为止把合作方都得罪了个遍。还有三个月电影就上映了,我都不敢想他万一红了可咋办,现在就在家烧香拜佛求他别红。我宁愿今年少挣点儿钱,操不起那个心,给他当经纪人,我怕有命挣没命花。"

程朗徐徐凑了过来:"你们就没想过给他请个教练之类的训练一下说话啊?"

沈捷仍旧一脸沮丧:"请过啊,演讲老师、礼仪老师都跟他闹翻了,人家不干了。其中一个还被他揍了。"

程朗脸上奇怪的笑容更盛："那要是有合适的人选，是不是还可以挽救一下？"

沈捷从鼻子里哼出一股刀鱼味的热气："我看没人教得了，他估计都上什么业内黑名单了。人家那么多听话小偶像可以教，谁来跟这货较劲啊！"

程朗眯起眼睛说："我想要他。"

吓得沈捷差点儿从沙发上掉下去："什么情况，朗朗你可别想不开，这人虽然长得还行，但从头到尾都是个二百五啊！你这么聪明漂亮想要啥样的男人没有。"

程朗安抚她小姨："我是说我想要教他，这个型号的我觉得我可以训练。"

沈捷捂住心口说："妈呀！吓死我了，下回麻烦您把话说完。不是，你教他？你们教的那不都是博士硕士吗？高中肄业的也能教？"

程朗往沙发上一靠，拿起来电视遥控器，脸上露出神秘的微笑："小姨，你听说过萧伯纳吗？"

"谁？"

"奥黛丽·赫本总认识吧？"

"那必须的。哎！你怎么又管我叫小姨！"

<h2 style="text-align:center">三</h2>

在沈捷的认知里，一个影视从业者没看过赫本除了《罗马假日》以外的其他电影，简直再正常不过了。这个年头，有人

博士毕业了还不知道CNKI是个什么东西。她一个学经管的半路出家，能干到今天这个份儿上已经非常了不起了。

毕竟大学本科学历在这个行业里属于文化人，程朗那种一口气拿两个博士学位的，属于平行宇宙那美克星人，不在讨论范畴。

是的，程朗作为他们家学历的巅峰，在美国一举拿了语言学和心理学的两个PHD，虽然全家人都不知道她到底是研究啥的。

昨天下午，在昏黄的天色里，她被程朗押着看完了赫本在20世纪60年代演的电影《窈窕淑女》，然后向比她小三岁的外甥女露出了谄媚的微笑："朗朗，你可以的，我知道你肯定可以！"

卖花女既然能够被训练得像公主，小王八犊子也不是没有希望变成温柔可亲大明星。

她已经被折磨得数度要求对周凯放弃治疗了，但是老板橘子姐死活不同意，让她死活撑过上映前这几个月。

橘子姐跟她说："你觉得有人能拒绝一夜爆红吗？"

沈捷把整个娱乐圈都在脑袋里过了一遍，摇摇头："没有。"

所以即使每天血压飙升，她也还在咬牙死撑。

现在天上掉下来个救命稻草，她没理由不拼上老命给抓住。

以她三十来年里对程朗的了解，这位从来是个不见兔子不撒鹰的主儿，说不定真的能在三个月里弄出点儿动静来。

她要求不高，不用一上来就巧舌如簧，迷得观众影从云集。她只想获得一个普通的，能听进去人话，说出来也是人话的男艺人，诉求十分卑微。

说实在的，一旦进入工作状态，沈捷的行动力还是相当惊人。

当即打了五六七八个电话跟各路人马接洽，把自己和周凯的行程完完全全地空了出来，约好第二天上午押着周凯跟程朗见面。

周凯在电话那边还挺不乐意："你刚才不让我滚犊子吗？我都准备收拾东西回老家了。"

沈捷："你跟公司合同签了五年呢，现在解约得付违约金。"

周凯："我票都买好了。"

沈捷："退掉！这是公司给你安排的行程，你有义务配合。"

周凯在那边直接挂掉了电话。

沈捷直接发了个时间地点给他，通知他明天必须到，工作需要。

程朗在旁边笑了："你不是说带艺人都得哄着吗，这就开启狂暴模式了？"

沈捷觉得一阵偏头疼袭来，盖过了刀鱼馄饨的香气："不行，好好说完全没用，哄着不走牵着倒退，顺毛捋也不行，我也不知道我带的这是艺人，还是驴。"

"根据我之前去梅里徒步雇驴驮行李的经验，驴的服从性可能比他好不少。"程朗下了一个结论。

沈捷觉得头更疼了："对，驴都不如，反正我算摸索出来了，这犊子就是吃硬不吃软，你只要比他更厉害，他就听你的。不行，一提起他来我就头疼，我得吃个止疼片去。"

程朗在旁边思考，一根手指头继续以奇怪的节奏敲着沙发扶手："他这也可能是一种自我保护机制吧，不好说，具体得见了面深入交流才知道。让我好好研究一下，要从哪开始搞起呢？"

沈捷看了一眼程朗："你知道吗，你现在这个眼神，跟看新买的乐高一模一样。我可事先说清楚啊，培训归培训，可别跟他谈恋爱！"

程朗还在那敲她的沙发扶手："我觉得你真的应该少看家庭伦理剧，不是任何男女一见面就都开始求偶。男人哪有乐高好玩。"

况且，这种完美的被试，拿来谈恋爱不是浪费了吗？程朗在肚子里加了一句。

如今，程朗就开车飞驰在去见被试的路上，而且这个被试的公司还要付她一笔不菲的培训费，真是想想就觉得天上掉下来了意式香肠比萨。

春天种下去一个被试，说不定秋天就能收获一批被试，样本量够了就能做出一项新研究。怎么看都是一幅宏伟蓝图。

程朗一边开车一边考虑着一会儿跟这个被试交流要采用哪种交际策略，右手一根手指头还在方向盘上有节奏地敲。想着想着思维就奔逸到了语用学的其他方面，然后又桥接到了某些系统功能语法问题，由系统功能语法又蹦到了生成语法，就这样一发不可收拾地走神了。

直到导航提醒她错过了环路出口，要重新规划路线。

程朗一看导航上红黄一片的线路图，就知道这回又一失足成千古恨了。

她老是忘记"帝都"西边跟东边是有时差的，沈捷公司附近都是十点过了才上班的文艺公司，这个时间早高峰居然还没有过去，下一个出口刚好在人口密集区，目测没有二十分钟到不了"bowl-wow"，更别提过去了还要排除万难找个车位，再从可怕的三里屯地下城里头钻出来上到地面找到那家店。

掐指一算，她还有起码四十分钟才能吃上早午饭，怎么看都是要迟到了。

不得不硬着头皮给沈捷打电话，准备迎接她暴风骤雨一般的埋怨。

谁知道沈捷相当镇定："没事，你慢慢开，我正好先跟同事下去吃一波，顺便聊点儿事儿。"

"那个被……你那个明星预备役还没到吗？"程朗问。

"没呢，到了叫他等会儿，没事，他天天闲得在家抠脚。你专心开车！"

得到了沈捷的恩赦，程朗就不急了，慢慢悠悠哼着歌儿堵在路上，脑子里又开始运行她刚才想到的那些事儿，甚至靠意念画了个句法树玩儿。

等她顺着排队的人流找到店里，沈捷已经干掉了一份烤小牛肉配太阳蛋，正在有一搭没一搭地对蘑菇沙拉发起攻击。座位对面空空如也。

程朗径直走过去，在她对面坐下："你同事呢?"

"吃完上去了。"

"那个……周……周凯呢?"程朗故意迟疑了一下，不能显得她对这人太过上心，可是不想再听沈捷脑补男明星和女研究员的禁忌爱情两万字。

沈捷这才醒悟过来，对啊，程朗都到了，这小王八犊子死到哪里去了!

捞过手机来轰炸一通，发微信不回打电话不接，这什么情况?

沈捷面子上有点儿挂不住，好不容易找到程朗这尊神，具体问题还没谈呢人先玩上了失踪。这家伙是铁了心要回去卖铁锅炖大鹅吗?

程朗倒是还劝她别着急，说自己还饿着，先吃饭，咱们慢慢等。

说着就回眼埋头研究菜单了。

程朗一抬头看见她那样，"扑哧"一声笑了出来。

沈捷看她一眼："笑啥? 这家菜单也写错了?"

程朗摇摇头："你知道你现在像个霍格沃茨专列吗? 脸通红，头上冒白烟，嘴里还发出汽笛一样的声音。"

沈捷原本的一肚子气，被她这么一说化成了一句不伦不类的西北哀号："n è 不想活咧!"

程朗把自己的评论音轨活活憋了回去，算了，不要招惹冬眠刚醒的熊。

沈捷开始给助理打电话，让她去周凯家敲门。

公司给他租的房子也不太远，谁知道这人是不是睡过头了不开手机。

今天就算挖地三尺也要把他给找出来。

半个小时过去，今日主角周凯仍旧踪影皆无，程朗一边吃她的早餐一边跟沈捷闲聊。

作为一个从上幼儿园开始就认识程朗的人，沈捷很知道她这个外甥女远没有看上去那么聪明伶俐善解人意，那都是表象。不戳到让她生气那个点还好，万一戳到了，她那个古怪脾气一上来，天王老子的面子也不会给，说走就走说翻脸就翻脸。

想到此节，沈捷不得不暂停生气，努力跟程朗扯些七七八八有的没的，唯恐她等不住了直接买单走人。

"你别说我们家皇太后的眼光还真是不错，这小伙子往镜头前面一戳，那股劲儿……马上就不那么……不那么……"沈捷吃饱了饭脑子有点儿跟不上，翻箱倒柜地找形容词。

"不那么牲口了？"程朗一心对付她的本尼迪克蛋，头也不抬。原本是不饿了，这一堵车把她活活给堵饿了。

"对！"沈捷一拍大腿，"还是你们专业人士厉害！"接着猝不及防地拐了个弯，"朗朗，昨天我头疼就没多留你，说实在的，你到底为啥看上了周凯？不是，我说的不是那个看上。"

沈捷觉得今天嘴皮子分外不利索。

程朗倒是不太在意，在她面前说不明白话的人太多了，不差沈捷一个。

"你放一百个心好了，这人在我这里只有学术价值，没有任何其他用途，我既没迷恋他的脸，也不觊觎他的身材，虽然看起来的确应该挺好使的。"

沈捷嘴里含着一口冰滴葡萄煎茶，闻言奋力咽了下去，噎得嗓子眼儿疼。

"你这脑袋转得太快了也，跟不上，实在是跟不上。"

程朗笑起来："那个周凯好不好使我不知道，你的新欢肯定很好使，你这个跟他学的混乱语序证明你俩天天腻在一起。"

"行行行我知道了你最厉害，您赶紧给说说，从您那个什么语言学和心理学的角度，一位辏子到底有什么研究价值。"

"我现在还不知道啊。"程朗倒是很坦然。

"不知道你那么来劲！答应每周花六个小时教他说人话？"

"先搞起来嘛，教着教着就有灵感了，我还能顺便收集一点儿语料。不瞒你说，当年上大学时候我第一次接触萧伯纳的那个剧本，就想着要是能有个人被我如法炮制一下就好了，谁知道这个幻想居然能有成为现实的一天。"

程朗说到自己的专业，眼睛里忽闪忽闪，亮着变态的光辉："我跟你说，我有种预感，在跟这个被试接触的过程中，说不定能找到很有突破性的研究思路。我路上开着车就开始设计问卷了。"

沈捷盯着桌子对面那个女孩子，瘦而高，大眼睛配上丰润的嘴唇，复古妆容，极具设计感的半圆耳环两端坠着金球，从短头发里透出来，不输这屋子里任何一个自拍的网红。

这样一个人，在她眼里，恐怕人类都是她的被试，可能自己也是。

沈捷突然觉得自己发现了程朗像疯狂科学家的一面，不由得心头一阵悲凉，感觉三十年来她从来没有真正了解过程朗。

而疯狂科学家本人对沈捷的心理活动一无所知，正在滔滔不绝，给她展示自己在接下来的三个月里，将要设计哪些课题，怎样循序渐进地"培训"她的被试，嘴里源源不断吐出来一些她不能理解的词汇。

什么调值，什么言语适应，什么合作原则，什么眼动仪……什么SPSS……

那一瞬间她突然对自己带的小王八犊子产生了一丝同情。

想要爆红，果然是要付出代价的，而你永远不会知道那代价是什么。

但是很快这同情就被海啸一样的巨量愤怒给淹没了。

助理给她打电话，说周凯没在家，他发了个朋友圈，说人在东北那边的机场，已经飞回东北老家了。

沈捷当场就想飞去东北把他就着榛蘑和土豆干给炖了，里面还得埋上一把宽粉。

程朗只见沈捷一扫刚才食物上脑的迷瞪脸色，拿起电话冲到露台开始咆哮。

好的，她知道了，今天怕是见不到被试了。

天上掉下来的珍贵被试，就这样凭空消失了吗？

程朗徐徐有一丝不甘心。

第二章　凯风自南

一

三月末的"帝都"已经可以穿大衣了，东北却还脱不下来羽绒服。青年周南风毫无作为电影演员的自觉，裹着一件好衣库买的薄棉服，配网上两百块的国潮刺绣牛仔裤，里头没穿秋裤，脸上没戴墨镜。一阵西北风吹过，冻得他在出租车等候区直蹦跶。

好不容易上了车，也是满脸不痛快，手机里头提示音狂轰滥炸，大部分来自沈捷。他索性关了手机。

司机大哥一脸神秘："对象啊？打仗了？"

周南风摇摇头："领导。"然后沉默了两秒钟说，"对象都特么要跟人结婚了。"

司机大哥倒是十分上路："咋的兄弟，来参加婚礼啊？要我说啊，不值当，花那钱干啥，这机票加打车费都多少钱了？

有这钱给新对象买个包啊，人家得乐半天，你这何苦来的呢！"

周南风又沉默了半晌，来了一句："我乐意。"

司机大哥在路上混得久了，很知道哪些人随便开玩笑，哪些人惹了要挨揍。看到周南风那副眉眼跟额头上隐隐的伤疤，就识趣地闭上了嘴。

甚至没有在路上捡客拼车。

留周南风一个人在副驾驶座上，系着一条脏到看不出颜色的安全带神游物外。

三月的东北还不暖和，路边很多地方积雪还没有化，阳光照不到的地方，暗冰专等着让人摔个跟头。

周南风坐在车上，司机身上一股没洗澡的体香幽幽传来，他把窗子打开了一点儿。然后突然觉得，自己可真特么矫情。

难道真变成了他们嘴里的那个周凯？

要是换了半年以前的他，哪里敢出门买张飞机票抬脚就走，下了飞机还能打个出租车，干完这一票就要喝西北风了。

现在他居然都嫌出租车上有味儿了，人真是不容易知足啊。

但是如果是现在的他，邱颖是不是就不会走了。

周南风把窗子开得更大一点儿，高速上的风刮得人脸生疼。算了，不想了，他这人干事从来不带后悔的。邱颖娘家没啥人，红包里多塞点儿钱，给她撑撑面子，也算仁至义尽。

但过了一会儿又忍不住想，现在他有钱了，肯定和那老白毛儿导演没法儿比，但好歹不像以前连医药费都掏不起的时候了，出门买个经济舱都不心疼了，他要是在婚礼上叫小影子跟他走，她会答应吗？

是不是得叫新郎家亲戚给揍进医院？人家可不管你拍没拍过电影。这回可没小影子照顾他了。

沈捷那个事儿妈肯定得发疯，今天她都疯了一上午了。

为了打消掉脑袋里这些莫名其妙十分不爷们的念头，周南风决定打开手机，观看沈捷在线发疯。

谁知道一开机先跳出来的是他哥们儿郭小凡的语音："狗哥，你上哪去了，我们这典礼都整一半了。"

周南风看了一眼计价器，回了他一条："我马上就到。"

当周南风在前女友喜宴上灌完啤酒灌白酒的时候，远在"帝都"的程朗正在喝着今年的新毛尖。

毛尖是她同事路涵江送的。

确切地说，是悄悄放在门口准备溜走，结果被程朗一举抓获。

路涵江刚来还不到一年。去年所里换了新的大领导，一拍脑袋说我们要让新进员工感受到家一般的温暖和热情，安排一个旧人带一个新人，搞什么"一帮一"活动。

路涵江就刚好是分配给程朗的新人。其实程朗也就比他早来一年。

程朗自问不是个特别健谈的人，出门开学术会议也是不坐前几排的角色，但是和路涵江一比，那就是身配六国相印的交际场之星。

因为路涵江是个究极社恐患者。

被行政小姐姐称为"最强拒绝型"的男人不是白叫的。本研究所不看微信群完全靠邮件办公第一人，也是诸位研究员羡慕的对象。

程朗第一次去找他，只见这人在办公室门上贴着一张纸条："如有事需要面谈，请将事由写在纸上塞入门缝，并等待十秒。"

程朗依言照做，十秒钟之后，门缓缓打开，果然探出一颗毛茸茸的脑袋："您……好……"

然后深吸一口气："请问我们能用电子邮件交谈吗？我不太适应跟陌生人说话，给您添麻烦了不好意思。"

接着长出一口浊气，两颗湿漉漉的大眼睛无辜地看着程朗，睫毛里快要滴下水来，让程朗想起了在埃及时候骑的骆驼，当下心就软了，默默地替路涵江关好了门，并打开手机发起了邮件。

那之后一个月里，程朗基本已经形成条件反射，一看到路涵江就掏出手机准备打字。在离巴甫洛夫的狗只有一步之遥的时候，路涵江终于认定程朗属于"熟人"阶层，把她的权限开放到了可以面对面说话，但是每天有限定额度，超过这个额度就只能和他靠邮件交流。

你问一个语言研究中心为什么要雇这样的人？自然是因为人家在剑桥念博士的时候就发了 *Language*①，还两篇！很显然，搞理论语言学的某些分支，不需要和人面对面交流。

其实只要掌握了他的行动规律，路博士涵江还算比较好沟通。

比如今天，他在程朗门口偷偷放下一盒老家产的新毛尖，

---

① 语言学顶级期刊。

正准备掏出手机给程朗发邮件，被屋里听到动静的程朗开门一举抓获，招呼他进去坐坐。

路涵江点点头，完全避开了程朗的目光，以相当敏捷的身手闪进办公室，坐在了沙发上。

有一说一，路涵江拿来的毛尖真的不错，茶叶披着细细白毫沉浮在嫩绿茶汤里，荡漾出一股板栗香，和昨天沈捷那一桌子春天莫名合衬。程朗决定回头给她拿一点儿过去，消消最近的火气。

路涵江坐在她旁边，两只手平放在膝盖上，眼观鼻，鼻观心，反正就是没注意程朗推过来那杯茶。

程朗倒是习惯了，问他："怎么想起来给我送茶叶？"

路涵江大摇其头："不……不是我？"

"你爸妈寄过来叫你送同事的？"

这回换来了一个点头，然后期期艾艾地问她："那你能，帮我把剩下的都送出去吗？"

一个小时以后，程朗面对着占掉她办公室一半面积的二十盒茶叶，将十分后悔答应帮这个"小忙"。

而现在，她还在跟路涵江道谢："你这茶叶送得真及时，今天上午跑掉一个被试，我正没精神呢，喝一口下午又有勇气看语料了。"

路涵江在旁边幽幽开口："那不是正好吗？就不用跟他说话了。"

程朗又一次对社恐的脑回路叹为观止。

但是仍旧不放弃和同事宣讲自己的新被试。

她给路涵江看了周凯的那段采访，对，就是沈捷手机上那段。

　　两个人正襟危坐，面色凝重，盯着周凯在手机里头胡说八道。

　　周凯说："他特么成天磨磨叨叨，磨叨得我脑袋疼。"

　　程朗眼中放出欣喜的光："你来看这个人，他说话是不是十分有区分度！"

　　路涵江那一直无处安放的眼神终于有了焦距："他这个句末的调值可真低！"

　　周凯说："一个傻×。"

　　程朗有点儿兴奋："他是不是特别棒！"

　　路涵江瞪着眼睛大点其头："嗯！"

　　周凯说："他有病吧！"

　　程朗："你看这一段违反了多少语用学原则！"

　　路涵江皱着眉头说："这人真有意思！"

　　然后继续盯着手机里头的周凯，好像要把他盯出花来："你说你要把他培训成一个……一个……一个接受度比较高的人？"

　　程朗："差不多是这个意思，具体的研究方向我还没想好，还是想着先收集语料。"

　　路涵江："那被他跑了还是挺可惜的，虽然我不做这方面的研究，但是听你说起来应该还有点儿研究价值。"

　　程朗喝了一口茶，眼神里充满坚定的信念："放心，他跑不了，上天入地，我都要把他给抓回来。"

然后换了一副邪恶的笑容："而且这个被试还要付我钱，你说有没有这样的好事？"

可惜路涵江没有接她的茬，突然直通通站起来："我想起来我还有……@@￥￥%……"

一串意义不明的咕哝之后夺门而出。

程朗也不意外，经过大半年的相处，她已经可以准确判读出这位究极社恐同事几时能量耗尽。看来他今天的社交电量已经用完，又要缩回办公室看文献去了。

一个小时以后，程朗出去接水，赫然看见自己门口堆着二十箱茶叶，竟不知道路涵江是什么时候搬过来的，轻功着实了得。

一查邮件，果然人家已经把需要送的人名单都发了过来。

程朗找前台借了一辆平板小车拉着，满办公楼替路涵江给同事和领导们送茶叶。

那边她心心念念的被试周南风本人，已经躺在了同样的小车上。

拉车的是他兄弟郭小凡，花名叫作大锅的是也。

周南风到的时候，邱颖的婚礼已经开始好一阵子了，他完美错过了新郎新娘交换戒指互诉衷肠的时段，等他来的时候，一对新人已经开始给宾客点烟敬酒的流程了。

周南风这一桌都是他们的高中同学，自然，邱颖也是。

那边人还没转过来，周南风就竖起眼睛警告桌上的人："等会儿不许起哄啊！谁起哄我把谁脑袋拧下来扔酸菜缸里。"

这桌上连他一共六个男性，三个曾被周南风揍得满地找牙过，还有两个目睹了全过程。所以都相当老实，纷纷保证绝不起哄，绝不像旁边那桌一样不要脸，站在桌子上让新娘子点烟。

果然，敬酒队伍过来的时候，满桌子人站起来，垂手肃立，消停如鹌鹑。

只有郭小凡一张黑脸上龇出白牙："哎呀，百年好合早生贵子！"开饭店那一套场面话从张开嘴就没停过。

周南风从兜里掏出一个十分厚的红包，绕过一脸假笑的新娘子，递给伴娘。

嘴里话还是跟邱颖说的："飞机晚点了，不好意思啊，那啥，幸福快乐。"

邱颖看一眼那红包，又看一眼新郎，新郎赶紧连声道谢。邱颖倒是没说话，自顾自给下一个人倒酒。

敬完了酒让伴娘把郭小凡找去了化妆间，抽出两万块钱："你帮我还给他，用不着他装这大瓣蒜。"

郭小凡还想解释："没事。不是，这犊子最近真、真整着钱了，这点儿真不是他砸锅卖铁凑的。"

周南风警告过郭小凡，要是敢在上映之前告诉别人他演电影的事，手指头给他掰折。

郭小凡不敢不听，只跟邱颖含含糊糊说他们合伙那饭店挣得不少。

邱颖眨眨眼睛，眼泪在假睫毛里打滚："都过去这么多年了，何必呢。你帮我带个话，叫他收收心好好过日子，别在外头瞎混了。"

郭小凡自然一万个答应。

二

等郭小凡出去带话的时候，周南风已经以迅雷不及掩耳之势喝多了。

正在那儿搂着一脸无辜的新郎耍酒疯："我……我跟你说……小影子是好……好姑娘……特别好……你……你得对小影子好！不能欺负她娘家没人！我……我们这都是娘家人！你……你要是敢上外头整七整八的……我……我特么保证你净身出户！先净身……再出户……"

然后他一眼看到了站在后头的邱颖，气焰顿时收敛了下去，松开新郎："小……小影子……你对象要是欺负你……跟……跟哥说。"

邱颖没惯着他："那是我老公。"

说完拿过来一瓶白酒，往分酒器里"咕咚咕咚"倒了半杯："那啥，以前的事都让它过去吧，这杯我敬你，喝完了咱就两清，都好好过日子。"

说着就给干了。

周南风有样学样，并且翻倍，直眉瞪眼地灌进去一缸子白酒。

灌完之后，酒劲一时上头，失去了反抗能力，就被郭小凡伙同几个壮劳力，连拖带抱扔上小车给运走了。

周南风坐在郭小凡跟快递站借的那个平板小车上，还在一把鼻涕一把泪地胡咧咧："小影子是好……好姑娘啊！我对不起她！我特么当年就是个傻×！大傻×！大锅，你说是不是！"

郭小凡冒着寒风拉着一个一百来斤的醉汉，虽然底下有轮子，但也是呼哧带喘的，翻个白眼给了他肯定答复："是！"

周南风继续哼唧："真的……我都被揍成那熊样了，骨头折了好几根……都不能下床，她伺候我好……好几个月……等我好了才分手。呜呜呜呜我真特么不是东西……"

郭小凡终于把他拖到了停车场里："对！最不是东西的就是你！行了赶紧的，起来，起来上车！"

周南风拒绝爬上郭小凡管他舅借的那辆拉货金杯，在停车场里绕着柱子转圈。

"不是，锅，我……我……"

"你啥！你是驴吗，转圈拉磨没完没了，赶紧的！上车吧……"

周南风搂着柱子不撒手，驴里驴气："不呢！我不回去……他们都……都糊弄人……还让我一块儿糊弄人……假的……都是假的……我不回去！"

"回哪去？"

"不回……不回北京……"

"谁说让你回北京了，咱回你家。"

"我家……我没家……周老九那破房子不是我家！"

"那行，上酒店……上酒店……"

郭小凡费了九牛二虎之力，才把周南风，他狗哥，从柱子上撕下来塞进车里。

郭小凡他舅的八手金杯是拉货的，四面漏风，副驾驶的窗子也关不严实。开到路面上冷风一激，周南风清醒了一点儿，然后直接就吐了。

彼时已是下午两点十五分。

郭小凡自动自觉把车开去了洗车行。

那边人家洗着车，这边两个灰头土脸的货并排坐在马路牙子上等。

要么说，白大仙儿是有眼光的，郭小凡坐在那里，脸黑如锅底，烟熏火燎，咋看咋像卖盒饭的；周南风坐在那里，不说话，抿着嘴，眼睛里自然流露出一股不平之气，是我要这天地都遮不住眼的样子。

有人真的是老天爷喂饭到嘴边，文艺片男主角非他莫属。

可惜男主角下一秒又跑到树后面去吐了，那一股不平之气怕是胃内食物经食道上涌给憋的。

这回吐完消停多了，回来蹲在马路牙子上漱口。

郭小凡在旁边笑："哥，记不记得上回咱也是喝多了，老齐跟这道牙子（马路牙子）上坐着发蒙，结果叫车把脚给轧了。"

周南风笑起来："对，然后就打120了。结果120一来，一看这一帮离了歪斜的都喝不行了，就给咱都拉医院去了。给老齐打的120，结果大伙儿都进去了。哪年来着？"

郭小凡皱着眉头想："（20）15年？要不就是（20）16年？反正挺长时间了，那会儿你还没去开挖机呢。"

"你说这日子过的哈，真快。那天在医院坐一排打点滴时候，哪特么能想到咱俩今天都在干啥。"周南风突然感慨起来。

"是啊，这人生啊，有时候真不好说，你说你这样的咋就叫人找去拍电影了呢？最开始我都蒙了，就你这样，他们是拍动物世界缺人演驴吗？"

郭小凡获得了一记重拳。

周南风："别特么扯犊子。"

郭小凡默默收回自己的嘴贱技能，配合周南风发出了感慨："就说呢，你现在都是大明星了，都有艺名了，你马上要当大明星周凯了。"

周南风一屁股坐回马路牙子上："别扯，都是假的。我有时候就在想，最近这半年是不是都是白日做梦，哪天醒了我还在厨房里跟你俩整铁锅炖大鹅，你切土豆我剁大鹅。"

"用不用我抽你两巴掌？"郭小凡摩拳擦掌。

周南风没理他："真的，我这心里一直特别不踏实。拍片儿的时候他们在那喊我，周凯周凯，我就蒙了，周凯是特么哪个瘪犊子啊。就感觉啥都是假的，那个片场、那个布景是假的，他们叫我念的台词是假的，那字儿我都认不全。账户里的钱也像假的，我这辈子哪有过这么多钱啊。"

"那你给我呗。"郭小凡顺杆爬的本事相当精湛。

岂料周南风十分配合："账号。"

郭小凡蹦起来："我去！你真给啊！"然后瞅瞅周南风脸色，"不至于吧，才喝了多点儿酒就迷糊了，你这酒量越来越完犊子。"

周南风抬眼看看他，眼神清楚得很，怎么样也不像喝多了："你知道吗？大锅，我现在特别想跟你回去开饭店，就那时候我是踏实的。现在我一天天的，不知道在干啥，他们让我干啥我都闹心。"

"那你还能咋的？合同都签了，不干不得赔人钱啊？你有钱赔啊？"

周南风自然没有。

他接着发他的酒疯："锅，你知道吗？我这心里有个小人，隔一阵子就想把啥事都整砸锅了，然后老老实实回去干我该干的事。"

"你该干啥呀？"郭小凡拍拍他肩膀说，"你就该干这个！是你的跑不掉，你就该着是当大明星的命！我那饭店还等着你红了当网红店呢，争点儿气啊，兄弟!"

周南风回头看看他："兄弟，我说实在的，不管啥时候，你要钱我都给，我一个人吃饱全家不饿，要那么多钱干啥。"

郭小凡有点儿不好意思："你那两钱儿才哪到哪，比那导演啊制片啊啥的都差多了！赶紧的，自己留着吧，有钱了对象就不跑了。"

然后浑身不自在地站起来："我去看看车洗好没。"

留下周南风一个人坐在马路牙子上吹冷风，对自己说："小影子是因为我总跟人干仗，不是因为没钱。"

然后他打开了手机，给沈捷发信息："我回来参加婚礼，待几天就回去。"

沈捷出乎意料地没有像以往那样冲他发来一封吼叫信，直接一个电话打过来且语气异常平静："我现在在机场，下午五点到你那儿，你给我个地址。"

倒是把周南风吓了一跳："你来干啥?"

"我带的艺人跑了，我得把他找回'帝都'参加培训，你要是不给我地址，我就在飞机场门口等着，等到你出现为止。"沈捷的语调没什么起伏，周南风却感到后背飕飕发冷。

他看一眼在里头排队结账的郭小凡，那货冻得拱肩缩背，还在跟老板讨价还价，试图不充卡也打个八折。

他突然就没了瞎折腾的心劲儿，跟沈捷说："你别过来了，我明天就回去。"

那边不放过他："今天行吗?"

"知道了。"

"我叫助理给你订机票。"

周南风挂了电话，喊郭小凡："大锅，你先送我去机场。"

他又得回去当周凯了。

沈捷放下电话，相当愉悦地在办公椅上转了两圈，拨通另一个电话："朗朗，你那一招真的好使哎! 还没开始呢，我就觉得这笔培训费交得物超所值。"

程朗替路涵江送完最后一盒茶叶，回到办公室瘫在沙发里，笑得志得意满："雕虫小技而已，我珍贵的被试怎么能说不来就不来呢，当然得想办法把他弄回来。这一招不好使，我还有很多办法在后面排队，你尽可以一样一样试。"

"我觉得我们公司可以专门雇你来解决艺人不听话问题。"沈捷又燃起了新念头。

"别，我就看中他了，剩下的那些完全没有兴趣，听不听话跟我也没有关系。"程朗回绝得相当利落。

"我现在有种预感，周凯落到你手里，是他命定的劫数。"

"那不至于，我又不拿小皮鞭抽他，我就让他学学说话。"

"呵呵，让他老实坐那儿上课，估计比小皮鞭还可怕。他那样的，上学时候估计一共就没正经上过几天课，就每个班最后一排，一身烟味趴那儿睡觉的主儿。"

"没事，我尽量下手温柔一点儿。保证不会让他上两天课就跑了。"程朗脸上抑制不住地泛出一个微笑，是她买到了绝版多年的乐高索普威斯"骆驼"战机的同款表情。

她珍贵的被试啊，此刻是不是已经去了飞机场？

沈捷放下电话，突然觉得被周凯气得从中午绞痛到现在的胃不疼了，也终于有了吃晚饭的灵感。

晚上山东新欢约她吃饭，不如就去小巷子里的私藏面馆。那家店虽然不大，酸汤扯面做得一绝，手工扯出来的面筋道，她从来就喜欢细面。汤里面加了陈醋，但是因为在锅里熬过一阵子，酸味变得和汤头十分和谐且浓郁，出锅时候酸得恰到好处。再撒上葱花虾皮还有店家秘制油泼辣子，刚好对造反的胃是一剂抚慰。

吃完了就开车去飞机场接周凯。

在把他完整交到程朗手里之前，她要保证不能再出任何岔子。

白大仙儿的电影档期都定了，周凯的培训可是上一天少一天。

沈捷此时觉得自己像个逼着孩子上补习班的家长，不由得露出自嘲式冷笑。

她觉得老板橘子姐说得真对，艺人经纪，既当爹又当妈，有时候还得当孙子。

真特么分裂。

周南风到了机场，公司给订的机票照例是头等舱。他白天参加了一场婚礼，又发过一场酒疯，接着身无长物地被大锅的破金杯拉到了机场，此刻灰头土脸，一身酒气，眼珠子还通红，实在不像个正经人。

一路上所有地勤都结结实实多看了他好几眼。

到头等舱候机室，负责登记的小伙子也未能免俗地多看了一眼。

结果周南风身体里的酒精还没有代谢掉，心头那个想要毁灭一切的小人倒是占了上风，跳出来占据了他的嘴："你瞅啥？"

可惜虽然他人在东北，却没有等来标准的"瞅你咋的"的答案并借机打上一架。

人家小伙子笑眯眯跟他道歉说："对不起先生，我们就是核实一下身份证，您这个发型跟身份证上不大一样啊？"

周南风有妖无处作，只能捏着鼻子老老实实进了休息室。

后头地勤小伙子跟小姑娘说："我咋还是觉得这人眼熟啊，是哪个小明星吗？"

小姑娘大摇其头。

直到周南风走出休息室大门去登机，小伙子突然想了起来："那个那个，前两天我去看电影，开头播那预告片里好像有他！叫啥来着……"

三

沈捷刚跟新欢就半夜要不要去接男艺人问题吵完架，脸色铁青地站在接机的栏杆外，望见里面有乘客稀稀落落往外走，拎包的拎包，拖箱子的拖箱子。只有一个人遥遥坠在后面，身无长物，两手插兜，帽子墨镜一概没有，口罩上面露出一副茫然眉眼来，拖着脚步踢里踏拉，在飞机场里走出一副众人皆醒我独醉的派头来。

旁边一班小女孩拿着花与礼物，另一伙人举着相机，叽叽喳喳，不知道在等哪个明星。

沈捷冲周凯挥手，周凯抬头看看她，想说什么，喝多了嗓子疼，声音堵在喉咙里，只发出来几声没有意义的咕哝。

沈捷咽回去一口气，没事人似的指给他看旁边那一群人："回头等你的电影上了，排场要比这大得多。"

周凯望向那边，摇摇头："吃饱了撑的，有病吧。"

这回倒是把话给说出了口。

沈捷很想请他注意措辞说说人话，可是想到明天他就会被交到程朗手里进行人话补习活动，今天索性省省力气把嘴闭上。

再说，橘子姐说得对，他现在不屑一顾，是因为好处还没有实实在在地落到他身上。娱乐圈这种巨大的名利场，没人能拒绝站在舞台中间的诱惑。

周凯下了飞机，就被沈捷无缝押回了公司给租的房子。

他酒劲还没过去，一天里飞了两趟，的确是累，加之一贯的死鸭子嘴硬，不想同沈捷道歉，上了车倒头便睡，并且还睡得铿锵有声。等到了小区门口，方才徐徐地睁开眼睛。

沈捷冷笑，白导演教人演戏倒是有一手，这小王八犊子在他手底下混了几个月，演睡觉演得还挺像。

也不揭穿他，代表月亮制裁他的正义明天就要上工了，她今天要省点儿力气。

周凯下车，发现沈捷跟在他身后一起下来了。

他还有点儿纳闷，这女的啥时候这么客气了？

只听沈捷说："走，我跟你上去，今天晚上我就睡这儿了。"

吓得周凯一个激灵，酒劲儿全退，整个人站成一棵青松："不是，姐，你这啥意思？"

沈捷好整以暇地回答："怕我前脚走了，后脚你又没影了啊。我今天就不走了，就在这儿看着你。"

周凯一个战术后退，此刻也顾不上装什么刚睡醒了，眼珠子瞪得像铜铃："不行不行不行，姐，这不合适。"

沈捷往车门上一靠："我也知道不合适，但是有啥办法呢？我带的艺人不听话啊，那么重要的约会，我费了九牛二虎之力给找的培训老师，他说不去就不去啊。"

然后掏出车钥匙按了一下，锁上车门："都是给老板打工混口饭吃，艺人跑了我今年的KPI可就完不成了，那可不就得盯紧点儿。"

周凯被她这一出搞得晕头转向，一连串赌咒发誓："不了不了，明天我指定去，不去我是孙子是王八蛋，行了吧？"

沈捷还不放过他："我这车上出差的东西随时都带着，不麻烦。"

周凯这下彻底慌了："我去！我真去！明天我要是不去，你一板砖把我砸开瓢了我都不带吭声的。"

沈捷方才志得意满收了神通："那行，这可是你说的啊。你要是明天再不出现，哼哼，你等着！"

沈捷按开车门，周凯赶紧过去给她把门打开，目送她上车走远，才觉得自己安全了。

刚才差点儿以为要被潜规则了。

跟大锅说这个娱乐圈吃人不吐骨头，他还不信。

沈捷边开车边哼歌，她跟周凯缠斗了这好几个月，陷在对吼的死胡同里死活走不出来。今日听了朗朗的主意，终于大获全胜，长出一口恶气，连带着对新欢也生不起气来，算了，不跟小男孩一般见识。

至于程朗后来唠叨那些什么建构啊预设啊，日常当背景音就好了。

反正也不是说给她听的。

沈捷因为周凯折腾了一晚上，"帝都"的另一边，程朗也在因为周凯睡不着觉。

她在设计测试题目。

不管托福雅思，还是英语四六级，或者是汉语水平考试，没有一道测试题是考官一拍脑袋就给写上了，设计语言测试也是一门专门学问。

经过了认真选择与排布的测试题目，可以精确反映被试的语言水平。

所以出一道有效的测试题也不是什么简单事情。

比如现在，程朗就坐在电脑前面，为挑哪几个句子给周凯读纠结不已。

要有典型性，要包含她需要的特点，还不能太难。

念一半发现下一个字不认识那种就不行。

好不容易弄来一个珍贵的被试，就想着要把每个环节都做到最好。

程朗对着满屏幕的语料挑拣了半天，总觉得还是哪里不合心意，又摸不着具体的思路，索性抛下电脑转移到了地上，继续拼她的土星五号。

遇事不决拼乐高也算是程朗的既定行为模式。

她这个人适合多线程作业，让她一边开着电视一边回着微信一边看文献，她觉得津津有味，单一抱着 iPad 反而完全不知道自己看了什么。

所以一旦她想要思考点儿什么问题，手里就想要干点儿什么，哪有比拼乐高更合适的运动呢？

程朗坐到拼了一个屁股的土星五号火箭前面，继续把手指伸向熟悉的小塑料块，一边拼一边念叨："这么弄不行，这么弄该把他吓跑了……那么弄……结构效度可以了吧，内容效度呢……"

然后沉寂下去，屋子里只有小塑料块摩擦的声音。

"哎，我知道了，拿上次那个测试改一下就可以！"乐高果然是程朗的灵感之源。

接着屋子里就响起一声更惨烈的叫声。

踩到乐高积木的痛，谁踩谁知道。

程朗疼得面目狰狞，发了一百个誓，向自己保证下次绝不能就这么把乐高扔地上了。

然后动作异常熟练地单腿蹦回电脑前面，开始找资料给周凯出新的测试。

而刚回到家洗了澡的周凯，裹着浴巾，狠狠地打了一串喷嚏。

他以为是自己这一整天瞎折腾导致的，倒也没有放在心上。

公司给他租的房子精装修，哪儿哪儿都和样板间一样，进门甚至有个傻了呱唧的白熊雕塑，手上托个盘子，叫人放钥匙。周凯从来没往上放过任何东西。

并且庆幸自己不买股票，要不然家里放个这玩意儿得赔掉内裤。

同一切样板间一样，真皮沙发下面都铺着一块长毛地毯，周凯现在就坐在这块地毯上，抱着手机刷朋友圈，里面全是邱颖的婚礼照片。

他想给邱颖点赞，一根手指头在屏幕上蹭了半天，还是往下滑了。

给郭小凡拍的邱颖点了个赞。

点赞的列表里出现了"周南风"三个蓝字。

他一个恍惚，手机掉下来，把那张让白导演目眩神驰的脸砸青了一块。

脸的主人也不觉得疼，也不去找个冰可乐敷上消肿，就那么四仰八叉地躺在地毯上，良久抹一把脸："我去！有病吧！"

第二天程朗起得分外早，她今天没有时间横穿"八环"了，又要开会又要赶工，得叫沈捷把她的被试领到研究所来见面。

放鸽子的人只配等待，她今天能空出时间就不错了。

一进办公楼，她迎头就碰上了路涵江，正在被好几位同事团团围在中央，连声感谢，而他本人缩成了极细的一条，不住点头，鼻子里哼哼出一些小动物求救的声音，双目直视地面，两手贴在大腿两侧，恨不得当场化作一颗中微子穿过地心。

程朗看一眼就明白了，昨天她替路涵江做苦力送的那二十盒茶叶，可都明明白白地跟人家说过是谁送的。

今天遇到社交地狱简直是必然的。

程朗摇摇头，看这样快要过热死机了，还是得去把他拯救出来。

程朗远远过去："小路，昨天跟美国人约了开电话会的，赶紧回去上线，要迟到了！"

结果路涵江过于紧张，呈现木僵状态，根本就没能动得了。

程朗不得不出手直接把他薅走，一边走还得跟满脸八卦的同事们说："小路我先借走了啊！"

程朗一路把路涵江薅进自己办公室，到了熟悉的地方，他才坐下来开始喘粗气，并且一喘就停不下来。

程朗熟门熟路地从抽屉里拿出来个纸袋子罩在他脸上：

"Breathe into the bag."

路涵江显然之前也发作过很多次，对这套程序并不陌生，放缓呼吸和纸袋子亲密接触了几分钟，总算缓过劲来，可以说点儿人话了。

程朗看看他："你下回再送东西，应该在箱子上贴个条，仅限 E-mail 回复。"

路涵江一拍脑袋："我早应该想到的，简直太可怕了！我就不应该听信我爸妈的话。"

路家父母也是好心，觉得儿子性格过于孤僻，让他带点儿礼物去和同事搞好关系。路涵江一开始自然不答应，可是他爸妈白天晚上无休的语言轰炸他更顶不住，只好拖来单位找程朗帮忙。

谁知道这一帮，就帮得自己惊恐发作了。

程朗心知他电量基本耗尽，就不留他了："你赶紧回去待着吧，我一会儿真要开会了。"

"太好了，那我就走了。"路涵江站起来就要走。

程朗又说："对了，我下午约了那个被试见面，回头把测试题发你，帮我看看？"

路涵江在关上的门那边猛力点头数次，然后贴着墙根低头溜回了自己的办公室。

周南风昨天折腾大劲儿了，瘫在客厅沙发上睡得快要撒手人寰，完全不想起来当周凯。

自然也不会听到手机响。

好在沈捷这回早有心理准备，三个电话不接直接上门找人。

门铃声倒是传到了周南风耳朵里，闭着眼睛走过去，喊："快递放门口。"

然后又闭着眼睛躺回去。

门铃还在响，并伴有较急促的敲门声。

周南风一脸晦气地走到门口，做出穷凶极恶状："谁啊！"

沈捷："周凯，开门！"

这一声像碧玉离恨连环钩，直直把某人的魂灵钩了回来。

那青年放下了属于周南风的那些横七竖八的表情肌，换上签约艺人周凯的一张工作用面瘫脸。

然后打开门。

沈捷一见他，顿时觉得血压升高，想到程朗说的要克制情绪，努力把声音压下去一个八度："你脸怎么青了！"

"防冷，涂的蜡呗。"周凯毫无意识地开起了他和大锅的常用玩笑。

可惜沈捷不领情："周先生，麻烦你清醒一点儿，你现在靠脸吃饭，不是靠铁锹炖大鹅吃饭！请保护好你的脸！"

"铁锅炖大鹅。"

"你那做饭工具不是铁锹嘛！"

四

程朗跟沈捷约了两点，沈捷答应得好好的，说小王八犊子上午就被她控制住了，中午投喂完毕就往你那边走。

这回沈捷倒是没有食言，一点五十发微信给程朗，说进了大门了。

程朗兴高采烈地开始打印她昨晚煞费苦心编出来的测试题。

过了十五分钟，这两人踪影皆无。

程朗有点儿纳闷，沈捷也不是第一次来办公室找她，不至于迷路吧？

此刻只闻走廊里一阵喧嚣，程朗觉得自己好像听到了沈捷的声音，赶紧出去看一眼。

她办公室在三楼，吵吵闹闹那群人在二楼。程朗下楼转过弯去，只见一个男青年站在走廊中央，戴着个棒球帽，稀松宽大一身衣服加无处安放的脚踝，卫衣袖口挽起来露出一条黝黑小臂，整个人散发着一股信息素味道。

好的，顶风十里就知道是她的被试了。再说他身边站着比他矮二十厘米正急得上蹿下跳的沈捷。

但是，这位被试在冲杜老师他们几个嚷嚷什么呢？后头还跟着俩保安？

程朗走过去，听见那一口熟悉的东北口音："你不用怕！你就说他们欺没欺负你！"

杜老师："小伙子误会了，这是我们的同事，我们不会欺负他的！"

沈捷也在旁边拽那个被试："好了人家都说不是了，快走吧，我们都要迟到了。"

名叫周凯的被试梗着脖子站在走廊中间，眼睛眯缝起来，闪着凶光，散发出他一贯的驴气："别人说的我不信，你自己说！是不是真没挨欺负。"

周凯侧过身，程朗这才看见，人群后面墙角里，还隐藏着一个脸憋得通红、眼睛眨得飞快、胸口起起伏伏，但就是一句话也说不出来的路涵江。

话说周凯跟着沈捷进了这办公楼，上了一层楼就看到一个小眼镜被几个人围在墙角，那几个人嬉皮笑脸，小眼镜都快哭了。他虽然打架是硬茬子，但从来看不上欺软怕硬的主儿，没人能在他眼皮底下欺负人。

当即如脱缰的疯狗一样冲了过去，沈捷拦都没拦住。

周凯走到他们几个身后，挑最壮实的一个拍拍肩膀："哎，兄弟，干啥呢？"

杜老师几个人平素跟路涵江交往也不算多，昨天收到了茶叶，正围着路涵江大发感谢之辞，岂料这新来的小伙子一个劲儿往墙角里缩。杜老师他们刚想起那个"社恐"的传言来，身后又多了个找事儿的。

偏偏路涵江一见这么多陌生人同时涌现，社恐严重发作，木僵在当场一句话也说不出来，倒是快要哭出来了。

也难怪周凯误会。

周凯还对着杜老师他们振振有词："你们这样式儿欺负人的我见多了，你说没欺负就没欺负啊！我看他那样就知道有事儿！"

是有事儿，只不过此事儿非彼事儿。

"你让开，没人欺负他！"程朗径直朝走廊中间发出驴鸣那位走去，把他扒拉到了一边："大家都让让，路老师身体不好，你们围这么近他喘不上气。"

这句所有人倒是都听懂了，眼看路涵江靠着墙快要晕倒，自觉纷纷后退，只剩下沈捷和那驴，哦不，周凯杵在当场没动。

周凯看见路涵江那样也吓麻了爪，不敢再放什么厥词。这女的好像认识他，应该不是来欺负人的。

程朗扶着路涵江缓缓坐到地上，转头指挥周凯："你，把你手里那个纸袋子给我！"

纸袋子里是沈捷给程朗带来的伴手礼小饼干，周凯愣了一下，沈捷赶紧捅他："叫你给，你就给！"

程朗接了纸袋子，把饼干盒子掏出来扔一边，往路涵江脸上一扣："慢点儿呼吸，你药带了吗？用吃药吗？"

路涵江的脸埋在袋子里，暂时隔绝了外面那些可怕的活人，感觉症状缓解了许多，缓缓摇了摇头，表示不用吃他的抗焦虑药。

又喘了几口气，勉强能够说话，从画着草莓小饼干的纸袋子里头瓮声瓮气地说："那位同学，谢谢你啊，他们真没欺负我，是我自己身体不好。"

他把周凯当成谁的研究生了。

四散到旁边的杜老师他们纷纷发声："就是，我们怎么能欺负同事呢？你这小伙子真不讲道理。"

年纪最大的高老师倒是笑呵呵："哎呀，不过这个路见不平拔刀相助，还是颇有古风！现在的年轻人里不常见啦！"

沈捷在旁边尴尬得快要用鞋跟打出一口井来，一连声跟人赔不是。

身旁那驴却突然低下他高昂的脖子，直接冲杜老师他们鞠了个九十度的躬："不好意思啊！我看差了！你们该揍就揍，我绝不还手！"

杜老师一干斯文人哪里见过这个，纷纷表示没事没事，我们也不会揍你。

然后问周凯："你们是来干什么的呀？"

他们研究所里出现这样的奇观还是第一次，难免要多打听一句。

这回轮到程朗尴尬上头，堆着一脸假笑："他们是来找我的，给各位添麻烦了，真不好意思。"

脑袋还蒙在纸袋里的路涵江这回听明白了，这就是程朗那个费了好大劲儿找来的被试，怪不得刚才听他说话那个音高和音色都有点儿熟悉。

周凯也弄明白了，对面那个两眼正在对他们发射死亡激光的女人，就是沈捷给他找的新培训老师。

她不是老师吗？她咋不戴眼镜？这不科学啊！

周凯一脸不信任地听从这位"老师"的指挥，扶着刚才那疑似被欺负的"小孩儿"回了他的办公室，才发现那也是一个"老师"。

沈捷找的这到底是个什么机构，怎么老师一个个的都那么年轻。

把人放下之后，程朗就让他们赶紧走，说"路老师"需要一个人静养。

周凯还不太放心："他没事吧？瞅着都要撅过去了，是不是得留人看着他啊？"

程朗刚想把他这驴话给挡回去，只听见沙发上路涵江把脸埋在纸袋里，很小声说："我没事，你们走吧，谢谢你啊！"

他这谢的是周凯，他对陌生人说话了，虽然隔着纸袋。

程朗没空多想，飞速把沈捷和周凯拽离了路涵江的办公室，一路回到她屋里。

沈捷直到坐在了程朗的办公室里，才觉得脑子稍微转了过来，这一下午都什么乱七八糟的，周凯一出马真是鸡犬不宁。

周凯进了程朗的办公室，看到一整面墙的书架之后，突然就消停了下来，直眉瞪眼坐在了沈捷旁边，暗暗打量泡茶的程朗。

他从小就不爱学习，看见老师就生理性心虚，坐在这里要强行按捺住自己想跑的冲动。

她咋这么年轻？能有二十五还是二十六？这么年轻会干点儿啥呀？

长得倒是挺好看，但是估计挺厉害，刚才在外头就发现了，长得好看的女的都厉害，小影子也厉害。

但是小影子不如她洋气，她像来找白导演的那些女明星，都戴着老大个儿的耳环。

算了，做一天和尚撞一天钟吧，公司让来的，不来沈捷得磨叽死，我就不信这女的能把我吃了。

程朗把路涵江送的毛尖泡了，又配上刚才他们带来的草莓小饼干，才坐下来开始谈事情。

她先从路涵江聊起："路老师有个毛病，社恐比较严重，不熟的人一跟他说话他就喘不上气来。也难怪你误会了。你是周凯吧，我是程朗，从今天起负责给你做一段时间的语言训练。"

伸手不打笑脸人，更何况人家说话比沈捷中听多了。

沈捷就在旁边唠叨："朗朗可是语言学博士，我费了好大劲才让她帮这个忙，你可别跟她捣乱。"

话一出口就有点儿悲哀，怎么一股养孩子的腔调。

周凯也的确像个青春期叛逆少年，在屋子里还戴着个帽子，一脸不情愿："行了，知道了。"

然后略微坐立不安，把帽子给摘了。

程朗当即就笑了："你脸怎么了？"

颧骨上乌青一块，配上有点儿尴尬的脸色分外精彩。

"磕的。"周凯装作毫不在意。

沈捷在旁边以手捂脸，自己咋就摊上了这个驴。

"我觉得你是被手机掉下来砸了脸。"程朗突然来了一句。

把周凯、沈捷都吓了一跳。

周凯瞪圆眼睛："我去！你是柯南吗？！"

程朗一脸云淡风轻："你说磕的那两个字音高比其他词汇低，发音时间也短，很明显就是有异常情况。然后你还一直在摸你那手机，我就随便猜一下。"

"哈哈哈哈你猜得对！"沈捷看到周凯那一脸目瞪口呆就觉得分外解恨，你也有今天！

不能只有她一个人领教程朗时不时的柯南上身惊悚事件。

周凯能说什么呢？他今天先是强行给根本没被欺负的人出头，然后又被当场拆穿谎言，他的面子都当抹布用了。

摆出一张凶煞脸，他不想说话，请当他不存在。让那两个女的唠嗑去。

可是在程朗眼里，周凯强行装出来的"煞气"完全不存在。

她只看到一个长手长脚男性，屁股像长了钉子一样在她的沙发里挪来挪去，鼻青脸肿，努力装出很严肃的样子。嗯，白导演有眼光，确实有股不一样的味道，人家眼神没焦点叫呆滞，到他那就可以用"空茫"来形容。怪不得沈捷公司吃定他能红。

程朗暗暗下了决心，要把他训练成一个普通话标准、交际策略运用得当的明星，并弄出个研究课题来。

于是她身体力行，转身从桌子上抽了一张纸出来。

"基本的流程差不多就是这样。我们这边先来做个小测试，然后根据测试的结果来制订培训方案和时间表。当然这个方案现在做出来也是一个大致的计划，后期根据他的接受能力还会有调整。他要是学得快呢，我们就推进得快；学得慢呢……"

就推进得慢呗……周凯想，看谁磨叽得过谁。

结果那边那个笑眯眯戴大耳环的女柯南说："学得慢我们就加练一些时长好了，反正我这边工作时间都比较灵活，只要他没有工作，一天八个小时练习时间能保证吧？"

周凯现在觉得她不像柯南了，像他高中班主任关大牙。

更可怕的事情在后面，那个女人竟然直接把一张卷子递到了他面前，眯起眼睛温柔亲切地说："来，我们先做个小测试，没事，不用写，你读就行了。"

周凯看着那张纸，本能只想后退。

这咋当明星还得考试呢！不是说明星都没文化吗！我特么要是爱学习能去卖铁锅炖大鹅嘛！

那可怕的女人还在步步紧逼："没事，我们不打分的，随便读一下就可以了。"

周凯觉得此刻他好像能理解那个被吓得说不出来话的"路老师"了，人总得害怕点儿什么，有的人怕蛇，有的人怕跟人说话，有的人怕考试卷子。

但是，他是谁啊，他是周南风，他是狗哥，他是一个人对九个傻×都不带跑的真爷们。

不就是张卷子嘛！

周凯深吸一口气，从第一个词开始念：卫生间，卫的发音为 wèi。

第三章　呦呦鹿鸣

一

周凯的好兄弟，花名大锅的郭小凡，虽然物理学得稀烂，但是十分喜欢发表各种关于能量守恒的高论。在他眼里，这世界上万事万物都遵循朴素的运气守恒定理：今天在路上捡了钱，明天就要被门夹了手；午饭吃多了烤肉，晚饭就只有青菜吃；搞手机贴膜维修赔了钱，开铁锅炖大鹅就必然能赚钱。

每每他发表这番理论，周凯都要嗤之以鼻，说他没事就知道扯些个闲淡。

但是今天，一个下午之间，他就觉得大锅说的都是真理了。

当年上学时候逃过的课，果然都要一堂不落地补回来。

那个戴大耳环的女的长得挺漂亮，看着也笑眯眯的，怎么心肠那么恶毒呢？

哪有刚见面就给人考试的，还一出手就是三张卷子！

周凯昨天喝多了，今天脑仁儿还隐隐作痛，决定跟上学时候一样，随便扯上一点儿，剩下的全都说不会，直接糊弄过去。

打定了这个心思，他就心安理得开始走神。

程朗其实没先拿卷子，她先掏出了录音笔，并且在旁边支了个摄像机。

之后特意征询了一下周凯的意见。

"周先生，为了培训效果，我这边开一下录音和录像你不介意吧？"

"啊？"这么多年也没几个人管他叫过周先生，他根本没反应过来。

程朗以为他没听明白："我们录这个其实就是为了能更准确地分析一下您有哪些方面需要改进，之后也能做个对比。"

周凯当然完全没听懂，但是他不能输了气势，大咧咧往后一靠："录吧，一个摄像机那还叫事儿啊！我们拍电影时候摄影棚里一堆呢，还有那个什么什么，带摇杆的。"

"那叫摇臂。"沈捷终于忍不住了，在旁边绝望插话，"你放心，这些影像资料是不会流传出去的，我们之前都签过保密协议了。哦对了，这里有一份你也得签一下。"

周凯的脑子这才转过弯来，原来现在自己这么值钱了，都得签保密协议。不由得摸了摸自己的脸，摸了一手油。

然后故作大度："啊，没事，我知道了，你们录吧。那保密协议啥的签不签都行，我这没啥不能给人看的。"

此后的三个月，周凯每一天都在庆幸，公司跟程朗签了那个保密协议，那是后话不提。

此时此刻沈捷跟程朗正在押着他这个培训主体挨条看协议条款，程朗还特意指了一条给他看："培训过程中产生的某些语料可能被用于科学研究，但是不会披露受试者姓名"。

周凯既然打定了瞎糊弄的主意，自然也把这段顺滑地走神走过去了，"咕咚"一声干掉大半杯毛尖，生无可恋地瘫在沙发上："签吧，签吧，反正我卖身契都签了，不差这点儿东西。"

扯过来协议鬼画符一番，算是签了字。

他这边签了字，程朗心里有了底，当即有了笑容，转身从办公桌上拿了一叠纸出来："那我们开始吧。"

周凯跟沈捷都蒙了："这就开始了啊?"

他们以为今天就是来熟悉一下签个协议。

程朗一脸理所当然："来都来了，我们先做个基础测试么，你不是说时间紧迫嘛?"

作为一个跟程朗玩了三十年的人，沈捷很熟悉她那个表情，每次她买了新乐高当场拆箱，都会露出那个迫不及待的笑容。

周凯昨天坐了两趟飞机，又喝了一场大酒，迷迷糊糊中还被手机砸了脸，现在整个人都处于一种懵懂状态。如同后脑勺被人打了一闷棍，理性思维根本调动不起来，做事完全凭直觉行动。

一伸手就把程朗昨天晚上精心设计的卷子给拿来了，反正他学习就没好过，伸头一刀缩头也是一刀。

早死早超生。他准备都选C。

等他把头伸出去，赫然发现刀并没落下来。

那卷子并不难，也没有选项，字他都认识，挨个儿念就行。

第一张是单词和句子，第二张是念两段话，第三张上有两个题目，让他就那两个题目说一段话。

程朗特意强调了用普通话念，叫他念慢一点儿，有时候还让他重复一遍。

周凯没当回事，普通话谁不会说，又不是南方人，"n""l"不分。

于是他顺顺当当地念了下去："尾生间（卫生间），外果人（外国人），萝be糕（萝卜糕）……"

对面那个女的可能真是专业的，全程表情很认真在听，不时点点头，还笑了一下，拿个笔在小本子上写写画画。周凯见人家上了劲儿，不由得反省了一下自己的糊弄态度，也跟着开始认真了。

他现在已经忘了十分钟之前还认为程朗十分恶毒，甚至觉得，如果上学时候的老师都像她这个态度，自己估计能好好学习考个一本大学。

他当然不知道，程朗脸上那和煦的笑容跟他本人一毛钱关系都没有，而是来自对自己预判结果的满意：嗯，这个偏误果然出现了；好的，单词结尾的调值果然比较低；对，这个句子里的顺同化现象也很典型……诸如此类。

至于小本子上写的，自然是要把这位名叫周凯的被试操练上多少小时，用上什么训（刑）练（罚）之类的事情。

无辜的周凯对此一无所知。

他还在程朗"鼓励的眼神"下满嘴拌蒜地跟那个文章选段较劲："一个老城，有山有suǐ，全zǎi天底下sài着阳光，nǎng huo，不是，暖huo，安……安适……对，适合的适。安适地suì着。不是，shuì着？"

程朗挂着一脸满意神情："很好，特别好，那我们来接着往下读。"

周凯受到了鼓励，一鼓作气把这一段连下一段都给念完了。

程朗让他停下了："累了吧，来，先喝口水。"

周凯这辈子就没被任何老师如此关照过，虽然这个"老师"年纪不大，搞的东西也奇奇怪怪，但是也足以让他受宠若惊了，一时间觉得程朗顺眼了许多。

沈捷在旁边实在很难忍住不笑，憋得五官错位，不得不以打电话为借口溜了出去，在走廊里叽叽咕咕笑了个痛快。笑着笑着突然背后一凛，好像有什么东西从余光里溜了过去。

沈捷猛然回头，只见角落里出现了一只眼熟的纸袋子，上面还画着草莓小饼干。

这不就是自己买来的伴手礼包装？

一会儿工夫该纸袋子就长出了身体和四肢，一看见她赶紧迅速闪避，一溜烟消失在楼梯上了。

沈捷自然认出来那是刚才差点儿被周凯强行"拯救"的那位，心想这些搞学术的果然够特立独行，居然喜欢头上套个纸袋子也能到处溜达，回头再跟朗朗打听打听还有没有，够四个就能攒个山寨版生活大爆炸了。

路涵江刚刚经历了一场风波，在办公室里吞了两片抗焦虑药才勉强恢复了身体各项机能。

然后他就开始不安生了，那个人就是程朗找来的被试吗？好像挺有意思的，还挺有正义感。说来他的那套测试题我还给程朗提了不少意见，要不要偷偷去看看他表现咋样？

路涵江把门打开一条缝，见走廊里四下无人，便轻巧地蹿出了办公室。为避免刚才那种惊恐发作的突发状况，他还特意把那个纸袋子拿上了。

结果刚走到程朗门口，赫然看见一个活人在那扶墙痴笑，肩膀可疑地抖动，一时间不知所措，只好掩耳盗铃，把纸袋子套在头上迅速遁走。

拐过几个弯仍然觉得手心出汗心跳加速，但是对那画着草莓小饼干的纸袋子又升起了几分敬意——要是没有这个玩意儿，怕是不能安全回来。

这边沈捷欣赏了一场食品包装袋竞走，想着进屋还得憋着不能笑，索性在走廊里拿出手机处理起工作来。

那边头套纸袋的路涵江犹不死心，过了一会儿慢慢蹿回三楼拐角，发现那个人居然还在程朗门口赖着不走，真是非常可气。

沈捷总觉得有人盯着自己，一抬头又什么都没有，可把墙角的路涵江给吓得够呛。

而走廊里这场奇怪的攻防战，屋子里头两个人都毫无察觉。

周凯进行到了最后一张卷子：成段表达。

上面两个题目，都十分常规。

我的父亲母亲。

最喜爱的一种食物。

周凯看了一眼，没说话。

程朗怕他把题目想得太复杂："你随便说就行，想到什么说什么。"

周凯盯着那张纸半天，突然来了一句："我不想说。"

程朗有点儿蒙，刚才一直非常配合的呀，怎么突然就尥蹶子了？

赶紧顺毛捋一捋："没事，瞎说就行，跟题目关系不大也可以。"

谁知道对面那驴丝毫没有软化的态势，直眉瞪眼来了一句："我不会。"

总之就是强硬拒绝。

程朗倒是发现了问题，这么明显的回避态度，他在回避什么呢？

看一眼题目就有数了，也不提前头会不会的事情，直接转移了主题："那我们换个主题，来说说'我的家乡'可以吗？"

周凯那一脑袋糨糊里突然劈开一道闪电：她咋知道我不想说我爸妈，她是柯南吗?!

脸上还是一副勉为其难老大不乐意的样子："我……家乡，在东北，特别冷。"

然后就卡壳了。

程朗只好去牵一牵绳子："我也是东北人，到上小学都住在东北。"

周凯果然来了兴趣："那你一点儿东北口音都没有啊！"

程朗笑："我住过好多地方，说话都混了，但是还是东北最冷。"

周凯终于接上了茬："可不是呢，这几年都暖和了，我小时候一到冬天就零下三十度，嘎嘎冷。我舅半夜喝多了躺道边就睡了，第二天一看冻死了。"

程朗没想到开场就聊出来一条人命，越发觉得这个人思路清奇，定然要好好给他补习一下逻辑。

周凯还在那漫无边际地胡扯："那时候我才七八岁，我妈还在，特意给我买了个贼厚的羽绒服，就怕我也冻死。那羽绒服还挺贵，本来钱不够，正好大锅他们家上货，给打个五折，才买了。大锅就我一好哥们儿，现在我们俩还挺好。我那啥……来这公司之前我们俩合伙开饭店呢，现在那店里就他一个人看着，估计也得累个好歹的。"

程朗在小本本上记下来：被试对拍电影这个事件持回避态度。

对面的被试说上了头，连带着把下一个话题也说了："对，我最喜欢吃啥，就烂炖。"

程朗确认了一下："乱炖？"

"对，东北烂炖，茄子、豆角、土豆啥的整一锅，再搁点儿肉。对，我那啥……之前是开饭店的你知道吧？和大锅合伙，当时我开挖机攒了点儿钱，就琢磨着干点儿啥。正好大锅说他舅有个认识人，在影视城开了个店要转让，问我俩顶不顶。我还挺犹豫的，后来一听是卖铁锅炖的，直接拍板就顶了。我从小做这玩意儿做不知道多少次了，我有独家秘方！"

听沈捷说，他们那个"凯旋铁锅炖"卖的铁锅炖大鹅的确就比别的地方好吃不少，道具组都喜欢去那买吃的。

程朗心里不由得升起一丝向往，不知道回头能不能说（诱）服（骗）周凯做上一顿。

周凯却没有就他那"独家秘方"再说下去，话题漂移到了自己身上。

"那时候说得有个艺名，我一看招牌那不现成的么，凯旋铁锅炖，我就叫周凯得了。"

程朗说："你起名时候就没考虑一下别的思路吗？"

周凯愣了一下："那还能叫周旋儿啊！"

然后摇摇头："总不能叫周铁锅吧。"

最后没头没尾来了一句："反正我不想叫周南风。"

二

沈捷站在走廊里约了明天要谈的几件事，正打算摸个鱼跟新欢腻歪两句，就听见屋里有声，传出了一些不同寻常的动静。

想必是自己带来的驴又尥蹶子了，得赶紧进屋安抚。不知道程朗跟他说了啥，刚才明明挺配合的。

沈捷推门进去，只见周凯梗着脖子，全身僵直，目露凶光："不可能！你别跟我这扯犊子！我不信！"

转眼见沈捷进来："你们找的这啥人！都是骗钱的！瞎整！"

程朗倒是相当平静，专心在电脑上捣鼓她的东西，头也不抬跟沈捷说："你们稍等一下，我马上就好。"

沈捷等得，周凯却等不得，第一时间开始告状："你知道她说我啥吗？她说我普通话不好！还特么非常不标准！你满东北打听打听，都说我们那普通话最正宗！还用在这特意学半天！这不忽悠人嘛！你别给她交钱！"

沈捷心想你那普通话也就是矬子里拔大个，比广东人好点儿倒是，她还没来得及说话，只听见程朗的电脑里发出了周凯刚才的动静："你biè（别）给她交钱！"

倒把两个人吓了一跳。

"干啥啊！"周凯脱口而出。

程朗还是没出声，让电脑替她说话了，一个女声用标准普通话念："别给她交钱。"

下一句："干什么？"

一字一顿，周凯从来没想到，自己有一天能在机器合成的声音里听到如此浓郁的嘲讽气息。

一时憋住了气，涨得满脸通红，恰好是白导演喜欢的那种"欲言又止的愤怒"。

可惜这屋里没人欣赏，沈捷干脆不憋直接开始笑得像个尖叫鸡。程朗倒是没笑，把显示屏转过去给周凯看：上头一堆不明所以的图，红的绿的乱七八糟。

程朗倒是还很有耐心，跟周凯解释："这是你刚才说的那句话的基频曲线，这是普通话的，你看这两条曲线差别还是挺大的。"

周凯之前看过和这最接近东西的大概是股票的K线图，当然那玩意儿他也没看懂过，学人炒股票亏了不少钱倒是真的。

但是，他虽然炒股票的天赋约等于没有，嘴硬这项技能却绝不会落于人后。

跟程朗说："biè（别）给我看这玩意儿，我看不懂，跟你说我就是没上心，上心了跟电脑里说的一样！"

沈捷在旁边忍不住插刀："兄弟，树上骑个猴，地下八个猴，那不属于普通话。"

周凯瞪她一眼，还在强辩："我直……我知道！我上点儿心就能说对。"

程朗在他背后偷偷冲沈捷摇头，眨眨眼睛。

然后跟周凯说："那这样吧，你把刚才那句话再念一遍。"

生怕他忘了，电脑还又示范了一遍："别给她交钱。"

周凯跟着念："别给她交钱。这不很简单吗，我跟你说就是有些音调不一样，我注意点儿都能念对。"

然而程朗丝毫没有饶过他的意思，又指着那堆红红绿绿的图给他看："你看，还是不一样的。"

周凯也不瞎，两条不一样的线还是能分辨清楚，但是他就是不愿意承认："这不都差不多么。"

这回沈捷站在他这边："我觉得好像念得也挺像了。"

程朗把鼠标拉到句子末尾："他这个'钱'的调值明显低很多，普通话的调值35，他顶多能发到34。不信你们再听一遍？"

周凯跟沈捷面面相觑："什么叫调值？"

程朗懒得解释："这个回头再说。我会给他认真培训的，现在你们再听一遍。他说的尾音是不是比较低沉。"

周凯不得不又听了一遍自己的黑历史。

铁证如山，无可辩驳，还有个沈捷在旁边帮腔："真的哎！我以前从没注意！这么说我这普通话也不太标准。"

程朗点点头："是不太标准。"

周凯在旁边幸灾乐祸。

程朗接着说："没事，你这个差不多就行了，你也不当播音员，他那个的确差得有点儿多，而且工作也有需要，得好好训练一下。"

周凯当惯了差生，被老师突然点名本来不觉得有什么，可是刚才在程朗面前丢了面子，此刻脸色就不怎么好看："我不用训练，导演说这样婶（式）儿的有特色，演电影我都没用配音。"

"不是每个人都是白大仙儿，他拍你演的那是电影，别人拍你演的就是小品。"沈捷当场把周凯不想上课的劲头掐死在萌芽状态，"现在你用不用训练程朗说了算，来找她培训属于你工作的一部分，你自己说的不算数。"

周凯还想再杠一杠，沈捷在旁边幽幽来了一句："你忘了昨天晚上都答应过我什么了吗？"

把他吓得脖子后面冷飕飕，赶紧跟程朗撇清自己："不是，没有，你千万别想岔，我们那就是工作关系。她自己有对象！"

程朗当然知道他们昨天晚上说过些啥，那还是她亲自上阵教沈捷的。

但是她偏当不知道，满脸坏笑，言语暧昧："哦，你们内部的事情内部解决就好，不用跟我解释。"

激得周凯急赤白脸："真啥也没有，我就答应她以后好好来培训。"

程朗当即接上："那挺好，希望你以后能配合我的工作。"

沈捷暗暗佩服：原来在这等着呢，朗朗这个语言学什么的果然没白搞。

周凯骤然被套住了话，觉得哪里不对又无从说起，十分少见地闭上了嘴。

在外面混了这么多年，感知危险的能力还是有一点儿，潜意识告诉他苗头不对说多错多，他就先老实在旁边听得了。

结果越听越生气。

照程朗的说法，他这个人在说话方面，不只是普通话不标准这个问题，还有一二三四五六七八等诸多问题，那些个词他也听不大明白，但是深刻地领会了精神。

"你就是说我不会说人话呗！"周凯还是没能忍住。

程朗没接他的茬："周先生，我前面说的问题大部分可以通过特定方向的培训来解决，如果你配合好的话，三个月之后将会有很大的进步。"

周凯又一次被"周先生"给整蒙了，原来构思好的诸如"那我这么些年活在狗身上吗"之类的言辞被凭空打断，最后只好轻飘飘扔下一句："那你等着，要是没效果可得退钱。"

威胁效果约等于无。

沈捷在旁边翻个白眼："公司不是你家开的，不用替公司省钱。"

沈捷晚上还约了新欢见面，看时间差不多了就准备把周凯运送回去，临走还顺了几包路涵江送的毛尖。

程朗猜得对，这个对沈捷的口味。

周凯出了程朗的办公室，长长出了一口气，感觉自己重获新生，之前十来年上的学感觉都算白上。

他那似有若无的潜意识告诉自己，屋里那女的虽然看着笑模笑样，但是绝对不是善茬，跟东街大山子似的，蔫坏。不知道后面有什么阴招等着呢。

走着走着他突然回头看了一眼。

沈捷问："看什么呢?"

周凯摇摇头："没事。"

他从一出门就老觉得后面有人盯着，这办公楼看着挺老了，不会……有什么问题吧?

研究所的办公楼虽然是个保护建筑，但是并没有什么不干不净的问题。

在后头盯着他的视线属于路涵江。

只等那个勇于助人的被试一走，路涵江就迅速蹿过去敲程朗的门，手里头还攥着那个草莓饼干的纸袋子。

一进门也不跟程朗寒暄，直奔主题："这个被试怎么样?"

程朗也不跟他计较，毕竟这个人社交电量有限。

说到被试程朗就来了兴趣，拿着那套路涵江帮她改过的卷子聊起了周凯需要改进的各种问题。

听得路涵江两眼放光，连声夸赞程朗运气好，找到了一个如此合适的人选。

说到那个"我的父亲母亲"时，路涵江深刻反省了自己："是我考虑不周，以后的问卷里最好还是不要出现涉及被试者隐私的问题。"

程朗摆摆手："没事，我已经让他换了一个话题。"

按照程朗的经验，说到这时候路涵江差不多就该电量耗尽弹起来走人了，谁知道今天有了新的进展。

路涵江说着说着，突然停住了。

程朗以为他要走。

谁知道他把手里攥着的那个纸袋子往头上一套，在草莓饼干包装里头瓮声瓮气地继续交流："这样好多了。"

套上纸袋子以后他说话都顺畅了不少："我今天才发现的，其实我主要的障碍还是跟人面对面交流，好像套个袋子就能好不少，还能多说一点儿话。"

程朗可能是跟他交流多了，竟没有觉出丝毫不对，甚至还提出建议："那你以后随身带着一个好了，还可以选一些不同花样的，比如派大星什么的。觉得不行就套上再说。"

路涵江深以为然。

然后充满期待地问："你那个被试，明天还来吗？"

"可能得过两天才来，我这边还得制订一个培训方案，而且明天我还有事。"

路涵江在纸袋里的声音有点儿失望："是吗？那回头再说吧。"

程朗有点儿不忍心，但还是告诉他："不好意思啊，我跟他们公司签了保密协议，培训过程不能有人旁观。但是如果中间发现了什么值得探讨的问题我可以跟你聊。"

路涵江摇了摇头，纸袋子也跟着晃了晃："也……不是，我主要还是想谢谢他。"

"谢他什么？虚假的见义勇为？"程朗问。

"就……他也是一片好心。"

在程朗看来周凯的行为十分鲁莽和无聊，但是既然路涵江觉得受到感动，甚至想要主动跟陌生人说话，那就满足他好了。

"那他们下次来我给你发邮件。"

路涵江忽然一个激灵，想到要跟完全不认识的人说话，当即退缩："那还是……算了吧……你能帮我转达一下吗？我可以送他一盒毛尖。"

程朗的心放回肚子里，这才是路涵江啊。

还以为套个纸袋子能变身呢。

三

程朗还是把事情想得太简单了。

本来呢，她计划得好好的，每周三次，找不忙的时段让周凯来她办公室上课，回去完成她布置的任务，如是反复，如果实在需要更多训练也可以加课。

但是计划永远赶不上变化快。第二天一上班，从踏进办公楼大门那一刻起，程朗就觉得空气里充溢着什么不一样的味道，每个拐角处都飘着眼睛和耳朵，连前台保安跟她打招呼的公式化笑容，嘴角的褶子里都含着些暧昧不明的意义。

程朗低头看一看，衣服也没穿反啊，难道是今天戴的耳环太奇怪了？

也还好吧？一个耳朵上挂了两片树脂滴胶包起来的蝉翼而已，走路的时候撞出细细碎碎的响声，卖家说像风在低语，她觉得没有赋予意义的随机声响无法构成语言。

显然，问题没有出在耳环上。

那些飘忽的目光都落在她的脸上，带着语言工作者特有的委婉顾左右而言他，从毛尖聊到菊花脑又聊到课题结项，就是不触及他们真正想知道的话题。

还是杜老师先憋不住了，人上了年纪，一早喝过美式咖啡，现在急着去洗手间。又不想舍弃跟程朗打听八卦的大好机会，于是期期艾艾地开口："昨天……那个闹事……哦，不是，闹了误会的小伙子……"

程朗恍然大悟，赶紧接了一句："那是我的被试。"

杜老师眼睛里写满了不相信："虽然是个误会吧，但是小伙子古道热肠，很值得赞扬。"

然后话锋一转："看着挺年轻的，哪里的研究生吗？"

"不是，他……工作了。"

杜老师松了一口气："工作了，工作了好！工作了，多年轻也不怕!"

程朗皱皱眉头,杜老师是不是看多了沈捷她们公司做的狗血剧,这脑袋里都想的是什么!

赶紧继续和周凯撇清关系:"我最近想出来个新课题,就找个被试先来做点儿实验,要是进展顺利我可能还要找更多被试。"

按道理这个时候,杜老师,作为一个研究员,一个学者,怎么着都该问程朗有关新课题的问题了吧。

虽然和沈捷他们签了保密协议,不能说周凯的身份,其他细节还是能加工一下透露出去的。

可是杜老师根本就没往学术研究上拐,还在他的狗血剧频道里一路疾驰:"这小伙子看着挺精神,小程啊,你有眼光。"

程朗发觉此刻委婉语已经不好使了,只好用上了直接的强式否定:"不不,我确实和那个被试没有任何关系,昨天也是第一次见。"

杜老师这回信了,但是又兜回自己的话题上:"那回头你打听打听,他有对象没有,没有给我闺女留着呗,我瞅着那小伙子不错,长得还挺帅。"

程朗这回算是彻底绝望了,杜老师,您真的没有关于构式语法的问题和我讨论吗?果然没有一个家长能摆脱给小孩儿找配偶的魔咒吗?

程朗还不知道怎么回答,只听到一个瓮声瓮气的声音:"早上好。"

一回头赫然看见一个麦当劳的纸袋子对着她，那声音就从大门后面传来。

除了路涵江没有别人。

杜老师也吓了一跳："小路啊，你这是干什么？昨天给吓出心理阴影了？"

那纸袋子晃了一晃："不是，我发现套着纸袋和人沟通比较顺畅，好了，我就是试验一下，再见。"

说罢摘下他的纸袋子，贴着墙角一溜烟消失了，恢复了他的一贯作风。

杜老师的膀胱也终于到了极限，在咖啡的作用下匆匆辞别了程朗，临走还不忘嘱咐她打听周凯的底细。

程朗只能嗯嗯啊啊对付过去，学习路涵江的轻功身法，电梯也不坐，走楼梯一路逃窜回自己的办公室。

进门坐下就开始给沈捷拨电话。

沈捷正带着周凯拍宣传照，电影没上人没火，准备工作要做足。

程朗劈头就给她来了一句："我们的培训得换个地方了。"

沈捷皱着眉头看远处周凯被摄影师摆弄的鼻子不是鼻子眼睛不是眼睛，问她："什么情况？你办公室不能用了？"

程朗叹了口气说："你们昨天出场太隆重了，现在整个研究所都盯上他了。"

于是如此这般把刚才发生的事说了一遍。

沈捷爆笑："不是说你们搞研究的都醉心学术吗？怎么这么八卦！"

程朗靠在椅子上转了一圈："那都是电视里虚假的科学家，真正的科学家也要操心小孩儿找不找对象，并用饭卡从食堂买二十个馒头回家。"

沈捷看那边周凯怒气值好像有上升趋势，就快要跟摄影师吵起来，赶紧放下电话去救火。

好不容易说服周凯继续让摄影师折腾他僵硬的四肢，才给程朗拨回去。

"要不去旁边找个人少的咖啡馆呢？"程朗提出建议的同时又把自己给否定了，"不行，咖啡馆没有白板，还是有点儿施展不开。"

"有也不行，一开始不就说了吗，不能在公共场合。"沈捷也给否定了。

"要不来我们公司？我叫他们空出来一个会议室。"沈捷问。

被程朗拒绝："太远了，我开车过去单程都要一个小时，没有那么多时间。"

偶尔为了刀鱼馄饨开车横穿"八环"还可以，天天这么干她可不答应，两个小时在家写论文拼乐高不好吗？

沈捷也觉得叫程朗大老远来找周凯一个天天在家抠脚的人也不太地道："倒也是，还是得叫他过去找你。但是私密空间好难找……你们那旁边有没有共享办公室、共享会议室之类的地方可以租？"

程朗笑："这么时髦的东西，西边怎么可能存在。我们这里属于城乡接合部，只有共享单车。"

沈捷迟疑："让我想想……找个写字楼租个办公室的话……开支好像有点儿大……估计公司不能同意。"

"我办公室本来最合适，但是现在肯定不行了，他再来两次估计祖宗十八代都要被问出来，你们那个保密协议就要形同废纸。"

沈捷看看远处那位昂首瞪眼一身驴气的男艺人，觉得确实不能再这样放任他四处怼人，一咬牙下了决心："要不这样吧，不就三个月么，我自己掏钱在你家旁边租个房子，叫他每周去那边上课。反正也就一个包钱，我还出得起。"

程朗惊讶："你对他还真上心啊！"

沈捷在电话这边一脸丧气："无论如何我得叫他学会说人话，要不感觉职业生涯要毁于一旦。这犊子太驴了，我治不了他，昨天我看你治他正好。"

程朗灵机一动："哎，我想到了，其实可以叫他来我家里上课。我也不是每天去研究所，在家的时间还是有。"

沈捷其实早就想到了，可是觉得随便让一个驴样男性去自己外甥女家里还是不太好，就没好意思说。

谁知道程朗完全不在意，并且在那边说得很起劲："正好我家里各种参考资料都有，需要教具什么的我拿回来就是。哦，白板倒是没有的，需要买一块，这个你报销没问题吧？"

都说到这个份儿上了，沈捷也没啥反对意见："行，这个我自费也没问题。"

然后跟程朗说："要是换了个别人我肯定觉得她对周凯有企图，也就是你。"

程朗拨弄着自己的马克杯："我是对他有企图啊，企图靠他写个论文投顶刊（顶级刊物）呢。"

"这种企图你有多少都没问题。对了，别告诉你妈啊，她要是知道非得过来把我炖了。"沈捷突然嘱咐了一句。

程朗摇摇头："我一个三十几岁的成年人，还是能为自己的行为负责的。好了，我要工作了，明天没空，后天你叫那个周凯来我家里上课。"

沈捷放下电话，又把让周凯去程朗家上课这事翻来覆去地想了好几遍。她接手周凯这大半年以来，自觉对这犊子还是有一点儿了解，他也就是说话气人工作不配合，但是本质上不是坏人。

当时老白毛儿想找他拍电影，他死活不同意，说自己不会。老白毛儿夸下海口，说只要他肯去拍电影，以后自己来影视城拍戏，盒饭全从他兄弟这个什么"凯旋铁锅炖"订。他想想也就答应了。

生活制片后来知道了脸都气绿了，人家回扣都跟别家谈好了，这可怎么弄。

这样的人不会伤害程朗的，只有程朗把他虐得死去活来的份儿。

一件大事搞定，沈捷微微放下点儿心来，接下来就指望程朗的两个博士学位没白拿，能化活驴为八哥，教他说点儿人话。

谁知道事情汇报到老板橘子姐那里，又出了新的插曲。

对于去程朗家里培训这件事，橘子姐倒是没反对，但是她提出了更有建设性的意见：那就让周凯直接搬去她那个小区得了。

橘子姐的观点是这样的：周凯虽然还没出名，但是电影预告片和宣传都上了，还是会有人认得他。这个所有路人都是狗仔队的年代，被拍到总是进出一个小区，回头火了有人挖坟，我们公司还得出来解释。反正他也要租房子，不如直接搬去程朗他们小区。

而且，这个橘子姐诡秘一笑："我年轻时候当过老师我知道，你看到一个学生瞎整，就不自觉想去纠正他。让他们俩住得近点儿，你外甥女肯定一看见他就想修理他，咱们能免费蹭不少课时。"

沈捷不由得感叹资本家真不是人当的，居然可以精打细算到这个程度。

不过仔细想想这事也没坏处，反正周凯现在工作不多，主要活动就是去程朗那里学说人话，住在公司旁边也没什么意义。

于是就这样愉快地决定了。

周凯被摄影师折腾了一天，脸上画得黑一道白一道，脑袋上不知道喷了多少发胶，回到家饭也不想吃，只想躺下来好好睡一觉。

这个照片拍摄从早晨六点拍到晚上八点，明星真不是人当的。

结果刚闭上眼睛就接到了沈捷的电话，惊闻噩耗。

公司不仅让他去那个女的家里上课，还让他赶紧收拾行李搬去她家那个小区。

周凯觉得全身血液都集中到了脑袋上，对准话筒喊了一声："别特么一天在那儿整景儿，老子不去！谁爱去谁去！"

然后就关上手机闭上眼睛准备睡觉。

过了三秒钟，想起来沈捷最近学会了清早砸门技术，扑棱一下起来先去把门反锁好，然后戴上耳塞，沉入黑甜梦境，玉皇大帝来了也弄不醒他。

四

今年的气候反常得很，二月中旬的时候，有一天就热到了二十度。又恰逢星期日，惹得全城人在家里坐不住，各大公园门口堵车堵了几公里，连动物园的猴都分外躁动。而到了三月，好几年不曾出现的沙尘暴华丽回归，每周的天气预报里都得有那么一两次扬沙天气，精准赶在休息日发动袭击，上周六扬了一次，这个周六又如约而至。

早上十点，窗外就一片黄昏景色，对面楼的日光灯又泛出幽幽的蓝光。

程朗坐在地上，一边拼最后一点儿乐高一边念叨："倒霉沙尘暴又卷土重来了。"

然后自顾自点评："有'重来了'就不需要'又'了，语义重复了，这其实是个病句。但是吧，还真是卷'土'重来，双关真不错，嘿嘿嘿嘿嘿……"程朗的脸上出现了奇怪的笑容。

如果周凯在一旁观测，肯定会得出一个结论："这女的疯了。"

可惜他还在城市的另一头。

程朗把拼好的土星五号火箭塞进书柜里，抬头看看天色，开始想念起沈捷的刀鱼馄饨来。刀鱼馅儿不好搞，荠菜猪肉的也可以。

说沈捷，沈捷的电话就来了。

"朗朗，你在家吗？"那边电话里传来呼呼的风声。

"在呀。"

"我今天去你们小区，晚上一起吃饭啊？呸！"是吐沙子的声音。

程朗当即支棱起来："他答应搬家了？"

"是啊，可费死劲了！行了我先不跟你说了，刮一嘴沙子，晚上见。"沈捷挂断了电话。

程朗整个人都来了精神，弹起来给自己泡了杯路涵江送的新毛尖，哼着不成调的小曲打开电脑，开始给路涵江发邮件：我的被试又回来了！我们可以开工了！

兴奋之情溢出屏幕。

这事情还要从上一周说起。

那天程朗想要确定一下培训的时间，猛然发现没有周凯的任何联系方式，只好又找沈捷。

沈捷却跟她说可能得暂缓几天，那头活驴又牵着不走打着倒退了，她们正在研究对策。

原因无非是强烈反对搬家到程朗她们小区，觉得公司完全是在没事找事。

周凯的理由简单而且有力："你愿意跟班主任住一个地方啊！"

令人无法反驳。

并且宣布在公司撤销搬家决定之前都蹲在家里哪儿也不去，唯恐沈捷她们趁他不备把家搬了。

自然也拒绝去程朗那里"上课"。

可惜沈捷的工资是老板橘子姐发，而不是他发，还是坚持执行老板定下的搬家政策。不过她在最近一段时间跟周凯的作战里找到了规律，不能跟这个驴正面对决，明枪易躲，暗箭难防，得趁他不备，阴他一把，才能达到最佳效果。程朗之前这么整治他，效果都很不错。

所以她一边让助理赶紧去找合适的房源，一边研究着怎么劝服周凯。

也打电话给程朗吐槽："这一天天的，我的工资拿的都是精神损失费。"

程朗倒是不着急："没事，反正买的那块白板还没到，再让他蹦跶两天。"

然后话锋一转："对了，那天他来我这儿，一直提到一个叫大锅的人，你认识吗？"

"哦，跟他合伙开饭店的发小，叫郭小凡，比猴还精。我有时候真希望老白毛儿看上的是他，他可好说话多了。"

"那你能不能让他来说服……周凯？从那天他的表达方式来看，他好像非常信任那个大锅，不听你的指不定能听他的。"

程朗绝不允许煮熟的被试自己长翅膀飞掉。

沈捷一拍桌子："对啊！当初好像就是他说服周凯来拍电影的。朗朗我爱你！"

挂了电话就开始寻找郭小凡。

沈捷只听到他每天张嘴"大锅说"，闭嘴"大锅知道"，却从来没有那个铁锅炖老板的联系方式。

但是没关系，她常年有不同的狐朋狗友驻扎在那个影视城拍戏，还怕找不到一个铁锅炖老板的电话？

结果电话是要到了，那边死活联系不上，打电话不接发短信不回，再一下直接把她拉黑了，打定主意把她当电信诈骗处理。

沈捷一筹莫展，吃饭睡觉都在想还有啥办法可以对付这头驴，感觉自己发际线日渐稀疏，男朋友也十分不满。

她的新欢原话是："你一天到晚想着那个男的，跟他过去呗你！"

沈捷正烦躁着，当场怼了回去："那个男的是工作！难不成我只带女艺人吗！"

新欢竟然点头说："就应该这样！本来娱乐圈就乱。"

沈捷一时间觉得血压高到头疼，为了自己不中风，她还是决定摔门而去，回家独自头秃。甚至打算实在不行肉身飞一趟影视城自己去找人。

谁知道没过几天，沈捷这边还没理出头绪，周凯突然不蹦跶了，自行出现在了沈捷的微信聊天里：房子租好了吗？我要俩屋的。

把沈捷吓得一把没拿住手机摔在了地上，母猪上树了活驴转性了，周凯这是抽的什么风？

沈捷捡起屏幕摔裂的手机，赶紧给助理打电话："对，那个房子现在能入住是吧？那你直接租下来！然后雇个保洁去收拾干净！"

直到今天中午，她开车去帮周凯搬家，都还如坠雾里一样。

不知道是什么神仙显灵让周凯突然就配合了起来。

但是她决定在成功搬完家之前只字不提，谁知道哪句话说错了他又要反悔。

好在现在日式搬家方便得很，只要肯付钱，完全不用自己动手，从打包到搬运到恢复原状，人家都可以代劳。

她也就是来负责把周凯运送到新住处的，这货一天到晚地罢工出幺蛾子，不亲自把他弄过去，沈捷实在放心不下。

周凯坐在副驾驶位，也一言不发。

把自己关在家里的时候，他做了一个梦。

梦见了幼小的周南风，穿着崭新的运动服与运动鞋，左手牵着他那死鬼爹周老九，右手牵着他那多年没有消息的妈，三个人有说有笑，在游乐场排队等过山车。周老九的另一只手既没有打麻将也没有打他妈，而是拿着一个风车，在那儿转呀转呀，转得人眼花缭乱。

等到了过山车，一排四个人，周家三口占了三个座位，他跟在后面要上去。

幼小的，额头上还没有伤疤的周南风忽然抬起头，恶狠狠地盯着他，眼睛里好像要射出毒箭。

他说："下去，你不配。"

过山车疾驰而去，把他留在原地。

周凯醒过来的时候一身冷汗，抬眼望向这个装修考究的样板房，觉得处处都十分陌生。

他去洗手间洗了把脸，盯着镜子里那张脸不放，觉得这张脸也十分陌生。

毕竟以前他和大锅合租的那个破房子，连块镜子都没有。

他从来没有这么切实地觉得想跟大锅说话，拨通郭小凡的电话，那边却吵吵嚷嚷乱得很。

"孙子，你搁哪呢？"

郭小凡听起来却有点儿心不在焉："狗哥，有事吗？"

"没事不能找你啊！"周凯有点儿生气，这货也学会装人了。

"不是，我这有点儿忙，没事我回头给你打回去啊！"

周凯听到那边广播在叫号："请上午6号患者到2诊室就诊。"当即操心起来："不是，你搁医院呢？你咋的了？"

"没，没事，我就是拉肚子了，来开点儿药。行了狗哥快到我了，回头再说啊！"

周凯没当回事，想着这小子肯定回家胡吃海喝给吃坏了，刚要结束通话，隐隐听到那边有人说："谁呀？老周家那小子？"

然后电话那边一个声音："喂，是不是老周家那小子？我是郭小凡他老舅。"

周凯觉得胃突然间抽紧起来，像有只手攥着五脏六腑，他深吸一口气："老舅，我是周南风，大锅咋的了？"

郭小凡在那边喊："你把电话给我！你跟他说啥！"

老舅没给他："你上一边去！"然后接着跟周凯说话："南风啊，小凡没事，但是小凡他妈快不行了。"

周凯觉得拿手机那只手有点儿出汗，把手机放下，开免提："我姨出啥事了？"

"说是肺子有问题，现在ICU住着呢！南风啊，小凡他妈从小没少照顾你，眼瞅……"

"我知道了，舅你把电话给大锅。"

郭小凡终于从老舅手里抢来了电话，那边他狗哥直接问："你还差多少钱？"

郭小凡还在那打岔："没事儿，我有钱。"

"别扯淡，你兜里有几个卵蛋我还不知道。差多少？"

郭小凡还在负隅顽抗："没事儿，实在不行我那还有个饭店呢，我家还有个房子。"

周凯坐在沙发上，用手撑着头，对茶几上那个手机说："大锅，钱没了可以再挣，命没了可就真没了。我从小在你家蹭了那老多顿饭，铁锅炖大鹅都是你妈教的，你妈就是我妈。赶紧的，账号给我，你不给我，我就拎着钱给你送医院去。你自己掂量着办。"

说着挂了电话。

郭小凡靠着墙出溜下去，蹲在了医院的走廊上。

老舅过来拍拍他："走吧，上去看看你妈。"

周凯自然知道住ICU要多少钱。周老九临死的时候，医生问，怎么个方案，开刀的话估计出来就得进ICU，一天得十几二十万，你们要是买了保险还行。要是扛不住的话，保守治疗，就这一两天了。

十八岁的周南风摇摇头，面无表情："我们没保险，保守吧。"

二十六岁的周凯想把账户里的钱留个零头，整的都打给郭小凡，结果发现转账有额度限制。

于是拿起钱包出了门，去了银行。

现在他身上统共剩下三千五百块钱，郭小凡他妈还在医院住着，后头说不定还需要钱，管他什么配不配的，他除了认真当周凯之外并没有其他选择。

别说让他住到程朗家小区里，就算让他住天桥底下他也没有意见了。

但是面子还是得要，不能让沈捷他们抓住自己的软肋。

搬家工人在屋里忙忙碌碌，沈捷站在窗口笑眯眯跟周凯说："你住五号楼，程朗住三号楼，站这里就能看到她家窗子，这是多么完美的偶像剧桥段！"

周凯看了她一眼："啥偶像剧啊，恐怖片吧。"

沈捷笑得更开心了："我晚上约了程朗吃饭，要不要一起？"

"拉倒吧。你见谁下课想跟班主任吃饭的。"

沈捷原本说去外面吃，看天气实在糟糕，索性喊程朗在家叫外卖。

程朗在晚饭时间叫好外卖，迎来了一脑袋黄沙的沈捷。

"搬好了?"程朗一边开外卖盒子一边问。她今日突然来了吃菠萝咕咾肉的兴致，叫了常吃的粤菜，腊味煲仔饭、青花椒炒四季豆、菠萝咕咾肉，还有沈捷喜欢的避风塘莲藕炒掌中宝，摆出来也是热热闹闹一桌子。

沈捷瘫倒在饭桌边上："差不多了，你猜他为什么突然同意了?"

"为什么?"

"他说缺钱。白导演给他那片酬也不算少了，不知道都花哪儿去了。真是一天都不让人省心，我就没见过像他这么不思进取的艺人。"

沈捷嘎嘣嘎嘣嚼着炸酥的莲藕和软骨，咬牙切齿，仿佛嘴里是周凯的手指头。

程朗却不关心周凯的钱去了哪儿，她只关心被试的学习动机："那他估计配合度能提高不少，我多给他留点儿作业。"程朗觉得自己心里冒出了噼里啪啦的小火花。

周凯在他的新家凭空打了三个喷嚏，他归罪于这垃圾天气。

第四章　道阻且长

一

这个世界上大部分的人会在周日晚上感到悲伤，因为明天又要开始新的一轮工作或者学习。但是程朗恰好不在此列，她喜欢周一，拥抱周一，周一是所有人都专心自己事务不会来打扰她的一天，非常适合静下心来搞点儿研究。

比如这个周一，她就要研究怎么有效提高被试的普通话水平。

但是计划不如变化快，被试现在正在她家里整理乐高积木块。

程朗终于通过沈捷要到了周凯的联系方式，像一切研究者一样不带感情地通知被试周一下午一点来她家上课。

又附加了沈捷指定的条件：请务必戴好帽子、口罩和眼镜。

那边罕见地说了人类的回答：好的。

周凯的微信头像是《火影忍者》里的旗木卡卡西，白头发，左眼被护额挡住，下半边脸蒙着黑色面具。

这是他的工作号，那个叫"就是你狗哥"的私人号存在于一款过时多年的小破智能手机里，头像是一只威武德牧，时不时地在亲朋好友的朋友圈下面点个赞，还是当年打遍北三道街无敌手的那个愣头青。

此刻卡卡西君的装扮和头像也没差多少，甚至还多了个帽子，全副武装蒙头盖脸出了单元门，向东走五十米，按响了另外一个单元的门禁。

程朗看见对讲机里有一个分外可疑的身影，就知道是她的被试到了，也没问一声，极干脆地开了门。

结果这位被试一进门，帽子、口罩都不摘，说出来的第一句话不是"你好"，而是"你咋能随便给人开门呢"！

程朗有点儿蒙："你不是给我发了微信吗？"

周凯有点儿生气："发微信顶毛用？我包这么严实你知道是谁啊，你得让我把脸露出来看看再开门！现在外头坏人多！你们小姑娘得多注意点儿！"

"你们小姑娘……"程朗听到这句话，感觉周凯的头发瞬间消失，脸上褶子急剧增加，幻化成了自己亲爹程穆明先生的模样。

那语气真的如出一辙。

年纪是人家的一半都不到。

程朗拿一双拖鞋给他："我应该比你大不少。"

周凯不敢相信，说："我都二十六了，你才几岁。"

程朗："那我比你大六岁。"

周凯完全不信："你可得了吧！我跟你说，你不用怕我不听话在这糊弄人。我说了要好好学肯定好好学，不学我是王八羔子。"

其实在沈捷那儿早就是了。

程朗想到此节，露出个含义不明的笑容，径直进屋去掏出身份证递给周凯："我可没有骗人。"

对付这种嘴硬的活驴，就是得亮出证据。

铁一般的证据并没有让周凯退却，他仍在犯驴："你都三十多岁了还这么稀里马哈的，那更不行了。"

语气声调，和程朗他爸如出一辙。

程朗简直要怀疑周凯是她爸流落在外的私生子什么的。

当然表面上不能和这驴在他的拉磨逻辑里争辩，程朗看一眼手机："我们约的一点上课，现在已经一点十分了，得赶紧开始了，你快点儿换鞋进来。"

周凯凭空打了个寒战，感觉程朗的头发变卷，板牙变大，如同他高中班主任关大牙附体一样。

但是无论是程朗还是关大牙，都属于他得罪不起那一路人物，只能默默在她手下挨训。

"我的妈呀！你家也太乱了吧！"周凯看到程朗家的客厅，脱口而出。

程朗摇摇头，上次见面没觉得这是个程穆明Junior啊，果然还是了解不够深入，重点都放在要怎么纠正他那自认为十分标 zǔn（准）的普通话上了。

但是程朗不打算接他的茬。

"没事，我们在书房上课。"

程朗这套房子是两居室，一间当卧室，一间当书房刚刚好。

书房里被她新放了一块白板，很是有点儿搭架子上课的意思。

可惜学生/被试的思路完全跟她不在一个宇宙，一进门就感慨："我去！你这是开图书馆吗？这么多书你能看完吗？"

程朗抬头看看一面墙的书柜："这也没多少。"

这才一面墙，她办公室还有两面，并且不能算上父母家的。

周凯只觉得后脊梁一阵发冷，冥冥中觉得自己的这段"培训"绝对轻松不了，这女的对自己都这么狠，对别人肯定是秋风扫落叶一样无情。

他不想再看那一墙横七竖八堆叠起来的书，目光飘飘忽忽往别处搜寻，瞥见窗户边的地台上堆着的乐高。

感到了一点儿安慰，起码是个他能理解的东西，又感慨象牙塔里的人真的很幼稚。

"你还玩乐高啊？多大了还搭积木。"周凯问。

程朗看看阳台上的那堆塑料块儿："搭积木又没有年龄限制，我在搭乐高的时候比较容易集中精神思考问题。"

周凯完全没听懂，搭积木时候不就应该集中精神搭积木吗？还要思考啥问题。

程朗这种多线程生物在他的理解范围之外。

可是乐高在他的理解范围之内,他皱皱眉头:"你也不收拾收拾,整得乱七八糟。"

程朗为了制止面前这位青年男子逐渐爹化,强行让他坐下开始上课。

周凯人虽然坐在桌子后面,目光却还瞟着窗帘后面那堆乐高。

耳朵里听程朗在说:"根据上次你的测试结果呢,我觉得还是需要先解决语音方面的问题,然后再开始有针对性地训练一些语法和语用技巧。你这个调值低的毛病就要首先改掉……"

与此同时,周凯脑子里在想的是:太乱了,乱糟糟,红的应该和红的放一起,小的应该和小的放一起,长方形的和正方形的应该分开放。

直到程朗拿出了一个人头。

周凯听到程朗说:"那我们就开始今天的训练吧,我还特意从同事那儿借了个教具。"

周凯以为是什么拼音卡片之类的,谁知道程朗从柜子里掏出了一个人头。

透明的,里面还有些个像是器官的东西,但是没有眼珠子。

周凯一个战术后退:"这啥玩意儿?"虽然他上学时候的确不怎么爱学习,但是他也知道老师上课不拿人头。这女的咋这么邪性。

程朗看着对面那张风云变色的脸暗自好笑，一个塑料模型有啥好怕的。

脸上勉强维持着平静："哦，这是个关于发音方式和发音部位的教具，可以让你更容易理解一些音是怎么发出来的。"

说着一按机关，人头当即分裂成了两半。

她把露出发音器官的那一半对着周凯："你看这样可以很直观地看到舌头和牙齿还有齿龈的位置。

周凯肉眼可见地瑟缩了一下。

是的，这个纵剖面，不仅能看到舌头、牙齿，还能看到咽喉、声带与气管。

程朗还上手去摆弄那个舌头："这个做得特别精致，你看舌头和牙齿都是能动的。一般都是做语言康复训练时候才用到这个，我是特意借的。"

周凯已经无法形容自己的感觉，他不是没看过杀猪，也不是没看过人脑袋开瓢，但是这个女的捏着一条舌头在一个透明脑袋里晃荡，还是完全超出他的认知范围了。

那舌头还是软的，软的！

周凯心里发出了无声的呐喊：可千万别让我去碰那个玩意儿。

结果下一秒程朗就把那颗头递到了他面前："来，你来感受一下，可以摸的，这个很结实。"

透明脑袋里面两排牙齿咯咯作响，外面还有个嘴唇。周凯只能故作镇定："别在这磨叽了，赶紧开始吧。"

什么叫色厉内荏呢，这就是。

程朗对透明人头带来的效果十分满意。看看周凯那紧握的十指，她微笑着把那颗头又凑近了一点儿："你看这个嘴里还有小舌。"

周凯的目光又飘向乐高，他一点儿不想看什么小舌。

更加不想摸！

程朗见好就收，带着恶趣味被满足的愉悦，捏开人头的嘴开始上课。

"我们先从单韵母开始，你知道自己把很多 o 都发成了 e 吗？是萝 bo，不是萝 be。"

周凯眼睁睁看着程朗在他面前摆弄那个人头，一会儿舌头怎么放，一会儿嘴唇怎么张。

不想看，但是不得不看。不是每个人都像程朗一样对一个透明人头激情澎湃。

他从来没想到当个明星还要遭受这种折磨。

只能低头假装认真念程朗给他的练习材料：bē 萝，mé 型，pè 烂儿。

然后被程朗直接叫停。

很明显刚才她说了半天什么嘴唇怎么张舌头怎么摆都说给了空气。

这位被试完全没能理解。

程朗觉得自己可能还是太学术了，得换一种方式，完全没考虑到是被试本人不想看人头导致的。

程朗："你见过金鱼吗？"

周凯的思绪还在硅胶舌头上，有点儿发蒙："啥玩意儿？

金鱼也长舌头？"

"金鱼不长。我是说你的嘴唇要像金鱼一样是圆的，现在你发的全是e。"

周凯突然来了一句："我没见过金鱼。"

程朗眼前一黑，只能换一种："鲤鱼呢？"

周凯点点头："鲤鱼见过。"

"那你就照鲤鱼张嘴那个方式发这个音。"程朗松了口气，可不要再出什么新鱼了，她这是语言培训不是鱼类学培训。

结果这位被试驴唇不对马嘴地回答："鲤鱼不会叫。我在饭店干的时候宰过不老少，那鱼头摔稀烂都不带吱声的。你这一看就不做饭，这都不知道。你肯定没收拾过鱼。"

程朗没有什么收拾鱼的技巧，但是现在十分想收拾一下面前这个人类。

于是她打开了一个音频文件："想象不出来你就模仿吧。来，这里有一百个单词，你跟着它读，读到我认为满意为止。"

周凯倒是松了一口气，跟着念谁不会啊，总比盯着人头强。

于是跟着念了起来，念得相当不上道，怎么听都跟录音相差非常多。

程朗倒是不太在意，多听，听多了自然会听出区别。省力的办法他不接受，那就堆时间吧。念不好晚上回家继续念，反正她晚上要去吃优秀的云南烧烤。

打算是这样打算的，问题是周凯此人，从他当周南风时代就不是个好学生。

上课开小差属于刻在神经里的习惯性动作，反正跟着念只用动嘴，那眼珠子在眼眶里就没消停过，一会儿看看程朗的布朗熊拖鞋，一会儿瞅瞅桌子上那个画个怪鸟的马克杯，一会儿又转向了窗户边上的乐高。

然后他的目光就黏在那堆玩意儿上不动了。

单线程生物如周凯，一旦注意力集中到某点，其他事情便做不明白了。

程朗发现她的被试开始向鲤鱼发展，干张嘴不出声，不知道在念些什么。

程朗还没来得及张嘴，就被周凯抢了先："不行，我得先把那破玩意儿收拾了，太乱了！看着闹心。"

程朗顺着周凯的目光望去，是她乱扔的一堆乐高积木。

"你不想看到我把窗帘拉上吧？"程朗一向这么对付她爸程穆明先生。

但是周凯明显比程穆明难糊弄得多："你拉上我也知道那里头乱糟糟啊！不行，你不让我收拾了我现在啥别的都干不了。"

程朗不是不知道这世界上有种叫强迫症的毛病，但是万万没想到这位被试浓眉大眼的，也会有强迫行为。

行吧，为了培训顺利进行，你收拾吧。

男艺人周凯，在程朗家进行语言培训一小时后，终于还是抑制不住自己的冲动，蹲在地上收拾起了程朗的乐高积木，脸上洋溢着幸福与平静的表情。

二

程朗站在窗子前面，看着周凯摇摇晃晃在他们小区的石板路上挪动，来时两手空空，走的时候拿了一叠大小纸张，都是她丢过去的"作业"，凭空就有了那么一点儿负重前行的味道。

本来她大可以发邮件丢给周凯让他自己对着练习，可是程朗觉得对着屏幕终归没有实感，还是要一张张打印出来，才能让这位知道什么叫时间紧任务重，老老实实给她念明白五个单韵母。

"阿门阿前一棵葡萄树，阿嫩阿嫩绿地刚发芽，蜗牛背着那重重的壳呀，一步一步地往上爬。"程朗看着楼下那个越走越远的身影，荒腔走板地哼起了歌。

虽然今天的培训不算特别顺利，中途还要静等被试强行帮她收纳乐高积木，但好歹算是开了个头。只要这个大活人到位了，接下来的事情就可以徐徐图之。

程朗目送那个踢踢踏踏的背影溜达进了自己的单元门，回身下意识一抬脚，想要跨过自己那片狼藉的乐高工地。忽然回过神来，她的小塑料块儿们现在都按照颜色大小分门别类好好地躺在一排纸盒子里了，乃是刚才那位驴样被试的杰作。

起码今天她不会再被乐高积木硌到脚了。

程朗看着码放成一排的小盒子，那块地方现在与整间书房格格不入，反而像是她在父母家的屋子，被程穆明先生一天收拾八遍的那间。

于是她给家里拨了个电话。

程穆明先生和沈凝女士彼时正在做卤味，一个切牛肉，一个洗鸡爪，在厨房里忙得不亦乐乎。

手机上开着免提。

"朗朗啊，最近'帝都'冷不冷啊？"这是沈凝。

"不太冷，可以穿风衣了。"程朗作为一个多线程生物，一边打电话一边打开电脑，开始给路涵江写邮件，讨论怎么设计被试的声母训练。

"那挺好，但是别着急脱秋裤啊，春天冻着了老了容易得关节炎。"沈凝和天下亲妈一样，是秋裤的忠实拥趸。手头洗着鸡爪子，嘴上还是关心女儿三十年后的关节问题。

程朗早就放弃了与母亲大人的秋裤神教理论，只能打趣她妈："妈，你好歹是个工程师，能不能别一天到晚脑袋里只有秋裤？"

前飞机工程师沈凝女士给了她坚定的回击："做人要脚踏实地懂不懂！我脑袋里还有鸡爪子呢！对了我跟你爸做酱牛肉酱鸡爪子，要不要给你寄过去点儿？"

程朗还没来得及答话，就听到亲爹的声音："哎哎，跟你说了酱油瓶子用完要擦干净，你看又沾我一手酱油！"

她下意识看了一眼地台，那里乐高积木整整齐齐。

"沾上你就擦干净呗！一天到晚磨磨叽叽。"

程穆明在沈凝那里吃了瘪，转过头去和闺女说话。他手上沾着牛油，只好抻着脖子对着话筒喊："朗朗啊，卤味要不要？"

程朗十根手指头飞舞在键盘上，分出一张嘴答了一声："要！但是不要太多，上次你们说寄一点儿香肠，结果我收到了二十斤！你要寄的话一定把重量控制在五斤以内。"

"那是你妈寄的，我肯定比她精确，你说五斤就五斤。"程穆明现场飞速甩锅，引来沈凝女士白眼攻击若干。

"那你就寄吧，我可以冻起来吃。"程朗想着每天下班切两片牛肉扔两根蔬菜煮个牛肉面也不错，她已经对充满味精味道的外卖逐渐开始绝望，又不是天天有刀鱼馄饨吃。

然后程朗就后悔了，完了，鸡爪子有骨头！

果然，她话音一落，程穆明就在那边唠叨了起来："朗朗啊，吃鸡爪子时候骨头不要丢在桌子上呀，没有专门的骨碟你就垫一张纸。扔到垃圾桶里要及时倒掉呀，垃圾要每天都扔，不然会招蟑螂的。上次去你那我都看到蟑螂了。"

"没事，我搬家了，现在房子里没有蟑螂。"

程朗搓搓脸，真心觉得周凯跟她亲爹可能是什么失散的父子。

"好了，你还能上她那儿替她吃吗？一天到晚地操些个闲心，怪不得越来越秃！"沈凝又一次镇压了她老公。

程朗默默在脑袋里洗清了周凯的私生子嫌疑，有沈凝在，程穆明是不可能整出什么不存在的孩子的，他也就顶多能在小说里造出来一个。

是的，程穆明先生是一位作家。虽然已经好几年啥也没写出来了。

程朗觉得，她妈顶多就是对秋裤有执念；她爸，真的不时想要把他开除爹籍。

上一次程穆明先生伙同沈凝女士来"帝都"看望女儿，程朗还不住在这个小区。

她那会儿刚回国，拎着行李两眼一抹黑，闭着眼睛顶下了一个朋友转租的公寓。国庆节父母大人在家待不住，非要来"帝都"找她和沈捷玩儿，谁知道程穆明一进她家大门，就开始挠头皮，本来就没几根的头发伴着头皮屑簌簌而下。

程穆明站在地中间，满脸恓惶："朗朗，你不觉得你家有点儿乱吗？"

程朗看一眼自家客厅："不乱啊，我还特意收拾过了。"

程穆明转向自己老婆："你受得了吗？"

沈凝也跟程朗一样打量一圈客厅："这不挺干净嘛！"

程穆明摇头："让你俩住垃圾箱也能睡着觉！"

程朗刚要告诉她爸你这个修辞过于夸张了，就被程穆明的一系列收纳理论堵了回来。

程穆明先生换上拖鞋，一边按照他心里的想法收拾屋子，一边念叨程朗："衣服应该放在衣柜里而不是沙发靠背上，你看，椅子靠背上也有！化妆品你放洗手间多好找，放在厨房里你是要炒菜时候加洗面奶吗？还有，这个墙上，这是多少年前沾上的番茄酱还没擦掉！"

沈凝女士在对付配偶方面显然有经验得多，她在程朗那堆了文件、衣物、酸奶和乐高盒子的沙发上扒拉扒拉，找个空把自己塞进去，好整以暇从兜里拿出来一副降噪耳机，把耳朵塞了个严实。然后开始打开手机斗地主。

留下程朗观测亲爹在屋里抱着东西倏忽来去。

程朗见程穆明完全没有停下的意思，只好也去沙发上挨着沈凝坐下。

"妈，你看我爸像不像一只勤劳的老蜜蜂？"程朗问。

沈凝摘下耳机："你说啥？"

程朗笑了，指指屋里："我爸，像不像老蜜蜂？"

沈凝从鼻子里哼出来一句："他？老扑棱蛾子差不多。"

程朗还在追求比喻的精确度："扑棱蛾子不会制造噪声。"

沈凝倒是从善如流："那就是个老苍蝇，嗡嗡嗡，没完没了！"

程穆明闻声从厨房里冲了出来："哪有苍蝇！我刚才都看到蟑螂了！居然还有苍蝇！朗朗你多久没搞卫生了！"

那次他们走了没多久，程朗的租约到期，就搬到了离单位更近的这个小区。

搬家的时候全屋地板家具水龙头闪闪发光，连踢脚线上的陈年油漆印子都踪影皆无，中介愣是一分钱押金都没有扣到。

程朗给家里打电话的时候，隔着一栋楼的周凯也在打电话。

不过不是给家里，他家里已经没什么人可以联系了，还是给郭小凡。

"钱够吗？"近来郭小凡每次接起来电话，就听到周凯这一句问话，然后心里头一阵难受。

"够。"对着周凯，他的油嘴滑舌功夫如今完全失效。

"真够？"

"真够，我妈出了ICU了，我又把那边饭店顶出去了，这回真够。"

"不够你跟我说。"

"真够……"郭小凡说不下去了，一股气憋在喉咙口，上不来下不去，像是要把他噎死。

"钱是王八蛋，花完还能有，现在有的是傻帽要给我发钱。"周凯听郭小凡的话越来越少，也觉得胸口不太舒畅。

"都是兄弟，等过了这一关，我砸锅卖铁也把这钱还你。"这些日子，郭小凡翻来覆去，就这么一句话。

周凯出去怼人一个顶仨，偏偏对自己兄弟没话说。

也就借口要出门挂了电话。

他今天并没有门要出，所有的工作就是去程朗那培训加回家念"作业"。

他对郭小凡说的"你妈就是我妈"并不是一句空话。以前郭小凡他们家有个小门面，前店后面，他妈就在那儿摆个摊子买些个批发来的便宜衣服，没客人了就去后面切菜做饭。

周凯九岁时他亲妈受不了他爸的打，有一天出门就再也没回来。周老九是个赌棍，有点儿钱就日日混在麻将馆里不回家。

他不回家，周凯也不回家，跟郭小凡两个满街瞎跑，在服装摊子上支个板子写作业。

郭小凡他妈时不时拿点儿水果苞米啥的给他俩吃，手脏就在作业本上抹一抹。

写完作业收摊儿吃饭，豆角土豆炖排骨，他妈永远盛两碗，他那碗肉比土豆多，郭小凡那碗土豆比肉多。

后来他跟郭小凡年纪大了，学习跟不上，学人家打架抽烟当小流氓。

他妈的笤帚疙瘩也是一视同仁照屁股抽，抽完说："不是学习那块料，也不能就这么瞎混，上技校学点儿啥去吧。学费姨给你出，等挣了工资再还姨。"

后来周老九作天作地终于把自己作死了。周凯卖了家里所有能卖的东西，凑了点儿钱去学开挖掘机了。

这钱到底没让郭小凡他妈出。

但是这个情他领了。

周凯放下电话，拿起来程朗给他的那叠"作业"，把那堆颠来倒去的纸一张张正过来，按序号排好，打开手机里程朗给他的音频文件，才开始念。

"萝 be，不是，萝 bo，萝 bo，萝 bo。"

十分钟以后，周凯瘫在沙发上："什么玩意儿啊！"

跟程穆明一样挠起了头皮，好在他头发丰茂，也没有头皮屑，看起来没那么烦人。

挠了半天，周凯颓然拿起那张纸，跟个大公鸡一样叫起来："wo，wo，wo……"

第二天程朗会告诉他，你昨天念得不对，把那个"w"去掉重新念。

三

尽管"帝都"的春天脾气恶劣，一会儿刮风一会儿刮沙子，但是气温总归在慢慢回升。厚大衣已经穿不住了，要换薄一点儿的外套，时髦街区如沈捷的公司楼下，已经依稀可以看见一部分小姐姐在里面穿起了夏天的小短裙。

当然，对于远在城市对角线那边的人来说，时尚似乎没有那么重要，羽绒服可以再穿两天，秋裤还是不能脱掉。而路涵江甚至不在意冷热，他只在意能不能找到合适的纸袋。

自从上次被程朗纸袋套头启发以来，他已经形成了随身携带纸袋的习惯。把纸袋套在头上应付突如其来的社交，可以有效抑制他的惊恐发作，这可比随时摸出一片劳拉西泮（抗焦虑药）来得方便多了。唯一的问题是，合适的纸袋没有那么好找。

首先，不能有异味。其次，开口要能装下他的脑袋，但也不能大太多，要不然头在里面会无所适从。然后，还得薄厚适中，太薄容易撑破，太厚容易憋死。再加上他自己那玄学一般的"戴上要感到安全"的需要，符合要求的纸袋还真的不多。

路涵江发挥出来他筛选语料的精神，网购了若干型号百十来个包装袋，在家一个一个往脑袋上套，都觉得还差着那么一点儿。

只有最开始沈捷带来的那个草莓饼干袋子最合适！虽然它是粉色的，上面还画着跳舞的小草莓。

只可惜那个袋子过于注重外包装的可爱，居然没在上面印产品名字，路涵江苦苦搜索草莓饼干无果，不得不写邮件跟程朗求助。

他不知道的是，这个时候程朗也正好需要找他帮忙。

他的邮件发出去没有两分钟，程朗秒回：你在单位吗？

路涵江迟疑地打了一个：在。

还没等他打开下一个网页，门就已经被敲响了。路涵江吓得一个激灵，差点儿蹦起来。

程朗在门外喊：是我。

他那突然狂跳的小心脏才缓缓归位，哦，程朗没事，她属于"不戴纸袋也可以谈话"的类别。

路涵江开了门，程朗手里拿着一袋子车厘子，进门就扔给了路涵江。

周凯昨天去跟沈捷见个什么制片人，回来时候被她抓了力工，让他扛一箱子车厘子回去拿给程朗。

程朗那会儿没在家，让他扔门口，结果那家伙被害妄想，觉得要被邻居偷走，非得等她回来再送过来，但又别别扭扭，半夜送过来了还是扔门口，叫她开门拿，自己扬长而去。不知道葫芦里卖的什么药。

程朗向来不喜欢吃这玩意儿，觉得韧得慌，水分又不足，口感十分没有层次。像是沈捷看不上的流量小偶像，甜则甜矣，毫无灵魂。

正好今天去单位，顺便拿给同事分了拉倒。

路涵江作为她的求助对象，自当首先。

好在他虽然讨厌和陌生人说话，但并不讨厌接受同事的车厘子。

程朗把袋子往他桌上一扔，自己坐在沙发上："套个袋子就那么好用？"

路涵江扶扶眼镜，认真点头："特别有用，苯二氮䓬类抗焦虑药物吃多了要上瘾，我觉得还是这个袋子好。你在哪儿买的？"

程朗摇头："不是我买的，那天我小姨买来送我的，没事我回头帮你问问。"

路涵江露出一个讨好的笑容："能现在就问吗？我今天就去买。"

早一分钟拿到完美纸袋，他的人生就多一分钟保障。

现在用的好衣库购物袋太厚了，他走路都绊了好几跤。

程朗看一眼这位学术能力一流、社交能力趋近于零的同事，叹了口气，拿出手机给沈捷打电话。

没接，不知道在忙些什么，只好又给她发了条微信。

这才让路涵江的注意力从草莓饼干转移到她要说的正事上。

最近程朗的正事自然是训练周凯。

在这个项目开始之前，她就做好了"这个被试可能比较难搞"的心理准备。毕竟能把沈捷气到三魂七魄不归位的人绝不会是什么省油的灯。

但是很明显，周凯的难搞程度还是超出了她的想象。

程朗接过来路涵江泡的毛尖，喝了一口，烫得龇牙咧嘴。

"我这边进展得相当不顺利，进度比预计的慢很多。周凯，哦，就这个被试，就很奇怪。说傻吧也不傻，但是理解力和注意力都有很大问题，经常最基本的概念也不理解，然后上着上着课非要帮我打扫房间，简直愁死人了。"

路涵江听完，表情相当认真："他是不是有 ADHD（注意力缺陷和多动障碍），去医院看病吃药应该能好。"

程朗摆手："不不，那还不至于，就……上学时候普通差生那种程度你懂吧？"

路涵江直眉瞪眼地摇摇头："我没注意过。"

过几秒钟又嗫嚅道："但是……我看他人好像挺好的。"

"没说他是坏人，就是……有点儿不上道。"

程朗一想，倒也是，路涵江这样的，大约从小就是坐第一排的天之骄子，老师的大宝贝儿，上课也不会回头看看最后一排的同学在干啥，况且他还是个社恐。

路涵江眨巴眨巴眼睛："我也没教过课，一直都是搞科研，要是有技术问题我还能帮忙解决一下，这个人有问题……我真的不大行。"

程朗赶紧澄清："没有没有，我就是抱怨一下，这个事不用你解决，我一会儿去问杜老师。我来主要还是想跟你讨论一下这个调值的训练方法问题，之前那几招都不好使。"

也不怪程朗着急，沈捷给她三个月时间，第一周三次课过去，周凯还把萝卜念成萝 be，也不知道回家都干了些啥，她家的整洁程度倒是大幅提升。

程朗不是没教过学生，她念书的时候也给国外学生上过中文课，一周三次课能直接把拼音字母表学个囫囵，虽然四声不在调上。哪里像周凯这样，一个母语者死活分不清 o 和 e。

她现在怀疑电影里都是骗人的，三个月下来只能证明萧伯纳在瞎编。

或者，大明星奥黛丽·赫本的确比还没出名的明星周凯聪明不少。

你要说他不用功呢，倒也不是。

第一次她给周凯拿回去一堆作业叫他念，念好了录音。

这位念了，也录了。她看录音时间都半夜两点了，也不知道这位是夜猫子还是真的勤奋好学。

听听好像真的有了一些进步。程朗就放下心来，开始继续拿着那个塑料人头给他纠正声母的发音。

岂料纠正到一半又开始重复上一次的节奏。

周凯指着她丢在桌子上的一堆文件说："我能给你收拾收拾吗？这 pè（破）玩意儿我看着闹心。"

程朗的第一反应："你能再说一遍吗？"

一般来说，在东北，人家说"你再说一遍"跟"你瞅啥"的意义相当，就是打架预备动作了。但是程朗加了个"能"，语气顿时委婉很多，周凯听不出来挑衅意味，只能满头雾水又重复了一遍："我能给你收拾收拾那堆 pè（破）烂儿吗？"

程朗觉得自己头上有根神经一跳一跳地疼，无力地挥挥手："你收拾吧，休息十分钟。"

第三次课周凯又给她清洗了书桌表面。

程朗觉得这个家伙早晚会把魔爪伸向她的书架，为什么就不能把注意力集中到念书上来呢?

程朗一副苦大仇深地看着路涵江:"我真想做个模子把他那个嘴唇给固定起来,让他发音时候不要咧那么大。"

路涵江一拍大腿:"也不是不行啊,我们可以3D打印一个出来!我们这儿有3D打印机吗?没有是不是可以申请买一台!不过这个参数要怎么设定呢?我还从来没想过这方面的问题,等我找找文献。"

然后拔腿就要出门。

程朗问他:"你上哪儿去?"

路涵江才醒悟过来,这是自己办公室,不是程朗的。

他又坐回电脑前面:"你先走吧,我要研究一下这个模子怎么打,回头出个方案给你。"

然后就不再说话了。

程朗知道此时跟他说什么都是无效交流,只能先出门去。

关上门嘟囔一句:"我也没说要真做啊。"

走两步,又自言自语:"要是真能做出来也不错。"

不过谁也不知道路涵江啥时候能研究明白那个模子怎么做,时间有限,她还是得先去找杜老师讨教怎么管教她的被试。

在家里对着电脑念拼音的周凯凭空打了三个喷嚏,他抬起头:"哪个犊子念叨我呢!"

然后拨电话给郭小凡:"喂,咱妈咋样了?"

杜老师可比路涵江热情多了。

程朗跟路涵江都是科研岗,不管上课带学生的,杜老师却是教学科研都要搞，带过中国外国五颜六色的各种学生。让程朗愁苦半天的问题，在他那根本不是个事儿。

因为有保密协议，程朗也没说周凯的名字，就说新找了个被试，遇到了点儿问题。

然后就遭遇了杜老师那种"我懂，我都懂"的笑容："是那天那个小伙子吧，见义勇为那个。"

程朗却没有被他带跑偏了，还是坚持自己的保密原则："就是一个被试。"

杜老师却不放过她："啊，被不被试的没有关系。上次让你帮我问，那小伙子有对象没？我跟我闺女说完之后她可感兴趣了！"

程朗想想周凯那油盐不进的活驴样子，就觉得杜老师实在是自讨苦吃。

但是她又不好多说，只好推说打听过了他现在有女朋友。

而杜老师还不死心，说自己闺女还小，可以多等两年，等这小伙子什么时候分手了请一定给他留着。

程朗十分后悔，就应该直接说他喜欢男人，彻底堵死杜老师的退路。

现在没办法了，只能竭尽所能，把周凯形容得天上有地下无的笨，指望杜老师能在指点迷津之余，放她一条生路。

毕竟她是万万不能给沈捷的摇钱树介绍对象的，明年会没有刀鱼馄饨吃。

程朗连说带比画，控诉了周凯的种种不靠谱行径之后，杜老师嘿嘿一笑："小程，你没有孩子吧？"

程朗云里雾里，摇摇头。

"我瞅着你就是没有，你要是养过小孩儿就该知道了，这算啥，比给小孩儿辅导作业简单多了。他能坐一个小时不动地方你还要啥自行车。来来我跟你说，下次啊，你就这么干……"

四

周凯做了一个梦。

他梦到自己在高中时代教学楼的走廊里，程朗在他前面走得超快，脚下好像安了风火轮一样，他怎么追也追不上。

他快程朗就快，他慢程朗就慢，永远隔着一米五的距离，伸手都够不到她的衣襟。

周凯追得累死，不得不停下，惊天动地一阵呛咳，肺都要咳出来一样。他终于受不了了，对着程朗喊："你这个魔鬼！"

"是mó鬼，不是mé鬼，你是不是回家没好好完成作业！"程朗转过头，她的前半张脸被那个口腔模型替换了，头盖骨是透明的，只有一副舌头上下翻飞。

周凯直接被吓醒了，但是嗓子干得说不出话，像梦里一样惊天动地咳嗽了一阵，才挤出来一个沙哑的"我去！"

真的，高中班主任关大牙都没这么吓人。周凯觉得自己前二十年没上的学全在最近给补上了。可他并不知道，下一个周一，迎接他的将是更残酷的考验。

程朗跟杜老师学的一肚子招式，都等着在他身上试练。

这个周一其实有工作，沈捷给手下的大牌艺人谈了个活动，捎带着把他捆绑销售拉去站台。要是搁以前，他肯定要习惯性拒绝，并且声称"我不缺钱"。

但是现在，形势比人强，银行卡余额只有四位数的人不配挑拣工作，他还是老老实实早起去沈捷指定的工作室化妆做造型，甚至还早到了半个小时。

沈捷很诧异："你怎么来这么早？"这离程朗那个小区可有小二十公里呢。

周凯一只手捏着鼻梁："半夜起来就睡不着了，起来打会儿游戏就来了。"

其实他起来以后，被梦里程朗的余威震慑，好好地念了两小时上次的语音作业，还对着录音反复检查，但这种事情就不必让沈捷知道了。

"哎，别动！"沈捷的助理"嗷"的一声，震得周凯耳膜疼。

助理举着手机递给沈捷："姐你看，狗哥刚才超帅的！"

沈捷看照片，的确，有的人就是老天爷拿着鼻饲管灌饭吃，随便捏个鼻梁的侧脸都很耐看。没睡好的黑眼圈加不保养产生的细纹到他脸上就是沧桑感，折过的鼻梁骨反而显得更有真实感。不像有些人整形整得鼻子都要透明了，片场打光时时得注意角度不要穿帮。

可惜这位对自己的"美貌"丝毫没有概念，别人聚在他鼻子底下看他照片，他却盯着人家手里的鸡蛋灌饼。

"你这搁……在哪儿买的？"半夜被透明脑壳程朗支配的恐惧促使他尽力说普通话。

助理小姑娘是个浑身都是按钮的机灵人，赶紧把自己的灌饼递过去："你先吃我这个！我等会儿再下去买，就在路边那个早餐车。对了要不要喝豆浆？我还买豆浆了。"

小姑娘掏出来早餐摊上两块钱一杯的密封豆浆，周凯却没接，大步流星往门口走去："一个不够吃，我自己买去。"

话音未落，身影已经消失在走廊里。

助理一脸迷醉："哎沈姐，我发现狗哥没睡好的时候特别帅，味道不一样。"

"你叫他啥？"沈捷突然抓住了重点。

"哦，我开始叫凯哥，他不让叫。后来我听人家给他打电话叫狗哥，就跟着叫了，他也没反对。"助理小妹喝起了她的豆浆。

沈捷望着门口说："狗哥？他们咋不管他叫驴哥，我看更合适。"

助理小妹想笑，但是豆浆在嘴里，不能喷领导一身，还是活活憋了回去。

沈捷回过神："雁雁，把刚才那照片发给我。"

助理雁雁赶紧拿起手机，还在赞叹自己的偷拍技术："看看这脆弱感，吊打外头各种小流量。"

此刻脆弱感本人回来了，额头上闪着细汗，嘴里还唶着一个鸡蛋灌饼，手里拎着另外两个，还有两杯豆浆。感觉吃完就要跳上他的挖掘机去河边挖沙子。

怎么看都离脆弱还差十万八千里，刚出锅的鸡蛋灌饼倒是挺脆，被他嚼得嘎吱作响。

沈捷皱眉："你怎么吃那么多，控制体重啊！帅哥，你知不知道上镜胖十斤，大银幕能胖二十斤！"

周凯咽下他嘴里那一口东西，才倒出空儿来说话："没有，我这不给你也带了一份儿。"

说着把一份儿鸡蛋灌饼和豆浆递给沈捷。

"我……我吃过早饭了，我不饿。"沈捷一边感叹朗朗出手不同凡响，这活驴都肉眼可见地变得有礼貌了，一边坚决地拒绝了周凯手里那堆热量炸弹。

周凯看看她："这是你说不吃的，那我吃了。"

说着向第二个鸡蛋灌饼发起了攻击。

沈捷果断拿起第三个准备给他扔掉。

"哎你这老娘们，不吃也别扔啊，浪费粮食！"周凯一着急，又忘了自己要说普通话了。

说着就去把沈捷手里的鸡蛋灌饼拯救了下来。

"不行，我不能眼看我的艺人吃三个鸡蛋灌饼！"沈捷义正词严。

周凯觉得这些人都有毛病，一个鸡蛋灌饼，屁大点儿事，搁那儿嗷嗷叫唤，多吃一个能死人啊？

但是他现在人在屋檐下，要服从沈捷的领导，愣是活活把以上言论都憋了回去，看看沈捷："行，不吃，我拿回去当晚饭行不？"

说着把那个油脂麻花的塑料袋系上口，裹了数层纸巾，扔进了自己包里。

沈捷倒也不能再说什么，就是，跟今天要来的谢初飞形成鲜明对比。

同样是身高一米八的成年男子，谢初飞视碳水如毒药，每顿在鸡胸肉和西蓝花的拥抱中冒着仙气。

而这位即将冉冉升起的新星，身上一股隔夜的油味儿，生怕别人不知道他以前当过厨师。

周凯这一天过得分外充实，早上起来化妆，中午作为附赠品参加品牌活动并列席饭局，吃完了还得横穿"帝都"赶去程朗那里上课。

程朗开门的时候吓了一跳，日常周凯来的时候都是蒙头罩脸，照沈捷的要求帽子、口罩和墨镜一个都不能少，今天怎么脸上浓墨重彩的就出现了，头发里居然还有金粉。

卫衣还是那件灰色画着卡卡西的旧卫衣，但是那张脸……紫色的眼线究竟是怎么回事啊？还上下都画很粗！

程朗惊叹一声："你这是去拍埃及艳后了吗！"

周凯一脸不解："啥艳后？你也看三级片呀？"

程朗简直不知道从何说起，只好说："你这个造型有点儿和平时不一样。"

周凯的脑子还停留在上一个话题："那啥艳后的好看吗？"

程朗叹口气："20世纪60年代的电影了，估计你不能喜欢。"

周凯惋惜："那太老了，还是拉倒吧。"

"不是三级片！"程朗突然发现自己忘了重要信息。

周凯一拍大腿说："那更不用看了。"然后目光四处游移，"你这儿有微波炉吗？借我使一下。"

程朗迟疑："你要干什么？"

周凯从包里掏出来个鸡蛋灌饼："我吃口东西，中午饭人太特么多光搁那唠嗑没吃饱。"

"没吃饱。"程朗秒速纠正。

"哦，微波炉在哪儿呢？"周凯说着也不拿自己当外人，径自往厨房里走去。

程朗跟在他后面："在橱柜里，你把正确的发音再念一遍。"

周凯看看手里的鸡蛋灌饼，满含深情："没吃饱。"

程朗满意了，拉开橱柜门，帮他找到微波炉。

周凯把他在二十公里之外买的灌饼放了进去，然后十分嫌弃地看了一眼："你这微波炉都妹……没刷过吗？"周凯赶忙改掉自己的口音。

程朗大惑不解："微波炉还要刷吗？"

"这里头迸的都是油点子你没看见啊！那，那，那是多少年前的面包渣啊！"

程朗觉得这货又一次担负起了父亲的责任。

为了赶紧把这张嘴堵上，防止程穆明式演讲没完没了，她迅速从冰箱冷冻层里掏出来一根香肠："我这有香肠你要不要吃？"

那是程穆明先生上次亲临她家时候的遗留物，程朗一直没能消灭掉。

"吃。"周凯一把捞过来那根冻香肠。只等鸡蛋灌饼热好，就把它塞进微波炉里。

最近为了省钱，鸡蛋灌饼都不舍得夹肠，真是想什么来什么。

他啃着程穆明自制的热香肠与鸡蛋灌饼，觉得程朗变得顺眼了很多，今天似乎有精神头上课了呢。

这个香肠真的非同一般，辣味，香料味，和肉香结合得十分巧妙，叫人完全停不下来。

"你这香肠不是外边买的吧？"周凯问。

"我爸做的，这还能吃出来？"程朗好奇地说。

"外边做的一股味儿，还是自己家整的好吃，你爸是厨师吗？"

"他是个作家。"

程朗觉得不能再和这个人东拉西扯了，不由分说要求他赶紧进屋上课。

再扯下去，他身上那个程穆明的阴影又要复活了。

杜老师昨天这么教育程朗："一般来说呢，教口语的时候，我们不会学生一犯错误就纠正他，虽然这么做比较能够增强记忆，但是对学生的心理会造成一定的打击，学习动机会减退。"

"那么脸皮特别厚的被试是不是就可以了？"程朗问。

杜老师沉吟："你可以试试……心特别大的估计没啥问题。"

"嗯，他学习动机也很强烈。"

程朗有了信心。

"我觉得那小伙子挺好的，你态度不要过于强硬。"杜老师冒出来这么一句。

程朗觉得自己早晚逃不过这一劫。

还别说，今天周凯的表现好像好了不少，在有意识的情况下，基本能把单韵母发对，虽然后鼻音还是发得比较重。

倒是程朗有点儿恍惚，周凯那个紫色的全包眼线真的过于出挑了，鬼气森森，坐在她面前像是万圣节提前到来。要不是他身上的鸡蛋灌饼味儿，程朗感觉自己要穿越到什么仙侠宇宙里去了，小说里的蛇妖男大概就是这种造型吧。

"鸡蛋灌饼。"程朗脱口而出。

周凯抬头："什么？"头发里往下簌簌掉金粉，妖媚气息越发浓郁。

程朗收摄心神："你那个'饼'字，念得还是太重了，发音往前一点儿，不要在后面强调那个ng。来，你念一遍。"

此后的时间里，周凯念了大概两百遍鸡蛋灌饼。

念得他恨不得这辈子都不要再看见鸡蛋灌饼。

程朗还在那里侃侃而谈："虽然语言是平等的，没有哪一种方言优于另一种，但是人为给它们附加了各种意义，经济发达地区的语言明显更占优势。你把后鼻音往前发，甚至发到in和ing不分都可以，带点儿南方口音会融合掉你身上的粗放气质。但是不能发得那么往后！"

程朗摆弄着她那个透明脑袋里的舌头，跟周凯演示应该放在哪里。

周凯刚刚因为香肠对程朗升起的那点儿好感被慢慢消磨，他觉得今天的课分外漫长，好不容易熬到了下课时间，可以拔腿就走了。

程朗在后面叫住了他："别走，你留下，今天作业我看着你完成。"

杜老师教她的第一招心法："孩子作业错题太多？你看着他写就好了。"

五

保安赵大爷最喜欢上晚班，晚上六点到十二点，人们下班回家，吃饭，溜达，刚好是小区里人最多的时候。一楼二楼关不严的窗户散发出炸带鱼的香气，姑娘小伙子手里抱着快递和对面便利店卖的煎饼，各路外卖快递川流不息，一些欠揍的小崽子在坏了的人脸识别门禁处流连不去，招得那个破机器一直说"您没有权限通过"。

自打前年死了老伴，赵大爷就喜欢上这份热闹了。和他一起值班的张大爷恰恰相反，他最讨厌晚班，人多就代表着麻烦多，白天班最好，可以舒舒服服在岗亭里睡个午觉。

物业五点钟供应一顿免费晚饭，吃完了上班，可是那盒饭干巴拉瞎，没什么油水，到了晚上九十点钟，是个人都得饿。

张大爷一边嚼着赵大爷自带的牛肉萝卜馅儿包子，一边发出评论员音轨："上晚班啥啥都闹心，唯一好的就是能上你这儿蹭点儿吃的。老赵你这包子是真香，都好牛肉包的，不像外头那都不知道什么肉做的馅儿。"

话音未落门口有个车牌识别不了的，张大爷吃人家包子嘴短，自动起来去给业主登记抬杆。又坐回来捡起吃了一半的包子，骂骂咧咧："晚班就是破事儿多！吃点儿东西都吃不消停！"

赵大爷吃好了包子，正抱着保温杯喝茶，闻言呵呵一笑，拍拍张大爷："行啦，我跟你说，这上晚班最有意思了，你看这些人，看多了就看出门道来了。"

张大爷碳水下了肚，气也平了不少，问赵大爷："咋的，你看上哪个老太太了？"

赵大爷笑："不是这，你看他们就跟电视剧似的，比电视剧好玩。哎你看那个小伙子！"

张大爷顺着赵大爷的手望过去，只见一个穿卫衣的小伙子从三号楼出来，脚步虚浮双眼无神，在路灯下面缓缓移动，像一个孤魂。

张大爷不明就里："他咋的了？现在这些小年轻的身体真是不行，一代不如一代。"

赵大爷诡秘一笑，说："你看啊老张，这小伙子住五号楼，但是他从三号楼出来了。"

"那认识个邻居也不奇怪。"张大爷随口说。

"我数了，他搬来一个多月了，一礼拜起码得有三天从三号楼出来。开始的时候还六七点出来，最近都九十点，还有一回我碰上都十一点半了。"赵大爷说。

如果张大爷是个"同人女"，一定会觉得赵大爷对那小伙子有什么隐秘的恋慕之情，可惜张大爷只是个爱偷懒的老光棍，在他眼里那小伙子晃晃悠悠像是有什么大病。

赵大爷看张大爷还是毫无反应，只好放弃故弄玄虚，讲起了他推测出来的八卦。

"这小伙子开始不是这样的，刚搬来时候我瞅着挺精神个人，有时候还跟那帮小孩儿踢踢球啥的。有一次我还看见他帮六号楼高老太太拿快递呢，俩大箱子瞅着可沉了，人家抱起来就走了。后来就越来越完，最近这两个礼拜啊，走道都直打晃。"

赵大爷眨眨眼睛："你猜为啥？"

"为啥？"张大爷根本不想动用自己的脑细胞。

赵大爷压低声音说："你猜他上三号楼找谁去了？"

"谁啊？"张大爷持续拒绝动脑，当捧哏多舒坦。

"一个女的，挺年轻，也挺漂亮的，估计是个知识分子，家里书贼多。"

张大爷眼皮也不抬："那男的上女的家多正常，男的上男的家都不是新闻了。哎对，你咋知道人家家里书多的？你上她家扒门去了？"

"那可不能！"赵大爷义正词严，他也不是偷窥狂，就闲着没事看看人间烟火，咋就敢扒人家门呢！

"她刚搬来时候我也正好刚在这上班，就记得贼清楚。人家搬家都下来一车家具，她这下来一车书。那搬家工人累得满脸冒汗。"赵大爷赶紧解释。

张大爷一咧嘴："咱这儿离研究所近，知识分子就是多哈，八号楼去年有个男的也整来一车书。你说这一车书的咋没和一车书的搞上呢？"

赵大爷若有所思："我们这户型也不大，整两车书估计一家摆不下。"

张大爷认为他说得很有道理。

"哎，你，你知道这男的叫啥吗？"赵大爷努力把话题引回他的八卦。

"我哪知道？不是你一个黄土埋半截子的人一天咋能管这么多闲事？"

"不是，不是说他叫啥名，他叫啥我哪知道。我是说，他这样的叫啥？就这种小脸煞白，走道晃晃悠悠，刚从一个女的家里出来的。"

"叫啥？"

"药渣啊！"

"啥叫药渣？"

"哎呀，这个药渣吧，就是说古代有个皇上，他有一天发现宫女们一个个都没精神头……"

赵大爷精神抖擞地跟张大爷讲起了何谓药渣。

而这位被当作药渣的青年，大号周南风，艺名周凯，江湖人称狗哥的，还在路灯下面晃晃悠悠，绕着小区中间的绿地瞎溜达。

最近他被程朗着实折腾得不轻。

如果他听到两个保安大爷的对话，一定会趴到他们的岗亭窗口，露出当年手拎酒瓶子跟人干仗的凶狠眼神，严正警告他们俩："我跟那女的，不是你们想的那样！我绝对不带喜欢她那样婶（式）儿的！"

在周凯看来，程朗最近明显是中邪了，变本加厉地祸祸他。

说他回家自己练习没效果，上完课还把他扣押在她家那乱七八糟的书房里做作业，拿着一摞卷子直接念给她听，一念念到二半夜。

说来也挺神，周凯一直就弄不明白，程朗咋就能一边听他念，一边纠正他，手头该干啥还是干啥。

这些天在看着他做作业期间，程朗拼过乐高，看过电视剧，煮过面条，写过论文，还看完了好几本书，但是一次都没放过他犯的错误。

只要他念错了，从屋子的各个角落就会传来纠正的声音。她还能一边写论文一边追电视剧一边给他辅导作业，真是见鬼了。以周凯本人的经验来说，他开着挖掘机眼里就只有那个铲斗，炒着菜心里就只有那口铁锅，像程朗这样一心八用他想都不敢想。

他打电话给郭小凡诉苦，大锅在那边笑得喘不上气："我小时候我妈就这样天天看着我！"

周凯笑骂："靠，我说我妈咋没看过我？我还没上小学她就跑了！"

大锅在那头幸灾乐祸："我上学时候最羡慕你，没人看着可以到处瞎玩。结果现在，哈哈哈，苍天饶过谁！"

说得周凯当即下楼买了一打啤酒上来，准备借酒浇愁。

更重要的是，程朗弄出来折腾他的花招，还不止这一出。

其他酷刑包括但不限于：让他念一些个根本看不明白的诗歌/戏剧/绕口令；要求他看着剧本给电视剧用普通话配音；随

时随地对他发动突然袭击，聊着聊着天就开始纠正发音；不定期出现的小测验和问卷。

更要命的是，她还动手动脚！

今天他们训练到声调问题，东北话很多声调和普通话都不一样，广为人知的，七个八个会被念成骑个八个，树上骑个猴，地下一个猴。

诸如此类其实还有很多，根据程朗的说法，有一些是入派三声①的时候搞混了，有一些是山东/河北等外地方言带来的音变。

当然周凯一个字都没有听懂，除了说到河北的时候他饿了，想吃驴肉火烧。

随之而来的自然又是一堆需要他念的练习。

周凯努力跟四声较劲，抑制住自己把卫生间念成尾生间的原始冲动，作为一个单线程生物，掰苞米的狗熊，捡了这穗苞米就会丢了上一穗。

他光顾着注意声调，就忘了注意前阵子纠正过的声母和韵母了。

他第一次把o念成了e。

程朗在那拼她的乐高，头也不抬地纠正了一声。

第二次，程朗放下乐高过来拿透明人头做了个示范。

到了第三次，话一出口周凯就知道自己念错了，但是说出

---

① 入派三声：入声作为汉语的一种声调，在某些方言的发展中逐渐消失。在没有入声的北京官话、东北官话、胶辽官话等官话体系里，中古时期的入声字被分散到平（阴平、阳平）、上、去三个声调里，就叫作"入派三声"。

来的话也不能咽回去，还没等他心里暗暗发誓第四次绝不会再念错，就感到有东西摸上了他的脸。

是程朗的手，冰凉，滑腻腻，带着柑橘护手霜的香气。

捏在他脸上，把他捏成了个金鱼嘴。

"我说了多少次了！这个音发出来的时候嘴唇是圆的！圆的！不要咧开啊！"

周凯根本就没听到她在说啥，耳朵里嗡嗡的，好像施工时候听到了人家炸山。

程朗一时热血上了头，等她发现的时候，手已经在周凯脸上了。

赶紧拿开。

并且欲盖弥彰地说："那你把这个词再读一遍。"

周凯没理她，他耳朵里还是嗡嗡的，只想逃离这个屋子，慌乱间憋出了一句话："你微波炉太脏了，我给你擦擦去。"

然后一头扎进了厨房开始擦洗微波炉。

留下程朗一个人在书房里，扯了张湿巾擦手，她敢保证她的被试晚上吃完了外卖驴肉火烧没擦嘴，捏了一手油。

周凯走的时候，程朗家的厨房，不只是微波炉，还有橱柜、水龙头、地砖，整个屋子都闪闪发光，和这套房子其他房间仿佛在两个次元。

想到此节，周凯下意识摸了一下自己的脸，认为自己是个孬种，二十多岁大老爷们，从初中开始谈恋爱找对象，找到现在越来越回去了，被人捏个脸就吓够呛，不像样。

他开始在脑袋里复盘，下回要是再有这事，就应该……应该咋样呢？摸回去肯定不行，那不成耍流氓了嘛！

跟她说："小老妹儿，喜欢我你就直接说？"哦，她好像比我大，不是小老妹儿。

几经周折周凯终于决定，努力学习，努力练习，还是争取没有下回吧。

行，就这了。

得出了结论之后他觉得一身轻松，不再围着小区绿地转圈，步伐轻快地踏上了回家的旅程。

站在书房窗帘后面的程朗也回去坐下，摇摇头："这驴终于不拉磨了。"

世界如此美好，我却如此冲动，不好，不好。

第五章　君子有酒

一

鲁迅先生写《阿Q正传》，阿Q捏过了小尼姑的脸颊，从此便觉得手指头滑腻起来，夜不能寐，辗转反侧。

程朗热血上头之际捏过了周凯的脸，竟也觉得手指滑腻了起来，乃是他吃完驴肉火烧嘴没有擦干净的缘故。程朗用肥皂仔仔细细洗了手，涂上一层柑橘香味的护手霜，又细细抹了一层指缘油，倒是毫无困难地睡了过去。

睡觉之前还特意给周凯发了个微信道歉，说今天的事情是她冲动之举，下次绝不会这样。

辗转反侧睡不着觉的反而是周凯。

程朗给他发了个微信，他抱着手机，更睡不着觉了。

你以为他是被女生摸了激动吗？完全不是！是气自己进退失据还给人家擦了厨房？其实也不是！他主要是发现了自己身

上，或者说脑子里，发生了一点儿小小的变化。有点儿难以理解。

具体表现在，每当他把 o 发成 e 的时候，就会感到脸上一凉，程朗的手指捏在嘴边的感觉完美复现，令他不自觉地把嘴噘起来，发出一个标准的圆唇音。

更有甚者，连在脑袋里想到此类字句的时候，程朗那冰凉的小手也如影随形跟在后面，让他平地一个激灵，把脑袋里的"软炸 mé 菇"替换成普通话的"软炸 mó 菇"。

程朗这一捏，倒是给他刻上了思想钢印，从此 mé 菇是路人。

周凯意识到此节的时候，顿觉后背一凉，这不是见鬼了嘛！一翻身，甚至觉得床底下有个人。

他抄起手机就给郭小凡发语音，最近他妈病情稳定许多，这货又恢复了闲磕牙本性。

周凯很是愁苦："你知道吗，就跟电视里演的中了玄冥神掌似的，我一想起来脸上就开始凉。"

郭小凡在那头发出了不怀好意的笑声："嘿嘿嘿我教你一招，保准好使。下次你看见她，就直接上去拉人小手，捂热乎了就不凉了。"

周凯回复："去你大爷的！"

翻个身，还睡不着觉，索性起身去擦厨房。

擦着擦着想起来，程朗好像从来没问过自己为什么喜欢收拾屋子打扫卫生。

这女的还挺有意思。

过了几天上课的时候，程朗发现这位被试在语音方面突飞猛进，感觉之前一直没有带着大脑来学习，最近终于把脑子装进了头盖骨。

她不禁怀疑起是自己一捏之力的功效，并在上班的时候和路涵江分享了这个疑惑。

这回居然是路涵江亲自来找她的，令程朗受宠若惊。

路涵江来给她送草莓小饼干。

自从发现了草莓饼干的纸袋子最符合要求，路涵江当即奔去遥远的城那边，买了五袋草莓饼干，拆出纸袋来轮换使用。并准备在这五个用烂之后再去买上五个。唯一的问题是草莓小饼干这种东西他实在不爱吃，于是决定都送给程朗。

程朗听完之后看了他一眼，叹口气："路博士，您知道纸袋子也可以单买吗？"

出乎他意料，路涵江点了点头。

程朗恍然大悟："那你是不想跟店员商量？"

路涵江露出了"知我者你也"的眼神："排队的人很多，我想买了赶紧走。"

光是和密集人群在一起排队就已经快要耗尽他的电量，只想买了赶快走。

程朗仗义起来："没事，我经常去那边吃饭，下次过去时候给你代购一沓回来！"

路涵江感激涕零，不知所云，在鼻子里认真地哼哼了几声。

他以为他说了谢谢，但只是张了嘴，并没有出声。

程朗早就习惯了，也并不介意，只是开始跟他讨论被试最近的奇妙进展。

程朗："你说是不是因为我捏了他一把呢？"

路涵江："时间上的前后关联性也不等于有因果关系。"

程朗："可是据我所知，那段时间也没发生别的什么能刺激他学习动机的事情。"

路涵江："但是你这个实验次数太少了，就没有什么说服力，要不然下次遇到不好解决的问题你再多捏几次？"

程朗沉思："好像有那么点儿道理……"

路涵江："但是你这个被试的动机其实有点儿模糊，最好你还能确定他是为什么会因为你捏他脸而受到刺激。"

程朗："出其不意，吓了一跳吧。"

路涵江："倒是有可能，也有可能是他其实对你有好感，你捏了他一下他觉得受到了鼓励。"

程朗："这个倒是……不会吧……我没从他说的话里听到明显带有情感色彩的词汇。"

路涵江："还有一种可能，他说不定有一定的受虐倾向，对于这种强烈的表达能产生快感，所以才会给你这种正反馈。"

程朗呆住了，路涵江这是说……周凯其实是个抖M？得拿小皮鞭抽才能进步？

看不出来这小伙子想法挺多啊。

"我先走了，你记得回头多捏几次。"路涵江电量耗尽，毫无预警就闪身出了门。

留下程朗一个人在办公室里浮想联翩。

你别说，周凯那个劲儿，配上受虐狂人设之后好像还挺和谐。

程朗在脑子里幻化出自己穿着一身黑皮衣手拿小皮鞭的样子。

她家的书房灯火昏黄，周凯穿着他电影里那件白色背心，汗流浃背，小麦色肩膀上有道道血痕。

每说错一次，她就照着后背来一鞭子，她的被试发出痛苦而快乐的叫声，并念出了正确答案。

如果沈捷他们让他去拍个这样的电影肯定会爆火。

程朗想到此节，给沈捷发了条微信，如此这般描述了一通。

没想到大忙人沈捷秒回："别想了，在电影里配挨鞭子的只有坚贞不屈的地下工作者。"

然后马上又追加了一条："晚上有空吗，我请你吃饭。"

以程朗和沈捷三十年的交情，她知道沈捷必然是有槽要吐，刚好今天周凯的课六点结束，那就暂且不看着他做作业了，去跟沈捷吃饭倒也来得及。

沈捷果然是有槽要吐，竟然答应程朗让她在周五晚高峰横穿"八环"的无理要求，跟她约在了小区附近的一家小酒馆。

如今周凯来她家已经轻车熟路，因为着实没人认识他，也不再蒙头盖脸，经常跟着别人开门便蹿进单元门，并在进门以后批评这些人都没有安全意识。

"我们小时候，那东北门洞里都有打闷棍的，照脑袋就来一下子，然后人就蒙了，看是大人就抢东西，看是小孩儿就拐走卖了。你说这些人为啥不好好锁门……"

"我今天晚上约了人吃饭。"程朗开腔打断他。

周凯当即兴奋起来："课不上了？没事我没问题。"

"课还要上啊。"程朗一盆冰水混合物泼了过来。

她觉得周凯眼睛里的光肉眼可见地熄灭了。

"但是作业我不能帮你一起弄了，你回去自己搞吧。"程朗有点儿不忍心，赶紧把剩下半句说完。

周凯这才又活泛了起来："啊，那也挺好，你吃好喝好！吃好喝好！"

说完他不由得替自己感到悲哀，现在已经变成不留堂就是好事了吗？这人消费降级起来真是快啊。

或许是路涵江的话起了作用，上课的时候周凯只要一犯错误，程朗心里就升起来一股想要捏他脸的冲动。

捏了会不会就不再错了呢？

他到底是不是个抖 M 呢？

今天他没吃东西，捏一下不会一手油吧？

虽然惯常一心多用，程朗今日还是觉得有点儿恍惚，并有些控制不住自己的手。

但她毕竟不能真的直接上手捏，万一被投诉了，她的训练大计岂不是毁于一旦。

周凯发现程朗的手今天分外闲不住，右手食指不时在桌子上敲啊敲。

嘀嘀嗒嗒，敲得他很想过去一把摁住。

周凯终于忍不住，问她："你敲啥呢?"

程朗："啊?"

周凯："就你那手，老是一根手指头在那敲桌子你不知道吗?"

程朗："哦，这个啊，我在敲摩斯密码。"

周凯一脸不能置信："就……就电影里那个摩斯密码?"

程朗："对，就是你知道的那个摩斯密码。"

周凯："你还会这个? 你敲那干啥?"

程朗："小时候闲的没事背着玩的，后来就形成了习惯，想事情的时候就会敲。"

周凯："我去! 牛掰! 那你刚才敲的是啥意思?"

程朗："你又说脏话了，我们今天主要解决脏话问题。"

周凯没得到他想要的答案，倒也不太在乎，脑子里还在震惊于程朗的"闲的没事"。他们小时候闲的没事打弹珠，抓蜻蜓，撒尿和泥，怎么到了人家这就变成学摩斯密码了呢。

果然聪明人就是不一样的。

周凯自嘲：我这种糊里糊涂混日子的就只能去炖大鹅，哦，还能演电影。

程朗却不知道他的心事，还在努力控制自己不要去捏人家的脸。

今天的这堂课，周凯觉得时间过得飞快，程朗却觉得慢到不能再慢。

好不容易挨到了下课，程朗赶紧把周凯撵走，自己收拾一番飞奔出去赴沈捷的约。

她们约的那个小酒馆倒是不远，出了小区步行十分钟可达，主营一些奇奇怪怪的日式融合菜，油封鸭腿、土豆可乐饼或者烤鳗鱼taco之流，秘制羊肉咖喱也十分优秀，且有非常多品类的日本威士忌供应。

沈捷约在那里，大约是要认认真真喝一顿酒。

程朗到那儿的时候沈捷还没来，她过于着急摆脱周凯，匆匆忙忙就出了门。

因为刚说到摩斯密码，她一时兴起戴了一副K金的流苏耳环，一根根流苏由点与线接合而成，被她一眼看中：那不就是摩斯密码！长的短的各买一副存在家里，心情好得很。

彼时保安赵大爷今天又轮到晚班，与张大爷闲磕牙中。

赵大爷："老张我跟你说，最近这晚班可不太平。"

张大爷："怎么了？有贼啊？"

赵大爷目光闪烁，偷偷凑近张大爷："闹鬼！"

张大爷作为一个坚定的唯物主义者，一摆手："别扯淡，这世界上就没有鬼！"

端起杯子喝他的红枣枸杞茶。

赵大爷却越战越勇："对了，你记得前两天那药渣小伙子不？我现在觉得可能错怪三号楼那姑娘了。"

张大爷对药渣的兴趣比鬼大多了："啥意思？"

赵大爷仍旧神神秘秘："他可能是被鬼缠上了，我前几天三更半夜的看见有个白影跟在他后头，就人脑袋那么大，还能飘。"

张大爷的无神论信仰十分坚定："那肯定是塑料袋！你眼花了！"

此刻六号楼的高老太太拎着一兜炸萝卜丸子过来，焦香气息扑面而来。

赵大爷和张大爷当即忘了鬼，齐齐扑过去问丸子是在哪儿买的。

二

程朗所料果然不错，沈捷坐下翻开菜单，直接找到酒水那一页，点了一瓶"白州12年"威士忌。然后就把点菜大权交给了程朗。

此时天色还早，喝酒的人大多没有出洞，店里吃饭的人居多。

沈捷清清嗓子准备吐槽，却发现程朗的注意力完全不在自己身上。

她在盯着酒保在吧台后面拿着把刀上下翻飞地削冰球，看得蠢蠢欲动，很想回家自己也试一试。下回周凯再弄不明白圆唇音，她就把冰球塞他嘴里。

直到那冰球削好，从酒保手里转移到她俩的酒杯里，她的心思才跟着飞回来。

单一麦芽威士忌各有各的风味，"白州12年"是森林气息，金黄色酒浆里有花香与果香。可惜沈捷心情不好，咕咚咕咚地牛饮起来，也并不在乎里头到底有没有泥煤风味。

原因十分之俗套：她和技术男新欢分手了，还是她提的。

分手的理由却十分不俗，到了程朗听完击节赞赏的程度。

依照沈捷的说法，新欢一直精神稳定头脑清楚，直到他跳槽去了一家创业公司当了技术总监。

沈捷一口干掉她那半杯酒，拎起瓶子又给自己倒了半杯。

程朗一看她这架势，就知道今晚又要负责把她搬运回家，坐在对面一小口一小口地抿，力争成为一个有生力量。威士忌虽好不能贪杯，还有生蚝天妇罗要吃。

"精神病啊！你知道吗！"沈捷又干掉半杯。

"我只知道你这说话倒装的毛病还没好呢。"程朗精准一刀，插在了沈捷胸口。

沈捷目光凶狠起来："你等着，我找个南方男朋友马上就能治好！"

程朗这回倒是没反驳她："要想会，得跟师傅睡。"

沈捷不理她的恶劣双关语，径自控诉前男友的种种烦人之处。

"我跟你说，这人原来不这样，自从去了那个公司脑子就不太正常了，成天念叨啥期权啊上市啊敲钟啊！虽然听着就像扯淡吧，我也不好打击他，人总得有点儿梦想是吧，就算根本实现不了。"

"这听着就像创业者的一般症状啊。"程朗觉得这属于轻症，常见得很，坐在咖啡馆里一天能碰上好几拨，地铁里也不老少的。

沈捷摇头："不是，我跟你说，这人绝对属于晚期了，就那种，肝癌，一发现就晚期的！天天想着一夜暴富这我都能忍，毕竟我们圈里也天天有小朋友想着一夜爆红。问题是他这病程发展得太快了，不到一个月就开始不说人话了！"

周凯好像不想一夜爆红，他好像根本对红这个事没有概念。程朗突然想到了这一节。但是她的注意力马上被沈捷吸引了过去。

"就这人……我跟你说，我跟他吃饭吐槽两句新项目难搞，制片人和老白毛儿不对付，你知道他说什么？他问我，你说这话的底层逻辑是什么？然后都叨叨什么你得找到过程的抓手，让项目形成一个闭环。"

沈捷气得像个蛤蟆："我看他像个闭环！"

程朗乐不可支："这症状是有点儿严重，你给他吃点儿脑残片中和一下。"

沈捷摇头："还不如脑残呢，自以为是大聪明更烦人。我俩一吵架你猜他说啥？"

"他抓住了你的痛点？"程朗盲猜。

"他说你别说了，我开了一天会已经没能量了，我现在给不到你任何反馈。"

程朗思维再奔逸，也猜不到这个。

而且她的脑子完全奔逸到另一个方向："给到"的否定形式是"给不到"，还是"不能给到呢"？这两种用法哪种接受度比较高？要不要去做个调查？要从什么渠道入手呢？

好在沈捷只要有人听她说就行，完全不在乎程朗那雪白的手指头又在桌子上敲摩斯密码。

如此颠三倒四，滔滔不绝地陈述了几个小时前男友的病况，那瓶酒终于被沈捷喝得差不多了。

"听着的确无可救药了。不过在这么短的时间里就被影响成这个样子，他还是有点儿语言天赋的，模仿力还挺强。"程朗下了个结论，并且觉得要是能找一些个互联网从业者，研究一下他们被这些行业黑话影响的程度轻重，好像也挺有意思。

"换你，你受得了吗?"沈捷把最后一点儿酒倒进自己杯里。

别人都是买一瓶酒存在店里没事来喝一杯，她倒好，一晚上干掉大半瓶，看得那边酒保直心疼：想喝醉出门左转便利店买瓶二锅头不就得了，干啥要糟蹋好酒。

程朗摇头："他这么说话谁也受不了吧，所以你就跟他分手了。"

沈捷此刻已经喝得迷迷瞪瞪，后半个脑袋已经像是不属于自己，意识还在却不太能够精确控制身体。她觉得头太重，于是趴到桌上枕着一只胳膊。

"哎，说实在的，我一直还挺不想分手的，因为之前都合得来，我甚至都考虑要不要跟他结婚了。我开始还想挺着，等他这股劲下头了看能不能好点儿，然后昨天我实在忍不了了!"

"昨天咋了?"

"妈的，半夜三点在那儿动手动脚不让我好好睡觉。"

"然后你就生气了?"

"他说要给我赋能! 赋他大爷! 被我一脚踹下床撵出去了! 实在受不了了!"

压倒骆驼的最后一根稻草。

人喝多了就不容易控制音量，沈捷情绪激动起来，嚷得大伙儿都能听见，此刻店内外充满了快活的空气。

程朗笑得尤其认真："哈哈哈，这是什么破修辞！换我，我也要跟他分手！"

"对吧！对吧！"沈捷支撑不住，终于趴在桌子上睡了。

程朗觉得她这辈子怕是都不想听到"赋能"两个字了，没想到那位倒装新欢竟能把这词用到出神入化。今天这酒钱花得还挺值，她已经想好了回头要教周凯不能随便用行业术语，不过反正那驴应该也不会瞬间记住那么多奇怪词汇。

是的，沈捷此刻整个人软如一根长寿面，挨哪儿往哪儿一靠，断然是没有办法去结账了，还是得程朗去尽她的地主之谊。

程朗也不是第一次见沈捷喝醉酒，知道她喝多了安静得很，除了吐就是睡，并不耍什么文疯武疯，也不拉着人大谈人生道理。但问题是，她无法把一个喝醉的成年女性扛回家里。

回沈捷自己家是不大可能了，程朗家虽然就在几百米之外，可是拖着一个成年女性走十分钟对于程朗来说显然也不是什么easy模式。程朗权衡了一下，觉得靠自己一个人扛，走不出十米沈捷就要遭遇脸着地的厄运，于是把她暂时托付给酒保，自己先回去管保安借平板小推车。

上次买了太多书拎不动，就是保安赵大爷借了她平板小推车，她知道保安室有。

谁知道刚出了门，一道，不，两道熟悉的身影映入眼帘。

周凯戴着个卫衣帽子，两手插兜，晃晃悠悠朝这边走来。问题是，跟在他后面那个人，是路涵江？

周凯显然也看到了她。

"你们俩怎么在一起？"程朗有点儿迷惑，但她还有更要紧的事要解决，天上掉下个周南风，简直刚刚好。

"你俩有事吗？没事先进来帮我个忙。"程朗招呼周凯帮她扛沈捷。

"你们俩怎么在一起？"周凯进店一看，问出了一模一样的问题。

程朗指指沈捷："帮我把她弄我家去，路上说。"

于是周凯和路涵江两位男劳力，一左一右架起沈捷的胳膊，把她扛出了酒馆。

赵大爷眼见着五号楼那小伙子和一个男人扛着个女的，三号楼那姑娘在后头跟着，缓缓往门口走来，不由得放下了手里的茴香馅儿饼。

"这怎么又多出俩人来，我可有点儿看不明白了。哎，老张，你说咋回事？"

张大爷抬抬眼皮说："说不定那才是人家正经对象。"

"那他天天往三号楼跑啥？看书学习啊？"赵大爷还是感到不能理解。

目送四个人都进了三号楼，赵大爷才一拍大腿："我说么，往那姑娘家送！那五号楼跟三号楼的还是一对！"

张大爷正在向最后半张茴香馅儿饼发起攻击，嘴里不得闲，用鼻子哼哼两声算作同意。

周凯跟路涵江扛沈捷，虽然比程朗轻省很多，但也颇费了点儿力气。

主要因为沈捷是一个活人而不是块木头，时不时还要变换姿势和他们别着劲儿前进，把她扛进程朗家，两个人都气喘吁吁。

"放哪儿？"周凯问。

"放主卧吧。"程朗指指卧室。

于是周凯第一次看到了程朗卧室的全貌：床上一堆书，地下一堆书，飘窗上一坨衣服，五斗柜上一坨衣服，梳妆台上的瓶子像摆了天罡北斗七星阵，旁边还放了两本书。

周凯没喝酒都觉得眼前一黑。

程朗把书挪到一边，在床上给沈捷刨出来个睡觉的坑，周凯和路涵江把她扔进坑里，就算大功告成。

三个人移师到比卧室整齐一点儿的客厅里。

"你这屋也太乱了。"周凯开腔，"你天天就这样能睡着觉吗？半夜起来这么多东西在地上不把你门牙磕掉吗？"

程朗显然不打算跟他讨论家务问题，直接问："你们俩为什么一起出现了？"

路涵江着急起来："这个……那个……"

"你先说，你怎么认识我经纪人的？"周凯倒打一耙。

"她是我小姨啊。"程朗十分坦然。

"啊？"周凯目瞪口呆。

"她没告诉过你吗？那你以为你们公司是怎么找到我帮你做培训的？"

"不是，你小姨……我……她没说啊，我以为你就是那啥，沈姐随便介绍过来的一个朋友。"周凯还是觉得有点儿混乱，程朗和沈捷关系这么密切的话，这两人岂不是一直串通在一起？自己上课时候那点儿丢人事情沈捷都知道了？

"随便找能找到我这种水准的老师吗？"程朗看了一眼路涵江，"你说是不是？"

路涵江兀自陷入不知名的紧张状态："是，不是，啊啊，是的！"

周凯看不下去，从兜里掏出来一个纸袋子："行了还给你！没见过你这么愁人的。"

然后转向程朗："他住你们小区你不知道啊？"

这回换程朗目瞪口呆："我还真不知道。"

三

时间倒回两小时之前。彼时沈捷刚刚干掉半瓶威士忌，头脑尚算清醒；程朗正在犹豫要不要再来一份烤鸡肝；张大爷嫌弃赵大爷晚饭萝卜吃多了放屁，自动申请出去执行巡视任务，正骑小电驴边吹风边溜达，远远看见赵大爷故事里的"药渣男子兼鬼缠身男子"正站在小区花园里头发呆。

周凯今天"放学"早了好几个小时，一出程朗家的门，就如同脱缰的野驴一样奔回了自己家，掏出手机往沙发上一倒，志得意满地打起了游戏。

一切犹如昨日重现，只不过他上高中的时候还没有智能手机，只能去网吧跟人联机推星际。

等到他终于把手举麻了，外面天已经彻底黑了。周凯听见自己肚子里发出了一些可疑的哀鸣，缓缓打开外卖软件。结果最近的一家也告诉他要四十分钟才能送到，现代人下班越来越晚，送餐高峰也无限延后。

他这人有个毛病，前些年折腾大劲儿了，现在不能饿着，一饿腿就软，连带着脾气暴躁见谁想削谁。周凯挠挠头，决定自己去小区底商那儿买套豪华煎饼算了，加土豆丝和二两猪头肉，盛惠十二块钱，立等可取，拿手上就能吃。

还能顺便整一杯豆浆和一份烤冷面。

于是他揣上手机溜达了出去，一边走一边思考人生的重要选择：烤冷面是要香辣还是酸甜口味呢？

结果没走两步他就觉得有点儿不对劲，老觉得身后有什么东西，一回头倒是没看见啥，灌木丛里头发出窸窸窣窣的声音，估计是流浪猫。

周凯接着往前走，从他家到小区门口，得穿过一个小花园，最近正在换路灯，一大半还没弄好，乌漆麻黑看不清路，住户一般都从旁边绕一下。今日周凯投奔煎饼铺子心切，无论如何要抄这个近路。

进了花园没走几步，他又觉得身后有东西，一股冰冷夜风吹过来，后背竟然有点儿凉飕飕。

周凯刚在游戏里头砍瓜切菜一样打了两小时的怪，此刻一身正气武德充沛，决定诱敌深入，不管是猫是狗还是劫道的，抓出来再说。

他找了个路灯好使的地方站定，仔细观察了一下周围地形，然后挑了一条最黑的路线往前走去。

小样儿的就不信治不了你，老子连半夜偷钢筋的都敢跟他们干。

一、二、三，转身。

"我去！"

"嗷！"

短兵相接，双方都发出了惊天动地的嚎叫。

好在张大爷此刻巡逻到了小区另一边，要不就这一嗓子就能给老头吓坐地上。

任谁大半夜的一转头，看到一个白惨惨的纸袋子上头掏两个洞飘浮在空中，都要吓得心肌缺血吧？

周凯定睛一看，哦，纸袋子还有身体，只是穿了一身黑不容易看见，一颗快要脱落的心脏才勉强安回了原位，本来就有点儿软的腿却更软了。

"有病啊！"为掩饰自己的色厉内荏，周凯喊得特别大声。

纸袋子后面传来了一连串的"对不起"之声，周凯突然觉得这个场景有点儿眼熟，这个声音也似曾相识，上手一把掀掉纸袋子，果然露出来一张……他没啥印象的脸。

"你是不是那个……上次那个……那个谁谁谁。"周凯也不知道自己都问了些啥。

可是对方居然听懂了，并且连连点头。

"上次……上次……"对方和他一样语无伦次，声音颤抖得比他还厉害。

还是周凯先找回了理智，问出了一句人话："兄弟，你叫啥玩意儿来着？我这人记性不好。"

纸袋君找到了主心骨，也逐渐说出了人话："哦，我叫路涵江，我是……我是那个……程朗的同事。"

"我知道。"周凯经过天敌程朗的一通折磨，已经终于成功摆脱了"我zhí（知）道"。

路涵江正脑内感叹他普通话进步飞快，只听见周凯问他："不是兄弟，你咋在这儿啊？黑灯瞎火地跟我后头干啥玩意儿啊？"

是不是黑夜给了路涵江黑色的眼睛没人知道，但是黑夜的确给了他说话的勇气。

路涵江惊异地发现，自己在不套纸袋的情况下，也能比较流利地回答问题了呢。

"哦，我住这个小区。"

"啥？那程朗咋没说过！"周凯有点儿纳闷。

路涵江倒是很从容："因为我没告诉过她。"

在沙发上讲到此节，程朗也十分不满："你什么时候搬来的！"

路涵江眨眨眼睛："去年，去年八月份。"

程朗觉得不可置信："大半年了，我怎么从来没在小区里见过你。"

路涵江又眨眨眼睛："因为我都躲着你走。"

"你躲她干啥，她也不吃人，她又不是老虎妈子。"周凯在旁边来了一句。

然后没管住嘴，又跟了一句："不吃人可是挺吓人。"

程朗不想理这个嘴欠的玩意儿，只是丢给他一个"你等着"的眼神。

周凯被程朗看得腿又软了几分，赶紧闭上了他的嘴。

"那个……"路涵江已经开始脸红了，"一开始跟你不太熟，我不想跟你打招呼，就躲着你走了。"

"行吧，你是社恐我理解，后来熟了你咋也不说?"程朗还是没明白。

"我……我找不到合适的机会。"

鸵鸟心态就是这样的，只要把头埋进沙子里，等别人来踢屁股了再说吧。路涵江一想到要跟程朗说他们其实住在一个小区就焦虑，浑身发抖四肢冰凉。

万一程朗觉得他这样很不礼貌怎么办?

万一程朗说那我们下班一起回家怎么办?

万一程朗……

每次鼓起勇气想要跟程朗说出来这件事，路涵江脑内就在列举这一万个万一，然后默默地躲到了墙后面等程朗走过。

当一个人存心要躲一个人，也不是那么容易被发现。

尤其是路涵江这种究极社恐，在二十几年的人生里有着丰富的躲人经验。

但是后来，后来他发现程朗的被试也和他住在一个小区。

这个人以为别的同事欺负他，给他出头来着。虽然是一场误会吧，可是从他上小学时候起，别人欺负他的时候，就很少，或者说，几乎没人给他出头。

他从小就是一个聪明孩子，聪明到家里人觉得早上一年小学不够，还要给他再跳一级，二年级没上，直接就去念了三年级。

三年级的课程对他来说不算什么，闭着眼也能考一百分。可是三年级以后的学校生活就进入了地狱模式。

他比所有同学都小两岁，而且每次都考第一，看起来是一个绝好的欺负对象。

于是下课被堵在墙角和厕所里成了家常便饭。

回家时候兜里的零花钱也总是不翼而飞。

开始的时候他大喊大叫，踢打回去，告诉家长老师，但是很快就发现徒劳无功。

同学都是一伙的，男生女生都不会有人帮他。老师说那是小孩儿闹着玩，家长教导他要合群，再不然就是"别人都不欺负怎么就欺负你"。

于是他逐渐闭上了嘴，不再同人说话，打不过总可以躲，躲在没有人的角落里就清静了。

整个小学时代，路涵江通过切身经历悟出了一套隐身术，每时每刻都在消弭自己的存在感，将被骚扰的概率降到最低。

小学毕业那个暑假路涵江像是芝麻成了精，个子一蹿再蹿，终于不再比别人矮一个头了，但是他已经开始不想再和陌生人讲话。

隐形成了他的生存法则，考最高的分，交最少的朋友，地下室开水房的角落让他感到安全，经常在那里度过整个午休时间。

虽然偶尔还是有人会找他麻烦，可是已经好了很多。

少年路涵江就这样磕磕绊绊一路升上最好的高中，最好的大学，去国外顶级大学留学，发牛掰的论文，他的人生镶上金边，没人再取笑他反应迟钝性格内向。

但是社恐已经根植于心，由精神上的拒绝发展到肢体症状，强迫他跟陌生人说话就会惊恐发作，抗焦虑药是令他保持人形的法宝。

好在研究所不在乎你是否焦虑，只在乎你能发多牛掰的论文。你手里科研成果够硬，就能强迫人家跟你发邮件而不是发微信。

路涵江怎么也没想到，二十几年后的今天，在他已经不需要了的时候，会跳出来一个为他出头的人。直眉瞪眼，粗声大气，对着同事说你们别欺负他。

那件事之后他发现自己好像放松了一点儿，被怪兽追杀的固定形式噩梦频率降低不少，套上纸袋之后跟陌生人讲话也不是那么困难了。他就一直很想跟周凯道谢，是他带来了纸袋的新的变机，但是这种话又不好意思托程朗转达，直到他发现周凯搬来了他住的小区。

"你就是为了跟我说谢谢啊！"周凯瞪大了眼睛说。

路涵江大点其头："但是……我跟着你好几次……我都没……"

都没鼓起勇气走过去跟他搭话。

倒是把周凯也闹了个大红脸，好在他们两个站在黑暗的小区花园里，没人看得到他脸红。

"没事，屁大点儿事，人家还没欺负你，我那纯属多管闲事！"周凯努力在声音里掩饰他的不好意思。

然后自觉更加尴尬了，索性一把拽住路涵江的袖子："兄弟，咱今天也算认识了。我正好没吃饭呢，走吧，一起出去吃个烧烤！"

路涵江在当地呈现木僵状态："我吃完饭了。"

周凯不容他拒绝："吃完了咱喝点儿酒，那点儿羊肉串那不就溜缝的嘛，不占地方。"

路涵江思索了一秒，说："那我请你吃饭吧。"

周凯倒也没跟他客气："这可你说的啊，门口那烧烤店我看着挺好，上回路过就想吃了，走，走，但是咱得先去买个煎饼，不行我这饿得前心贴后心了，先垫巴一口。"

路涵江就这样在被周凯扯着，一路走出昏暗的花园小径，经过赵大爷和张大爷的保安室，来到了小区门口的煎饼摊。

看周凯购入豪华煎饼一套，一边跟他往烧烤店溜达一边吃，因为吃太快噎着了，不时还得原地蹦跶两下。

谁知道两人刚溜达到烧烤店门口，就看到程朗从隔壁的小酒馆走了出来。

原来你也在这里。

四

"就因为你，我俩这烧烤都没吃上！"周凯靠在沙发背上做出总结发言。

此刻程朗的沙发已经和刚才不是一个沙发了，是一个脱离了低级趣味，升华到正常家具高度的沙发。

刚才交代和路涵江小区奇遇的时候，周凯在沙发上坐了五秒钟，屁股就开始长出了钉子，左扭右扭，最后还是管不住自己那两只手，缓缓把魔掌伸向了程朗丢在那的各种衣服。

等到这个故事讲完，程朗扔在沙发靠背上、扶手上，还有垫子上的衣服都已经被周凯叠得整整齐齐按照颜色排成了一摞。程朗跟他接触了一阵子，对这位不时发作的强迫行为已经有所觉悟。她那堆换季衣服已经放在那挺久懒得收起来了，让这驴帮忙叠一下也挺好。

但是——他为什么要把打底衫拿起来凑在鼻子底下闻，这是被路涵江吓得露出变态本色吗？

"喂，你干什么呢!"程朗劈手把衣服抢了过来，"别乱动我的东西。"

周凯却面不改色，全无干奇怪事情被人发觉的尴尬。

"我不闻闻咋知道你这衣服洗没洗，干净的和埋汰的得分开放啊!"

理由过于充分，以至于程朗无法反驳，只能收起自己的气焰，告诉周凯那堆衣服都洗过了。

周凯一双黑沉沉的眼睛直不楞登地瞅着程朗："那你是让不让我叠?"

程朗有气无力地挥挥手："你叠吧。"

不让他叠他永远消停不了。

程朗要是想继续盘问路涵江，非得先把旁边这叫驴安抚住不可。

周凯得到了允许之后果然消停了好多，除了时不时插两句嘴补足路涵江偶尔的指代不清，大部分时间都在埋头跟沙发较劲。等到这一场三方会晤结束，误会都解释清楚，周凯不仅叠好了程朗的各种冬季衣物，还顺便把缝隙里的零食、饼干渣与乐高零件，也都挨样掏了出来，甚至还找了两只不成对的耳环。

"哎！我说我怎么一直找不到，原来在这里！"程朗攥着她两只失而复得的耳环，脸上露出幸福的光芒，"这个是在秘鲁买的，这个是大都会博物馆埃及首饰的复刻品，现在都买不到了呢。"

此刻周凯觉得她那高兴样儿跟当年邱颖买到了凯蒂猫玩偶时候毫无区别，恨不得搂着上床睡觉，很叫人跟着一起高兴。

程朗心情大好，周凯埋怨没吃上烧烤，她就主动提出来叫个外卖，补足周凯没吃上的那顿饭。

毕竟人家又帮忙抬沈捷又义务给她收拾沙发，请他吃点儿东西也不为过。

谁知道被路涵江半途截了胡："我……我来叫吧……说好了我请他吃饭，而且，而且就当我给你道歉。"

万年不主动星人主动起来，谁都不好意思拒绝。

程朗带了路涵江一年多，已经基本上把"不能欺负路涵江"写进了潜意识，便觉得要赶紧给他个台阶下，让他把这事揭过去，也就没有再跟路涵江争着花钱。

眼见路涵江掏出手机打开外卖软件递给周凯："你想吃什么，你点吧，我付钱。"

居然有点儿霸总风采的感觉。

可惜周凯并没有领到情，对着烧烤店的菜单龇牙咧嘴："咋只有本地啤酒呢，本地啤酒贼难喝。不是我说，你们这本地啤酒真不行，喝着跟马尿一个味儿。青岛没有，哈啤也没有，完犊子。但是这家肉又瞅着挺好吃……"

"那……那我给你钱，你去下楼买一点儿别的啤酒？"路涵江惶恐地看着程朗。

他非要请周凯吃饭，自然不能让周凯去买，但是让他自己踏进楼下那个老板娘自来熟的便利店是万万不能，就只能依靠程朗。

谁知道程朗冲他冒出了三个字："不想去。"

然后又接了一句："啤酒么，我家就有，比那些都好喝。"

周凯振奋起了精神："你买的啥？"

程朗起身，径直朝卧室走去。沈捷还穿着全身衣服睡死在床上，丝毫不知道程朗从床下面扯走了一打啤酒。

"不是，你这吃的东西咋搁床底下呢？厨房那么多地方不够你放的吗？搁床底下又有灰又有蟑螂多不干净！"

程朗叹口气，完了，程穆明又上身了。

她低头看一眼手里拎着的啤酒，塑料包装上好像真的沾了点儿灰尘，但她绝不会向整齐主义恶势力屈服，直接把酒往周凯鼻子底下一递："喝不喝？不喝算了。"

周凯看着那瓶子上"拉萨啤酒"几个大字，胃里馋虫翻滚，堆出一个无耻的笑容："喝，来你先放下。"

确定啤酒安全之后站了起来："你家有消毒湿巾没有？"

"没有。"

“厨房湿巾呢？”

“也没有。”

“那你平时都用啥消毒？”

“酒精。”

行吧……周凯接受了这个选项，并且暗暗决定回家要下单一箱消毒湿巾带过来。

等到烧烤外卖送到的时候，那一打啤酒已经被全身清洗过一遍并且用酒精消过毒，擦干净送进了冰箱冷藏起来。

其间沈捷迷迷糊糊醒过来吐了一次，没有坚持到洗手间，扭头吐了前来扶她的路涵江一后背。

路涵江的电量彻底被耗尽，慌不择路告辞回家换衣服。

周凯负责把沈捷搬回床上，清理地面，并顺便擦干净了整个卧室的地。

程朗负责站在一边问：“这可怎么搞？”

周凯一边擦地一边窃喜，也有你不知道的事儿啊！等我回头买个清洁剂把你那微波炉再好好擦一遍，上次就洗涤灵擦得不干净。

综上所述，周凯期待了一晚上的烧烤酒局，最后的参加者只有他一个人，路涵江负责出钱，程朗负责出酒。

周凯此人的优点之一就是脸皮厚，雄踞桌边拿着程朗提供的冰镇拉萨啤酒，丝毫不拿自己当外人：“哎，你也来点儿呗？坐着也是坐着。”

程朗摇头说：“我晚上吃饱了。”

周凯又祭出他的溜缝理论：“这都不顶饱，都是溜缝的。

不吃喝口酒呗，这玩意儿挺好喝的，比哈啤还好喝。"

"我知道，这是我买的。"他这一说，程朗的确被拉萨啤酒勾动了馋虫。

在酒馆的时候为了防止沈捷喝醉没人管，她全程也没喝几口，光在吃饭和听沈捷吐槽。如今看到自己等了两个礼拜的啤酒就要被周凯消灭殆尽，也的确心有不甘，于是不自觉地过去也拿了一罐。

程朗不算太喜欢喝啤酒，里面气泡太多，太占肚子，没喝几口就饱了。她口味跟沈捷近似，喜欢纯的烈酒加冰，威士忌或者金酒都可。调酒太甜，她也不太爱喝。但是唯独拉萨啤酒，她每隔一阵子就会想念一下，通过极慢的快递买点儿放在家里。

西藏的水好，够干净够甜，做出来的酒没什么奇怪味道，甚至能闻到冰川气息。这玩意儿是青稞和大麦一起酿造的，跟其他啤酒比起来又是不同的风味，总之莫名对了程朗的口味，叫她念念不忘。

"这么好喝的啤酒你是咋发现的？我都没听说过。"周凯已经火速把它加进了淘宝购物车，准备等再挣点儿钱之后多买几箱放家里。

"之前上学的时候有一次去拉萨觉得很好喝，后来就一直买。"

"你咋哪儿都去过？"周凯递过去一根烤牛板筋，程朗看看的确不占地方，也就接过来嚼上了。

"上学时候时间比较多啊，而且很多事情都可以在出门的时候做。后来就是到处开会出差，也会自己去玩一下。"

周凯喝一口啤酒："这玩意儿不错，回头我给大锅买两箱，我们以前喝的那玩意儿都是马尿。"

然后他又无缝衔接回刚才的话题："早知道我也好好学习了，上学多好啊，啥都不用操心，只要你能考上还有奖学金啥的，现在听说国家还给补助。我小时候傻啊，没人管，疯玩傻吃，等回过味来要学习早跟不上了，哪也考不上。高中毕业要不是大锅他妈非让我去技校学点儿啥，我估计早都完犊子了，说不定现在坟头草都老高了。"

程朗一瞬间有点儿恍神，觉得这个二十六岁的躯壳里住了一个苍老的灵魂。

但是马上就被躯壳的主人击破了幻象："我跟你说开挖机可好玩了，káng（哐）一铲子下去能挖起来老多土了，然后再给倒一边去。我有一次还让大锅坐我铲子里，然后给他倒河里了哈哈哈哈哈。"

算了吧，就算是老灵魂，也是老不正经的灵魂。

"那你后来怎么又去开饭馆了，我小姨……沈捷说白导演是在饭馆里发现你的。"

程朗一听还没有喝完，周凯面前就已经摆了三个空罐子，正在向第四个发起进攻。

"哎，那啥……"周凯迅速在脑内组织了三四个谎言，但是喝了酒觉得后脑勺木木的，不想费那个劲撒谎，就照直说了："我那时候处了个对象，她家嫌我到处给人开挖机不是个正经营生，正好大锅说在南方盘了个饭店，问我愿不愿意入伙。我寻思着开饭店总比开挖机正经吧，就把攒的那点儿钱投给大锅开店了，你别说生意还挺好。"

不提女朋友程朗也知道女朋友跑了，沈捷跟她说过，这人第一次放她鸽子就是因为跑回去参加前女友婚礼了。

"后来你就出来拍电影了？"

"没有，后来我就在饭店里帮忙。我们家从小没人管我，都是我自己做饭，铁锅炖大鹅那也不费劲，学学就会了，还有大锅他妈给的秘方。你去问问公司里那些人，他们都说我们家的铁锅炖比别人家都好吃。"

按照周凯的酒量，啤酒这玩意儿喝一箱他也不会醉。可是酒精总会对神经产生一点儿影响，五罐啤酒过后，他的话逐渐多了起来。

"真的，大锅这一家子真是好人，要是没有他们家我估计早不知道死哪儿了，所以他妈有病，给多少钱我都要把她救回来。钱是王八蛋，那玩意儿有人命重要吗？"

"然后你就把身上所有钱都给他了？"

"嗯，要不你当我愿意上你这个破课呀！那不是得挣钱吗？人在屋檐下，不能不低头啊。"

"但我感觉我上的课还挺有用的，你现在不说Pè课了。"

"祖宗嘿，你能不能消停一晚上，就一晚上，让我消消停停喝个酒。"

周凯凑过去，直接把她的嘴堵上了。

用一块烤馒头片。

程朗被上头撒的辣椒粉呛着了，惊天动地地咳嗽起来，一边咳一边想，这人还有点儿侠义之气。

周凯看她咳嗽，顺手开了一罐新啤酒递过去："赶紧压压，唾沫星子都要喷我羊肉串上了。"

程朗咽着自己买来的拉萨啤酒，又一次否定了自己的判断：不行，顶多是侠客家的驴。

第六章　陟彼崔嵬

一

俗话说得好，喝酒一时爽，宿醉火葬场。沈捷昨天晚上属于蓄意醉酒，提前清空了自己今天的所有行程，妄图一觉睡到吃晚饭，忘却诸般颠倒梦想。谁知道早上还没到十点，就活活地渴醒了。

起床四顾，在程朗那处于混沌系统的卧室里没有发现丝毫水的踪迹，于是她扶着剧痛的脑袋下地找水。一开门看见程朗的客厅，直接发出了一声嘶哑的尖叫。

喊醒了瘫在书房地垫上骑着被子睡得正香的程朗。

"怎么了小姨？"两个头没梳脸没洗连昨天晚上妆都没卸的人，睁着还不想聚焦的眼睛面面相觑。

沈捷甚至都没想到要抗拒被叫"小姨"，直勾勾地盯着程朗："朗朗，你家这是……被人打劫了？"

程朗虽然没有宿醉，可是昨天周凯半夜三点多才走，她现在还处于梦游状态，被沈捷一问给问精神了，努力睁开眼睛扫描了一下周围："没有吧……"

　　"那你这……你这东西都哪去了？"

　　昨天晚上被扛回来的时候，她醉眼蒙眬看到程朗家的客厅还是一副熟悉的兵荒马乱图景，怎么一觉醒来家徒四壁，所有摆在明面上的东西都不见了。

　　程朗恍然大悟："哦，那是周凯干的。"

　　"他发酒疯把你东西都扔了？"沈捷半夜起来吐第三回的时候依稀看到他们在喝酒。

　　"不是，他喝多了帮我把客厅收拾了一遍。"

　　"什么玩意儿？"沈捷以为自己宿醉没醒出现幻听了。

　　又确认一遍："周凯给你收拾的屋子？"

　　程朗忧郁地点点头："我要是不硬性把他撵走，他还想染指我的书柜。"

　　不行，书柜是她的最后一片净土，不能就这么失守。

　　现在沈捷也清醒了："不能吧……他会收拾屋子……我认识他这么长时间了还不知道他有这项技能呢……"

　　最近看多了重生IP的沈捷甚至怀疑周凯被人魂穿了。

　　"可能是你没给他展示的机会。"

　　沈捷一想也是，在剧组大家都住酒店，回了"帝都"他也不用在公司坐班，之前公司给他租的房子她一共就去过两次，一次气得七窍冒烟，一次直接就是帮他搬家。这么说来，她从来没有留意过周凯的居住环境。

"人家喝多了耍酒疯，他喝多了收拾屋子，挺好，下次我家要大扫除就请他喝酒。不行他把水藏哪了？我渴死了！"

程朗茫然地摇摇头："我也不知道，找找吧。"

于是两人打开冰箱，里面空荡荡的，只有昨天晚上没喝完的两罐拉萨啤酒，还有一盒史前时代的鸡蛋。

程朗表示她明明买过一箱矿泉水的，一定就在厨房的某个角落里。两个人把厨房所有的柜子都开了一遍，矿泉水杳无踪影。

沈捷捞起电话打给周凯，那位如今正以"马拉之死"的姿态昏睡在自家客厅沙发上，能听到电话响才是见了鬼。

程朗眼看沈捷就要去喝自来水，突然计上心来，打电话给程穆明。

"爸，咱们家瓶装矿泉水你一般放在哪儿？"

程穆明放下手里剥的毛豆，十分不解："放餐边柜里面啊，就我经常在上面泡茶那个。朗朗你问这个干什么？你终于肯收拾你的客厅了吗？"

程朗挂掉电话，直奔餐边柜，果然矿泉水整整齐齐码在最下面一格的柜子里。

沈捷过去一口气干掉大半瓶："得救了。"

然后拍拍程朗："你咋知道问你爸有用的？"

程朗也捞起一瓶矿泉水："我觉得这些爱收拾的人可能底层逻辑都差不多。"

沈捷听到"底层逻辑"四个字，当即觉得后脑勺一阵钝痛："行了，我头疼，再睡会儿去。"

沈捷睡得着，程朗却被她折腾醒了再也睡不着，跑去洗了昨天晚上就该洗的脸，抱着手机打开某个万能的购物软件——她在给周凯的下一步培训寻找一个合适的教具。

她下意识想把堆在沙发上的一坨衣服拨开，却摸了个空，才想起已经都被周凯叠起来收好了。程朗看着自己闪闪发光的客厅，颇有一些不适应。

昨天晚上她跟周凯，吃着羊肉串喝着拉萨啤酒，话越来越多，扯淡越扯越长，不知不觉就到了十二点多。周凯已经消灭了半打啤酒，脑筋多少有点儿受影响，瞅着程朗不怀好意地笑。

"跟你说实话，我现在看你，好像越来越顺眼了。一开始瞅着你这人咋这么轴呢，后来觉得其实也不太轴，好像心地还挺善良。"

程朗咽下去一口啤酒："我不会给你少留作业的。"

周凯把啤酒罐往桌上一砸："不是……你当我是啥人啊……我是那样人么……"

程朗："那你把我夸上天是想干什么？"

周凯打个酒嗝："我……我就不能瞅你好，夸你两句吗？"

程朗笑眯眯："真心夸人和拍马屁的语气是不一样的，我能听出来。"

周凯摇头，作痛心疾首状："你说你这个人……你啥都能知道，啥都能听出来……哪个男的敢跟你处对象啊！"

"这就不敢的男人我还看不上呢。"

周凯突然感觉膝盖一疼，如同中了一箭，赶紧发布澄清宣言："我是说大部分男的，我这样的就不怕你！"

串可以不吃，酒可以不喝，承认自己是懦夫万万不可。

程朗一时促狭心起，想要惩罚这些死要面子的雄性。于是一手托腮，把脸凑过去怼在周凯鼻子前面，盯着他的眼睛，深情款款："那你愿意跟我在一起吗？"

周凯咧嘴，一个战术后退，程朗又凑近了一点儿，他又往后靠了一点儿。

那椅子撑不住如此深情厚谊，携带着周凯"咣当"一声倒在了地上。

周凯觉得自己尾巴骨要摔成八瓣了，抬起头一脸幽怨地看着程朗："你有病啊！"

程朗一把把他拉起来："对不起对不起，我就是开个玩笑，说吧你到底想求我干什么？"

周凯揉着屁股，一听这个来了劲头，扯出一个诡秘的笑容："让我把你家客厅收拾了我就原谅你，还有书房，那个书架我天天瞅着就难受。"

"就客厅，书架不行。"周凯漫天要价，程朗跟他坐地还钱。

周凯想了想，同意了。

于是程朗坐在沙发上喝着拉萨啤酒，周凯眼睛里闪着兴奋的光芒，开始一样一样地收拾客厅里的东西。

并且勒令程朗把脚也放到沙发上，不要耽误他扫地。

语气和程穆明擦地的时候毫无二致。

程朗折腾了一天，也觉得有点儿累了，索性直接躺下，头枕着沙发扶手，有一搭没一搭地跟周凯聊天。

"哎，你为啥这么喜欢做家务啊？"

"男的就不能喜欢收拾屋子吗？你们文化人不成天说男女平等吗？"

"不是。"程朗解释，"对这个事我没有刻板印象，我爸也喜欢做家务，我们家都是他在整理，我就是觉得你不像这个类型的人。"

周凯没听懂什么叫"刻板印象"，但是也没耽误他理解程朗的意思。

他一边把鞋架上乱七八糟的鞋拿下来重新排序，一边头也不回地回答程朗："那我跟你爸肯定不一样。不是，那你觉得我该是啥样的人？你这样在家垒窝的？"

程朗对垒窝这件事情丝毫不以为耻："我就是觉得，你好像也不是太在意外表，怎么就对整理东西这么感兴趣呢？"

程朗还记得自己上回摸了一手驴肉火烧的油，吃了饭擦嘴都擦不干净的人，怎么偏偏喜欢把别人家厨房擦得闪亮亮。嫌她家只有洗洁精，居然还自带清洁剂过来擦她的微波炉。

"得劲儿。"周凯扔给她一个回答。

"得劲儿，普通话叫舒服。"程朗喝了酒也不忘进行普通话教学，"你是看到乱七八糟的东西心里就不痛快是吗？那你的确跟我爸不一样，我爸是爱干净，你是强迫行为。"

此刻周凯已经把程朗的鞋按季节、颜色、高矮排好了队，看着自己的成果满意地长舒一口气。

然后一屁股坐到地上，拉萨啤酒虽然度数不高，喝多了总归人还是有点儿发蒙。

周凯看着程朗的鞋架，没头没尾地说："我家没人管我。"

程朗从让他做普通话测试的时候就知道，此刻也不催促，听他说到底是怎么个没人管法。

"我还没上小学，我妈就跑了。跑得对，应该跑，我爸天天揍她，搁我我也得跑。现在也没回来，谁也找不着她，我姥家也没人知道她在哪儿。"周凯有点儿语无伦次，不知道是不是酒劲上了头。

"我爸么，我爸是个老王八蛋。沈捷不是一生气就管我叫小王八犊子么，她叫得对，老王八蛋生出来的可不就是小王八犊子。我生出来没多久我爸就下岗了，那时候他们下岗一次性能发挺多钱，买断工龄。然后这老王八蛋兜里有钱，还没工作，啥事没有就学人家搁那耍钱。一开始打麻将，三毛五毛的，后来越要越大，老觉得自己靠赌钱能发财。"

周凯站起来，离开鞋架把阵地转向了餐边柜。

"是人都知道赌钱发不了财，他以为是特么电影里千王之王呢，一赌就输，一输就喝酒，一喝酒就揍我妈，也揍我。揍了没几年我妈就跑了。我还小，屁事不懂，跑不了。他把家里钱也输差不多了，到处借钱。亲戚朋友看见他就躲。有了钱就不回家，我就上大锅家蹭饭吃。"

蹭饭这段程朗知道，周凯讲过了，还有郭小凡他妈的那个绝学铁锅炖大鹅。

周凯蹲在餐边柜前面不知道在倒腾什么。

"我爸活到我上初中才死，脑溢血，没几天就过去了。但是他死不死的没啥区别，也不回家，回家就揍我。我上学的钱都是亲戚出的，得去学校直接把钱给老师，他一过手钱就不知道上哪儿去了。所以我小时候都是一个人在家待着，也没人管，就大锅他妈还能管管我。"

"然后你就学会做家务了？"

"一开始也不爱干，瞎折腾。后来大点儿了，有一阵子我爸兜里实在没钱，只能回家待着，在家作天作地，想起来就揍我一顿，然后把我关厨房一天不让出来。说看见我闹心。"

程朗翻个身，觉得周凯一定是小时候把坏运气都用完了，长大才会碰上白大仙儿找他拍电影。

周凯接着说："我们小时候啥也没有，也没有手机，把我关厨房我也没事干。人家小孩儿还能玩个啥红豆绿豆的，我们家穷成那个样也不能糟蹋粮食，然后我就开始擦厨房。擦着擦着发现心情就变好了，还挺得劲儿，然后就越擦越来劲。后来一有什么闹心事儿我就去收拾屋子，把屋子收拾干净了就高兴了，后来就成了习惯了。"

"阿嚏！"程朗听到周凯惊天动地地打了一个喷嚏，以为是自己家柜子深处经年不擦灰尘太多。

全不知道他是为了掩饰自己眼泪直往鼻子里淌的事实。

"后来我爸死了，我也长大点儿了，我才有点儿明白。就这点儿事是我能说了算的，我管不了我妈跑，也没法儿让我爸不揍我，也没法儿让对象不和我分手，我能说了算的就是我家屋子干不干净，拖鞋有没有按大小个儿排好，人总得有点儿能说了算的事。收拾屋子时候，我就是说了算的人了。"

程朗觉得自己好像有点儿感伤，她觉得周凯的话里充满无力感，一时冲动差点儿跟他说那你把书架也给我一起整理了吧。

最后一刻还是管住了自己的嘴，决定把书架留到下次他受到严重打击的时候。

就这样，半夜三点，周凯终于把程朗的客厅擦得闪闪发光，心满意足地回家了，临走还把垃圾拿下了楼。

而困得眼皮打架的程朗，也终于能够睡觉了。

这一切都发生在沈捷做梦的时候。

二

今日保安室值班的仍旧是赵大爷，他和白班的张大爷换了班，直接睡在了保安室，为的就是看看还能不能收集到昨天晚上那奇怪的两男两女更多情报。虽然他内心认为五号楼的男娃和三号楼的女娃是一对，可是没看到确凿证据还是有点儿心里没底。毕竟八号楼那个小伙子也有一车书。

可惜半夜三点周凯被撵回家的时候赵大爷已经睡熟了，不然他也就找到了自己孜孜以求的实锤。

张大爷下班的时候，斜眼看看赵大爷："真不走啊，您可真来劲。"

赵大爷往墙上一靠："回家也是一个人睡觉，都一样，在这待着还能瞧个乐呵。"

张大爷拿上自己的保温杯和钥匙，嘴里头嘟嘟囔囔："你不回家明天晚上夜宵我吃啥……"

赵大爷眯着眼睛，摇头晃脑，装着耳朵不好没听见。

张大爷见他守株待兔之心已决，情知明天是再怎么也吃不上茴香馅儿饼了，便老老实实地收拾东西下班，一边走一边盘算着，要是明天晚上饿了，就上旁边烧烤店要俩烤烧饼。那天有个小孩儿举着一边走一边吃，看着挺香的。还能给老赵带一个，老吃他的也怪不好意思。

要么说八卦不负蹲坑人，赵大爷的一番苦心没有白费。下午一点半，他吃了饭正犯食困，上眼皮在和下眼皮打架之余露出来一条缝，瞥见昨晚那四个人原装出现在了通往小区大门的道路上，还都各自换了一身衣服，当即打起了十二分精神。

程朗一行人是去吃饭的，地点是小酒馆旁边的烧烤店旁边的潮汕砂锅粥，沈捷请吃饭。

昨天晚上吐的吐喝的喝，现如今一致决定要吃点儿清淡的。

这个局能凑起来也是机缘巧合。

本来沈捷是要请路涵江吃饭，因为昨天不小心吐了人家一身，怎么也得表示一下歉意。

结果在程朗这儿就给拦下来了，说路涵江作为一个社恐，跟陌生人吃饭如同上刑，你还是别折腾他了。

沈捷这行基本就没有社恐存在，她也不是很能理解，但是她一贯信任程朗，程朗说不合适她也就没强求，说那就买个礼物给他吧。要是周凯还好说一点儿，吐一个不认识的人一身，沈捷还是有点儿不好意思。

她问程朗送点儿什么合适，程朗冥思苦想，发现路涵江如今最紧缺的东西，乃是草莓饼干的纸袋子。

沈捷听完哭笑不得："这个简单，我叫助理去买它一百个。但是，真的没别的选择吗？"

程朗挠挠头，她真的不知道路涵江有什么物质欲望，只能说等上班她再问问看。周末给同事发微信这种不道德行为她是不会干的，尽管这位同事和她住一个小区。

即使路涵江不去，饭该吃还是得吃，沈捷该请客还是得请。

鉴于两人决定去吃砂锅粥，程朗就建议喊上周凯，因为那家砂锅粥的砂锅，着实有点儿大。

"你现在看见他能吃下去饭了吧？"程朗还记得沈捷因为周凯活活浪费了一碗刀鱼馄饨的事迹。

沈捷看看她："还行，现在消停多了，也就气个半饱。那就叫他一起吧，人多也好多点菜。"

"而且人家昨天晚上还参与了扛你回来的活动。"程朗补充了一句。

"朗朗，我发现你可有点儿偏向他啊。当个免费小时工就把你软化了？"

"那可是我珍贵的被试，也不能一直折磨他吧，得打一棍子给个甜枣，才能建立正向的回馈。"

不知道为什么，沈捷脑袋里浮现出邻居家的金毛。

周凯就比路涵江好邀请多了，听见有免费的饭吃答应得相当爽快，说刷个牙就可以下楼。

甚至没听见电话那边程朗跟他说没那么急麻烦把脸也
洗洗。

程朗放下电话，沈捷先叹了口气："你说说这人到底啥毛
病，你见过男明星不洗脸的吗？谢初飞脚后跟都比他脸干净。"

"李佩斯。"程朗冒出来一句。

"啊？"

程朗默默打开手机，给沈捷看李佩斯的德州老农造型，手
里还抱着一只羊。

沈捷不忍直视："能不能比点儿好的。我真是闹不明白这
个驴，自己脸不洗，擦地板比谁擦得都干净，脑袋里装的都是
些啥？"

程朗想起昨天晚上周凯说的那一套关于自己"说了算"的
理论，心知他是因为小时候整理房间获得了掌控感，就形成
了强迫行为。至于脸，他爸想揍就揍，他的身体并不属于他
自己。

他额头那个疤，不是打架打的，而是他爸按住他头往麻将
桌上撞时候磕的，断过的鼻梁骨缘于一个烟灰缸。

但是她只对沈捷说："因为地板脏他能看见，脸脏他又看
不见。"

沈捷一想，好像也对。她好像从来没见过周凯照镜子，工
作时候化妆师咋化他都没意见，是真的不在乎自己那张脸。

可能老白毛儿要的就是这种不在乎劲儿吧。

不管咋样这个不洗脸的毛病不能惯着，现在还没有多少粉

丝，电影上映了大家都知道他是谁，难道要看娱乐头条：知名男星蜗居在家抠脚，不洗脸不梳头长达一星期？

想想就是一场灾难。

此刻没洗脸的灾难本人已经按响了程朗家门铃，在单元门口对着话筒喊："赶紧下来，别磨叽了，饿得前胸贴后背了。"

程朗跟沈捷这才换衣服下了楼，只见周凯杵在门口，一脸暴躁，眼睛里放射出饥饿的绿光。

三个人往小区门口走去，没走两步周凯突然停了下来，伸手往树丛后面一捞，便揪出来一个路涵江。

并且还没往头上套纸袋子，手里甚至拎着一个垃圾袋。

是的，他只是下楼扔个垃圾，看到周凯、程朗他们在那边，想要过去打个招呼，但是旁边还有个陌生人沈捷，正在犹豫间就被周凯给发现了。

"兄弟，倒垃圾啊！"周凯昨天和他共同扛过了沈捷，自认已经是他的朋友了，拽过来垃圾袋就给扔垃圾桶里了。

然后神态自若地问："吃了吗？"

路涵江瞪大眼睛："吃什么？"

"中午吃饭了吗？"周凯以为他没听懂，字正腔圆，用上了程朗教他的全部功力，又问了一遍。

程朗在旁边捅捅沈捷："你看，普通话越说越好了吧。"

路涵江这回缓过神来："哦，没，还没吃呢。"

下一秒就被周凯拍上了肩膀："走走走，一起吃点儿去，我们正好也要吃饭去。"

路涵江还是有点儿惊恐："我就，我不去了吧？"

周凯作为一个东北人，是不会允许他没吃饭的兄弟错过饭局的，哪怕不是他掏钱。

于是施展了生拖硬拽的本领，扯着路涵江就往外走："我跟你说，这饭就该着你吃，昨天晚上没吃上，今天中午这不就来了。"

路涵江作为一个四体不勤五谷不分青年学者，完全挣脱不了周凯那开过挖掘机剁过大鹅的爪子，就这样被一路拖拽着往小区大门走去。

完全没有给程朗阻止的机会。

赵大爷看到的就是这样一幅情景。

周凯拽着路涵江在前面走，沈捷、程朗跟在后面慢慢溜达。

赵大爷揉了揉眼睛，有点儿纳闷：没看错呀，五号楼的小伙子，不是应该跟三号楼那个姑娘手拉手吗？为啥要扯着八号楼那个小伙子？他们年轻人可真奇怪。

如果赵大爷的小孙女目睹了这一切，当会趴在保安室的玻璃窗上露出花痴的微笑，大喊"嗑到了嗑到了"，并给赵大爷讲述一些关于嗑CP的理论知识。

但是此刻保安室里只有一个犯了食困的赵大爷，无人跟他分享自己的困惑。

四个人到了砂锅粥店里，程朗一个箭步蹿向领位员："有没有包间？"

好在还剩了一个，她眼瞅着路涵江那脸色由红润转向煞白，把他塞进了包间，与店里头吃得热火朝天的人群隔离。

周凯这才发现路涵江的不对劲："哎，你不是说套个兜子能好点儿吗？你那纸兜子呢？"

　　"我就下楼扔个垃圾，没带。"路涵江发出来的动静比蚊子大不了多少。

　　沈捷这才意识到她无意间顺手买的那个草莓饼干的纸袋子有多么重要的功能。

　　"也是，你这吃饭也不能套个纸兜子吃……"周凯抻着脖子在屋里看了一圈，觉得并没什么能套住脑袋但又不耽误吃饭的东西。

　　"没事，你就吃你的，你不用说话，拿碗可劲儿造就行，我们管唠嗑，你就管吃饭啊！"周凯强行给路涵江提供了解决之道，对方竟也没有反对。

　　面对如此情景，沈捷一时间竟不知道该不该跟路涵江说话了。

　　只好悄悄问程朗："我这会儿跟他道歉行吗？"

　　程朗看一眼正在低头给筷子相面的路涵江："要不我替你说吧。"

　　沈捷答应了。

　　于是程朗跟路涵江说："我小姨说她吐你身上了很不好意思，你那个衬衫她要不再赔你一件啊？"

　　路涵江摇摇头，正在努力组织语言，周凯看他这样就着急："憋死了，我替他说，不用了，多大点儿事儿，大老爷们的不在乎这个，一个破衬衫也值不了几个钱。"

　　然后转头看向路涵江："你是不是想说这个？"

路涵江点头，终于理顺了他那一口气："对，没……没什么关系。"

反正他昨天回家闭着眼睛把衬衫脱了直接扔进垃圾袋里了。

现在轮到新闻发言人程朗代表沈捷发言："那好吧，我小姨说回头你需要多少那个草莓纸袋子她都能提供。"

对方新闻发言人周凯没等路涵江示意，就率先表达了善意："那可挺好，沈姐这人仗义！快点儿上菜吧，我要饿死了。"

后面这句不代表路涵江的立场。

但是路涵江也没反对，他小声跟周凯说："你那个圆唇音纠正得很好。"

"啥玩意儿？"

"破衬衫。"

"噢噢噢，那你是不知道为了说明白这几个破字我被她祸祸成啥样。"

正说着他们点的砂锅粥终于出现了，锅大如盆，里头糯糯地滚着白米粥，还有鲜虾螃蟹与瑶柱，一点儿芹菜抹撒上去，又加了点儿清香气。

正好适合宿醉未醒的胃。

周凯一边盛粥一边问："哎，沈姐，你不说我真看不出来你是她老姨。"

老，东北方言里"老"字的意思为"最小的"。老姨就是小姨。

沈捷的眼里逐渐蓄积能量，开始发射死亡激光："我是她什么人？"

周凯没看到对面程朗杀鸡抹脖子的表情："你不是她老姨吗？"

沈捷："再让我听见这两个字，我就把你剁了做粥。"

周凯浑然不觉："哪两个字？老姨啊？老姨有啥不对啊？"

程朗在旁边微微笑，跟沈捷说："你这个威胁的方法不对，剁了做粥这种事情一看就不能成立，威慑力就不够，你得直接威胁到他的切身利益才行。比如你再说就不给你接工作，或者再说下周作业量加倍，你看他怕不怕？"

"大姐，你这些心眼子能不能用在点儿好地方啊！"周凯惨嚎一声。

路涵江在旁边对着粥碗偷偷笑了起来，以为别人都没看见。

三

沈捷现在觉得老板橘子姐料事如神。

老白毛儿白导演的新电影上映在即，逐渐开始密集宣传造势，男主角再像骡子，也得拉出去遛遛才行。虽然她觉得周凯这家伙好像被程朗训练得逐渐开始说人话办人事了，可是上次访谈一路翻车的心理阴影仍在，她一想到要带周凯接受采访就睡不着觉。

去问程朗，程朗说我这里培训计划才进行到三分之一，依我看周凯虽然有时候有点儿愣，但不是个傻子，目测应该比上次效果好，但是距离你们的预期效果还是会有一定差距。

滴水不漏，说了等于白说。

沈捷连着辗转反侧了两个晚上，第三天早晨花费半小时用遮瑕膏掩盖了一下黑眼圈，心里打着鼓去访谈现场跟周凯会合。

她到得早了，周凯还没到，白导演带着助手先款款而来。这老白毛儿最近追赶艺术潮流，把头发留到齐肩，后脑勺上扎个丸子，底下还披下来若干。然而他上了年纪头发稀疏，扎得不伦不类，怎么看都像个破落道士。

老白毛儿一见沈捷就凑上去："橘子说你把周凯弄好了？"

沈捷心里发虚："我瞅着……应该比上次强不少。"

老白毛儿以手加额："上次我真的……我跟你说坐那我都快中风了，血压噌噌往上蹿。"

沈捷心想那我觉得这回你还是得带上降压药。

老白毛儿没注意到沈捷脸上的精彩表情，兀自在那念叨："你说挺好个小伙子，咋就不会说话呢，拍戏时候可敬业了，让跳泥坑跳泥坑，让扒窗台扒窗台，重来多少条都不带生气的。"

老白毛儿正在那口说手比扯得热闹，那边正主儿叼着个鸡蛋灌饼就出现了。

看见老白毛儿，把鸡蛋灌饼换到手里，龇出一口雪亮白牙："我去，导演，你这脑袋上整个揪儿，要算命去啊！"

老白毛儿跟沈捷同时心底往下一沉。

老白毛儿摇头："我这叫随性。"

周凯三口两口解决掉了他的鸡蛋灌饼："文化人就是不一样，搁我们脑袋上叫乱糟糟，搁你脑袋上叫随性。"

老白毛儿心底一股西伯利亚冷高压过境，瞬间降温到拔凉拔凉，感觉这个访谈要走上次的老路。

但是跟媒体约好的时间到了，也不能临时逃票，他狠狠瞪了一眼沈捷，还是昂首阔步，脸上带着视死如归的神气，抢先踏进了电梯。

沈捷在后面追着周凯嘱咐："一会儿你少说两句。宁可不说，千万别瞎说。"

周凯倒是不以为意："就跟谁乐意说似的。"

今天好不容易程朗去外地开会了，他在家好好睡个懒觉，睡醒打游戏不好吗？大老远颠儿颠儿地跑来整什么访谈。谁叫兜里没钱呢？一文钱逼死大活人啊！

沈捷的这颗心也跟着坐上了跳楼机，一路以自由落体形式速降，决心出了电梯就叫一份速效救心丸外卖。

谁知道预想中的修罗场并没有出现，整场访谈下来，周凯虽然没有幽默风趣舌灿莲花，但是，也没有说出什么特别拉胯的言论。

顶多就是喜欢活用"他妈"作为各种句子成分。

比如媒体问：和白导演合作有什么感想呢？

周凯：挺好的，老白，白导演特别认真，天天半夜我们都睡迷糊了他他妈还在那儿琢磨剧本。

再比如：拍电影过程中有没有什么记忆特别深刻的事情呢？

周凯：剧组盒饭好吃，都是凯旋铁锅炖给送的。那个铁锅炖大鹅贼……可他妈好吃了，量还大。

总体来说，比上次提升了不是一星半点儿，虽然当场给铁锅炖做起了广告。

老白毛儿和沈捷的心脏又逐渐回到了胸腔里，开始健康地跳动了。

沈捷这才承认，橘子姐让周凯搬到程朗他们小区真是神来之笔，程朗天天耳提面命效果拔群，这货的普通话已经有了相当明显的进步了，还学会了适时闭嘴。公司还省掉了一大笔给程朗的加班费——她看不过去自行辅导作业没有算在课时里面。果然是做生意的一把好手。

远在外地开会的程朗第一时间收到了客户反馈：她的被试有了一定的进步，但是无论如何改不掉说脏话这个问题，请务必，马上，想办法纠正他。

程朗打开手机赶紧去淘宝下了单，本来已经看好了的完美教具，这两天一忙就给忘了。就算沈捷不说，她也要开始纠正周凯那些奇奇怪怪的口头禅了。

周凯做完了访谈，被激动的老白毛儿拉住不让走，非要请他吃饭。

沈捷和助理雁雁作陪。

老白毛儿原本愁得要死，最近电影的宣传活动越来越多，过阵子还要开大规模的媒体见面会，后头首映啊，点映啊，都得要主创团队跟着。他一想到周凯那张没有把门的嘴，就开始耳鸣，脑袋里嗡嗡直响。

拍电影的时候他只考虑那挥舞着铁锹在锅里翻炒大鹅的男性刚好符合自己心中的设想，谁知道这位在做艺人方面简直完全没有天赋。照老白毛儿的想法，实在不行就不让他出来露脸了，可是橘子姐不答应，她还指望电影上映了之后，周凯和他的那些前辈一样变成下金蛋的驴呢。

老白毛儿每次提起这事，橘子姐都说已经在想办法了，他只当是在敷衍自己，谁知道今天一见，这驴居然真的口吐人言，普通话说得还挺标准，不由得佩服起自家老婆来。

照这个进度，电影上映时候周凯应该不会出什么幺蛾子了。

心口大石放下，老白毛儿就有了心情吃饭。他最近发现了一家号称米其林级别的东北菜馆，死活要拉着周凯去猎奇一下。

高级东北馆子和"帝都"很多其他高级馆子一样建在胡同里，门脸一面墙刷得煞白，上头点缀几个小小黑字算作招牌，再无其他装饰。

周凯一看就大摇其头："这是东北菜？离老远看见门就他妈软了，导演你是不是找错了？"

老白毛儿："没找错没找错，一看这个门脸就是米其林风格。"

然后自顾自地嘿嘿笑："下次我要把这个修辞用到新剧本里。"

周凯没跟上他的思路："什么词？"

老白毛儿莞尔一笑，眼角处菊花盛开："你说哪个词？"

周凯最受不了这位时不时冒出来的玄虚之气，索性不搭理他，迈步上前拉门。

高级东北馆子的装修果然也是和门脸一样的性冷淡风格，大厅里除了白与黑，就看不到其他颜色的配饰。

沈捷想起来周凯半夜在程朗家收拾客厅的壮举，问他："哎，这地方能治好你的强迫症不？"

周凯环顾四周："嗯，挺整齐。程朗家要是这样就好了，我第一次去乱得连个下脚地方都没有。"

老白毛儿耳朵突然竖了起来："程朗是谁？"

"就是给狗哥培训那个老师。"这问题雁雁会抢答。

"噢噢噢，那可是挺厉害，我回头得采访采访她，到底是怎么培训的。"

"拉倒吧……说多了都是眼泪。"周凯表情很是有点儿悲愤。

拿过菜单打算化悲愤为食量，翻了三页，又放下菜单："锅包肉一百二，这是抢钱哪！"

老白毛儿一挥手："没事没事，我买单，你随便点。"

沈捷在旁边煽风点火："对，你随便点，吃不穷白导演。"

周凯仍旧皱着眉头，说："我又不是没开过饭店，我跟你算，这个成本……"

老白毛儿一把抢过来菜单："行了行了我点，折腾一上午我要饿死了。"

老白毛儿拉周凯来吃这家，本来就没安着什么好心，纯为猎奇，索性照着推荐菜样样都来了一点儿。

等到菜一上来，大家都缓缓傻了眼，以周凯为最。

先上凉菜，一人一份，碟子里放了摆得漂漂亮亮三片黄瓜和两颗雕花圣女果，配三种酱料，蘑菇酱、虾酱、辣椒酱。

周凯在三十秒之内解决了它们，留下评论："黄瓜蘸酱得整根黄瓜啊，切成这样猫都不吃。"

也不知道这只猫和黄瓜到底是什么逻辑关系，没事，给予他灵魂暴击的第二道菜出现了：周凯认为抢钱的一百二十块一盘的锅包肉，不多不少，刚好四块，大家一人一块。

"这就没了？"

老白毛儿一笑："分量小是这种馆子的精髓，量少才显得精致。"

"拉倒吧，这玩意儿一看就不行，这色儿都不对！"

不信邪的白导演上去夹了一块，吃进嘴里，有点儿绝望，米其林精致锅包肉，上头淋了黄桃酱，散发出浓郁的果香，酸味由百香果提供，把本来就有蛀牙的老白毛儿甜得牙疼，总体来说和锅包肉没有任何关系。

沈捷尝了一口，表示，这是菠萝咕咾肉。

周凯皱着眉头，说："导演，你说实话，我跟大锅那个店，是不是做得比这玩意儿好吃？"

老白毛儿捂着腮帮子说："我要看看他们还能玩出啥花样来。"

此后他们遭遇了用小砂锅盛来的小鸡炖蘑菇，底下还点着漂亮的小花蜡烛；优选德国酸菜炖的酸菜白肉，汤里漂着两个蛋饺并撒了一把香菜；还有茄子土豆青椒分开，在盘子里三足鼎立互成掎jǐ角之势的地三鲜；甜品是一道看似绕着仙气的拔丝地瓜，结果咬一口发现里头是冰淇淋。

连米饭都做得分外华丽，五常大米配斑斓叶加椰汁蒸好，上头还趴着两片枸果。

周凯此时已经看破红尘，冷静地问："这玩意儿多少钱一碗？"

雁雁抢答："四十九"。

周凯的声音毫无波动："我在工地开挖机时候，一顿能吃程朗家那小破电饭锅一锅大米饭。导演，这饭店吧，你最好别请正经东北人来吃。好不好吃的再说，光吃大米饭都能把你吃穷了。"

老白毛儿扼腕叹息："早知道该拍一拍你吃一锅大米饭的戏。"

周凯赠予他常用四字金句："你有病啊！"

沈捷的脑筋却拐到了另一个方向："程朗家厨房也是你擦的吧？"

收获了周凯的招牌反问句："那还能是你擦的啊？"

远在天边的程朗突然打了个喷嚏。

这一顿白导演破费四千八百块钱，出门时候满面红光："看没看到，这个店，就是对米其林评价体系的一种解构，对现代性和消费主义的一种嘲讽，对地方菜系的一种重述。"

"对冤大头的一种忽悠。"周凯用程朗培训出来的标准普通话做了总结发言。

然后一秒切换回东北模式："这狗卵子厨师脑袋他妈的给

门夹了吧。"

沈捷决心要跟程朗再三强调周凯的脏话问题。

四

周凯吃了一肚子不合时宜的米其林东北菜，被沈捷开车运回了家，连同她要送给路涵江的一百个草莓饼干纸袋子。很明显，后者才是沈捷真正要运的东西，周凯只是个搭便车的。

路涵江跟程朗都出差去开那个研讨会了，纸袋子们就暂且寄存在周凯这里，还有一支看着就贼贵的钢笔。沈捷觉得给人家赔礼道歉，死活不能就拿一堆包装袋，于是从办公桌里刨出了某大品牌送的钢笔一齐带来。

周凯听闻该钢笔价值八千块，大惑不解："我以为一百二四块儿的锅包肉就够扯淡了，一个钢笔……拿它写字能写出花儿来呀？"

沈捷冷笑一声："谢初飞做广告那个限定款要四万六呢，有钱没地方花的人到处都是，下回我带你去瞻仰一下九千块六根的吸管。"

周凯祭出了他的万能金句："有病吧。"

沈捷一笑："说不定回头电影上了，你也能接到这种代言，在这个圈子里混时间长了你就习惯了。"

"拉倒吧，我看我不是那块料，差不多挣点儿钱得了。我得趁年轻跟大锅把饭店好好做起来，回头把凯旋铁锅炖开成全国连锁。"周凯不小心透露了自己的野望，心里头还有点儿发虚，想着这下完了，公司知道自己回头想消极怠工了。

沈捷却一反常态，既没有吼他也没有教育他，径自开上车去见下一波人。

她在这行干了十来年，还没见哪个人能真的拒绝名利场的诱惑。

等他真的红了再说吧。

周凯送走沈捷，回家躺到沙发上拿起手机，刚打了一盘游戏，猛然意识到自己还有若干练习没有做，都是程朗走之前安排给他的。周凯看一眼茶几上那一叠纸，又看看手机，掐指一算，程朗明天才回来，那今天还能玩一下午，晚上再整她那玩意儿也来得及。

结果第二局打到一半，程朗的消息就弹了出来，说要临时去做个调研，得推迟几天回来。周凯窃喜，正盘算着一会儿把充电器插上、外卖叫上与各路英雄通宵大战三百回合，程朗又发了一条消息给他，言简意赅：方便视频吗？

吓得周凯手机直接砸到了脸上，鼻梁骨险些又断一回。

以他对程朗的了解，那女人要求视频，断然不会是因为思念他，合理目的只有一个——检查作业。

而周凯还根本没翻开他的作业。

只能绞尽脑汁地编个谎话拖延时间，谁知道谎话还没编完，程朗的视频就打了进来。

手一滑，就被他接了起来。

周凯此刻非常想把手机砸了，但是手机是公司给他买的，砸了还得他来赔，只好在沙发上坐直开始即兴表演。

周凯决定先发制人，不等程朗开口，就扯起了他刚经历过的米其林东北菜。

洋洋洒洒，舌灿莲花，从锅包肉的做法说到拔丝地瓜的火候，连老白毛儿喝汤头发掉碗里了都能说五分钟。

程朗倒也听得挺认真，不时应和他两句，说这么做菜的确挺愁人。大部分时候，拿个小本不知道在上面点点戳戳画些啥。周凯早习惯了这位的一心八用，倒是也不在意，而且他的心思一直都用在怎么把这个淡扯得更长上。

默默在心里为自己鼓劲："再坚持一下，说完那个德国酸菜炖蛋饺，就能假装手机没电了。"

谁知道说完了丧尽天良的德国酸菜，还没等他切断视频，程朗就把一张纸举到了镜头前面。

"你刚才说了十五分钟话，里面带了五十四处脏话，具体分型我都记下来了。等我回去我们首先要解决这个问题。"

周凯也顾不得假装手机没电了："我说你在那儿忙活啥呢，闹半天在这儿等着我呢！"

程朗看看表："我得出去见人了。上次给你的练习赶紧开始读，明天我要视频检查。还有就是，记得说话时候有意识提醒自己不要说脏话。"

周凯脱口而出："你咋知道我还没整？"

程朗低头不知道在收拾什么："做了练习的人，不会一上来就顾左右而言他跟我说十分钟锅包肉该怎么做，说得我都想吃锅包肉了。"

"那等你回来我给你做。"心虚的周凯开始不择手段地讨好老师，"我做的可比外头卖那破玩意儿好吃多了，以前人家在我们饭店里除了铁锅炖点最多的就是这个。大锅一次能吃一盘。"

程朗突然觉得胃里有点儿空虚，嘴里开始分泌口水，赶紧借口要出门关掉视频。

留下周凯一个人在沙发上面对一堆作业，愁容满面。

明天检查，这特么得整到几点啊。靠，看人家电视上当明星多爽，实际上累成王八犊子了。

然后周凯反应过来："靠，我又说脏话了。"

他有点儿胆战心惊，这玩意儿，不好扳啊……犹记得上次他死活也分不清 o 和 e，程朗激动之下一把捏上了他的脸。

然后他就能分清了。

周凯下意识摸摸自己的脸，程朗手指头那冰凉的触感又浮现出来，还有在他脑袋里烙下的思想钢印。

难道这次又特么得被捏一下？

想到此事，周凯不禁打了一个冷战。

他决定晚上吃个正经锅包肉抚慰一下自己受伤的心灵。

不过他的担心是多余的，这回程朗并没有再对他那张被老白毛儿称为"野性与活力完美结合"的脸下手。

君子生非异也，善假于物也。程朗作为一个想要试用多种教学方法的研究者，吸取了上次抹了一手油的教训，这回未雨绸缪，认认真真地买了一个教具。

周凯不做作业被程朗现场抓包，只好放弃打游戏在家认真突击了两天，每天晚上接受程朗的远程视频检查。

某日大锅给他打视频电话，说到一半程朗的视频打进来，大锅说你这咋像是媳妇查岗。

周凯摇摇头，表情凝重："这可比媳妇查岗难对付多了。"

媳妇只关心你去了哪儿跟谁去，并不关心你说话的音高语速和调值。

周凯甩甩头，好像要把这些专业名词都甩出去，自己居然知道调值是个啥了，程朗这是都给我灌输了什么奇怪的东西。

程朗远程检查了三天作业，终于肉身出现在了周凯面前，还拎着一块里脊肉。

"下午先上课，然后你可以做个锅包肉，再叫点儿外卖，吃了晚饭我们再进入练习阶段。"程朗把日程安排得明明白白。

周凯那天说锅包肉得用里脊肉做，她记得很清楚。

"你这安排挺好啊，我做个锅包肉，再叫个外卖，是不是做完了我还得负责收拾厨房？"

"你想擦就让你擦吧。"程朗决定看在锅包肉的分上满足他的整理癖好。

"你咋不上天呢？"

周凯以自己的招牌反问句结束了这段对话。

然后认命地走进被自己擦得锃亮的厨房："你这肉得先化冻……化了还得腌上……哎你家有料酒没有，粉面子呢……"

程朗打开橱柜，拿给他一袋面粉。

"不是面粉，粉面子！没粉面子咋特么做锅包肉！"

程朗虽然小时候在东北待过一阵子，可是对于厨房里的东西就一窍不通了。

"粉面子学名叫什么？"

周凯很烦躁："粉面子就是粉面子啊，挂糊那个东西。"

程朗恍然大悟："哦，淀粉！没有。没事，我可以叫个外送，还要什么东西你一起说给我。"

周凯看着面前这个拿一块里脊肉就妄图做锅包肉的人，有点儿明白她为啥要接培训自己这个艰巨的任务了。

一言以蔽之：虎。

周凯交代完了需要哪些材料，又一脸嫌弃地查看了程朗的厨具，并认为它们都不太好使。

一番折腾过后，他终于又坐到了那张熟悉的桌子前面。

程朗问他："你觉得你能意识到自己在说脏话并且控制住不说吗？"

周凯："你再说一遍？能不能说点儿人话？"

程朗也发现自己的句式太复杂了，简化成人话又问了一遍："你靠自己能一个脏字也不说吗？"

周凯摇摇头："我特么都不知道啥算脏字儿。"

程朗一脸"我就知道"的表情，缓缓把手伸向了旁边的柜子："没事，我这有个教具……"

周凯马上觉得心跳停了几拍，鼻子也自动停止了喘气。

上次她这么说的时候，从柜子里掏出了个透明人头，还能从中间一劈两半。

这次又要掏出个啥吓人玩意儿？

周凯的内心十分想直接把眼睛闭上，可是老爷们儿的自尊不允许他干这种没种的事情。

只好睁着眼睛看程朗到底要拿出什么可怕的教具。

不过一看到那玩意儿，他的心跳和呼吸就都恢复了。一个手环么，比透明人头可差老远了。

程朗脸上堆着意义不明的笑容，把手环递给周凯："来，你先试试合不合适，要是不能戴我再去换。"

松了一口气的周凯二话没说就把那个手环拽过来套在手上了。

"这有啥不能戴的。"周凯盯着手环看了两眼，"这玩意儿是干啥用的？录音啊？"

"合适就好。"程朗从旁边掏出来个遥控器，"来我们试试好不好用。"

然后按了一下。

周凯发出了"嗷"的一声惨叫，声遏云霄。

连楼下例行巡视的赵大爷都听见了，摇头晃脑："现在这年轻人啊，大白天的……"

"我去，你特么给我戴的这啥破玩意儿！"

程朗仍旧保持着微笑："没事，这个电击力度可以调的。"

"是调不调的事儿吗？你特么给我整个这玩意儿到底要干啥？"

上次那个透明人头伤害他心灵，怎么这次直接伤害身体了，现在不是都没人搞体罚了吗。

"以后你来我这儿的时候就戴着这个，每次听到你说脏话我就按一下遥控器，可以有效纠正你的脏话问题。"

好在周凯上生物课的时候不是睡觉就是逃课，没有听老师讲过一个叫巴甫洛夫的人，和他的狗们。

他只是微弱地抗议了一下程朗不能拿电鱼的力度来电人，让她调低了力度。

倒也没有拒绝这个东西。

甚至觉得文化人就是不一样，这么聪明的招都能想出来，要是给周老九套一个，说不定就能治好他的赌瘾。

五

周凯感到自己做了人生中最难忘的一次锅包肉。

他第一次做锅包肉是在十三岁，伙同郭小凡，地点是自己家厨房，主料是泡软了的纸壳。

彼时纸壳馅儿包子的谣言甚嚣尘上。郭小凡和周南风一合计，纸壳既然能混充肉馅儿，那说不定也能混充锅包肉里面的肉，要是能给整出来，到校门口当盒饭卖，说不定能换点儿钱去网吧充游戏点卡。

毕竟里脊肉成本太高负担不起，纸壳的话，拿（郭小凡从家里偷来的）五香粉腌腌，说不定能混充劣质肉。于是乎二人慎重挑出了一些没有彩色图画的硬纸壳，用开水认真泡了一泡，撕成跟记忆里锅包肉差不多的小块，再均匀撒上五香粉腌一阵子。之后照郭小凡从他妈左一眼右一眼偷师来的，弄点儿粉面子（也就是程朗嘴里的淀粉）加点儿水，抓一抓，就可以下锅炸了。

俩人信心满满在油锅下面点了火，捞起来盆里的淀粉腌纸壳往里一扔。

瞬时间厨房里千朵万朵油花开，锅里火苗一蹿老高。

郭小凡当场蹲地抱头，周南风捞起旁边一袋沙子朝锅台扬了过去，才避免了二人当场变成感恩节火鸡。

好在那时候周南风家里四面漏风暖气不热，两人在屋里还都穿得厚实，要不然这一锅炸纸壳怕是要给未来的大明星直接整毁容。

后来周南风擦厨房耗时十二小时，终于又使他家厨房闪闪发亮，致富计划当即宣告失败。

打那以后很长时间，一提起锅包肉他跟郭小凡就小腿一软，想起当年的熊熊烈火。可是后来顶下了凯旋铁锅炖，东北馆子怎么可能不卖锅包肉？一切恐惧在生计面前都不是事儿，周南风和郭小凡在厨子青黄不接的几个月里极速学会了锅包肉的做法，并且轮番上场掌勺。

等轮到程朗的时候，这已经是周南风做过的不知道第几百盘锅包肉。

理论上他应该行云流水手起刀落，像开挖掘机一样形成肌肉记忆。可是却偏偏做得相当坎坷，他把这归因于程朗，都怪她非要在厨房里惑人心神。

程朗给周凯套上了她的秘密武器电击手环之后就开始上课，一手拿马克笔一手捏遥控器，时不时地就在周凯说"这特么谁能学会"的时候准确按下按键，换来一声"我去"，然后又按一下。

这回周凯学乖了，"哎哟我——"把第四个字活活憋了回去，一口气没倒上来眼冒金星。

程朗觉得这个教学效果还是非常值得肯定，就是电击手环可能不适合大规模推广应用，得换一种比较温和的刺激方式。回头可以和路涵江深入讨论一下这个问题。

按说，从小被亲爹暴揍惯了的周凯对疼痛的承受力还是很高的，问题在于，这个手环不是疼，而是攻其不备，在你毫无防备的时候突然来那么一下子，谁特么能受得了。

周凯提着心吊着胆好歹熬过了四十分钟，然后祭出了自己从小练就的逃课找借口技能，一个高蹦起来说："肉快化了，我得看看去。化了得赶紧切，要不不好吃。"

在做菜方面程朗还是比较相信周凯的判断，为了吃上顺心的锅包肉，也就小手一挥提前下课了，说吃完饭再补上。

周凯获得了喘息之机，飞奔到了厨房，撸胳膊挽袖子准备整个四菜一汤出来漂漂亮亮当晚饭，也让程朗见识见识自己的能耐，他可不是什么对着镜头就会念一二三四的傻子，他也是有真本事的。

惜乎这里挖掘机不太好找，要不周凯也很想给程朗表演一下用铲斗手开酒瓶的绝技。

但是这菜一做起来，他就知道自己想错了。有程朗在，事情怎么可能顺顺当当按照他的意愿实现。

周凯拎过那条里脊，正打算手起刀落把它切成适合下锅炸的肉片，但是在刀刃碰到肉的一刹那，他就悟了。

程朗家的厨具，都是摆设。

"靠，你这刀是不是没开刃！"

然后手一哆嗦，菜刀应声落地，差点儿把脚指头剁掉一根。

　　周凯还没建立有效的条件反射，程朗倒是形成得很快，他这边脏字冒头，她那边手在兜里就按下了遥控器。

　　任谁切菜时候突然被电击了都不能保持平静吧。

　　周凯把凶器捡起来："大姐，咱俩有啥深仇大恨啊！我不就两天没写作业吗？你不带这样祸祸人的啊！"

　　程朗也蒙了："对不起，对不起，我不是有意的，我就是条件反射。"

　　然后低头研究周凯的脚："你没事吧？要不要去医院看看？对了你赶紧把那个，那个给摘下来，我都忘了真是不好意思。"

　　周凯一看程朗都急得结巴了，一腔怒火反而消散无踪。

　　"没事，离我脚还挺老远呢，就是吓一跳。不是我说，要不是老子当年练过，一下子躲开了，你今天就得吃锅包脚指头了。"

　　程朗心虚："没事就好，没事就好。你快，快，摘掉那个，别做饭了我请你去吃饭吧。"

　　周凯却不同意："不用，没事，我接着做。这才哪儿到哪儿啊，想当年我跟大锅把我家厨房都给炸了。"

　　于是程朗在周凯切肉、腌肉、准备其他菜色、焖大米饭、炸肉的过程中，听到了他的锅包纸壳创业失败史，笑得上气不接下气。

　　"但是你家厨房里为什么会有一袋沙子？"程朗善于从一切

表述里发现细节。

"哦，那个啊……"周凯有点儿不好意思，"就大锅，郭小凡，他有一次捡只猫，怕他妈不让养，就给放我家了。沙子是给猫垫厕所的，当时整了好几袋，结果我爸回来了，我就赶紧把猫又送回大锅那了，要不那老疯子来劲了能把那猫摔死。"

"后来呢，后来猫怎么样了？"

周凯手里切着胡萝卜丝，头也没抬："郭小凡他妈一看见那猫喜欢得就不撒手了，后来天天下班搂着猫坐家里看电视，我们上他家玩得先跟猫打招呼，要不他妈就说你没礼貌。"

总体来说，不管是当时的周南风还是郭小凡，生活水平都不如那只猫。

要不也不能闹出锅包纸壳的创业计划来。

周凯对付油锅已经很有一套，面不改色把里脊肉炸了两遍，浇上糖醋汁，撒点儿胡萝卜丝和香菜碎，出锅。

程朗当即就被那股香味吸引了，脱了手环的周凯还在一边装盘一边念叨："我跟你说，锅包肉就得搁白醋做。那些个搁什么番茄酱的、黄桃酱的，都完犊子！啥玩意儿啊甜不唧的，肉味都吃不着，他特么咋不直接往里怼个水果罐头炖肉呢！狗卵子的！"

此刻程朗已经不太在乎周凯的脏话问题了，完犊子和狗卵子在这盘金黄色的炸制肉类面前都是浮云。

"等会儿我炒俩素菜就吃饭。"周凯到底还是不舍得让外卖来配他的锅包肉。

程朗没有忍住，先伸出魔爪夹了一块，当即被那股直冲脑门的醋意征服了。

她觉得如果是这种锅包肉的话，卖一百二十块钱四块儿，也是可以接受的。

浇汁上酸压过了甜，但是又没有过头很多，恰好找到了一种平衡且清爽的口感。而且肉外面那层脆壳炸得相当精彩，薄厚、软硬都适当，咬下去的时候可以听到细小的碎裂声。是人类最初与最后的欲望。

至于肉，肉裹在最里面，呈现出无辜的白色，一点点儿柔软，一点点儿紧实，刚好与外面的脆壳搭配，缓解了对口腔的冲击。

程朗眨眨眼睛，看着穿长袖T恤挽起袖口炒菜的周凯，好像终于理解了白导演的眼光。

锅台前面这个人，脊背挺直，脑门上渗出细细的汗珠，在斜射的阳光下闪着金光。手臂上血管的青筋纠结，炒菜的手势开合纵横，把一盘包心菜炒出了火烧厨房的气势。

程朗看着周凯半天，第一次意识到自己的被试是个有血有肉还会做锅包肉的活人。心理上突然有点儿过意不去，她对周凯说："其实……"

周凯回头："你说啥?"

油烟机开太大，他听不见。

程朗摇摇头说："没事，一会儿再说。"

这顿晚饭共计有三个菜一个汤，本来周凯要做四个菜来着，程朗一再说吃不了，他也就没有坚持。

其实照他的估计，这一桌他都吃了问题也不是太大。

程朗今日的晚饭包括：锅包肉一盘，拍黄瓜一盘，炒包心菜一盘（周凯管那个叫火爆大头菜），还有一个菠菜豆腐汤，主食是遭了周凯嫌弃米太差的大米饭。

程朗见识到了东北人对米的执念。

周凯扬扬得意："咋样，是不是比饭店好吃?"

程朗顺口答了一句："你原来不就是在开饭店吗?"

周凯挠挠头："那是不是比别的饭店好吃?"

程朗嘴里嚼着锅包肉，点点头，盘算着下一筷子要伸向那个其貌不扬但是意外非常好吃的火爆大头菜。

周凯在程朗面前露了脸，自觉扳回一城，不再像个任人宰割的羔羊，心里头也暗自得意，觉得程朗也没有那么面目可憎了。

吃完饭周凯说要洗碗，程朗却赶他去做作业，嘴里振振有词："你快点儿做完作业我才能去健身房，今晚吃太多不消化。"

周凯叹口气："你当我愿意刷碗啊，你刷的那玩意儿……啧啧。"

倒也没有挣扎，并且自觉戴上了那个手环。

"哎，你别戴了。那个危险。"程朗突然改了主意。

周凯却不答应："没事，我觉得还挺好使，也是我给整忘了，下回拿菜刀时候我给拿下来。"

程朗也不好再说什么，只能随他去了。

也许是锅包肉的功效，也许是电击手环的功效，今日晚自习周凯状态相当好，没有在一些顽固错误上纠结太长时间就顺利完成了他的作业。

自然也提早成功解放回家，很是安心地打了一晚上游戏。

第二天中午他照例下楼买煎饼充饥，回来路上见保安室赵大爷笑得跟抽风一样，跟他说你这个嘴歪眼斜的保不齐是帕金森，最好上医院看看。把赵大爷气得直翻白眼。

经过六号楼的时候见高老太太例行搬不动猫砂，遂把煎饼往手腕上一挂上前帮忙。高老太太道谢不迭，之后盯着周凯的手腕问："小伙子，你手上戴的这个跟我家豆沙是一样的呀。"

豆沙是高老太太的猫，黑毛，绿眼睛，一身肌肉，胆小如鼠。

周凯辞别了高老太太，咬牙切齿打开淘宝，果然，那个东西的条目下，赫然写着"犬猫止吠器（小号）"。

第七章　棠棣之华

一

　　路涵江现在有点儿慌张。为什么？工作日的晚上，会有一个人，在敲他家的门。

　　如果保安张大爷在，会头也不抬地说："不做亏心事不怕鬼敲门，而且这天都没黑呢，敲门的肯定是大活人，没事。"

　　他不知道的是，路涵江并不担心门那边有人打劫，他只是单纯地不想给陌生人开门和说话，哪怕是居委会的，尤其是居委会的。上次搞人口普查他就抵死顽抗，不管对方怎么敲都不开门，但还是被居委会大妈定点蹲守成功，揪着把他祖宗十八代问了个遍。害得他开门掏钥匙手都是抖的，一进屋两腿一软坐在鞋架上半天没能动地方。

　　综上所述，未经预约敲路涵江家的门，不被应答的概率是百分之百。

此刻门外敲门声一声紧似一声，在第一声敲门声响起的时候，他就屁股上安了窜天猴，一溜烟蹿进了卧室并且把门紧紧关严。甚至还欲盖弥彰地关了灯。

如果单看这位瑟缩在床上蒙头盖脸的表现，大约会以为门外站的是得克萨斯链锯杀人狂，再不然就是《闪灵》里那个拿着斧子砍浴室门的哥们儿。

可是门外只是提着百来个草莓饼干纸袋子的周凯，身上还携带有一支贵价钢笔，和一个犬猫止吠器。

周凯从来就没当过什么斯文人，眼瞅着路涵江家灯亮着，敲门不开就直接扯着嗓子喊上了："路涵江，开门！我周凯！"

躲在床脚的路涵江迅速从被子里探出了头，周凯的声音他是清楚的，周凯的人他也认识，那么，好像就可以去开门了呢。

周凯一进屋就迎来了路涵江的质问："你为什么不能先和我预约一下呢？"

"都一个小区的还得预约啊？我看你家灯亮就上来了，正好有点儿事找你，这沈姐给你的饼干兜子，起码够你套两年脑袋了。"

路涵江刚焦虑过一阵，脑子还不大清醒："谁给我的？"

"沈捷，程朗她老姨，上次吐你一身那个！"

说到这儿路涵江就记起来了，但他还是不放弃埋怨周凯："你要来给我送东西为什么不能先跟我说一声呢？你去程朗家也说去就去吗？"

"那不是，那都约好了的。"周凯相当自然。

"这不就是一个道理吗？"路涵江有点儿气急败坏，程朗说得没错，她的被试驴起来可是真驴。

"那不一样，她是女的。"

还没等路涵江研究明白这跟性别有什么关系，周凯已经自顾自一屁股坐下来："你可别提了，要不是程朗我也不能来找你，不是你们搞科研的是不是脑子都给苍蝇踹了？咋啥损招都能想出来呢！"

路涵江的注意力终于被吸引过去："她对你实行了什么办法？"

周凯一伸手："你看看这是啥？"

路涵江摸不着头脑："手……环……？"

周凯一开始发现犬猫止吠器的时候，不是不怀疑这件事情路涵江也有份儿，毕竟程朗早就承认，自己某些折腾人的手段，就是出自路涵江的"建议"，包括那个倒了血霉的透明人头。听程朗说他还要搞什么口腔模型，周凯觉得自己好像那案板上的里脊，今天不被做成锅包肉，明天的命运也是熘肉段。

不过今天这个事情，看路涵江的表情，好像真的和他没什么关系，纯纯是程朗想出来祸害人的。

周凯一想到此节就气血翻涌：亏我还给她做了一顿锅包肉！

基于某种他自己也整不明白的心理，周凯知道自己拥有了豆沙同款止吠器的第一反应，不是去找程朗兴师问罪，而是想找路涵江聊聊，到底他们这些人脑袋里装的都是些啥玩意儿。

周凯摘下了那个玩意儿，拉开架势，跟路涵江诉说起了他的遭遇："这玩意儿，不是手环，这特么是个什么犬猫止吠器……"

周凯已经出离愤怒，进入一种哭笑不得的状态，连说带比画给路涵江讲了事情的经过，最后总结了一句："你说她这是不是有病！"

"我觉得她这个想法挺好的，我会一直关注进展。"路涵江对程朗的做法给予了高度肯定。

"给你戴个狗绳你乐意啊！"

"那不是新的吗？也没给狗用过。我要是有需要我估计也会买。"路涵江倒是十分淡定。

"我算明白了，你们这些人，都是一丘之豹！"周凯义愤填膺。

"是一丘之貉……"路涵江小声地纠正着，看周凯眼睛瞪得像铜铃，想笑又不敢笑。

"我管你一丘之啥，反正都不是啥好玩意儿。"周凯发挥了活驴本色，开始胡搅蛮缠。

或许是有了纸袋子补给的缘故，路涵江今日电量掉得特别慢，续航时间还很长，扯到这个时候，他还有电量（驴唇不对马嘴地）劝解周凯："你不要小看狗，狗是很重要的实验动物。对了，你知道巴甫洛夫吗？"

以下省略巴甫洛夫与狗的爱恨情仇若干字。

路涵江讲得相当有感情，讲到兴起处还现场给周凯找文献看。

周凯在旁边听着，那张本来就不太白的脸越听越黑，更加坐实了程朗把他当小狗的罪名，甚至不是小猫。

"我给她做锅包肉，她给我个狗项圈，你说这叫什么事！"

"投我以木瓜，报之以琼琚。匪报也，永以为好也。"路涵江突然念了这么一句，神色相当耐人寻味。

周凯只听懂了木瓜两字。

他烦躁地一挥手："好不了好不了，早知道这样我就在锅包肉里给她加黄桃罐头！"

还没等路涵江想明白这两者之间有什么必然联系，周凯的思维却已经发散到了另一个宇宙。

"我知道了！"周凯一拍大腿，把路涵江吓得魂丢了一半。

周凯自顾自地笑，白牙一龇，眼睛里露出阴谋的光芒："我想出来怎么对付她了！"

路涵江不由得紧张起来："你要干什么？程朗也没做什么错事，你不能伤害她！"他想起来自己被锁在厕所隔间的岁月，炸毛如一只去医院体检的猫。

"嘿，没事……我还能真咋的她啊！那也太不爷们儿了！我就是……我就搞个恶作剧出口气。"周凯见路涵江炸了毛，赶紧过去拍拍他肩膀："瞅你吓那样，兄弟我是那样人儿嘛？肯定不欺负小姑娘。"

路涵江这才松了口气，但还不放心："你到底要干什么？"

"那不能告诉你，你一转头上程朗那把我给卖了咋整？放心，她肯定不带有事的，一根头发丝都不带少的。"周凯也不是个傻子，馊主意告诉了别人就不灵了。

"我就听听，要是没问题我肯定不告诉程朗，我也不能……

那个什么……出卖兄弟，不讲义气……我也不是那样的人。"路涵江越说声音越小，毕竟这种话他也没说过，说得极不熟练，说完倒把自己闹了个大红脸，耳朵里眼瞅着就要冒烟。

但是很显然，对周凯是好使的。

周南风从十来岁就被跟屁虫们喊作"狗哥"，又岂是虚名。那是为人仗义讲义气，跟对面学校干仗从不怯场，直接把欺负郭小凡的初三扛把子胳膊咬下来一块肉，才得到了"疯狗哥"的荣誉称号，简称狗哥。

路涵江说得没错，好兄弟就该讲义气。于是他缓缓吐露了自己刚才针对程朗量身定制的复仇大计——给她包顿豆角肉馅儿大包子。

"你可不能往里头下泻药！"路涵江第一反应就是这个，他也不是没喝过下了泻药的水。

周凯摇摇头，又龇出他的白牙："兄弟，你这就见识短浅了。"

路涵江还是很警觉，两只耳朵恨不得支棱起来："那你到底要干什么？"

周凯冲他勾勾手："过来。"

路涵江将信将疑，十分谨慎地把头凑近周凯的脑袋，在二十厘米处僵硬地停住。

周凯眉飞色舞地做了个口型，说了三个字。

"猫罐头？"路涵江愣在当场。

周凯满脸恶作剧实施者的兴奋："刚才我搁那儿说黄桃罐头，然后'啪嚓'一下子就想到猫罐头上了！她给我戴狗项圈，我给她吃猫罐头，咋样，扯平了吧！我就给她整一锅豆角肉馅儿的发面大包子，我们店里有个厨子是大连人，包的可好吃了。然后肉馅儿都用猫罐头，保准她吃不出来还可香了。"

"猫罐头不腥吗？"路涵江已经开始自动给兄弟完善阴谋。

"没事儿。"周凯胸有成竹，"有鸡肉味的，还有闻着像午餐肉的，啥味儿都有。我上次看高老太太喂猫，那香得我都想吃。加点儿盐加点儿生抽调调味儿，保管闻不出来。"

"真没事吗？会不会食物中毒？"路涵江还是有点儿担心。

"我给她买进口的，比人吃的都贵，猫吃了不拉肚她肯定也不能。"周凯胸有成竹。

路涵江好像也放下了一半的心来，然后开始自动替周凯完善计划："那你得包好了带给程朗，现场包的话肉的来源就说不明白了。"

"那肯定的，哥是谁啊，哥十三岁就会用纸壳炸锅包肉了！"

"你今年几岁？"

"二十六。"

"我好像比你大。"

"那我也是哥，咱气质就这么哥！"

"那……那行吧……"

第二天路涵江罕见地开会迟到了。昨天晚上电量消耗过甚，早晨差点儿起不来床。他很久没有对着一个活人说过那么多话了。

二

周凯的猫罐头馅儿包子计划进行得并不太顺利。

猫罐头倒是很好取得，他去高老太太那儿，问上次那个闻着像午餐肉的罐头叫啥名。高老太太喜形于色，奔进厨房直接拿了十罐给他。

"你要你都拿去，这个主食罐头我们家豆沙一口都不吃，十来块一个呢，你不来我也得拿去喂流浪猫了。"

"我闻着挺香的啊，一开盖我都想吃。"周凯这倒是说的实话。

"这是主食罐头，猫都不喜欢主食罐头。"高老太太叹口气，手里撸着那只油光水滑的大黑猫豆沙，"这猫啊，就跟人一样，越是垃圾食品越喜欢吃。这些贵的进口的主食罐头啊，让它吃一口可费了劲了。那小样儿就跟你们小年轻吃那个减肥餐的时候一个德行。"

周凯点头，深以为然，鸡蛋灌饼夹烤肠谁不乐意吃啊，菜叶子加白煮鸡胸真的反人类，一看见沙拉盒子他脑袋瓜子就嗡嗡的。

"不是还有只猫吗？那个也不吃？"周凯记得高老太太家的猫一共有两只，小区里勾搭的外室无数。

"栗子根本不吃罐头，也不知道咋想的，就愿意嗑猫粮。"高老太太一脸痛心疾首，指着该猫躲藏的柜子下面，"你说是不是山猪吃不了细糠！"

里头传来了细微的"喵"的一声表示抗议，严重底气不足。

周凯拿了罐头要走，高老太太还追在后面问："小伙子，你这是要喂哪儿的猫啊，流浪猫还是家猫？"

"家养的。"周凯毫不犹豫。

"家猫挑食着呢，豆沙不吃人家的也不一定吃。不吃你就喂楼下流浪猫吧，流浪的一般不挑。"

"没事儿，我认识的这只'猫'口味和人差不多，人喜欢的她都喜欢。"

"那敢情好。"高老太太舒了一口气，"哎，对了，那猫叫啥呀？啥品种？"

周凯略一沉吟："品种就……一只白猫，挺白。叫……叫……叫大尾巴狼。我这下午还有事儿，先走了啊。下回再拿不动猫砂您喊我。"

说着拎起罐头溜达而去，留下高老太太一个人在门口念叨："大尾巴狼，嘿嘿，挺有意思，现在这给猫叫啥的都有。"

猫罐头到了手，周凯就开始琢磨配菜问题了。这两天他韬光养晦，在程朗面前没有表现出丝毫知晓手环真相的样子来，甚至还许下豪言说周末上课时候要给她带发面大包子。

依照上次锅包肉的经验，程朗表现出了严肃的期待，并说要提供一样礼物来交换包子。

但是周凯面对着豆角却一筹莫展了。

这几天他研究遍了线上线下"帝都"能买到的豆角，甚至肉身去了离家十五公里的蔬菜批发市场，得到的结论只有四个字——水拉巴叉。

周凯万万没想到,"帝都"人民认知里的豆角,和他在东北见过的豆角,完全不是一种东西。他单知道有些个圆咕隆咚的豆角吃起来毫无豆角味,却不知道那些菜市场上标着高价卖的,号称东北油豆角的东西,空披了一张油豆角的皮,里面仍旧是毫无灵魂的一堆注水豆子,如同沈捷手下包括他自己在内的各种男女艺人。

　　这可怎么办呢?

　　他在程朗面前放出豪言,说自己做的豆角肉馅儿包子是从正经大连厨师那儿学来的,隔着两桌人都能给老太太香个跟头。如今要食言了,要放弃豆角向白菜或者芹菜投降,那是万万不能的。

　　因为只有正经东北豆角迷人的香气,才能有效盖过猫罐头可能产生的奇怪味道,说服程朗这是一个无辜的包子并且吃下去。

　　美人赠我止吠环,何以报之主食罐。

　　这就是周凯的人生哲学。

　　于是他拿起手机拨给了郭小凡:"大锅,你在哪儿呢?给我整点儿豆角呗?"

　　郭小凡在那边发出嘿嘿的傻笑:"我高铁上呢,就快到'帝都'了,寻思着给你个惊喜呢,你小子就找上门了。"

　　周凯有点儿蒙:"你来'帝都'干啥?"

　　那边反问:"你要豆角干啥?"

　　周凯答:"哎,一句两句说不清楚。"

　　郭小凡也答:"我也一句两句说不清楚,你家住哪我先去找你呗。"

于是两个小时之后，保安赵大爷啃着早上买的土豆丝卷饼，看到有个黑不溜秋贼眉鼠眼的家伙，缩头缩脑地走近了小区大门，手里还拖着一个轮子坏掉的旅行箱。

赵大爷捅捅张大爷："哎，老张，你看内（那）小子。"

张大爷惊叹："哎哟，可真黑，比五号楼那个你说撞鬼的小伙子还黑。"

赵大爷怒其不争："那是黑的事嘛！"

张大爷茫然："你不是叫我看，他长得特别黑嘛！"

"我是叫你看这人是不是形迹可疑。"赵大爷甩下一句话，探头出去对着郭小凡喊："哎，干什么的？"

郭小凡不管是在东北还是在南方混，都没人拿这腔调跟他说话。

一时间血压上升一句国骂就要脱口而出，一看对面是个老大爷，嘴边还沾着半根土豆丝，顿时觉得自己这火气没意思。

收了凶煞嘴脸乖乖凑过去："大爷，我来找个朋友。"

赵大爷从屋里头拎出一个本子来："这儿登记，姓名、手机号、身份证号、去几号楼找谁。"

郭小凡一一照写，字如同狗爬。

赵大爷见可疑人士毫不犹豫地在写身份证号，心里怀疑打消了几分，瞅着对方好像也不那么贼眉鼠眼了，好像就是单纯地找不着路。

郭小凡写完，问赵大爷："大爷，五号楼咋走？"

赵大爷眯起眼看看他登记那门牌号："你找那人是不是挺

高个有点儿黑一小伙子？没事老戴个帽子？"

郭小凡虽然不知道他狗哥啥时候染上了戴帽子的习惯，但还是点头："对，就他。"

赵大爷挥挥手："啊，知道了，五号楼奔西走然后往南边一拐就是。"

留下郭小凡愣在当场，西是哪里，南又是哪里，是不是得先找到北？

赵大爷关窗之前又冲他喊一句："走啊，卖啥呆儿呢！"

郭小凡才拖上行李箱迟疑地往一个方向走去。

身后传来气急败坏的呼喊："错了，反了，奔西边去！"

好的他可算知道哪边是西了。

赵大爷关上窗子，跟张大爷念叨："哎，原来五号楼那小伙子叫周……这写的周啥？"

张大爷拽过来看了一眼，说："周南风。"

赵大爷乐了："他妈是不是打麻将摸到南风做了十三幺啊。"

他猜错了，摸到南风的是周凯他爸。

周凯正在家给猫罐头相面，郭小凡终于移动到了他家门口。兄弟相见分外能唠。

郭小凡把旅行箱往地上一扔："哎呀妈呀，这破玩意儿质量不行，走着走着，轮子掉了，他妈累死我了。"

周凯被止吠环电出了肌肉记忆，一句话里胳膊不自觉地抽动了两次。

郭小凡瘫在沙发上："哎，你不是要豆角吗？我这箱子里有。我说不带不带我妈死活让我给你带上。谁知道你还真要啊！话说你在这当大明星山珍海味啥没有，咋就非要吃豆角？"

周凯摸了摸他的右手手腕，咬牙切齿地给郭小凡讲了包豆角馅儿包子的因由。

把郭小凡听得一愣一愣的，末了发表感言："狗哥，这他妈也就是你，能想出来这么一招，牛掰。"

周凯的胳膊又抽动了一次，他觉得豆角猫罐头馅儿包子迫在眉睫。

至于郭小凡，他来北京，是被他妈撵出来的。

他妈手术之后恢复了几个月，现在病情基本稳定，家里有他爸和舅舅照顾着，就死活撵郭小凡出去挣钱，好还上周凯的钱。

郭小凡他妈原话："南风那孩子不容易，欠着他钱我死了都闭不上眼睛。你赶紧给我滚出去挣钱还人家，别天天在家吃闲饭。"

连哭带骂，逼着郭小凡订火车票。

之前的铁锅炖已经被顶了出去，郭小凡要把周凯那份钱还给他，周凯死活不要，说自己这也不急着用钱。被亲妈撵出来的郭小凡决定先来找他狗哥，当面还钱，就不信还不明白。

周凯面对着一塑料袋豆角和一塑料袋人民币犯了难。

郭小凡扬言，你不收这钱，就别想要我的豆角。礼拜天包不上豆角馅儿包子，闹心的不是我。

如同儿戏。

可是周凯偏就吃这一套，现在在他眼里豆角和钱一样重要，一番天人交战之下，他决定先收下钱，无论如何把豆角骗到手再说。回头等大锅需要的时候，他再把这笔钱打回去就是。

就这样，周凯终于凑齐了包子的两样主要材料：豆角子和猫罐头。

程朗在办公室走廊里碰上了路涵江，手里照旧攥着个纸袋子。

问了两句最近的项目结题，路涵江突然话锋一转："周凯给你做锅包肉了？"

程朗点点头："特别好吃，是脱离了低级趣味的锅包肉，下次要是再做我喊上你。对了他说周六上课时候要带包子过来，回头我可以分给你几个。"

路涵江看到程朗脸上透出希冀的光辉，愣了两秒钟，然后扭头就走，边走还边套上了他珍贵的纸袋子。

这要是别人，程朗早就发现了不对劲，可是路涵江历来说没电就没电，程朗也就没有深究，转头回办公室折腾自己的新表格去了。

与此同时，周凯在家里和郭小凡拉开阵势，准备攻克用猫罐头包包子的技术难题。

只见皮肤微黑的青年站在擦得锃光瓦亮的厨房里，手里拿着一个猫罐头，眼神坚定，面容严肃，伸出一根饱经沧桑的手指头，拉开了罐头的拉环，舀了一勺出来，放在鼻尖细细地嗅闻。

然后，就给吃了。

"我去！你虎啊！真吃啊！"郭小凡喊出了声。

周凯表情平静："还行，就是有点儿淡，得加盐。"

然后转向郭小凡："你家包包子不先尝尝馅儿咸淡啊？"

郭小凡："可是……你这是猫罐头啊。"

"这进口的，里头都是好肉！那里头还有半个鹌鹑蛋呢！"周凯又一次驴唇不对马嘴地回答了问题。

郭小凡觉得他狗哥被他这女老师给整魔怔了，祸祸人连着把自己也给祸祸了，智商还不如初三时候。

周凯的想法却相当简单：包子蒸完了不香程朗能吃吗？为了香那肯定得先尝尝馅儿啊！

周凯行云流水地从底下抽屉里掏出各种调料，还有他为了包包子特别购买的巨型案板。

然后对郭小凡说："来，和面吧！"

郭小凡能说什么呢？他从用纸壳炸锅包肉开始就跟周南风是一条绳上的蚂蚱了。

三

这个星期程朗特别忙，开会、做表、评审，还得顺便帮杜老师改他带的硕士生的论文初稿。

杜老师因高血压引发了青光眼，住院去了。同事们一致认为他的血压是叫学生给气高的，程朗因为是科研岗位不带学生，一开始还没能领会。直到她接手了杜老师这摊活计，觉得自己的血压也在快速爬升。她真的不太能够理解，为什么一个学语言学的研究生，既分不清口语和书面语，也不会使用标点符号。

什么叫"我们来给象似性原则挖一下坟，看看以前都做过哪些研究"；至于段落里那些个勇往直前的逗号，一个个排列整齐，直到最后一句才来个句号悬崖勒马；再有，当学生回她邮件，问她应该怎么把文档调成单倍行距的时候，程朗也觉得眼前一黑，感觉这个毕业季过去，自己说不定也要步上杜老师的后尘。

相比之下，周凯那驴脑袋都显得聪明伶俐勤奋上进了。

更别提他还主动要求周末上课的时候上贡一些据说能把老太太香个跟头的豆角肉馅儿发面大包子。

这玩意儿已经成了程朗这一周唯一的盼头，时不时就目光游移，手指头在桌面上习惯性地敲些个摩斯密码，内容只有两个词：豆角和包子。

周五的时候她已经早早期待着例会结束，手里拿着水杯准备喝水，脑子里全是要下单买点儿什么东西来配明天即将闪亮登场的包子。卤味是要有的，青菜或许也不错，上次订的拉萨啤酒也跟着到货了，还有她号称要拿给周凯的"神秘礼物"也已经好好地待在快递柜里。

"水，水洒了。"身边一个草莓饼干纸袋里面小小的声音提醒着她。

路涵江跟领导说套着纸袋开会可以缓解他的惊恐发作，领导看在高分论文的分上想都不想就答应了。

一个惊恐发作的研究员，和一个套着纸袋的研究员，他当然选择后者。

程朗这才回过神来："哦，我走神了。"

她这才意识到，自己居然如此急迫地想见到周凯，一定是包子的力量。

程朗摇摇头，珍贵的被试变成了珍贵的厨师，这个趋势可不好，包子或者锅包肉对她的学术研究毫无帮助。她决定周末邀请路涵江一起来吃包子，提醒一下自己不能忘记初心。

路涵江十分庆幸此刻自己脑袋套在纸袋里，程朗看不到他努力憋住一个真相的绝望表情。

不能出卖周凯，可是他也无法拒绝程朗。

因为程朗说吃完包子可以把周凯借给他一会儿，上次想出来的那个什么3D打印嘴套刚好有些问题需要解决。

那，大不了就……吃包子以外的东西呗。

路涵江想得非常简单，就这样一口答应了下来。

殊不知前方等着他的，绝不是一顿简单的午饭。

程朗的计划是这样的：周凯说程朗家东西不全，周六上午在自己家蒸好了包子带过来，两人吃了午饭之后就开始上课。

而实际情况则完全偏离了轨道。

周五晚上程朗发微信问周凯：你打算包多少包子？

周凯瞅了一眼剩下的八个猫罐头，回复：十……来个吧。

程朗说：那够了，我叫路涵江一起来吃。

周凯只回了一个字：行。

看似情绪十分稳定，实则当即蹦起来喊郭小凡："大锅，赶紧起来和面剁馅儿！包子不够了！亏了我多买了点儿猪肉。"

周凯的计划是这样的：他包十六个包子，八个猫罐头豆角馅儿，八个猪肉豆角馅儿。在捏褶上做点儿手脚，自己只拿猪肉豆角馅儿的吃。

然后郭小凡死皮赖脸非要跟着去，说没见过别人吃猫罐头馅儿包子，十分想要现场看看程朗的反应。

说实在的，那个包子馅儿，是周凯一口口尝完了试出来的，耗费两个猫罐头，把保安赵大爷香个跟头绝对不成问题。

郭小凡指天誓地声称绝不会露馅儿，但是不让他跟去万万不行。

周凯看看包子的个头儿，猪肉豆角，自己和郭小凡一人四个足够，也就答应了。

谁知道此时凭空又蹦出来个路涵江，那原本计划好的普通包子就不够吃了，还得接着包。路涵江也没得罪他，不能给人家吃猫罐头馅儿的。

但是吧，这和了面剁了馅儿，就包四个也是不大实惠，周凯发挥了跟郭小凡他妈学的填鸭本事，把四个包子硬是扩展到了二十个。

上学时候郭小凡他妈给他送吃的，说好三个馅儿饼，送来三十个都是少的。

这回让郭小凡肉体扛来的十斤豆角就是明证。

周凯决定把剩下的包子都留在程朗那儿，叫她冻起来，啥时候想吃了上锅蒸一下就行。也不能光给人家吃猫罐头馅儿的，吃两个意思意思解了恨就行了。

周凯自以为万无一失。

只等周六中午端上包子去程朗家吃饭。

周凯到的时候，路涵江已经早就到了，他需要提前到场酝酿情绪，保证自己在吃饭的时候不露马脚。

程朗在厨房忙着把生鲜外卖送的卤味装盘，手上油腻乎乎，就喊路涵江去开门。反正周凯在他那儿属于熟人范畴。

谁知道一开门，一张陌生的黑脸映入眼帘，龇着白牙，比周凯黑好几个色号，手里头提着一袋保鲜盒装的包子。还跟他打招呼："哥们儿！接一下呗。"

路涵江觉得自己开始呼吸困难，好在周凯的脸适时从那个陌生人肩膀后面冒了出来："兄弟，这是我发小大锅。行了你赶紧进去套个兜子吧，脸都憋紫了。"

路涵江如获大赦，飞奔进屋从外套口袋里掏出了他的救命神器罩在了脑袋上，顿时觉得呼吸顺畅了很多。

周凯熟门熟路指导郭小凡进门换鞋，看到几天不来又乱成一团的沙发嫌弃地咧了一下嘴，自顾自去厨房找程朗："豆角肉馅儿大包子来啦！有点儿凉了，回头得热一下。对了我哥们儿这两天住我家，就一起跟来了。"

程朗早听见门口那一番折腾，对于周凯这种自来熟行为毫不意外，只要路涵江没有意见，她也没什么意见，毕竟社恐那个也不是她。

但是周凯带的包子的确惊到她了。

"怎么这么多！"

四十个包子，一个保鲜盒只能装四个，十个保鲜盒，提在周凯手里蔚为壮观。

而且周凯说的"豆角肉馅儿大包子"，程朗一直以为那个"大"只是个修辞，东北话喜欢用"大"表示喜爱之情，比如"我这大宝贝儿"，或者"豆沙那大胖猫"。焉知周凯嘴里的"大"，就真的只是个描述性的词汇。

"你这个包子，和猫脑袋差不多大了。"程朗脱口而出。

周凯心里有鬼，听不得"猫"字，后脊梁骨出了一溜白毛汗。

好在他跟程朗相处日久，演技有所提升，张嘴仍是人话："大啥呀，那皮儿是发面的，松，吃上没几口。"

又补了一句："在家大锅他妈包那个比这还大。"

既然是白吃的包子，程朗自然不好再嫌东嫌西，也就默默接受了这个解释，把包子们接过去，一半留着中午吃，一半暂时安置在冰箱里。

"哎我上个厕所去。"说话间周凯就尿遁了。

程朗还担心他看见杯子盘子乱七八糟的厨房当场起意要擦了，不擦完不准大家吃饭，看来是白担心了。

上厕所只是个借口。

周凯蹿进屋里，迅速扯起路涵江钻进书房并关上门。

"我跟你说，那个包子里头，只有八个，八个是猫罐头的，剩下都是猪肉豆角的可以随便吃。"周凯一着急，又冒出了他的东北口音。

路涵江恍恍惚惚把纸袋摘下来："是吗，没事，我套着这个应该不能泄密。"

周凯一把把他拽过来，小声地连说带比画："我跟你说啊，这个包子褶有区别，往这边转的是猫罐头馅儿的，往那边转的是正常馅儿的。"

"懂了，顺时针的是猫罐头馅儿的，逆时针的是正常馅儿的。"路涵江秒懂。

"对对！你记住了啊！别整反了啊！"

路涵江郑重其事地点了点头，又把纸袋子套回头上，那个黑脸陌生人坐在客厅里，他紧张。

周凯瞅了他一眼："没事，大锅跟我那是铁哥们儿，从小一起撒尿和泥的，可仗义了。"

路涵江还是坚持把纸袋往下拉了拉。

周凯知道他就这样，也就不再强求，出门去找郭小凡扯淡去了。

郭小凡倒是对程朗那堆着衣服、书，还有零食袋子的沙发适应良好，快速给自己垒了个窝瘫在里面看手机，见到周凯当即来了精神："哎，你那个小老师，挺白挺漂亮啊！"

周凯看看厨房，指指自己手上那个止吠环，小声抱怨："心眼贼多，大尾巴狼！"

郭小凡偷笑："没事，今天让她吃好吃的。"

一片各怀鬼胎中，程朗期待已久的包子宴终于开始了。

程朗十分自然，伸手去夹包子。

周凯、郭小凡还有路涵江，都在心里各自呼喊。

周凯跟他好兄弟的口头禅是：拿罐头的！拿罐头的！

躲在纸袋里面罩住半个脑袋的路涵江是：拿猪肉的！拿猪肉的！

程朗不负众望，夹起周凯特意堆在上面的那个猫罐头馅儿包子。

某两个人长舒一口气，另外一个心里开始打起了鼓。

岂料包子太大，筷子根本夹不住，直接掉到了地上。

某两个人略有失落，另外一个长舒了一口气。

"你别那么讲究了，这包子就得搁手拿着吃。"周凯开了腔。

刚想上手递给程朗一个罐头馅儿的，程朗却顺手抄起了一个猪肉馅儿的自顾自吃起来。

你别说，周凯真的不是吹牛，这个豆角肉馅儿的包子，真的自带一股仙气。

东北产的油豆角切成碎块，里面的肉不是绞成肉末状，而是切成丁，之前用酱料腌过，嚼起来很有满足感。豆角香气和猪油与酱料混在一起，加上包子皮的小麦香，是一颗击穿灵魂的碳水炸弹。

程朗认真夸赞周凯："这个包子真的不错！我感觉以后外卖再也不想点包子了。哎，周凯你们怎么光吃菜？"

"包子太顶饱了，吃了就吃不动别的了。"周凯说。

"烫手，我等凉了再吃。"郭小凡说。

路涵江倒是认认真真头套半个纸袋在吃他的包子，边吃边说："嗯，特别好吃。"

此刻周凯和郭小凡的心理活动如下。

周凯："我好像记混了，到底往这边是罐头还是往那边是罐头，咋现在瞅着都一样了呢？说两句话就给整蒙了。"

郭小凡："我去！忘了，本来往左往右记听清楚，狗哥刚才整个顺时针逆时针，现在全忘了！这特么要吃着猫罐头的咋整！我拿哪个呀！"

敢情他们只记得最上面那个是罐头馅儿的，剩下的现在全部处于混沌状态，也就是说，全桌只有路涵江一个人，能够分清哪个包子是罐头馅儿的了。

四

周凯跟他好兄弟大锅，是从小一起撒尿和泥炸厨房的交情，两人一看对方都犹犹豫豫不肯伸手去拿包子，就知道对方也蒙了。

但是吧，出馊主意的是周凯，包包子的是他俩，想着现场看热闹的是郭小凡，他们俩撺掇出来的一桌包子宴，他们不吃无论如何也说不过去。

程朗已经被豆角猪肉馅儿包子的香气迷住，埋头吸入碳水，一时间没关注这两位的异动。

郭小凡在桌子底下捅捅周凯，眉毛抽筋似的跳了几跳，嘴歪眼斜地瞅向桌上那看起来都一模一样的白花花的包子。

周凯拿出白导演现场教他的"悲痛"表情，垂下那双幽深的眼睛，面无表情，生无可恋地摇了摇头，仿佛在悼念为了包子而牺牲的那头猪。那张脸，硬汉的隐忍脆弱，可以让万千少女产生母爱。

但是他毕竟是当哥的，虽然哥前头还有个狗字。

当哥的不能这么不仗义让兄弟吃猫罐头包子，于是他决定自己先出手，以身试馅儿。反正和馅儿时候已经为了尝味道起码吃了好几口猫罐头，也不多这一个包子。

于是他缓缓地，冲着包子，伸出了手，风萧萧兮易水寒。

结果被郭小凡迅速地扯了一把袖子，那脑袋摇得像发了癫痫。

郭小凡眼神很坚定，人在江湖飘，哪能不挨刀，小时候周凯为了他咬掉隔壁学校大哥一块肉，他今天为了周凯吃个猫罐头包子怎么了！

于是他按住了周凯的手，向着包子，坚定不移地伸出了自己的手。

眼瞅着就要摸到一个顺时针的猫罐头馅儿包子。

千钧一发之际被周凯狠狠掐了一把大腿。

郭小凡一愣，停住了手，周凯悄无声地瞟了一瞟路涵江。

刚才包子一上来他都给整蒙了，这会儿可算想起来还有路涵江这个大聪明知道包子的底细呢，他跟大锅两个脑子里都是糊涂粥①，路涵江人家头盖骨里可是实打实的真人脑花。

两人齐刷刷转头看向了路涵江。

路涵江刚刚被豆角馅儿包子的香气引诱，为了好好吃饭，心惊胆战地摘下了头上套的纸袋子，被陌生人郭小凡这么一逼视，当即缩回拿向包子的手，光速掏出纸袋子又套回了头上。

这一番大动作自然惊动了程朗。

---

① 东北方言，玉米面粥。

程朗手里捏着半个清白无辜的包子，看向路涵江："你套着袋子能吃好吗？"

路涵江一边害怕自己露馅儿，一边躲闪陌生人的目光，精神状态高度紧张，面对程朗的关心，哆哆嗦嗦地摇了摇头。

起码这次能说实话。

"我要是知道还有其他人就不叫你来了。"程朗有点儿自责，看样子路涵江想吃好这顿饭怕是不容易。

然后赶紧转向郭小凡："啊，不是不欢迎你的意思，就是我这个同事，情况有点儿特殊……"

"没事没事，狗哥都跟我说了。大兄弟你这得亏不是东北人，你这样的zǎi（在）东北估计得给哆嗦没了。"郭小凡见有了话缝儿不用拿包子，嘴上就泄了洪似的开始打岔扯淡。

"哎大兄弟你哪儿人啊？"郭小凡问。

问完马上转向周凯："我不对我不对，我问狗哥，狗哥这大兄弟哪儿人啊？"

他狗哥周凯此刻已经明白大锅心里头打的什么鬼主意，但是他想到了更鬼的主意。

周凯装作很关心路涵江的样子，拍拍他肩膀："兄弟，这都没外人，你要不行就拿点儿吃的进屋吃吧，我们都没说的。"

然后转向程朗："让他上咱上课那屋吃行吧？搁这儿坐着我瞅着他都难受，白瞎我费劲包的包子了。"

郭小凡也附议："真是，看看这哆嗦的，吃饭咱就得吃个舒坦，我狗哥包的大包子可好吃了！你进屋消停好好吃，不行让狗哥进去陪你。"

程朗倒是没有啥意见，路涵江这个如坐针毡的样子已经很让她过意不去了，周凯这头驴今天脑子倒是转得很快。

于是程朗站起来："我给你拿个盘子装点儿菜。"

却被周凯拦住了："我去我去，你这手上拿完包子油乎乎的别乱动弹。"

程朗很想说我可以洗手，但是很明显，周凯对她家厨房的地理环境要比她熟悉得多，倒是也可以享受一回"有事弟子服其劳"。

周凯旋即从橱柜里掏出了几个碟子一只碗，熟练程度令郭小凡刮目相看，决定回去好好审问一下他狗哥，怎么来上课的对人家厨房那么熟悉呢，事情肯定不只上课这么简单。

周凯怎么着也算个前餐饮业从业人员，帮客人打包那是手到擒来，利利索索把每个菜都夹了一点儿，荤素分开盛好，一边盛一边说："那啥，路大博士，我给你拨菜，你自己拿包子啊。看哪个顺眼拿哪个，挑那个蒸得好的拿，多拿几个，不够还有。我这包子不是我吹，过了这村没这店了，大锅从东北特意拿来的豆角。"

路涵江虽然精神高度紧张，倒是没错过周凯的言外之意。

他在纸袋子里微微摇了摇头，伸手去拿了两个包子，一个顺时针的，一个逆时针的。把瞪着牛眼在旁边仔细观察准备抄作业的郭小凡气了个倒仰。

他哪知道路涵江的想法，路涵江觉得，周凯关于包子的话说得太多太明显了，他能听出来的，程朗十有八九也能听出来。他要是拿了两个一模一样的包子，有猫腻儿这事就会当场露馅儿。

虽然他也不希望程朗吃到猫罐头馅儿包子，但是，他更不想出卖周凯。

路涵江也要做个讲义气的人，起码不能在他这里露馅儿。

于是他端着两个不一样的包子，跟在周凯后头进了书房。

果然那货一关门就跟屁股着了火一般猴急地冲过来，极小声问他："哪个是猫罐头馅儿的来着，我俩给整忘了。"

路涵江其实心里短暂地斗争了一下，如果告诉周凯错误答案，那程朗就不用吃猫罐头包子了。

可是，让周凯跟郭小凡吃猫罐头馅儿包子好像也不太对。

写惯了论文的人都知道，话不能说得太死。一个东西吧，这么解释是对的，但是也不能说那么解释就一定不对，可能在这种情况下成立，在那种情况下就不一定成立了。

路涵江写了多年论文，骑墙的功夫练得炉火纯青，他决定不参与这场斗争，让命运裁决他们几个到底谁能吃到猫罐头包子。

于是他说："我觉得……有百分之五十可能是顺时针的，但是我也不确定，你告诉我的时候，有没有说错，毕竟你现在已经忘了，那我就不能确定你告诉我的时候有没有弄反，你能确定你告诉我的时候记清楚两种包子的区别了吗？"

一番话说得周凯云里雾里，从顺时针往后的一个字也没能听进去。

但是没关系，这位最擅长的，铁锅炖大鹅，一力降十会。

周凯看他一眼："你傻啊，掰开看看不就知道了。"

说着上手就掰开了一个包子，好了，猫罐头馅儿的。

周凯得意扬扬，旋风一样冲了出去，扔下一句话："这不就知道了！"

留下路涵江手里捧着半个猫罐头包子呆立当场："可是你没看皮。"

他在屋里话音刚落，外头的周凯也发现了这个问题，他看到猫罐头馅儿太激动了，没看皮是啥样的就跑出来了。

周凯看看身边郭小凡那热切期待的目光。

再看看对面拿着个包子不吃正在给人家相面的程朗，深知成败在此一举。

是福不是祸，是祸躲不过，馅儿里有时终须有，馅儿里无时莫强求。

总归，还是该他去伸这个手。

"行了快吃吧，你这个小兄弟可真在乎你，你不回来人家就坐那等你也不吃饭。"程朗似笑非笑看着周凯。

郭小凡被她说得黑脸一红，但是因为太黑反正也没被发现。

"那不是，我这是和美女单独相处比较紧张。狗哥说你是女博士我都不信，哪有女博士长这么好看的！我们上学的时候漂亮小姑娘都学习不好。"郭小凡开始了他的表演。

程朗觉得自己好像看到了一只小猫撒完了尿在努力掏沙子把气味盖好。

她喝了一口冰凉的拉萨啤酒，笑着跟郭小凡说："你那都是刻板印象，长得好不好看，跟学习没什么必然联系。比我长得好看的女博士多的是。"

周凯伸手夹了个卤海带结往他嘴里一塞，把他嘴直接堵上："不会说话别说，你这马屁往蹄子上拍人家能乐意吗？长得漂亮就活该傻啊？那你长这么矮碜咋也不聪明呢！"

郭小凡嘴里被堵，无法反驳，眼睁睁见周凯伸出手去，笃定地拿了一个包子。

心想，还是狗哥有招，这不就整明白了吗，我记着了，顺时针是猪肉的。

为了加深印象还在心里默念三遍，顺时针是猪肉的，顺时针是猪肉的，顺时针是猪肉的。

然后跟进，也瞅准包子褶的方向，拿了个跟周凯一样的，刚打算甩开膀子吃，小腿被周凯踢了一下。

周凯拿起包子要咬，面容平静，眼中一线光有锋芒射出，如要离之刺庆忌，聂政之刺韩傀。

一口咬下。

没看到馅儿。

北方发面包子不追求皮薄馅儿大，包子皮够有咬头也是周凯的标准之一。

当然也没到"此处离馅儿八百里"①那种厚度，只是因为他不知包子清白与否，这一口咬得小心谨慎，然后谨慎得过了头。

这人么，一鼓作气，再而衰，三而竭。

周凯咬了第一口，再咬第二口，就有点儿犹豫了。

----

① 清代吹牛笑话，一人说，我们老家包子个儿大，一个能压一座山，骑着马走一天，在里头碰到一块石碑，上书"此处离馅儿八百里"。

郭小凡作为一个人精，看他狗哥住了嘴，自己也没敢接着咬。

　　此刻程朗百分之一百地认定周凯送来的包子一定有什么问题，就说这个驴没那么容易改过迁善，不知道安的什么鬼心眼。但是，豆角肉馅儿包子真的好吃啊！程朗仔细感觉了一下，肠胃也没有什么不对。

　　那就是说，自己吃的包子是好的，而周凯他们，现在闹不清楚哪个包子有问题了。

　　程朗吃了个半饱，促狭的小心思一起，决定消遣他们一下，诈出包子的真相。

　　还没等她想好怎么折腾周凯，电话就响了。

　　沈捷在那边问："周凯在不在你那？我来找他，他家没人！电话也不接。"

　　程朗一笑，这不是，瞌睡就有人递来了枕头么。

　　她欢快地冲着电话那头说："在我家啊，我们中午吃豆角肉馅儿包子，特别好吃，你吃饭了吗？一起来吃点儿啊。"

　　周凯跟郭小凡两个听到沈捷在电话里回答："行，马上走到你家楼下了，给我开门！我正好要饿死了！"

　　两个人的脸上逐渐失去了表情。

五

　　沈捷一进程朗家的门，就闻到了一股异香，蒸好的面皮混合着豆角与猪油，是她多年魂牵梦萦而不得的豆角肉馅儿包子了。

给她开门的是周凯，手里头还拿个咬了一口的包子，冲她十分勉强地一笑："沈姐，你找我干啥？"

"工作啊！不然找你打麻将吗？不行我要饿死了，先吃饭再说。看在你包了豆角肉馅儿包子的分上咱先不说你又不接电话的事。"

周凯今日一门心思都在分辨包子上，根本连自己的手机扔到哪去了都不知道。如今包子此身未曾分明，居然还来了个添乱的沈捷，他真的有点儿自作孽不可活的感觉。

要不就此放弃，坦白了真相大家一起吃包子吧。

但是摸了摸自己手上套的那个犬猫止吠器，又坚定了信念。

自己跟郭小凡，耗费两整天，亲尝猫罐头研究出来的包子，就此被放弃好像有点儿可惜。不能就我一个人吃猫罐头。

本着这样的精神，周凯管住了自己那张即将说出真相的嘴。

郭小凡却没管住自己的嘴。

他倒是没说猫罐头的事，但是这小子跟沈捷套近乎："沈姐好久不见，狗哥多亏你照顾了。你说这事整的，不是一家人不进一家门了，程老师的老姨就是我俩的老姨，回头上东北有啥事你找我！"

周凯狠狠在桌子底下踩了他一脚，他才闭上了嘴。

沈捷脸色逐渐阴沉，胃里气饱了一半，咬牙切齿看着周凯："你这小兄弟越来越会说话了。"

周凯愁上加愁，笑得比哭还难看："他就这样，你就当他放屁。"

程朗在旁边听着真是很难忍住不笑，索性笑盈盈拿了一个包子递给沈捷："好啦好啦你不是说饿吗？赶紧的，这个包子真的特别好吃，周凯自己包的！"

在"自己"上特意加了重音，听得周凯和郭小凡心肝直颤。

还有屋里头趴在门上听动静的路涵江，心脏也跟着漏跳了一拍。

他听到沈捷来了，理论上觉得应该出去和这个见过一两次还吐了他一身的小姨打个招呼，但是，一天见两个陌生人好像有点儿透支。他深吸一口气，决定做一会儿心理建设再说。

外头客厅里坐着的沈捷不疑有他，伸手接了程朗递给她的包子就要吃。

只听到周凯在旁边怪叫了一声："等会儿！"

程朗笑眯眯看着他："怎么了？"

"扯这半天淡了都凉了，肉馅儿凉了不好吃，我拿厨房先热热去！"周凯很佩服自己的机智。

程朗故意拖慢调子："不用了吧……我觉得这个温度刚好啊，刚热好了还挺烫的，我刚才就把嘴唇给烫了一下。"

沈捷也附和："不用了不用了，我饿死了差不多都能吃。对了有水吗，给我倒杯水来。"

说着就要冲包子下嘴。

此刻书房的门陡然打开，一个脑袋上罩着纸袋的家伙冲了出来："那个，你好。"

路涵江眼见周凯要露馅儿，一时热血上头，就冲了出去。

主要他也不想让沈捷这样的无辜群众吃到猫罐头包子。

不只是沈捷，全桌人都吓了一跳。

"路老师，你也在啊。"沈捷的招呼打得比路涵江还尴尬。

程朗过去一把扯过路涵江："对哦，我们都把他给忘了，今天这有陌生人来了他刚才就进屋里吃了。周凯的包子是不是很——特——别？"

程朗一句话说得阴阳怪气，她终于确定了路涵江也是同谋之一，对他这种背叛同事的行为很是愤恨，虽然她还不知道这些人的动机是什么。

路涵江一听程朗说话，就知道自己失策了，程朗明显知道了包子有问题，自己这一出现，无异于自投罗网。

然而桌子对面，郭小凡投来一个"好兄弟，讲义气"的眼神，吓得他一哆嗦。

周凯朝他比了个大拇指，他又觉得虽死无憾了。

当然，程朗也不吃人。程朗只是又坚定地把话题扯回了包子上："好了，赶紧吃饭吧，再不吃包子可真凉了。周凯你们俩从开始到现在还一个包子都没吃上呢，你们再不吃我都要怀疑这个包子是不是有问题了。"

"别扯淡！我这正宗大连豆角包子，能有啥问题！"周凯的声音陡然提高了一个八度。

"就是就是，这馅儿是狗哥和的、皮儿是我发的面。我跟你说这包子你都没地方找去，可比南方那些个破玩意儿好吃多了。我跟狗哥在影视城开饭店那会儿，最看不上就是他们那儿的包子，啥呀都。"

"对对，我也受不了南方包子。"沈捷难得在吃饭方面赞同别人。

"他们都说扬州包子好吃，到了扬州我吃了两个就不行了，主要是那个皮，太软了，就感觉没有灵魂。"沈捷叹气，她作为一个长着南方胃的北方人，对刀鱼馄饨、肉馅儿汤圆都来者不拒，唯一就是不能接受一些南方包子。

"没有啥？"郭小凡没听明白。

"哦，她说南方的包子皮太松软了，没嚼劲。"程朗翻译。

"那真是，皮稀软不说，那个馅儿啊，一个肉丸子！都看不出来是啥肉，人家拿个啥耗子肉猫肉的糊弄你也不知道。你看看我们包这个，肉是肉菜是菜！不带给你瞎整的！"

郭小凡说到兴奋处，直接掰开了一个包子，还好，是猪肉的。

顺手就递给沈捷了："老姨，你尝尝咱这个。"

沈捷被豆角浸透猪油的香气迷惑，自动宽恕了郭小凡的罪过，接过那个包子愉快地吃了起来。

那边周凯、郭小凡、路涵江都松了一口气。

郭小凡的算盘是这样的，如果掰开是猪肉的，就给沈捷。如果掰开是猫罐头馅儿的，就跟第一个一样失手掉在地上，然后以迅雷不及掩耳之势拿去厨房扔掉并细细观察。

第一个包子他们就失算了，掉地上之后，居然让程朗自行拿出去扔了，他们家好好的装什么垃圾处理器，一个包子瞬间就粉身碎骨不见踪影了。

后来把他们俩给后悔的呀。

大锅与他的狗哥这回算看清楚了，那个正常的包子，褶是往那边的。

这边和那边是最终的归宿，就赖路涵江，整什么顺时针逆时针的文化词，把大伙儿都给整蒙了。

褶往这边，褶往那边，不就完了嘛！

沈捷果然对周凯的包子万分满意，被噎得翻了几个白眼之后跟周凯说："等你红了我给你接点儿人气高的美食综艺，肯定能大火。对了，白导演那个电影提档了，咱们得赶紧配合他们宣发，回头下礼拜就得开定档发布会，你得好好准备准备了。"

周凯此时满心里都是怎么让程朗吃上猫罐头包子，脸色就显得有点儿怪异。

沈捷以为他是吃饭被打断了不高兴，喝了一口拉萨啤酒把包子皮顺下去："咱先吃饭，吃完饭我再跟你俩细说。对了，朗朗你得辛苦点儿帮他临时冲刺一下。"

程朗眼见周凯和郭小凡，一人拿了一个包子，神色自若地吃了起来，知道他们俩终于研究出了门道。

就再也不打算惯着他们了。

首先，她要占领道德的制高点儿。

程朗拿起酒杯冲着周凯："来我跟你喝一杯，为了今天好吃的包子。"

周凯心里头一块石头落了地，说话都有了底气，拿过自己那杯子一饮而尽。

"没啥，包点儿包子就跟玩儿似的。"

"我跟你说，周凯最近真的进步很大哎，学习东西超快不说还主动请我吃包子，真的我都要怀疑他无事献殷勤是不是有什么阴谋了。"程朗转向沈捷，一番话却把周凯跟郭小凡又吓得一哆嗦。

然而程朗话锋一转："但是他是你带来的，我还是相信你的眼光，他不会没事挖坑给我跳的对吧？"

程朗眼波流转，在周凯脸上一扫而过。

周凯连连点头："那……那不能那不能……我是那样人吗？"

沈捷倒也表示赞同："他哪能玩得过你，我们这一桌子人加一起也玩不过你。哦，路博士不算，你们属于一个星球的。"

从刚才起就一直坐在旁边头套纸袋，眼观鼻，鼻观心，认真努力消除存在感的路涵江突然开口："不，我也玩不过程朗。她真的特别聪明，她什么都知道。"

特意在"什么"上加了重音，希望周凯他们能够明白，程朗知道了，现在招供不晚，坦白从宽抗拒从严。

可惜周凯和郭小凡都不是那种能听明白言外之意的人，大多数时候言内之意他们都不一定会理解到哪里去。

完美错过了一次招供的机会。

静等程朗笑眯眯从玄关柜子里掏出了一个小盒子："哦对了，我不是说要拿个礼物跟你交换包子吗？拆开看看。"

周凯拿过来那个盒子，心里头十分不屑。程朗能送他啥，不是透明人头就是止吠器，这回估计也好不到哪去，说不定是个什么猫食盆。

结果一拆开，倒把他自己整蒙了。

"这不是……这不还是个手环吗?"周凯举着那个黑了吧唧的塑胶制品，满脸写着不能相信，"咋的你让我一个手套一个，左手电完电右手啊?"

"不是，"程朗的笑容更加真诚，耳边的一串小扇子组成的耳环叮叮当当，晃来晃去，"我之前就想买这个来着，但是一直缺货，就先买了个质量一般的给你凑合试一下。现在有货了就赶紧买给你，这个还可以测血压心率，还能计算步数和消耗多少卡路里，蛮好用的，运动时候也可以戴。"

程朗才不会告诉周凯，自己是因为不确定电击法管不管用，才先花几十块买了个止吠器给周凯试用。毕竟猫狗用电击环一个几十块，人用一个要小两千块，买了没用，不是白买。谁知道那个止吠环用在周凯身上分外有用，他乱说脏话的毛病改得相当快。看在一顿豆角馅儿包子的分上，也不能再让他戴止吠环了。

哼，先送你个礼物，让你产生愧疚感，再慢慢诱惑你招供。

周凯摸着手上那个让他奋发图强研制出猫罐头包子的止吠环，脸上风云变幻。

内心反复循环一句话:"她不是故意的，她不是故意的，她不是故意的?"

如果白导演在场，定然会让摄影机不要停，使劲怼脸拍，360度环绕拍，完全体现了对生命无常的敬畏。

但是现在周凯身边坐的是和他一起炸纸壳锅包肉的兄弟郭小凡。

大锅笑嘻嘻拿起一个猫罐头包子递给程朗："程老师对我狗哥可真好，来吃包子吃包子，不枉我们费劲包了半宿大包子。"

程朗接过来包子，自然不打算吃，故意放到周凯鼻子底下晃一圈："喂，发什么呆呢！你要是不喜欢黑色的我还可以去换别的颜色。"

"没，没有，我挺……挺喜欢的……不用换。"周凯觉得这辈子舌头就没这么不好使过，程朗教他说绕口令那天都没这么不好使过。

"哦，不用换就好，那赶紧吃饭，吃了饭还得上课。今天什么事都赶一起了，这两位还在找你呢。"

程朗指指沈捷和路涵江，拿起她盘子里那个包子，就准备掰开吃了。

动作行云流水，自然到不能再自然。

只听见周凯大喝一声："你别吃那个！"

程朗心里一动："上钩了，真不禁逗。"

抬眼看看周凯，脸上带着甜蜜的假笑："没事，不凉，你这个包子太好吃了，我平时只能吃一个，今天肯定得多吃一个。"

然后转向郭小凡："得给你狗哥面子是不是？"

郭小凡大点其头："对，姐就是敞亮，来来老姨也再来一个！"

"好啦！"周凯突然间站起来，走到程朗面前，把她盘子里那个包子拿走，拿了一个猪肉馅儿的恶狠狠怼在她面前，"吃这个！"

程朗仍然装得天真无辜："那个有问题吗？"

"叫你别吃你就别吃！"周凯鼻孔里喷出粗气，如同一只打算尥蹶子的驴："那个……不能吃！那个里有猫罐头！"

"那个里有什么？"程朗这回是真心实意地惊诧了。

……

一个小时以后，保安赵大爷今日替张大爷值白班，照例在小区里转悠，转悠到三号楼楼下，跟五号楼那小伙子撞了个正着。

那小伙子穿着拖鞋，从三号楼里头出来，手里头提着两袋子厨余垃圾。

赵大爷点点头：嗯，这都一起吃饭了，还给人扔垃圾，小伙子有前途。

然后突然眼睛一亮："哎，这包子好好的你们咋不要了？"

周凯手里拎着他的大作，七个猫罐头馅儿包子，尴尴尬尬瞅着赵大爷："哦，我们这个包子馅儿有点儿变味了，就不要了。"

赵大爷皱皱眉："那也别浪费粮食啊，给我吧，我把皮喂流浪狗。"

周凯想想也没毛病，就把猫罐头馅儿包子整袋递给了赵大爷，他也觉得浪费粮食不好。

喂狗也算是个不错的归宿。

赵大爷拎着包子回了保安室，一时尿急，把包子放在桌子上就去了厕所。

　　张大爷从物业那儿吃饭回来，见桌子上赫然放着一袋白花花的包子，自然认为是赵大爷又从家自带了晚饭。他从赵大爷那顺惯了吃的，正好物业那儿的白菜土豆汤没啥油水，再来个包子也不错。

　　于是张大爷把手伸向了塑料袋。

　　赵大爷回来，见张大爷愉快地啃着包子，皱了皱眉头，问一句："好吃吗？没坏呀？"

　　张大爷："没坏啊！可香了！老赵你这手艺可以啊！"

　　赵大爷一把拽过包子："不是我包的，别人给的。"

　　说着拎着包子出了门，不知道往哪儿去了。

　　张大爷在后面翻了个白眼："老抠门，越老越抠门，吃你个包子还给藏起来了，上个月吃你三四回馅儿饼也没说啥。"

第八章　汉之广矣

一

在厨房里给黑猫豆沙煮大虾的高老太太不会知道，她随手送出去的十个猫罐头，在一些人的心里，激荡出了什么样的风浪。

她只关心自己能不能把虾线挑干净，豆沙猫挑剔得很，不去虾线的虾人家不吃。

至于已经十二斤重如同一只西瓜的狸花猫栗子，仍旧认为这个世界上的食物只有猫粮，其他的东西一口也不碰。

高老太太住的六号楼，跟程朗住的三号楼，中间隔着两幢住宅楼连带一小块绿地，却如同隔了高山大海。

这回程朗是真的被周凯震惊了。

猫罐头馅儿包子，亏他能想出来！那就更加不能承认自己给他个犬猫止吠器是成心的了。

一桌子人都惊诧莫名哭笑不得之际，程朗是笑得最大声那个，腹肌也跟着抽搐得很欢乐。

郭小凡跟路涵江两个心虚的货色只能老实蹲在一边装鹌鹑。沈捷忙着给包子拍照，长这么大就没见过拿猫罐头包包子的。天大的事先放一边去，她要赶紧留下关键证据。

说不定以后还可以用来给周凯炒人设。

会一字马的男艺人满街乱蹦，会包包子的可寥寥无几；会包猫罐头馅儿包子的，大概是古往今来独一份儿。

弹指间沈捷甚至连宣传稿标题都给起好了：知名男艺人竟是食物发明家，娱乐圈亲尝猫罐头第一人。

想想那个流量就令人激动。

至于始作俑者，猫罐头馅儿包子发明者，周凯本人，站在桌子旁边，一手拿一个黑不溜秋的电击手环，筋鼻子瞪眼睛，用高音量也掩饰不住自己的心虚。

"那也不能赖我！谁叫你先给我戴这个狗圈的！"

程朗倒是落落大方："那个不是狗圈，那个是犬猫止吠环。"

研究了多年的语用学案例告诉她，在双方都没理的情况下，并不是声大的那方会赢。谁的歪理更有逻辑，谁才能占得先机，比谁理直气壮，她不会输的。

可惜周凯的培训课程还没有上到这一部分，只能站在那里，脸黑脖子粗，采用最原始的大声吼叫法抵赖。

"不管是啥，你说那是不是给狗用的吧！给狗用的拿给我用，你说你这不是糟践人嘛！"

"可是那个是新的呀，没有给其他小猫小狗用过。我也是没办法，这个手环断货断得厉害，也是为了赶进度才先给你用那个凑合一下的，有货了我不就给你买新的了呀！"

那个语气，那个神态，饭桌上的人除了路涵江，包括亲自戴了一礼拜止吠环的周凯本人，都觉得她说得冷静理智还超有道理，甚至还有那么一丝无辜。

周凯的声音当即就小了下去。这个结果和他刚才揣摩的毫无二致，程朗处处为了他好，是他自己无理取闹，还试图给人家喂猫罐头。

只有路涵江在他的纸袋子里面不为所动，程朗那段话里头"也是"出现的频率太高，有标记就表明她在撒谎，她就是故意的。

她可能就是想看周凯戴止吠环。

但是他今天已经对不起程朗一次了，不能再出卖她第二次，要不然可能会死无全尸。

于是他选择了闭嘴，现在全桌人除了周凯之外没人尝过猫罐头包子，已经是最好的结局了，不能多生事端。

周凯不说话，两只眼睛黑黝黝，露出凶光，盯着手上两只电击手环，左手一只宠物用，右手一只人类用。

目光游移，心神不定。

程朗还在旁边煽风点火："事实证明我们这个教学法还是有用处的，你看你今天这么生气都没说脏话呢。随便买个止吠环是我没想周全，我跟你道歉。"

周凯本来已经心怀愧疚，被她这么一说，当即热血上头，抄起一个猫罐头包子就要往嘴里送："你给我戴狗圈，我吃个猫包子，咱俩扯平了行不！"

说得慷慨激昂气壮山河，带出了一股"我自横刀向天笑"的气势。

看得人心神为之一荡。

可惜被程朗眼明手快，抢下了包子，抢包子过程中不小心还给周凯手上划了个血道子。

"哎，你别真吃啊！这回就算了！"

她这手不像上次那么凉了。周凯想。上次程朗捏的是他的脸。

"朗朗！你小心点儿啊，我还要出卖他的美色呢！"周凯没啥感觉，沈捷先喊了起来。

"还好是手，这划脸上了可咋办，下周就要开发布会了。"

周凯倒是不以为意："没事，我脸上本来就好几个疤，不差一个两个的。她这两下子跟猫挠的似的，两天就好了。"

程朗挠的这一道口子，一定程度缓解了他的愧疚心理。

包子不用吃了，但狗哥不能这么不仗义。周凯拉开一听新的拉萨啤酒："我干了，算我给你赔罪！"

说着咕咚咕咚不带歇气的，喝完了一听啤酒。

看得程朗直心疼，暴殄她旅行了三千公里的啤酒。而且为了抢包子，手上又是一手油。

怎么每次跟周凯发生点儿肢体接触都一手油呢？这是什么油腻的缘分。

周凯灌完一听啤酒，看看程朗："你要是不解气，我再来一罐。"

"要还不解气我替狗哥吹一罐！"郭小凡也跟着瞎掺和。

"不用了不用了，好好吃饭吧！本来也没多大的事儿。"程朗心疼她的啤酒，可不能让这些驴饮的家伙一听一听吹了，多少酒也不够他们这么喝的。

"那咱……没事了？"周凯小心翼翼地问程朗。

"没事了……但是……"程朗故意停下来大喘气，周凯的心肝又跟着揪起来。

"但是算你欠我一回人情，行吧？"

周凯一颗心又放了回去："行行，一回不够两回也行！"

程朗摇摇头："不用了，就一回，我也不能放高利贷。"

一桌子人都消停下来，洗手的洗手，贴创可贴的贴创可贴，吃饭的吃饭。

猫罐头馅儿包子都被捡了出去，大家总算能安心吃顿豆角猪肉馅儿包子了。

程朗还恋恋不舍："其实我还挺想尝尝猫罐头馅儿包子啥味道的。"

"不行！"周凯在她对面，黑着脸，拿着半个猪肉馅儿包子，"尝就是不给我面子。"

"行行，那不尝了。"程朗还是忍不住逗他，"那我最开始掉地下那个，是猫罐头馅儿的吧？"

周凯不想搭理她，闷头吃他的包子，说多错多。

郭小凡倒出来蹦跶了："对对，就那个是，后头我们都给整蒙了。你说你给包子上头贴个胡萝卜不就得了，还整个褶冲这边冲那边，一会儿就把自己绕里了。"

周凯瞪了他一眼：说"贴个胡萝卜！傻×……哦，傻子都能发现有问题，你当人家都像你大眼漏神啊！"

连沈捷都赞叹程朗的电击训练法卓有成效。

"那折腾了半天，就没人吃过猫罐头馅儿包子了，也挺可惜的。"程朗叹口气。

"那也不是，我狗哥和馅儿时候尝了不老少呢，四舍五入他这就算吃过吧！姐你别生他气了。"

"行了，哪都有你！"周凯觉得今天带郭小凡来就是个巨大错误。

"我没生气，这么好玩的事我生什么气啊。哎，周凯，你刚才，就那个要吃包子的时候，特别像乔峰你知道吗？"

周凯蒙了："像谁？"

"乔峰啊，《天龙八部》你没看过吗？"

"看过……乔峰在里头吃包子了吗？我就记得他贼能喝酒。"

"不是吃包子，就那个挺身而出的气势，特别像。有一章不是乔峰为了给丐帮长老赎罪，然后在身上扎三刀六洞吗？你刚才就很有那个风范。感觉特别凛然，特别悲情，眼瞅着就要壮士一去兮不复还了，结果就是吃个包子。"

扑哧。

程朗刚说完，路涵江就在旁边憋不住乐了。

"你别笑，回头咱俩再算账，帮凶！"程朗表示她可没忘了路涵江。

路涵江当场噤声。

"完了。"沈捷在旁边叹气，"我刚才咋就没录下来呢！"

录下来又是一篇好通稿：男艺人演技炸裂，面对一个包子演出豪侠本色。

周凯的点就跟旁人很不一样了，他问程朗："你还看《天龙八部》啊？"

程朗有点儿不解："对啊，我最喜欢的金庸小说就是这部。"

"我以为好学生不看武侠小说。"周凯突然来了一句，旁边的郭小凡跟着大点其头。

"我们学校那好学生一天天的就在那儿学习，啥闲书都不看，葫芦娃都不知道有几个。"大锅说。

"她本来也不是啥好学生，上学时候没事就逃课看电影去。"沈捷在旁边直接揭短。

程朗倒是不以为意："对啊，我是聪明学生。"

脸皮之厚，无人能出其右。

"哎，你看武侠小说不？"她问路涵江。

路涵江在纸袋里瓮声瓮气："看，我最喜欢看古龙。金庸太沉重了，我喜欢李寻欢、楚留香这种自在的人。"

"兄弟，知道你这叫啥不？"周凯的爪子又拍上了路涵江的肩膀，"你这叫闷骚。"

路涵江不想回答。

后来的事情大家都知道了，周凯下楼扔垃圾时，猫罐头馅儿包子被保安赵大爷截获，又被另一位保安张大爷误食。

迄今为止张大爷生命体征良好，无任何不适症状，只是嫌弃赵大爷后来带的包子都没有那天那个豆角馅儿的好吃。

而赵大爷不知出于什么心理，一直没有告诉张大爷包子的来历。

那天路涵江没有再揪着周凯进行他的新研究，一顿饭吃得像谍战片，他心力交瘁，早早回家充电。

留下沈捷交代程朗：下周五开定档发布会，你务必在周五前把他给我收拾出个人样来。

又拉过来周凯如此这般地交代了许多"怎样当一名合格男艺人"事宜。

包子宴事件过后，各方还有一些零星的余波。

余波一

沈捷跟程朗说："你还挺护着那小子，就应该让他当众吃猫罐头馅儿包子，然后我给录下来。"

程朗一笑："不用，这样正好，我就是要他欠我一次。"

余波二

程朗："路涵江，你解释一下，为什么知情不报。"

路涵江："我知道你就是故意给周凯那个止吠环的。"

程朗："行了，这次放你一马，不许跟周凯说哦！"

余波三

周凯："哎，老路，我这老觉得还有哪儿不对，猫罐头包子那事，是我知道她不是故意给我个狗圈了，但是还老觉得差一块，你脑袋好使帮我琢磨琢磨。"

路涵江："巴甫洛夫，我那天给你讲的。"

周凯一拍脑袋："我去！敢情还是拿我当小狗啊！"

余波四

郭小凡："狗哥，那女的拿你当小狗你咋还不生气了呢？"

周凯："那我也拿她当小猫了，她不也没生气。"

郭小凡："哎呀，妈呀！你这小狗小猫的恶不恶心。不是，狗哥，你是不是喜欢她？"

周凯："赶紧出去找工作去！哪儿都有你！"

二

沈捷早上一到办公室，就被橘子姐喊了过去。

她亲夫老白毛儿的电影临时提了档，现在整个公司忙得有天没日头，什么工作计划都要跟着改，气得橘子姐一天二十遍想要谋杀亲夫。

"提档这事也不是导演决定的。"沈捷虽然不喜欢老白毛儿，还是觉得为了白导演的生命安全，应该微弱地抗争一下。

橘子姐眼睛一横："是不是他拍的吧？要不是他非要拍这个破电影就没这么多破事！一天天老拿自己当李安呢。"

沈捷当即噤声。的确，这跟孕反狂吐的时候责怪男人一样无可辩驳。

白导演最近估计在家没少挨欺负，橘子姐虽然也跟李安老婆一样放任自己老公去搞什么艺术创作，但是脾气却没有人家那么好，时不时就要拎着白导演的耳朵对他进行一些不可名状的怒吼。

白导演那个跟周凯差不多的驴脾气，在哪里都横，就是回窝不横，倒是跟橘子姐是一对儿绝配。

"哎，不说他了。老白找那小孩儿，你们那边训咋样了？我看最近没出啥大幺蛾子。"

"还行，给拴上嚼子了，差不多能出来拉磨了。这两天正抓紧特训呢，正好拿定档发布会测试一下效果。您让他搬到程朗那边这招可太有用了，没事程朗就把他薅过来辅导作业。"沈捷去程朗家吃了顿饭，除了险些吃到猫罐头馅儿包子之外，其他都很满意，尤其是对周凯的言谈举止。在程朗身边待了两个月不是白混的，很明显的那张驴嘴里吐出来的已经有百分之七八十像是人话了。

"那挺好，咱这个培训费也算没白花，什么礼仪课也叫他再多上几堂。对了，电影下个月上的话……你赶紧叫助理给他找个新地方住，要那种保密性好的小区，上映之前必须得搬过去。"橘子姐突然冒出来一句。

"对哦！我都给忙蒙了忘了这茬了，这就叫雁雁去办。"

于是助理雁雁在已经很长的工作清单上又加了一项。

好在给艺人找房子这事她熟门熟路，给用惯了的中介打几个电话就成，雁雁的心态仍然十分稳定。

但是周凯的心态就没那么稳定了。

"搬家？凭啥？"周凯在电话那头吼得沈捷耳朵疼，差点儿和前车追尾。

"凭你房租都是公司付的，公司让你搬家你就得搬。你收留那小兄弟也赶紧让他找个地方住去。"

"我C……"程朗的巴甫洛夫训练法还是管用，周凯说到一半，浑身一哆嗦，如同被电击，活活把那个字憋了回去。

"不是，我在这边住得好好的为啥要搬？这边房租还便宜，给公司省点儿钱不好吗？"周凯那一股火气压了回去，试图像程朗上课告诉他的一样，保持理智，好好说话。

"公司不差那两个钱。电影下个月就上了，那个老小区人来人往的太没有保密性了，到时候你得被追星的烦死。"周凯好好说话，沈捷也就跟着好好说话了。

那边周凯的脸色肉眼可见地枯黄下去："那我课还没上完呢，当时不是你们说为了上课方便非让我搬过来吗？"

"没事，我先让雁雁给你找房子。你这课反正上到下个月就完事了，上完了直接搬过去就行。"

"我在这儿住挺好的，能不搬吗？我觉得这地方风水比较好，搬过来之后你看我脾气好多了。"周凯没有办法，开始要赖。

然后被沈捷无情地挡了回去："等你红了风水就不好了，到处有人跟屁股后面围追堵截，能把你们全小区烦死。要是看见你从程朗家出来，下一秒你俩的绯闻就能传到祖国边疆。你那小兄弟也不能和你一起住，现在嗑CP上头的小姑娘多的是，不知道要编出来点儿啥呢！"

"别扯了，我这样的能红吗！我这么黑，现在小姑娘都喜欢小白脸。"

"公司说让你红你就能红。"

周凯那边突然没动静了，沈捷在车上戴着蓝牙耳机，对着空气喂了好几声，引得旁边司机纷纷侧目。

"那……那我上课能上到七月中旬吗？"周凯突然又有了动静。

"七月初吧，上映之前还有好多活动，这个月你就得经常出来参加了。"

"那我要搬家的话……这边房子能不能让郭小凡再住一阵？你们不是交了半年房租吗？等他找到工作再搬。"周凯问，声音低沉得很。

"行，他不着急，你必须得搬走。"沈捷心里居然有一种老怀大慰之感，行啊，都会讨价还价了。之前还跟驴一样就会直脖子叫唤呢。

她可清楚记得，之前那次，她跟雁雁为了让这货搬个家，费了多大的牛劲。相比之下这次的谈判过程简直轻松又愉快，程朗真的功不可没。话说，他不会把朗朗那一肚子鬼心思都给学过来吧？这眼看着有点儿要开窍啊。

沈捷甩甩头，又觉得自己多虑了。不会的，基础在那儿摆着呢，智商差距的鸿沟不可逾越。

于是她放心地驶入初夏的阳光里。

周凯的心情可就没那么好了，放下电话，一张脸越拉越长，直奔他的偶蹄目亲戚而去。

"没事儿，我一个大活人有手有脚，还能饿死咋的？明天我就出去面试，也不能天天蹭你房子，还得找工作还你钱呢。"

周凯烦躁地一挥手："拉倒吧，我就没想让你还。"

"那不行，我就要还。"郭小凡还是嬉皮笑脸地说，"哎，你说，你要是真成了大明星，那我是不是能给你当保镖去？然后每天倒卖你那签名就能挣不少钱，还能倒卖你换下来的内衣啥的……我去！"

郭小凡的脸陡然被一包抽纸砸了个正着。

周凯仍然一脸烦躁："别在这儿扯闲淡，我上课去了。晚上不回来吃饭，别等我。"

为了那个定档发布会，程朗这几天在搞特训，搞得她一个头三个大。

今天沈捷又来这么一出，现在变成一个头四个大。

程朗倒是站着说话不腰疼，说可以当成个模拟考试检验一下学习成果，之后也可以对症下药。

周凯眼前当即出现了一幅画面：潘金莲端着一碗黑乎乎的汤水，满脸笑眯眯："大郎，喝药。"

他摇摇头，认命地戴上程朗后来送给他那个人用电击手环，套上件T恤，再往脸上糊个口罩，踢踢踏踏往程朗家走去。手里还拎着一瓶除胶剂。

程朗放在角落里那个旅行箱，上面全是各种贴纸留下来的胶印子，他看着不顺眼很久了。

程朗自打上次猫罐头事件之后，看周凯居然顺眼了不少。不知道猫罐头戳动了她哪根神经，总之她现在觉得周凯是个有意思的活人，而不是个珍贵的被试了。

但是她的研究计划还是要坚定不移地往下推进。

周凯往椅子上一坐，她拿过马克笔就要往白板上写字："今天我们来研究一下怎么得体地说话。"

"我要搬走了。"周凯突然冒出来一句。

"啊?"程朗回头。

"沈姐说,下个月电影上映之前我就得搬走。"周凯盯着眼前的桌子,不想看程朗的脸。

"哦,那还挺可惜。"程朗随口答了一句。

"可惜啥?"周凯眼睛瞬间就亮起来,也不盯着桌面了。

"他们都说你铁锅炖大鹅做得好,我还想让你做一顿呢。"

"那没问题,我肯定给你做。"周凯心里一空,也不知道自己在期待什么,反正不是铁锅炖大鹅。

没想到却被程朗拒绝了:"最近太热了,吃不下去那么扎实的东西。想着秋天再提这事,不过想想秋天说不定你都成大明星了。"

最近的确热,前一天还二十六摄氏度微风习习,下一天就三十五摄氏度大太阳,整个"帝都"跑步进入烧烤模式,倒真的不适宜吃什么铁锅炖大鹅。程朗已经恨不得每天拿三明治果腹,一点儿烟火气也不想看到。

"我这样的能红吗? 就算真红了,我也肯定来给你做。上次猫罐头那事算欠你一次。"周凯有点儿失落。

"我觉得你能红。"程朗低头,认真盯着周凯的脸,"你闭上嘴不说话,就是张完美适合大银幕的脸。再说白导演自己选出来的主角没有不红的。"

周凯被她盯得心慌气短,一时竟不知道如何回答。

倒是程朗自说自话:"不行,你欠我一次人情,不能就拿铁锅炖大鹅还,有点儿亏。"

"那就不算，铁锅炖大鹅算我白送，行了吧。"

程朗又把他绕进了自己的圈套，志得意满："那就说定了啊，秋天我去找你做铁锅炖大鹅。"

周凯认真点头："你放心，我狗哥说话算话。"他失落了一分钟，又恢复到那副嘚瑟嘴脸。

程朗空手套大鹅成功，心情也变得不错，顺嘴提了一句："不过你这一搬走，有人要伤心了。"

周凯眼睛又亮起来："谁啊？"

"路涵江啊！你不知道他找个朋友有多难，结果没两天你这又要走。"

"他又不是没长腿，去找我呗，一个大老爷们还能叫话憋死？"周凯这回没有了心理包袱，彻底放开，又恢复到了满嘴跑火车的状态。

程朗开始在白板上涂涂画画："来我们先来了解一下PP和CP。"

"啥玩意儿你也嗑CP啊！"周凯刚从沈捷那整明白啥叫嗑CP，这就现炒现卖起来。

结果自然是被程朗直球怼了回来："我们这个CP叫作合作原则。"

三

程朗今天要跟周凯掰扯的东西叫作"合作原则"，可惜的是这个家伙并不太合作。

"合作原则吧，是一个叫Grice的人提出来的。哦，算了，这个对你不重要，你不用管。"程朗刚开了个头，就觉得自己过于学术了。

　　"你咋知道对我不重要？我就想听，你多讲点儿。"周凯今日在一开始，表现出异乎寻常的求知欲，可惜时机不对，程朗并不配合。

　　"要是放平时我当然愿意多讲点儿，但是下周你们就要开发布会，这不是时间紧迫吗？这礼拜就是集中特训填鸭，我怎么说你怎么做就行了，剩下的网上都有，你有兴趣回去自己查吧。"

　　"我看不明白，就你讲我能听明白。"周凯还是拒不接受。

　　程朗才不相信这个驴脑子突然对语言学产生了兴趣，鉴于上次的猫罐头包子事件，她现在很难不怀疑周凯又在打什么奇怪的主意。

　　但是，这个阶段测试，不是，这个发布会对她来说非常重要，被试的表现直接关系到她下一步的研究计划。所以，她对周凯实施了简单粗暴的高压管理。

　　"那就我讲什么你听什么吧，反正你之前肯定都没听过。"

　　程朗直接镇压了周凯的闲话，开始单刀直入讲起了课。

　　"这个合作原则是怎么一回事呢，你平时打游戏，是不是得遵守游戏规则，有的游戏打怪才能升级，有的游戏收集东西才能升级。现在你就把这想成打游戏……"

　　"有的得连打怪带做任务才能升级，还有的不氪金根本升不了级，玩不动，游戏厂家良心都被狗吃了。"周凯突然插了这么一句。

可惜程朗既不爱打游戏，也不准备顺着这个主题跟他多纠缠。

她自顾自回去说她的干货："你把说话想象成打游戏，就也得遵守游戏规则。一般来说呢，你说话的时候得遵守这次交谈的目标和方向，这个就叫合作原则。当然了我这个就是最通俗的说法，为了让你听懂，其他更复杂的我们先不去管他。"

然后转向周凯："听懂了吗？"

周凯收回四处乱飘的眼神："哦，听懂了，打游戏得遵守规则，炒菜得放盐，开挖掘机得遵守操作手册，都差不多。"

"那行，那我们今天就先来学一下怎么遵守合作原则。这个合作原则一共包含四条。"

"啊？我以为就一条。"

"你打游戏也不是就打一种怪吧？"

"那游戏里怪有好几十上百种呢，不都叫打怪。"

"语用学原则也有好多条呢，够你从今年学到后年。"

"那算了，那就先来这四条吧。"

在程朗的专业上，周凯跟她交锋，从来都以失败告终。失败失习惯了，也就不觉得怎么气馁。

默默蓄积了勇气，准备再接再厉。

程朗继续捏着驴嘴往里塞干草。

"当然了，这四条原则在会话里也不是一定要遵守，有的时候违反这些原则说话也能表达一些个言外之意。但是这个对你来说目前还用不着，我们就先来练习怎么遵守这四条原则。你都遵守了就大差不差能说明白人话了。"

"嗷！我也没说脏话啊！"

周凯还戴着程朗送他那个人用电击手环，遥控器在程朗手里。凭空被电击了一下，他这回彻底没法儿走神了。

程朗冲他晃晃手里的遥控器："今天咱们临时加一条规则，本周内走神一次电一次，你没有意见吧？"

强买强卖，莫过于此。

这话要是班主任关大牙说，少年周南风早就把课桌一掀、椅子一踹，刨蹶子而去。可是从程朗嘴里说出来，成年男艺人周凯只是一挥手："行行行，你说了算。"

一脸无奈。

程朗暗自在心里记下来，经过长时间的反复训练，被试的配合度有所提高。

然后转头就被打了脸。

她开始讲具体的内容："合作原则一共四条内容，遵守这些原则能提高交流的效率和准确度。我们先来看第一条，第一条叫量的准则。这个量呢，是说你说话时候包含信息的量。你说话时候要包含足够的信息，但是不要说过多的信息。"

程朗边说边在白板上一通连写带画。只换来周凯的一句话："我就听明白信息了。"

好在她的心态也被毫无语言学知识的被试磨得很平和了，继续换更贴近生活的语言："没事，我一举例子你就懂了。总之就是说，别人问你什么你答什么，不要答些个不相关的，也不要答人家没问的事情。"

"比如呢？"周凯显然在等她举例子。

丝毫不知道自己就是例子本人。

程朗把笔记本电脑往周凯面前一戳，里面是他之前接受过的一次访谈。

记者问："请问您能说一下拍戏时候最开心的事和最伤心的事吗？"

周凯坐在沙发上，直眉瞪眼："最开心的……剧组盒饭挺好吃，我兄弟饭店给做的，叫凯旋铁锅炖。有铁锅炖大鹅，还有炒土豆丝。那土豆丝都是手切的，拌那凉菜也嘎嘎好吃。我跟你说卫生绝对有保障，剧组没一个拉肚的。你们要回头去影视城有需要也可以去订盒饭。"

然后周凯掏出来手机："你看，这点评都是好评，上面地址和电话都有。"

"发现问题了吗？"程朗问。

周凯大摇其头，理直气壮："我这里头一个脏字也没说！"

程朗也学他的样子大摇其头："就不是脏话的问题。你看啊，这个记者问你最开心的事和最伤心的事，你就说了最开心的事，最伤心的事一个字都没提。这就是没提供足够的信息。"

"那我没啥可伤心的。"周凯仍旧理直气壮。

"那你可以跟记者说你没啥可伤心的，但是你根本就没提。"

"哦，行吧，算你对。"

"什么叫算我对，我本来就是对的。我们接着看，人家问你最开心的事，你说盒饭好吃这没毛病，但是把郭小凡地址电话都给人家，就很多余了。人家根本没问这个。这就是你说了过多的信息，回答了人家没问的问题。"

"那我想着顺道给大锅打个广告。开饭店多不容易啊，早晨四点就得起来看着送货。"周凯还有点儿委屈。

"行啦，没说你做得不对，就是举个例子。以后再有记者提问，问什么你答什么就行，多的一句别说。这个能做到吧？"

周凯一咧嘴："这有啥难的!"

程朗不放心，还补充了一个例子。

"就是，如果记者问你叫什么名字，你说你叫周凯就完事了，不要说什么你曾经叫周南风、身高一米八、体重多少公斤、还未婚之类人家没问的东西。"

"一米八三，身高。"周凯认真纠正了她。

程朗摇摇头："知道了，三厘米可差真多。"

周凯没听出来程朗那属于反讽，还在那儿认真强调："那可不是差不少呢，哎你多高啊。"

程朗看他一眼。

"就问问多高都不行啊，也没问体重。"周凯一脸委屈巴拉的狗样，让程朗觉得还是应该给他套个止吠环。

但她还是回答了："一米七。"

没办法，不回答怕是没法儿终结对话。

赶紧又拉回正题："那好，你记住，第一条原则：别人问什么你答什么，多余的别说，每个问题都要回答。"

周凯还在那琢磨：看不出来有一米七啊，可能是因为瘦？不显个儿？

程朗再问一遍："你记住了吗？"

周凯赶紧收摄心神："行，记住了，别说没用的。"

"那我们来实际练习一下。"

程朗抽出来一叠卡片："来，你抽一个问题。"

周凯觉得这个难度好像比念 ɑ o e 小多了，毫不在意，抽了一张。

上面写着一个问题：在近两周的培训中，你觉得最困难的是哪一部分，最简单的是哪一部分？

程朗简直要为自己的神操作大声叫好，既训练周凯回答问题又能完成问卷，还有比这更一举两得的操作吗？

周凯本来觉得，这没难度啊，然后话到嘴边，开始抽鼻子咬嘴唇……

这……这突然好像想不起来啊。

憋了良久，说："最难的……最难的……整明白说啥算脏话。我他妈说个包子真他妈好吃里头'他妈'也算脏话，可憋屈死了。哎你咋不电我？"

程朗晃晃手里的遥控器："你在举例子就不用电你。"

"哦，那行。完了最简单的是吧。"

"对。"

"最简单就……哎妈我觉得啥都不简单，要简单我上你这培训啥啊。"

"行，你这也算是个答案。"程朗勉强算他通过。

周凯又抽了一张卡片。

这回的问题是：你认为授课者的授课风格对自己的学习动力有影响吗？

周凯给那卡片相了相面，干脆利落地承认："这问的到底啥意思啊？我学习的动力，我这人学习要有动力能去先开挖机再炒大鹅吗？"

程朗有点儿无奈："就是说，如果换一个人给你上课，你会更想学习还是更不想学习。比如说，把我换成路涵江，你会更愿意来上课吗？"

"那不可能。"周凯秒给答案。

"为什么啊？"程朗追问。

而周凯此时才开始思考为什么，刚才那纯属是条件反射。

"因为……不是，你看路涵江那样，跟熟人都三棍子打不出一个屁来，然后说话我还老听不懂，跟他说话费劲。"

"我看你跟他关系好像挺好的。"

"是挺好没错啊！这哥们儿挺讲义气，猫罐头那事吓那样都没出卖我。再说大锅来之前，我在'帝都'也没什么朋友，他跟我身后那我肯定得罩着他。"

"你公司不是有很多同事吗？没人跟你关系好？"

"我跟那帮小姑娘哪能玩到一块儿去。"

"对哦，我小姨公司那么多漂亮女孩子，你都没偷偷喜欢谁吗？"

程朗原来以为，周凯会老脸一红，然后硬挺着说："没有没有！"

但是对面这位，表情居然十分严肃："我不喜欢她们那样的。"

"那你喜欢什么样的？"程朗觉得周凯回答问题逐渐上道，就开始诱使他回答更多问题。

哪知道周凯突然就愣住了。

"我喜欢……什么样的……反正不能一天哭唧唧……不是,你这问题跟上课有关系吗? 不是说什么学习动机呢嘛?"

程朗计谋败露,倒是也不着急,笑嘻嘻说:"多回答两个问题对你有好处。那好你来抽下一题吧。"

下一题是:你觉得有什么方式能够促进你的学习动力?

程朗承认自己出的题目还是太学术化了,自动进入解释模式:"就是我做点儿什么能让你更喜欢过来上课。"

"不用。"周凯话一出口,就觉得不对劲,"做点儿什么是吧……我刚才听差了……要不你让我把你书架收拾了吧,这屋都收拾差不多了就剩书架了,咋看咋闹心。"

程朗面对周凯趁机提出的无理要求,一时间竟不知道怎么回答。

索性狡辩:"我是说,上课的时候做点儿什么,是我做点儿什么,不是你做点儿什么。"

"穿漂亮点儿。"周凯嬉皮笑脸,恢复了本色。

得到了程朗的一个死亡凝视。

那天之后,周凯学习到了一个新词,叫作物化女性,学习的过程痛不欲生。

四

"这样行吗?"这是形象设计师。

"就这样,这样挺好!"这是白导演。

"我觉得还应该再正式一点儿，毕竟是第一次亮相。"这是沈捷。

"这啥破玩意儿啊？赶紧给我换一套！就那个，那个西服我看挺好。"这是周凯。

"狗哥，听我的，英俊如你，穿上那一套也像魔术师。"这是沈捷的助理雁雁。

周凯觉得十分挫败，他好不容易看上了一套衣服，咋就招致了这堆人的一致反对呢？一件件试衣服试一下午了，真烦人。一会儿晚了回去又得堵车，到程朗家估计得七点多了，上课时间又少了好几个小时。

程朗说今天要教他怎么撒谎，听着就比试衣服好玩多了。可是沈捷不这么想，她带的艺人，白导演的男主角，开发布会第一次公开亮相，怎么可能听白导演的话，随便穿个无袖牛仔破背心加大短裤就登场了。

白导演说这样显得不羁，符合他电影的气质。

沈捷觉得这样太直白了，最好在发布会上包得严严实实就露个脑袋，回头电影上映了，观众们见识到了男主令人赞叹的腹肌、脖子和小臂，才能引起巨大的反差，带来滔滔江水般的流量。

白导演认为她过于世俗了。

好在周凯本人支持沈捷的决定，依照他的原话："我不穿那破玩意儿，像个捡破烂的。"

可惜他自己挑衣服的眼光也不咋样。

沈捷叹气："那你也不能穿那套一身都是亮片的，我看着眼睛都疼，到时候人家该只记得衣服不记得人了。"

然后转向形象设计师："麻烦帮他找那种简洁的套装，然后剪裁修身的，要突出这个身材比例，但是又不能让人看见肉。"

设计师秒懂："哦，您是要禁欲系的。"

"对对，就是这个风格！"沈捷和雁雁大为赞同，白导演在边上龇牙咧嘴。

周凯换完一身西装出来，在场诸人都"嗷"的一声。

这个家伙不说话，身板笔直站在一套正装里，灰色暗条纹配他线条明晰的小黑脸，还真挺唬人。

连十分不赞成的白导演都"嗷"了一声，开始现场演说："这个好，衣服像是一套枷锁，他的生机与力量在勃发，在与衣服抗争。"

"我从小到大就没穿过这玩意儿，板得老难受了！"某头驴愣怔了半天，还是说了大实话。

几小时以后程朗严重批评了他这种瞎说大实话的行为，那是后话。

当下沈捷忙着安抚这位大明星预备役："不用天天穿这个，发布会那天你就穿一天就行，多了我还不让你穿呢。"

周凯龇牙咧嘴，沐驴而冠："一天还行，我这都不知道咋站着了。"

"标准的英式正装就是以立正姿势设计的，您不知道怎么站着就立正好了。"这是形象设计师。

"狗哥你这个样，不结个婚都说不过去啊，超像新郎官的。"雁雁赶紧插科打诨，让这个驴立正一天，感觉有当场尥蹶子的危险。

"啊？是吗？"周凯瞅瞅镜子里的自己，的确驴气全无，人模人样。

转过去瞅瞅后身，也好像人模人样。

于是他拍了板："就这套吧，我还得回去上课呢。"

"你不是最不愿意上课吗？"白导演不知死活地来了一句。

"那我也不愿意老出洋相啊。"周凯这回情绪平静地怼了回去。

沈捷和雁雁再次暗暗赞叹程朗驭驴有术，想给她颁发一级驯兽师勋章。

发布会上的造型定好，大家也都纷纷收拾东西撤退，只有周凯还在镜子前头发呆。

"狗哥，换衣服收工了，不要沉迷于自己的美貌了。"雁雁喊他。

周凯才醒过神来："啊，那啥，这个衣服我能穿回去吗？"

设计师："这个腰还有点儿松，我们还要再改改。"

周凯："不用了，这样挺好。"

然后转向沈捷："那啥，我得回去练练咋穿这玩意儿。"

沈捷一见自家艺人终于对外表上了心，自然是一万个愿意。反正发布会就在周一，这几天让他适应适应衣服也好。女明星还得练练怎么穿着长礼服高跟鞋走路呢，他这也不差啥。

于是周凯来的时候纯棉T恤牛仔裤运动鞋，回去时候西装衬衫小皮鞋，脖子上甚至拴了一条窄领带。

唬得保安张大爷一愣："哎，你干什么的，中介不让进。"

还是赵大爷眼睛尖："你不是五号楼那小伙子，周……周啥来着。"

周凯龇着白牙一乐："周南风。"

"可真是人要衣装，这么一打扮就上档次了。别听老张瞎说，这西装啊，别人穿都像中介，你绝对不像！"

"那您说他像啥？"程朗手里拎着一袋枇杷，在周凯身后插了一嘴。

倒把周凯活活吓了一跳。

"你啥时候在这儿？"

"刚刚。"

"我觉得，像保镖。还不是一般保镖，得电影里保护总统那种，兜里揣着枪，耳朵上挂个耳机，贼有范儿！"赵大爷道出了自己的肺腑之言。

听得周凯的肺腑跟着隐隐作痛。

"哈哈哈，大爷您这个描述还挺到位。走吧，上楼！"程朗招呼周凯。

赵大爷望着两人背影消失，若有所思地对张大爷说："要不是他俩前后脚进来的，我还寻思这是今天领证去了呢！"

"依照我的经验，穿得像个中介，一般都是要求婚。"电视剧爱好者张大爷下了结论。

赵大爷眼珠子顿时锃亮起来："对对，老张，这说到点子上了！今天我多上三号楼那儿溜达两圈！"

而三号楼程朗家的两个人，却完全没有两位大爷预想中的浪漫气氛。

仍旧是周凯坐在桌子后面，程朗站在白板前面。

周凯表情凝重，看着程朗："我像保镖吗？"

程朗俯下身，看着他："你觉得我应该怎么回答？用今天学到的知识。"

今天学的知识，是合作原则的第二条，质量原则。也就是程朗所谓的"教你怎么撒谎"。

质量原则，表示说话的质量。里面也包含两重意思：一是不要说自知虚假的话；二是不要说缺乏足够证据的话。

程朗是跟周凯这样解释的："第一条很好理解吧，不要故意骗人。你上学时候明明在家跟郭小凡炸锅包肉，然后跟老师说肚子疼在家休息。就是故意骗人，说自知虚假的话。"

"你咋连这都记得呢！"周凯惊讶，"我就做锅包肉时候提了那么一嘴，你不提估计我都不记得我说过。"

"你说过的每句话我都记得。"程朗随口回答了一句。

周凯顿时感到脑子里嗡嗡的，有点儿憋气。他想把脖子上拴那领带解开。

"日常记录你说话并且加以提高就是我的工作，你可是珍贵的……培训对象啊。"

程朗差点儿就把"珍贵的被试"说出了口。

周凯这才呼吸到了新鲜空气："你说话能别大喘气吗？把我吓够呛！"

程朗不想和他多做纠缠，赶紧开始解释下一条："不要说缺乏足够证据的话。有些话你没把握不要乱说，乱说也会惹麻烦的。就比如有人问你我最喜欢哪个乐高，你张嘴就说土星五号。那就是没有证据地瞎说。"

"那个火箭，你最喜欢那个火箭。"周凯突然冒出来一句。

"那个火箭就是土星五号。不是，你说我最喜欢那个，你有证据吗？"程朗问。

周凯点点头："别的乐高都在外头摆着，就它在书柜里。而且，你只要经过那块地方就会往里瞅一眼。"

"我都没发现你这个观察能力挺强的哎。那为什么老是看不明白别人的脸色呢？你是不是故意的啊？"程朗眯起来眼睛。

"我就是上课溜号溜多了，你这屋也没啥可看的。不是，你到底啥时候让我收拾书柜！"

这回轮到程朗顾左右而言他了："之前我们说的都是遵守质量原则的情况，也就是怎么说真话。但是生活里老说大实话谁都受不了，你在访谈里差点儿把白导演气哭就是因为老说大实话。今天我们的重点就是违背质量原则，也就是怎么撒谎。"

周凯果然被成功转移了注意力："撒谎还能练啊？"

程朗志得意满："当然能！现在我们来做一个情景模拟练习。你记住，你要做的就是撒谎。"

"行啊，撒谎谁不会啊！"

"要努力撒得高明，不被我拆穿。下面你来假装一个渣男，我是你女朋友。"

周凯来了精神："然后呢？"

"然后你虽然并不喜欢我，但是因为我很有钱，要想尽办法和我在一起，对我甜言蜜语，骗我和你结婚。今天下午你跑去和别的女孩子约会了，被别人看到告诉了我。"

"这挺好玩，咱开始骗人吧！"周凯眼睛里熠熠放出光彩。

"那好，我开始了。"程朗走过去，搬了把椅子，坐到周凯旁边，作深情对视状。

程朗："你今天下午在哪里？"

周凯："呃……我……"

程朗："停！撒谎第一要点就是肯定，不能犹豫。你这一看就是在编理由。重来，眼珠子不要乱飞！"

程朗："你今天下午在哪里？"

周凯："我在公司啊。"

程朗："但是路涵江说看到你跟一个女孩子在逛街！"

周凯："我先在公司，后来去见客户了，那个女孩子是客户。"

程朗："见客户需要一人拿一个冰淇淋边走边吃吗？路涵江都看到了！还是那个限定款海盐黑巧！"

周凯："那……那是她们公司的产品，给我试试。"

程朗："冰淇淋会在大夏天随身携带吗？"

周凯："好像……不会……"

程朗："完了，你露馅儿了。"

周凯："那我该怎么撒谎？"

程朗："一个好的谎言，一定是真话假话掺着说的。我要是你，我就说，那女孩真是客户，但是可能对我有点意思，谈完了就缠着让我给她买冰淇淋。我也不好得罪客户吧，就买了。"

周凯："妈呀，你这瞎话张嘴就来啊！我看得罪你才吓人！"

程朗："你还应该就势跟我表白，说你心里永远只有我一个人，其他的女生都是浮云。"

这回周凯学得挺快："我心里只有你一个人，一个月能梦见你好几回。你跟其他女的都不一样，特别带劲，我一直觉得我不配和你这么好的人处对象。"

程朗表示满意："这回还不错。你看，你根本不喜欢我，还能瞎编这么多，这就是明知道是假的还说。"

周凯摇摇头："那可不一定哦！"

程朗连眉毛都没抬："下一句是你在逗我玩是吧，这种无聊的反转桥段就不要用了。下一个谎言你要尽量往里添加真实细节，细节越多越像真的，但是你得记住自己说的细节。别今天吃的海盐黑巧冰淇淋明天就变成杨梅棒冰，那你就要露馅儿了……"

那天周凯陪着程朗撒了一晚上谎，有些话是真的，有些话是假的。

有些话程朗认为是假的其实是真的。

后来程朗验收教学效果："你觉得我应该怎么回答？你穿得像不像保镖？"

周凯张嘴就来："一点儿也不像。你穿这身可太精神了，我都不认识了，我都要开始喜欢你了。"

程朗拍手："不错不错！你就拿出这个劲头对付记者就行，坚决不能再说你的角色是个傻×。"

周凯点点头："嗯，行。"

程朗："你咋看着脸色不太好？累了？"

周凯松松领带："热的，穿这一套太热了。"

"那你还不赶紧脱了！我这也没要求你正装上课呀。"

那天晚上下课以后，周凯手里挽着一件西装外套回了家，兜里揣着领带，衬衫领子也敞着。

"完了，求婚没成功。"张大爷下了结论。

"那也不一定，也可能是成功了以后，嘿嘿嘿。"赵大爷持反对意见。

而来给周凯开门的郭小凡："我去！狗哥你这是要火啊！我要是女的我就当场把你就地正法。"

周凯挠挠头，把外套往沙发上一扔："热死了我赶紧洗个澡去，装个 × 可真不容易。"

冲进洗手间，周凯站在镜子前头看看自己："挺帅啊，她咋不夸我呢？"

对面楼的程朗，正在给沈捷发消息："我觉得周凯能火，真的一换衣服连我都要把持不住了，肯定能迷倒万千少女！"

沈捷："你千万给我把持住！那就是个画皮，皮底下还是头活驴！"

程朗："我知道，我现在比你了解他。"

五

"帝都"这个天气吧，用郭小凡的话说就是"没完没了祸祸人"。冬天刮大风春天刮沙子且不去说他，好不容易盼到了五月，那些作妖的都消停下来，以为能开开心心出门溜达两圈了，杨絮柳絮又排着队往你身上每一个孔里钻，气温跟保安张大爷的血压似的，一声不吭给你飚到三十八度，这谁受得了啊。

好在一进六月，温度反而降了下来，结结实实来了一通温和舒适的好天气，在屋里憋疯了的人们全城出动，整个周末，从二环到五环，就没有不堵车的地方。

即使如此，也没有挡住某些人要出门的决心。

上次猫罐头馅儿包子事件当天，程朗本来答应了路涵江要把周凯借给他研究的，但是因为彼时场面实在过于尴尬，路涵江的这个心愿就没有达成。自打他听说周凯下个月就要搬家，就日日跟在程朗后面要求她实现诺言。

程朗在研究所被这个头戴纸袋像幽灵一样的家伙缠得没办法，只好答应让他周六过来。他说要先观摩一下周凯怎么上课，程朗倒是也没有反对。

"不过，我们这回要找个郊野公园去户外上课，你行吗？"程朗问。

"人……人多吗？"路涵江有点儿迟疑。

"我尽量找个人少的。"程朗只能这么回答他。

事情是这样的，前几天的问答练习里，不知道怎么就说到了郊游这件事情，然后周凯就说他没郊游过。

程朗大为惊诧："你们学校不组织什么春游秋游吗？"

"组织啊。"周凯顿了一顿，"你看我像有钱去的样儿吗？"

程朗脸上出现了一些不忍之色，当即被周凯打蛇随棍上：

"现在去得起了。你跟我郊游去呗，整一下子梦回童年。我瞅着这两天，天儿还挺好。"

"但是你得上课，我们现在日程已经很紧张了，回头上完课再说吧。"程朗这句煞风景的话一出，周凯又想起了班主任关大牙。

不过这要是关大牙，少年周南风会白她一眼，扔下一句"上鸡毛课"尥蹶子而去。

而成年男子周凯，则用他刚从程朗那儿学来的谈话技巧，低头撇嘴，双眼直视地面，语调略带失望："过几天就热了，再过几天……他们说电影上了我就不能随便到处乱窜了……"

程朗一想也是。根据沈捷同她的日常聊天显示，越是出名的艺人，越没有自己的时间，行程表上一分一秒都是安排好的，工作多的时候觉都只能在飞机上睡。

想到这里她就有点儿心软了，做了一点小小的妥协："那要不然，我们可以把课挪到郊野公园去上。"

虽然还是上课，但周凯已经觉得四肢百骸都熨帖起来，十几年前万万没想到，自己还有期待去上课的一天。

于是，在初夏一个阳光明媚的星期六，某郊野公园里出现了这样一幕：不太多的游客一坨一块地散布在若干树荫底下，野餐的野餐，搭帐篷的搭帐篷，打牌的打牌，扯淡的扯淡，而某一棵树下面，坐在一张旧凉席上的四个人，在上课。

为什么是四个人呢，因为还有个一听说路涵江也去蹦高要跟着的郭小凡。周凯一想，有大锅在也好，他能唠，最好把路涵江直接唠回家去。

程朗靠在树上给周凯讲合作原则的第三条，一念之间突然怀念起自己在国外念书的日子，有时候教授也会带着他们在草坪上开会，头上悬着加州全无心机的大蓝天，然后凌空一个纸团砸过来，上面一串电话号码。

　　她就是这样认识Mark的啊。

　　"我说，你这杯子上画的是个啥鸟啊？"她的被试及时发声，程朗一个激灵，从回忆里醒来，手指头却还在下意识地敲她的杯子。

　　她带了一个保温杯，里面装满冰咖啡，上面画了一个蓝色的鸟状物体。

　　"那个不是鸟，那个是wug[1]。"路涵江破天荒地主动站出来抢答。

　　"啥玩意儿？"周凯和郭小凡彻底蒙了。

　　"这不是鸟是啥？鸡啊？"郭小凡问。

　　"都说了是wug啊。"路涵江觉得自己讲得很清楚。

　　"就是一种想象出来的小怪兽，搞语言的时候用的一种测试工具，用来测试儿童的语言学习情况。"程朗看不过去，还是不得不解释。

　　但解释完了也约等于没解释，郭小凡问周凯："你说这玩意儿铁锅炖了能不能好吃？"

---

　　[1] Wug test 是一种测试儿童语言习得的工具，通过一个虚拟的形象wug来展示一系列虚拟场景，诱使儿童说出相关的句子。可以用来测试儿童对复数，或过去时态的掌握。这个小蓝鸟的事情说起来就复杂了，有兴趣的可以自行搜索。总之就是一个语言学业内梗而已。

周凯："太小了，没两口肉，一炖就没了。我觉得得卤，要不就烤，烤着能不错，跟烤鹌鹑似的，刷点油，加辣酱孜然烤透它，骨头都酥了，配啤酒估计不错。"

程朗："我说过这个东西是虚构出来的吧……"

周凯："职业病，看啥都想着咋吃。"

郭小凡："不是，狗哥，那你之前还开挖机呢，咋没看啥都想挖呢？"

周凯一瞪眼睛："不会说话别说！看啥都想挖那是狗。"然后想到自己刚被好兄弟尊称为"狗哥"，顿时给憋得面红耳赤。

程朗叹口气，也就是这种想要烤 wug 配啤酒的人，才能想出来拿猫罐头包包子吧。她及时解救了对面那个因为说错话抓耳挠腮的家伙："好了，我们来说正经事了！今天我们接着来学合作原则。合作原则的第三条叫关系原则，就是不要说跟主题没有关系的话。你们俩刚才那一通怎么怎么做菜就属于跟主题完全没有关系的话……"

一说起来正经事，郭小凡就祭出了上学时候的习惯动作，自动躲到一边摆弄手机去了。倒是刚才一直在旁边装雕塑的路涵江支棱了起来，透过他的草莓饼干纸袋子看周凯和程朗一问一答，眼睛瞪得像铜铃。

程朗接着比画着："总之就是不要离题万里说些有的没的，问你电影好不好，不要说盒饭多好吃。不过呢，这个原则我们比较常用的一种方式是故意违反它。就是说，当你不想回答一个问题的时候，可以通过违反关系原则，说很多没有关系的话来糊弄过去。或者你想要让别人知道什么事情，但是又不能直说，就可以把信息夹在一大堆有的没的里面说出去。"

出来上课没有白板，程朗就顺手带了一个iPad，把自己要讲的东西放在了PPT里面。但是公园的树荫底下也必然没有投影仪，只好同周凯坐在一起，两人研究同一个iPad。

阳光穿过树叶子映在他们后背上，头碰头窃窃私语，在外人看来相当岁月静好。

只有对面头套纸袋的路涵江知道他们实际上在干什么。

程朗："来，我们继续做练习。这回的主题是遇到不想说的问题怎么办。你看你这个视频里，记者问你这个电影主题是什么。不知道你也不好直接说，这样比较不礼貌，你可以扯点其他的糊弄过去。"

周凯："真费劲，上学时候老师提问我都直接说不知道。"

程朗："那比如说，你偷偷去打游戏不想给家里知道，他们问的话你怎么说？"

周凯："从来都是我爸偷偷去赌钱，他才不带问我的。"

程朗："行了，我知道了，这个根本不用教，你这说话驴唇不对马嘴的毛病简直浑然天成。"

周凯："牛吧。"

程朗没反应过来："什么牛？"

周凯："牛头不对马嘴，你咋就说成驴了呢？饿了想吃驴肉火烧呀？"

程朗："哦，一顺嘴说错了。"

对面纸袋里的路涵江投给她一个意味深长的眼神，他可不止一次听到程朗私下里吐槽周凯那货就是个驴，牵着不走打着倒退，除了顺毛捋之外很难降服。

这明显就是注意力不集中，不小心把脑袋里想的给说出来了。

问题是，程朗为啥会注意力不集中呢?

路涵江猜得没错，完全就是这么一回事。程朗自己也是吓了一跳，看来以后果然不能老管人家叫驴，都是沈捷给带跑偏的。

路涵江不知道，程朗却知道自己为什么心不在焉，树荫下这堂课，让潜伏在她意识深处的某些东西小小地冒了个泡。

不过没关系，以她一心八用的能耐，对付一个周凯还是绰绰有余。

她要周凯做下一个练习，怎样夹带你想要对方知道的信息。

这个有点儿难举例子，于是她上网找了若干视频来让周凯体会。

比如电视剧里：

女主：皇上，您辛劳一天了。这碗莲子羹，是臣妾特地炖给您的，配上这桂花糕，是极好的。

皇上：美人真是越来越善解人意了。

女主：这宫里头大家都心灵手巧，臣妾算是个笨的。张妹妹绣的花好，王姐姐制的香好，贵妃娘娘还特意亲手用她的香做了香包，送去给怀孕的贵人呢，据说有镇定安神的作用。

三天后，皇上去贵人那儿，发现香包里含有麝香。

贵妃，卒。

麝香，躺枪。

总之就是，东拉西扯。

周凯看完了那一堆各式各样的剪辑，若有所思："就是说，如果公司让我说这个电影好，还不能直接说，得扯一堆别的玩意儿，才显得我们不是故意做广告。"

程朗一拍大腿："对，就是这个意思。"

"哎呀，妈呀！"

她今天明显有点儿恍惚，拍的是周凯的大腿。

旁边好事的郭小凡赶紧凑过来："怎么了程姐，你这浓眉大眼的也看上我狗哥了？咋还上手了呢？"

一扭脸对上了周凯要杀人的眼神，那家伙眼睛里都放射死亡激光了，嘴上还嘻嘻哈哈："她脑袋被门夹了也不带看上我的，我这又没学历又没啥的，和他们根本就不是一路人。要看也是看上小路吧。"

吓得路涵江当场蹦了起来："不不不，你不要乱说话……你这个就严……严重违反了……"

周凯站起来一把把路涵江按住："行了，别窜了，我就开个玩笑，瞅你吓那样。"

路涵江犹自惊悸："你你……你不要乱开玩笑……我我……我不谈恋爱……"

程朗："看不看上你也不取决于学历。"

这回换周凯蹦了起来："你说啥！"

六

程朗话一出口，周凯的头发根儿顿时竖了起来，一只手捏着程朗的iPad直出冷汗，嘴里还在强行保持"开玩笑"状态："那我们上学时候，学习好的都不跟我们一起玩，你这整俩博士学位的还能看上大锅这种就会剁大鹅的?"

郭小凡不乐意了，刺棱一下子蹿了过来："哎，我怎么就会剁大鹅了，我又不是不认字，《金庸全集》老子倒背如流！地振高冈，一派溪山千古秀……哎，下边什么来着?"

"门朝大海……"路涵江小小声提示。

周凯一把拍在郭小凡脑袋上："就你会，别打岔。哎，你肯定看不上大锅这样的吧?"

路涵江在纸袋子里头皱皱眉，觉得他好像发现了一些什么。周凯一句一句都在说郭小凡，但是明显又不是在说郭小凡。他就不信程朗看不出来。

程朗也不是傻子，她当然能看出来。

可她也不想说破，尤其是今天，今天她的心思不在这些事情上。

于是她也揪住郭小凡不放："谁说我看不上他这样的?"

这句话一出来，倒把周凯、郭小凡这对难兄难弟吓了个倒仰，周凯那眼珠子都快掉出来了。

程朗下一句话说出来，又帮他安回了眼眶子："没事，大锅你不用害怕，我是说你这样的，不是你本人。"

郭小凡不住抚摸心口："姐啊，咱说话别大喘气行吗，我这吓得心脏都要脱落了。"

程朗露出一脸狼外婆式微笑，缓缓靠近郭小凡："是吗？我那么吓人啊？你就那么不想我看上你呀？"

郭小凡如同遭了强盗的大小姐，瑟瑟缩缩往周凯那边躲："不不，不是，你贼好看，你天下第一好看，你一点儿都不吓人。"

话虽如此，他人已经差不多缩到了周凯旁边，再进一步就要倒进他狗哥怀里了。

程朗还是没有放过他，继续步步紧逼："那你为什么心脏要脱落了？"

郭小凡一脸苦笑："姐，你脑袋太好使了，跟你处对象撒个谎都费劲，我可整不了你。"

"你也这么觉得吗？"程朗轻飘飘一句，顺手就把问题丢给了周凯。

"啊？我觉得……我觉得不应该跟对象撒谎，大锅你这属于不学好还赖茅坑。"

虽然中间隔着个小鸟依人的郭小凡，周凯还是被这一句话给问得晕头转向，完全忘记了之前一礼拜程朗的种种教导，组织语言能力下降为零，憋半天就憋了这么一句四六不着的答案出来。

说完了知道自己嘴瓢了，赶紧找补："不不，我不是说你是茅坑。我是说郭小凡……他是茅坑！对，就他是茅坑。"

郭小凡夹在这两人中间，万念俱灰："行，我是茅坑。只要程姐看不上我，我是猫砂盆都行。"

然后迅速夹着尾巴钻到了一边，远离程朗的攻击范围。

于是场上（旧凉席的这半边）就只剩下了周凯和程朗大眼瞪小眼。

程朗收起了她的大尾巴狼式笑容，还挺正经地跟周凯说："我觉得他说得没啥问题，每个人都会撒谎，完全不撒谎的人那是脑袋里长瘤了，撒谎多正常啊。咱们上回学质量原则的时候不是说了嘛，说真话虽然重要，但是有时候违背质量原则搞点儿善意的谎言也很有必要。既然说到这儿了，咱们就复习一下上节课学了啥吧。"

作为授课者，程朗把她刚教的"怎样顾左右而言他"用到了极致，七扯八扯就扯得离题万里，并且精准扣回了学习这件事上。

周凯本来就晕晕乎乎，被她牵着鼻子拉了几圈磨，已经快要不记得自己最初的问题是啥了。

也只能就着程朗给的坡出溜下去，跟她又复习了一遍之前的数量原则与质量原则，也就是"回答问题不要跑题"和"不知道的不要瞎说"。

路涵江在旁边抱着个手机指指戳戳，不知道在记些什么鬼画符。周凯此刻也顾不上他了。

因为程朗又在扯着耳朵对他进行填鸭式教学，合作原则的第四条提前上线。

周凯自然一百个不乐意："你这咋还带一天两条的，记不住啊。今天天儿多好啊！咱不能在外头玩一会儿吗？"

"今天星期几?"程朗问他。

"星期六啊。"

"发布会星期几?"

"星期二。"

"好了,我们往下进行吧。"

周凯只能认命地把脑袋伸过去看程朗手里的iPad,程朗身上的香水味飘过来,他又有动力接着学习了。

合作原则的第四条,叫作方式准则。

"这个里面包含四个方面。"程朗说。

"咋还越来越多了!"周凯一声哀嚎。

程朗起了恻隐之心,拍拍他脑袋:"没事,我保证都不难。"

时光倒回十几年前,少年周南风最讨厌别人拍他脑袋。在教室里坐着,有手欠者过来拍他脑袋,他直接就能抢起凳子来和人家干仗。

前女友们想要摸他头发,也都悉数被黑脸以待,都觉得他有点儿毛病。

从小他爸就喜欢拿烟灰缸拍儿子脑袋。在周南风心里,脑袋属于需要重点保护的部位,谁碰他跟谁急。

但是今天被不知情的程朗像拍别人家萨摩耶那样拍了一下子,连周凯自己都很纳闷,我咋没生气。

旁边郭小凡也很纳闷,狗哥咋没生气。

然后自顾自得出了一个离题十万八千里的结论:因为程朗手里拿着遥控器,能电击他,他不敢炸蹦子。

那边周凯已经顾不上生气了，因为程朗又在给他灌输新知识。

程朗："来，你看这四个方面。第一个是避免佶屈聱牙的表达方式。"

周凯："什么叫佶屈聱牙。"

程朗："就是特别难懂的意思，避免特别难懂的表达方式。"

周凯："哦，那我感觉这条我不用学。"

程朗："我也觉得你不用学。"

第一条过，完美。周凯觉得自己有了一点点信心。

后来他发现这个第一条，包括他自己在内的大多数明星都用不着，他们需要认真避免的其实是错别字。

第二条叫避免歧义。

周凯又来了一遍："什么叫歧义。"

程朗看看他："就是你说的话得准确，别让人联想到其他意思。比如说人家问你业余时间喜欢干什么，你别跟上次一样说喜欢砍人。"

周凯："我那是在游戏里砍人。那我也不知道人家能联想到啥啊。"

程朗看了他半天，摇摇头，决定这条放弃治疗。

既然不可能在极短时间内让周凯搞明白怎么消除歧义，那不如直接跳过去，要不他该更糊涂了。

周凯瞪大眼睛，不能置信："这就完了？这条不学了？"

程朗摇摇头："不学了。对你来说意义不大，不用浪费时间了。"

周凯那嘴咧到了耳朵根子："我看这条挺好，一半都不用学。"

程朗报以大尾巴狼的微笑："都跟你说了挺简单了。来来，还有两条。对了，能麻烦你买点水去吗？"

她转向郭小凡。

支使路涵江一个社恐未免有点儿过于不人道。

而周凯并不知道，即使程朗快速讲完了课，也不能如愿跟她一起在郊野公园里溜溜达达。后头还有个路涵江排队等着让他做问卷呢。

下一条也很简单，就是三个字"要简练"。

这回周凯懂了，为了之后能和程朗玩一会儿而努力抢答："这我知道，就少说废话呗，老白毛儿那样每次一拍戏嗯不嗯、嗯不嗯说一堆破玩意儿的就叫不简练。"

生怕程朗不满意，还特意又加了个例子："还有沈姐，你小姨。那家伙，废话一筐一筐的，就一个出门戴帽子的事能扯半小时，比郭小凡他妈还磨叨。"

程朗眨眨眼睛，从 iPad 里捞出一段视频："那你为什么也在一个话题上说一堆废话呢？"

视频里头赫然是他跟程朗第一次见面，在程朗办公室里头做能力测试的场景。

程朗让他说个话题"我的家乡"，他拉拉杂杂扯了一大堆他和郭小凡当年怎么开店怎么做铁锅炖大鹅的往事。问题是那店开在南方的影视城，也并不在他东北的家乡。

周凯脸上陡然一热，嘴仍是硬的："那不是……那不是我头一天喝多了脑袋不好使么。"

　　"那你发布会之前坚决不能喝酒。"程朗赶紧追加一条提示。

　　"不能，要再喝多了沈姐得手撕了我。再说，我这不是培训了挺长时间了吗，肯定比那时候好就是了，这不是有好老师么。"

　　买水归来的郭小凡刚好看到了这一幕，被惊诧得龇牙咧嘴，没想到他狗哥也有这样能整景儿的一天。

　　程朗倒是受之无愧："我也觉得经过培训你进步了不少。那你说说，你这段话除了废话太多还有什么问题？语音上的不算。"

　　周凯又被强迫看了一遍视频里头扬了二正（动作轻浮夸张）的自己，尴尬得抓耳挠腮。

　　半晌小声开口："好像……没有重点？"

　　程朗面无表情："嗯，还有呢？"

　　周凯："有错别字？"

　　程朗："有吗？"

　　周凯："应该……有吧……"

　　程朗还是那副表情："还有呢？"

　　周凯："还有……还有……我吹牛掰了？"

　　程朗终于憋不住笑了："是不是我一直问你就能一直编下去？"

　　周凯有点儿急躁："那到底还有没有了！你这人说话咋这

么费劲呢!"

程朗笑得更不怀好意了:"知道费劲就好。你回答记者问题可别这么费劲,直来直去说就行。"

周凯嘟囔:"那也不是啥都能直来直去说。"

程朗:"比如呢?"

周凯没料到她还要继续问,破罐子破摔:"比如人家问我有没有喜欢的人,我能说喜欢路涵江吗?"

路涵江这回倒是没蹦起来,只是在纸袋后面发出抗议:"别,别开玩笑。"

程朗也附和:"行了,你别吓唬人了。你就是喜欢我也不能喜欢路涵江啊。"

路涵江在纸袋里大点其头。

周凯心里头咯噔一下,感觉此时说什么都不对,索性不说话了。

听程朗在那儿说最后一条方式准则:要有条理。

"这个很好理解吧,就是要一条一条说,按顺序,不能东一榔头西一棒子的。"程朗又播放了一遍周凯那个视频。

"你看,你在这儿介绍你跟郭小凡那个饭店,一会儿这个菜,一会儿那个菜。你得从重点说起,你们的特色菜是什么,然后还有什么其他优势,比如价格啦,分量啦,卫生啦,一条一条说,别一会儿说大鹅一会儿说带鱼的。"

周凯坐在那,眼观鼻,鼻观心:"嗯,知道了。"

"那你来试试,介绍一遍你在电影里的那个角色。"

周凯还真的思考了几分钟,然后郑重其事地开始了:"我在电影里那个角色叫小山，他是一个傻×。"

"停!"程朗顿时觉得自己高血压上头要中风了。

在内心默念"他不是故意的"三次，并认真深呼吸数回："不是说好了从重点开始说吗?"

周凯抬起他无辜的黑眼睛，深深看向程朗："你听我说，重点就是，那个人真的就是个傻×。"

"嗷!"这是某人被电击了之后发出的惨叫。

第九章　既见君子

一

"我说狗哥，行了吧？你都蹲卫生间一个钟头了，拉井绳尿黄河也该完了吧？"万物赖床不想上班的周一，郭小凡嘴里叼着一根牙刷，一边看电视，一边含糊不清地催促周凯。

而洗手间里面的那一位，一大早晨，穿着西装衬衫加领带全套装备，容颜整肃地坐在马桶盖上，手里头攥着几张A4纸，脸色铁青，嘴里念念有词。

除了服装，是不是像极了期末考试之前的你自己。

其实也差不多了，都是临阵磨枪，不过有些人可能不快也光，而某位男明星预备役，用力过猛，已经快要直接把枪头磨掉了。

让我们把时间轴拉回星期六。周凯坐在旧凉席上头听程朗耳提面命地叮叨了一个下午，又被路涵江颤颤抖抖地掰开嘴研究了一顿牙口，终于盼到了课程结束。他兴高采烈地问程朗："太阳还没下山呢，咱在公园里溜达溜达啊。网上说这里头还有个湖呢。"

程朗倒是答应得挺爽快："行啊，也是该运动运动了。"然后从包里又掏出来了几张纸："这个是我总结的，这段时间你需要注意的重点内容，还有点练习，你回家好好复习一下，明天再去我那儿把这些过一遍，后天发布会我相信问题不大。"

"后天是礼拜一。"周凯当啷来了一句。

"对啊。"程朗一笑。

"我以为是礼拜二开！"这回周凯觉得自己脚有点麻，小腿还有点软。

"从来都是周一啊，不信你去问我小姨。"程朗倒是很从容。

"那我刚才说礼拜二你咋不纠正啊！"周凯觉得自己要中风了。

因为就想看看你气急败坏是个什么样子啊。程朗心里这么想，嘴里说的却冠冕堂皇："刚才跟你说了，你心态就会当场爆炸，后头的东西全都不用学了。"

成功地唬住了周凯。

"好啦，现在课上完了，我们出去走走啊。"这要是一分钟以前，周凯求之不得，而现在，他看着手上那几张密密麻麻的字纸，哭丧着脸："你们溜达吧，我回家再练练去。"

郭小凡其实不大能明白，不就差24个小时吗？他狗哥上学时候能钻网吧里头三天不出来，怎么现在少学一天就给逼成这样？

在一路跟着周凯驴奔豕突回家的路上，他小心翼翼地跟他狗哥说："哥，没事，我妈现在也好差不多了，我们全家都在想办法赶紧凑上钱还你，咱不用在这熬着，你别老逼自己干这些个闹心的破事。"

周凯看看郭小凡，说："不是因为你，你不用自作多情。"

话一出口他又有点儿后悔，这话要是程朗来说，肯定比他说的好听。本来他是想说，我费了这么大劲，起早贪黑好几个月，就算不为了挣钱，也不能最后一刻掉链子，我狗哥丢不起那人。

而且，程朗说她也去看发布会。

不上心不成啊。

毕竟程朗跟他说："我为了去看这个发布会都翘了研究所那边要开的会"。

而真相是这样的：作为一个研究计划的发起者，程朗怎么可能错过被试的重要阶段性测试呢？

这就是说话的艺术。

周凯差得还远。

本来他就紧张，凭空少了一天准备时间之后更加紧张，但是为了自己狗哥的威名不堕，又不敢表现出来，只能时不时躲进卫生间冒一会儿冷汗，面对一下真的自我。

夜班爱好者赵大爷昨天照例又值了个夜班。早晨张大爷来跟他交班，想来是长期蹭饭心中有愧，竟顺手也给他带了一套豆浆油条小咸菜的早饭。

俩人正在保安室对坐着吸溜热豆浆呢，赵大爷绘声绘色，给张大爷讲起来猫脸老太的都市传说。什么老太太白天看着好模好样的，到了晚上就变成猫脸出来吸人血，两眼珠子绿油油，被盯上了就动弹不得。

　　此刻伸过来高老太太一张脸："给我开下门，没带门禁卡！"

　　把张大爷吓得一激灵。

　　排在高老太太身后要出小区的赫然是周凯、郭小凡兄弟俩。赵大爷开了门，把脑袋伸出去喊周凯："哎！又穿这新郎官衣裳了，又去求婚哪？"

　　把周凯整得一蒙："啥叫又求婚？"

　　身后郭小凡推他一把："赶紧走吧，车到了。"

　　一抬眼沈捷的车果然已经停在了小区门口，也来不及跟赵大爷掰扯什么求婚还是又求婚的问题，俩人一溜烟蹿上了沈捷的车。

　　剩下赵大爷跟张大爷在保安室里头展开推测。

　　赵大爷："你说嘿，真是人要衣装，这小伙子这么一打扮可真俊呢！但我估摸着上次你说那啥，求婚，肯定没成功，要不今天咋又穿上了呢。"

　　张大爷："看来三号楼那小姑娘还不想跟他定下来呢。"

　　赵大爷："男追女，隔层山啊。这小伙子也怪不容易的。我跟你说，昨天晚上我就看见他了。半夜两三点，不睡觉，搁花园里一圈圈溜达，跟我们农村老家拉磨那驴似的。"

　　张大爷永远偏离重点："那你两三点不睡觉看人家干啥啊？"

赵大爷一撇嘴："我那是起夜！人老了憋不住尿，我看那小伙子啊，搁花园里一边溜达一边念叨，一边念叨还一边比画，估计是排练呢。"

张大爷贼眉鼠眼地一笑："你是说，他搁那排练今天咋求婚呢？又来一次？"

赵大爷笃定地啃了口油条："我瞅着就是，你说要不然青天白日的，谁穿那样出门啊，这外头都三十度了！肯定得是有正经大事！"

张大爷咸菜食毕，又把筷子伸向赵大爷袋子里："我要是三号楼那姑娘，我就早早答应了得了，为了她都睡不着觉了，这么好的对象上哪找去啊！"

赵大爷嚼罢最后一口油条，做了总结陈词："那不行，小姑娘得矜持。你看评书里头，那宋太祖黄袍加身人家让他当皇上，他还得推让几次。求婚哪能一求就成呢！人家小伙子花大钱买的好衣裳，那不得让他多穿几次过过瘾啊！"

张大爷不以为然，并与赵大爷定下赌约，看小伙子几次能求婚成功。

赵大爷说事不过三，第三次准成。张大爷认为今天就差不多了。

赌注为酱肘子一个，二锅头两瓶。

当然，这是一场注定没有结果的赌局。小伙子穿西装是真的，今天要见到姑娘也是真的，昨天晚上因为今天要见到姑娘而紧张到下楼拉磨还是真的，唯有两位保安大爷设想的场合并不存在。

没有花束蜡烛戒指晚餐，姑娘坐在台下，小伙子站在台上，中间隔着闪光灯组成的银河。

这才是西装小伙子的正确打开方式。

发布会其实定在下午一点，但是周凯上午要去化妆搞造型顺便和白导演他们最后一次对对口供。

因为此人前科累累，沈捷着实无法放心，于是发动了洪荒之力一早起床亲自上场押送，其实是助理雁雁开车，而她在车上困得东倒西歪。

之前她问周凯，有没有什么亲友需要邀请一起来看发布会的。周凯脱口而出，大锅啊！

沈捷表示那没问题。

然后接着问："还有谁？我这票一大堆呢。你第一次演电影，不叫点亲戚朋友显摆一下啊。"

周凯想了一分钟，摇摇头。

"帝都"这个傻大傻大的城市，其实他也就认识那么两个半人。公司里的自然不用邀请，大锅占掉一个名额，路涵江要是想来自然也可以让他来，但是他觉得路大博士肯定不想凑这种热闹。不出来凑热闹他那纸兜子都快不够用了。

剩下的……程朗……

这个事情就有点儿复杂了。

依照周凯上学时候的经验，考试时候碰上自己班主任监考最惨，干点儿啥都难逃法眼，考完还会被追着骂。

所以这种阶段测验一样的场合，要是程朗出现了，估计不会有什么好果子给他吃。

但是吧……他的内心深处，又有个小声音喊喊喳喳，说你活了二十六岁，今天估计是最有人样的一天，你不想叫她看看吗？

我想……

但是我不敢……

要不……就看看？

反正就看看……无论如何，她也不会看上我这样的人吧……

周凯脑子里，几种心思开起了会，一个不注意沈捷已经把决定砸到了他脑门上。

"对了，那天朗朗也来。你回去好好准备啊，敢瞎说八道我就让朗朗治你！"

沈捷认为程朗可以对周凯起到核威慑作用，所以才一早跟她说好，要拉她来震场子。

程朗自然乐意现场观察一下她的被试，也就没有拒绝。

至于那个在她嘴里被"特意推掉的重要会议"，不过是她们那儿的例行小会而已，日常出席人数不会多于总人数的百分之五十。路涵江从来不去参加的那种。

路涵江知道她要去，认认真真列了一堆要点，要求她代为观察。

然后问程朗："你期望达到什么效果？"

程朗一根手指头又在桌面上习惯性地敲敲敲："我觉得吧……语音这方面可以多期待一点，他其实后面学得还挺快的。语用方面就……能说人话我就满足了，毕竟训练时间也不是特别长。还有就是……"

"还有什么?"路涵江问。

"还有就是我觉得,这次如果他能取得一定成功的话,或许能够帮他克服掉冒名顶替症候群。他老觉得现在的生活是偷来的,自己配不上。"程朗叹口气。

"他跟你说的?"

"我看出来的。"

"我怎么看不出来?"

"你根本就不和任何人有目光接触啊,少年!"

"也是哦。对了,你说这种问题用电击能治好吗?"

"路涵江,你这个倾向很危险!电击不能包治百病!其实我觉得,他就是从小获得的肯定太少。如果能获得更多人的肯定,说不定就会好一点。"

"所以这次你打算采取鼓励策略,他做得好或者不好都不会批评他?"

"差不多就是这个意思吧,更复杂的人类情感你们人工智能理解不了,我也不跟你解释了。"

"太好了,我一点儿也不想听,你那儿还有没有新记录的语料发我一份。"

二

在下午一点之前,Tracy 都觉得今日诸事不顺,不宜出门。

先是早高峰加价若干也打不到车,冲进地铁又被夹在韭菜盒子小哥和煎饼果子阿姨中间呼吸困难。好不容易到了公司，发现大厦中央空调坏了，三十度的夏天里呼呼往外冒热风。认命地抱着电脑去楼下咖啡厅赶稿，结果被上司临时抓了壮丁，让她去采访白导演的发布会。

"可我手上这篇今天是死线啊老大!"她发出了微弱而无力的抗争。

上司眨眨眼睛："你下午去采访，晚上回家再写稿就好了呀，Emma突然把脚扭了谁也想不到，现在你不去难道我去吗?"

Tracy早料到是这个结果，午饭都没吃急匆匆赶到城市另一边，白导演的发布会现场，从包里掏出来一个不知道哪年的蛋黄派应急，被噎得直蹦跶。

一口食物卡在喉咙口就是下不去，此刻有个人看出了她的窘境，从背后一把将她抱住，朝着肚子精准来了几拳，她才避免了明天以"女记者毙命发布会现场"的姿势登上热搜榜。

如果这是一部甜宠小说，此刻准确实施海姆立克急救法救她小命的，就应该是本场主角，一身西装翩翩而来的白马王子周凯君。

可惜这不是一部甜宠小说，周凯那张脸吧……也离白有很大差距。

于是救Tracy小命的人就变成了程朗。

口吐蛋黄派的Tracy缓过气来，看见后面站一个高个子小姐姐，穿浅色亚麻西装，同色系长裤，短头发，耳朵上挂着两个七歪八扭的绿色耳环，脸上笑嘻嘻，给她递过来一瓶水。

"你没事了吧?"小姐姐问她。

Tracy接过水来直通通地灌下去,丢脸事小,噎死事大。

脸皮薄的人不会出来做娱乐媒体,她也是有点儿社交牛掰症在身上的。

谢过了救她的小姐姐就开始聊上了,熟练掏出名片开始套近乎,叽里呱啦自报家门:"我是肥鹅传媒的董翠微,叫我Tracy就行。小姐姐你是哪家的呀?"

小姐姐笑一笑:"我姓程,我不是媒体的。"

Tracy的耳朵马上竖了起来:"那你过来是……"

"制作方有我朋友,过来捧个场。"小姐姐比泥鳅还滑溜,没给Tracy任何有效信息。

但是并不耽误她继续拉着人家扯淡。

"我跟你说我其实根本没看过白导演的电影,每次上电影院都以睡着告终。做人那么文艺真的好吗?"

程朗思考了一下,回答她:"我也没看过。"

然后还有点儿惊异,沈捷在那个公司好几年,她跟白导演的男主角也(基本上)朝夕相处了两个月了,居然没有看过白导演的电影。

可能……是受周凯的影响?他每次都说"那破玩意儿有啥看头"。

她也就默认不去看了。

之前……哦,之前都没在国内,那段时间乱七八糟的事情一大堆,没看到才是常态。

"那你就来采访了?"程朗问。

"哎，原来这活儿不是我的，临时给抓的壮丁。反正回头他们公司会给通稿，就拍拍照片彩虹屁一顿吹呗，也没啥难度。我跟你说，电影都是其次，这屋里能看明白的没几个。我赌一根烤肠，这屋里百分之九十的人都是来看男主角的。白导演那可是找一个红一个。"Tracy伸着脖子张望，前边主席台上只有几个工作人员在忙活，主创一个也没见。

二十分钟以前，做好了造型的周凯瞅一眼镜子里的自己，咯噔吓了一跳："我去！这谁！"

那天试了个衣服周凯就赢得了"绝对不像中介"的美誉，今日沈捷重金聘请的造型师火力全开，在周凯脑袋上深耕细作了好几个小时，整出来一个彻底的、沈捷要求的"禁欲系男明星"。

挂着个工作人员胸牌闲晃一圈的郭小凡一进屋也发出了同样的感慨："我去！这他妈是你吗狗哥？"

他狗哥看看镜子，抬抬左眉毛，再抬抬右眉毛，确认脸皮没在不知不觉中给化妆师换掉。然后瞅着郭小凡："大锅，你说我要是整成这样去开饭店，是不是咱早就能上市了？"

然后问："程朗还没来吗？"挺着急让她看看。

郭小凡摇摇头："不知道啊，这地方到处都是人，我上哪找去，她一个大活人来了自然会过来。"

周凯低头，发微信又问一遍程朗：到哪了？

程朗站在柱子后面，回他：路上堵，可能会晚一点。

沈捷问她，也是一样的说辞。

她就是想要对比一下，在有监督者和没有监督者的状态下周凯的表现会有什么不同。这还是昨天路涵江出的主意，让她先在旁边躲半个小时，记录周凯的状态，然后再出现，让他看到。看看能产生什么变化。

程朗深以为然，击节赞赏，并且没有告诉任何人她的计划。

于是现在她没有坐在前排沈捷给她留好的位置，而是站在了媒体队伍里，肥鹅传媒的董翠微小姐旁边，帮她从嘴里拍出了一块蛋黄派，并夸赞她名字起得有文化，与客携壶上翠微。

而那边的某人，一分钟恨不得看八次手机，心神不定，引颈期盼，把脖子都等长了。

看得沈捷很不痛快，皱着眉头问造型师："我怎么觉得他还是哪里不对？"

造型师思索一番，从箱子里翻出来一副平光眼镜递给周凯："戴上这个试？"

那眼镜镜片正圆，眼镜腿上还挂着一根金属链子，戳到了周凯脸上，怎么说呢……像是潘家园卖眼镜的，还是强买强卖那一挂的。

沈捷还没说话，刚进门的白导演就发出尖叫："摘下去！把那破玩意儿摘下去！我的男主角不能戴那破玩意儿，你要由内而外地和这禁锢你的衣服抗争！抗争！"

跟在他后面的橘子姐一脸习以为常地对众人道歉："他这人一上头就这样，你们别管他。"

停一下，跟周凯说："你还是把眼镜摘了吧，搁你脸上像刑具。"

周凯如获大赦，赶紧让那个玩意儿和脑袋分离开来，然后又抽空瞅了一眼手机，程朗还是没有消息。

沈捷一拍桌子："我知道了！"

然后过去掰周凯的肩膀头子："你，背挺直，脖子收回来，别东张西望。对对，不是造型不对，是姿势不对。"

不是沈捷故意找碴，周凯引颈期盼程朗到来的那个姿势，脖子越伸越长，一股驴气油然而生，是什么高定西装都压不住的茬子。

"嗯，这回顺眼多了。"沈捷满意地往后退两步，"一会儿发布会上你就保持这个姿势啊。哎你怎么又瞅上了，外头有啥啊！今天没有别的女明星来，别瞅了！嘉宾就一个还是男的！"

"他没瞅女明星，他看程姐来没来呢！"这回换郭小凡挺身而出，维护他狗哥的名誉，然后越抹越黑。

"她最好别来，我瞅着她紧张。"周凯迅速开始掩盖自己的真实想法。

"没事，朗朗又不吃人，你给她吃猫罐头馅儿包子她都没拿你咋样，说错两句话你紧张啥？"沈捷还在下死眼盯着周凯，试图发现他身上那一丝若有若无的不和谐究竟是什么。

盯得周凯毛骨悚然："你到底搁这儿瞅啥呢？再瞅收钱！"

沈捷皱眉："还不对，到底哪儿不对呢？哎你站直，别伸脖子。"

助理雁雁突然扯扯她袖子："姐，我知道了。"

沈捷一愣："你知道啥？"

雁雁指指周凯手上："狗哥那个……"

沈捷一眼就认出来了，周凯手上戴的那个黑不溜秋的塑胶制品，正是程朗买来替代犬猫止吠器的人用电击手环。

她就说哪里不对劲！

"摘下来摘下来！你戴这玩意儿还没够了？"沈捷指着周凯的手腕。

遭到了周凯的反对："我乐意，这咋了？不能戴啊？"

沈捷真的很想过去一把给他撸下来，但是她与驴同行多时，深知一个驴这一秒不尥蹶子，并不代表下一秒不尥蹶子，驴蹄子在那并不是个摆设。

为了能让发布会顺利进行，她需要深吸一口气，摆出面对客户爸爸的微笑，跟周凯说："你戴的那个玩意儿和今天这身衣服风格不搭，先摘下来吧，啊。"

"现在不是流行混搭吗？你看老白，不也西装加运动鞋吗？"周凯急中生智，把白导演拉出来垫背。

但是没能说服沈捷。

"白导演不是艺人，他穿个编织袋我都不管。但是你需要形象，你就摘下来放兜里，回来再戴上。"沈捷觉得自己已经仁至义尽了。

周凯却还是坚持拒绝："没事，都在衣服里头，哪有人看啊。"

"现在媒体连你指甲缝里有多少死皮都能扒得一清二楚，那么大个玩意儿他们肯定能看见。"沈捷现在很平静，离愤怒很远。程朗跟她说了，对付周凯，就要把他的每一条借口堵回去。

但是周凯明显想出了一条新的借口。

他说："戴习惯了，我手上不戴点东西我紧张。"

谁也没想到，此刻挽救沈捷于彻底爆发的，是白导演。

老白毛儿一把撸下来自己手上戴的"绿水鬼"，递给周凯："来，你戴这个，我戴你那个，整完咱再换回来，行不？"

周凯对着沈捷胡搅蛮缠，却偏偏对白导演横不起来。

对着沈捷，他可以直接说"我就乐意，我非要戴"。

对着白导演，他老是有那么点底气不足，大概是因为如果不是老白，他就混不到今天这个人模样吧。于是就坡下驴跟老白换了手上戴的东西。

拿下来那个塑胶手环，他突然感觉心里头一阵空茫，程朗今天是不来了吗？她就这样把我推到悬崖边上，看我是摔死还是捡到武功秘籍吗？

综上所述，种种状况，一个最后出现在发布会现场的周凯，既没有看到程朗，也没能戴着他的手环，脸色阴沉得像他家乡的冬天。

然后，就让台下的所有人小小地惊呼了一声。

包括Tracy和程朗。

Tracy一边举着照相机狂拍，一边对旁边程朗小声喊："我的妈呀！男主这也太行了吧！这谁受得了，我的小心肝啊！能跟他睡一觉，我噎死也值了！"

"这么有魅力啊……"程朗好像在回答Tracy又好像在自言自语。

"这明明就是小说男主下凡了好吗！就那种冷静智慧又带

点野性，还有点阴沉，一看就是满肚子坏水幕后boss大魔王的类型，上一个我这么想睡的男人还是方笑尘！"Tracy基本已经陷入迷情状态。

剩下旁边一个程朗不可置信：冷静？智慧？富有谋略？周凯？

不知道是谁亲手包的包子都能记错了褶的方向。

三

肥鹅传媒的Tracy小姐决定把今天定为自己的幸运日，果然运气是守恒的，如果倒了一上午霉，那下午就会迎来超量的好事。

白导演的新男主角好看到出乎意料不说，后面跟着出来的那站台嘉宾是谁？方笑尘哎！白导演捧红的第一代男主角，她上小学时就笃定的梦中情人，此后连续十八年占据她最喜欢的雄性生物榜首。直到今天周凯出现，才暂且退居第二。

不得不承认方笑尘老了也还是好看的，既没有发胖也没有秃，剪短了头发还颇有精干之气。如果周凯不出现，Tracy还是会无脑选他。

可惜江山代有少年出，他现在跟周凯站在一起，还是比不过年轻人身上的一股愣劲儿。

方笑尘本人倒是无所谓，他功成名就，不演戏好多年了，在开开饭馆打打网球，交情好如白导演，才出来帮他撑个场面。此时正在跟旁边周凯窃窃私语，交流一些炖大鹅的心得体会。

周凯当然也无所谓，目前他只想知道程朗在哪儿，可手机被沈捷收走了，只能用眼角的余光瞟着门口，希望程朗会突然出现。

然而媒体已经都炸了锅。

拿Tracy来说，她真情实感对旁边的程朗说："年轻真好啊，你看他往那儿一站，笔直笔直，像白桦树一样透出勃勃生机，啊我不行了。"

牲口的牲吧，程朗腹诽。

瞟一眼台上，那驴今天精神头分外充足，放出去能拉三百圈磨不带歇气的。但是，旁边白导演手上戴的那是啥？怎么那么眼熟？

他戴着我给周凯的手环是几个意思？想被电吗？

程朗下意识摸摸包里，那个遥控器居然还在，不由得暗暗动起了坏心眼，要不要无伤大雅地电他一下呢？真的很难忍住哎。

但是程朗毕竟没有周凯那么虎，她决定先观察一下，等到时机成熟再电不迟。

周凯上台之前，除了郭小凡之外，大家都是捏着一把汗的，包括程朗在内。

毕竟郭小凡不知道他狗哥之前都干过什么惊天动地的伟业，或者说，即使他知道了，也会认为他狗哥做得没有任何问题，他狗哥永远正确。

然而被周凯结结实实折磨了大半年的沈捷和白导演他们就

没那么淡定了。沈捷昨天晚上就嘱咐雁雁带上速效救心丸，带两盒！

本来呢，程朗说她过来，还有个定心丸，毕竟她现在已经是公认的国家一级训驴师，杵在那儿就能起个威慑作用。结果程朗偏偏踪影皆无，拖到了预定的开始时间还是没出现。

一行人不得不认命地夹带上周凯开始他们的表演，除了来当嘉宾的方笑尘，每个人都有点儿魂不守舍。

其中魂魄离体最远的就是周凯，他在化妆间里头等得脖子都长了，还是没有等来程朗。虽然她说一会儿就到，可是周凯存着一些个连自己都不太能整明白的心思，无论如何就是想让程朗看看今天的他，少一分钟他都觉得亏得慌。

这种心理，他好兄弟郭小凡是这样阐述的："累死累活学了好几个月，临考试了监考老师不来，你这不逗我们玩儿吗？"

周凯闻言大点其头："对对，我就是这个意思。"

可惜这此地无银的发言并没有听众，千头万绪，每个人都有一万件事情要处理。他等不来程朗，倒等来了雁雁给拿的三明治。

雁雁眼睛里闪着光，嘴里咽着口水，把那几片面包夹肉递给他："狗哥，我们中午实在没时间了，你先垫一口，晚上咱们庆功酒会好吃的随便吃。"

然后补上一句："狗哥，你肯定能红。"

周凯没把她的话当回事，也没吃那个三明治。他觉得有股力量在身体里头攒着他，让胃部抽紧，腹肌收缩，从骨头缝里榨出水来，淌到手心变成汗水。他的五脏六腑现在不想接受一个三明治，只想盯着手里那几页 A4 纸的"复习资料"，好像能把程朗从里面盯出来。

白导演经过，看见纸上的湿手印子，龇着牙花子拍拍周凯肩膀："兄弟，辛苦辛苦，再坚持一下啊。这沈捷真是的，大热天的让人穿西装打领带，瞅瞅这汗出的。"

周凯也没纠正他说这其实是冷汗，只是臊眉耷眼板着个脸，跟上行进的队伍，往会议厅走去。

站在门口的那一刻，他跟在白导演后面，目视他的踩脚运动鞋与开裂的脚后跟，攥住他的那股神秘力量突然消失了，他整个人变得异常从容。

天要下雨，爹要打人，程朗要迟到，这都是他所控制不了的事情，多想无益。

青年周南风深吸一口气，踏入会议厅，使出从程朗那里学来的诸般招数，开始扮演周凯。

要么说，有的人是老天爷赏饭吃，而有的人，就是老天爷拿着针管给你灌鼻饲。

周凯这一副尊容，臊眉耷眼板着个脸，在其他人看来，就是野性难驯冰山美人；二十来年不防晒积累的黑不溜秋一张皮，到了 Tracy 等一干迷妹嘴里，就成了自然健朗不与那些流量花美男一般见识；不适应穿西装过于拘谨只能立正，被媒体写出来就是"家教良好，站姿优雅，如白桦树一般的挺直"。

而混在媒体堆里的程朗，隔着此起彼伏闪光灯组成的银河，脸上露出一点怅惘。

她打开了录音笔。

虽则周凯一出现就抢了各位主创的风头，可是发布会的主题毕竟还是电影，不是男主角。仍然要由白导演第一个发言，讲述他那玄玄乎乎的电影理论。接下来理论上要让远来是客的方笑尘先说几句，但是方笑尘上来就把话筒交到了周凯手里。

照他的原话就是："这种待遇我十八年前就享受过了，现在应该让给年轻人出出风头。"

其余诸人心里都是"咯噔"一声。

周凯这会儿要讲的"这部电影给我带来了什么"小作文都是程朗之前写好的稿子，安排他第三个说，也是因为怕他紧张，前面要给他留足缓冲时间。

谁知道方笑尘不明就里，跟小男孩唠炖大鹅唠得开心，就非要推着人家出去出个大风头。问题是，他不知道小男孩不靠谱啊。

台底下程朗倒是没有咯噔，她还蛮期待的。

之前因为要火线培训，这个发布会的全流程她都清楚得很，周凯那三分钟发言稿在她家磨蹭到半夜两点才背下来，中间只要打个岔，那驴就开始忘。

此刻她很想知道在突发情况下周凯还能记住多少。

事实证明，在现实世界里，指望奇迹诞生是不现实的。

周凯手里攥着从天而降的话筒，姿势像攥着自己炒大鹅的那把铁锹，或者挖掘机的那根操纵杆。愣了三秒钟，没有说话。

全场静穆。

然后他抬起了头，一双黑沉沉的眼睛盯着远处虚无的焦点，说："那个什么，我这个，有个发言稿来着，然后吧我一紧张，就给忘了，想半天也没想起来。"

全场大笑，媒体以为他在故意搞笑，主创团队心里疯狂打鼓，而程朗，程朗知道他是真紧张了，东北话又给逼出来了。

笑声平息下去，周凯开始说下一句："你们别以为我逗你们玩呢，我真忘了。今天早晨背得还挺顺溜呢，一上台全他妈给忘了。"

说完才意识到自己嘴里又溜出来个"他妈"，下意识摸摸手腕，却只摸到一块冰凉的表。

他旁边坐的白导演，却结结实实地哆嗦了一下。

刚才周凯"他妈"说出口，程朗条件反射就按了一下遥控器。按完才想起来那玩意儿现在在白导演手上。好在众人的目光都在忘了词的周凯身上，没人注意到白导演的小小颤抖。

而白导演本人正在内心破口大骂手环生产商那无辜的祖宗，他认为这个玩意儿漏电，悄咪咪赶紧摘下来塞后裤兜里了，想着屁股肉厚，电一下也比手脖子强。

别人没看到白导演的异状，心里有鬼人士程朗可看得一清二楚，倒吸一口冷气之后赶紧把遥控器电池拆了塞进包的最深处。

旁边如痴如醉的Tracy拍她："姐妹，别翻啦，美男出道哎！看一眼少一眼！以我的经验他们都是刚出道时候最好看，之后越来越拉胯。"

程朗自然没说台上那家伙她早都看腻歪了。讲真，穿西装的她其实也就见过一回，好像跟穿卫衣的一比别有一番风味。

而杵在西装里头如同一根木头的周凯，还在继续他的即兴发挥："那没招了，我就想到啥随便说点啥吧。我演电影也没啥经验，你们随便听听就得了，主要还是得听白导演他们讲。我就随便说点啥……这个……首先啊，这是个好电影，特别好，欢迎大家都去电影院看。"

　　程朗舒了一口气，还行，还能记住个说话要有条理。

　　"为什么说这是个好电影呢？其实我也不太懂它都讲了啥，反正导演让我干啥我干啥。我之前也没演过电影，连上学那个联欢晚会演节目都没有我，但是导演特别认真，一直说我行。有时候有的动作我不会整，他拍完戏半夜三四点不睡觉陪我在那儿练。有的戏演完了，我还没咋的呢，他在监视器那头哇哇哭，就冲他这个劲儿，我觉得应该是个好电影。"

　　那边白导演和沈捷提起来的心肝总算放下一点，这说了半天了还没严重跑偏，他们已经决定回去要认真感谢程朗了。

　　周凯不仅学会了"首先"，跟着的还有配套的"其次"呢。

　　他讲："其次，其次啊，其次……"

　　挠挠头，在场女性如同受到一次 AOE 暴击，大部分人都目光迷离。

　　只有程朗认为他那个挠头发的动作太认真了，头皮屑怕是都给挠下来了，和人家小鲜肉的装可爱挠头法完全不在一个维度，回头要给他加强培训一下肢体语言。

　　周凯好不容易想到了其次的内容："其次我在这个电影里学到了特别多东西，比我之前二十多年加一起的都多。还挣到了不少钱，也比之前二十多年加一起的都多。整得我都有点儿不太适应了。"

又一阵哄堂大笑。此时白导演和沈捷他们的心思完全放松下来，乱拳打死老师傅，他这么说收效说不定更好。

"最后呢，最后说啥你想好了没？"白导演出来提醒他差不多说这么多得了。

这个提醒周凯倒是收到了，他开始酝酿"最后"。

"最后，那个……最后我要感谢白导演，要是没有他我今天不可能人模人样站在这儿说话。还要感谢公司，老板还有经纪人沈姐，还有雁雁。我啥也不懂，接工作什么的都是她们在帮我整，没有她们我估计饭都吃不上，只能回家抠脚。"

沈捷和白导演简直要热泪盈眶，比自己家的孩子会说话了、自己家的狗会叼拖鞋了还激动。

而那会说话了的崽子还在继续说话："那个，还有，我要感谢公司给我请的培训老师，她比我二十多年见过的老师加一起都好，特别聪明，特别厉害，特别有耐心，我这么个四六不懂的玩意儿都能教下去，没她我今天站在台上说不了这么多话，我真的很感谢她，她特别牛掰。"

程朗觉得话都说到这个份儿上了，她再不现身实在说不过去，于是施展身法，幻影移形到了第一排本来该留给她的座位。

周凯按照设计流程鞠躬致谢之后，抬起身子，就看到自己感谢了半天的人站在眼前。

一时间脑袋里嗡嗡作响，像是住了一千只蜜蜂。

她不是说她堵车吗！

四

周凯无论如何没有想到，程朗会在这个环节出现。上台之前，他攥着那几张纸，把程朗大半夜给他写的开幕词背了个八九不离十，原本想着好好在她面前表现一番，也不枉自己这辈子第一次认真学习。

谁知道接连不断地出幺蛾子。起初是程朗迟到，说是堵车，等得脖子都长了也不见人来。他心里头就很有些个慌张，用郭小凡的话来说，就是"踹踹不安"。

那时候周凯还有心思纠正他，说那叫"惴惴不安"。

郭小凡鬼里鬼气地笑，说我可算整明白了，你小时候学习不好完全是因为咱班主任长太硌碜了，跟程姐学的话估计早考上清华了，这才两个月就变成了文化人。

本来心里头就烦躁的周凯当即把他薅过来按到墙角，进行了三分钟自由踢活动。让郭小凡同学深刻意识到，不管身上穿着卡卡西卫衣还是高定西装，他狗哥还是那个狗哥。

接下来的事情，依然不按照周凯预想的轨道发展。他跟着主创们上了台，伸个脖子往台下一扫，还是没见程朗的人影，顿时蔫头耷脑起来，板着脸坐在旁边当摆设，既不搭白导演的茬，也不搭主持人的茬。也就那个嘉宾方笑尘，也是开饭店的，能跟他唠两句。

谁知道这老小子看着人模狗样的，其实也是个革命的叛徒。让他说话呢，他咋直接把话筒塞我手里了。

这一塞，塞得他彻底慌了神，站在台上，望着底下白花花一片的闪光灯，只觉得晃眼睛。

之前翻来覆去早晨坐在马桶上还在看的那些东西，全部化作青烟，从鼻子耳朵里冒了出去。留下一具漂亮的空壳子，站在台上，举目四望，没有锚点。好在这也不是周凯第一次面对此种情状，他早就整明白了，在这个世界上，没人可指望才是常态。

于是他祭出了少年周南风的拿手好戏：破罐子破摔。

忘了就忘了吧，瞎扯两句淡谁不会啊。程朗那回说啥来着？啊，有条理，对，她好像说，说话得有条理，分一二三。

于是周凯开了腔："首先……其次……最后……"

最后的最后，程朗出现了，站在第一排他抻着脖子瞅了无数次的那个座位前面，脸上带着熟悉的大尾巴狼式笑容，举着个手机，冲他摇了一摇。

周凯的脑袋里先是"嗡"地一响，继而一道白光闪过，四蹄冰凉，心里只有一个念头：完了，我刚才都胡咧咧些个啥来着？

惜乎形势比人强，媒体可不管周凯脑袋里现在如何风云激荡，他们只会一窝蜂叮上去，用巨量问题轰炸这个眼瞅着要火的新人。

"你家乡在哪儿？"

"你几岁了？"

"你的鼻子是断过吗？"

"你有女朋友了吗？"

"你喜欢男的还是女的?"

"你衣服什么牌子的?"

没有一句话跟电影有关系,把旁边的白导演气了个七窍生烟。

周凯也来不及多想,甚至没什么空闲去多往程朗那儿瞅两眼,就被迫进入了快问快答模式。

好在这种轰炸程朗没少跟他实践,变态程度有过之而无不及,高强度训练使得周凯在脑子一片蒙的情况下,仅凭肌肉记忆,也能糊弄个八九不离十。

程朗在台下给路涵江发微信:还行,比我预想的好很多。

路涵江:阶段测验能得多少分?

程朗:70……差不多。

她不知道,在沈捷那里,这种表现已经可以打一百二十分。沈捷已经当场嘱咐雁雁回去赶紧填请款单给程朗打钱。

而台上那个大热天穿三件套西装还系领带的家伙,别人瞅着是自带寒气冰山美男。只有程朗知道,这货只是单纯的紧张而已。

之前程朗教过他:你要是觉得问题很难回答,就尽量少说话,说少错少。

周凯显然打算照章执行。

前面几个问题倒是都答得人模人样,程朗把她的评分提高到了75分。

然后,有人,对,就是那个肥鹅传媒的Tracy小姐,站在后排扯着嗓子问:"那你平时有什么爱好呢?"

周凯大喜，程朗押中了题！这个问题他和程朗练习过的。

刚想要照他们预先排定的答案说"打游戏和做饭"，结果鬼使神差地，他往程朗那瞟了一眼，嘴里溜出来三个字"搭积木"。

Tracy接着喊："是乐高那种吗？"

周凯板着个脸，故意不看台下，超认真地点头："对，就是乐高。我觉得乐高特别好玩，能搭出来火箭，还能搭出来猫头鹰，翅膀还会动。我的梦想就是搭一个铲子会动的挖掘机。"

Tracy已经可以预料到，回头那些迷妹，会跟她今天一样，满眼粉红泡泡，在心里呐喊：好可爱！好有童心！反差萌！

但是，刚才那个程小姐怎么跑前排去了，她的表情怎么那么严肃，不喜欢这个型的男子吗？

还是不喜欢乐高？

发布会就在这样一片迷醉的气氛中结束了。虽然后头方笑尘发了言，其他主创也都聊了一通感想，可是非常明显，媒体的目光都在周凯身上，不舍得移开。

白导演在酒会上端着一杯威士忌，冲橘子姐发牢骚："他们不懂艺术！就知道看脸！"

橘子姐嫣然一笑："那脸不是你亲自找回来的吗？"

白导演愤愤不平："他们也不懂周凯，他们懂个屁！"

而周凯本人，此时正在伙同郭小凡据案大嚼，玛德琳蛋糕一口两个，迷你三明治也吞掉了十个八个。那身高定西装脱得就剩个衬衫，领带也没系，袖子挽起来，前襟还敞着三颗扣子。

第九章 既见君子 **317**

这一天过得太刺激，早晨中午都没能吃下去饭，发布会开完他脚底下像踩着棉花，走路都发飘。从雁雁那儿要了一根能量棒勉强顶上，又被赶羊一样转场到同间大厦的庆祝酒会来，甚至没来得及跟程朗多说两句话。

好在沈捷给他一颗定心丸，说程朗等下也过来。

于是他打算趁程朗来之前赶紧把肚子填饱，总不能见到程朗腿还软，实在有失英雄气概。

一边吃一边听郭小凡吹捧他："哥，你知不知道，你今天特别有范儿。那一张嘴，头是头、道是道的，我都快不认识你了。"

周凯心里暗暗得意，嘴上却轻描淡写："嗐，都是瞎忽悠！"

郭小凡嘻嘻笑："说实话，昨天我还不咋信你能当大明星，今天我就信了。程姐可真厉害，俩月就能把人嘴皮子整这么利索，你这一上台都没啥东北味儿了。"

"那主要是我自己脑袋好使，咱不能给东北人丢脸是不是。"周凯就着小蛋糕喝了两杯香槟，脑子里也冒起了泡泡，全然忘记了中午紧张得吃不下饭那个自己。

"那我看……你之前不是感谢程姐感谢了半天吗?"郭小凡这么一问，颇有点不怀好意。

"我那是……我那不是忘词了不知道说啥吗……突然想起来了就说说她呗。"周凯兀自嘴硬，却没看见郭小凡在他对面逐渐嘴歪眼斜，面相朝着脑卒中靠拢。

"哦，原来我是被临时拉过来凑数的。"程朗端着一杯气泡水，站在周凯背后，轻轻吐出来这句话，如同一个背后灵。

周凯当即被吓了个驴仰马翻，手里拿的芦笋培根卷应声落在了贵价西装裤上。

"不是,你这走路咋没声呢!吓得我心脏要脱落了!"某些人企图以高音调遮掩自己的心虚。

但是这种低级伎俩明显糊弄不了程朗。郭小凡见势不妙,已经溜之大吉,留下他可怜的狗哥一个人面对惨淡的人生。

周凯看着程朗脸上那个他非常熟悉的笑容,内心拔凉拔凉:完了完了,夜猫子进宅了,大尾巴狼又笑了,这回要糟。

程朗凑近他,靠在桌子边上:"原来你说一堆感谢我的话,搞半天都是凑字数的,亏我还认真感动了一下呢。"

周凯被她看得后背发毛,头摇得如同过了电:"没有!我不是!"

"哦,你不感谢我!"程朗慢条斯理。

"不是,我不是凑字数!我我……我是认真的。"周凯觉得那香槟上了头,口条越发不利索,好容易才顺过一口气来,说明白了一句话。

"认真的什么?认真凑字数啊?"程朗却还在逗他。

"认真……认真感谢你啊……"周凯越说声音越低。

程朗志得意满地拿起来一块小蛋糕:"这还差不多。"

五

周凯在一刹那间觉得自己老了。

香槟这玩意儿不就是冒泡小甜水吗,怎么灌了两杯之后还上头了。程朗站在那低头一笑,他脑子就开始发晕;程朗凑过去拿小蛋糕，他就想伸脖子过去闻闻她身上喷的什么香水，咋那么好闻，把人整得迷迷糊糊。

想当年，二斤白酒下去他走路都不带晃悠的，舌头还利索，能说"八百标兵奔北坡"。现在……周凯叹气，心跳加速，手都哆嗦，真是岁月催人老。

程朗此刻倒是也不怎么淡定，不过她的不淡定，源自鼓着腮帮子一脸便秘表情正向他们直冲过来的白导演。

都怪自己一时手欠，此刻犯罪证据遥控器还好好地躺在包里，程朗无暇顾及旁边那个磨磨蹭蹭离她越来越近的家伙，心里头转了一百个念头，盘算着怎么糊弄白导演。

该人一过来直奔周凯，筋鼻子瞪眼睛："小王八蛋，可算让我逮着你了，戴着我的'绿水鬼'不还了是吧？"

周凯这才醒悟过来手上还有个表，方才先是饿得五迷三道，然后看见程朗，更加五迷三道，竟然忘了这回事。

此刻想起来，赶紧把那"绿水鬼"摘下来："给你，你这破表我才不稀罕呢。"然后偷瞄一眼程朗："把我手环还我。"

白导演从屁股兜里掏出来那个人用电击手环，开始抨击周凯的不识货："我这是破表？这一个破表能买一车你这破手环。啥破玩意儿啊还漏电！"

周凯大为不解："漏电？那不可能，我使了老长时间了都没事，洗澡都戴着。"

白导演紧追不放："哎哎哎你洗澡可别戴了，电影还没上男主角先光不出溜在浴室里被电死，我可丢不起这脸！我跟你说，我拿票房跟你担保，真漏电！我在台上坐着好好的，啪嚓给我来了一下子，心脏都要吓脱落了。要不是老子下盘稳，当场就得吓坐地上。"

始作俑者程朗听到此节，默默地低下头假装研究甜品台，试图消灭自己的存在感。

但是她那位珍贵的被试明显不打算放过她。

"那你得去问她啊！"周凯一开嗓，程朗就想把这驴的脑袋给摁巧克力喷泉里头。

"这手环是她给我买的，专治骂人，我一骂人就电我。"居然还没有住口。

程朗一脸尴尬地望向白导演："那什么，不好意思啊……"

"那我想起来了！你那会说了个他妈的，然后我就被电了！妈呀现代科技都这么智能了，一个手环都能监听人说话了，不得了不得了。你说这玩意儿要是应用扩大化了可咋办？上头给每个人都发一个，只要一说不让说的就挨电，然后民众为了不挨电用尽各种替代词，最后出现了一套彻底和官方语言平行的交流语言。哎，这个创意好，我得回去琢磨琢磨，下个电影可以拍这个……就是估计过不了审……"

程朗还没来得及说话，白导演就自说自话唠唠叨叨一大堆，直眉瞪眼，揪着没剩几根的头发缓缓而去。

程朗不禁对这些搞文化创意产业的人大为叹服，怎么就能自说自话编出来这一大篇东西，还给发散出去了呢。

然后只听得周凯问她："你这手环真能监听人说话啊？"声音还带点颤抖。

毕竟他私下里说了不知多少不能给程朗听到的话。

程朗看他一眼："你觉得可能吗？"

周凯："手机都能偷听，手环也能吧……我白天说想吃黏豆包，晚上一开淘宝就能看着推送黏豆包的。"

程朗叹口气，招呼周凯："过来，来来。"

周凯心里有鬼，谨慎地朝程朗那边移动了两厘米。

程朗继续招呼他："过来过来，凑近点，给你看个东西。"

周凯不得不又往她那边挪了几厘米，脖子又伸长了一些，快要碰到程朗的头。

程朗拉开提包："你看。"

周凯呢，眼睛是看见包里头静静躺着的那个遥控器了，可是神经通路根本没有反馈到脑子里，程朗今天身上喷的香水真好闻，一股树林子里的青草味，好像郊野公园里那个下午。

周凯的意志被那香气瓦解了，在他反应过来之前，脸已经凑到了程朗脖颈后面。

他好像知道短视频里那些人把脸埋在猫肚子上是什么感觉了。

程朗被突然凑近的一颗人头吓了一跳，本能地耸一耸肩膀："你怎么了？"

周凯这才回过神来，电光火石之间灵感骤现，就势把脑袋搁在了程朗肩膀上："这酒有点儿上头，我脑袋疼。"

程朗倒是没把他的脑袋扒拉下去，反而把包举高了一点，让他看看清楚："我今天带了遥控器，你一说脏话我条件反射就按了一下，谁知道戴在白导演手上。"

周凯还赖在她肩膀上不肯把头拿走："哎呀我脑袋咋这么

沉，看东西有点重影。"

程朗却没有惯着他，一侧身从周凯的下巴底下轻巧转了出去，那颗脑袋没了支撑，又不好当场恢复挺立，只能继续无力地倚在旁边柱子上。

配上解开领口三颗扣子的衬衫，和假装出来的迷离眼神，是一个很令人心动的场景了。

雁雁在远处扭头看到这一幕，举起手机咔了一张。后来这张照片荣登"男星十大想扑倒瞬间"榜首。

那都是后话。

此时此地程朗看着周凯这个扮相，也不由得口干舌燥起来，即使她喝的是气泡水。

"你在这儿站着，我去找点柠檬水来。"程朗觉得再跟周凯这么近距离接触下去，怕是要进行犯罪活动，于是找个借口撤离。

一转身想到朱自清那个"你站在此地不要动，我去买几个橘子"的梗，还暗暗笑了出来。

但是她马上就笑不出来了，那驴头驴脑的家伙可没有朱自清听话，自顾自跟在她身后，走路还歪歪扭扭。

程朗无奈，只能拿了两杯柠檬水，叫周凯跟她去角落沙发上坐一下歇歇。

周凯跟在她后面，眼神迷离，脚步歪斜，共济失调，把白导演在剧组教他那些表演技巧发挥了个十成十，追随着前头那根散发着诱人香气的人形胡萝卜款款而去。

胡萝卜走到沙发前头立定，把柠檬水放在了茶几上，转过头同他说："在这儿歇会儿吧。"

周凯这回倒是相当顺从地走过去坐下了，不敢像刚才一样明目张胆往程朗身上靠，只是把头搭在沙发靠背上，做出脖子无法承受的样子，准确地往程朗那边歪斜。

"你不是吧，喝两杯香槟都能醉成这样，上回在我家消灭了我的拉萨啤酒那个不是你吗?"程朗问他。

周凯哼唧："你来之前还喝了啥洋酒，挺烈的，混着喝就不行了估计。"

如果郭小凡在场，就会指证他狗哥纯属瞎掰，程朗过来之前他们俩一直在扫荡各种能填饱肚子的东西，噎着了才喝两口香槟。

可惜郭小凡现在跟一个不知道从哪儿冒出来的蓝毛青年相谈甚欢，连说带比画，看不见他狗哥都在作什么妖。

程朗倒是信了周凯的鬼话："嗯，混着喝是不行，有气泡就比较容易上头。"

周凯露出醉酒者的招牌嘿嘿傻笑："你咋不喝酒?"

"我开车了。"程朗回答。

"你觉得，我今天表现咋样?"酒醉人士思维广，周凯下一个问题就跳到了另一个方向。

看起来是随口瞎问，实际上暗暗运了半天的气。

"我觉得……"不知道是不是故意的，程朗身子前倾，把手肘支到膝盖上，离周凯那颗摇摇欲坠的脑袋十万八千里。

"我觉得能打75分吧，满分100分。"程朗喝一口柠檬水。

"那我就可以含笑九泉了，打上了初中我就没考过这么多分。"周凯把手支在他那无处安放的脑袋上，吐出这么一句。然后又问，"我把那个发言稿给忘了，你不生气吗？"

"我为什么要生气？"程朗这回转过身来，"你做得挺好啊，现编了一个出来的还很有条理，而且显得很真诚。天天听套话多没意思。"

"我做得挺好？"

"是啊。"

"我及格了？"

"及格你就满足吗？好歹要拿个良好吧！"

"良好是多少分？"

"85分。"

"哦，那好像还行。"

"但是有一个问题。"

"什么？"

"你为什么说喜欢乐高，你不是喜欢打游戏吗？"

"哦，打游戏……打游戏听着不像好人。"

"喜欢乐高就像好人了？"

"你……跟小路都喜欢乐高，像好学生干的事。"

"这样啊……其实你在我这已经算不错的学生了。"

"真的啊？"

"真的。话说，你真喜欢乐高吗？"

"喜欢啊，我不说了么，想整个挖掘机。"

"那你要是培训结束能做到85分，我送你个乐高挖掘机。"

"我要铲子能动的那种。"

"行。"

"那有轮子也能动的吗？"

"有。"

"有操纵杆也能动的吗……"

"我看你像操纵杆。"

……

后来呀，后来程朗的腿就麻了。一个"酒醉"的周凯，一边漫无边际地和她扯淡，脑袋一边缓缓向下滑落，终于睡倒在她腿上。

而程朗抱着手机，打开一篇论文：醉酒状态下的语言模式研究。

第二天，小区门口的盲人按摩，迎来一位新的客户，青年男子，脖子直不起来，前来治疗落枕。

第十章　言笑晏晏

一

　　周凯第一次离开家乡，是在高中毕业那年。背着个包，孑然一身，兜里揣着郭小凡他妈强行塞给的一笔学费，前往挖掘机培训学校。

　　东北那种一到冬天零下三十度的地方必然没法儿学习挖掘机驾驶技术，土冻得结结实实，只能挖个寂寞。要学习这项技能，得去山海关里头的中原地区。周凯揣着一肚子西北风挤上火车，南下去寻找自己下半辈子的活路。

　　火车开了十来个小时，他就坐在窗户边上，直勾勾盯着窗外，盯了十来个小时，摒弃车厢里的鼎沸人声和红烧牛肉面味道，脑子里转过了一千八百个念头，最终归于呆滞。

　　由于在火车上晃悠了太长时间，踏上站台以后，他的身体还不自觉地左右摇摆了好一阵子。

从此他记住了那种感觉。

"就是吧……忽忽悠悠的。"周凯把头皮挠出了血，才给程朗挤出了一个答案。

发布会开完一个星期，周凯才跟程朗见上第一面。媒体见到了男主角本尊，如同打了鸡血，这样那样的花式彩虹屁铺天盖地，周凯被沈捷押着在各种场子之间连轴转，忙得像个马戏团的猴。

自然没有时间去程朗那里上课。

就今天这一次，还是他连赔笑带炝蹶子，从沈捷那里强行挤出来的时间。

站在楼下按门铃的时候他还跟个真猴一样抓耳挠腮，不知道要怎么面对程朗。

那天在酒会上，他歪着个脖子装喝醉，死乞白赖在程朗腿上枕着闭眼假寐，谁知道头天晚上没睡加上酒劲，假寐着假寐着就真睡着了。

醒过来时候发现自己斯人已去，自己的脑袋被孤零零地扔在沙发上，脖子已然是动弹不得了。

歪着脖子打开手机，发现程朗给他留了一条微信：临时有事，我先撤了。

某位新晋男艺人一手捧着手机，一手摸着自己枕过人家膝盖的那半边脸，露出了一个白痴一样的微笑。

旋即被自己的好兄弟发现，从肩膀后头给他来了个大力金刚掌："狗哥，挺行啊你！"

周凯试图回头，却发现脖子上疼得厉害，只能龇牙咧嘴僵硬地转过半个身子："干啥？我这睡落枕了，你别瞎嘚瑟。"

郭小凡露出一脸猥琐表情："我可都看着了啊……你小子……枕人大腿上……挺鬼的啊，我可不信两杯甜水就能把你撂倒了。"

周凯揉着脖子，不置可否："你过来帮我揉揉这块儿，我够不着。"

郭小凡凑过来，拿出揉面的力气，朝他的后脖子下了毒手："这块疼吧？"

"哎哟！我去！"周凯嚎叫出声，"得得得你撒手吧，一会脖子叫你给整折了。"

郭小凡手上放过了周凯，嘴上可没有放过，压低声音，贼眉鼠眼："哎，你跟程姐，啥时候好上的呀？"

周凯歪个脖子往沙发里一瘫："别扯淡，没有的事。"

"都躺人腿上了，没有也快了。"郭小凡还是没放过他。

周凯闻言，突然收起了那张龇牙咧嘴的脸，肌肉全部放弃抵抗地心引力，直接下垂。

良久小声说了一句："那不可能。"

"咋的？程姐说看不上你啊？"郭小凡问。

周凯想摇头，但是现在脖子动不了，只能晃了晃肩膀表示否定，也不知道是脖子疼还是咋回事，心里头一阵酸麻。

他兄弟大锅倒是马上领会了，毫不退缩继续给他加油打气："那不就得了，赶紧下手啊。我狗哥收拾起来那也是个立整人，你看今天这场上多少女的恨不得把你吃了。"

周凯还是那副脖子歪斜的呆滞表情，眼珠子盯着地面，嘴里吐出来几个字："她们又不是程朗。"

郭小凡急了："我看程姐也不硌硬你啊，都让你躺腿上了，肯定有戏。"

周凯歪着脖子，整个上半身前倾，够到了桌上纸巾，狠狠擤了一发鼻涕。

然后说："咱们这样的，和她那样的，根本就不是一个世界的人。"

郭小凡这回没迅速接茬，坐在那转了三圈眼珠子，认同了周凯的话："也是，够不着硬够，不一定有好结果。"

然后回过味来："那你咋还往人腿上躺?"

周凯摸着自己僵硬的脖子："我还不能留个念想吗?"

"能能，太能了!"郭小凡觉得气氛过于沉重，强行转换了话题，"对了狗哥，我找着工作了。一个干直播的，让我去给他当助理。"

周凯果然来了兴趣，转过半个身子："咋找着的?"

郭小凡神秘一笑："刚才唠嗑唠来的，人生这回事，三分靠打拼，七分靠忽悠。你等着，早晚我把欠你的钱都还上。"

周凯伸手就往他后脑勺拍了一巴掌："谁让你还了!"

周凯站在程朗家楼下，踟蹰再三，硬是不敢按门铃。门卫赵大爷巡逻过去时候他在，回来时候他还在。

赵大爷看不过去了，上去问他："小伙子咋的了? 跟对象闹别扭啦?"

周凯回过神："啊?"

赵大爷不管他，兀自提出指导意见："你们年轻人啊，就是脸皮薄，这谈恋爱脸皮得厚。甭管她说啥，你就嬉皮笑脸站旁边捧哏，把能想到的好听话都说一遍，小姑娘肯定不生气了！"

周凯哭笑不得，也不想跟赵大爷解释太多，点点头表示受教，开始按门铃。

电梯里头对着镜子挤眉弄眼，变幻了四五六七种打招呼的方式，心里头还是觉得空空落落地没底。

只能深吸一口气，走到门口，敲门。

去他娘爱谁谁吧，老子就当喝断片了给忘了。

周凯努力摆出了一脸没事人的表情站到了门口，想着能看见程朗，嘴角又不自觉地扯出了一点笑容。

然后那笑容就凝固在脸上了。

他做好准备程朗出来骂他两句或者扇他一巴掌，再或者也跟没事人一样嘻嘻哈哈，这都在他的预演之中。

只是万万没想到，给他开门的是一个大爷。

戴眼镜，脸圆圆，头顶稀疏，手里还拿着一把锅铲——就是他嫌程朗家锅铲不好用上次自己带过来的那把。

周凯愣在当场，大爷也愣在当场。

倒是程朗从后头冲出来，站在大爷身后朝他喊："哎！你进来吧。"

然后给周凯介绍："这是我爸。"

周凯还有点转不过来弯，机械性地叫人："叔叔好。"

对面那叔叔，也就是程朗她爸程穆明先生，倒是笑得有牙没眼："朗朗呀，这就是你学生？"

程朗点头："是啊，我刚才不是说帮忙开门接下我学生。"

刚才她在写邮件，想着把最后两句写完，就喊程穆明先帮忙开个门。

谁知道半天没动静，还得她自己出来找人。

程穆明仍旧盯着周凯嘿嘿笑："你可没说学生是这么帅大小伙子啊。"

周凯这才反应过来，顿时一股热血冲上耳根。

谁知道程朗在旁边一把拽住了她爸："你可不能乱问啊，我跟他公司签过保密协议的！"

然后警告周凯："他问你啥，你不要瞎说，尤其是与工作相关。"

周凯还没搞清状况："啥？你爸是税务局的吗？"

沈捷最近天天抱怨公司被查税，他也就只能想到这个。

程朗笑了："不是，他是写小说的。你跟他说的任何事都有可能被写进小说里，可不能跟他乱说话。行了你赶紧进来上课。"

说罢一把抓过周凯径直往书房走去，留下程穆明在后头追着喊："小伙子啊，晚上留下来吃饭吧？叔叔多炒几个菜。"

二

心里有鬼的人，看什么都别有深意。周凯进门之前愁白了头发不知道怎么跟程朗搭话，结果她爸横空出现，好像一切都变得顺理成章起来。

他跟着程朗进了书房，先发制人："你爸来了你咋也不说一声？"

程朗看看他："这个跟我们上课好像也没什么关系吧？我也没因为他们来取消课程。"

周凯这驴耳朵经过程朗多日调教，已经学会了认真听人讲话："他们？你妈也来了？"

程朗点头："对啊！"

周凯惊起："那你妈呢？"

程朗："我妈出去见老同学了，一会儿回来。"

他今天好不容易没有工作，不用被造型师往脑袋和脸上糊腻子，又生怕被程朗看出什么端倪，出门前思虑再三还是穿了自己来上课最常穿的一套衣服。

也就是说，画着卡卡西的草绿色短袖T恤，加不知道啥牌子的破洞牛仔裤，以及人字拖鞋。

只要他在小区里晃荡，上课、下楼扔垃圾，或者出门买煎饼，都是这一套装备。

穿这身衣服见程朗没有问题，可以表现他心里没鬼。见程朗她爸也勉强，都是大老爷们，不在乎这个。但是这个德行撞见她妈可咋整！别说程朗她妈，郭小凡他妈都日常拎着耳朵让他穿点正经衣服，别老在身上穿个独眼龙。

周凯摸摸自己小臂上的伤疤、大臂上的文身，心里头有点儿想要瑟瑟发抖。

程朗看看他："你冷吗？我空调温度开太低了？"

周凯顺水推舟："啊是，我有点儿冷，你有外套吗？"

程朗皱眉："我把温度调高点不就行了。"

只见周凯"咣叽"一声站起来，以迅雷不及掩耳之势蹿出门外，一边跑一边说："调高了太热了，我回家拿个外套去，两分钟就回来……"

说话间大门已经开了又关上，余音袅袅，言犹在耳。

程穆明从厨房里举着一把菜刀出来："怎么了？朗朗，你学生咋跑了？"

程朗一脸冷漠："可能是做贼心虚吧。"

程穆明没听明白，但是他也不关注这个，揪着女儿问："哎，这小伙子可真精神，你从哪儿招的？"

程朗拧开一瓶气泡水："小姨介绍的，她手下带的艺人，送我这学说话的。"

程穆明的表情开始变得诡秘："咋没听你说过？你今天不说学生要来我和你妈都不知道。你小姨也没说过。"

程朗过去把亲爹脸上那个刺眼的笑容给捏了回去："这工作上的事情，带回家说多没意思。你不要在脑内畅想十万字什么奇怪的情节。"

程穆明摇摇头："女儿，你不考虑一下吗？这么帅的小伙子光给你当学生有点儿可惜吧？"

程朗把亲爹推向厨房："好啦！你去做饭啦……想吃那个酸辣鸡胗。"

程穆明："家里没有鸡胗。"

程朗："我马上叫个生鲜外卖。"

她特意给亲爹安排了这么一道费工费时的菜，鸡胗要一点点去筋膜切花刀，作家先生就没时间再来骚扰她，或者，骚扰周凯。

程穆明还没被她打发进厨房，周凯就回来了。

这家伙一通"驴奔豕突"回了家，把身上那身衣服扒了下来，换上了造型师拿给他明天的上工装备：深色V领T恤加浅色亚麻外套，另外一条黑色不知道什么材质的裤子。

穿好对着镜子一看，T恤领子太深，露出胸前一大片，着实不像好饼。赶紧又从郭小凡衣柜里掏出来一件他的带领子Polo衫换上。

于是重新出现在程朗家的周凯，里头穿着个黑色Polo衫，外头穿着个亚麻西装外套，脚下是黑色长裤加皮鞋，不伦不类，但是好歹算包裹得不像下楼买煎饼的。

这回上楼又是程穆明开的门。

周凯站在门口，气喘如驴，对着程穆明那精光瓦亮的头顶，说："我回家，回家穿个外套，屋里空调太冷。"

程穆明仍旧眯眯笑："好好，你去上课吧。一会儿叔叔给你们做好吃的。"

这回不等程朗催促自行跑进了厨房，一边剁白辣椒一边念念有词："胳膊上好像还有个文身，不错不错，回头我得好好跟他聊聊。还知道回家换衣服，哎呀，小伙子真不错。"

程朗默默摇摇头，她又不是傻子，从周凯蹿出去换衣服开始就知道这家伙是个什么心思。或者说，发布会那天，这家伙就已经把馅儿露得满地都是了。

那天周凯在酒会上脑袋越来越沉，最终沉到了程朗腿上。

程朗倒是没有动，她那个时候正在纠结，这个人是真醉还是装醉。如果是真醉，那就让他枕一会儿好了，如果是装醉……说来真醉的人和装醉的人说话的模式是一样的吗？从语音或者语法角度能分清吗？程朗掏出手机查起了文献，甚至还当场跟路涵江发邮件讨论了起来。

这进入学术话题就忘记腿上还有个人头了，直到程朗发现自己腿上湿了一块。

她戳了戳周凯，毫无动静。

于是愤而把那个脑袋搬到沙发扶手上，自己极速回家洗裤子去也。

此时她基本确定周凯之前就是故意的，真醉的人连自己口水都管不住！还能管住嘴不露出来东北口音？露馅儿了！

这个家伙，花样还挺多。程朗一边开车一边想。

之后呢？之后他会干什么？沈捷知道了会不会把他给剁了？

他的培训课程就剩不到一个月了，在这之前……如果有什么变化的话会对培训效果造成什么影响呢？啊……不想这个时候增加一个变量啊！

培训计划完成之前，她决定当作这件事情没发生过。

程朗就这么胡思乱想着回到了家，连种种情境下的抵赖借口都想好了，谁知道周凯回头就直接连轴转工作了一个礼拜，直到今天才见人影。

中间她家父母大人又突然驾到，夹七夹八的事情倒是把情绪冲淡很多。

倒也好，这样大家都比较从容。

程朗打定主意，他不提我就不提。

他一看我爸妈在，还故意跑回家换衣服，我也只当不知道。

程朗从书架上拿出来一个文件夹，开始了今天的课程。

周凯一见程朗直接进入上课模式，也是暗暗松一口气，捋了捋那Polo衫的领子，正襟危坐了起来。

妈呀……热……

今天训练成段表达。

程朗从文件夹里掏出来两张纸递给周凯："这是你那天发布会上说的所有话，我这儿还有音频，咱们来一起听一遍。"

周凯此刻觉得更热了，耳朵根到脖子根都淌汗那种热："你为什么会有这个东西？"

"我在发布会上录的呀！"程朗一脸理所当然，"我还做了笔记，每个地方有什么问题都整理好了，回头一个一个来解决。"

然后看一眼周凯，顺手递给他一张纸巾："热你就把外套脱了吧。你不用太紧张，总体来说你那天表现还是不错的，问题也都有办法改正。"

周凯心里绝望地嘶吼：不是那回事啊！

和程朗一起，把那天胡诌八扯的话再听一遍，还逐句分析，上天啊我是作了什么孽要被这样公开处刑！我再也不偷偷扔郭小凡那些洗不干净的衣服了行吗！

挣扎是没有用的，程朗一早打算好了，今天就是要对这个把口水淌到她腿上的家伙明正典刑，天王老子来了也救不了他。

周凯硬着头皮，眼瞅着程朗点开了那个魔鬼一样的文件，里面传出自己的声音："那个什么，我这个，有个发言稿来着，然后吧，我一紧张，就给忘了……"

程朗的评论员音轨实时上线，用最温柔的声线，说最残酷的内容："你看你这里真的紧张了，调值又不够了，来你现在念一遍紧张这个词。"

周凯一脸生无可恋："紧张。"

程朗笑："你看你现在念的调值就比发布会的高，来再听一遍那天的现场比较一下。"

周凯一边听着自己的现场录音，一边对天发誓下回再也不装醉往女生身边靠了。程朗一定是上天派来惩罚他的。

他那不太会转弯的脑袋，就没想到程朗不是秉承上天的意志，而是发挥了主观能动性，自发自觉地想要惩罚他。

周凯小时候看过郭小凡租的VCD，清楚地记得清朝十大酷刑，里头剐一个人剐了三天三夜。他现在觉得自己就是那个被剐的乱党。

自己的声音，自己扯的淡，还得由自己来一句一句纠正。

厨房飘来了炸辣椒油的香气。门铃响起来，是送鸡胗外卖的小哥；门铃又响起来，程朗她妈好像回来了。程朗爸妈在客厅不知道说些什么。

这一切都与他无关，他被名为程朗的行刑人按在座位上，一字一句，反思着自己的错误。

而此时，厨房里。

程穆明冲着沈凝女士挤眉弄眼："咱闺女那个学生我跟你说，长得可精神了，贼帅，超帅，特别帅！"

沈凝女士和程朗的反应如出一辙："你可别拽着别人瞎打听，然后给人家编派进小说里啊！"

程穆明委屈地埋头处理鸡胗："我这叫取材，取材……"

三

在程穆明先生和沈凝女士的翘首期盼中，程朗终于结束了对她学生的严刑拷问，一脸大仇得报的满意神色，伙同周凯出来吃饭。

沈凝这才第一次看清楚程穆明嘴里"超帅"的小伙子，嗯，是挺精神，像哪个电影明星。问题是，怎么看着有点眼神迷离脚步虚浮呢，再看看身后自己家闺女那个神完气足的得意样子。

此刻飞机工程师沈凝女士脑袋里鬼使神差地蹦出来"药渣"两个大字，堪称保安室赵大爷的知音。

可惜没有张大爷给她当听众，程穆明还在厨房里热火朝天地折腾他的擂辣椒皮蛋，把辣椒在钵子里捣得咣咣有声。这声音听在某个心虚的人耳朵里，自动就代入了辣椒的角色，跟沈凝打招呼的时候头都不敢抬，从嗓子里气若游丝地哼哼出来一声"阿姨好"。

要是沈捷知道这活驴在她姐面前消停得如同一只鹌鹑，怕是要气得请全公司吃驴肉火烧。

沈凝倒是很大方，跟周凯自我介绍："我叫沈凝，凝华的凝。"

周凯两眼一抹黑：宁华是啥？香烟吗？中华我倒是知道。

倒是程朗早有预料，嘻嘻笑在旁边补刀："就是上次你不会写的那个凝。"

今日已被千刀万剐的周凯顿时觉得心脏又跟着疼了几分，当即把外套往玄关的衣架上一挂，脚底抹油逃离现场："我……我去厨房看看有啥要帮忙的。"

当明星和当学生他都不大擅长，厨房里的事情他心里还算有点数。

事实证明他的选择是正确的。程穆明见他进来，手里拿个捣辣椒的钵子，笑眯眯的："哎呀小周呀，饿了吧，我这马上就好了。"

周凯瞅着钵子里碎尸万段的辣椒，确信没有感受到程穆明的敌意，肩膀慢慢放松下来，露出一个不好意思的笑容："没事叔叔，我看看有什么能帮忙的。"

人模人样，驴气全消。

程穆明挥挥手："不用不用，你们年轻人哪里会弄。我把这个皮蛋拌一下，鸡胗再炒炒就能上桌了。"

此刻周凯终于有了底气，讲话声音都大了一点："叔，我做饭还行，我给你打下手吧。"

程穆明眼睛里放出欣喜的光："哎呀，那正好，来切个土豆丝先。"

老头子鬼得很，本来要再做个尖椒炒荷包蛋，一见这小伙子号称会做饭，当即改了主意，要做腌酸菜炒土豆丝。土豆丝切不好的人在他眼里都不叫会做饭，沈凝女士切的那种像麦当劳薯条一样粗的东西就完全不配下锅炒。

但是程朗的这个学生吧……好像还真有两下子。

人家上来就知道问："叔，你要咋做，炒还是炝？面的还是脆的？"

程穆明摸着自己锃亮的脑壳，笑得见牙不见眼："炒，炒，脆点吧，朗朗喜欢吃脆的。"

周凯表示了解，熟门熟路打开橱柜找到削皮刀，开始给土豆削皮。

只见嘈嘈切切，程穆明拌个擂椒皮蛋的工夫，周凯的土豆丝已经切好放在清水里泡着了。

"行啊小伙子，你在家也经常做饭？"这回程穆明是真信他会做饭了。

周凯低头，还有点儿不好意思："我以前在饭店干过。"

"是吗？你在饭店都干的啥呀？……"

一个头脑简单的青年，就这样掉进了老作家温言絮语编织的天罗地网，等到菜都做好端上桌的时候，程穆明已经连郭小凡他妈做铁锅炖大鹅的秘方都搞到手了。

"其实也没啥，就是得搁啤酒，雪花青岛都不行，就哈啤炖出来有那个味儿。"

程穆明跟在后面大点其头，准备等天气凉快点就去物色合适的大鹅。

要么说遗传的力量是强大的，沈凝女士和程朗小姐看到菜被端了出来，不约而同抄起饭桌上的几个购物袋，顺势往沙发上扔去。

周凯一边叹气一边自动走向沙发："你这个饼干怎么就往沙发上扔呢？"

"就是，一不小心就坐碎了，还有这一盒什么啊？洗发水应该待在沙发上吗？"程穆明猛然发现已经有人替自己动手了，把菜往桌子上一放，开开心心只动嘴皮子："我看你们搞研究时候那分类分得可明白了，左一个图又一个表，怎么到了现实生活里就能过得这么混乱呢！沙发可以堆万物，床上能放整个宇宙。"

他嘴上念叨老婆女儿，眼睛也没闲着，目光一路追随周凯，只见他把那几个购物袋统一拎到玄关柜上按大小个排好，吃的又拿出来放进了冰箱，眼睛里放出欣慰的光。

"爸，有没有感到一丝熟悉？"程朗脸上突然严肃起来，肩膀也跟着端起来。

程穆明叹气："你看看人家孩子，再看看你，乱七八糟！"

沈凝也点头："我瞅着这两人才像一家的。"

程朗扭过头去看沈凝："妈，我要是你，我就得好好审问一下我爸，周凯是不是他不小心弄出来的私生子。"

一语既出，四座皆惊。

周凯头一个蹦起来，鹌鹑也顾不得装了，瞪眼大喊："你可biè（别）瞎说！我爸是周老九！"

程穆明也吓一跳，赶紧给沈凝澄清："小凝，我这一辈子心里头只有你，绝对没有别人，你可千万相信我！"

只有沈凝女士保持了她一贯的淡定："朗朗跟你开玩笑呢，你怎么就当真了。"

"啊？她开玩笑吗？"周凯明明看到程朗表情相当严肃，就是第一次见面抱着个电脑给他做测试那种严肃，自然就当了真，吓得都麻爪了。

程朗这才换回平时那张脸，撇嘴一笑："当然是逗你玩啊！知我者我妈也。"

程穆明捂着胸口："朗朗啊，你的老爹爹年纪大了，你可不能这么吓唬人啊！我这心脏都快被你吓停跳了。"

然后转向周凯："小周啊，你去把剩下的菜端一下。不行，叔叔现在腿软。"

周凯倒是老实，转身就去厨房端菜了。程朗冲着亲爹一伸舌头，也跟着去端菜。

剩下程穆明故作娇弱往沈凝身上靠："哎呀，小凝我有点气短。"

沈凝女士与他斗争多年，经验丰富，直接把她胳膊上搂着的爪子拨拉回去："你是不是切完辣椒没洗干净手，辣得我胳膊疼。"

程穆明当即不气短了，健步如飞跑去洗手。

厨房里周凯一扫刚才的鹌鹑之气，眼瞅着就要尥蹶子："大姐，你咋能瞎开玩笑呢！我刚才都给吓麻爪了。"

程朗倒是好整以暇："看见没，这就是肢体语言的作用。我要是特别放松，你们就不会当真了。先给你预热一下，下节课我们来训练这个。"

周凯望着盘子里的土豆丝，眼神无欲无求，放弃挣扎："行吧，随便你，反正就剩一两堂课了，爱咋祸祸咋祸祸吧，过阵子想祸祸也祸祸不着了。"

程朗眨眨眼，从盘子里偷了一根土豆丝："就算……培训结束了……你……遇到问题……也可以来找我啊……"

拖腔拖调，阴阳怪气。

周凯瞅她一眼："咋的，吃着花椒了？你小心点，这菜里你爸搁不老少花椒。"

程朗突然就不想说话了，端着放了不老少花椒的腌酸菜炒土豆丝回了客厅。

留下周凯在厨房里研究花椒："这啥牌子的把人麻这样？"

程穆明先生有三大爱好：写书，做饭，钓鱼。最近天气热，是个人都没胃口，他就开始研究一些下饭的菜色。今日这桌菜就是研究成果的集大成者，原本只打算做四个菜，临时来了个周凯，就又多炒了两个。

于是桌子上目前的构成如下：程朗点名要吃的酸辣鸡胗，跟网红博主学的小炒肉，用来测试周凯厨艺的盐酸菜炒土豆丝，沈凝喜欢的糖醋莲花白，他自己从没做过突发奇想要尝试一下的擂辣椒皮蛋，还有他们家的夏季保留菜色番茄牛肉黄辣丁。

主食是程作家穆明先生秘制拌面，秘制程度如同周凯的铁锅炖大鹅。

周凯刚一夸面好吃，程穆明就倾囊相授："我跟你说，甜面酱和白菜腐乳一定要有！这个炒肉末的精髓就是甜面酱，加了甜面酱之后，这个味道就有了层次感，是不是比那种单纯酱油炒出来的好吃！"

周凯嘴里塞着拌面，只能大点其头。

程穆明继续侃侃而谈："还有白菜腐乳，海会寺的最好。没有白菜腐乳的拌面莫得灵魂，不用多，舀一点点就够！但是坚决不能用别的腐乳代替！"

周凯总算嚼完了他那一口面，问："叔，啥是白菜腐乳？"

程穆明喜滋滋地打开手机："就是这个，腐乳外面包一层腌白菜，四川特产。我跟你说，那个盐酸菜炒土豆丝也是我在四川吃到的，一吃就觉得惊为天人，土豆丝特别入味，没胃口的时候拿来下饭最好了！"

周凯继续点头："是挺好吃，我说我咋以前没见过呢。"

程穆明来了兴致，继续推销他的其他菜色："来来你再试试这个酸辣鸡胗。这个是湖南做法，朗朗最喜欢吃的，每次回家我都给她做……"

这两位在饭桌上相谈甚欢，双向奔赴，就做饭吃饭问题交换了种种意见。

程朗和沈凝对视一眼，趁他们扯淡的时候消灭了大部分的黄辣丁、鸡胗和黄牛肉。

四

晚饭吃完的时候，天已经完全黑下去了，凉风习习，暑热渐消。

周凯帮着收了桌子洗了碗，就哼哼唧唧准备告辞。

他是很想继续在程朗家流连一会，可是郭小凡那厮没带钥匙，在微信里鬼吼鬼叫喊他回去开门。

他总不能让他过来拿钥匙，那也太司马昭之心了。

程穆明抱着门框依依不舍，说他们在"帝都"还要待上几天，再三邀请他有空就来蹭饭，"我要跟你好好交流一下"。沈凝女士一把把他从门框上撕下来说："小周让你见笑了，我先生感情有点过分充沛。"然后回头喊程朗，让送他一下。

程朗居然真的换了鞋子就要出门，周凯哪里享受过这等待遇，心里头顿时咯噔一下，觉得要糟。

以他对程朗的了解，这种亲自送他出门的举动无异于夜猫子进宅，怎么看都不像有什么好事。周凯心里头闪过一万个想法，突然定格在某一个上面，如坠万丈深渊。

程朗，是想跟他说别再上来蹭饭吧。毕竟刚才吃饭的时候，她爸的确热情过了头。

在周凯眼里，程穆明先生虽然自称是个作家，但是身上居委会大妈的气息远大于文化人气息，跟保安室赵大爷和六号楼的高老太太一样八卦，盯着他问东问西，为了听八卦直接省略了吃饭。

而且打听的事情都千奇百怪。

一般的大爷大妈顶多问一下家里几口人收入多少，然后把他打入"我闺女绝对不能嫁"的行列就算完事。

而程朗这位父亲大人的关注点则是完全跑偏的。

比如他问："你头上那个疤，是跟人打架打的吗?"

周凯摇头："我爸拿烟灰缸砸的。"

老程顿时给他夹了一筷子鸡胗："哎呀是我多嘴，吃饭吃饭，这个得趁热吃。"

然后并不死心，又小心翼翼地问："胳膊上的也是呀？"

周凯嘴里塞着鸡胗，倒不出空儿来，只好摇头。好不容易咽下去："不是，跟人打架被人划的。"

"就郭小凡说你为了帮他特别拼命那次？"程朗插嘴。

周凯承认："嗯，弹簧刀划的，缝了挺多针。"

也许是幻觉，他觉得旁边老程先生眼珠子里突然放起了光，盯着他的胳膊问："那你赢了吗？"

"那几个小子都给干趴下了。使弹簧刀那个从后头阴我，我把他胳膊啃掉一块肉。"周凯自豪地回答完毕，旋即当场后悔。

自己这点破事，在小混混那儿属于高光时刻，程朗爸妈看来就是不学好瞎打仗赶紧让闺女离他远点吧。

谁知道程穆明接着问："是吗，你一个对几个？"

"五……四五个吧……"周凯有点迟疑，程朗他爸这反应是……兴奋？他是说多还是说少好呀。

"来来……你说说，你们打架一般都怎么打？用西瓜刀吗？"

"没人用，那玩意儿太长了容易砍着自己。"周凯回答完毕又后悔了，这怎么说得自己像个打架成瘾的小流氓呢，赶紧找补起来："不是，叔，我一般也不咋跟人打仗。我不是那没事找事的人，大仗就打过那一回。"

程朗在心里暗暗叹气：这不是变相承认没事就打打小架么，"此地无银三百两"本人。

但是她也没管，她倒要看看，周凯还能暴露出自己说话的多少缺点，回头上课——处刑，不，改正。

于是旁边那天真的驴仍旧瞪着眼睛越描越黑："我真的，我一般都是那个平事儿的，能和稀泥就和稀泥。那回是真给我惹急眼了。他们四五个人欺负郭小凡一个，那我不管不行啊。不管估计他得给揍成酱肘子了，折一条腿都是轻的。"

"为什么是酱肘子?"程穆明先生的兴趣点果然永远奇怪。

"啊?"周凯一愣，"酱肘子就……揍稀烂，骨头肉都不挨着了，还紫了薅青（东北方言，又青又紫）的，那不就酱肘子么……"

周凯越说越没底气，真心不知道程穆明想要问啥。

谁知道程穆明拍案大笑："好好，这个比喻有意思。小周你这个小伙子很有天赋嘛! 啊，为朋友两肋插刀，还很有侠义之气。赵客缦胡缨，吴钩霜雪明，有意思啊有意思。是不是啊朗朗?"

程朗正盘算着怎么让周凯意识到"紫了薅青"不是普通话，突然被点到了名，好在她平素就一心八用，分出一部分脑子来应付她爸也不算费力。

"是挺讲义气。那个郭小凡他妈生病，他把全部家当都给人家了，然后不得不卖身给小姨累死累活。"程朗敷衍了她爸一句。

周凯倒窘迫起来："你咋啥都说呢! 我那……哎你别瞎

说了……"

此刻干掉了两条黄辣丁的沈凝终于开腔了："我还是觉得打架不好，冲动容易造成严重后果。"

这还像个正常家长说的话，听到沈凝这一句，周凯竟有种松一口气的感觉。

然后他就发现自己太天真了，程朗和沈捷的血亲怎么可能是什么正常家长。

只听见沈凝女士接着说道："但是遇到欠揍的人，就是得把他们揍到满地找牙。人家以多欺少，你们这属于正当防卫。"

周凯简直不能相信自己的耳朵，程朗不是说她妈是个工程师吗？工程师都这么硬核吗？

程穆明还在旁边帮腔："对对，我跟小凝阿姨认识，就是因为我被人抢了包，她过去又帮我抢回来了。后来谈恋爱的时候遇上那种骚扰她的二流子，她都是自己打跑的。"

程朗嘻嘻笑："你知道我爸在干什么吗？"

周凯被过大的信息量冲击得晕晕乎乎："干啥？"

"满地找眼镜！人家上来把他眼镜一摘，他就彻底失去战斗力了。"

程穆明先生不以为耻反以为荣："我那是不给小凝添麻烦，她嫌我碍手碍脚。"

然后还特意跟周凯解释："不是我不帮忙。小凝爸爸，哦就是朗朗外公，是练武术的。小凝跟他学了好多年，一般人都打不过她。"

周凯不禁瑟缩了一下，要是这位阿姨知道自己对程朗有些个非分之想，会不会把自己也揍成酱肘子。毕竟也不能还手。

然后他想起来一个重要问题，小心翼翼地问程朗："那沈姐，哦，你小姨，也会武术吗？"

要是沈捷也跟程朗她妈一样武德充沛，那自己岂不是在作死的边缘反复试探。

好在沈凝马上打消了他的疑虑："没事，你放心吧，小捷不会。她从小就喜欢唱歌跳舞看明星什么的，根本不会来找我爸学这个。"

"哎，小周啊，这就是你不对了。"程穆明突然插了句嘴，"你管我们叫叔叔阿姨，管小捷叫姐，这差辈了呀！你跟朗朗是一辈的，是不是也得管小捷叫小姨？"

"那他估计得被小姨直接活撕了。她最怕别人把她叫老了，都不让我管她叫小姨呢。各论各的吧，没关系。"程朗帮不知所措的周凯解了围。

"那差辈了也不好呀……"程穆明犹自在纠结。

"要不你让小周管你叫大哥，不就完事了！"沈凝在旁边开始嫌弃配偶磨叽。

这回遭到了程穆明跟程朗的一致反对。

一个说："算了算了，更奇怪，还不如各论各的。"

另一个说："不行，那他岂不是成了我便宜叔叔。"

周凯在旁边听得如坐针毡，再这么掰扯下去自己都要成程朗的叔叔了，这不瞎整吗？于是动用程朗教给他的谈话技巧，强行转移话题："那啥，叔叔阿姨，你们这次来玩儿天啊？"

问题非常之没有营养。

沈凝和程穆明的回答也异口异声。

"差不多待个十天我们就去云南。"这是程穆明。

"我们不是来玩的。"这是沈凝。

"啊？那是来办事的？"周凯总算正常地接了一回话，大大松了一口气。

"他们来看月壤。准确地说，是我妈来看月壤，我爸来检查我家的卫生情况。"程朗替沈凝解释了，语气中有一丝明显不忿，显然是冲程穆明的。

那天发布会开完，她还没来得及体会一通剪不断理还乱各种滋味在心头，转天沈凝就给她打电话说跟程穆明要来"帝都"。人已经在高铁上了，还有两个小时就到。

原来沈凝看到国博展览月壤，心头小鹿乱撞，吃不下睡不着，不看一眼誓不罢休。当即预约了参观时间订了火车票拖上程穆明就直奔"帝都"。

程朗猛然想起来书房被她拿来给周凯上课了，赶紧跟沈凝说没地方住。只听见自己亲爹用十分嫌弃的语气说："酒店我们已经订好了。你家让我住我也不住，那个乱，我看到根本睡不着觉。"

程朗在电话那边委委屈屈："现在不太乱。"

被亲爹挡了回去："咱俩阈值不一样，你说的不太乱对我来说就是非常乱！"

结果程穆明本尊驾临了一看，居然还真的不太乱。

毕竟大部分房间，除了那个程朗严防死守不准动的书架，都被周凯整理过一遍了。

虽然周凯有几天没来，房间里又稍微被程朗乱丢了一些东西，但是已经比程穆明认知里他女儿的公寓整洁了非常多。

程穆明感动得眼泪都要掉下来了，以为女儿终于开窍了悔悟了，血液里他的遗传因子觉醒了。

谁知道程朗轻描淡写："不是我收拾的，朋友来看着不顺眼收拾的。"

让程穆明狠狠失望了一把。

此刻旧事重提，程穆明突然福至心灵，问周凯："朗朗家是你收拾的吧？"

周凯点点头："太乱了。我说瞅着都没法儿上课，实在受不了她才让我收拾的。"

"那她那书架……"程穆明问起了自己的眼中钉肉中刺。

周凯一脸无奈："严防死守，死活不让碰！我说了好几个月，好不容易说等上完课了让我收拾，可给我闹心坏了。"

"这不是激励你好好上课么，要想让驴拉磨，就得在脸前面吊一根胡萝卜。"程朗志得意满，说出了自己的心声。

"小周啊，你给她收拾书架，是你付出劳动，怎么还成了你得到奖励了呢？"沈凝女士完全不能理解。

"你不懂你不懂，人之砒霜我之蜜糖。哦哦，我们之蜜糖。"程穆明不愧是周凯的知音。

"对了叔，你可不能趁这两天给收拾了啊！她都答应我了回头让我收拾。"周凯突然严肃起来，盯着程穆明的眼睛，补上这一句。

程穆明拍拍他肩膀："行了，叔知道了，不跟你抢。"

"你们再不吃饭，鱼就要没有了。"程朗在旁边幽幽提醒了一句对她家卫生状况大肆批评的老少两人。

此时盆里已经只剩下了最后一条黄辣丁。

剩下的已经都被她和沈凝干掉了。

程朗漫不经心地跟周凯说："我爸做的这个鱼挺好吃，你试试。"

周凯看着汤里那一条孤独的鱼，自然不好意思下手，谦让道："叔你吃吧，累半天都没吃着。"

程穆明倒是相当爽快，拿起勺子就连汤带鱼盛了一碗给周凯："来来，你试试叔的手艺。番茄牛肉黄辣丁，又酸爽又开胃，包你没吃过。"

周凯老老实实接过碗："嗯，还真没吃过！"

"哎，叔，你这个汤是高汤啊？"

"对对！还是你小子舌头灵。"

"然后西红柿和牛肉馅儿一起炒的？炒完把鱼搁里炖上？"

"得先把汤煮上一会儿，差不多再放鱼，这个鱼肉煮老了就不好吃了。"

"嗯嗯，我觉得也是。这汤里还有啥？"

"你猜猜？"

"姜肯定有，我都看见姜末子了。还有啥？搁醋了吧……老醋？"

"对对，得放陈醋，香醋不够厚重。"

"我觉得好像还有啥呢？有点儿辣，但是还不是很辣……也没看见辣椒啊？"

程穆明嘿嘿一笑："我还放了点野山椒。但是捞出去了，放在汤里不好看。"

周凯对着程穆明竖起大拇指："叔可真是讲究人。"

而程穆明盯着认真喝汤的周凯，又发出了灵魂提问："小周，你有女朋友吗？"

周凯吓得把汤呛进了气管里，认真咳嗽了好一阵子才缓过来，红头涨脸予以坚定否认。

沈凝在一边看不下去，勒令程穆明不许再问，并且警告周凯："你所说的一切都可能成为他的写作素材，不想被人知道的事情一定不能跟他说。"

而程穆明十分委屈："我不就是在小说里写了飞机工程师害怕坐飞机的事吗，那都改名换姓了写的又不是你！磨磨叽叽念叨多少年了！"

沈凝仍旧很不痛快："我那不是害怕坐飞机，我那是不能控制的飞行焦虑！我知道飞机掉不下来！"

五

周凯所料不错，程朗以下楼买西瓜之名跟在他后面出了门，确实是因为程穆明在饭桌上说的话。

那老头子笑眯眯地跟他畅谈了一圈夏日开胃菜色做法之后，兜兜转转又把话题绕回了私人生活，循循善诱。

"小周，现在像你这样的男孩子，又会做饭，又爱干净，长得还精神，怎么会没有女朋友呢？"

周凯想起了程朗前阵子教导他的啥"言外之意"，夹着自己切的土豆丝深入思考了一下，觉得老程这属于客气型夸奖，毕竟自己这个德行，除了会做饭也没啥好夸的了。

于是他发扬了中华民族的传统应对方式：谦虚。

"得了叔，你别寒碜我了。我这个德行，又没学历又没文化，脾气还不好，能看上我那可真是瞎大发劲了。我之前那对象都那啥……对，迷途知返……找个公务员结婚了。"

然后转头看向程朗："不好意思啊，那回我不是故意不去，我回东北参加婚礼了。"

程朗脸上挂着礼貌的微笑："是吗？没事，都过去的事了。"

她怎么可能不清楚，要不是她给沈捷出主意，沈捷还没那么快把这驴诓回"帝都"呢。

"过去了好，过去了好。小周你刚才说，今年二十六吧？"程穆明笑得越发真诚了。

"啊，是。"周凯嗅到了一丝熟悉的气息，这位老先生不会是要给他介绍对象吧？

他跟程朗在一块待久了，对大尾巴狼的行为模式有了一定了解。有人这个笑法，肯定肚子里有什么小九九。现在他觉得程朗身上的大尾巴狼属性可能遗传自她爸。

程穆明却突然转了头跟沈凝说："那也没比朗朗小几岁哈。"

"六岁。"工程师沈凝女士给出了准确答案。

程朗发誓她听到了自己亲爹心碎的声音。

但是程穆明仍旧顽强地坚持着自己的立场："六岁那也没

多少么，谈年龄太俗气了，主要还是得两个人合得来。现在不是都流行那个什么……年……年下？小周你们年轻人懂得多，给我解释解释啥叫年下呗。"

这回周凯就脑袋再缺根弦，也听出来了程穆明打的是什么算盘。

他顿时感觉刚才吃下去的黄辣丁在胃里恢复成了一条活鱼，连蹦带跳，带累着他的五脏六腑都一起跟着移位。

说出来的话完全不成章法："啊……那个……内（那）啥……"

他看向程朗，指望程朗救他一救。

可是程朗脸上的笑容和她爸如出一辙，肯定不会伸出援手。周凯胃里那条鱼蹦得更欢实了，生怕自己回答错误，回头被程朗剁了包豆角馅儿包子。

倒是沈凝女士及时地出了手："行了老程。你在小说里拉郎配也就得了，现实里的事不要插手，你这么说让人家小周多尴尬。朗朗的事情她自己会处理，之前那个什么Mark，不是消失得很干净利索吗。"

此言一出桌上三人都变了颜色。

周凯胃里那条黄辣丁终于不蹦了，僵在半空，不上不下，噎得他呼吸困难。

什么叫作"消失得干净利索"……听着怎么那么让人往奇怪的方面联想呢，程朗到底对人家做了什么？看上去斯斯文文的不像那么暴力的人啊。

而程朗，迅速收起了她与亲爹十分相似的大尾巴狼笑容，脸色直接黑了不止一个色号，十分严肃地对她父母说："我不是说过了么，不要提这个人。"

沈凝倒是迅速承认了错误："啊，是我说顺嘴了给忘了，妈妈跟你道歉。"

周凯觉得气氛又凝重了一层，程朗以前的感情生活听起来更加神秘了。

倒是程穆明，在意的点仍旧是那么与众不同。

他也盯住沈凝："小凝，你说清楚，我小说里什么时候拉郎配了！我写的时候都很注意描述人物感情的，到底哪儿让你不满意？"

沈凝看他一眼："就那个，那个什么《年年柳色》里头，那个男的和那个女的就不应该在一起！那女的明明喜欢的就是她初恋，那男的喜欢饭馆老板娘。这两人都不搭界，你非要让他们结婚！"

程穆明气结："那怎么叫拉郎配！那叫反映大时代下人类的无奈。历史的车轮……"

沈凝："但我还是觉得那两个人在一起不合适，精神上南辕北辙，一点儿都不契合，家庭背景也差太大了！"

说者无意，旁边坐着的听者可有心得很。周凯感觉胃里的黄辣丁这回冻成了个冰坨子，直直地往地底坠去。

后来也不知道程穆明又说了什么俏皮话，把沈凝逗开心了。周凯、程朗也换上一副高兴面孔，没事人一样继续朝程穆明的秘制拌面发起进攻。

可是两个人心里都坠着那么一两句话。

程朗跟着周凯下了楼，周凯在前面走，她磨磨蹭蹭地跟在后面。两栋楼之间那点路程，恨不得拖拉一个世纪。

程朗先开了腔："我爸那个人吧，想一出是一出。要是说了什么冒犯你的话，你不要太放在心上。"

周凯停下来："嗯。"

程朗："他好像挺喜欢你的，叫你常来吃饭。"

周凯："嗯。"

程朗："他说的那一堆，有的有道理，有的没道理，你觉得呢？"

周凯："嗯。"

程朗："你觉得哪些有道理？"

周凯："黄辣丁不能炖时间长，肉容易散。"

程朗："还有呢？"

周凯："湖南辣椒是比北京辣椒好吃。"

程朗："就没别的了吗？"

周凯："白菜腐乳拌面真的挺提味。"

程朗看看他，穿着郭小凡的Polo衫，手里头拿一件亚麻外套，眼珠子锃亮，鼻翼翕动，胳膊上还套着她送的那个电击手环，像一头刚下工的蠢驴。

"下周六上最后一节课，你自己安排时间。"程朗说着，扭头往小区大门走去，一字一句，掷地有声。

周凯站在当地目送她走远，这才一口气跑回自己家。

门口郭小凡已经站着等了他老半天，见他不坐电梯爬楼梯蹿将上来，身上还套着自己斥巨资买的面试用Polo衫，呼哧带喘，如同拉了两百圈磨。

"狗哥，你咋的了？"他都没敢直接问他要钥匙。

倒是周凯没说话，掏出来钥匙开门，进屋，把自己扒个精光，四仰八叉躺在沙发上。

良久说出来一句话："他妈的！尿货"

郭小凡扭头："啊？谁？"

周凯瞪着天花板："我说我自己。"

郭小凡嘻嘻笑着凑过去："那哪儿能呢？谁尿我狗哥也不能尿啊！那叫大丈夫能屈能伸不和那些王八犊子一般见识。"

周凯继续瞪着天花板："我看你像个王八犊子。"

郭小凡退却了，他狗哥，干仗可以，咬人可以，拿铁锹炒大鹅可以，当众怼记者可以，但是阴阳怪气，真的不常见。

还是躲远点儿好。

于是悄没声息溜进了卧室，留下周凯一个人躺在客厅地板上给顶灯相面。

好久，灯光太刺眼睛，有个驴发现自己眼珠子通红，见光流泪，不得不起来去洗脸。

而那边程朗在小区门口的水果店，把货架上所有西瓜挨个儿敲了一遍，敲得老板直喊她轻点，再敲西瓜就要碎了。

程朗径直拿起来一个响声最大的拎回家，进屋先钻进厨房，操起菜刀，把那西瓜大卸八块。

叮叮咣咣，案板上红色的汁液横流，听得屋里程穆明龇牙咧嘴。

程朗把西瓜端出来的时候，已经换上了笑脸。程穆明笑得比她还假："朗朗啊，是爸爸不对。那小伙子太对路了，爸爸一时没把持住。你的事情你自己做主啊！爸爸以后不再提了。"

沈凝瞪他一眼："就是的，找对象又不是找保姆，会做饭收拾屋子的人多了去了。朗朗你别听他的，就找你自己喜欢的。哦，不找也行，做研究多有意思啊，男人就是个锦上添花的事情，没有也无所谓。"

程穆明在旁边露出了夸张的心痛表情。

程朗拿起来一块西瓜递给他："行了，我的事情我自己会处理，你们不用管。"

沈凝夫妇吃完了西瓜自行溜达回酒店睡觉，整夜尿频，频繁起床上洗手间。

而程朗和周凯，则在自己家里分别瞪着眼珠子到天亮。

不同的是程朗还顺便拆了一套乐高天际线，旧金山。

她今天晚上分外不想看到加州的任何东西。

第二天周凯上工的时候，眼睛周围又肿又青，活像被人揍了。

雁雁一问，就说是半夜起来抓蚊子没睡好觉。

当即被抓去让化妆师在脸上糊了不知道多少"腻子"。

拍照间隙沈捷过来视察工作，周凯穿着他那露一大片前胸的T恤，脑袋上戴个巴拿马草帽，一脸无所谓地问："有个叫什么Mark的，你认识吗？"

沈捷丢给他一杯冰咖啡："朗朗跟你说的？"

"昨天去上课碰见她爸妈了，他们说的。"周凯回答。

"哦，我就说么。我跟你说啊，你可不要随便在朗朗面前提这个人，她会生气的，我都不敢提。"沈捷觉得得仔细提点周凯，往后说不定还有要让程朗出动解决问题的时候，把她得罪了可不好。

"啥人啊，这么厉害！"周凯看似无心，问了一句。

沈捷压低声音："那个 Mark 啊，是朗朗的前夫。"

"啊？"周凯这一嗓子，把大家的目光都招了过来。

沈捷赶紧圆场："没事没事！我跟他说这周不能休息了，每天都有工作。"

然后拽一把他的袖子："你把嘴闭好了。这个人我们谁也没见过，连他姓什么都不知道，就知道是个美国的华裔，朗朗在加州认识的。朗朗读博士时候突然有一天就跟家里说她跟男朋友在美国注册结婚了，就是这个 Mark，然后不到三个月又告诉我们离婚了。具体什么原因也不知道，就是跟家里人说以后都不要提这个人，谁提她跟谁翻脸。"

周凯已经说不清是惊讶还是奇怪，小声问沈捷："那你们就真不问啊？"

沈捷摇头："你不知道朗朗，她不想说的事情，我们就不可能知道。"

"那她爸妈……就没事……？"周凯问。

"能有什么事？"沈捷反问。

"她结婚离婚的也没跟家里商量……什么的……"周凯声音小下去。

沈捷倒是不以为意："哦，她爸妈你不见过，心都特别大。我姐眼里只有飞机，姐夫眼里只有小说。一个女婿么，有就有，没有就没有。"

　　说着沈捷接个电话扬长而去，留下周凯愣在原地，系统过载，他那脑袋着实跟不上趟了。

第十一章　硕人之轴

一

入了夏之后，夜班就没那么好过了。保安室没有空调，靠电风扇吹，总也是热得睡不着，得到后半夜才能真正凉爽下来。

赵大爷在床上翻来覆去烙了一会儿饼，仍没有睡意，心里头盘算着小孙女放暑假来看他，要多跟老张换几个白班，还要带她去高老太太那儿看猫。那丫头喜欢猫啊狗啊的，一看见带尾巴的就走不动路……

这么想着想着，越想越精神，索性穿了衣服拿好手电，出去以巡逻之名再遛两圈好了。

赵大爷就这么背着手，拿着个破手电，顺着小路溜达了起来。大半夜的没什么人，天上一轮月亮高高挂在那里，草丛里虫子倒是叫得欢畅，就是花园里头路灯坏了几个月还没修好，乌漆麻黑的一片。赵大爷想起来前阵子遇见的"鬼"，凭空打个冷战，想要回身往光亮地方走。

可是晚上冰西瓜吃得有点儿多，这会儿他深切地内急起来，而厕所远在小区的另一边。自然的召唤直接碾压了他内心的恐惧，赵大爷三步并作两步，蹿进树林子里，想要舒舒畅畅地解脱一把。

结果刚蹿了两步，一脚踢在了一个黑乎乎的东西上头，赵大爷和那东西同时发出一声惨叫。

定睛一看，这不是五号楼那小伙子吗？

赵大爷差点儿给吓尿了裤子，冲他大喊："大半夜的你跟这儿蹲着干啥呀！小区里不准随地大小便！"

那小伙子站起来，比赵大爷高一个头。吭吭唧唧跟他赔不是："不好意思啊大爷，那啥，我不是出来拉野屎的。睡不着在楼下溜达溜达。"

赵大爷挥挥手："要溜达上外头溜达去，这里头没灯，危险。赶紧走吧我给你照着。"说着打开了手电筒。

小伙子见事情已经成了这样，也只能老实顺着手电筒的光亮离开那片小树林。

后面的赵大爷目送小伙子走远，赶紧关了手电筒，给小树好好地施了一回肥。膀胱一排空，整个人都轻松起来，赵大爷舒服地仰起头，想要欣赏一下月亮。

然后发现从这个角度望过去，刚好能看到一扇熟悉的窗户。三号楼那个小姑娘的影子映在窗帘上面，折折腾腾也不知道在干啥。

赵大爷露出了神秘的笑容："哦，闹别扭了啊！"

然而事情远不止闹别扭那么简单。

自从听沈捷讲了那个Mark的事情，周凯就开始睡不好觉。离电影上映就剩不到十天，公司给他安排了这这那那一堆工作，雁雁跟在后头问他哪天搬家，而他被程朗的神秘往事折磨得夜不能寐，天天到了后半夜，仍旧眼睛瞪得像铜铃。

索性下楼去，找个隐蔽的地方盯着程朗的窗户发呆。她也没睡觉呢，大半夜的还在书房窗户边坐着，看那架势好像在搭积木。对了，她还说送我一套挖掘机的乐高，铲子还能动的，不知道会不会送了。

现在瞅着估计是悬，都把她惹生气了，能赖谁呢？自己屄，自己觉得配不上人家，活该呗。哎，不知道她那个前夫到底是咋回事⋯⋯

兜兜转转，还是回到那件事情上。

周凯觉得自己还是得找个人聊聊，他就不是那种能憋住事的人，再憋估计要爆炸了。

但是吧，国王长了驴耳朵这种事情，肯定是不能跟郭小凡说的，那小子嘴上根本就没个把门的。今天跟他说了，明天楼下卖煎饼大姐她七舅老爷都能知道。那跟谁说呢？

周凯掰着手指头算自己在"帝都"的熟人：沈捷算一个，明显不行；公司那些同事跟他关系最好的可能是雁雁，但是也没熟到能讨论感情问题的程度；白导演呢？好像不会瞎说，但是那人也不靠谱啊，说十句话八句听不懂；那还剩谁了⋯⋯

周凯陡然发现，来"帝都"这么长时间，他的生活基本上围着程朗在打转，除了程朗以外的人，他真的很少跟人家来往。

等等，程朗……小路！怎么把小路给忘了呢！小路最讲义气了，还社恐，肯定不能到处瞎说。

有个人的驴脑子，显然没考虑到路涵江到底能不能理解人类的情感问题。

反正第二天，他一收工，就载欣载奔地回小区去找路涵江，号称要请他喝酒吃烤串。

路涵江站在门口，眼睛盯着地面，小小声问："咱们……叫外卖行不行……"

周凯咧嘴一笑："没问题，都听你的。"

路涵江狠狠松了一口气，请他进屋。

周凯往沙发上一坐，长叹一声："上次说喝酒吃烤串还是在程朗那儿呢，你也没吃上，还叫沈姐给吐一身。这一晃都过去这么长时间了。"

路涵江搬一把椅子，坐在他对面，双手放在膝头，眼睛紧盯着手指头。

良久，回答："嗯。"

周凯瞅瞅他："前两天忙，开发布会啥的，都没时间找你。"

路涵江："嗯。"

周凯："最近挺好的呀？"

路涵江："嗯。"

周凯着急起来："不是，小路，我跟你说你这样不行啊，脑袋上老套个纸兜子，一跟人说话就费劲。你是不是也得上程朗那培训一下子？"

这回路涵江倒是不嗯了，摇摇头："没有用。"然后突然问他："你是不是下个月要搬走了？"

周凯的脸瞬间垮下来："可不是么，公司非得让搬，签了卖身契不听话也不行。你说你这样式儿的我搬走了都不带放心的，真有人欺负你咋整！"

路涵江这回笑了，摇摇头："没关系，我有隐形斗篷，会隐身。"

说得周凯一愣："啥玩意儿？"

"他们注意不到我，没关系的。"路涵江特意给他解释了一遍。

周凯皱眉："你说你们这一个两个的都不让人省心。你也是，那谁，程朗也是……我跟你说个事你别跟别人说啊……"

在烤串送来之前，周凯如此这般地把沈捷的原话转述给了路涵江，并且再四嘱咐他不要外传。

而路涵江保持着相当专注的神态，从头到尾听完了周凯的话。

"不是，你别光嗯啊？你有啥想法？"周凯有点儿着急。

路涵江盯了他三秒钟，说："我觉得调值还是不够。"

"什么玩意儿？"周凯问。

"哦，就是说你的成段表达整体来说已经比较有条理了，一些典型的方言词也能换成普通话的常用语，但是单个字的调值和重音还是有不太理想的地方，尤其是阴平，55你老是念成

44。回头我跟程朗说还是得帮你设计点新的练习。"

周凯一时间万念俱灰，觉得自己一定是脑袋被门框夹了才来找这位唠程朗的问题。

但是么，来都来了，也没别的选择。

他喝掉一大口啤酒，循循善诱："我是说你对程朗那个事怎么看。"

路涵江恍然大悟："哦，你说她啊！"

周凯："那我还说你吗？"

路涵江："我觉得……挺正常啊……"

周凯："哪里正常啊！"

路涵江："她一个三十多岁的成年女子，结过一次婚，这不是很正常吗？"

周凯又喝了一口酒，告诉自己，冷静，冷静，小路就这样。

然后说："我不是说这个不正常，我是说没人知道她为啥离婚，总觉得好像有点儿问题啊。"

路涵江恍然大悟："哦，你说这个啊！"

周凯："你们搞语言学的不都是一句话听出来七八种调的人精吗！你咋就听不明白人话！"

路涵江："我……我不想评论同事的私生活。"

倒是非常直接，和盘托出。

把周凯怼了个倒仰，一口啤酒噎在嗓子眼，差点儿背过气去。

这就直接承认了吗，也太直接了吧！除了直接周凯想不出来任何别的词形容路涵江了。

路涵江接着跟他解释："这样效率最高，再委婉下去我要多说好多话。"

原来还是不想说话，就说社恐这事是没救了。

周凯强撑着把那一口啤酒咽下去，尽量放软语气："不是，我也不是八卦，我就是有点儿担心……为她好……万一她挨欺负了呢。"

"我知道你不会伤害程朗，你喜欢她。"路涵江盯着周凯手里的羊肉串，突然来了这么一句。

那羊肉串应声落地。

周凯直勾勾盯着他："你咋知道的？"

路涵江直勾勾地盯着地板："你说话的方式，眼神，还有肢体语言都表达得很明显啊。你说过，我们就是研究这个的。"

周凯："那……那你知道的话，程朗也知道……"

路涵江点头："她跟你经常见面，肯定知道啊。"

周凯感到楼板上又一只靴子，终于落了地，砸在他后脑勺上，贼疼。

话一出口，就没法儿抵赖了。

他扯张纸把羊肉串捡起来，又把地面的油抹干净，坐回沙发里，又打开一瓶啤酒，问路涵江："那你说程朗喜欢我吗？"

路涵江又回复到了初始状态："嗯。"

周凯喝一口酒："我觉得好像也有点，但是我俩没法儿在一起。"

路涵江这回不嗯了，问一句："为什么？"

周凯把脑袋埋进手掌里，瓮声瓮气："我怂呗。"

路涵江："什么意思？"

"我跟她根本就不是一路人，她学历高，又聪明，连她爸妈都是好人。我跟小影子都不是一路人呢，小影子在事业单位上班了就不跟我在一起了。小影子吧，属于她在挖机上，我蹦个高还能够着。程朗吧，我在地上，她在塔吊上。你懂吧？"周凯语无伦次，忘掉了程朗之前教的种种条理。

路涵江又"嗯"了一声。

周凯继续说："什么明星啊，演电影啊，都不能算数，不知道哪天就完犊蛋了，那都不是真本事。你跟程朗那才叫真本事，我这样过一天混一天的，和她在一起，那不开玩笑吗？我不是没想过，但是强行在一起了，然后又闹不痛快，还不如一开始就不在一起，还能留个念想。我处了这么多对象，这点道理还是懂的。"

周凯以为路涵江又会送他一个"嗯"。

结果路涵江说："我不懂。"

周凯一愣："不懂啥？"

路涵江："我不懂的事情，我没办法发表意见。我没有谈过恋爱，也不研究这方面的课题，对于你的状况我真的无能为力。"

然后声音低下去："对不起……我帮不了忙……"

周凯苦笑一声，拍拍他肩膀："没事兄弟，你能听我扯扯犊子就帮老大忙了。今天我跟你说的一句都不能跟别人说啊。"

路涵江："嗯。"

PS 关于章节名：书上说：服重任，行远道，正直而固者，轴也。

不用理会以上解释，请按字面意思直接理解。

也就是：一个高大的青年他很轴。

二

路涵江去到单位，一打开邮箱就看到自己的投稿已经被期刊接受的消息，按理来说，应该在屋里锁门闭户认认真真独自快乐上一阵子。不过很明显，他这份快乐只持续了不到两分钟，那扇该死的门，就被敲响了。

教务已经被他训练得十分配合，每次找他都是写好纸条塞进门缝。同事们都知道他是社恐，会敲那扇门的，只有某几位领导和程朗。

路涵江在门这头听到程朗的声气，竟也还松了一口气。毕竟，跟程朗说话要比跟领导说话容易很多。

程朗手里拎了两盒子草莓小饼干，和一大沓路涵江御用罩头纸袋子，晃荡着两只不可名状的耳环，闪进了路涵江的办公室。

路涵江对纸袋子补给表示了感谢，然后追问程朗来干什么，照他的话说就是："你要是只为了给我这点东西，才不会亲自跑来我办公室。"

程朗一屁股坐在沙发上，问道："周凯有没有找过你？"

路涵江当即警觉起来，问："你怎么知道的？"

程朗自顾自撕开一盒小饼干的包装："小区门口那个大爷跟我说的，说什么周凯大半夜的在你家借酒浇愁。"

其实赵大爷的原话是："小姑娘，听大爷一句劝，五号楼那小伙子，叫什么南风的，对你那是真心实意。大半夜的天天不睡觉，要不就蹲月亮地里瞅你的窗户，要不就上八号楼找那个小伙子借酒浇愁去。差不多得了，我看你就原谅他吧。哎，厨余垃圾得破袋扔！"

程朗转天上班就去找了路涵江。

路涵江十分尴尬，他已经再四对周凯保证过不能把他说的话告诉别人，尤其是程朗，此刻选择词汇需要分外慎重。

于是他又祭出了自己的万能应答："嗯。"

至于这个"嗯"能被理解为什么含义，那就取决于程朗自己了。

但是程朗不是周凯，那缺心眼的可以自己一边喝酒一边叨叨，任由路涵江意义不明地"嗯"下去。程朗却不会给他这个机会。

她的疑问句指向性都很明确："周凯为什么去找你？他有什么可借酒浇愁的。"

路涵江这回"嗯"不了了，只能从牙缝里逼出来一句废话："他……他好像不太……不太高兴。"

程朗："我知道，高兴那就不叫借酒浇愁了。"

路涵江："嗯。"

程朗正色："路涵江，你要是不能正面回答我的问题，下午我就去告诉杜老师你答应和他女儿相亲了。"

一句话吓得路涵江手脚冰凉，用周凯的话说，"麻爪了"。

然后露出一个泫然欲泣的表情："周凯他不让我说他说了什么。"

程朗教过周凯，有时候不知道怎么应付，反而是直球最能让对方手足无措，因为社交场合里大家都预设对方会采取种种委婉的表达方式。

周凯听罢瞪着眼睛问她："因为啥？你再说一遍？"

程朗瞪他一眼："乱拳打死老师傅，你懂吗？"

她却万万没有料到，有一天这乱拳会朝着自己身上招呼而来。

路涵江一记直球，把她的话都堵在了肺里。

好在她虽然不擅长收拾屋子，但是十分精于说话，当即掉转了谈话的方向。

"没事，你不用告诉我周凯跟你说了什么。我问什么，你答什么。要是觉得某个答案可能泄密，你可以不回答。"

"不回答也是一种态度，你可以通过我的态度间接知道周凯的态度。"在研究人说话方面，路涵江和她势均力敌。

程朗歪头拨弄了一下耳环，说："周凯跟你说不许你转述他说的话，这我知道。但是他跟你说不许你就这件事情不作任何评论了吗？"

路涵江愣住三秒钟，然后颇不情愿地认输："没有。"

程朗很快乐："那咱们就这么办。"

路涵江在当场装作惊恐发作把脸埋进纸袋子里，和继续这次交谈并任由程朗主导两种选择中犹豫了一下，还是选择了回答程朗的问题。

　　或许，可能，应该，能帮到周凯吧，路涵江想。

　　程朗问他："周凯喝醉了吗?"

　　路涵江想了想："有点。"

　　程朗："他给你家擦地收拾房间了吗?"

　　路涵江："没有啊。"

　　程朗点头："那就是没醉，意识还是清醒的。"

　　路涵江后知后觉："他在你家喝醉了帮你收拾屋子啊?"

　　这回换成程朗，不情不愿地"嗯"了一声。

　　然后说："你上次的茶叶还有吗，光吃饼干有点渴。"

　　路涵江认命地起身给程朗泡茶。

　　程朗对着他的后背问："周凯去找你，是因为我吗?"

　　路涵江："Pass，next."

　　程朗接着问："你觉得他悲伤多一点还是生气多一点?"

　　路涵江泡好了茶，给程朗端过来："我觉得……我觉得他的表述中用了过多的语气词和感叹句。"

　　程朗："知道了，那他就是因为心里不痛快，才跑去找你的。"

　　路涵江没出声，听程朗继续说："这就很好笑了，明明是他拒绝我的，他难受个什么劲儿呢?"

　　路涵江内心不知道多想赶紧把周凯连头带尾地卖了，你们俩的问题你们俩自行解决啊，让我一个根本没谈过恋爱的社恐夹在中间简直惨无人道。

　　但是他更害怕周凯就此跟他绝交。

于是只能不咸不淡地回答："他不让我说。"

程朗倒也不着急，坐那儿慢慢推测："他明明听懂了我的暗示，但是非要装傻拒绝我，然后又很伤心，大半夜跑你那儿借酒浇愁。那就是说，这个事情不是出自他的本意，他是想答应的，但是有什么因素让他不能答应。"

路涵江回答："嗯。"

程朗："那他为什么不能答应呢？"然后朝路涵江挥手："行了，我知道你不能说。"

路涵江如释重负。

听程朗继续在那念叨："他之前明明采取的措施还比较主动，又装醉又装睡，但是去我那儿待了一下午之后就改主意了，应该不是那天上课的问题，那天上的课他表现也没比平常更差。"

"他平时上课表现很差吗？"路涵江突然插了一句。

"呃……也没有……已经越来越好了。"程朗神思不属，又回到她的推论里，"不是上课的问题。那，那天唯一的变量就是我爸和我妈。"

路涵江："你爸和你妈应该是两个变量。"

程朗："哎，是我不严谨。我爸和我妈在他面前的出现，算一个变量。"

路涵江勉强接受了这个解释。

程朗："我爸的确太PUSH了，有可能是把他吓着了。但是如果本来就心怀鬼胎的话，那不是应该正中下怀吗？那是我妈？我妈说什么了？她百分之八十都在说月壤，然后又跟我爸辩论，然后她又提……那谁……"

程朗突然觉得自己发现了问题所在，问路涵江："你知道Mark是谁吗？"

路涵江迟疑地点点头，他不算犯规吧，程朗这句话里根本没提到过周凯。

然后程朗露出了一副了然的神情："这样啊……"

路涵江这回急了，前面百分之九十的推论都是正确的，怎么在最后一步跑偏了呢。

他内心深处那个小人十分想要拉住程朗大喊："不不不，不是这样的！"

但是说出来的话变成了："你妈还说了什么？"

程朗当即明白过来，看来不是因为Mark。她此刻又习惯性在桌面敲起了摩斯密码，嘀嘀嗒嗒，还好她有过目不忘的本事。

沈凝女士在嘴瓢说出来Mark之后，为了掩饰马上转而指责程穆明，说他小说里头瞎写，随便拉郎配，男主角配不上女主角，他应该和饭馆老板娘在一起，不应该维持和钢琴家的不和谐婚姻。

再后来大家就向程穆明的秘制拌面发起了进攻……

这看起来也没什么不对啊……

等到……我妈说……男主角配不上女主角……

这个驴不会以为我妈在含沙射影顺便说他吧！沈凝女士哪有那个心眼！她真的就是在批评程穆明小说写得不行而已！

程朗一时间觉得哭笑不得，那会儿自己在纠结又有人提起来

Mark的事，倒是没有注意到周凯的反应。等纠结完了那驴又在和程穆明表演亲如父子双向奔赴了，好像就这么完美地错过了。

程朗试探性地问路涵江："我爸写过一本小说，你听没听说过？"

路涵江这才大大松了一口气，中气十足，发自肺腑地"嗯"了一声。

行吧，程朗觉得自己搞明白了周凯的心路历程，然后从心底开始气愤起来："就这？就这！就为这点破事！"

路涵江给了她一个"就是这"的眼神。

程朗起身又给自己倒了一杯茶，在地中间转来转去："不是，我现在觉得我就是作茧自缚，自作自受，搬起石头砸自己的脚！你说我教了他那么半天什么言内之意言外之意，他自己说话说不明白，那点歪脑筋都给用到这地方了！"

"我觉得他在语用方面还需要加强练习，有时候会把一些偏误扩大化。"

这次终于没有敏感内容了，路涵江终于能够说出来一句整话。

程朗咬牙切齿，决心回去要好好跟那驴说道说道，手环呢，他戴着呢吧？等我回家把电击力度调到最大！

当然，这些心理活动路涵江都不知道，他只看到程朗在地中间转了几圈，情绪逐渐平复下来，展开一个云淡风轻的笑容，跟他说："小路，你是最够朋友的。"

路涵江小心翼翼地问："你……你拿我当朋友啊？"

程朗看他："那不然呢？你不会也喜欢我吧？"

路涵江十分惊恐，四肢一起摆动用来否定："不是，不是，我不喜欢你！"

程朗看着他："啊？"

路涵江赶紧辩解："不是那个，不是那个！"

程朗隔空拍拍他："行啦，我知道啦，我逗你玩的。你当然是好朋友。"

路涵江这回红了脸，小小声说："我以为……我就是……同事呢……"

程朗叹口气："那别的同事咋没去过我家吃猫罐头馅儿包子呢？行了，我看你也要没电了。我先走了，回头收拾了周凯再来找你。"

说着关上门扬长而去，留下一个在办公室里兀自傻笑的路涵江。

周凯，程朗，还有郭小凡……那他就有三个朋友了。

而外边走廊上，程朗一边走路一边念叨："一个个的想法全都九曲十八弯，这些男的都怎么了？《甄嬛传》看多了吗？"

三

从路涵江的办公室出去以后，程朗分外有精神头，不管是写论文看数据还是吃饭喝水，脑袋里都一直在后台运转着惩治周凯的办法。他不是挺硬气吗？不是媒体、导演谁都敢怼吗？不是追小姑娘经验丰富、花招众多吗？居然被人家一句话就给吓跑了，坚决不能饶恕。

程朗那根不老实的手指头在桌子上敲了一下午的摩斯密码，起码想出了二十来种折腾某位不转个驴脑子的办法，从糊弄他吃狗饼干拌酸奶到违反约定禁止他收拾书架并把乐高零件扔一地，等等等等，惨绝人寰，不一而足。

可惜电影下周就要上映了，周凯的日程排得密不透风，并且还故意躲着她。不到星期六上最后一堂课，恐怕还见不到这个欠收拾的家伙。一想起这件事，程朗就觉得手指头痒痒。

虽然见不到周凯，程朗却见到了沈捷。

当天晚上，沈捷说要请她爸妈吃饭。程穆明夫妇到北京几天沈捷就脚打后脑勺地忙了几天，毕竟她手下带的又不止周凯一头大牲口，乱七八糟的事情堆积在一起，硬是到姐姐姐夫都快走了，才好不容易挤出来一顿晚饭的空当，吃完了还得去赶赴下一个局。

因为迁就沈捷的日程，他们就约在了东边。按照沈捷的意思，大夏天的不如吃点烟火气没那么重的东西，比如日本菜。结果一征求程朗的意见，那边坚决要求去吃全驴宴。

沈捷当即明悟，问："那小王八犊子又怎么惹你了？"

程朗的回答温柔礼貌："没有，就是有点误会。"

误会都大到想去吃全驴宴了，沈捷信了才有鬼。她想到前两天顺嘴跟周凯说的八卦，心下突然咯噔一下，千叮咛万嘱咐，那驴不会跟程朗说了啥吧？不过她知道也不敢问，程朗不想说的问也问不出来，但是不管怎样，态度要有。

沈捷也好声好气："你不要跟那个活驴一般见识，牵着不走打着倒退的货，等这阵子忙完了我一定亲自押着他上门跟你赔罪。"

程朗不置可否，就是钦定了一家饭店吃她的全驴宴。沈捷放下电话赶紧让雁雁去订位。

你别说，热衷于在夏天吃葱爆驴肉尖椒板肠的人还真不少，要不是提前订过位，甚至都找不到座位。

四人落座，程朗看到菜单上的什么葱烧驴蹄筋、芫爆驴肚丝之类的玩意儿，心情大好，自觉能比平时多吃两碗饭，甚至还主动要求来了一份西湖驴肉羹。

看得沈捷在旁边咋舌不已，看来，那活驴这次把她惹得不轻。

沈捷问姐姐姐夫要吃什么，沈凝迟疑："我们是不是应该点个驴肉火烧？好像最出名的就是这个。"

此时热衷于钻研菜谱的程穆明先生提出反对意见，他看上了驴紫盖套餐。

这位过气作家一手举着菜单，一手摸着没剩几根毛的脑袋，脸上露出欣喜的光芒："这个驴紫盖啊，就是驴软肋和硬肋中间那一小块五花肉，一头驴身上也就能出个三四斤，做熟了也就一两斤。一般的驴肉馆子都不卖这个，这家店看来还真地道，小捷你选的这地方好。"

沈捷在旁边赔笑："朗朗选的。"

程穆明兀自在一旁摇头晃脑："你看啊，这一份驴紫盖，配十二个火烧，六个河间的，六个保定的，一人三个，足够吃了。哎这个店讲究。"

然后转头问服务员："你们这个店老板，是保定的还是河间的呀?"

服务员答:"保定的。"然后把程穆明吹上了天:"哎呀还是您懂，河间的火烧哪有我们保定的好吃，但是架不住在外地卖的多啊。客人一来就问，你们这火烧咋跟外头卖的不一样呢？我们没招，也得跟着卖河间火烧。不能跟钱过不去不是？"

接着话锋一转，道出了自己的真实目的:"先生您这么懂行，我们家特色的金钱肉不来一份吗？男士吃了补肾益气的。"听得沈捷心头一惊，看看旁边程朗，竟然煞有介事地问服务员在菜单哪一页。

还好老脸通红的程穆明及时阻止了她，说:"不用了，我们吃不了，吃不了。"

服务员倒是也没执着于推销298一份的金钱肉，点好菜也就走了，留下一桌子四个人闲聊。

程穆明犹自翻着菜单发出感叹:"哎呀，可惜了。这儿的菜还挺有意思的。今天咱们人太少，要不还能多点几个菜。"

然后转向沈捷:"哎，小捷，你之前送来朗朗这儿学习那个小伙子，上回我们见着了，挺好，做饭也好吃。早知道让你今天把他带来一块儿吃了。"

沈捷偷偷瞥了一眼程朗，看她埋着头不知道在手机上查什么东西，好像也没有生气，才谨慎地跟程穆明推托:"啊……那个……他有个戏要上了最近特别忙，喊他也来不了。"

又瞥一眼，发现程朗的脸色没什么变化，放下心来。

岂料就放心了一秒钟。

程穆明接着说:"我觉得那小伙子挺不错。上次吃饭还想撮合他跟朗朗来着，是不是把人家吓跑了。"

沈捷觉得自己心脏都快脱落了："不是，姐夫，你这乱点啥鸳鸯谱啊？朗朗的事你可别瞎操心了。"

她可算知道今天这全驴宴的来头了，难怪程朗要生气。周凯跟她，可别开国际玩笑了，你见过大尾巴狼跟活驴谈恋爱吗，都不是一个物种！

沈凝也跟着帮腔："我就说他乱来，已经批评教育过了。朗朗的事情让她自己处理，我们不该瞎掺和。"

沈捷连声附和，严正要求程穆明不要随便给她手下的艺人介绍对象。

程穆明呵呵一笑，答应得好好的，转头就问沈捷："那你最近这个感情生活咋样了？好像也没听说有新男朋友？"

程朗从手机里抬起头来："爸，我觉得你应该搬到北京来，就住朝阳区，你这样的不去当朝阳群众太可惜了。"

程穆明委委屈屈："我就是想了解一下年轻人的感情生活不行吗？我这个圈子里都是岁数差不多的，小说里不能只有老头老太太吧。"

然后转向沈捷："我看现在都流行什么年下、什么姐弟恋。小捷你有没有找过比你小很多的男朋友啊？给我讲述一下经验行吗？"

沈捷摇摇头："这个还真没有，目前这个，还比我大不少。"

话一出口程朗和沈凝都来了兴趣："又有新的了？"

程朗犹记得上次那个热爱倒装句的男朋友转投互联网之

后，两人分手时的惨状，沈捷还吐了路涵江一身。

那次是周凯第一次大规模帮她收拾屋子，想想也没多久之前的事情，现在看来好像过了一个世纪。

沈捷这回居然满脸不好意思："也不是……也不算……反正就是……有那么个人，还没确定关系。"

沈凝在旁边突然发出惊人之语："小捷，比你大不少，你可得谨慎，现在男的毛病都多，万一哪天猝死了呢？"

沈捷露出尴尬而不失礼貌的微笑："那还不至于吧……再说我这也八字都没一撇呢。"

沈凝点点头，接着说："虽然你姐夫各种瞎拉郎配，但是他有句话说得挺对的，年纪小的的确比年纪大的有活力。我看那个小周也挺好的，朗朗不喜欢要不回头你考虑考虑？"

一句话说完，沈捷和程朗齐齐被茶水呛着了。

沈捷咳得比较轻，强撑着说："姐咱不聊这个了，你还是给我讲那个啥苏29米30啥的吧。"

沈凝正色道："那是米格29和苏30，米格29是单座双发，苏30是双座双发，这俩没啥好比的，一般拿来作对比的都是米格29和苏27……"

程朗呛的程度比沈捷严重很多，咳得惊天动地，恨不得把肺都给咳出来。好不容易喘匀了气，毫无预兆地开启了新话题："我刚才查了半天驴紫盖为什么叫驴紫盖。"

果然吸引了全桌人，尤其是程穆明的注意力。

"为什么？"

"我开始以为是河北方言，但是后来发现不只是河北，很多地方都把五花肉叫作紫盖，也不是单指驴身上的，猪身上牛身上的都可以叫。这就很有意思了，但是这个词到底是怎么发展和流变的我还没搞清楚，现在能想到的就是古代皇帝的仪仗里有一种紫芝盖。"

"啊，这个我知道。你别说还真像，紫色的，还好几层，不就跟五花三层差不多么。"程穆明这还会抢答了。

不过程朗把他反驳了回去："这个推论也不是很严谨，也可能是别的方言或者音译，没有语料支持的情况下很难讲。就算是从紫芝盖上引申出来的，但是这个变化的路径也不得而知。我不是搞汉语史的，等回去问问搞这方面的同事。"

一桌人就此两两捉对，陷入了严肃的学术讨论之中。

直到香气氤氲的驴紫盖真身上了桌。

卤过的驴五花肉切大片热腾腾摆在盘子里，周围环绕着十二个金黄酥脆的火烧。六个圆的，是保定的；六个长的，是河间的。共存共荣，谁也不得罪。

配葱丝黄瓜丝甜面酱一整套辅料，大家下手去各夹各的，各蘸各的，一口咬下去，是碳水和蛋白质结合的满足感。Food coma上脑，皆昏昏然，忘了情感生活与战斗机，专心吃驴。

食毕，程老先生穆明摸着锃亮的头顶说："哎呀，这个驴啊，是个好东西，全身都是宝啊。"

程朗在旁边点了点头。

回头她就去把那个驴吃干抹净。

四

接下来的一周里，周凯老觉得心神不宁。

电影要上映了，他被沈捷、白导演和橘子姐拎着串完这场串那场，大热天非让他穿长袖白衬衫，脑袋上顶半斤发胶。除了对着人扯淡就是对着人假笑，没黑没白，没时没响。

你说累吧，并不比三班倒整宿开挖掘机或者一晚上肢解几十只大鹅累。

但就是莫名地心里头不踏实。某日沈捷说跟程朗和她爸妈吃饭去了，说罢丢给他一个意味深长的眼神，看得他更加心慌气短，几乎想要借搬家之名翘掉周六那堂课。

自己这副德行，程朗看见估计要气死了吧。

还是郭小凡一个劲儿怂恿他去，说大丈夫得有始有终，一声不吭吡溜跑了不是老爷们儿所为。

周凯这驴当即就势下了坡，说那你帮我收拾东西，雁雁他们礼拜天来帮我搬家。

郭小凡倒也不推托，反正他和周凯都属于身无长物类型，两人东西加一起也塞不满汽车的后备厢。

只不过周凯要搬去演艺公司给他租的安保严密的新公寓，郭小凡要搬去直播公司住。

富二代老板热爱瞎折腾，搞直播的公司不过是若干产业之一。在酒会上跟郭小凡俩人唠高兴了，就雇他来当助理，帮他折腾这门直播产业。听说郭小凡要租房子，大手一挥说你不如就住公司得了，那边地方大，你自己找个屋搬个床就行——公司是老板不知道多少套商住房里的一套。

郭小凡一看能省好几千块房租，也没跟他客气，当即去淘腾了一堆二手家具，准备扛包入住。

两人都要搬家，明明日子是在往好了过，心里头却有那么一点不是滋味。

作为一个心里头没有鬼，但是攒了一堆坏主意的人，程朗倒是没有心神不宁。

她把父母大人送上了去云南的飞机，开车回城，中途拐去了一趟乐高店。

然后就是，一天一天，期待周六的到来。

家里现在没有别的人，程朗也就无须顾忌自己的形象。对讲机一响，直接从沙发上弹射起来蹿到门口，然后开始数数："一二三四，二二三四，三二三四。"

开门。

和第一次来她家一样，一个戴着帽子和口罩的神秘身影，手里头鬼鬼祟祟拎着个巨型购物袋，拉开了单元门。

周凯今天没有穿沈捷钦点的白衬衫，也没有穿那天偷郭小凡的卡帕Polo衫，他已然抱定破罐子破摔的心态，还是换上自己的咸菜绿色卡卡西T恤舒坦。但帽子口罩必不可少，那天下工回来天都亮了，排队买煎饼差点儿叫人认出来，吓得他叼着煎饼撒腿就往家跑。

周凯三步两步蹿出电梯，站在程朗家门口，深吸一口气，敲门。

听见程朗的拖鞋从客厅里踢踢踏踏走过来，周凯突然想起来他妈跟他说的最后一句话。

他妈说："南风，踢完球别直接喝凉水，要得病。"

周南风踢完球灌了一肚子凉水回来，就再也没见过他妈。

程朗打开门，穿一件亚麻色不知道是衬衫还是裙子的玩意儿，腰上系一根细腰带，耳朵旁边晃荡着两只五彩斑斓的串珠水母。

她斜靠在玄关柜上，笑嘻嘻问："你手里拎的什么？"

周凯把购物袋递给她："那啥，这么长时间，你教我也挺累的。今天最后一堂课，给你带个礼物。"

周凯看见程朗那张脸，又高兴又不高兴。

他高兴的是，程朗总算想通了不生他的气了。不高兴的也是程朗不生他的气了，这么快就想通了，可见自己对她……也不太重要吧。

程朗看起来倒是很平静，接过袋子来打开，是一大盒乐高。

利勃海尔挖掘机R9800，还可以遥控。

贼大一盒。

程朗低头看看袋子，又看看周凯，耳环在脸旁边晃晃荡荡。

周凯挠挠头："内（那）啥，我路过，瞅着这个好像挺好玩，就买了。"

程朗端详着那个巨大盒子："当时不是说我送给你吗，怎么倒成了你送给我了？"

周凯也盯着那个盒子："你不说我成绩好才送么，我整那死德行肯定不行吧……"

实际上，当时站在乐高店里，周凯的心理活动是这样的：我都把程朗气那样了，她都不给我发微信了，估计说好的挖掘机肯定要泡汤了。那不如我送她一个，她那么喜欢搭积木肯定不会拒绝。那么以后她一看到这个挖掘机，就会想起来我，哪怕是生气呢。

于是他支棱起来，要求店员给他找个最大个儿的。

今日扛来了程朗家。

程朗看到那个玩意儿"扑哧"就笑了，笑得周凯头晕目眩，好像要中暑。

"你跟我进来。"程朗招呼他，把利勃海尔那个巨型盒子随手放在墙边。

周凯忙不迭跟上去，但是没忘记把那盒乐高靠墙摆整齐，程朗放的是斜的，斜的！

周凯跟着程朗到了书房里，桌子上赫然也放着一盒子乐高，上头还系了个蝴蝶结。

程朗指给他看："答应你了我就肯定会买，铲子可以动的，能遥控的！还能用手机遥控。"

周凯站在那半晌没说话，程朗心里头扬扬得意：开心吧？感动吧？你现在有多感动，一会儿就有多悲惨。

结果等半天，等来周凯一句话："这玩意儿是推土机。"

程朗疑惑："什么？"

周凯哭笑不得："推土机不是挖掘机。挖掘机是挖掘的，推土机是推土的。"

程朗犹自嘴硬:"那不都有个铲子吗?这个我看铲子还大点儿。"

好在此刻沈凝女士已经携亲夫去云南泡温泉了,要不然大约是要当场和程朗断绝母女关系。

周凯的满心离愁别绪都被面前这个焦黄焦黄的CAT推土机给整没了。他伸出手,比了个铲子手势:"挖掘机是这么掏的,推土机是那么推的,那不是一个东西啊。"

然后还补了一刀:"你不是整啥语言学么,这俩玩意儿名字不一样你没看出来吗?"

补完就想把自己嘴给缝上。

好在程朗不是什么东北来的黑毛大牲口,不会犯了错误还梗着脖子比谁声大。

"啊,我以为推土机是挖掘机的一个种类。"她小小声说,眉目含情,听得周凯直冒汗。

然后只听到程朗说:"你不要就算了,两个我都留下玩。"

周凯急得眼珠子瞪出来:"我没说不要啊!"

程朗施施然坐下来:"哦,不是挖掘机也要啊。"

程朗那副样子,屁股底下的尾巴都快藏不住了,也就只有着急留下礼物的周凯才看不见,一本正经在那儿编:"那啥,推土机我也开过,给我吧,没事,都一样。"

程朗撇撇嘴:"你不是说你以前是开挖掘机的吗?"

周凯手一挥:"开推土机不挣钱,我开两天就不开了,还是开挖机挣钱。"

"这样啊……"程朗故作沉吟状。

周凯怕她反悔，赶紧把那盒推土机拿过来放在脚边："行了别磨叽了，上课吧。今天学啥来着？"

程朗笑眯眯的："肢体语言。"

周凯："啥？"

程朗："我早就发现了，你这个人肢体语言过于直接，需要控制。虽然高级的肢体语言表达好了可以起到蒙骗别人的作用，但是你只要学最基本的，能控制住就好了。"

周凯："等会儿，你慢点儿说……"

说着掏出手机打开录音功能。

程朗很疑惑："你录这个做什么？"

周凯当然不能说，以后咱们就江湖不见了，我想把你声音录下来没事听听，也不能说我其实特别后悔昨天晚上才想起来这之前的都没录。

他说："我最近太累，脑袋不太好使，万一没整明白录下来我回去还能再听听。"

然后只听程朗说："这样啊，那你也不用录了。我这里有我们所有的课程录音，你需要的话我发给你。就是文件太大了，回头等我搞到移动硬盘里给你。"

周凯目瞪口呆："你都有啊……"

程朗也很惊异："从第一节课我就说过这个课程是全程开着录音笔的呀？"

周凯："我那天喝多了……没注意……"

后来差点儿被那个透明人头给吓尿了，哪还顾得上录音笔的事情。

那这么说，就可以得到程朗好几个月里说的话了，周凯又在无意间露出了痴笑。

看得程朗摇头连连，就这位，能蒙住谁啊。

她把话题拉回课程上："肢体语言这个事情吧，说复杂也复杂，说简单也简单。你看啊，就像小狗，你怎么判断一只狗很高兴？"

周凯瞪着眼珠子，回忆他见过的狗："摇尾巴？"

程朗继续问："那狗要是不高兴呢？"

周凯有点儿蒙住："不高兴……不高兴了咬人？"

不愧是把人家耳朵咬掉的狗哥，就知道咬人。

程朗觉得不能在狗这件事上跟他多纠缠，接着来了一个灵魂发问："你说，驴尥蹶子是因为什么？"

她觉得周凯对驴这种生物可能更能产生共情。

果然，周凯准确地说出了答案："那必须是生气啊！"周凯眉飞色舞。

让程朗想起了前几天优秀的、脱离了低级趣味的驴紫盖夹火烧。

然后她叹口气，说："你看，这些个表示情绪的都是肢体语言。虽然我们人没长尾巴，但是你的情绪会从一些肢体的细微动作里流露出来。比如你一撒谎就搓手指头，一高兴就抖左腿。这些你自己能意识到吗？"

周凯摇头，然后问："你咋还天天盯着我瞅啊？"

程朗："你是我的被……学生啊……我不盯着你盯着谁。"

那个语调之暧昧，周凯就是耳朵里都是驴毛也能听出来不对头。

然后他发现了一个铁一般的事实："靠！那我撒谎你不是随时都能知道！"

迎接他的是一波调到高强度的手环电击。

正当周凯捂着手脖子龇牙咧嘴的时候，程朗掏出来遥控器，脸上云淡风轻："哎呀，不好意思，我这是什么时候不小心碰到了，好像把强度调高了。你没事吧？"

周凯从牙缝里挤出来两个字："没……事……"

第十二章　士之耽兮

一

　　程朗觉得电击手环真是个好东西，周凯被电了一下之后，学习态度马上端正了许多，正襟危坐，眼睛里充满对知识的渴求。

　　程朗嘿嘿一笑，决定今天要给他上个永生难忘的肢体语言课程，务必要让他了解到打退堂鼓的严重后果。

　　首先，虐待被试，要从座位开始。

　　程朗招呼周凯，来来，今天不用桌子，你帮我把桌子挪开。

　　周凯被电得两眼发直，脑浆沸腾，还没有缓过神来，也不问为什么，自动执行了程朗的指令。

　　桌子一挪走，他跟程朗之间再无隔阂，地中间只剩下两个人与两张电脑椅。

程朗过去把椅子转个方向，然后跟他说把这里想象成一个舞台，你坐在舞台上接受访问，对面都是你的观众。

　　周凯老实坐下，一抬头，感受到了一阵抓心挠肝的烦躁。

　　对面哪是观众啊？那是程朗的书架啊！横七竖八不按高矮大小地摆了一墙书，书前面那块空当里又歪歪扭扭毫无章法地摆了一架子奇奇怪怪的小玩意儿、可乐瓶子、乐高小人、毛绒玩具、透明人头、牙线、洗脸巾甚至还有遥控器……总之顺手抓到什么她就往上一放。

　　还坚决拒绝周凯给她整理。

　　以往上课时候，周凯只能背对书架假装那个混乱的黑洞不存在。

　　但是今天，程朗明显是打定了主意要祸祸他，也罢，谁叫自己把人家惹生气了呢。

　　自作孽不可活，真的勇士，敢于面对闹心的书架。

　　但是不到五分钟，敢于一挑二十的勇士狗哥就败下阵来。

　　臊眉耷眼问程朗："你那个书架……"

　　程朗眨眨眼："书架怎么了？"

　　周凯不得不厚着脸皮提醒她："之前你答应的还算不算数了？"

　　程朗继续装失忆："我答应什么了？"

　　周凯："上回不是说好结课了就让我收拾吗？"

　　程朗做出虚假到毫无诚意的恍然大悟状："哦，这个事情啊……"

　　周凯着急："说好的你不能反悔啊！"

程朗看着他："这是我的书架，自然要看我的心情。你上课要是表现好配合到位呢，我就履行承诺。要是学习效果不好吧……"

　　下半句不用她说，周凯赶紧表态："行行，都听你的，我肯定好好学习，下了课让我把你那书架收拾了，我也就安心了。都最后一堂课了，咱有始有终，好聚好散。"

　　这一番话，说得周凯愁肠百结，越说越不是滋味，一张脸肉眼可见地垮下来。如果给雁雁或者迷妹Tracy看到，定然会捧着心口说这是什么忧郁美强惨死了死了。

　　可惜他面对的是程朗，程朗看起来似乎无动于衷，实际上心里嗤之以鼻：最后一堂课？我说是最后一堂课才是最后一堂课，你说的不算。

　　两个心境天差地别的人就这么坐到了对面，开始上课。

　　电脑椅这个东西大家都知道，坐在上面想要保持静止是很难的，总是得不自觉地扭来扭去。

　　周凯正别别扭扭地调整姿态，只见程朗一只脚发力，嗖地一下坐在椅子上滑到了他面前。

　　周凯习惯性地战术后仰："你要干啥？"

　　程朗几乎和他膝盖对着膝盖，笑眯眯地跟他说："这个第一条么，就是距离。"

　　周凯浑身僵直，腿也不抖了，手也不搓了，恨不得把自己摒成一根人棍。

　　程朗接着说："人和人之间的物理距离很重要。一般情况，离得越近呢，两个人的关系越亲密。"

周凯点头，表示在听。实际上耳朵里都是自己的心跳声，嗡嗡隆隆，程朗的声音像远在天边。

那远在天边的声音继续说："所以呢，你作为对话的一方，就要使用好这个距离感。工作上遇到的那些记者啊粉丝啊，不能离他们太远让他们觉得疏离，也不能离太近让他们觉得可以随便忽悠你。近则不逊远则怨，就是这个道理。"

周凯继续点头，此时他的心跳声音没有那么巨大了。

程朗说："但是每个人对于距离的感知不太一样。我们来具体测试一下你对距离到底是个什么认知。"

周凯瞪着眼睛："怎么测？"

程朗指挥他："你就坐在这儿别动，我来调整距离，你告诉我这个距离你觉得是什么程度的关系。就比如吧——"

程朗让椅子往后退了一小步："这个距离，你觉得谁一般挨你这么近？"

周凯想想："大锅？"

程朗点点头，又往后蹭了一小段："现在呢？"

程朗离得远点，周凯逐渐放松下来，开始有了思考的余力："这样的……老白毛儿……沈姐，就你小姨……"

程朗："还有吗？"

周凯："雁雁也算吧……"

程朗低头在本子上涂画了些什么，然后继续往后蹭："这个距离呢？"

周凯："橘子姐……高老太太……还有赵大爷……还有煎饼摊那大妈，还有郭小凡他老舅，还有……"

程朗打断他："好了，我知道了，差不多了。现在呢？"

她又往后滑了一段，现在周凯已经一伸手完全够不着她了，周凯眨巴眨巴眼睛，突然觉得心里头难受，鼻子一酸，打了个惊天动地的喷嚏掩饰。

还特意解释了一番："热伤风。你小姨有毛病，大热天非让我穿长袖衬衫到处溜达，外头还得套个马甲，搁谁谁都得热伤风。"

程朗顺手从桌子上捞过抽纸扔给他，周凯精准接住。一边擦鼻涕一边审视自己跟程朗的距离，脑子一抽，一个"你"字脱口而出。

然后赶紧找补回来："你爸。"

继续找补："还有谢初飞跟方笑尘。"

"谁？"

"俩男明星，一个年轻一个老。"

"哦哦，那我爸可真是与有荣焉，那我妈呢？"

"你妈可能……还得往后点……"

程朗一脚蹬出去老远："这么后啊？"

周凯笑："那是路涵江！他大马路上离人就那么远，下个滚梯恨不得等前头人滚到头他才下。"

程朗也笑得不行："我要去跟路涵江告状，你内涵他！"

笑着笑着她突然严肃起来，问："那我呢？"

隔着一整间屋子，天之涯海之角。

周凯："咱都这么熟了，你肯定得挺近。"

程朗在那边招手："你滑过来，给我演示演示。"

周凯此刻恨不得自己腿折了。他不想过去，明知道得不到，为什么要给自己虚假的希望。

但是程朗像个电视剧里的女妖精，在墙头招手，笑语盈盈，让你恨不得把头皮洗干净献上脑髓。

周凯一闭眼，算了，最后一堂课了，再嘚瑟一回。

腿长的人确乎有优势，脚上随便一划拉，椅子就越过整个屋子朝程朗奔去。

但是吧，学过初中物理的人都知道，质量越大，惯性越大。

周凯一个身高一米八三常年干体力劳动的成年男子，体重可比程朗大了不少，轮子过于顺滑的电脑椅载着他一路飞奔，电光火石之间卡在了窗台前头的榻榻米上。众所周知，电脑椅，是没有安全带的。

由于惯性，周凯飞了出去，和榻榻米亲密接触，脸先着地。

还好上面铺了软垫，要不然沈捷的压箱底男艺人就要出师未捷容先毁，怕是要来把程朗家拆了。

虽然铺了软垫，但周凯仍旧疼得龇牙咧嘴。

罪魁祸首就是乐高。

没被乐高砖块硌过脚的人不足以谈人生。

周凯来之前，程朗为了让这位整理爱好者看着闹心，特意在那块被他收拾得干干净净的榻榻米上撒了一堆暂时没用的乐高散砖，来自她上次生气拆掉的加州街景。

但是，天地良心，程朗对索绪尔①发誓她没有故意让周凯跪乐高的心思。毕竟在她看来，乐高砖块也属于杀伤性武器了。

谁知道周凯自己飞了上去。

周凯被硌得倒抽冷气，如果不是程朗在场，早就鬼哭狼嚎了起来。

此刻他还靠着偶像包袱勉强维持尊严，面目狰狞地想要起来。

被程朗大声喝止。

现在他身边到处都是乐高砖块，在这个情况下表演毛驴翻身，必然又会被硌上一轮。

程朗有点儿心虚，赶紧去把剩下的乐高砖块都拨拉到一边，才准备把周凯拉起来。

但是呢，乐高砖这种东西吧，你以为你都收拾干净了，其实总会有些个漏网之鱼，而那些漏网之鱼呢，硌起脚来分外钻心彻骨。

始作俑者程朗，就踩到了这么一块 1×1 的透明小砖块。

当即发出了一声凄厉的惨叫，并条件反射地抬起那只被攻击的脚。

她的这个榻榻米上，除了乱七八糟的乐高砖块，还有些个拼到一半的乐高成品。

为了不把自己辛苦搭建的成果压塌，程朗努力在半空中转

---

① 索绪尔，结构主义的创始人，现代语言学之父，程朗的祖师爷。

向，结果自然是——成功地压到了周凯身上。

毕竟我们这还是言情小说。

而读者们还记得的话，周凯身子底下也压着若干乐高砖块。

于是他这回真实地鬼哭狼嚎起来。

二

如果在一个正常的——也就是身子底下没有一堆乐高砖的情况下，周凯简直连做梦都在欢迎程朗以各种理由摔倒在他身上。

可惜现实就是这么残酷，在感受到程朗身上的树木香气之前，周凯先感受到了脊椎和乐高砖的又一次亲密接触。这种前所未有的疼痛体验让他的神经失去控制，不可避免地嚎了几嗓子。

嚎完他才把注意力转移到程朗身上。

他竖着飞出去，程朗横着摔下来，两人身体中段交叉，恰恰在榻榻米上叠成了一个十字。大夏天，衣衫单薄，周凯可以透过亚麻衬衫感受到程朗的体温，还有树木味道的香水，像小时候他和郭小凡逃课常待的树林子一样。

妈呀！这下要完犊子，周凯想。

程朗听到了周凯的嚎叫，情知他又被乐高硌了一遍，但是仰面朝天摔倒在一个活人身上的感觉意外好，好到她不想起来。

但是作为被乐高砖硌了不知多少次脚的人，程朗情知这玩意儿不是豌豆公主的豌豆，皮厚如驴也很容易被硌出血来。

而且，隔着两层布料，她觉察到了一些个微妙的变化。

程朗一翻身坐了起来，周凯紧随其后，一个黑驴打挺，也坐了起来。

两人就这样姿势扭曲地坐在榻榻米上，面面相觑。

也不说话，也不动弹，也不呼吸。

还是周凯先把手伸向了程朗的脸，程朗满心都是快要得逞的喜悦，但是她没动。有些事情如同捉蜻蜓，越是走得近，越要轻手轻脚，屏住呼吸，看准时机下手，蜻蜓才能落网。

一片静谧中，周凯一只手捧着她的脸，开口了。

他说："我想跟你说个事。"

程朗点点头："你说。"

周凯非常温柔地抬起手，帮程朗把碎头发拨到一边，然后说："从第一天开始，我就想跟你说了……"

程朗冲他露出一个胜利者的微笑："说什么？"

周凯拨拉着她耳朵上那五颜六色的流苏水母，声气无限温柔："你以后，戴耳环的时候注意点，那玩意儿万一刮哪儿了，容易把耳朵一起拽掉，耳朵掉了可不好缝。"

一句话说罢，甩开两只黑驴蹄子，鞋都不穿，一溜烟跑出了程朗家。

夏日午后，周凯光着脚，一路"驴奔豕突"，跑出了程朗家的单元门。

一开门白花花的大太阳晃瞎了人眼，周凯眯缝着眼睛，心里头一股酸楚。

天大地大，他再也回不去了。

哪知道下一秒就听到脑袋上一声暴喝："周南风！你给我站住。"

他自然知道那是程朗，可是不能回头，只能一味低头往太阳地里冲去。

他怕一回头就再难离开。

可惜天不遂人愿，如此悲壮的情况下，周凯只走出去两步面前就出现了两只穿着运动鞋的脚，其中左脚已经磨破了，还有个洞。

保安赵大爷笑嘻嘻地堵在他面前："小伙子，又跟对象闹别扭啦？"

周凯抬头："没有，您可别掺和了。"

窗台上程朗还在喊："周南风，一吵架撒腿就跑，你算什么英雄好汉。"

周凯仍旧不敢回头，低着头径直往前冲，却被赵大爷一把拽住。

别看赵大爷年迈，一只手如同练过鹰爪功，钳住周凯的胳膊就不撒手，脸上还是笑呵呵的："小伙子，我跟你说，一吵架就跑可不行，越跑对象越生气。"

周凯急得红头涨脸："大爷，不是……不行……"

赵大爷不管不顾，一边唠叨一边把他往程朗家单元门口拖："我跟你说呀，我年轻时候也这样，跟我媳妇一闹别扭了摔门就走。尤其我理亏的时候，那摔得更大声了。年纪大了才知道那么干有多伤人。"

周凯被赵大爷提溜着，跟跟跄跄，还在试图挣脱赵大爷的魔爪。

但也不敢太使力，毕竟对方年纪大了，万一给摔个好歹的咋办。

程朗还在窗台上帮腔："就是，摔门就走，鞋都不穿！你想过我的感受吗？"

赵大爷拖着周凯大步向前："上回我不跟你说了嘛，惹对象生气了，好好赔礼道歉，啥事没有。床头打架床尾和么，你这么一跑，那小姑娘只有更生气的份儿。你说你这孩崽子咋就记吃不记打！做那包子挺好吃，脑袋像个榆木疙瘩。"

周凯发现不靠蛮力实在是难以挣脱赵大爷那液压钳一样的老手，只能跟高老太太家的黑猫豆沙学习。住在六号楼三单元的黑猫豆沙，热爱虾仁讨厌三文鱼，只要给拴上牵引绳带出自家房门，当即就地躺倒一步也不肯多走，让高老太太的遛猫计划数度破产。

此刻周凯要学的就是这种精神，赵大爷拖行他至单元门口，他瞅准机会就地蹲下开始耍赖，打死也不往前挪动一步。

气得赵大爷吹胡子瞪眼："小王八犊子，快起来，大爷是为你好，赶紧地上楼跟人家姑娘赔礼道歉去。我看那小姑娘斯斯文文的，也不能把你吃了。"

周凯蹲在地上，没穿鞋子，一只手腕子吊在赵大爷手上，长手长脚，像个等香蕉吃的婆罗洲红毛猩猩。

该猩猩口吐人言："大爷，求你了让我走吧，不关你事别掺和了。我不是怕跟她赔礼道歉，我是怕……"

"你怕什么？"

单元门开了，面前站着程朗，手里头拿着他的鞋，五彩斑斓的串珠水母还在耳朵边上晃来晃去。

周凯一个激灵，赶紧站起来。

程朗云淡风轻，把鞋扔到他面前地上："我有那么可怕么，鞋都不穿。"

周凯面红耳赤，汗出如浆："不是……没有……"

程朗转头看赵大爷："大爷您别拽着他了，您是好心我知道，强扭的瓜不甜，强拽回来心不在我这儿也没用。"

然后继续盯着周凯："我就想知道，你到底怕什么，说清楚了，我就让你走。"

赵大爷松了手，周凯这回倒是没有拔腿就跑，不过直橛橛站在当场，也没有说话。

赵大爷拍拍周凯肩膀："小伙子，好好跟人家说，大爷觉得你俩可般配了。"

说着晃晃悠悠，回他的值班室吃西瓜去也。

剩下程朗和周凯，一个站在单元门里，一个站在单元门外。

程朗脸上写着失望，作势要关门："算了，不说拉倒，你走了我再去找别的被试。"

果然，门在最后一秒被拽住了。

周凯低着头，气喘吁吁："我……我手机还在你家呢。"

程朗也不搭话，转身往电梯厅走。周凯如同中了降头，迷迷瞪瞪，跟在她的后面。

他不敢回头，怕的就是这个啊。从再看到程朗那一刻开始，他构筑了不知多长时间的心理防线就崩塌了。去他的，爱谁谁，老子就是要和她在一起。

天塌下来，老子个儿高，可以顶着。

他就这么跟在程朗后头，进了她家的门，一进门就捧住了她的脸，继续下去刚才本来应该继续的那个动作。

单元门外头，一双孤零零的帆布鞋，还待在阳光底下。

三

夏天就是这个样子，家里开着空调，久坐不动，觉得凉浸浸，一旦做点什么运动，汗就跟着下来了。

周凯觉得自己这辈子都没那么用力地抱过别人。他把程朗抱在怀里按得死紧，恨不得让她成为自己的骨中之骨，肉中之肉。

程朗念在他刚刚回头是岸，主动配合了一会儿，并对周凯身上一些个她觊觎已久的部位上下其手。但是两人的身高差摆在那里，周凯的胳膊像两根铁棍箍在她的肋骨上，着实是没法儿呼吸了。

她只好试图把脑袋从那颗能听见嘭里啪啦心跳声的胸膛上拿开。

要么说，恋爱使人迟钝，恋爱也使人敏感。

程朗这么一点细微的动作，那以皮厚著称的物种都能即刻感知。

　　没人按遥控器，周凯也自动跟被电了一样往后退了一步。

　　低头哼唧："你不乐意吗？我……我不是故意的。"

　　前言不搭后语，几个月的课全数白上，听得程朗心头火起，揪着衣服上画那卡卡西的眼罩一把把那驴拽了过来，扑倒在沙发上："谁说我不乐意！"

　　三秒钟以后，程朗耳朵上那彩色水母的触手就差点儿戳进周凯眼睛里。

　　程朗："等下，我摘掉。"

　　周凯："别动，我帮你摘。"

　　顺势滚过去半圈，和程朗掉换了位置，然后低下头去，挤挤挨挨，磨磨蹭蹭，哼哼唧唧，总算把那两只耳环（用嘴）取了下来。

　　程朗心想，总算明白这货外号为啥叫狗哥了，叼东西一把好手。

　　她嘻嘻笑："这要是个耳钉，你就没法儿这么摘了吧。"

　　周凯趴在她耳朵边上："嗯，钩子方便。"

　　说罢连舌头鼻子一起上，继续蹭来蹭去，此刻他可以光明正大把脸埋在程朗头发里，闻她身上的树林子味道。

　　程朗把魔爪徐徐下探，一边解他的腰带一边想，嗯，果然是属狗的，这个劲头和萨摩耶挺像。

　　此处省略狗哥与人类玩耍细节五百字，动用了一切能动的地方，比如四只爪子、舌头、鼻子，还有尾巴。

沈捷跟周凯说不用特意防晒，小麦色挺好，比较有区分度。

其实说了也没用，狗哥就算晒脱了皮，也不会想起来往脸上糊防晒霜。

于是此刻程朗可以伸出一根冰凉的手指头，在小麦色皮肤上描来画去。

程朗："咦，这个是救郭小凡那次被人划的？"

周凯："嗯。"

程朗："这个坑呢？"

周凯："小时候出水痘，挠的。"

程朗："还挺隐蔽。"

周凯："嗯，看不见才能使劲挠。"

程朗："这里以前纹的是什么？"

周凯："没啥。"

程朗："不告诉我啊……"

周凯："反正都洗掉了！"

程朗："前女友的名字？"

周凯："哎不是！"

程朗："真不告诉我？"

周凯：意义不明的哼哼。

程朗诡秘一笑："不告诉我是吧？……这回看你告不告诉我！"

周凯："哎哎，大姐，你手下留情！"

程朗："说不说？不说我可就要用劲了……"

周凯："哎哎，说说说！就是那个啥……"

程朗："啥？"

周凯："内（那）啥……写轮眼……"（周凯喜欢的漫画角色旗木卡卡西的特异功能）

程朗总算松开了手："你这也……太中二了啊！"

周凯："不许说！"

为了避免程朗继续嘲笑他的中二行为，赶紧伸嘴堵住她的嘴。

程朗也就放过了他。

但是周凯并没有能力放过自己。

虽然他昏头涨脑，热汗淋漓，满心洋溢着粉红色的泡泡与黄色废料，但是长久以来的强大习惯力量，还是让他在战斗中间停下来了一瞬。

程朗抬头："怎么了？"

周凯伸长手臂："掉地上了。"

程朗："什么？"

周凯："你耳环，掉地上了。"

程朗："掉就掉呗。"

周凯："我瞅着闹心。"

他与耳环中间是一个尴尬的距离，伸手捞不着。

只好偕同程朗往前蹭了一蹭，总算把地上那一只彩色水母给捡了起来，放在刚才的边几上。

和另外一只对齐。

某人捡完了耳环，长舒一口气，又把精力投入到程朗身上。

这回倒是换程朗开始走神："哎，你看过《绝望主妇》吗？"

周凯从他的应许之地抬起头："那是啥？"

程朗一笑，揉揉他头上那两根毛："没事。"

青年周南风当然不会知道，遥远太平洋彼岸，一个名叫Bree的家庭主妇和他有着同样的癖好。

他此刻满心满眼，都只有一个程朗。他觉得自己脑袋里有一个一个二踢脚炸开，震得耳朵嗡嗡作响。

等他们能真正感受到空调凉意的时候，这个漫长的下午也过去了。

两个人从浴室出来，头碰头趴在床上聊天。

程朗问周凯："你还没回答我，你跑什么。"

周凯："我老觉得不太合适，你跟我。"

程朗："就因为我妈那天顺嘴说了一句什么拉郎配？她没说你，她说我爸写那小说呢。你是不是电视剧看多了……"

然后扳过他肩头："少年，人生和电视剧不是一回事啊！"

周凯狗里狗气，又把脑袋蹭到程朗的脑袋和脖子之间："不是，那之前，我也觉得，不合适。"

程朗："那因为什么？我比你大？"

周凯："拉倒吧，我是那样人吗？"

程朗："那还有什么……我有个前夫？"

周凯："放屁！"

程朗："你说谁放屁？"

周凯："没，没谁，我说……我说这句话放屁……总归跟前夫没关系。"

程朗："那跟什么有关系？"

周凯翻过来，仰面朝天："这不明摆着嘛！你跟我，咱们俩！差太多啊！"

程朗有意逗他："你不是说年龄没关系吗？"

周凯果然着了急："谁说那个啊！我是说，你看，我，高中毕业，爹死了妈跑了，没上过大学，高中也就是假上，啥也不会，顶天了开个挖机做个饭。你看看你，啥学历，啥工作，啥家庭。咱俩搁以前，那就是班级里头最后一排和第一排的差距。我们班坐第一排那几个小姑娘到毕业我都不知道叫啥名，走大马路上都认不出来。"

周凯喘了口气："我不能坑你啊。"

程朗把脸平移到他的脸上方："你怎么知道跟我在一起就是坑我？"

周凯有点儿不敢直视她的眼睛："那……那正常人不都这么想吗？"

程朗却不放过他："从头到尾，你问过我的意见吗？"

周凯："啊？"

程朗："你就没想过要来问问我到底介不介意吗？"

周凯："这还能问啊……"

程朗失笑："这有什么不能问的！你没谈过恋爱吗？"

周凯："谈过……好几个……问题是……一般女生不都不喜欢挑明了说吗？"

程朗："我是一般女生吗？"

这回周凯闪电回答："不是。"然后迟疑："不是……吧……"

程朗一头栽倒在他胸膛上："就这么点破事，你过来问问我不就完了，自己在那儿想来想去磨磨叽叽，真是服了你了！"

周凯："那不是你教我的……有啥想法不能直接说，要婉转什么的。"

程朗叹口气："我那是教你应付记者和客户，你拿来对付我？你对付得了我吗？"

周凯发出了憨厚而不失尴尬的笑声："嘿嘿嘿嘿，好像不能。"

程朗摇摇头："哎，你说外头那些人，知道他们期待值超高的新晋男神是个傻子吗？"

周凯这回倒是学聪明了，没接话，过了一会儿问："那你……到底喜欢我什么啊？"

四

程朗用一只手支起脑袋，另一只手在周凯脸上画圈圈："你知道外头已经有很多小姑娘为你癫狂了吧，这才开了个发布会放了点预告片，正片上映了会有更多。"

周凯一把揪住那根手指头，放在鼻子尖上蹭了又蹭，满身散发着一股狗气。

他摇摇头："我是问你喜欢我什么？为啥我这么个人，老白也喜欢我，你也喜欢我，这不太科学吧……"

程朗撇撇嘴："因为你长得好看啊。"相当理直气壮。

周凯皱眉："黑不溜秋的，鼻子还歪，哪好看了？谢初飞他们那样的才好看吧。"

谢初飞是沈捷手下的头牌男顶流，皮肤像雪一样白，头发像乌木一样黑，嘴唇像苹果一样红，一张脸上所有的距离和比例都趋近完美，一出门就会迎来大量尖叫疯迷的粉丝。

程朗把她的手指头收回来，不能再让他蹭了，再蹭该啃上了。

她说："各人口味不同，我跟老白就喜欢你这样的，看着带劲。"

周凯筋了筋他的狗鼻子："我觉得你没说实话。"

程朗："那……因为你好使？"

周凯："好使吗？"

程朗："好使，特别好使。"

周凯："那之前你也不知道好不好使。"

程朗："还有……还有……你这人是个好人。"

周凯瞪大眼睛："我去！这是好人卡吧？"

此刻他虽然没戴手环，但是整个人都在程朗的势力范围里，被她照着神经密集处狠狠拧了一把，发出一声闷哼。

说脏话要遭受痛苦，这个条件反射在周凯这里建立得很成功。

程朗手上拧着别人的大腿，脸上却还是笑眯眯："我是说你这个人心地善良，还讲义气，一下子给郭小凡他妈那么多钱，要不也不能卖身给我啊。"

周凯反倒有点儿不好意思："那人家救命呢，能帮肯定得帮一把啊。再说我小时候爹不疼妈不要，他妈没少管我，我去学开挖机那钱都是他妈出的。"

程朗亲亲他脸颊："你看，心地这么善良的男朋友上哪找去？"

周凯却不买账，问她："还有吗？"

程朗："还有什么？"

周凯深知大尾巴狼即使谈上了恋爱，也还是大尾巴狼，狡猾狡猾的有，当即使出了从大尾巴狼处刚领悟没多久的绝学——乱拳打死老师傅。

他问出来那个一直梗在心里头的问题："你不觉得咱俩不般配吗？我这高中都没咋正经上的……"

程朗坐起来，盯着他："那你觉得我该找个什么样的男朋友？"

周凯被她盯得后背发毛，缓缓地也坐起来，还拉起来一截被单盖住胸口，总觉得下一秒就要被开膛破肚。

但他还是开腔了："我……我觉得吧……那种学历、家庭、工作都和你差不多的……也能跟你唠上嗑的……就路涵江那样的，但是不社恐的，应该就差不多。"

程朗："你觉得咱们俩经常没话可说，把天聊死吗？"

周凯迟疑，摇摇头："那倒……好像没有……"

程朗："那不就得了。聊天可以有各种话题，也不是非得聊什么专业知识。我想聊专业知识外头一整个研究所的人能陪聊呢，不差你这一个。我看跟你聊聊挖掘机啊，乐高啊，纸壳炸锅包肉啊，猫罐头馅儿包子啊，都挺好。"

周凯被她提到自己的恶行，不由得小小心虚了一下。

犹自不能相信："那我还是觉得……有点儿不对劲。"

如果沈捷在的话，大约要一巴掌拍在他脑袋上，说你个脑袋不转个的轴货，恋爱都谈上了还管啥对劲不对劲。我们家朗朗能看上你就是你走了狗屎运。

但是沈捷不在，程朗么，程朗想，这驴还挺敏锐。

于是她说："我不喜欢那样的人。我有 PTSD。"

周凯听懂了前半句，没有听懂后半句，他问："你有啥？"

程朗却无视自己交给周凯的对话原则，答非所问地讲起了过去的事情。

她说："我前夫 Mark，就是那样的人。"

一说这个周凯可就精神了，两只耳朵支棱起来，眼睛瞪得像铜铃。

倒是没敢插话，听程朗说。

程朗的表情有点儿不痛快。周凯几乎从来没在她脸上见过这种表情，从大尾巴狼变成了大灰狼，仿佛下一秒就要吃人。

大灰狼说："你听我小姨说过吧，她跟我爸妈都没见过这个人。他们连他姓啥都不知道，就被我直接从亲属关系里除名了。"

周凯："那他到底姓啥？"

程朗："Mark Chou，他家里是马来西亚华裔，搬到美国已经第三代了。我在加州时候认识他。那时候我在美国念博士，他比我高三个年级，我有个科研项目，刚好和他们的实验室有合作，就这样认识了。"

周凯打岔："你们不是研究啥语言么，咋还得用实验室呢？"

程朗本来满心的不痛快，被他这一个岔打得啼笑皆非："语言学需要的仪器多了，什么眼动仪、电子声门仪、鼻流鼻压计、肌电脑电仪。路涵江就专门搞这些的，下回我就带你去找他试试。"

周凯想起来第一节课程朗祭出的那个透明人头，又想起路涵江跟看牲口一样时不时就想掰开他嘴看看，不由得起了一阵鸡皮疙瘩。

赶紧说起来别的他真正想知道的事情："那后来你俩就在一起了？"

程朗点头："认识了半年吧，就开始谈恋爱了。"

周凯："他长得帅吗？"

程朗："还行。"

周凯："有我帅吗？"

程朗："不是一个类型……那个人属于……斯文败类型。"

周凯："哦，方笑尘那样的。"

程朗："差不多吧……但可能比方笑尘聪明点。"

周凯："那是，方笑尘也不是博士。那他高吗？"

程朗："高。"

周凯："家里有钱吗？"

程朗："正常中产。"

周凯："身体好吗？"

程朗："游泳健将，也爱滑雪。"

周凯："这不哪儿都挺好吗，后来咋的了？"

程朗深深叹了一口气："他要是不好，我也不能答应和他结婚。我们差三个年级，他那个专业的博士毕业年限又比我短，所以我读到第三年的时候，他就毕业工作了。在硅谷一家挺大的公司，钱么也不少赚，反正就是各种一般意义上的亚洲青年精英形象。他工作以后，我们谈恋爱又谈了两年，状况一直都还不错。虽然有时候他有点儿夸夸其谈，但是当时的环境下，很多身边的男孩子都那样，我就也还能理解。"

周凯："那你们谈恋爱都那么长时间了你爸妈都还没见过他？"

程朗："谈恋爱是我自己的事情，也不需要每个恋爱对象都给家里人看，而且我父母也不是很在乎，他们也没有要求。"

周凯："行吧，我瞅着你爸妈也不太像一般人。这要是郭小凡他妈，那估计对象刚处上以后生小孩儿跟哪儿上学都盘算好了。"

程朗注意到他根本没提及自己的父母，也就理解了他对郭小凡一家的感情。

周凯继续发起灵魂提问："那后来你们咋结婚了也不给家里看呢？"

程朗："其实本来也没打算那么早结婚的，我想等博士毕业了再考虑这些，那也是个意外。"

"你中奖了？"周凯脱口而出。

程朗瞪他一眼："没有！"

"那还有啥事能意外结婚的……"周凯很是委屈。

程朗咬了半天嘴唇，积攒了一阵子力气，才继续往下说：

"是因为那个人失业了。

"那一年经济危机，之前他跳槽去了另一家创业公司，一切都好，谁知道经济危机来了，下一轮投资拉不到，公司只好裁员。裁员嘛，一般都从薪水高的开始，其实他也拿了不小的一笔补偿金，但是有一段时间一直没找到合适的其他工作，精神就比较低落。"

"条件那么好还找不着工作？"周凯问。

"就是因为条件好，他那个级别的职位空缺本来就不多，经济危机了招人的地方更少。后来我看他一直不痛快，就说趁春假去阿拉斯加度个假吧，可以看极光和滑雪，他也答应了。"

周凯问："那你们看着极光了吗？"

程朗："看着了，看着极光那个晚上他特别兴奋，就跟我求婚了。我当时……觉得他一直很不顺利……也不太忍心拒绝……想着在一起也这么多年了，早一点结婚好像也可以，于是就答应了。"

周凯瞅瞅她："我咋不知道你心肠这么软呢？电我一个来一个来的。"

程朗："因为我已经吃了心肠软的苦头了。"说着又把目光投向那个刚才被她薅下来的电击手环。

周凯赶紧把被单裹得更紧一些。

程朗接着说："回到加州我们就注册结婚了。因为那阵子他还没找到工作，经济状况也不是特别宽裕，就说等回头找到了工作再开始折腾办婚礼的事情。我那时候忙着写论文也没什么时间，也是同意的。"

"你们没告诉家里？"

"告诉了，但是他说自己还是有亚洲人的传统包袱，没工作不好意思见我父母，就一直七拖八拖不肯和他们见面。我想那就回头再说吧，也无所谓。谁知道这一回头就直接离婚了，也就更没有见的必要了。"

"到底为啥啊……"

程朗把头埋下去："发生了一些事。"

周凯："那孙子出轨了？"

程朗摇头："没有。很糟糕，很糟糕的事情。"

周凯："那孙子揍你？"

程朗继续摇头："我跟所有人说不要提起那个人，就是因为那段经历太糟糕了，我根本不想再说一遍。你要答应我听完了绝对不要告诉任何人，我小姨也不行，我不想跟人讨论这件事情。"

周凯的脸瞬间就绿了，一把把程朗拽过来搂住："不想说咱就不说了，我不问还不成么，我真没想到这事让你这么不痛快。咱不说了啊。"

程朗还是摇了摇头："不行，我得说给你听。听了你就知道我为什么不喜欢和我所谓般配的男人了。"

周凯把她搂得更紧："不说了，我不问了不行吗？你说啥就是啥，你说喜欢我我就信，哪天你不喜欢我了你就走，都听你的。"

但是程朗还是继续往下说了：

"我们注册结婚以后，就搬到了一起住。他还是没有找到合适的工作，脾气虽然有点暴躁，倒是也不会冲我发火，反而对我比以前更好了。我就一直安慰他说，等经济危机这一波过去，会找到合适工作的，现在也不是没有钱生活，我手头也有点积蓄，足够我们撑一阵子。但是他好像就陷入了某种自卑情绪，老是说一些个自己特别失败的丧气话。你知道，一个人不可能无休无止地接受负面情绪，所以那一阵子我只能多在学校待着，想着撑到他找到合适的工作就可以了。我每天在学校积攒够了精神，回家才能继续对付他的糟糕情绪，谁知道后来事情就完全变味了。"

程朗顿了一顿，深吸一口气，说："我们离婚的原因其实是……我发现他给我下药。"

"什么玩意儿！"周凯差点儿蹦起来。

要是人类发明了瞬移技术，他大概会当场裤子都不穿瞬移到美国去凿爆那孙子的狗头。

"就是……有一阵子我老觉得头疼、恶心、昏昏沉沉，记忆力还特别差，就差到连当天早上吃了什么都想不起来的程度，工作效率非常地差。去医院检查也没有查出来什么，只是说我可能是精神压力大导致的，让我多休息。

我也的确是那阵子因为要躲着他，在论文上下了非常大的功夫。正好他又有了一个新的offer，下个月上班，整个人看着都比较有精神头了，我就决定减少点工作量，在家多休息一下。谁知道这一休息就出了问题，我在家里闲不住，想要把以前剩下来的乐高砖拿出来搭点什么东西，就去储藏室找，结果被我找到一堆药瓶，都是 Lorazepam、Duloxetine 这种精神类的药物。

我那个时候还没意识到什么，就拿着去问他，他说是前阵子失业压力大，睡不着，去找医生拿的，怕我知道了担心，就藏了起来。

我也就相信了。

但是吧，我们搞研究的人有一点不好，看到什么新东西，总想知道个究竟。我去查了一下这些药，发现吃完之后会有些副作用，和我的症状非常相似。我就觉得有些不对劲，然后去预约了一个血药浓度的检查，果然这些药物的浓度还挺高。"

"我去！他妈是要干啥？"周凯听得冷汗直冒，"这药吃多了没事吧？"

程朗摇摇头："要是说有毒吧，倒也不至于。但是……你知道我去质问他，他说什么吗？"

"啥？"

"他说，他没有工作，而我的研究持续顺利还发了顶刊，天天回家光彩照人，这样不行。他嫉妒我，怕我看不起他，扔下他跑掉。正好医生开给他的抗焦虑药吃了能让人昏昏沉沉，就混在每天的咖啡里给我喝下去，如果我的情况也跟他一样糟糕，就没条件离开他了。"

"我CTMLGB的！有病吧！"周凯终于骂出了完全体。

"你说得对，他真有病，他的精神科医生说他有BPD，也就是边缘人格障碍。我发现这件事之后就迅速找律师跟他办了离婚手续，从此彻底把这个人从我生命里删除了。"程朗总算讲完了这个故事。

"不是，你就让这孙子这么跑了？你报警啊！"周凯已经开始暴走。

程朗摇摇头："我跟他说，要是同意马上离婚，我就不报警。他同意了。"

"你咋就这么好说话，这种狗卵子咋的也得进去蹲个三年五载的！"某驴在床上扑扑腾腾，持续呈现尥蹶子状态。

程朗摸摸他的头毛："不是我好说话。报警、立案、打官司的话，我就要继续和这个人纠缠上一阵子。那个时候我只想离得远远的，这辈子永远不要再看见这个人，跟他呼吸一个房间的空气我都觉得恶心。"

周凯想想，也有道理，非常郁闷地把头埋在床上，发出了一声低沉的吼叫："什么玩意儿！"

"所以呀，"程朗声音缓和下来，"你明白了吧，我看到你认为不错的那些男人，就会想起我前夫，然后就绝对不会有然后了。你这个样子的，又直接，又善良，又会为人着想，才是我想要的男朋友。"

周凯当即一个黑驴打挺坐起来，开始顺杆爬："对，我肯定不欺负你，也不让别人欺负你！谁欺负你我跟他玩儿命。"

接着跟酒会那天一样，又悄咪咪地把头靠在了程朗肩膀上。

五

程朗觉得她好像错误估计了周凯。

这个小伙子明明看着驴里驴气、行事莽撞，既不拖泥也不带水，怎么一朝谈上了恋爱，瞬间就由活驴变成了终端制品阿胶了呢？

加热之后黏黏糊糊，粘身上就甩不掉，还不时蹦出来点齁死人的奇怪宣言。

比如此刻，进行了一番体力与脑力劳动之后，这两人终于想起来，周凯的鞋还在单元门口扔着呢。

程朗推他，叫他下去拿鞋。该驴岿然不动，脑袋搭在她肩膀上说："不想去，舍不得你。"

"你下楼再上来，我也不会消失。"程朗迷惑。

那位则把长手长脚都用上，攀缘在程朗身上，如同红毛猩猩抱住一棵香蕉树："就不想去，明天我就得搬家了，不想撒手。"

程朗："那你总得有撒手的时候吧？"

周凯："反正现在不想撒手，能多抱一会儿是一会儿。"

程朗："那你鞋要是丢了怎么办？"

周凯："穿你家拖鞋回去呗。"安排得明明白白，就是死活长在程朗身上不撒手。

程朗没办法，也只好由他去了。

事实证明，懒人有懒福，等周凯赖到深夜不得不回去打包行李的时候，那双帆布鞋好好地待在程朗家门口，脚尖冲前，整整齐齐，一看就是赵大爷的手笔。

事实证明，当一些男女脑袋里头只有多巴胺疯狂分泌的时候，赵大爷还是清楚意识到了帆布鞋放在单元门口的危险性，亲自给拿了上来。

事了拂衣去，深藏身与名。

周凯不想回家，但是不得不回。下周电影就要上映了，公司在东边给他租好了房子，雁雁雇的搬家公司明天十点钟准时来把他的东西打包运走。虽然搬家公司可以负责大部分打包活动，但是总有那么些怕丢的细软得自己拿着。比如程朗给他的一沓子讲义，还有他从程朗这儿偷拿的一只耳环。

金色流苏，做成摩斯密码的那一只。

那时他想着此后江湖不见，无论如何想要留个念想，就顺手牵了这只耳环。

这一只他见程朗戴过好几次，肯定是她喜欢的。

为了伪装成程朗乱放东西导致耳环消失的现场，他还特意只拿走了一只。

如今这一只可以还回来了，可不能叫搬家公司再给整丢了。

他哼哼唧唧，万般不愿："搬家了来找你就不方便了，要不你去我那儿住吧？"

程朗摇摇头："我这里上班近。"

周凯："那我偷偷来你这儿住？"

又被程朗拒绝："咱们能一步一步来么，步子迈得太大，容易扯着蛋。"

周凯一想起来刚才程朗跟他说的那些话，怀疑她跟人生活在一起心里怕是有阴影，也就消停了下来。

是得一步一步来，要不吓跑了可咋整。

周凯就这么一步三回头地蹭回了自己家，地中间蹲着一个郭小凡。

郭小凡嘿嘿嘿笑:"狗哥,你还知道回来呀?"

周凯:"我不回来上哪儿去?"

郭小凡眯起眼睛:"我以为你就在程姐那儿待着不回来了呢!"

周凯当即警觉起来:"你怎么知道我在程朗那儿?"

郭小凡噘起他那长嘴,指指对面:"你俩没拉窗帘。"

吓得周凯一个冲刺蹿到窗台边上,看看那边程朗的窗子,里面灯火通明,窗帘拉得好好的。

回头骂郭小凡:"净特么放屁。"

郭小凡丝毫没有觉受冒犯,反而掏出手机开始举证:"现在拉了,我六点来钟回来的时候可没拉,在楼下看得清清楚楚,头碰头拉小手呢。"

的确,那张高糊照片里,有两个熟悉的背影。

周凯见行迹暴露,直接露出了獠牙,张牙舞爪地威吓郭小凡:"别跟别人说知道吗,谁也不能说,你妈也不能说,沈姐也不能说!叫我知道了有你好果子吃。"

"那我老舅呢?能说吗?"郭小凡在嘴欠方面,真的没有任何自制力。

周凯能动手就不动嘴,当即把他脑袋夹在了胳膊底下开始王八转圈,让他直观体验到了乱说话的下场。

郭小凡嬉皮笑脸地求饶:"行啦,狗哥,我肯定不出去瞎说,我也不是傻帽。"

周凯放开他的脑袋:"是不是的,看你行动吧。"

一句话把郭小凡绕得死死的，不想当傻帽就只能好好保守秘密。

说完连周凯都大觉惊异，他啥时候跟程朗学得嘴皮子这么利索了。

好不容易打发走了郭小凡，周凯把他为数不多怕丢的东西塞进一个行李箱，瘫在床上却睡不着觉。

任谁像他一样经历了心情大起大落像A股市场的一天，也没有那么容易入睡。

周凯脸上带着不能控制的谜之微笑，在床上来来回回地制作了两打驴打滚之后，忽然捞起来手机，在搜索框键入一行字：边缘型人格障碍。

刚才程朗那个样，他也不敢多问，但是想想也知道不能是啥好毛病。

果然如此。

万能的互联网告诉他：边缘型人格障碍，也称为情绪不稳定人格障碍，主要特征是自我概念扭曲和强烈的情绪反应。这种障碍的发作可以由任何事件触发，会出现自残身体，强烈的被抛弃恐惧感，和现实不成比例的绝望和愤怒等症状。

句子贼长，全是术语，各种拗口。

周凯来来回回看了三遍，才差不多整明白了这是个啥毛病。

然后他觉得，程朗应该是说谎了。

虽然他没有程朗那种随随便便就看出来别人说谎的超能力，但是他也不是个傻子，依照他来来回回研究了两个小时的这个解释，程朗那个王八蛋前夫的"边缘型人格障碍"肯定不只是因为怕老婆跑了给她下药这么简单。

人家病例里头说了，有这种问题的人除了无法忍受被抛弃之外，情绪波动还特别大，猫一会儿狗一会儿，好的时候对你好上天，不好的时候恨不得弄死你；还经常控制不住情绪跟人发生冲突，瞅一眼就要上手揍；以及，喜欢以自伤自残来要挟别人。

林林总总，看得周凯后背上起了一层鸡皮疙瘩。

他觉得那狗卵子肯定还对程朗干过更多缺德事儿，只是她不愿意说。

而且，这么一对照的话，他觉得自己的死鬼亲爹周老九，怕也是有点这种毛病。本来好好的，一下岗拿了买断工龄的钱就彻底变了个人，要么出去打牌，要么回家打老婆孩子，打完又给老婆下跪磕头认错，一说不让他再赌他就拿把刀往手上扎，扎完还去赌。彻底地控制不了自己。

周凯躺在床上，盯着那块幽幽发光的手机屏幕，脑子里升腾起来一个想法：那么就是说，程朗和一个他爸那样的人，谈了好几年恋爱，还结了婚，最后那人还给她下了药。

不管那人学历多高、家境多好、外表多光鲜，里头包着一个周老九啊。

那种人，他最熟悉不过了，完全的自我中心，控制欲过剩，但是又有奇特的魅力，不到被烟灰缸砸破脑袋，很难认清他的真面目。

想到这里，周凯无论如何也躺不住了，起来穿上鞋叮叮咣咣跑下楼，去按程朗的门铃。

彼时已经早上六点，晨光熹微，程朗以为是哪家早餐外卖按错了门铃，也就闭着眼睛给开了个锁。

谁知道过一会儿自己家的门居然真的被敲响了。

门口站着一个胡子拉碴黑眼圈巨大的周凯，这回穿了鞋。

程朗勉强维持着神志清醒，问："怎么了？"

周凯进门来，眼神凶狠，盯住一头短毛乱飞的程朗："他打你了吗？"

程朗的脑子根本没能解码，只能发出"啊？"的一声。

周凯抓住她肩膀，一脸要变身的表情："你那狗前夫，他打过你吗？"

提到了Mark，程朗眼神变得复杂，她摇摇头："没有。"

周凯却不放过她："你别骗我。"

程朗睁大眼睛："真没有。"

周凯接着说："他是不是……猫一天狗一天，好的时候把你当王母娘娘，一个不对又跟你嗷嗷叫唤。你成天的心里没底，不知道哪句话就把他给惹着了。"

程朗没说话，她咬住嘴唇，继续睁大眼睛。

听周凯说话："状态好的时候人五人六，一旦出点啥乱子马上开始作妖，全世界都对他不好，什么都是你的错，他自己一点错都不带有的。"

程朗眨眨眼睛，眼泪争先恐后流下来。

周凯说："你说要跟他离婚时候，他作了个大妖吧？"

程朗蹲下，用手捧住脸，从手指缝里露出来几个字："开车直接往树上撞，当时我坐在副驾驶位。"

"靠!"

周凯蹲下去，抱住她："不哭了，咱再也不说这些王八蛋的事了。"

程朗在他怀里小声说："不是我要骗你，但是那些事情真的……太糟糕了……太糟糕了……我一个字都不想多说……"

周凯一下一下帮她捋顺睡觉炸毛的头发："好了，好了，都过去了，都过去了……"

好像在安慰程朗，又好像喃喃自语。

第十三章　日月其迈

一

一到了夏天，保安室的夜班就成了抢手货，谁愿意在大太阳底下满小区溜达呢。晚上多好，骑电动车在小区里头逛荡一圈，小风一刮，惬意得很。

以往张大爷都抢不过夜班钉子户赵大爷，可是最近不知怎么的，赵大爷好像转了性，张大爷说跟他换个夜班，他就答应，甚至不用去门口水果店买半个西瓜贿赂。

后来才知道，赵大爷儿子带着放暑假的孙女来看他，晚上家里头多了两口活人，有说有笑，自然就不愿意在保安室那小破床上待着了。

张大爷没想到的一层是，赵大爷的乐趣之一，五号楼那小伙子半个月前搬走了，三号楼那有一屋子书的姑娘也跟着不着家，她家那窗子三天两头地黑着灯，赵大爷看不见这一对金童玉女打情骂俏，顿觉生活丧失了很多趣味。

周凯拖无可拖，在电影上映前那个周末搬了家。

走之前特意网购了个快递专用上楼平板小推车送去给高老太太，说以后搬猫砂方便。胖狸花栗子从客厅角落的五斗柜上探出一只脑袋，冲他打了个招呼。周凯问："那黑猫呢?"

高老太太指指柜子底下，周凯脸贴着地瞅了一眼，果然看到两只惊恐的绿眼睛。

"哎，你家那大尾巴狼咋样了?"高老太太语出惊人，把周凯吓了一跳。

他跟程朗昨天成其好事咋今天人家就知道了?

完全忘记了自己为了要猫罐头，曾经随口跟人家说过家里有只白猫叫大尾巴狼。

还是高老太太提醒他："上次那罐头吃着咋样? 豆沙又挑食剩了好几个，你看看拿去吃不吃。"

周凯这才恍然大悟，赶紧继续满嘴跑火车："不用了，我那猫最近也挺挑食，我看得自己做饭。"

高老太太当即把周凯引为知己，跟他大大普及了一番自制猫饭与生骨肉喂养的好处，并抱怨自己年老体衰做不动猫饭，还是年轻人精力旺盛。

周凯嘿嘿一笑："我做饭还是挺有一手，啥都能给喂饱了。"

那位亟待被喂饱的大尾巴狼小姐，此刻正被路涵江拖着，敲响周凯家的门。

她觉得自己可真是中国好同事的典范，周凯在她这儿来来回回连哭带笑折腾了一晚上加一早上，刚打发他回家去等搬家公司和雁雁，路涵江就给她发来了邮件。

问她能不能和他一起去给周凯送别。

路涵江作为一个社恐，要主动出席社交活动，即使程朗困得三魂出窍五魄不全，也得套上衣服下楼舍命陪君子。

该君子毫无悬念地在脑袋上套上了那个舒缓纸袋，站在楼下等她。

手里还提着一个纸袋子。

周凯看到受宠若惊："哎哟，我去！还有礼物呢！"

手腕上那个电击手环应声而响。

周凯瞪一眼旁边的程朗："电死我了！不带你这样的啊……我这都要搬家了，离愁别绪的，你咋还能电人呢？电人也得看看时机啊！"

程朗往沙发上一坐："这不是为了训练你说脏话也看看时机嘛。"

以彼之道，还施彼身，这个她最拿手。

果然某嘴皮子不太利索的驴被顶得直翻白眼，暗暗丢给她一个"且等老子跟你算账"的眼神，喜笑颜开去拆路涵江的礼物。

路涵江在旁边结结巴巴："我……这个……我觉得你可能用得上。"

周凯一打开，漂漂亮亮的盒子里头，赫然躺着一副墨镜。

下头还有一个盒子，里面是个能遮住整个下半张脸的……面具。

路涵江在纸袋子里头瓮声瓮气："以后……认识你的人太多的话……可……可以用这个……我也有……有一个……很管用。"

论起在人群中隐形来，路涵江是专业的。

周凯当即把这套装备都招呼到脸上，问程朗："咋样？还能认出来不？"

然后对镜自怜，说整个眼罩是不是更带劲。

程朗看着那位驴胳膊驴腿的新任男朋友，摇摇头："化成灰都能认出来。"

路涵江也在旁边大点其头："对……你戴上之后……不能这么走路……你得这样……那样……"

现场给周凯讲起了怎样不被旁人注意并搭话，听得旁边的郭小凡目瞪口呆。

"小路，以前没发现啊，牛大发了！你不当特务都可惜了！"郭小凡感叹。

而周凯，还对自己将要面对的状况茫然不知，处于一种彻底的轻敌状态，路涵江倾心相授的技巧左耳朵听右耳朵冒，在旁边舞舞扎扎，如同一个大马猴，眼珠子恨不得黏在程朗脸上。

搬家那天大概就是这样一个状况，沈捷和雁雁现场押送周凯以及行李上车，郭小凡拎着行李箱蹭沈捷她们的车，去自己的新公司驻扎。程朗和路涵江站在门口和他们挥手告别。

大家都不知道的是，保安室里头还站着一个絮絮叨叨的赵大爷，跟张大爷说："昨天都跟那小姑娘打起来了，叫我愣给薅回去的，这下和好了咋人就搬走了呢？挺好个小伙子，我还指望着看他俩结婚呢。"

张大爷啃着桃子，嘴里头含糊不清："嗯，小伙子是挺好，包那包子贼好吃。"

然而依依不舍的只有路涵江和赵大爷，可能还有高老太太以及栗子，程朗心里头倒是一点离愁别绪也没有。

毕竟周凯走之前一步三回头："我把东西挪过去就回来找你。今天我就是一个箱子不拆，也得把你家那书架收拾明白了。"

程朗能说什么呢？自己揪出来的男朋友，也就把家里最后一块净土拱手让人。

要不然磨磨叽叽蹭来蹭去，恨不得脸滚键盘，可太影响人类工作与进步了。

所以，程朗家的书架，历经周凯一下午加一晚上的努力，终究是彻底整齐了。

周凯瘫坐在书架对面，看着满架子按照颜色大小高矮排排整齐的书，脸上露出如梦如幻的满足神色，如同进入了贤者时间。

"我觉得此刻应该抽根烟。"程朗语出惊人。

周凯："为啥？"

程朗："事后一根烟，快活似神仙。"

周凯："你脑子里装的都是些啥玩意儿啊？"

程朗："知识与智慧。"

周凯："我觉得可能是黄色废料。"

程朗："才不是，我脑子里没有废料。"

周凯振奋精神，狞笑着扑过去："我不信，给我看看。"

二人如此这般嬉笑打闹了一番，最终双双躺在了窗前的榻榻米上，还是上次摔倒时候那个姿势，这回倒是认真拉上了窗帘。

周凯说："我不抽烟。"

程朗："社会我狗哥，居然不抽烟。"

周凯："因为我爸抽烟。"

程朗想起来他爸拿烟灰缸砸过他，翻过身来贴住他胸口："对，吸烟有害健康。"

二

肥鹅传媒的Tracy，也就是董翠微小姐，昨天兴奋得一晚上都没睡着觉。毕竟明天就是白导演那新电影的首映式了，男主角，那天看到的完全长在她审美点上的禁欲系小哥哥，到底会在里面扮演一个什么角色呢？

她真的好期待，之前不等公司发通稿，她已经天花乱坠连篇累牍地给周凯投掷了一大堆彩虹屁，要不然经纪公司怎么会上杆子给她发首映式的邀请函。

Tracy本来想睡个美容觉，明天精神焕发前去单向奔赴男主角，谁知道辗转反侧，脑补起来自己与周凯二三事无法自拔。在她的想象里，周凯基本都是穿着三件套西装，板着扑克脸的禁欲系斯文败类形象。

十几个小时以后，董翠微小姐的头脑，将会经历一次山呼海啸般的坍塌与重构，而现在，她还懵然不知。

让我们把目光拉回首映式开始前，沈捷押着周凯去造型师的工作室挑衣服。

造型师跟他们合作过多次，非常上道，上来就问沈捷："姐，今天还禁欲系吗？"

"有完没完了，大夏天穿长袖西服，敢情不是你穿，你不嫌捂得慌。"沈捷还没开口，周凯就抢先发表了意见。

昨天晚上他跟程朗抱怨老得大夏天穿着西装在舞台上站军姿，程朗就如此这般，教他占据先机，输出压制力量。

一瞬间周凯脑子里闪过些个似曾相识的场景，他问："你是不是老给你小姨这么支招对付我？"

程朗面不改色，大摇其头，并趴在他大腿上给他科普了半个小时既视感的原理。

听得周凯云里雾里，迷迷瞪瞪，如同一只绕着磨转了好几百圈的驴，早就忘记了开始的前进方向。

但是好歹记住了程朗教他的一系列战术，哦不，话术。

沈捷丝毫不知道自己的秘密武器已经禁不住男色的诱惑直接倒戈，只当周凯的驴脾气再次发作，不过她今天本来也没打算让他继续保持禁欲系风格。

于是从善如流，跟造型师说："大夏天怪热的，不穿了，今天给他弄凉快点。"

周凯顿时觉得程朗可真是居家旅行必备武器。

造型师却没能理解沈捷的要求，无论如何让她定义凉快。

沈捷直接从手机里头搜了一张图给他看："就照着这个路线打扮，明白了吗？"

造型师恍然大悟："哦，沈姐你早说嘛。了解了，纯欲风，又纯又欲。"

说罢跑到衣架前头一通乱翻，丢给周凯一件白衬衫加一条牛仔裤。

周凯喜出望外，妈呀可算整出来点人穿的衣裳了。

结果他走进试衣间老老实实套上衣服，出来之后就被造型师的魔爪一通上下其手，衬衫扣子给解开了四个，袖子刺啦撕掉半边，牛仔裤的裤脚再挽起来，光脚配一双乐福鞋。

造型师十分满意，问在座诸人："怎么样？"

周凯首先发表意见："像刚跟人干过一仗。"

而沈捷和雁雁以及其他工作人员，则在大呼：可以可以可以。

雁雁一脸垂涎三尺的表情，以发通稿为名凑上来拍了一堆照片，并且蠢蠢欲动想要摸摸衬衫后面的胸肌。

沈捷问造型师："还能再露点肉吗？"

"不行，像收破烂的。"周凯尝到了先发制人的甜头，又来了一回。

程朗一会儿还得来呢，他往那一站不能穿得像个收破烂的。

然而沈捷想着他在电影里头的角色，还在要求造型师把衣服弄脏一点："能不能抹点泥上去？不行弄点跟泥巴差不多的颜料也行，就是营造出一种在泥里刚打过滚的效果。"

遭到了造型师和周凯的一致反对。

一个说缺乏美感，另一个说太硌碜了。

沈捷暂且跟他们妥协了，但是心里头暗戳戳记下了这一笔，打算回头无论如何给周凯安排个泥巴出浴图拍摄。

她就是觉得这货适合在泥里打滚。

然后造型师灵机一动，说沈姐你是不是想要战损感？行了我知道了，咱拿金粉涂就行。

说着操起一瓶一次性挑染液，三下五除二往周凯身上脸上抹了几把。

首映当日，各路媒体，甲方乙方、程朗、郭小凡、路涵江，将会看到一个让人耳目一新的周凯。

不过目前各位主创还是被摁在了VIP包厢里悄悄观察观众的反应。

依照白导演的设计，他们应该默不作声，直到电影放完，灯光大亮才上台开始接受媒体访问。

他不想让任何其他因素干扰观众的观影感受。

大家当然都没有异议，只有周凯耷拉个脸抱着手机，浑身上下都写着"放我出去"。

他人生中第一次演的电影，他想去坐程朗身边跟她一起看。

可是程朗不让他把他们俩的事情告诉别人。

其实，也没说不让。

程朗的原话是："也不需要特别正式发个朋友圈广而告之吧，太奇怪了，我们就……保持低调，但是也不刻意隐瞒，谁发现了就承认一下？"

周凯则是这样理解的：怀孕头三个月怕流产还不告诉别人呢，找男朋友肯定也有试用期，我懂。

虽然恨不得马上跟全世界宣布自己和程朗进行了绑定操作，但他还是接受了自己给自己加上的"试用期"设定，并且对自己提出了高标准严要求，力求让程朗早日同意他转正。

说起来，程朗还问过他："你们跟公司的合同里，有没有规定艺人不能谈恋爱呀？"

周凯一脸茫然："我不知道啊。"

程朗震惊："你签合同之前都没看吗？"

周凯："我看了下怎么分钱，就签了。那我回头问问沈姐？"

被程朗立即制止，说我们暂且保持低调，让我观察一下再进行下一步计划。

周凯表示，女朋友说什么都是对的，我四蹄朝天支持女朋友的所有决定。

于是今天，程朗还是按照原计划拿着邀请函坐到了观众席里，与VIP包厢里的周凯又隔了茫茫人海。

旁边是郭小凡，还有关灯以后才徐徐溜进来的路涵江。

这位社恐型天才觉得开灯时候电影院里都是人他要惊恐发作，但是又不想错过看周凯的电影首映，于是选择了在厕所隔间里躲到关灯，然后再溜进影厅。

郭小凡听程朗说完路涵江的打算，不由得长叹一声："我去！路老师对狗哥才是真爱吧，你都得往后稍稍。"

程朗瞪他一眼："你小点声。"

郭小凡猛然想起来这是媒体场，周围坐着的都是些个千里眼顺风耳，赶紧杀鸡抹脖子地闭上了嘴。

程朗觉得真心对周凯好的人好像也不少，所以他才长成了一头缺心眼的驴吧。

程朗也不是神仙，她并没有料到，郭小凡刚才那一句玩笑话，居然真的被有心人听了耳朵里。

就是那位Tracy小姐。

辗转反侧了一晚上的Tracy小姐顶着两个巨大黑眼圈上了工，好在遮瑕膏涂得妙，脸上刷好粉底，又是一个精致媒体人。她到了现场，没有看到周凯本人，想混到包厢去又没有门路，于是只好站在走廊上摆出一副引颈就戮的姿势左顾右盼，期望着能遇到点熟面孔。

还真的叫她遇到了。

不是哪个小明星，而是上次开发布会时候站她身边的小姐姐。

戴着漂亮耳环，坐在座位上拿着手机跟人聊天，脸上还挂着浅浅笑容。

Tracy想要凑过去打个招呼，上次她说来支持朋友的，这次又来，看来这个朋友非同寻常，说不定还能从她嘴里挖点料出来。

谁知道人刚蹭过去，就听了一耳朵闲话。

虽然她不知道"狗哥"是谁，但是想必也是电影的主创之一，看来那个小姐姐在跟某人谈恋爱，还有个"路老师"掺和其中。

那个人……不会是周凯吧？

Tracy的脑袋里飘过一个惊雷一般的想法，随即又否定掉：不会不会，真是女朋友怎么可能在这坐着，早就去包厢里喝香槟了。

她决定去打听打听，圈里到底谁的外号叫"狗哥"。

如果是白导演，那可就热闹了嘿嘿嘿嘿嘿。

白导演的新电影，就在Tracy小姐的头脑风暴中上映了。

灯一关，龙标一出来，早已埋伏好的路涵江就瞅准线路以最快速度蹿到了程朗旁边，一边喘气一边盯着屏幕。

而那边包厢里，周凯也瞪大了眼睛。

"我去，老白毛儿，你干啥把我拍成这样！我长这样吗？"

白导演翻个与名字极为合衬的白眼："大惊小怪什么，片场你没看过监视器吗？之前剪完内部试映你没去看吗？"

周凯很坦然："没有啊！"

那会儿他被程朗折磨得七荤八素，满脑袋都是调值音高舌头鼻子，哪有心情去看什么粗剪版精剪版。

拍电影于他跟开挖掘机和炖大鹅没有区别，都是谋生的活计。

没人开完挖掘机还回去看看自己掘的坑，也没人在意大鹅离开铁锅之后送去了哪个剧组。

周凯自然也不会在意自己拍完的电影是个什么玩意儿。

比开挖掘机挣钱多就行。

但是今时不同往日了，现在程朗在那里坐着，白导演这倒霉电影拍成啥样，直接影响自己在程朗心中的形象，那就不能不重视起来了。

结果，电影一开头，屏幕上就出现了一张属于周凯的，面目狰狞的脸，黑一道白一道蹭着些个不明物体。他演一个生瓜蛋子修车工，一不小心手抖加多了机油，拿根管子用嘴吸出来，结果不小心吸到了嘴里，龇牙咧嘴，连声骂娘。

白导演认为预示着生活的痛苦和无常。

程朗认为这段台词应该是周凯自己发挥的，骂人话很符合他的语言习惯。

周凯本人则拒绝承认大银幕上那个王八犊子是自己，正在横眉立目逼问白导演居心何在。白导演哀告连连，再三保证后面就好看了，后面贼好看，不好看不要钱，不是，我倒找你钱不行吗。

三

最近这段时间，大大小小的媒体都陷入同一个难题：怎么评价白导演的新电影呢？

大实话是不能说的，因为如果那样，全篇文章就只有三个字：看不懂。

闭着眼睛批发专业术语大肆吹捧呢？他们也不大敢了，毕竟上次有人这么干，被白导演跳出来指责屁都不懂瞎理解他的艺术追求，很是伤及颜面。

但是呢，饭得吃、猫得养、水电费要交，稿子也是不能不发。

各位主笔揪揪自己日渐稀少的头发，决定执行打不过就跑策略，笔锋一转，连篇累牍夸起了男主角的盛世美颜和传奇经历。再配上一些个经纪公司放出来的精修照片，就是一期人民群众喜闻乐见点击量爆棚的新专题。

　　要是能从各种渠道倒腾出来一点和其他媒体不一样的高糊生活照出来，流量就能够蹦上一个新的台阶。

　　那天首映式一结束，久经沙场的媒体人们就知道这把稳了，男主角肯定要火。

　　在这之前电影也做过了一些个营销，发布会上白导演也把主创们都牵出来遛了一圈，包括那个据说是大马路上捡来的神秘男主。

　　该男子一亮相就戳中了很多人的审美，就是少女漫画里最常见的那种男主，穿三件套西装，少言寡语，表情呆滞，禁欲系天然代表。

　　虽然在说话方面比较直白，而且有相当程度趋近于缺心眼，但媒体对艺人除了皮相以外的素质一向持宽容态度，只要有一张好看画皮，里头装了个什么灵魂并不重要。毕竟观众也很少能看到本尊，他们需要的只是一个美好的幻影。

　　于是大家纷纷猜测他在电影里头会演个什么冷面杀手或者精神病总裁之类的。

　　结果电影一上映，都傻了眼。

　　那个光着膀子穿背带工装裤还抢着扳手的家伙……是谁啊！

　　说好的面无表情呢？说好的沉郁顿挫呢！

这个抢着扳手见人砸人、见车修车的家伙，沿着公路流浪，行事毫无逻辑，脾气简单粗暴，狂野而纯真，浑身散发着一股雄性魅力。

白导演当年自述：我的男主，要像一头发情的野猪冲下山坡，带着大自然的全部生命力。

周凯在采访中的总结：脑瓜子好像被门夹了，虎超超的。

他们说什么都已经不重要了，放映厅里早就没人在意白导演那本来就没人能看明白的剧情，男人女人，眼睛都黏在周凯那抢过铁锹开过挖掘机的小麦色胳膊上，看汗水顺着伤疤流下，在阳光下闪着蛊惑的金光。

并且想象藏在背带后面的六块腹肌。

哦，座中只有一个人，不用想象，并且切实地摸过。

那个人此时正在给包厢里头的周凯发消息：你后面把背带脱了吗？

周凯盯着手机半晌，死活想不起来他都拍过些个啥玩意儿了。片场白导演折腾他穿穿脱脱那条背带大概有两万次，他都不知道哪条过哪条没过。

于是问白导演："我后面把背带脱了吗？"

白导演眼睛盯着大银幕，随口答："脱了脱了，连裤子都脱了，还有7分23秒，你就该跳河里头捞方向盘了。"

包厢里的其他人眼睛里都放射出异样的光芒。

周凯被他们盯得坐立不安，吼了一句："瞅啥瞅，也没脱光！"

祭出路涵江上次火线培训的隐身大法，缓缓缩到角落里给程朗回消息。

可惜他跟路涵江着实个体差异过大，缩了没有两分钟就被沈捷薅了出来："来来摆拍两张看电影的照片，表情不要那么苦大仇深！"

周凯只能依依不舍地把手机揣回兜里。

而那边程朗收到了满意的回复，小声地跟郭小凡还有路涵江播放脱裤子预警。

郭小凡嗤之以鼻："有啥好看的，我从小学就跟他一起上澡堂子洗澡。"

而路涵江，路涵江一句话也没说。

光是在稠人广坐着看电影已经耗费了他极大能量，顺便还唠嗑实在非人力所能及。

等周凯再次找到机会骚扰程朗，却发现女朋友严厉警告他："别打扰我看电影！"

只能默默消停下来，也去看大银幕上那个傻了吧唧的自己。

期待着冷面杀手的媒体虽然被电影里头货不对版的男主迎头打了脸，哭泣着叹息之前的选题怕是不能用，但是转眼就觉得值回票价。

用迷妹Tracy小姐的话说："原生态小狼狗可真香！"

然后脑袋里警铃大作：那个人嘴里的狗哥，难道就是周……？

然后迅速疯狂摇头，再一次否定了自己：不可能，他不会谈恋爱的！他谈恋爱了（包括我在内的）女友粉怎么办？

完全罔顾了这屋里大部分女友粉粉籍只有不到一小时的事实。

但是Tracy好歹也是肥鹅传媒的顶梁柱，沉迷男色之余，尚且不忘分析一下经纪公司的营销方案。不得不说这个完全颠覆大家期待的人设，实在是非常精妙，她已经能预料到明天媒体上会掀起一股反转浪潮，包括她自己，也在脑袋里盘点起来周凯身上哪些可以挖掘出来做对比的要点。

从观众反应来看，这无疑是一部成功的电影。

周凯一把将扳手扔进夕阳里。

影片结束，灯光大亮，观众们疯狂鼓掌，嘴里纷纷念叨着诸如"绝了"之类的词汇。

而放映厅里只有两个人不痛快。

一个是站在后台等着上场的白导演，他幽怨地看了一眼周凯："他们都在看你，他们都没在欣赏我的艺术。"

周凯正在被造型师按在墙上整理头发，闻言反击："那我不是你找的么？我饭店开好好的，你死乞白赖地非让我去拍电影，你这明显只能赖你自己。"

白导演被噎了个倒仰，伏在老婆橘子姐肩头嘤嘤嘤地求安慰。

另一个就是观众席前排坐着的程朗。

她认为，有各式各样的词汇可以用来形容她男朋友在电影里的出色表演，而身边这群人只会喊什么"绝了"，实在是匮乏之极。

白瞎了她男朋友美好的肉体。

你问路涵江，他自然是趁灯还没亮的时候又溜回了那个洗手间的隔间，静待人走没了再悄悄离去。

按照既定的程序，电影放完了，就该轮到主创团队上场，搞个座谈回答点问题，扯一些个大家都心知肚明的客套废话。

火眼金睛的造型师在最后一刻摁住了周凯："这个摘掉，难看死了！"

那玩意儿，沈捷和白导演看着都眼熟得很，不是上次那个漏电的手环吗！

周凯却异常坚持："不行，我不摘。"

白导演条件反射就要脱下来手上的"绿水鬼"跟他换，突然想起上次在台上差点儿被电尿的经历，缓缓地住了手："就让他戴着吧，那玩意儿能缓解紧张。"

也不知道这孩子脑子咋长的，手上戴一个随时漏电的玩意儿，还能缓解紧张。

沈捷比白导演更知道那手环的来龙去脉，还知道它的前身是个犬猫止吠器，并且与一桩陈年猫罐头包子案牵扯不清。

不由得暗暗感叹：朗朗为了把这头驴牵上拉磨的光明大道，可是费了不少心思。这不，连缓解紧张的玩意儿都考虑到了。

于是她也发了慈悲，跟造型师说："你那金粉还有没有，再往上抹两道，当个装饰，也没那么丑了。"

造型师万般无奈，捏着鼻子，拿个眉刷，往那手环上涂了两笔金粉，总算和周凯的整个造型勉强搭配。

一边画还一边嘟嘟哝哝："不愿意摘也行，好歹挑个好看的。你看看人家羽生结弦戴那法藤①，多好搭配，非要整个这傻大黑粗的东西。"

周凯不乐意起来，驴脾气当场发作："傻大黑粗咋了？吃你家大米了？"

沈捷一看风向不对，赶紧推白导演："行了，时间到了，赶紧上场。"

周凯只能万般不情愿地跟上，一边走还一边给造型师留了一个"再说我削你"的眼神，让他自己体会。

观众终于看到了他们期待已久的男主角。

破烂白衬衫、松垮牛仔裤、暗金色的闪粉一道一道在衣服褶皱里神出鬼没，脸上抹了两道，像是伤口，又像是纹饰。左手上戴着个黑色的手环，上头也抹了两道金粉，倒像是别致的装饰。

一时间闪光灯大作，周凯觉得自己要被晃瞎了，只恨没有带来路涵江送的墨镜。

他在这喧腾中四肢僵直，伫立如一根人棍，眯着眼睛试图从人群中找到程朗。

却只看到一大片举起来的手机摄像头。

此刻他突然理解了路涵江，有时候人群真的令人恐惧。

周凯深吸一口气，继续在手机的海洋里头寻找，终于找到上蹿下跳一个猴，那蹿的姿势一看就是郭小凡。而他身边站着程朗，脸上带着大尾巴狼的笑容，歪歪头表示看到了他。

---

① 法藤：英译PHITEN，一种运动保健器材，形似项链，因为羽生结弦喜欢戴而出名。

周凯被万众瞩目，不敢大动，只能偷偷用右手磕一磕左手的手环。

之前他跟程朗说过，你送的，我要一直戴着。

是他自己强行认定的定情信物。

程朗也没表示反对。

如今他果然走到哪儿戴到了哪儿。

程朗举起手，轻轻地，有节奏地拍了几下。

于是一向以扑克脸著称的男主角笑了，龇着一嘴白牙，如日月之入怀，不知道多少男女为之倾倒。

那几下，是程朗唯一教过他的摩斯电码：I love you.

四

作为一名艺人经纪，沈捷在手下的男艺人一夕爆红之后，可以说是痛苦，并痛苦着。

当年小仙男之风劲刮，谢初飞他们刚刚翻红的时候，她也是天天忙到脚打后脑勺，可是内心是快乐的。毕竟谢初飞本人十分配合，让减肥就减肥，让健身就健身，让填鼻子就填鼻子，让削下巴就削下巴，工作连着工作行程排满只能在飞机上睡觉也没有异议，乃是男艺人界的敬业典范。

反观现在这头砸手里的驴，一样的媒体造势，一样的群众基础，一样的粉丝流量，甚至还有大银幕光环加持。结果呢？牵着不走打着倒退，天天跟看到信用卡账单一样苦大仇深地盯着日程表；来来回回讨价还价，工作还没开始就问几点收工，让他去趟外地推三阻四，令人怀疑是不是在家藏了什么需要定点喂食的小奶猫。

沈捷趴在方向盘上慨叹："太犟了……物种不同……带不动啊……"

雁雁坐在旁边，也很疑惑："狗哥真的很奇怪哎……他跟钱有仇吗？"

沈捷生无可恋地注视前方："没有……但是他觉得挣太多也没用，有点够花就行，7×24挣钱他不乐意。"

雁雁笑了："年纪不大还挺知道养生。"

沈捷板起脸来："呸，年纪不大个屁，他都二十六了！谢初飞十六就出道，累死累活拍了七八年戏，才搭上古偶顺风车火那么一把。这货出道就那么多人捧着，还在那磨磨叽叽不想工作，简直就是烂驴扶不上墙！"

"烂泥……吧？"雁雁小声地纠正。

沈捷摇摇头："驴，绝对是驴。我这辈子就没见过这么驴的主儿，开始还觉得被朗朗整治了几个月转性了，现在一看就是说话好听了点，江山易改本性难移，里面的瓤还是个驴！"

雁雁赶紧灭火："姐，喝口水，要不咱晚上吃驴肉火烧？"

沈捷接过水瓶子："别跟我提驴，我现在听到这个字就脑袋疼。他在那儿嫌没时间休息，我还嫌没时间跟男朋友约会呢！"

其实周凯的难题和沈捷毫无二致。

对于一个刚有了新女朋友，恋奸情热的男青年来说，什么王权富贵都不如你依我侬重要。本来就搬了家，行程还排那么满，他哪有时间去找程朗！还得让人家开着车满城迁就他的行程，在周凯心里，这就属于严重男友失格。

倒也不是不想赚钱，但是在周凯看来，接一个通告的钱都够他活一年了。他跟公司签的合同，五五分账，分完之后再缴了税，还能剩下不老少。从这点来说他是感谢沈捷跟橘子姐的，问题是，钱挣多少那是没头的，女朋友跑了可不行。

于是他充分发挥了上学时候和老师拉锯的技巧，把沈捷折腾得不胜其烦。

其实对于他的缺席，程朗倒是没什么怨言。

她觉得一周见一次也不错，距离产生美。

可惜周凯不这么想，只要有时间，不是在她身边蹭来蹭去，就是打开视频隔空蹭来蹭去。大牲口秒变宠物狗。

比如今日，酒店玻璃窗外面夜景绮丽，某个牲口四蹄朝天躺在窗边沙发上耍赖："啊……我不想去云南。"

程朗往他嘴里塞了一颗葡萄："这个时候云南很好啊，又凉快，好吃的又多，蘑菇季节到了呀，菌子火锅超好吃的。"

周凯翻身，把头枕在她大腿上："你不陪我吃，啥蘑菇都不带好吃的，而且又得三四天看不着你。"

程朗笑："这几个月恨不得天天见，你还没烦啊？"

周凯奋力摇头："不烦，见多少次都不烦。再说，那时候你还不是我女朋友。我想天天跟女朋友待着。"

按照程朗的标准，他这就属于语无伦次。

但是么，对男朋友就宽容很多，毕竟谈恋爱使人降智。

程朗给大牲口顺顺毛："去吧去吧，我男朋友拍了那么好的电影，得多出去给别人看看。"

周凯摇头，语气十分诚挚："好啥啊，我看净在那儿胡咧咧。我跟你说，我们拍戏时候，大伙儿谁也没整明白在拍啥，反正就老白毛儿让干啥就干啥。"

"让脱裤子就脱裤子。"程朗坏笑。

"不是，那也没全脱！"周凯着急了，"那里头不是还穿个大花裤衩么！"

程朗："你知道吗？你跳水里捞方向盘那镜头一出来，观众席里咽口水的声音特别大。"

周凯："那是他们白条鸡看多了，上工地上看看去，都我们这样的。夏天晒油黑，冬天冻得紫了嫲青。"

程朗："你还真是不容易骄傲。"

周凯："我骄傲啥？肥肉比别人少？"

程朗："那么多人喜欢你，社交媒体上那么多粉丝，你不高兴？"

周凯："那些玩意儿都是假的，都是雁雁发的。"

程朗："也是，他们可不敢让你发。"

周凯："就现在这个微信号是真的，头像是卡卡西这个。要是让我发，我第一条就告诉全世界我有对象了，你们别做梦了，我对象可好看可厉害了。"

程朗叹气："你还是闷声发大财吧，也不怕叫别人给抢走了。"

周凯安静下来，认真想了三秒钟："也是！"

程朗掐他鼻子："傻帽！开玩笑呢。"

程朗没告诉他的是，那天看完电影，她趁着没有开灯，哭得妆都花了。周凯他们在后台因为手环的事情掰扯不清那时候，她正躲在洗手间补妆。

你别说，老白毛儿其实很有两把刷子，电影虽然神神道道，但其实真的拍得挺好，角色选得也好。程朗看到电影本身，突然就理解了老白毛儿为啥一定要从铁锅边上把周凯给揪到片场。

那个男主角的莽撞和粗野，是他用来对抗生活无常的一种方式，在他的那个世界的规则下，只有这样才能活下去，让自己的肉体和心灵都得到自由。

老白毛儿要找的是一个眼睛像火蜥蜴的人，目光里有在幽暗水中燃烧的火。

他一定是在那口炖大鹅的铁锅旁边看到了那把火。

程朗也看到了，所以她哭了一鼻子。

别人没看到的，光看着小麦色腹肌痴笑，也挺好。

毕竟他们摸不着，而我想摸就能摸。

程朗想到此节，又狠狠地吃了两把男朋友的豆腐。

男朋友奋起反击，二人打起了枕头战争，一晃眼就到了深夜。

要么说，这人是有路径依赖的，沈捷解决不了驴不拉磨的问题，又找上了专治大牲口的程朗。

她拎着周凯从云南回来，深刻感到这货一路上的精神不振消极怠工，状态还不如在北京时候好。于是抛下男朋友赶紧跟程朗约了一发。

还选在了上次那家吃全驴宴的馆子。

程朗一坐下就问:"又不听话了?"

沈捷盯着菜单:"剁成馅儿都不解恨!服务员给我来一盘驴肉饺子,再加个麻辣驴肝!"

然后问程朗:"这个小炒驴腰你吃不吃?"

程朗为了自己的幸福,要求把这菜换成三鲜锅巴。

五

程朗热爱这家馆子的三鲜锅巴,金黄的锅巴炸到酥脆,浇很爽口的糖醋汁,再配一点黄瓜炒的虾仁鱿鱼等海鲜,是夏天里也能吃下去的风味。

毕竟家里外头都吃驴肉的话,还是有点儿觉得口味过于单调。

可是很明显,不管是三鲜锅巴还是香气蒸腾的驴肉饺子,都没办法扑灭沈捷的怒火。

她点了这堆泄愤食物,却并不怎么吃,只在那里一直灌冰凉的桂花酸梅汤。

一边灌一边跟程朗历数周凯的种种罪状。

最后得出结论:"我算发现了,除了你谁都整不了这个驴。要不你来给他当经纪人得了,我也好有时间谈谈恋爱。"

这种无理要求自然是被程朗严正拒绝。

然后她就发现了问题所在:"上次你还说是暧昧对象呢……这次就谈上恋爱了?"

沈捷很迷茫："上次？什么时候的上次？"

程朗准确地报出了时间地点人物。

沈捷晃晃头："我都不记得说过这话了，朗朗你天天啥事都记这么清楚，内存够吗？"

程朗也抱起了冰镇酸梅汤："这点事占什么内存。哎，你上次还说这回的比你大不少。"

沈捷脸上顿时泛起了光辉："嘿嘿，还行吧，十来岁。"

程朗点头："只要人是对的，年龄倒也不是问题。这回不是搞互联网的了？"

沈捷疯狂摇头："不是不是，我可是受够了这堆互联网破词了。这回是……"

她眨眨眼睛："圈里人。"

程朗顿时感了兴趣："你不是说兔子不吃窝边草，坚决不找圈里人吗？"

沈捷不好意思起来："别的圈里人肯定不找，他么……他不一样……"

"有什么不一样？特别帅？你睡到金城武了？"程朗问。

被沈捷在手背上敲了一记："你觉得可能吗？"

程朗："那除了金城武还有谁能让你这么荡漾？"

沈捷的心火被冰镇酸梅汤灭得差不多，语气也跟着平缓起来："主要是……我一直都很喜欢他的……是我从二十岁就一直代入想要恋爱的男人……某种意义上也算睡到金城武吧……"

"哦，"程朗反应异常淡定，"方笑尘啊。"

倒是沈捷非常惊恐："什么情况！你怎么知道的？是不是周凯告诉你的？不对啊他也不知道！"

程朗皱皱眉："你二十岁时候不是就在沉迷方笑尘演的那个电视剧吗？天天坐在电脑前面露出痴汉的笑容，没事给我在MSN上各种发他的截图采访之类的。"

沈捷情绪稍微稳定下来："可是……可是我后来也喜欢过一百八十来个其他明星吧……"

程朗："之后十来年你跟我聊天的时候还是提起来方笑尘的密度最高，他只要出了新作品你就会重新沉迷一遍。而且你提起他的时候用词明显和其他明星不一样。"

沈捷凑过去，往程朗的脖颈后面摸了一把。

程朗熟知她这套把戏，十分无奈："别摸了，没有脑机接口。"

沈捷："那你是我姐在实验室偷偷做出来的人工智能啥的吧……正常人脑子里会记住那么多东西吗？"

程朗："我妈是飞机工程师，她不造机器人。"

"说起来……你在影视公司干了这么些年，居然才认识方笑尘。"程朗强行打断了沈捷的机器人阴谋论。

提起来方笑尘，沈捷就明显开始软化："之前他都好久不出来演戏了，也不住在北京，要不是这次白导演找他出来给新电影站台，也没那么容易认识。反正就……缘分这个东西很奇妙的……"

程朗想到自己和周凯，也觉得缘分这个东西很奇妙。

程朗问："然后你们就在一起了？"

沈捷："哪有那么快啊！……就开发布会那天，他觉得周凯这小孩儿挺有意思，就跟老白毛儿和我多聊了几句，聊着聊着那就礼貌性加个微信么。"

程朗："我怎么觉得，你是有预谋的呢？"

沈捷倒是承认得非常痛快："那你见到十几年来一直想睡的明星不会上去要个联系方式吗？"

程朗："主要是我的生活里不存在这样的人。"

沈捷一撇嘴："也是，你从小就不爱看电视剧。"

程朗严禁她岔开话题："所以是你主动的？"

沈捷相当坦然："其实一开始我也没想着谈恋爱，就想着先撩撩看。大活人都送到我面前了，有枣没枣也得打一竿子，不打这一竿子我这辈子心里头都过不去。结果吧……还真给打着了。"

要是在以前，程朗看着她挥斥方遒的小姨眼睛里冒出恋爱的粉红泡泡，必然是会忍不住逗她两句。

可是现在，作为同样怀揣秘密的人，她好像宽容了一点。

只是问："你说他不住在北京，那你们怎么谈恋爱？"

沈捷一脸幸福："飞过来找我啊，或者我有空的时候飞过去找他。所以啊！本来我的时间就很紧张了，周凯还在那给我整什么懒驴上磨十八式，你知道我有多不容易吗？"

程朗作为直接导致驴不拉磨的罪魁祸首，只能嗯嗯啊啊对付着安慰沈捷，并且痛下决心回头要和驴本人严肃讨论一下做一天驴就得拉一天磨的工作态度问题。

在没有全驴而只有驴肉馅儿饺子的当下，她就只能微笑着岔开话题："说来，方笑尘应该结过婚吧？"

"结过，两次。"

"那现在结着吗？"

"早离了。第一个去世了，第二个离了。"

"所以他现在是自由的单身男子？"

"要不然呢！我再精虫上脑也不会去找有主的男人啊……还嫌麻烦事不够多吗？"

"你不能产生精虫。"

"程朗，你再抬杠我就把你也给剁成饺子馅儿！对了，这件事情千万不要跟别人说啊，你爸妈也别说。"

"放心啦，我没有那么爱好八卦。"

"不是，要是别的男朋友你随便八卦，我抬一下眼皮算我输。主要是……他好歹算个公众人物，被人知道了我们俩都要面对很多不必要的麻烦。"

"知道知道，看你以前天天研究怎么帮明星掩盖绯闻，现在轮到要掩盖自己的绯闻了。"

"就是这样我才知道跟明星谈恋爱麻烦多，这也就是方笑尘，换了别人我才不去给自己找事。说起来周凯就没女朋友这一点让我省心了，也不知道能坚持多久，这人一红后头排队追他的女生可就多了。"

程朗不置可否，露出了大尾巴狼的招牌微笑。

沈捷交代完了方笑尘的事情始末，开始把话题转向今天的主要目的："朗朗，先不说这事了，快帮我想想有什么能让周凯老实上工的办法。他最近都火出圈了，得趁热打铁增加曝光度，老不出现粉丝就该去爱别人了。"

程朗点点头："知道了。"然后从包里掏出来一个遥控器，"这是他那个手环的遥控器，不听话你就电他。"

听得沈捷一口酸梅汤差点儿没喷出来。

"不是，朗朗，你之前那些七拐八拐的主意呢？都挺好使的，你咋突然这么简单粗暴了呢！哦对，说到那个手环，你说他是不是有毛病，一天到晚非得戴个那玩意儿，傻大黑粗，每回造型师都气死了，让摘还死活不摘。"

程朗问："他怎么说的？"

沈捷："他说戴上那玩意儿他就不紧张，雁雁说像个安抚奶嘴。"

程朗摇头："他在说谎。"

沈捷立时精神起来："我就知道事情没这么简单！你说他是不是热爱被电击的感觉，是个受虐狂什么的。"

程朗很平静："不是，因为那个玩意儿是我送给他的，他觉得那是某种程度上的定情信物。你要是觉得太丑，回头我送他个好看点的别的东西，手链什么的，他就不会戴那个了。"

沈捷大点其头："嗯嗯，赶紧让他换了，那个破玩意儿太难看了！"

然后突然反应过来："你刚才说啥？定情信物是个什么情况！"

程朗睁着无辜的眼睛看着她小姨："就是说，周凯现在是我男朋友。"

第十四章　燕燕于飞

一

　　程穆明夫妇在云南山沟里头狠狠转了一圈，出来发现已经换了人间。

　　飞机工程师沈凝同志好不容易熬到退休，有了长假可以休，当即伙同配偶开始实行她畅想过的种种上天入地计划，比如抬腿就走去看月壤，再比如跑到凉爽的云南山沟里过夏天，偶尔再徒步往更深的山沟里钻钻。

　　云南的山沟里啥都好，有清爽的云杉林，有时鲜的野菌子炒肉，推开窗户可以看到凉快的大雪山。然则就是手机信号不怎么行，供电时断时续，手机信号也时断时续，打电话是可以的，上网速度只能2G冲浪。

　　最近的电影院也要开三天车才能到，还没有白导演这种文艺片的排片。

所以，一个心心念念想要看周凯到底拍了个啥电影的程穆明先生，直到电影上映以后半个月，才后知后觉地看了起来。

看的过程中是时不时地抹抹眼泪，看完之后手舞足蹈，第一时间给沈捷打电话，祝贺他们拍了个好电影，讲述了人生的无常和人类的抗争。

沈凝还在一边插话，说那小伙子看着身体条件真不错，一看就是正经干过活儿的。

沈捷在电话那头七窍生烟，说你们还不知道吧，这个愣货已经被你家闺女给忽悠到手了，我手里头刚红起来的男艺人啊！我还指望着拿他出去和别人炒炒CP呢！

然后只听得自家胞姐提出了重点完全跑偏的问题："你要炒啥？"

又听见姐夫好声好气，在那边解释起了炒CP是个什么操作。

沈捷绝望地呼吁："你们就不关心一下朗朗找了新男朋友这个事吗？"

程穆明首先反应过来："哎呀，我就说那小伙子不错，饭做得又好，人又实在，长得还好看。我闺女的眼光果然跟我一样。"

沈凝在旁边帮腔："瞅着体格不错，不容易生病。"

沈捷在那边酸溜溜："我感觉你下一步就要掰开他嘴看看牙口了。不是，他们俩这个背景差那么多，能有共同语言吗？"

沈凝倒是很干脆："共同语言这东西，不是外人能知道的。我跟你姐夫一个学文一个学理，我瞅着你姐夫像傻子，你姐夫瞅我像文盲，一点儿不耽误我俩聊天。也许人家两个就在有些点上特别投缘呢。"

沈捷放弃了，行吧，她早该料到，什么人生什么闺女。

程朗这个口味，和她亲爹妈脱不了干系。

放下手机她又继续独自烦躁起来。

那天程朗吃着三鲜锅巴就向她投下了如此重磅的一个炸弹，炸得她头晕脑涨，一个晚上都晕晕乎乎。

来之前还说周凯就剩没有对象这点优点了，不用她到处扑火处理绯闻，谁知道优点两小时后就直接破灭。

程朗还睁着一双无辜的眼睛问她："你们没有不让艺人谈恋爱这个说法吧？我问过周凯了，他说合同里没写。"

沈捷在心里暗暗吐槽：大尾巴狼。

之前那些年，她不知道跟程朗唠叨了多少××艺人又跑去谈恋爱，她还得去想办法遮遮掩掩之类的事情。还特意跟程朗强调说那些娱乐圈文都在想当然，什么艺人被公司完全控制不让干这不让干那，真是想多了。现在这种流量当道的年月，他们都是祖宗，都得供着。

被发现了都得公司去给擦屁股。

这点事她吐槽吐得嘴唇都起皮了，程朗会不知道？

她就是故意的，故意下个套等你往里钻，钻完才知道什么叫搬起石头砸自己的脚。

沈捷拉着个脸，准备迂回作战："让不让的……不是……你为啥会看上他啊？你们俩感觉……都不在一个宇宙啊……"

程朗眨眨眼："这不是被你给拉到一个宇宙里了么。"

沈捷简直无话可说："搞半天还都是我的错啦！"

程朗狗腿兮兮给她倒一杯酸梅汤："你怎么有错呢，我们感谢你还来不及呢。"

沈捷悲愤："我们，这就我们了！老娘被折磨了这么长时间，好不容易熬到电影上映了人红了，结果你们就给我来这一出！"

程朗安抚她："没事，我不会让他因为谈恋爱耽误工作的。这个驴不拉磨就是因为想跟我多待一会儿，我回去跟他说。实在不行还可以授权你电他！"

然而沈捷还是很悲愤："你以为这就完了啊？这都是小事！你知道他现在有多少女友粉吗？一旦被人知道了谈恋爱，这些人就都跑了！"

程朗仍然淡定："那就不让她们知道好，本来我们也是要保持低调。"

沈捷摇头："自从有了智能手机，人人都是狗仔队，只要被拍到了就是麻烦。"

程朗拍拍她手："好啦，办法总比问题多，遇到什么问题解决什么问题。那么多谈恋爱的艺人，不是都好好的。"

沈捷仍旧很沮丧："我还想让他和谢初飞炒个CP呢？吸一波CP粉呢？"

"谢初飞有女朋友吗？"程朗突然问。

"没有。"

"那男朋友呢？"

"也没有！人家专心工作！人家正经想红！工作就是他的

对象!"

"那你要炒就炒呗,我也不会有什么意见。跟女演员炒我也没有意见。"

沈捷叹气:"就那个驴那样……天天都徘徊在露馅儿边缘,炒毛线啊!"

"没事,这个我可以帮你培训他,拗人设我是专业选手。"程朗仍然很淡定。

甚至还有几分兴奋:"哎,说起来这也是个不错的实验呢!嘿嘿嘿。"

沈捷摇头:"算了,走一步看一步吧,兵来将挡水来土掩。他现在也就是消极怠工,让你俩分手估计就彻底罢工了。"

作为一个经纪人,沈捷就这样不情不愿地接受了自家外甥女捕获了自家男艺人的噩耗。

并且一脸丧气地汇报给了老板。

橘子姐倒是比她沉得住气:"你别着急,再等等,他现在红了,事情就会变得完全不一样了。这个圈子里我看多了,红了就变成另外一个人才是常态。"

沈捷:"那现在呢……捂着?"

橘子姐:"捂严实了就行,说不定下个月就无疾而终了。"

沈捷:"希望如此吧……啊,其实也不太希望,这样朗朗就太倒霉了。"

橘子姐:"娱乐圈是最能认清一个人本性的地方,早点认清也是好事。"

沈捷:"我现在倒是想不明白,是希望他本性好还是不好了。哎，走一步看一步吧。"

橘子姐知道了，白导演自然也会知道。

老白毛儿一听这事兴奋得直搓手，当即找到沈捷要求她提供实时八卦，这是多么难得遇见的人类观察样本，他怎么可能放过。

而郭小凡在首映那天就没憋住跟路涵江说了。

在洗手间，郭小凡神秘兮兮戳他："小路，告诉你个秘密。"

路涵江表示拒绝。

郭小凡无视他的反抗，一五一十把周凯怎样流连在程朗那里夜不归宿讲了个明白。

主要是，他憋得实在难受，需要跟人讨论，路涵江一个社恐肯定不会出去大肆宣扬。

结果路涵江说："我知道了。"

郭小凡相当惊恐："谁告诉你的啊！程姐？"

路涵江摇头："我就是知道。挺好的，你不要到处乱说。"

然后无情地结束了谈话。

主要是，他也不知道怎么跟郭小凡解释，他是从程朗和周凯的语言习惯、用词方法、面部表情、肢体动作等一系列反应推断出来的。

推断出来以后，路涵江长长舒了一口气：这下他们俩不会分别来找自己倾诉可怕的感情问题了。

然后又有点儿担心：那以后，他们俩在一起，再找我玩，好像有点儿奇怪了。

转念一想，还有郭小凡呢，加上两个人就不奇怪了。

嗯，挺好。

而且还可以把周凯弄来试试实验室新买的脑电仪什么的。

回头万一他们有了小孩儿，还可以拿来研究儿童的语言习得过程。

路涵江的脑袋套在纸袋里，开始想入非非起来。

二

少年周南风上学的时候从来不怕被找家长，因为他的家长根本找不着；即使能找着，老师也懒得跟周老九那种人多费口舌，还不如不找。

可是吧，用郭小凡的话说，这个世界上有运气守恒定律，小时候过得惨，长大了就容易像他狗哥一样走狗屎运当上大明星；同理可证，小时候没遭过的罪，长大了也都得补上。

这两条解释对周凯都适用得很，一个二十来岁的成年男子，终于体会到了上学时候其他同学被找家长的恐惧。

唯一不同的是，这回是他经纪人找他女朋友告状。

有一说一，女朋友比班主任可怕多了。班主任说话，不听也就不听了；女朋友说话不听，就会被电……

自从沈捷找程朗告了状，周凯的日子就变得艰难起来。

程朗一转头就对他进行了严肃的批评教育，警告他不能消极怠工，迟到早退，为了俩人腻歪在一起推掉沈捷谈下来的各种工作。

周凯答应得十分敷衍，一看就没有打算执行，当即被程朗掏出遥控器电了个精神。

"哎呀妈呀！"周凯从沙发上蹦起来，"谋杀亲夫啦！"

程朗好整以暇："你是谁的亲夫啊？我怎么不知道。"

周凯龇牙："不是你的吗？"

程朗："亲夫和男朋友是两个概念。"

周凯慑于遥控器的威力，当场投降："那……谋杀亲对象了？"

程朗懒得纠正他这谬误百出的造句，一伸手把遥控器扔到桌子上："其实你把手环摘了我不就电不着你了？"

周凯脸一拉："不摘。"

程朗凑过去捏捏他脸，梆硬："你要是想戴我送的东西，回头我买个手链什么的送你。戴个橡胶手环她们都说不好看。"

那驴脸不仅没有软化，还拉得越发长了："她们是谁们啊？"

程朗决定暂且容忍他的明知故问："就小姨她们啊，她说老戴着那个不好做造型。"

"管天管地还管人拉屎放屁，我就戴着了咋的吧！"这驴的脾气果然上来了。

程朗，作为一名驯兽高手，此刻自然是继续顺毛捋："你在意我，我知道。我再送你个手链，或者镯子项链之类的不好吗？"

那驴眼神坚定："不好，我就喜欢这个。"

程朗好奇了："为啥？你还被电上瘾了？电电更健康？"

周凯发现糊弄不过去，吭哧瘪肚憋了半天，最后说："那些破手链啥的别人都戴，这玩意儿不一样。这玩意儿一看就是你送的。特别……特别……特别你……"

形容词耗尽，十分憋屈。

好在程朗已经听明白了，托住下巴，强行把拉得老长的驴脸捏回原状："好啦，我知道啦。那你想戴就戴吧……反正别人也不大可能注意到。"

很明显，程小姐对粉圈的显微镜选手们一无所知。这个手环在不久之后，就成了周凯粉丝们的巨型谜题之一，并且恨不得人手一个"哥哥同款"。

沈捷揪着周凯的耳朵念叨了一千遍："别人要是问，你就说这玩意儿有益健康，坚决不能说是朗朗送的。"

念叨得他耳朵起茧。

这些都是后话。当下的周凯，把女朋友的爪子从脸上扒拉下来，郑重其事地跟她说："我都戴着你送的东西了，你是不是也得戴个我送的。"

程朗当即表示："我可不戴你这个手环，有别的选择吗？"

周凯腾地站起来："你等会儿。"

然后蹿进屋里丁零咣啷一通翻腾，从衣柜深处拽出来一个盒子，跑回客厅递给程朗："你……你戴这个呗……"

程朗接过盒子："在这儿等着我呢啊……你这是早有预谋啊……"

"没有，就昨天买的。早些我想预谋也没钱预谋，前两天有个啥玩意儿的出场费给我了，我就去买了。"周凯倒很坦然。

程朗一想，的确也是这样。

然后心头忽然闪过一丝既视感，觉得这个情景似曾相识。哦，对了，电视剧里儿子拿到第一个月工资给母亲买礼物，属于常见桥段，只是在周凯这里换成了女朋友。

程朗顿时觉得自己的笑容慈祥起来。

可惜打开盒子，她就有点儿笑不出来了。

她掂起来那条闪闪发光的项链，24K足金，黄澄澄的，链子用拉面来比较的话，没有二细也有三细，底下实实在在坠着一朵爱情的象征——玫瑰花。

程朗倒抽一口冷气："你怎么想起买这个来的？"

周凯兀自扬扬得意："之前你不是让我帮你戴项链么，我瞅你那项链太细了，飘轻的，抠哧半天都扣不上，就想着等我有钱了一定给你买个粗的。"

然后一脸兴奋："来我给你戴上，我在商店都试了，特意挑了个扣大的，这回一下就能扣上。"

说着不由程朗反抗，拿过来项链就给她戴在了脖子上，果然扣得十分熟练，疑似之前练过。

然后直接把她拽到穿衣镜前面，死性不改地把头放在她肩膀上，问："咋样，好看吧？"

程朗摸着胸前金光闪闪的玫瑰花，千言万语，不知从何说起。

最后选择了一个最不容易伤害到周凯的角度切入："嗯，你这个花还挺大。"

周凯一脸幸福龇起了牙："我看你就喜欢大个首饰，特意挑大的买。"

然后感叹："哎，我开挖机那会儿哪能想到自己还有能去买项链挑大的买那天啊。这人生真是不好说。"

程朗把头往后仰仰，靠在他头上："没事，以后都会好起来的。"

然后话锋一转："你知道我为什么喜欢戴细的项链吗？"

"因为你舍不得买粗的？"

程朗忍住了想揍人的冲动，自己找的男朋友，得自己慢慢调教。

她又问："那你知道我为什么一直都是短头发吗？"

周凯被她问蒙了，这是什么奇怪的脑筋急转弯，不会又给绕里了吧？

最后决定用程朗教的办法，一力降十会，老实承认自己不知道。

然后还画蛇添足地加了一句："你梳啥头发都好看，没头发也好看。"

程朗叹口气，说："因为我颈椎不好啊……"

这个答案完全出乎周凯的预料，他终于把脑袋从程朗肩膀上挪了下来，用自己的脖子支撑住了。

程朗转过去，靠在墙上："我之前是长头发来着，后来颈椎病越来越严重，觉得头发太重坠得脖子疼，才去剪了短发。戴项链也是，就只能戴那么细的，粗一点的戴时间长了脖子都会疼。"

周凯惊恐起来："啊？这么厉害啊！"

程朗一脸认真表情："对啊，时不常得去医院做康复治疗，要不然就疼得不能直立行走。"

还顺势把周凯的手拽到肩膀上："你摸摸，这后面都是僵硬的。"

周凯那蹄子，从脖子后面转过来，停留在她锁骨上。

"真挺硬，你们这学习好的也怪不容易的，年纪轻轻就颈椎病了。"

然后终于理解了程朗说这一堆的用意，颇为自责："妈呀，那我这项链买错了，太沉了你别戴了，回头我再去买个手链，手没事吧？"

程朗跟他说："手有腱鞘炎，敲键盘太多敲的，也不能长期戴太沉的东西。"

周凯还是不放弃："那我买个啥好呢？耳环吧？"

手也没放弃，开始往别处移动。

程朗又拒绝："可是我不想天天戴一样的耳环。"

周凯这回彻底没招了："那咋办啊……买个戒指？戒指太小了吧……"

程朗按住他不老实的那只手："戒指倒是可以，但是也别太招摇了，要不回头我陪你一起去买。"

周凯表示同意，然后又陷入苦恼："戒指肯定没有项链值钱，我就想啥都给你买最好的。"

程朗往后一靠："没事，你可以补差价。"

周凯一愣："咋补？给你打钱？好像也行。"

程朗狞笑着拽住他衣领："当然是肉偿啊！嘿嘿嘿嘿。"

接下来的时间，周凯家的客厅里发生了一些奇怪的对话。

"你说，我电你一下怎么样？"

"现在？"

"等会儿。"

"你这咋还电人上瘾呢？"

"没试过，突发奇想。"

"那你得轻轻的。"

"嗯，我把功率调最低。"

"你不能突然电，你得预告，突然电那我直接吓不会了。"

"嗯，我预告。"

"你到底想咋电？"

"就，配合节奏，有节奏地电啊。"

"我咋听着那么瘆得慌呢。"

"那你要是害怕，换你电我？老是我电你，咱俩换一下。"

"那不行，我手没准，还是你电吧，我皮厚。"

"遥控器给我，我够不着。"

"给你了，这回我身家性命可都在你手上了，你可不能谋杀亲对象啊！"

"放心啦！我怎么舍得……"

三

在电影上映之前，周凯从来没有意识到自己已经是个艺人。毕竟从片场出来以后，他工作的主要内容就是被程朗折磨，上程朗的课，写程朗的作业，夜晚梦到程朗的透明人头。剩下零零星星的拍照啊，访谈啊，宣传啊，也像是程朗布置的模拟考试。

剩下的时间不是在家擦地板就是打游戏，跟电视剧里头演的纸醉金迷的明星生活有较大差距。

每次郭小凡一说哥你这生活作风不咋有娱乐圈风范，周凯都一瞪眼睛："我看你像个娱乐圈！人家那叫当明星，我这叫当一天和尚撞一天钟，攒够钱我就回家开饭店卖锅包肉去。"

然后，电影就上映了。

周凯才发现之前那半年自己进了个假娱乐圈。

沈捷叫他出门一定把帽子口罩墨镜都捂好不是想在大夏天憋死他，是真的为了他好。

开始他还不信，跟程朗腻歪一晚上之后，大早晨睡眼蒙眬地穿着拖鞋下楼去买早饭。正在豆腐脑摊子前头闭着眼睛排队，后头大妈直扒拉他："哎，小伙子，你是不是演过电影？我瞅着你跟我闺女成天抱着看那男的挺像。过来过来，让阿姨看看。"

周凯当即惊醒，困劲全无，连声否认："不是不是，我要是能演电影哈士奇都能拉磨！"

大妈倒也没当真："我说的么，大明星哪能自己下楼买豆腐脑啊，人家随时有十个八个人伺候着。"

周凯多一句话也不敢搭，拱肩缩背，灰溜溜买了两碗豆腐脑，佯装镇定拐过街角，然后一通撒丫子狂奔，回到家豆腐脑都被颠得稀碎，趋近于豆浆。

只能哭丧着脸打开外卖APP又订了两份。

程朗一觉醒来看到男朋友在屋里一圈一圈拉磨，如同动物园被关出了刻板行为的熊，顺手扔一个枕头过去："想什么呢？"

周凯一个飞扑，凌空接住枕头，然后连人带枕头一起扑到程朗身上，万般委屈："我跟你说，刚才差点儿给人认出来，吓死老子了……"

如此这般，比比画画，讲述了豆腐脑摊前惊魂一幕。

然后扬扬得意："多亏我脑子转得快，死活不承认，要不就翻车了。"

程朗把头枕在他胳膊上，面孔是温热的，泼来的冷水是刺骨的。

"多亏那大妈眼神不好，要不然就你那毫无力度的否定，早就穿帮了。"

周凯还在坚持："不是，那大妈眼神我瞅着挺好。你别看我这样，狡辩我可从小干到大。"

说到自己的专业领域，程朗就来了精神，当即支棱起来："看出来了，你现在就在狡辩，但是说服不了我。来来，正好没啥事，我们来研究一下怎么使用否定。"

一旦程朗支棱起来了，周凯就支棱不起来了。

他左顾右盼："要不……咱先吃早饭吧，一会儿豆腐脑该凉了。"

程朗倒是没难为他，表示同意："也是，估计这事得一上午才能讲明白，那先吃饭吧。"

周凯听罢，顿时浑身上下都支棱不起来了。

本来想着上午没有日程，能好好跟程朗在家里谈情说爱搭乐高，结果咋就凭空多上了一堂课。

豆腐脑这东西害人不浅！

那天上午，初出茅庐的男艺人周凯先生，从女朋友处学习了否定的若干种形式和用法。

吃过了早饭，程朗神清气爽扯过来两张纸，从包里掏出来一支笔，往沙发上一坐，招呼周凯："来来，我们来学否定句式。"

周凯头也不回："我先把碗洗了，泡水池子里我难受。"

可是一共就两个碗，也没法儿洗到天荒地老，周凯终归只能磨磨蹭蹭回到客厅，脸拉得老长，驴里驴气："我下午就得出门了，咱上午就干这个？"

程朗冲他招手："学习新知识不好吗？"

周凯老大不乐意坐在程朗旁边："好……但是时间不够……我还想跟女朋友谈恋爱。"

程朗捏着笔沉思两秒钟，然后眨眨眼睛："那一边学习一边谈恋爱好了，都不耽误。"

周凯瞪大眼睛："还带这样的？"

程朗揪揪他脸："比如呀，你答对一道题我就亲你一下。"

周凯登时来了精神："那行！"

于是，一个夏日的上午，某当红而不自知的男艺人公寓里，帘幕低垂，气氛旖旎，男艺人把头枕在女朋友的腿上，听她柔声细语地念叨："你想要别人知道自己的否定意愿很强烈呢，就要用强式否定，强调自己不是这个人。强势否定可以用这几种形式……"

时间很快地就流过去了。

到了下午，程朗与周凯分头赶赴工作现场。

程朗去研究所做学术报告，周凯去跟沈捷见三拨人，两个人都有繁忙的日程。

学术会议这个东西，大家听报告、讨论、茶歇吃吃点心，再听报告、再讨论，聊着聊着一下午就过去了。

程朗在茶歇区顺了两个三明治一罐饮料当晚饭，准备晚上在办公室继续搞她的语料库数据。周凯今晚被沈捷押送赴苏州拍广告，无人打扰，是完美的工作时机。

结果刚回办公室，路涵江就出现了。

不知道从什么时候起这个家伙居然肯自己找上门，而不是发邮件给她说事情了。

程朗不知道该是喜是忧。

喜的是路博士与人类交流的能力有了质的飞跃，忧的是交流的内容越来越令人迷惑。

比如今天，路涵江单刀直入，问她："你和周凯这个恋爱计划谈到什么时候？"

程朗给他倒杯水："这种事情没有计划啊。"

路涵江还在追问："为什么？你们没有个时间表吗？什么时候谈恋爱，什么时候结婚，什么时候生孩子？"

程朗知道路涵江的脑回路和门口赵大爷绝不会相同，但还是大为诧异："你什么时候关心起人类的感情问题来了？这个问题我觉得你很难理解哎。"

路涵江摇头："我不关心，哦，不结婚也行，我只关心你们什么时候生孩子。"

要么说，内行看门道，外行看热闹，程朗一听就知道路涵江打的什么鬼主意。

直接把他堵了回去："我劝你不要搞语言习得，好好研究你的生成语法。"

路涵江非常无辜："儿童语言的习得也是我研究的一部分。"

程朗哼一声："搞语言习得老得和人打交道，你受得了吗?"

路涵江摇头："就是受不了，但是要是你跟周凯的孩子，那从小就能观察，可能就比较熟了。"

程朗看他一眼："就是说你想让我跟周凯给你生个被试出来?"

路涵江摇头："首先是孩子，然后学说话时候是观察对象。"然后突然意识到了什么，"哦，不是，我不是催你们生孩子。我就是……预定一下，如果你们有小孩儿，请一定优先让我观察。杜老师周老师他们……"

路涵江欲言又止。

程朗总算闹明白了是怎么回事。

敢情路涵江是先来占坑的，这种不管有没有孩子先蹲上的精神非常具有他的风格。

不过也可以理解，在他们研究所里，幼儿比较珍贵。

搞儿童语言习得的老师，都是魔障人。

虽然可以和幼儿园什么的合作，但是最好的观察对象当然是自家孩子，可以7×24小时无缝观察，随时记录语句的变化。

杜老师周老师他们，基本上从自家孩子一出生就盯着小娃的嘴，发出的每一个含混音节都不想错过，家里录音资料文字资料车载斗量。周老师还出了一本书，记录自己家儿子学说话中的种种偏误，与对偏误的研究，厚达四百来页，是儿子本人打死也不想看的黑历史。

杜老师结婚早，闺女如今已经工作了，天天想着给闺女找个对象，早日造出新的观察对象来，趁着眼睛还没花再搞出一波研究成果。

至于自己家没孩子的，那目光自然投向了同事的孩子。程朗不止一次目睹周老师兜里揣着棒棒糖，一脸狼外婆样哄同事带来单位的小孩儿："对，哎，来刚才那句话再给阿姨说一遍？真好，认字了吗？这个画册阿姨不认识，你教教阿姨吧？"

路涵江这种究极社恐在哄小孩儿梯队根本排不上号，怪不得要先在自己这儿占上一个莫须有的坑位。

程朗摇摇头，她跟周凯以后会怎么样，她也不知道，就是真的会有孩子——那我不能拿来自己先研究吗？

但是这些话她都没跟路涵江说，她只说行吧，万一你说的情况真的发生，我优先通知你。

路涵江心满意足地离去了。

走之前被程朗再三叮嘱——这种无理要求咱们俩知道就好，可不能跟周凯提起。

路涵江为了不存在的小孩儿坑位，也非常干脆地答应了。

四

周凯坐在候机室里吃西红柿鸡蛋汤面，一边吸溜着面条，一边走神。

刚才端面条过来的地勤小姑娘下死眼盯了他好一阵子，差点儿把他魂都给盯出来。还好路涵江送那墨镜跟帽子挡得严实，要不然又跟在外头一样可怕。

外头，也就是候机区。

周凯单知道会有粉丝跑去接机，之前也遇上过几波小规模的，却不知道他们还会送机。

他们晚上九点钟的飞机去上海，然后下了飞机直接被合作方的车拉去苏州，第二天一早开工。周凯问为啥不能直接飞去苏州，答曰苏州没有机场。

沈捷一下午带他见了这人见那人，见完了人直接开车往机场赶，晚饭也来不及吃，到了候机室吃他们的自助餐。

车上他就感叹："姐，我以前咋没发现你这活儿这么忙呢。"

沈捷瞪他一眼："因为你以前不红。"

跟程朗的关系刚被发现时候，周凯试图跟着程朗管她叫"小姨"，被沈捷抡起包一顿揍，那包有棱有角，砸人实在很疼。

于是他老老实实管她叫姐，管程朗爸妈叫叔叔阿姨。

周凯持续套近乎："那你还得带谢初飞他们呢，啥活动你都挨个儿陪着去不累死了？"

沈捷咬牙切齿："谢初飞他们有重要的事我才去盯着，主要盯的就是你。"

周凯龇牙："替程朗看着我啊。没事，我肯定不带跟别人好的。"

沈捷心说就朗朗那心眼子哪里用我看着，我是怕你现场尥蹶子没人治得了。

面子上却相当职业，给了周凯一个含义莫测的笑容，说："朗朗可没叫我看着你。我们是你的团队啊，就应该为你服务。"

那语气着实令周凯肝颤，怎么听怎么像半夜把小孩儿手指头当胡萝卜啃的老虎妈子。

于是他默默地闭上了嘴。

下了车熟练地把帽子墨镜口罩捂好，摇摇摆摆地进了机场大门，平安无事。

谁知道刚走了没几步，只见一个人影急蹿过来，以迅雷不及掩耳之势往他手里塞了一个毛绒玩具，并对着手机大喊："在这里在这里，快过来！"

顿时看到远方一些个拿着花束的身影发足狂奔，向他袭来。

沈捷一把拽住他说："不许摘口罩！"

周凯松了一口气，那就不用保持僵硬的笑容了。妈呀，有人接机咋还有人送机呢，这些人一天到晚地不用上班挣钱吗？

虽然他想以上学时候逃避关大牙的速度逃往值机柜台，但是身为一个艺人，对粉丝就得保持礼貌。

于是他在口罩里龇牙咧嘴地收了一些个鲜花和礼物，并且僵硬地道了谢，挨个儿给她们签名。

所谓签名，就是公司逼迫他练了半个月的鬼画符，那符画出来跟"周"和"凯"两个字关系都不是很大。后来程朗说古代人也有这种个人专属鬼画符，叫作什么"花押"，还给他画了好几个。

用巧克力酱，画在背上。

押不押的他不知道，花是的确很花。

好不容易摆脱了这一伙人进了休息室，周凯饿得魂魄不齐，直奔煮面的档口要了两碗西红柿鸡蛋面，并结结实实盛了一大盘子菜。

吃完了沈捷去跟方笑尘打电话你侬我侬，剩下他一个人对着窗户外头的飞机翅膀发呆。

他想起来那次回老家参加邱颖的婚礼，也是在机场，去的时候憋憋屈屈，回来的时候迷迷瞪瞪。

脑袋疼得要爆炸了，被沈捷强行整回了家。

后来，后来就见到了程朗。

想起来第一次和程朗见面时候的所作所为，简直尴尬到想把脑袋伸灶台里，跟人家大吼大叫，说什么自己普通话贼标准。

哎，谁知道来回来去的就好上了呢，缘分啊……

想到此节，某人脸上又露出了白痴一样的笑容。

程朗说晚上要闭关工作不让他骚扰，他就老老实实在机场害相思病。

顺手拆一拆那一包礼物，花都放机场洗手间了，毕竟扛着上飞机也不现实，还把周凯心疼够呛。

在那儿念叨："你说送这玩意儿干啥，又花钱，咱们搁手里一下就得扔。还不如送捆蒜薹，搁兜子里下飞机还能炒个菜啥的。"

沈捷看了一眼自己的小羊皮编织Tote包，说："我的包可不给你装蒜薹。"

然后突然发难："那朗朗，你也给她送蒜薹啊？"

周凯当即表示："那肯定不能！我这大老爷们要蒜薹有用，她……她肯定喜欢花，要一卡车我也给她买。对了，她快过生日了，她喜欢啥花？"

沈捷对他那一脸puppy love样持保留意见。

等电梯里都有粉丝投怀送抱的时候，不知道你还能不能把持得住。

礼物什么都有，钥匙扣、护肤品、钱包，都是些粉丝认为他能随手用上的小玩意儿，且都是大牌子，很不便宜。还有那个最开始被强行塞到他手里的毛绒玩具。

周凯拿起来端详了一会儿，问沈捷："这是个……兔子吧？"

沈捷也端详了一会儿，认为这是一匹马。

发给已经到了那边的雁雁，雁雁笃定地告诉他们，这是个驴，动画片里的，虽然它是粉色的，但是仍旧是个驴。

周凯还大为不解："为啥给我送个驴？让我使劲拉磨？"

沈捷看着那个似驴非驴的东西，想着这粉丝还挺会提炼重点啊，和她们一样从这个迷惑人的外表下看到了一个随时会炸蹶子的灵魂。

但是，事情的发展出乎了她的意料。

等他们下了飞机，到达出口，接机人群的数量比送机的庞大好几倍，而且，除了常规的鲜花，手里拿着五颜六色形态各异的……一些个驴。还有灯牌，上面写着周凯的名字，并用LED灯带组装出来了豪华小毛驴。

周凯本人和沈捷都十分不解。

这是个什么情况？

但是很明显，当场问粉丝们不是个明智的举动，飞速完成签名收礼物合照环节之后钻上了商务车，跟来接他们的雁雁会合。

沈捷问雁雁："外头那些个驴是怎么回事？"

雁雁打开手机，给他们看："我也是看见了刚问的，粉丝站跟超话里好像已经统一了意见，说狗哥的应援色应该是大麦色，因为大麦色皮肤最吸引人。然后目前的外号是小毛驴……说是在电影里一梗脖子好像小毛驴……就这样……"

然后还补充了一下："还好他们不知道狗哥的这个外号，要不然，大麦色狗哥，那不就是柴犬吗……"

周凯皱着眉头，生无可恋："啥玩意儿乱七八糟的……他们给我起外号经过我同意了吗？这要叫——"

他本来想说，要是叫程朗知道了不得笑话死他。

想着车上还有别人，默默地转换了话题："这要叫狮子、老虎、霸王龙啥的还行，也不知道选个厉害动物，整个驴……哎，咱能不能跟她们商量商量换一个？"

雁雁看看沈捷："好像……也不是不行……找大粉聊聊带一带风向……"

沈捷似笑非笑："我觉得小毛驴还挺符合你气质的，要不你就认了吧。"

周凯大摇其头："别扯了，我看你像个驴。"

然后跟沈捷小声地说："可别告诉那谁啊……"

沈捷同情地看了看他，给他打开了超话，里面驴山驴海，每个粉丝的ID后面都加了个驴头，机场接机图已经流出，小毛驴灯牌超级醒目。

沈捷拍拍他："你指望那谁不知道，除非她不上网。"

她才不信程朗会不看自己男朋友的超话，虽然她很笃定周凯不会去搜程朗发的论文，因为他们全家都没人搜，全是些个连标题都看不懂的东西。

周凯心知瞒住程朗无望，垂头丧气住进了酒店。

把自己往床上一扔，开始打开手机要跟程朗视频。

结果被程朗按掉了，她说差一点没写完，等半小时再说。

周凯只好先去洗澡，想着猛男出浴状态跟她视频也不错。

结果程朗上来就给他发了那张机场的照片，盛赞小毛驴灯牌非常可爱。

这还怎么积累猛男的气势！

周凯披着个浴巾，坐在沙发上，一脸不乐意："叫啥不好非要叫个驴，不知道这帮人咋想的。"

程朗在那边问："你不喜欢啊？"

周凯："谁乐意当驴啊。"

程朗："可是……这个头是我开的……"

周凯吓得浴巾都掉了："啊？"

程朗："你不喜欢我就想办法帮你改掉。"

周凯："不是不是，你起的叫我当啥都行，当大灰狼都行，你是咋起的……"

语无伦次。

经过一番交涉，周凯终于发现了自己女朋友因为好奇粉圈黑话，混进了自己的粉丝后援会的事实。而且她还不小心随口传播了自己在电影里很像小毛驴这个迷惑比喻。

结果在粉丝里面接受度过于良好，光荣当选为官方外号/吉祥物。

一个好好的青年男艺人，就这样跟小毛驴捆绑在了一起。

周凯听完之后，顿时觉得那个粉丝送的粉红色小毛驴可爱了起来，赶紧发微信让雁雁明天还给他。

要不依照以前的毛绒玩具处理渠道一概是归雁雁拿回去逗小外甥了。

这个他决定自己拿回去给程朗看。

并且展开联想，由此及彼，觉得可以偷偷买个大尾巴狼，放在行李箱里，出差时候搂着睡觉。

第十五章　人之多言

一

黑夜，紫红色闪电在天空里游荡，大雨唰啦唰啦从对流层盆泼而下，高老太太家怕打雷的豆沙猫已经瑟瑟发抖钻到了被窝里。程朗在书房工作，没有拉窗帘，她喜欢看极端天气，打雷闪电下冰雹，在美国的时候也没少观赏龙卷风。

之前她跟周凯说过："极端天气能让人感到在大自然面前非常渺小，打消一些个傲慢念头，有时候过于把自己当回事了也不好。"

周凯点头表示理解，说有些人佯楞二怔的，是挺招人烦，我看见那样婶（式）儿的就想踹两脚。狗卵子跟谁装呢！

噢！某人说脏话受到了惩罚。

因为遥控器没在身边，程朗手动拍了他的后腰一把，拍得他心服口服。

不过今日的极端天气，周凯没能陪在她身边看打雷闪电，该人被困在上海冷如冰窖的机场里，航班无限期推迟。

浦东机场与国际各大航空枢纽一样，夏天力争让室内温度达到穿羽绒服一样的温度，穿人字拖冻死的程度。周凯尽管是一枚阳火旺盛的男青年，几个小时下来也免不了冻得青面獠牙，好在藏在口罩后面，没人看得出来。

他今天晚上一反常态没有骚扰程朗，埋头在手机上辛勤耕耘，很让人怀疑是想要靠手机的发热取暖。

沈捷却对这种一反常态的老实心存警惕，总觉得他又在憋什么大招。

一个日常活蹦乱跳的家伙，坐在那儿纹丝不动，刷了一晚上手机，一定有问题。

沈捷悄无声息地靠过去，站在周凯身后，冷不丁抛下一句话："我看今天回去得后半夜了。"

周凯果然吓了一跳，抬起头横眉冷对："大姐你走道没声啊，咋跟背后灵似的呢！"

沈捷眼睛瞥着他的手机屏幕，回答："这地上都是地毯，没声不是正常的吗。"

然后心里暗自愤恨，这小子手机上居然有防偷窥膜，跟朗朗在一起长了不少心眼啊。

只能故作不经意地问："坐半天累了吧，干啥呢？"

周凯倒是光明磊落："找灵感。"

这回换沈捷惊奇了："你这是要创作点啥啊？"

"程朗要过生日了，咋过不得找灵感吗？我这网上翻半天了觉得啥都是她那个调的。"

然后问沈捷："她以前都咋过的啊?"

沈捷倒是蒙了:"过生日……朗朗以前……她从美国回来以后……好像就没过过生日……"

周凯皱眉:"你就没找她吃个饭啥的?"

沈捷晃晃头:"刚开始好像说过,然后她说不想折腾,然后……就没然后了……"

沈捷仔细想想,这些年脚打后脑勺地忙,好像程朗生日的时候稀里糊涂大家就都错过去了。

除了打个电话说生日快乐,好像真的没成功约上什么局。

"朗朗好像不太重视这个事。"沈捷说。

周凯一挥手:"没事,她不重视我重视就行了。我作为她对象,一定得把她哄高兴了。"

"你小点声!"沈捷冲他筋鼻子瞪眼睛,"叫人听见就麻烦了!"

耳提面命多少次了不要在公开场合说自己的隐私,咋就记不住呢!还嫌我上哪儿都跟着他,是我愿意跟的吗?

看看劳模谢初飞,跟女朋友都在美国注册结婚了,一丝风声也传不出来。再看看他,哎,一点儿没有当明星的自觉,也不知道会不会连累朗朗。

沈捷觉得自己拿的年终奖全是精神损失费,不行,回去得赶紧给他招两个助理,三班倒盯着。

靠自己这把老骨头是盯不过来了。

周凯并不知道沈捷正在酝酿的盯人计划,还在那儿兴致勃勃，拿出来收藏的一堆视频，问沈捷，这个程朗喜不喜欢，那个程朗喜不喜欢。

没有了男朋友持续骚扰的程朗今夜倒是灵感爆发，就着打雷闪电冰西瓜，一鼓作气在电脑前头工作到了天亮，很是分析了一些漂亮的数据出来。

中间周凯好不容易落地北京，跟她汇报了行踪，就一头滚回家睡觉了。

程朗从电脑前头刚一站起来，就发现脖子锥心刺骨地疼了起来。

作为一个资深颈椎病患者，她驾轻就熟把自己平移到了床上躺好，然后打开手机开始约康复科的门诊号。

又到了该电击的时候了呢。

今日运气好，挂到了当日的号，程朗决定放弃睡觉，洗漱一下就去医院，奔向电击牵引与热敷治疗仪，那是她的天父和救主们。

因为脖子疼，车也不好开，于是她像个机器人一样挺着僵硬的脖子挪动到小区门口叫车。

正一步一步挪着，旁边一个熟悉的声音喊她："姑娘，出门啊？"

程朗的脖子转动不能，只能整个身子扭过去，跟赵大爷招呼："啊，您早。"

只见赵大爷穿了崭新的运动鞋，红光满面，身边跟了个十五六岁的小姑娘。

赵大爷笑嘻嘻："这是我孙女毛毛，放暑假来看我。"

那小姑娘和一切青少年一样不喜欢搭理大人，从嘴里蚊子样哼唧了一声"阿姨好"，就低头看她的手机了。

赵大爷还犹自念叨："哎呀，我这前几天有点儿中暑，热着了，她爸不放心，非让她天天来送我上下班。我这早好了，哪就那么娇气了。"

话虽这么说，脸上都是幸福的光辉。

程朗一手捂着脖子，一手维持着礼貌的笑容，飞速打断赵大爷，说："我叫的车到了，大爷您多休息，注意身体。"

然后迈着机器人的步伐僵硬地朝小区门口奔去。

赵大爷目送她远去，跟孙女说："这个阿姨啊，可厉害了，学习可好了，听说是国外回来的，在旁边那研究所上班，那家里头一屋子书。等你要考大学了，可以问问人家。"

孙女显然不关心什么学习好的陌生阿姨，她跟赵大爷严正声明："我都十六了，能不能别在别人面前叫我毛毛。我是赵佳铭!"

赵大爷笑出一脸褶子："记住了，爷爷记住了。毛毛长大了，知道不好意思了。"

孙女不乐意起来："都说了别叫毛毛!"

"好好!"赵大爷看见孙女生了气，赶紧换个话题，"走咱买早饭去。这个小区旁边有个卖煎饼的，可好吃了。买了煎饼你就回去吧，我白天还得上班。"

就这样，赵大爷和孙女加入了煎饼摊前的队伍，毛毛和一切现代人一样，只要一排上队，就自然而然地掏出了手机。

赵大爷跟孙女没话找话："看啥呢?"

小姑娘赵佳铭的手机上可没贴防偷窥膜，屏幕上的小伙子出浴照被赵大爷看得一清二楚。

毛毛有点儿不好意思，把手机一收："没啥。"

谁知道爷爷没指责她不用心学习就知道追星，反而"当啷"来了一句："这小伙子我认识啊。"

毛毛失笑："您还挺能跟上时代，刚红的明星都认识。"

赵大爷眯着眼睛："红啥？我说咋搬走了呢，闹半天当明星去了。"

这回换毛毛大惑不解："爷爷你说啥呢？"

赵大爷相当笃定："他以前就住这小区啊，上个月搬走的，不是叫周……周南风吗？"

毛毛好像闻到了什么八卦的气息，眼珠子顿时发出了贼光："他叫周凯，最近演个电影特别火，原来真住你们小区啊？"

赵大爷一副"我很懂"的样子："还起个艺名啊，现在叫周凯，挺好。"

然后对孙女一脸炫耀："对啊，他搬走了，他对象还没搬走，刚才那阿姨就是他对象。我可是一天一天看着他俩好上的。"

这回，毛毛真的目瞪口呆了。

二

赵佳铭同学，小名毛毛，芳龄十六，上高中一年级，是程朗小区保安赵大爷的独生孙女，平时跟着父母常驻深圳，但是每年寒暑假，总要被拖来"帝都"探望爷爷，住上那么一两个礼拜。

奶奶去世得早，爸爸妈妈怕爷爷寂寞。

对于自家爷爷，毛毛基本处于完全不能理解状态。他好好的一个老头，在"帝都"有房子有退休金有医保，为什么热衷于天天蹬个自行车去别的小区当保安。

她爸爸好几次说要不然让爷爷搬来深圳和他们一起住，都被爷爷一口回绝。

他说南方太潮，住不惯。

爸爸也就没有多说，按月给爷爷打生活费，也不知道爷爷花没花，看他每天都待在保安岗亭里自得其乐，好像也没有什么特别要花钱的地方。

在爷爷家待得百无聊赖的时候她也问过爷爷，为什么非要去当保安呢？

赵大爷看着电视上演的八点档家庭狗血剧，嘴角露出神秘的微笑："当保安好啊，当保安可以天天看电视剧，还是大活人本色出演。"

"现在电视里这些也是活人！"毛毛抗议。

赵大爷摇头："他们不算，他们哪有我们小区那些姑娘小伙子谈恋爱吵架有意思。他们那都不行，没有感情。"

毛毛摇头叹气，觉得这老头真是八卦得没救了，然后埋头又在社交软件上看起了明星八卦。

要么说，遗传的力量是强大的。

赵大爷掌握着小区里住户的衣食住行，毛毛掌握着各位顶流明星的深度八卦。她要是喜欢哪个明星，勾七搭八，没几天就跟各位大粉以及后援会混得烂熟，那些明星八卦，拿得上台面拿不上台面的，她都有渠道打听个真假。就凭这，她在同学里头也是一呼百应。

即使如此，她倒也没有想到，有朝一日，惊天大八卦会从自家爷爷嘴里说出来。还是自己最近非常沉迷的艺人！而八卦的女主角就捂着脖子穿着T恤睡眼惺忪从身边溜达了过去。

这可是精确到门牌号的猛料啊！

因为害怕搞出乌龙，毛毛从手机里找出各种角度的周凯，让赵大爷再三确认是不是一个人。

赵大爷看了又看，十分笃定："就是！我说这小伙子有一阵天天穿得像新郎官似的，我跟你张爷爷还琢磨人俩是不是要结婚呢，敢情是拍电影去了啊。"

"不是，电影早拍完了，他那是出席活动！"毛毛相当认真地纠正，不能让人小看她聊八卦的专业水准。

赵大爷也相当认真："我确定，就是同一个人。你看他脑袋上那个疤，我还特意问他是咋磕的呢，他说他爸拿烟灰缸砸的。"

毛毛瞪大眼睛，万万没想到自家爷爷是一座八卦宝库啊！

于是她也不回去，狗皮膏药一样跟在赵大爷身边，把周凯和程朗的事情问了个遍。赵大爷许久没跟孙女聊过这么久的天了，自然不想错过，知道的事情详尽描述，不知道的事情详尽瞎编，反正是对孙女有问必答。

毛毛听了一上午八卦，听得如痴如醉，但是也产生了不少疑点。

比如她问程朗几岁，赵大爷根据目测，笃定认为她二十三，但是二十三怎么可能博士毕业又回国工作好几年，她是几岁上的大学啊！

赵大爷打个马虎眼，说："那就二十五。这不重要，重要的是人家俩的感情，感情！不瞒你说，他俩可是我看着好上的，那小伙子就是为了追她，特意搬来我们小区的，打一搬来就天天往人家姑娘家跑，三更半夜的也不回家。"

赵大爷见毛毛听得入神，索性把自己知道的猛料一起抖出。什么八号楼有个小伙子也喜欢程朗啦，经常偷偷跟在她后头，但是太害羞了，后来就叫周凯占了先机。依他看那小伙子有点呆，不如周凯活泛，他要是程朗也不选人家。又说还有两个女的经常来找周凯，一个年纪大点，一个年纪小点，年纪大点那个还认识程朗。有一次他看见她，八号楼那小伙子，还有周凯，都在程朗家吃饭，这现在的男女关系可真复杂。

毛毛皱着眉头咬着牙，她对她爷爷还是有一定了解的，赵大爷说的话，不可全信，也不可不信。小时候她一直认为逢年过节就给家里送玉米猪肉饺子的那个邻居是农大的校长，后来才知道人家是后勤处的一个科长，赵大爷说话的水分可见一斑。

周凯搞地下恋情这种事，需要大胆假设小心求证，可是不能听她爷爷的一面之词。

她本来想着蹲守在小区等程朗回来，跟她套套近乎，谁知道程朗一整天都没有出现，到了晚上下班的时候，她只能磨磨叽叽地跟爷爷去了电影院。

对，赵大爷发现周凯去演电影了之后，马上跟物业请假说天热难受要提前下班，死活拉着毛毛去看周凯演的电影。

边看边评论："这孩子一看就正经干过活，你看那扳手使的，肯定不是假把式。还会包包子，多好一小孩儿，小程有福了。"

毛毛已经把这电影看了三四遍，剧照存了得有三百张，恨不得每一帧都印在脑海里。她全程拿个外套盖头，躲在里头跟人发信息。作为一个家学渊源的八卦王者，国王长了驴耳朵这种事情憋是憋不住的。事情没确定之前她不敢多说，但是跟好姐妹私下讨论一下总是可以，这一讨论就是一天。

毕竟，她才十六岁，并不太想作为爆料人出现。

而另一边捂着脖子去医院的程朗，浑然不知麻烦将至。康复科人不算太多，排了一阵子队她就如愿喜提颈椎治疗四件套项目：中频治疗，红外治疗，牵引，还有筋膜枪。

周凯跟沈捷他们因为航班延误，到家时候天都亮了，蒙头补了一上午觉，被尿憋醒，迷迷糊糊捞起来手机问程朗在干啥。

程朗回答："在上烤刑。"

"啊？"周凯大惑不解，"谁欺负你？我找他去！"

程朗笑："没人欺负我，我颈椎病犯了在医院做治疗呢，刚才上了电刑，接下来还有拉肢刑架和锤刑。"

周凯知道程朗又开始说些个他听不明白的冷笑话了，自动忽略掉内容抓了重点："你上医院去啦，你咋不叫我陪你去呢？"

程朗："你不是在家睡觉吗？"

周凯："那你叫醒我啊，对象有病了都不陪着看病能行吗?"

程朗："我脖子疼而已……不要这么小题大做。"

周凯："不行你等我，我去找你，你一个人在那儿待着多没意思啊。"

然后二话不说，抓起裤子套上就去洗脸。

程朗很想说我一晚上没睡正好在这儿补补觉，但是又觉得有点儿不好意思打消男朋友的积极性，只能跟他说捂严实点，别被人发现了。

周凯在被他自己擦得闪闪发亮的洗手间，一边刷牙一边犯嘀咕：她前夫都不陪她去看病吗? 啥人啊……狗卵子玩意儿!

然而康复理疗这个东西做起来其实很快，等周凯到那儿的时候，程朗已经做完了，整个后颈的负担顿时大幅减轻，又是一个能够直立行走的好汉了。

周凯看见她第一句话就问："还疼啊?"

程朗有点儿怔忡："啊，不疼了，好多了。"

"那你这是咋的了?"周凯问得小心翼翼，程朗那个脸板得的确有点儿严肃，他强烈希望惹她不高兴的人不是自己。

"我给小姨打过电话了，咱们现在去她公司。"程朗说。

周凯瞪大眼睛："不说去溜达溜达吗?"

程朗把手机戳到他眼前："先商量正经事吧，我们俩的事被人发现了。"

周凯倒是异常镇定："发现就发现呗，谈恋爱犯法啊!"

程朗拽起来他一只手："车到了，先去小姨那再说吧。"

三

沈捷无论如何也想不到，她还有从程朗嘴里知道内幕消息的一天。

本来么，出差回来补个觉，好好的一个下午，方笑尘晚上从深圳飞过来陪她过周末，她正在计划两人去哪里瘫着，就被程朗找上了。

她说现在有点麻烦事，她跟周凯的事情好像被人发现了。

吓得沈捷垂死困中惊坐起，急召这二位跟雁雁去公司见面。一个无辜的方笑尘还不知道自己即将被彻底忘在机场。

先进来的是程朗。过了五分钟，周凯手里攥着帽子口罩眼镜，支支吾吾应付过公司里跟他打招呼的各位陌生人类，满头大汗地出现在了门口。

沈捷看看他，又看看程朗："您二位还挺谨慎，还知道分开行动，那咋还被人发现了呢？"

天气闷热，邪火旺盛，她实在是憋不住这股阴阳怪气的冲动。

周凯倒是很直接："发现就发现呗，处对象犯法啊？"

把沈捷噎了个倒仰。

倒是程朗拿过一瓶冰可乐，直接堵上了周凯的嘴："好好说话，不要用反问句。"

周凯热得七窍冒烟，也不争辩，咕咚咕咚灌了下去，旁边雁雁盯着他两眼发直。

周凯放下可乐："你瞅啥？"

雁雁嘿嘿一笑："我正在肖想你没穿上衣把可乐浇在身上的镜头。"

周凯皱眉，身体后仰，试图跟雁雁划清界限："别胡说八道，我对象在这儿呢！"

只听见程朗在他身后笑："我也挺想看，你们能不能跟对方公司商量商量，让他去当个什么形象大使之类的。"

雁雁大点其头："要得要得！我看比现在那个更符合品牌气质。"

然后被沈捷粗暴打断："行了别扯那些没用的，赶紧给我研究怎么处理这个爆料。现在闹绯闻你还形象大使呢，等着回家抠脚吧！"

周凯仍不服气，嘴里头嘟嘟囔囔："管天管地咋还管人处对象，我这都偷着处了……"

沈捷没搭理他，转向程朗："你确定这个事还没扩散？"

程朗点头："那个讨论组里头就五个人，除了我都是周凯的大粉，追星的骨干力量。"

说得周凯一阵瑟缩，在旁边连连念叨："我就希望你追我，别人都哪凉快哪待着去吧。"

沈捷十分不解："所以你为什么会混到粉丝群里头去！一天天的还没腻歪够吗？"

程朗满脸真诚："我就是想做个调查。"

"调查有多少人喜欢你男朋友？"沈捷不解。

程朗给她解释："不是啦,是调查粉圈黑话的结构。前阵子电影刚上,我发现好多评论看不大懂,一查都是粉圈黑话。我跟你说这个现象可有意思了,不同的粉圈用的代码和转码机制还不一样,追选秀的、追演员的、追主播的,各有各的一套系统,但是我觉得他们的底层结构其实是一样的……"

眼瞅着程朗的发言又要上升到他们听不懂的高度,沈捷只能残忍打断了她:"所以你就正好卧底卧成了大粉,还掌握了自己男朋友的第一手爆料。"

"她给我起外号叫小毛驴。"周凯终于插上了话,"机场那些个夜光小毛驴都是她忽悠的。"

"我没有!我就是顺嘴一提……"程朗表示她真的不是有意将男朋友和毛驴绑定的,只能说群众的眼睛是雪亮的。

此时雁雁一拍大腿:"天哪终于对上号了,大尾巴狼是你啊,程姐?"

程朗看向雁雁:"你不会也在群里吧……"

雁雁笑:"后援会都要经过公司认定的,那几个大粉我们都联系着,我就是得经常去监督一下舆论。"

周凯此时觉得后背冷飕飕的:"妈呀,无间道啊……这个啥后援会整半天里头全是卧底。除了你俩还有谁啊?"

"沈姐你也去卧底了吗?"他问沈捷。

沈捷翻个白眼:"我要是去了,我用得着牺牲休息时间出来救火吗?"

"沈姐肯定不会啊,这活都我负责就行了,不用劳动她老人家。"雁雁说,"但是程姐这个真没想到哈哈哈,女朋友亲自下场卧底，一般都是可能有什么对家的粉丝跑进来打听消息，或者也可能有些个CP粉。"

此时的周凯经过程穆明的一番教育，已经理解了CP粉跟螺蛳粉不是一个范畴的东西，但是他不理解的是，他哪儿来的CP？

那电影里跟他最好的明明是个扳手。

只能摇摇头用一句话总结："有病吧！"

然后立即转向程朗："没说你。你那是为了研究，我是说别的那些人！"

沈捷和雁雁在旁边大摇其头，这个家伙要是能把对待程朗的一半心思用在工作上，下一个顶流就是他了。

可惜的是这货完全没有这种觉悟。

根据程朗给他们看的聊天记录，大约是几个骨干粉丝弄了个小群，有时候在里面聊一些真假难辨的所谓"内部料"，程朗因为扮演粉丝过于逼真，并且不时抛出来两张周凯的"后台照"，也被拉了进去。

结果今天群里一个妹子说，她在粉丝大群里头认识的一个小朋友，私信她说有个周凯的大瓜，不保真，他好像有女朋友！

很明显这位小朋友就是赵佳铭同学本人。

毛毛从爷爷嘴里知道了惊天大瓜，却因为爷爷一向的满嘴跑火车不敢全信，更加不敢发布，只能偷偷跟她认识的大粉姐姐聊起来问该怎么办。

大粉姐姐是个周凯的女友粉，一听之下五雷轰顶，赶紧让毛毛别乱说话，她先来小群里头求证。

作家程穆明先生跟周凯这样解释：女友粉和老友粉，名字虽然很像，但是完全不是一种东西。老友粉又酸又辣还能加猪肝，好吃得很。女友粉就不是食物，是认为自己是明星女朋友的一种粉丝，一般来说执念都比较深。

该女友粉的消息一出，程朗也如同五雷轰顶。

剩下那三个人半信半疑，颜粉说一个高中小孩儿的话不能信，保不齐就是为了吸引眼球；CP粉说老头知道啥，看错人了也有可能，我还是觉得他跟谢初飞来电；事业粉说不可能的，哪有出道就敢谈恋爱的艺人，他不要基本盘了吗？

总之都有各自不想相信的理由。

程朗却一打眼就知道那是真的，大瓜，保熟！

毕竟她早上刚碰见了毛毛小朋友本人，以及她那个"满嘴跑火车"的爷爷。

她一边在群里使出浑身解数来混淆视听，把大家的想法导向这事不能信的方向，一边赶紧给沈捷打电话叫她研究对策。哦，同时还得被筋膜枪在肩颈后背捶来捶去。

也多亏她本来就可以一心八用。

"赵大爷啊……那完了……赵大爷啥都知道。"周凯嘴上这么说，脸上却没什么担忧之色，毕竟他一直想告诉全世界自己女朋友最好。

"实在不行就承认了呗。"周凯突然冒出来这么一句。

沈捷："绝对不行！"

雁雁："千万不要！"

程朗："我不同意。"

周凯陡然觉得自己实习期还没过，转正遥遥无期，脸色灰暗下来："你就那么不愿意别人知道咱们在一起呀。"

程朗看看沈捷："你们没教育过他公众人物没有隐私这件事吗？"

沈捷："你觉得，这世界上除了你，别人教育得动他吗？"

程朗叹口气，对周凯说："跟你没有关系，我只是不想被很多人打扰我的生活。一旦被人发现了，会变得很麻烦，去哪儿都有人偷拍多烦人。"

周凯脸色跟着慢慢转晴："那倒是……我这天天就偷偷摸摸的，不能让你也跟着偷偷摸摸。"

然后看向程朗："那咋整？也不能把赵大爷给绑架了啊！"

沈捷和雁雁双双摇头："我觉得我们家艺人脑袋有点儿不好使。"

程朗哭笑不得："没事，你相信我，骗人，我是专业的。"

周凯一想也是，大尾巴狼这种动物，糊弄人一糊弄一个准儿，也就放下心来。

静候她们三个研究对策。

（当日夜晚，周凯卧室）

周凯："你为啥给自己起名叫大尾巴狼？"

程朗："因为以前你手机里我就叫大尾巴狼。"

周凯："你咋知道的！"

程朗："我什么都知道。"

周凯："那你手机里我叫啥？"

程朗："你觉得呢?"

周凯："我觉得可能得有个驴字儿!"

程朗："这你猜错了,真没有,一根驴毛都没沾。"

周凯："不可能,你骗人!那叫啥?"

程朗把手放在嘴唇上:"不可说,不可说。"

周凯面目狰狞地凑过去:"不说,不说就大刑伺候!"

后来他还是知道了,自己在程朗手机通讯录里头,真的跟驴没什么关系,从认识那一天开始,他就叫作"subject"。

翻译成中文,就是被试。

四

依照周凯的想法,既然程朗不想承认,那就直接不承认有这回事呗。现场跟沈捷她们显摆了一回程朗教过他的"强式否定和弱式否定"。

没这事,看错了,我是不会谈恋爱的,否认三连。

然后遭到了三个人的一致反对。

周凯瞪着程朗,大惑不解:"不是你教我的吗?"

程朗无情地告诉他,情境不一样,要选用的方式也不一样。这个时候硬杠,听起来更像此地无银三百两。

沈捷和雁雁连连称是,说最好就是含糊其词,不承认也不否认,放在那儿冷处理。这世界上一天发生八百条新闻,娱乐圈每天都在发现新恋情与新孩子,不到两天就会被别的事情掩盖过去。

"而且现在根本没被说出去，我觉得就算是真的，那几个大粉应该也不想给人知道，一般来说她们会把这种传闻给压下去。"雁雁补充。

"为什么？"这回碰到了程朗和周凯共同的盲区，两个人都不理解。

程朗说："我以为她们都想知道艺人的更多消息。"

周凯说："那有八卦不说憋着能下蛋吗？"

结果雁雁告诉他，真能。

说穿了就是，周凯刚红就爆出来这种新闻，会耽误她们赚钱。

"挣钱的不应该是你们吗？粉丝不都是花钱的吗？"周凯提问。

程朗若有所思："我还真的没从这个角度考虑过，怪不得群里那几个人都不想再追究这个事情。"

然后转过来回答周凯的问题："一般粉丝花钱的多，但是有些大粉可以从中间赚钱。比如卖一些偷拍你的照片啦，以集资给你送礼物为由要大家凑份子啦，然后还可以卖一些个关于你的周边，她们的社交媒体上粉丝多了还能接广告商的合作推广。反正办法很多的。"

"所以你要是现在出点什么问题，她们就等于少了一棵摇钱树，想想也不会自己爆料，朗朗再去放点烟雾弹，十有八九这事就被压下去了。"沈捷果然又把主意打到了程朗身上，免费高级劳动力，不用白不用。

但是周凯的重点果然再一次跑偏，他看向程朗："那咱不能便宜别人啊，你这不得独家代理一下，我啥照片你没有？"

程朗简直哭笑不得："我是那种把男朋友卖了还让他帮着数钱的人吗？"

另外三个人齐齐点头：是。

不过一番解释下来，周凯总算弄明白了一点：有些粉丝喜欢他是真喜欢，有些则只是生意。

赵大爷家的孙女估计是真喜欢那一种，据闻她买了一只小毛驴抱枕，每天搂着睡觉。

周凯老大不乐意，对程朗说："我就想让你搂着睡觉，别人不行。"

听得沈捷和雁雁鸡皮疙瘩掉了一地，她们才知道自己带了一位土味情话之王，也不知道程朗怎么就好这一口。

不过，论起会说话来，大概也没人能比得上程朗。

她笑眯眯跟周凯说："她们搂的就是个毛绒玩具，真人不是还在我手里？"

然后话锋一转："但是吧，这个事感觉也没这么简单就能解决。站在那几个人的立场可能不想让外人知道，但是她们自己心里到底信不信，现在很难讲。"

"就是，赵大爷那个孙女，到底信不信也不好说，也不是人家大粉跟她说没这回事，她就能直接消停的。"沈捷也表示赞同。

听得周凯直发蒙："那你们到底要让我干啥？"

沈捷表示："多管齐下，既要治标也要治本。"

这边让程朗去群里头虚虚实实放些个烟幕弹，那边让雁雁把话题朝其他方向带一带，找点剪辑高手、软文写手和水军，能带多少是多少。

沈捷一边说着，一边又把目光投向了免费劳动力程朗。

"什么叫其他方向啊……"周凯有了一些奇怪的预感。

雁雁满脸堆起来笑容："咱们上次讨论那个方案，现成的就可以拿来用呢！"

周凯顿时变了脸色："不行！那啥玩意儿啊，我整不了！我也没学过表演！"

程朗好奇起来："什么方案？"

雁雁咻咻地笑得像个漏气的气球，看向沈捷："沈姐，能说吗？"

周凯先喊："不能！"

沈捷偏说能。

周凯反对无效，被迫听雁雁陈述那个他一开始就说不靠谱的方案。

——让他和谢初飞炒CP。

一个公司，两位艺人，若即若离，若有若无，相爱相杀。

现在的观众就吃这一套。

沈捷说，你知不知道谢初飞人气比你高很多！人家肯带你是人家心眼好。

周凯倒也不是个彻底的傻子，他说谢初飞肯定也有好处，都是出来混的谁整不明白谁啊。

他没说错，谢初飞自然也想吃一点CP粉的红利，但是也不敢跟太不知底细的人搭台唱戏，同公司的起码风险可控一点。

谁知道周凯一直坚决抗拒，沈捷也就没有往下推动这一桩事情。

毕竟可以动脑筋的地方很多，对这位牵着不走打着倒退的主儿，还是不能硬来。

但是如今，情势不同了呀，有程朗的事情在前，沈捷觉得这事可以再拿出来试一试。

有枣没枣打一竿子。

你别说，这一竿子还真打下来枣了。

程朗一听就来了兴致，对自己家男朋友动之以情晓之以理，最主要的是，她说："其实不用你干什么，你就配合着说两句话拍拍照就行，这些事情主要是靠观众脑补。"

雁雁也帮腔："你做百分之十的工作就行，剩下的都有团队替你做，保证不会有什么露骨策划，犹抱琵琶半遮面最吸引人了。"

周凯犹犹豫豫："所以到底需要我干啥？"

"其实只要一起出席活动就行，同框，有一点互动，有人采访就说几句。"沈捷说。

周凯还在纠结："谢初飞……"

他想说谢初飞人家一个雪白干净的花美男和我这种糙汉子是不是气场不合啊。

结果沈捷会意到了其他地方，跟他说："你要是觉得谢初飞不合适那别人也行，咱们公司你看上谁了，你说，我来协调。"

然后又使了一招撒手锏："女艺人也可以，只要有个别的方向，怀疑点就不会落在朗朗身上。"

"不行不行不行，女的绝对不行！"程朗还没啥反应，周凯先着了急。

沈捷漫天要价，周凯落地还钱，最终两人妥协的结果是和谢初飞暂时炒一阵子CP，等程朗的风波过去就慢慢解绑。

周凯在女朋友的怂恿下，勉勉强强地同意了，毕竟为程朗挡枪更重要。

至于程朗，她就是单纯觉得这个事情太好玩了，难得可以测试一下靠图片和文字能把观众诱导到什么程度。

通俗来说就是，她想要了解一下如今观众的脑洞有多大，开脑洞的程度都和什么因素有关联。以及，用不同的词汇能呈现怎样的诱导效果。

在程朗眼里，一切靠语言和文字呈现的东西都能拿来琢磨琢磨，有趣得很。

是在自己研究工作之外的调剂。

开完了会，周凯磨磨叽叽问程朗赵大爷那儿怎么办。

程朗说："凉拌。"

第二天她果然施施然提了一盒子凉拌菜去保安室找赵大爷，说别人送她的，太多了吃不了，请赵大爷帮忙。

赵大爷还没搭话，斜刺里杀出来他家的孙女毛毛，举着个手机，两眼放光。

"阿姨，听我爷爷说你认识周凯？真的吗？他真住过这个小区吗？就演电影那个！"

和昨天路涵江附身一般拒绝社交的小姑娘判若两人。

程朗一脸淡定："哦，他在我这做过培训来着。他们公司觉得上课方便，就让他搬过来一阵子，现在不是搬走了吗？"

毛毛大喜："啊？什么培训啊！"

程朗："一些……能提升表演技能的培训吧。本来我也不想弄，研究所里一堆事忙不完，熟人托过来的，也就上了两三个月。现在他们公司给他找别的老师了。"

没等毛毛发问，又转向赵大爷："你可以问你爷爷啊，他不是老看见周凯在院子里练表演。"

赵大爷有点儿蒙，培训啥？表演啥？你们不是在处对象吗？

又不好当面这么说，只能哼唧过去："啊，看见过，那小伙子可好了，还老帮高老太太搬快递。"

"对，哦，八号楼那个小路老师，也帮忙培训过他一阵子的。"程朗扯出来了路涵江。

赵大爷不得不承认，他也看见过那小伙子在院里和周凯拉拉扯扯。

这么说可越说越远了，毛毛心里逐渐下了定论，人家就是经纪公司给周凯请的高级表演老师，还有别人呢，就爷爷一天到晚瞎猜。粉丝群的姐姐说收到内幕消息也没这回事。

于是她的注意力转向了更实际的方面："那阿姨，能帮我要个签名吗？要TO签！"

大尾巴狼程朗女士一脸茫然："什么签？"

影视圈啊，粉丝文化啊，周凯啊，跟她仿佛一毛钱关系都没有。

（当日晚些时候）

周凯收到了警报暂时解除的消息，松了一口大气，摩拳擦掌，投入到紧锣密鼓的程朗生日准备工作中。

程朗过来让他画个鬼画符的签名送赵大爷孙女，说还得写赠言。

周凯蒙了："写啥啊，好好学习天天向上？"

程朗想想，说："也不是不可以，挺有趣的，你还可以在旁边画个鲤鱼。"

周凯问："画鲤鱼干啥？"

程朗："你的粉丝们管自己叫鲤鱼，粉丝组织叫锦鲤池塘。"

周凯："为啥？"

程朗："那总不能叫驴肉火烧店，多不吉利，一下子就到终端了。"

周凯："我是问为啥叫鲤鱼啊，我卖铁锅炖大鹅啊，也不卖得莫利炖鱼。"

程朗："哦，不是，你听过没有……红鲤鱼绿鲤鱼与驴……而且她们觉得你运气超好，粉你会获得好运加成。"

周凯："行了，我知道了，这又是你撺掇的吧。"

程朗："我就随口提了一嘴……"

五

虽然程朗把一套鬼话编得活灵活现，有时间有地点有细节，里头还都是真实事件，唬得毛毛一愣一愣的，但是赵大爷一个字都没信。

他老人家活了六十来年，虽然猪肉没吃过几回，但是描写猪跑的文艺作品那见得多了，那俩小年轻要不是在处对象，那这世界上就没人处对象了。

再说，他都看见人家在小树林里腻歪了，你说那是练习表演？也就毛毛小丫头片子才能信。

好在他也一个字都没说。

人家小姑娘客客气气提着吃的来了，有菜有肉，得给人家个面子。

等心满意足的毛毛回家吹空调吃冰棍去了，他才"不经意"遇见下楼扔垃圾的程朗。

赵大爷冲程朗挑了挑眉毛："小程啊，你那凉菜挺好吃的，小周拌的吧？"

这个"你的秘密我都知道"的表情，他在电视上看人用了好多回了，一直想要实践一把，今天可算得着了机会。就冲这，也不能当着毛毛的面拆穿。

程朗刚才就觉得赵大爷不像全信了她的话，但是以她从前和这位大爷打交道的情况来看，他的理解一贯会偏差到某个匪夷所思的方向，只能兵来将挡水来土掩。

本来她的目的就是先把毛毛糊弄住，将信将疑也没关系，粉丝群里头包括她在内各怀心思的姐姐们，会帮她把缺的拼图一块一块脑补完成。

至于赵大爷，赵大爷这不是自己就送上门来了么。

程朗既没承认也没否认，笑眯眯问赵大爷："您吃完啦？"

赵大爷自顾自地说下去："我打眼一瞅就知道是小周拌的，

上次他给我和老张不老少，里头还拌的鸡架。你说这东北也是奇怪了，论理应该吃得咸吧，结果拌个凉菜还是酸甜口的；做个肉，锅包肉，还是酸甜口的，你别说还挺好吃。上次小周说，他们家那烤羊肉串还往上撒白糖，这上海人听了都害怕。你们俩能吃到一起去吗?"

程朗也是很佩服赵大爷，说着羊肉串呢突然就出现男女之情了，八卦精神比后援会那些小姐姐还要纯粹。

但是她还是接着打太极："我还真没吃过撒白糖的羊肉串，回头可以自己试试，感觉跟西餐烤肉刷蜂蜜是差不多的效果。"

程朗坚持聊着羊肉串，赵大爷坚持聊着谈恋爱。

"我还得特意来谢谢你。哎你说这有学问的人就是不一样，办事比我们想得细多了。你这不来啊，我还觉不出来这一层。小周跟你这一对儿可真好，郎才女貌，不对，郎貌女才……也不对……大爷绝对没有说你长得不好看的意思，你可别生气啊!"

纵使脑子灵光如程朗，此刻也想不明白赵大爷特意来感谢她是因为啥。

只好摆出尴尬而不失礼貌的笑容，引诱赵大爷继续往下说。

其实吧，赵大爷也并不需要引诱，他自动接上了自己的话茬："你说我这脑子就不行，看见那小周演电影了，就跟孩子说，你们俩，住我们小区，天天在一起，这个那个。毛毛乐意听，我也乐意说。"

程朗此刻装恍然大悟装得惟妙惟肖："呀! 我说怎么突然

问我呢，您怎么跟孩子说这个？"

赵大爷一拍大腿："可不是么，我这嘴，就没个把门的。前头你上我那送凉菜，一开始编瞎话我就明白过来了！毛毛还小着呢！咋能跟孩子说这些个处对象的事，要是跟着学早恋了考不上大学，那她爸妈不得埋怨死我！"

"那应该……也不会……毛毛看着挺聪明的，不至于……不至于耽误学习。"

赵大爷大摇其头："哎呀，可怜天下父母心啊。儿女都是债，一天天操不完的心，到了下一辈也不能省心。我以后可不跟孩子瞎说了，还是得好好学习，知识就是力量。你看一样是编瞎话，你编得就是有水平。你说小周上你那儿学习，多好，叫孩子知道偶像也得业余时间上补习班才能跟上，给孩子也做个好榜样。"

程朗很想说你家毛毛上的是高中一年级不是小学一年级，应该没那么容易被忽悠着学习。

话在脑子里溜达了一圈，从嘴里说出来就成了："大爷，我没编瞎话，周凯的确是天天去我那做培训。你不信的话，我给你看跟他们公司签的合同。但是我们跟公司都签过保密协议的，不能往外乱说，您也帮帮忙，就别提这事了行吗？"

赵大爷叹口气："哎呀，这世道谁都不容易啊。孩子也累，大人也累，又加班，又补课，就我这退休老头子天天在这瞎溜达。"

接着话锋一转："没事，小程，你放一百个心。你们是培训也好，恋爱也好，日久生情也好，以后就统一口径都是培训。这事到大爷这儿就结了，毛毛我不跟她提了，别人我也不提，张大爷我都不带跟他提的。行吧？你放心了吧？"

程朗觉得差不多了，客套话车载斗量，不着边际地又感谢了赵大爷一番，并深入交流了东北菜里还有哪些是酸甜口的。

俩人聊完已经是漫天星斗。周凯给她打了若干个电话不接，以为她被人跟踪到家围堵攻击，已经蹿上出租车在来她家的路上了。

对于程朗而言，她只是下楼扔了个垃圾，并跟赵大爷聊了一会儿天。

临走时候，赵大爷跟程朗说："小姑娘，你放心，你们的秘密，在大爷这儿是安全的。"

程朗不禁怀疑这位大爷的人生经验是不是全部来自电视剧，他应该盼着说这句台词盼了挺长时间了。

程朗送走赵大爷，才得空掏出了手机，发现周凯在那边脑补了一系列情节，有点儿哭笑不得。

拨通电话问他到哪儿了。

周凯说："小区门口。"

"进来时候躲着点人，尤其是赵大爷。"程朗嘱咐。

没过多久一条黑影就蹿到了她家楼下，鬼鬼祟祟按门铃上楼。

一进屋只见程朗盯着窗户发呆，嘴里念念有词："回头得把窗帘换成全遮光的，这种普通的即使拉上了，也能看到屋里的影子。"

周凯过去搂住她："要不你搬我那儿住去得了，我那楼层高，看不见。"

程朗转过身："这个世界上有一种东西叫望远镜，还有一种东西叫长焦镜头，我觉得你也把窗帘换掉好了。"

"我换了你就搬我那儿去吗？"周凯不依不饶。

程朗："你家哪有地方放我这些书。"

周凯："我去租个大点的房子。"

程朗："你不怕我到处乱丢东西破坏你家环境了？"

周凯："没事，你扔我收拾，我就喜欢收拾，还是跟你屁股后面收拾就更好了。"

还提出了进一步邀请："回头我在客厅那儿买个架子专门给你放乐高，都摆书架上看着多闹心。咱整一墙乐高，多带劲！"

程朗发现太极拳无论如何治不了周凯，只能后退两步，坐在沙发上，盯着周凯，换成太祖长拳。

"我们在一起满打满算也就一个月，现在聊这个话题，是不是进展有点儿快。"

"啊？"周凯摸摸头，"我没想那么多，我就是想天天都能看着你，那你要是觉得别扭就不搬……你说啥时候想住一起就啥时候。"

"那我要是一直都不想呢？"程朗忽然问。

周凯愣住："那……那……那你不想……"

程朗看着那张努力调动所有脑细胞的脸突然笑了，拽住腰带把他拉过来："我也没说就彻底不会住在一起，但是现在真的太早了。你让我慢慢适应一下，一步一步来，可以吗？"

"可以，可以，你要干什么都可以。"

周凯那堆脑细胞已经把工作重点转移到了别的方面。

当天晚上，他的女朋友在沙发前面，领着他复习了一把汉语单韵母的发言方式与发音部位。

单韵母，大家都懂，aoe这种东西。

程朗："我说过单韵母分圆唇和不圆唇的吧。"

周凯："嗯。"

程朗："那这个是什么音？"

周凯："圆，圆唇的。"

程朗："这样呢？"

周凯："不圆唇的，知道了。哎你别上牙啊！"

程朗："那还看什么？"

周凯："牙？"

程朗："跟牙没有关系！"

周凯："哦，知道了，舌头。"

程朗："舌头怎么样？"

周凯："前……前后左右？"

程朗："前后高低啦！看牙时候才用上左右。"

周凯："嗯……行……没有左右。"

程朗："那这是什么音？"

周凯："前……"

程朗："这样呢？"

周凯："后……"

第十六章　适所愿兮

一

郭小凡有好几个礼拜没见着他狗哥了，倒不是因为周凯出名之后就装大瓣蒜不见人，而是因为自己的新工作着实忙。

搞直播卖货的公司，要选品，要谈合同，要找主播，要跟各种妖魔鬼怪对接。那穿哆啦A梦卫衣的小老板嘿嘿一笑，说："锅哥，咱要么不整，要整就得整点不一样的！"

现在的公司都讲究扁平化管理，自号灰太狼的年轻小老板底下一字排开五个助理，各种形状都有，大部分带着一股子神神道道的艺术气息，郭小凡算是里头距离普通人类最近的一个，所以和其他各种普通人类打交道的事，都是灰太狼带着他去折腾。

7×24，把他累了个贼死。

不过郭小凡属于痛并快乐着，毕竟灰太狼给的工资比在工地卖盒饭多多了，自己有望早日还上周凯的债务。

就这么折腾着，一晃好几个礼拜过去，周凯竟然自己送上门来了。

郭小凡盯着他狗哥半天，冒出来一句话："我就说你是当明星的料吧！"

周凯瞅瞅他："说啥玩意儿呢？"

郭小凡接上后半句："大夏天捂这么严实都不长包，那就不是一般人。"

夸赞角度之清奇，直逼小毛驴后援会的那些红鲤鱼和绿鲤鱼。

不过周凯听他满嘴跑火车跑了二十来年，早已当作放屁，夹着郭小凡的脑袋就出了门，直奔某商场的儿童娱乐中心。

郭小凡站在一排花花绿绿的夹娃娃机前面，满脸生无可恋："这玩意儿三里屯也有，咱去大人玩的地方不行吗？"

脸上糊着个口罩的周凯压低声音："大人该认识我了，这儿正好。"

郭小凡环顾四周，比夹娃娃机更花里胡哨的是满屋子尖叫大笑的小孩儿，目测最大的也不会超过初二，每个人手里拿着游戏币，眼睛瞪得像铜铃，盯着里头那夹子的一举一动。

连续几次夹不上的就号哭起来，引来家长的一通安慰或者责骂。

郭小凡深深地吸了一口气，行吧，为了兄弟，两肋插刀，是应该的。

人在江湖飘，哪能不挨刀。

周凯把他拖到这个电玩城的目的非常单纯——让他培训夹娃娃技能。

郭小凡以为自己昨天跟老板出去应酬喝太多喝出幻听了，还特意确认了一遍："你要学啥？"

周凯靠在门框上，一手插兜，脸色严肃："夹娃娃啊！我记得你整这个可厉害了，上学时候那些小姑娘都被你哄得一来一来的。"

郭小凡揉着自己的脑袋："你也知道那是上学时候啊，多少年前的事了！现在谁还玩那个啊，你都多大了！"

周凯烦躁起来："你别管，我学了有用，赶紧地跟我走，我都找好地方了。"

于是郭小凡伙同他狗哥就站到了爱莎公主和小马宝莉中间，排队等着换游戏币。

他狗哥说了，今天游戏币的钱他出，一定得夹到学会为止。

郭小凡谨慎怀疑这事跟程朗有关系，但是看周凯现在这个七窍冒火的鬼样子，他决定先灭灭火再打听。

其实他猜得没错，这事果真和程朗有关。

因为程朗要过生日了。

而她的新任男朋友有个执念，就是想带女朋友去夹娃娃，并且夹出来最大的那个熊。

这个事情要从周凯还是在厨房和郭小凡炸纸壳锅包肉的惨绿少年周南风时期说起。

是的，夹娃娃机这个东西，已经出现了十几二十年。

他们上中学的时候，就已经流行起来。那会儿只有几座大商场才有，每台机器旁边都站着一些个垂涎欲滴的小孩儿和脸上露出梦幻笑容的少女。

男孩子们虽然大部分对里面的毛绒玩偶不感兴趣，但是也觉得夹上来一个成就感巨大。况且，可以送给他心仪的小姑娘。

从夹娃娃机夹出来的娃娃，和礼品店里买的意义大不一样。

跟一个手里抱着一大堆娃娃的女生走出商场，是中二少年的无上荣光。

于是男孩子们嘴上不说，暗地里都在苦练夹娃娃技术。

郭小凡就是个中翘楚，一块钱一个币，他能在三十个币里头夹出来七八个娃娃，堪称追女生的一把利剑。

你问周南风呢？周南风只能在旁边干看着。他那个赌鬼爹着三不着两，往家拿生活费也是断断续续。郭小凡可以省下来早饭钱零食钱并朝他妈虚报补习班价格来换一堆游戏币支撑训练费用，他就没那个闲心了。

乱花钱的后果很可能是下学期的学费都交不上。

毕竟卖纸壳锅包肉赚不到钱。

不到万不得已他也不想管周老九开口要，哪次开口要钱不是招来一顿好打。

那时候，周南风看着郭小凡屏息凝神夹玻璃柜里的劣质比卡丘，就暗下决心，等长大了老子有钱了，就去买个夹娃娃机，领上我对象，想夹多少个夹多少个。

后来少年周南风倒真是长大了，对象也换了好几个，却没有一个跟他去认真夹娃娃的。有时候是姑娘嫌太幼稚，有时候是他身上没有钱，也有时候，比如邱颖，是想得太多了。

他跟邱颖谈恋爱的时候还真玩过一次，两人逛街，看见一台夹娃娃机，就去换了游戏币。

众所周知，夹娃娃机这个东西，需要一定的技巧，作为新手，十有八九是夹不到任何东西的，每次那个倒霉的机械手，都会在最后一秒松掉，把那个娃娃又扔回它的小伙伴那里。

所以，十个币下去，周南风啥也没夹到，属于正常现象。

那时候他相当气愤，说老子开着挖掘机都能投篮，不信夹不住你这个破玩意儿，说着就要再去换它二十个币，然后被邱颖拉住了。

邱颖说你去网上买一个几块钱，何苦花那个冤枉钱夹这玩意儿，还是赶紧攒点钱找个正经事干，要不然我家里又得催我去相亲。

两句话说得周南风当场消停下来，是啊，赶紧攒钱跟郭小凡把那个饭店顶下来是正理；要不，对象都跑了，夹娃娃给谁玩啊。

不过呢，该跑的对象总归要跑，他跟邱颖终究是没能坚持过那年冬天。

后来的事情大家就都知道了，邱颖找了个有"正经工作"的人结了婚；周南风炒了一阵子铁锅炖大鹅，被白导演拉去拍电影，还起了个艺名叫周凯。再后来，他就认识了程朗。

当他开始研究怎么给程朗过生日时候，一拍大腿，发现了天赐良机！

这不正是实现他少年梦想的完美时刻吗？现在他有了点钱，虽然不多，但是租个夹娃娃机可劲夹的钱肯定够。女朋友也有了，并且热爱搭积木玩玩具，一定不会嫌他幼稚。

天时地利人和尽在我方，周凯决定悍然出手，实现他的夹娃娃宏愿。

在他的设想里，首先，他得去定制一个娃娃，就程朗喜欢的那个小蓝鸟就行。（小蓝鸟=wug，前文所述程朗马克杯上画的图案）

然后，把这个小蓝鸟肚子里塞上一把钥匙。

再然后，去租一台夹娃娃机，把小蓝鸟埋在娃娃堆里头。

最后，就是在程朗生日当天，大展身手，把机子里头小蓝鸟出其不意地夹出来递给程朗，她肯定很高兴。

要实现这个计划，郭小凡的培训必不可少，于是，今时今日，他们站到了这里。

听郭小凡讲解："对对，你得转夹子，转，使劲转，不晃了再夹！……对对，夹近的，近的好夹……躺着的，选那个躺着的，比站着的好整……哎呀你上一边儿去，看我的！"

二

当周凯自以为"旁敲侧击"问起来程朗有什么生日愿望的时候，她装作没有听懂，随便糊弄了过去。

这些年过来，她好像越来越不喜欢过生日，能蒙混过去就蒙混过去，好在他们家最喜欢张罗这种事的程穆明先生不在跟前，要不然她想蒙混也难。

但是今年有周凯，情势又变得不一样起来。

周凯经历了两三个月的魔鬼培训，在说话技巧方面有了极大的提升，起先是拐弯抹角地问程朗，发现没有成效，他就祭出程朗教他的大招，一记直球把她堵在驾驶位上，问："你生日，你想咋过？"

程朗跟他说过，亚洲人，尤其是场面上的人，尤其不善于直接拒绝别人，有时候拐弯抹角不好使，可以直接去问，对方没想到你脸皮能够这么厚，多半能得到答案。

问题就是，他那三脚猫话术，都是程朗教的。

理论上，程朗应该顺着他的提问，回答"我想这么过"或者"我想那么过"，而实际上他的师傅兼女朋友更直接地回答道："不用了，别折腾了，我不喜欢过生日。"

周凯直接愣在当场，竟不知道如何接话。

倒是程朗催他："赶紧上车，这里不让停车。"

周凯机械地绕到副驾驶位坐进去，扣好安全带，小心翼翼地张口："谁惹你了？"

程朗一边开车一边回答他："没有啊，没有人惹我。"

态度还挺柔和。

周凯却觉得如坠入冰窖一样，根据他和女性的交往经验，大吵大闹很容易雨过天晴，态度越温柔，事情越大条。

邱颖就是这样一脸平静温温柔柔地跟他分了手。

周凯突然觉得车里空调吹得他头疼，深深吸一口气，吐出来一个问题："是不是我干了啥让你不痛快了？"

程朗还是那副样子："没有啊，我对你没啥意见。"

"那你为啥不想跟我过生日？"周凯脱口而出。

程朗倒是笑了，一只手扶方向盘，撤下一只手来拍拍周凯的大腿："跟你没关系啦，我就是自己觉得过生日这个事情没意思而已，之前也都没怎么过。"

周凯的脸稍微不那么紧绷了，扯住她那只手："真的不是因为我惹你生气了？"

程朗摇头："真不是，你最近表现很好，特别好。"

周凯获知不是自己的原因，当场开始耍赖："那我想给女朋友过生日咋办？好不容易有个对象，还不让我对她好。"

然后福至心灵开始卖惨："你看我这样的，姥姥不疼舅舅不爱，我爸连我哪天生的都记不住，就记得他缺南风。我小时候就发誓，以后我要是有了对象，肯定不带忘了人家生日的。"

这一通胡编不知道触动了程朗哪根情肠，倒是别别扭扭松了口："那……要不然……给你个机会？"

周凯来了精神："真的？"

程朗："但是得约法三章。"

周凯："你说你说！三十章也行。"

程朗："不许出现蛋糕。"

周凯："没问题。"

程朗："也不许有蜡烛，还不许有鲜花。"

周凯："就这？小菜一碟，你答应了啊，不许反悔，拉钩上吊，一百年不许变。"

程朗啼笑皆非："为什么给我过生日对你这么重要。"

周凯一咧嘴："我有病呗。"

程朗有点儿迷惑："啊？"

周凯接着说："你也有毛病，咱俩都有点毛病，这不就是天生一对。"

程朗开着车，面部开始抽搐，这难道就是传说中的土味情话吗？

周凯得到了程朗的首肯，终于能够放手去实现他的生日构想，这才急吼吼找上郭小凡，开始苦练夹娃娃技能。

并且上网定制了一个程朗喜欢的小蓝鸟玩偶。

虽然卖家画蛇添足，画鸟添翅地强行给小蓝鸟加了两个迷你翅膀，但是周凯还是给了好评。神似，重在神似，反正那个鸟长得也很潦草。

程朗再三强调那玩意儿不是鸟，在他看来就是个鸟。

既然是鸟，多两个翅膀也不差啥，人家还多搭了布料呢。

程朗生日的前一天，出去赶通告累到贼死半夜才滚回家的男明星周凯先生，深更半夜，手持剪刀，给不是鸟的小蓝鸟玩偶开膛破肚，往里偷偷地放了一把钥匙。

然后问题来了——回头程朗怎么打开呢？

周凯望着露着棉絮的直挺挺躺在茶几上的小蓝鸟，十分想要抽自己两耳光，做的时候咋没让人家在肚子上缝个兜呢？现在傻了吧！

剪是会剪的，缝……他真的不太会缝啊。

两个小时以后，晨光熹微，折腾出了一脑门子汗的青年男子，拆掉了一颗衬衫扣子，好不容易算是又把鸟肚子给缝好了，还留了个肚子可以打开。

就是那鸟现在像刚做了肝移植手术，肚子上一道歪斜的疤痕，还有个扣子在那充当肚脐。一股子cult片的美感，跟浪漫生日小秘密丝毫关系都没有。

纵然是周凯也觉得这样不行，计划是完美的，实施起来是处处受阻的。

咋办呢？

周凯仰天长啸，总不能还得给这玩意儿做个衣服吧？

等等！衣服！

粉丝送给他的那一堆小毛驴里头，好像就有穿衣服的。

他跑到没人住的次卧，对着窗台上那好几排按大小个排好坐得整整齐齐的驴认真思考了一番，挑了一个和小蓝鸟差不多大小的，扒掉人家身上的衬衫，给鸟裹上了。

这个时候就不得不赞叹卖家的机智，这鸟要是没有翅膀，穿衣服都不知道咋穿。然后再从另外一头驴的脖子上扯个缎带系在鸟身上，就是一只金玉其外的生日特供小蓝鸟了。

这一通折腾下来天也就亮了，周凯由于"用脑过度"，整个人处于亢奋状态，倒也睡不着觉。

洗把脸穿好衣服，对着镜子一遍遍演练一会儿要说的台词。如果白导演看见他如此用功，怕是要嫉妒得眼冒毒火。

"朗朗，生日快乐。"——哎好恶心！说不出来。

"鸟，这个鸟里头是生日礼物，给你的。"——妈呀，这傻×谁啊！

"那个……这个小蓝鸟是很特别的……你猜为什么？"——

还是像傻×。

研究了半天，周凯确认自己没有谢初飞那种深情款款盯着别人说肉麻话的能力，啥话在他嘴里说出来都像是个缺心眼的二傻子。算了，还是到时候再看吧。

八点半，郭小凡依约上门取小蓝鸟，拿到准备好的场地，混进夹娃娃机里。

周凯在家坐立不安，等着程朗来接他。

是的，打车怕被人认出来，只好等女朋友来接。程朗再三叮嘱他最近不要出现在她小区门口，被赵大爷当场抓获可不是好玩的！

十点半，生日主角开着她的小mini施施然出现，穿了赞助商西装打扮得又像个新郎官的男朋友，一脸雀跃地蹿上副驾驶座："来，你开车，我导航！"

程朗问："去哪儿呀？"

周凯神秘兮兮："你开吧，我怎么指挥你就怎么走。"

程朗觉得他最近可能为了跟谢初飞炒CP，看人家演的电视剧看多了，说话做事都有一种走调的drama气质，但是既然答应了人家，她也只能跟着副驾驶的人肉导航走。

哪知道路越走越偏，一路出城，直奔郊区而去，开着开着，路旁出现了山和农田。

"你这是要把我带到哪儿论斤卖了？"程朗问他。

周凯龇着白牙："那可不行，这么好的女朋友，我可舍不得。左拐左拐，前面那个小道下去，马上就到了！"

程朗遵照他的指令，绕了两个弯，进了村，村边上有条河，河边山坡上有座漂漂亮亮的小白房子，一望而知是个民宿，可能还是网红民宿。

"你这大老远的就为了个民宿？"程朗不解。

"这儿多好，就咱们俩，想干啥都行，不怕被人发现。"周凯露出来暧昧的笑容。

程朗看看他："你还想干点什么？"

周凯搂住她肩膀："进去吧，进去看看就知道了。"

三

周凯委托雁雁帮忙找的这家民宿，外头看起来雪白干净，纯色墙壁，大片玻璃，花园里有大树和绣球花，甚至还看到了烧烤架。

一个最典型不过的网红民宿配置。

可是一般的网红民宿，大约不会在客厅中间配置一台夹娃娃机。

程朗推门之前，心里很有些个忐忑，以周凯上次那个猫罐头馅儿包子的水准来看，这次不一定会整个什么奇怪的东西出来。

即使做好了心理准备，打开门的那一瞬，程朗还是不能理解。

一台粉红色的夹娃娃机站在客厅中央，四周亮着彩灯，头顶拴着气球，茕茕孑立，形影相吊。

机器里头放着各式各样的毛绒公仔，猪、狗、猴、羊，一应俱全。

周凯不知从哪儿掏出来一个系着丝带的盒子，一打开里头满满当当一盒游戏币。

程朗在脑海里上穷碧落下黄泉地搜索了一通，也不记得自己啥时候表露过对夹娃娃的热情。

她只能机械地把盒子接过来，问周凯："你说的生日礼物……就是这个？"

无限夹娃娃体验？

周凯大摇其头，指向夹娃娃机："不是，那哪儿能啊。礼物叫我藏那里头了，一会儿咱俩比赛看谁能先给夹出来。"

"先夹出来的怎么样？"程朗问，"有奖品吗？"

周凯摸摸后脑勺："先夹出来……先夹出来后夹出来都给你……"

程朗："那你为什么要比赛？"

周凯："比赛好玩啊！"

行吧，她算理解什么叫男人至死都是少年了。

于是在周凯的强力推动下，夹娃娃比赛正式开始，两人一人一轮，谁先把底下那个不知名的礼物夹出来谁赢。

程朗站到机器前面，投下一个游戏币，还是觉得如在梦中。

她一边操纵摇杆一边问周凯："谁给你出的主意啊？"

周凯秒速回答："没谁，我自己啊！"

程朗："不是我小姨她们做的哪个言情剧的桥段吗？"

周凯："啥玩意儿，就我自己想出来的。咋的我瞅着就那么没浪漫细胞啊?"

程朗被这反问句吓得手一滑,按到了确认按钮,夹子摇摇摆摆地朝着下面抓了一把空气,又摇摇摆摆地复了位。

好在今日游戏币无限量供应,换周凯来。

他站在那里,嘴里兀自哼哼唧唧:"还觉得我不行,我咋就不能浪漫一回。"

程朗赶紧安抚:"不是,就是觉得……挺有意思的……你是怎么想出来的啊?"

周凯得意起来:"我都想了十来年了。"

程朗假模假式板起脸:"十来年前你可不认识我。你想跟谁玩这个?"

周凯慌起来:"不是,那不是!十来年前那个……"

他那舌头在嘴里游荡了好几圈,方才找到顺畅的出口:"我就是……我小时候看人家玩这个,就觉得要是把生日礼物放里头夹肯定贼好玩,但是那时候没钱,都是看郭小凡他们玩。"

程朗:"那你长大了可以自己夹啊。"

周凯没出声。

程朗一看,这家伙半蹲在夹娃娃机前头,伸着个脖子,张着个嘴,眼睛盯住那夹子,气都不敢喘一声。很像是面前吊了个胡萝卜的真驴。

很显然,他可没有一心八用的本事。

程朗忽然很想笑,后援会的小鲤鱼们,要是知道她们每天喊"帅死了""超男人"的小毛驴哥哥,私下里是这个驴头驴脑的样子，恐怕要瞬间脱粉了。

经过郭小凡魔鬼特训的人就是不一样，周凯一出手，虽然没夹住那个娃娃，但是在夹子上头坚持了好几秒才掉下去，比程朗那种捞空气手法看着明显靠谱多了。

夹完了这一盘，他才后知后觉地问程朗："你刚才说啥？"

程朗接过来控制杆，说："我就是说，那你长大了可以自己去夹啊，为什么还非要等我生日。"

周凯："大老爷们一个人整这个不让人笑话么。"

完全可以一心八用的程朗，一边折腾那个控制杆，一边顺嘴问："那你之前的女朋友们都没跟你玩过这个？"

周凯："没玩过。"然后求生欲极强地补充，"之前那些我都忘了长啥样了，我就想跟你玩。"

程朗还在折腾那个摇杆："我没别的意思，我就是好奇你怎么到现在才玩上这个。"

周凯知道程朗，她说不在乎就是真不在乎，稍微放下点心来，解释："之前穷啊，不敢乱花钱。现在好不容易有点钱又有对象了，我就寻思着非得整个这个跟你一块儿玩！"

程朗点头："嗯，志向挺远大。"

周凯沉默了几秒钟，突然从后面搂住她腰，例行把那颗头靠在她肩膀上。

他说："你知道吗？租这个玩意儿的时候我就在想，我这辈子值了，现在死了都不亏。"

程朗没说话，继续折腾那个夹子，她知道周凯肯定不是为了个夹娃娃机含笑九泉。

果然她身后那个毛茸茸的脑袋接着说："我把这玩意儿租回来搁这摆好，突然就发现，我这辈子从来就没这么舒心过。不欠人钱，兜里还有点存款，有工作，还有个以前打死都不敢想的好对象。这好得都不像人过的日子了。"

　　然后喘了一口气："我现在有的这些，比我想要的可多太多了，天天像在云彩上飘着，心里头不踏实，老觉得下一秒钟就要掉下来。"

　　程朗把夹子移到她觉得合适的位置，准备让它向下移动。

　　她对周凯说："别怕，后头肯定有糟心事情等着你。"

　　周凯在她肩膀上啃了一口："不带你这样说话的。"

　　程朗按下确定键："有糟心的事情，我陪你一起面对。"

　　果然又夹了个空。

　　周凯点点头："嗯，开嘴炮轰死他们！"然后突然想起来，问程朗，"你小时候就不喜欢这个？我看我们班小姑娘都可喜欢了。"

　　程朗把操纵杆前面的位置让给周凯，摇摇头："不太喜欢。"

　　周凯："那你喜欢干啥？"

　　程朗："看书，搭积木。"

　　周凯点头："我看出来了，你这人可挺专一。"

　　然后警告她："现在别跟我说话啊，老子要放大招了！"

　　当红男艺人周凯先生，穿着高定西装，气沉丹田，扎好抹布，屏息凝神——果然抓到了一个红色小兔子！

　　一比零领先。

　　抓娃娃机里头的动物有好几十号，折腾了两个小时，程朗总共抓到了两个猪和一只鸡。周凯抓到了三个熊，两个独角兽，乌龟、螃蟹、企鹅各一，以大比分遥遥领先。

程朗看了半天说："我发现这里头没有驴，你肯定是故意的。"

周凯咧嘴："还真不是，这都是他们给配的。你就不想想，谁乐意费老大劲花钱抓个驴，你当都跟你似的啊。"

程朗第一次感到什么叫教会徒弟气死师傅。

然后只听周凯大呼小叫："哎！出来了，出来了出来了！"

程朗看见玩具堆下面露出来的那个小蓝鸟，觉得似曾相识。

那是一个……wug？

周凯小心翼翼，想要把那个穿着毛驴衣服系着丝带的小蓝鸟，从夹娃娃机里头夹出来，送给程朗。

谁知道天不遂人愿，这个夹子突然造了反，夹了五六回，都以失手告终。

程朗刚打算说我来试试，只见周凯掏出来一把钥匙，直接拧开了机器门，伸手拽出来那只不听话的鸟，放在程朗手上。

程朗扒拉着那肥鸟身上两个迷你翅膀，莫名觉得很像霸王龙的小短手。

周凯早上在家里演练了八百遍的台词，到了此时脑子一片空白，憋了半天，憋出来一句："把衣服脱了。"

程朗抬头："什么？"

周凯慌张起来："不是，不是你脱，脱鸟！鸟衣服！这个不是礼物，礼物在里头，我塞的……"

程朗简直要笑出眼泪："你这个歧义也就是跟我说，跟别人说估计人家要告你了！"

周凯此时下定决心一定要回去跟表演老师多练台词，话到嘴边直拌蒜可太丢人了。

程朗还是给小鸟脱了衣服，从周凯拙劣的手艺里头，掏出了一把钥匙。

"这是什么钥匙？"程朗问。

周凯："你猜。"

程朗来来回回给钥匙相了个面，满脸不可置信的神色："挖掘机？"

周凯大惊失色："你咋知道的！"

程朗指指钥匙，那上头写了三个大字：CAT。

Caterpiller 公司，世界最大的土方工程机械生产商，生产的液压挖掘机见于各大建筑工地。乐高商店里面也有卖以这家公司推土机为原型的积木，可以用App控制，铲子可以抬起来。

程朗买过一个送给周凯。

四

即使不爱过生日的程朗，也不得不承认自己过了一个相当难忘的生日。

从小蓝鸟的肚子里头掏出来一把钥匙开始，事情就朝着越来越奇怪的方向发展了。

首先她精准猜出那把钥匙属于一台挖掘机，然后她那穿得人模人样的男朋友，大声宣布等会儿吃过了中午饭，下午的活动就是教她开挖掘机。

　　周凯满脸写着"得意"两个大字："你不是说想开挖机吗，我看有租的就去租了一个。"

　　程朗还处于震惊状态，端详了那个钥匙半天，问出了一个灵魂问题："我们就穿这个去开？"

　　因为周凯明里暗里强调了不知多少遍今日的重要性，程朗为了配合他的积极性，特意选了一条收腰的真丝连衣裙配高跟鞋，耳朵上照例是奇奇怪怪的耳环，一条条银白色金属组成，不规则拼接，上面有斑驳的痕迹。

　　设计师说这组耳环的灵感是风蚀地貌。

　　周凯管这个"风蚀地貌"叫"支棱巴翘"。

　　他们俩穿成这样，去领结婚证非常合适，去开挖掘机吧……可能略正式了一点。

　　周凯抬抬胳膊伸伸腿，表示他这西装还有余地，然后看向程朗："你这裙子没事，离拖地还远着呢；高跟鞋肯定不行，你车上不是有开车穿的鞋吗，换上就行。"

　　程朗此刻也只能说："还好我车上有备用的平底鞋。"

　　周凯这回满意了，说赶紧吃饭，吃了饭就去。饭都整好了在厨房呢，热热就行。

　　说着脱了西装外套一驴当先地直奔厨房而去。

　　程朗手里捏着那把钥匙，跟在他身后，突然觉得五脏六腑间涌起来一阵细密的愉快，像苏打水里的气泡那种，小小的一串，轻盈升腾到水面上。

她快走了两步钻进厨房，在男友脸上"吧唧"亲了一口。

倒把周凯吓了一跳："你干啥？"

程朗："想亲你啊，不行吗？"

某活驴最常用的反问句，以彼之道，还施彼身。

活驴咧开嘴傻笑："行行，把脸亲秃噜皮了都行。"

但是他并没有迎来第二下，程朗盯住料理台上的一个东西问："这是个什么？"

"寿桃啊！我自己蒸的。"周凯回答。

他还在那儿补充："最近太忙了，本来想好好给你做一桌饭，结果你小姨把我当大牲口使，恨不得我睡觉都得给她拉磨。我也是没招了，就有功夫整了个这个，还费好几天劲，冻冰箱里提前拿过来的，剩下的都是让大锅帮我订的。等下次，下次我肯定好好整。"

这不是好好整不好好整的问题啊。

程朗深吸一口气："我认识寿桃，我就是想知道……你为什么做了这个东西……"

周凯："那你不是说不要生日蛋糕吗，过生日总得吃点啥吧！正好那西点我还不会做，整个寿桃正好，多喜庆。"

程朗："其实……吃面条也可以啊。"

周凯："面条也有！没有面条那成啥了。你等我待会儿给你煮个炝锅面，可好吃了！"

程朗："我的意思是……我好像还没到需要吃寿桃的年纪……"

一般意义上起码要六十大寿以上才会配备寿桃吧……

周凯："三十多吃也不犯法。我这里头拿鲜桃酱做的馅儿，你一会儿尝一口就知道了，不是外头那些个中看不中吃的破玩意儿。"

事已至此，程朗还能说什么呢？好歹也是男朋友的一片心意，那就先吃吃看吧。

于是乎寿星小姐程朗，在她三十三岁这一年，吃上了人生中的第一枚寿桃，皮薄馅儿大，还有流心，确实挺好吃的。

就是吃着吃着容易觉得自己仙福永享寿与天齐。

程朗此刻已经接受了现实，她这位男朋友除了长得精神，还有些个异于常人的脑回路。

她仔细回想，从这人用猫罐头当包子馅儿的时候就初露端倪，再往前回溯，想要拿纸壳炸锅包肉的也是他。这么看来，不是不能整，而是没有条件整。一旦给了他机会，周南风先生比谁都能瞎折腾。

很长时间以后有访谈节目采访程朗，问她喜欢周凯的哪一点。

程朗想起来那个流心寿桃，露出暧昧的笑容，说他这个人做事有一种有趣而不自知的感觉，和他在一起心情会不自觉地变得愉快。

中午饭的其他菜色跟那个寿桃一比都黯然失色，周凯和程朗夹了一上午玩偶都饿了，倒是吃得很干净。

周凯死活要给程朗煮一碗炝锅面，程朗说吃得太饱，晚上再煮吧。

毕竟那颗寿桃是实打实的碳水主食。

于是程朗就这样胃里揣着一颗寿桃，踏上了和周凯的挖掘机教学之旅。

她总算知道为什么要把午饭安排在这个荒山野岭了，按照副驾驶周凯的导航指示，在村里头绕上十分钟，然后走乡间小路，可以到达一片兴建中的工地，而他租来的挖掘机，正在那里严阵以待。

工地还在打地基，工人们在热火朝天地挖坑。程朗看着那些熟练挖土熟练甩方的挖掘机，问："开这个东西不要驾驶执照吗？"

"那肯定要啊，没证谁敢让你开。"周凯回答。

程朗："那我也没有啊。"

周凯："又没让你施工，让你去挖沟肯定不行，咱就在旁边比画比画没事。"

程朗勉强接受了这个说辞。

周凯掏出手机拨了个电话："喂高哥，哎我大锅介绍的，租挖机那个，啊啊我知道了，原地等你啊！"

过了一会儿一个头上扣着安全帽的黝黑男子骑着摩托车出现，敲敲窗户玻璃，示意程朗他们开车跟着走。

程朗的小mini在工地乱七八糟的土路上颠簸了一阵子，绕到了背面没什么人的地方，前方停着一辆鲜黄色的小号挖掘机，上头还像模像样，拴了两串气球。

周凯摇下来车窗，那高哥扔了俩安全帽过来，说工地都得戴。

然后大手一挥："就这，都给你安排好了，一下午随便，你俩好好玩。"

然后跨上小摩托扬长而去，屁股后面扬起一股巨型烟尘。然而烟尘还没散去他人又回来了，敲敲玻璃。

"哎，兄弟，你真会开吧，开坏了可得赔钱！"

周凯掏出来手机，一通划拉，递给高哥看："没骗你，真会开，你看这是我操作证。"

高哥放了一百个心，反正租金和押金已经打到了他账户里，跑得了和尚跑不了庙，开坏了他还能去找郭小凡要债，那小子他老舅住哪儿他都知道。

于是摇摇晃晃骑着小摩托又往工地跑，一边跑一边在心里头念叨："现在小年轻可真会玩，把妹都把到挖机上来了。"

程朗伸头过去看，那上头一个愣头青的照片，皮肤黑得像炭头，眼睛里充满愤怒。

周凯赶紧捂住："哎，别看！"

程朗笑："没事，我身份证照片更难看，等我给你找。"

两人在车里嬉笑打闹了一会儿，外头尘土散去，周凯带着她走向挖掘机。

一分钟以后，两个人站在门前，傻眼了。

一切都安排得妥妥当当，只是周凯忘了一件事——挖掘机它没有副驾驶。

"要不你坐我腿上？"他试探性提出建议。

程朗："我本来就不会开，还坐你腿上，不是等着赔钱吗？"

周凯："那我坐你腿上？"

程朗："你觉得现实吗？"

周凯："他这扶手也不能坐，早知道整个敞篷的，还能坐旁边。"

程朗："那你学开这个的时候是怎么学的？"

周凯："我们有那个那个……模拟器……在上头开熟了再上车。"

程朗："车上没人指导吗？"

周凯："老师在下头拿对讲机喊，这玩意儿也开不快。"

程朗："那我们也可以试试看？没有对讲机有手机啊。"

周凯："不行，我要跟你在一块儿！"

两个人对着一台挖掘机，严肃认真地讨论了若干种解决方案，最后决定由周凯窝在驾驶座后面那个小空间里指导教学。

能教多久取决于他能窝多久。

五

一般来说，工地上的挖掘机，都是灰头土脸的，玻璃上一层土，驾驶室里一层土，履带基本被土包得看不见铁。电视上那些个油光水滑的挖掘机，都是当摆设用的。

周凯特意嘱咐了高哥把车给他擦干净拴上气球，高哥看在租金分上一一照办，所以当程朗看到这台挖掘机的时候，它还是一个油光水滑的状态。

可惜开起来马上就不是那么回事了。

周凯起初打算得好好的，程朗坐驾驶座，他窝在后面指导，还能时不时地蹭蹭脖子摸摸脸，是他真开挖机时候想都没想过的神仙待遇。

可惜现实往往不尽如人意。

他在往驾驶座后面爬的时候就受到了严重阻碍——人长得太高，塞不进去。

在里头伸展变幻扭曲了一会儿，周凯不得不放弃了自己的完美计划，改为站在踏板上扒着门框指导教学。

好在这个东西开不快，他学的时候他师傅一着急也经常直接扒着边看他开边骂人。

就是动作看起来毫不浪漫。

程朗倒是不在意这个，她满心满眼都是面前这个黄色的大可爱，也不管自己穿着真丝连衣裙和平底豆豆鞋了，一个箭步蹿进驾驶室，问周凯这些控制杆都是干什么的。

周凯咧开嘴，龇出来一口森森白牙心里想：没想到我也有翻身做老师的一天。

他决定让程朗好好体会一下自己当时受的折磨。

周师傅把衬衫袖子一卷，领口扣子解开三颗，扒在挖掘机的门框上，开始了他的教学。

"先把钥匙插里，右边那有个地方看见没，插里头拧一下。"

程朗依言照做，果然机器发动了起来。

"看见内（那）红的没，这些杆子就这一个红的，这是手刹。对，就跟开车一样，要开时候放下去，不动了就拉上来。"

"这四个杆子，分左手右手。你先拉右边这个，这个管大臂的。对，往回拉是往上升大臂，往外推是落大臂。"

程朗依言拉起来右边的操纵杆，有点儿沉，外头的机械臂一点点抬了起来。

"它真抬起来了啊！"那一瞬间程朗感受到了非常纯粹的快乐，是她过去十年都没有过的体会。

周凯有点不解："瞅你那傻样，你往回拉可不就抬起来了。对，再拉，还能高，拉到头。行了，现在往下推，就撂下去了。对对，慢点，慢慢往下撂。"

程朗一脸欢欣鼓舞，早就忘了纠正男朋友偷跑出来的东北普通话。

男朋友继续教学："还是这个杆，往右是翻铲斗，往左是收铲斗。"

"对对……哎呀我对象真聪明，一学就会！"

程朗一边折腾铲斗一边说："好多电脑游戏的上手都比这复杂。哎呀，它真的能翻上来！那左手这个呢？左手控制哪儿的？"

周凯："你试试呗，慢点啊！悠着点，步子太大容易扯着蛋！"

程朗瞪他一眼："我没有那种零件！"

她往前慢慢地推了一下左手的操纵杆，挖掘机的小臂缓缓伸了出去。

程朗："这个，这个部分也会动啊！"

周凯："那肯定得会动啊！光大臂会动哪能行。大臂小臂得配合，对对，往回拉就是收小臂。拉回来，拉回来！"

程朗来回折腾了几趟，觉得自己能够控制小臂了，就开始自由发挥，照猫画虎把左边控制杆往左掰了一掰，看看还能把哪儿动起来。

结果——

"啊！"

"哎呀，我去！"

左边控制杆的确能左右拨动，用来控制机身整体旋转的。程朗那么一拨，两个人猝不及防，跟着整个驾驶室转了起来。

虽然不快，也足够把人活活吓一大跳，尤其是周凯还扒在门框上。

程朗吓了一跳，及时收了手，周凯就势"扑通"一声趴到她腿上："大姐啊，咱可不带这么虎的啊！你这'咔嚓'一下子把我整迷糊了都。"

程朗也心有余悸，连连跟周凯保证下次不会了。

周凯也不扒门框了，直接把机器熄火手刹一拉，整个人坐到程朗脚边上："不行，我歇会儿，我腿软。"

程朗看看他："你腿软手可不软啊。"

彼时，一个八月的下午，空无一人的工地背后，一片还没有开挖的荒地，大明星周凯讪讪地把手从女朋友大腿上拿走，抹了一把脸上的汗水。

周凯："我这，我这不是顺便吗？"

程朗："你是不是当年开这个的时候就天天想着现在这个场景？"

周凯大摇其头："做梦都想不到，天天就是上工拉磨下工睡觉，啥也不敢想。"

号称腿软的周师傅歇了一会儿，喝了点儿水，又开始了他的挖掘机教学。

"中间那两根是控制下头那履带的，两一起往前推就是往前，往后就是往后。对，你慢慢推，我让你咋推你咋推，可别瞎推了，要谋杀亲对象了。"

程朗得到了上次的教训，倒是没有再举一反三，周凯说什么她做什么，听周凯说了一个往前推一个往后拉能掉头之后，才慢慢地又让挖机转了起来，这回是连履带一起转。

有了预警的旋转就比较顺畅了，程朗在地上掉头又掉头，转得不亦乐乎，小时候去游乐场玩旋转木马都没有这么高兴。

周师傅扒着门框跟着转，脸上露出来阴谋得逞的笑容。

他问程朗："差不多了吧？差不多咱可以开始实际操作了。"

程朗欢欣鼓舞，可以挖土了，还有更快乐的事情吗？

周凯终于脱离了门框，从挖掘机上蹦下来，下去捡了根树枝子，在地上画出来一个正方形。

"来，咱先挖个坑。"

程朗欣然同意。

然后周师傅指导她："来来，你先开过来，靠着这个坑边。"

"平行着靠？"程朗问。

周凯点头："对对，平行，贴着边。我上那头给你看着，轻点推啊，别太虎。"

程朗信心满满地开始了她的第一次独立挖掘机操作。

十分钟以后。

那台挖掘机在左三圈右三圈大臂扭扭小臂摆摆地折腾了一通之后，还是没能和坑边平行，整个机器呈45度角压在坑上，无处下铲。

只能等待周师傅前来救援。

奸计得逞的周师傅从天而降，英雄救美，两下就把挖机开到了正常位置，然后华丽地一转车身，机械臂正好和对面那条边垂直，铲斗精准卡在了角上。

周凯跳下车："好了，现在你挖吧。别挖太深啊，挖一层就行了，回头挖完咱还得给人填上。"

这是一个充实的下午，程朗在周师傅的指导下，挖了一个可能是六边形的坑，还有一条弯曲的沟，并且在找平学习中完全失败。

周凯站在旁边喊："对，找平多简单，俩手同时往后拉就行，拉的时候你感觉一下。"

程朗感觉了一下，铲子根本碰不到土。

又感觉了一下，铲子杵到地上，又凿了一个坑，离找平又远一步。

程朗坐在驾驶室里叹气："我发现这世界上有很多看起来很容易其实很难的事情，比如骑自行车，比如开挖掘机。"

"你不会骑自行车？"周凯大为震惊。

程朗一摊手："不会。"

"你是不是上学时候啥都没干光学习来着？"周凯问。

程朗摇头："跟学习没关系，我上学时候也不怎么学习。自行车这个东西吧，我学了三十年也没学会。"

周凯得意："可找着你不会的东西了！"

程朗："我不会的东西那可多了……我还不会唱歌……"

周师傅用表演老师教的演技，完美复刻程朗那恨铁不成钢的表情，大摇大摆坐到驾驶座上："来，待为师给你演示一下什么叫开挖机。"

只见他操纵着那台小小挖掘机，左扭右扭，几下就挖出来一个正方形的坑，坑底还非常平整。然后又干净利落地把土填了回去。

接着凿了个笔直的沟，凿完了沟还开始炫技，什么开着挖掘机过沟啦，单边出沟啦，倒着上坡啦……他还能把铲子往地上一杵，让挖掘机跳舞，上半身不动，下半身转圈，看得出来当年也是街舞少年。

程朗觉得他驾驶的那不是挖掘机而是自由高达。

沈捷她们老觉得周凯和她没有共同语言，谁说的，他们就共同热爱挖掘机。

周师傅的挖掘机教学课程在一片欢声笑语中结束了。两个人一身泥加一身汗，如同跟大象搏斗了整个下午，赶紧回去民宿洗洗干净。

结果洗着洗着就开始复习下午的教学内容了……

周凯："咱先来个直线开槽。"

程朗："那要先干什么？"

周凯："你觉得应该先干什么？"

程朗："先……先画直线。"

周凯："这可是你说的啊，我画了啊！"

程朗："哎！你往哪儿画呢？"

周凯："那你指挥，你说该干啥。"

程朗："该，该放大臂，这样是放大臂吧……"

周凯："嗯……然后呢……"

程朗："放大臂然后……然后放小臂……"

周凯："你调整……嗯……调整一下角度。"

程朗："哦哦，接着该伸铲斗了吧。"

周凯："瞅准了你就可以下手了……"

程朗："那我可下手了……"

周凯："哎……就这样……哎别停下……"

直线开槽作业结束，两个人终于可以趴下来歇一歇。

周凯问程朗："开挖机好玩吧？"

程朗："是挺好玩，比我想的好玩，但是也比我想的难。"

周凯："那是你刚学，我刚学时候比你还笨，我师父那一天气得都冒烟了。"

然后话锋一转："过生日多好玩啊，我想过都没人给我过。"

程朗拍拍他："没事，今年我给你过。"

周凯："那你为啥不喜欢过生日？"

程朗目视前方，眼神空茫："因为不可控。"

周凯："啊？"

程朗："这个行为吧，你不能自主完成，得有人配合，得有人自愿帮你完成一整套流程，而不是你自己要求。但是……你也不知道那个人会不会配合……今年愿意陪你过生日，明年是不是还愿意……总归就……不大有意思……"

程朗这段话说得云山雾罩，而她的男朋友居然难得地听懂了。

周凯说："你这么一说好像是啊，就像我爸，你不知道他今天回来是赢钱还是输钱，赢钱了又搂又抱，输钱了马上解皮带抽人。那还不如没有这个爸。"

程朗点点头："嗯，就是这个道理。"

周凯蠕动过去叠在她身上："你放心，我肯定不是那猫一天狗一天的人。以后我年年给你过生日，你啥都不用说。"

程朗忽然鼻子一酸，推他："我饿了，说好的炝锅面呢！"

周凯一个黑驴打挺翻身下地："我去做我去做，对今天还没吃面条呢！"

第十七章　云谁之思

一

周凯觉得，当艺人这个事情挣钱虽然比开挖机和炖大鹅多了不少，但是有一点不好，就是时间太不自由，还抽风。

上来一阵子各种通告连轴转恨不得24小时不让人睡觉，再来一阵子闲得在家抠脚。更可恨的是，自从电影上映以来，他就没有了在家抠脚的那部分自由，每次和程朗约会，都是硬挤出来可怜兮兮一点时间。

沈捷在通讯录里已经被他改名叫周扒皮，程朗还被叫作大尾巴狼。

今日他正和大尾巴狼窝在家里点外卖，周扒皮就径直找上门了。

沈捷把雁雁打好的一叠资料往他面前一放："今天你必须给我一个答复。"

周凯看一眼程朗："是你出卖了我吧？"

程朗在旁边啃她的棒冰，嘻嘻笑："今日事，今日毕。"

周凯不无哀怨地看一眼女朋友："你到底跟谁一伙啊！我天天出去上工都看不着你，你乐意啊？"

程朗眨眨眼睛："你没听过一日不见如隔三秋吗？时不时地小别一下有助于增进感情。"

周凯仍旧梗着脖子，但是态度徐徐软化："那也不能隔太多秋……"

看得沈捷在一旁啧啧称奇，活叫驴化作小狼狗，真是不服程朗不行。

相比之下她和方笑尘简直是成年人恋爱的典范。

沈捷趁热打铁，要求周凯赶紧看资料："你嫌字多手机小，我叫雁雁全都总结好了给你打出来。"

堵死这货的一切退路。

周凯一脸不乐意地拿起来那叠纸，凑到程朗旁边："你说这几个节目我去哪个？"

"你是个成年人，工作的事情你自己做决定。"程朗想都没想就拒绝他。

周凯的脸更垮了："我都不知道这些是干啥的，那唱歌跳舞的我也不会，选不出来啊。"

沈捷一抬手挑出来两个："这几个不用唱歌跳舞，这个是玩密室逃脱，这个是旅游，还有一个是干农活的。"

"旅游……上哪儿旅游？"周凯问。

沈捷指指那叠纸："上面都有啊，你自己看！"

周凯一撇嘴："别的明星也用看这一大沓子纸吗？"

"别的明星知道那些个节目都是什么是哪个平台做的，就你啥也不知道。"沈捷叹气。

鉴于程朗在旁边监工，周凯也不好意思过分耍赖，只能老老实实阅读那份材料。

然后问："上海南啊……挺好……那我能录完接着在那儿待两天吗？"

转头对程朗："正好你来找我玩啊？"

沈捷刚要说狗仔和粉丝都等着逮你呢你小心点，程朗就开了口："我估计……没时间……你那个节目什么时候录？"

周凯低头看一眼："说是……9月16号，录一礼拜，到23号，23号以后你不行吗？"

程朗吃完了冰棍，咬着嘴唇，非常无辜地跟他说："20号我要出差，去一礼拜。"

周凯："去哪儿啊？"

程朗："芬兰。"

周凯蒙了："芬兰……芬兰在哪儿啊……"

"欧洲北边儿。"沈捷幸灾乐祸，进行了抢答。

"我去开个学术会议，你就老实去录综艺吧。"程朗安抚他。

周凯还不依不饶："你一个人去啊？"

程朗："跟同事一起。"

周凯当即警觉起来："几个同事，男的女的？"

程朗："呃……一个……男同事。"

周凯有点不知所措："男同事啊……男同事……"扭头看沈捷："有上芬兰录的节目吗?"

还没等沈捷跟他发火说我看你像个芬兰，程朗就看不下去了，往周凯手里塞了一根香蕉："你着急什么! 你也认识的，路涵江啊!"

周凯长舒了一口气："整半天他啊! 把我吓够呛!"

程朗摇摇头："你这也太紧张了，我哪那么容易就被人拐跑了?"

周凯倒是相当认真："真害怕，特别害怕。"

程朗闻言却呆了一下，然后起身去冰箱里又拿了一根冰棍，说："那行，下次我不逗你了。"

周凯听到是路涵江，已经狠狠松了一口气。在他的认知里路涵江根本不属于普通人类，是和外星智慧生物一个等级的，对人类的爱恨情仇根本不会感兴趣。

"那你就去这个旅游的综艺了? 这个挺好，你还是主要嘉宾。"沈捷问。

"等会儿!"周凯叫停她，开始拿着那几张纸掰着手指头比画，"20到27号不在……我是16号到23号……那差得有点多啊……又好几天看不着……"

来来回回比画了半天，跟沈捷说："算了，我去那个干农活的。"

沈捷皱眉："那个一期去三个嘉宾，加上五个常驻的，你都说不上几句话。"

周凯："那不正好，你们不正好嫌我不会说话么，我看闷头干活最适合我。这样我就21号去，24号就回来了，27号还能去机场接你们俩。"

"你可别去机场！"

"不用了吧。"

沈捷和程朗同时拒绝了他。

沈捷简直不知道说他什么好："机场是什么地方！狗仔站姐粉丝到处都是，你还去接人，你往那儿一站保安就得来维持秩序。"

周凯一咧嘴："哎妈，忘了这茬了。"

然后又有点儿失落："出差回来都不能接，我这对象当得也挺不称职。"

"我一个大活人有手有脚，本来就不需要你接，也没有规定说谈恋爱就得互相接送。"程朗站起来，去厨房扔她的冰棍棒子。

周凯看看沈捷，无声地询问："她是不是生气了？"

沈捷点点头。

周凯又对口型："为啥啊？"

沈捷摇摇头。

周凯这回老实下来，如同戴上了嚼子，等程朗回来把手机递过去："你说不用接那我就不去……都听你的。饿了吧，看看晚上吃啥？"

程朗摇摇头："不知道。你想吃什么就点吧，我都行。"

周凯抬头看看沈捷，浓郁黯黑的眼睛无助地眨巴眨巴。沈捷发誓她看到了一条查理士王猎犬的灵魂和那张脸重合在一起。

于是她不忍心了起来，出手打破屋里的低气压："外卖吃来吃去都腻了。走吧咱出去吃饭，今天方笑尘订了一家很好的生腌。"

"出去吃饭叫人认出来咋办？"周凯发现最近大街上能准确揪出他来的人越来越多，出门恨不得脑袋上跟路涵江一样套个纸袋子。

"没事，他订的是包间，捂严实点就行。"

周凯看看程朗："那……去不去？"

"那家生腌膏蟹很有名的，方笑尘刷脸才订到位子。我们两个人也吃不了多少，你们一起可以多点几样。"沈捷诱惑程朗。

程朗想想，也就同意了。

毕竟小姨都祭出了她的男人和她的螃蟹，也不能不给她面子。本来，也就不是什么大不了的事。

程朗这样安慰自己。

然后一行人出发去吃了很有名的生腌膏蟹。

螃蟹真的不错，蟹膏凝冻似的颤巍巍待在壳里，没有腥气，都是鲜美，甚至还带点甜。

生腌皮皮虾也好吃，肉比熟制更嫩滑细腻，在唇舌里游荡。

方笑尘也是个妙人，一会儿跟周凯聊做饭，一会儿跟沈捷聊八卦，又跟程朗请教法语和德语哪个更难学，点菜点酒都是一把好手，总归是把大家照顾得十分妥帖。

程朗狠狠干掉一碗杨枝甘露，让血糖急流了一下，精神振奋了一下，开始认真和膏蟹较劲，时不时还插科打诨一两句。

比如："他跟谢初飞的CP名其实可以叫'开得飞快'。"

又或者："什么叫眼神拉丝？你看拔丝地瓜那个眼神，就在拉丝。"

周凯和沈捷都暗地里松了一口气。

大家愉快地喝起了店里的杨梅酒，包间里充满了快活的空气。

吃过饭，程朗说喝了酒想走走路，沈捷跟方笑尘就没有强求，自行叫了代驾回去。

剩下周凯跟程朗，肩并肩走在月黑风高的夜里。

周凯还是觉得程朗的气场有点儿不对，不敢去拉她的手，在旁边小声地说："还生气啊？我下次不那么黏糊了行吗？"

程朗突然站住，把头靠上他胸口："我不是跟你生气，我是跟我自己生气。"

二

人类一思考，上帝就发笑；程朗一思考，周凯就害怕。

此刻他跟程朗并排坐在马路牙子上，场景如同半年前喝多那一次的完美复刻，只不过那一次他旁边坐的是郭小凡，所以毫无违和感。

但这次坐着一个程朗……

程朗说她没跟周凯生气，其实是跟她自己生气。然后又说她也不知道该怎么解释，接着就一屁股坐在了马路牙子上，说我需要思考一下。

周凯只能陪着她坐下。

这片地方属于使馆区，马路边上开着各种各样的酒吧与大小饭馆。夏天夜里各色人等聚集在路边喝酒扯淡，唱歌谈笑，倒也没什么人特别注意马路牙子上并排坐着的一对男女。毕竟花坛上还躺着一位四仰八叉的蓝毛大哥，嘴里头还唱着"我的家在东北松花江上"。周凯依照路涵江的指点，把口罩一戴脑袋一缩，完美隐身。

经过了这一阵子的粉丝再教育，周凯基本上有了一些个潜伏意识，毕竟他也不想明天一觉醒来看到什么"当红男艺人喝醉独坐路边，身边有不明身份女性陪伴"。

问题是，身边这位女性她坐了好一阵子了，就是不说话，把周凯憋得六神无主。

给沈捷发信息她也不回，估计正在和方笑尘你侬我侬。

周凯坐在马路牙子上，十分希望现在能出现一台挖掘机——他觉得程朗看见挖掘机的时候分外高兴。

这个事情显然不现实，而女朋友的心情看起来仍旧十分低落，且不说话，周凯灵机一动，上网搜起了短视频。

程朗脑子里乱七八糟，她从来不是个笨嘴拙舌的人，但是有些事情在心里头埋得太久，反而不知道该怎么诉诸言语，向另外一个人来解释。

但是她的男朋友明显觉得她沉默了太久，心里没底，鬼鬼祟祟把自己的手机从旁边递过来："你看看这个。"

程朗抬头，屏幕里头一台挖掘机配着儿歌在快乐地挖坑。

"你给我看这个干什么?"

"让、让你高兴点……你不是喜欢看挖坑吗?"

周凯成功把女朋友逗笑了。

程朗摇头:"什么啊!你这个人脑回路真的很奇怪啊!"

又停下来:"但是我就喜欢这样的。"

周凯大喜过望:"哎,高兴了高兴了。你不知道啊,你这脸一拉下来我肝儿都跟着颤。"

程朗把头靠在他肩膀上:"你害怕什么,真没跟你生气。"

周凯揽住她肩膀:"那你没事跟自己较啥劲,你还说我驴呢,你这比我还驴。"

程朗沉默了几秒钟,突然冒出来一句话:"一朝被蛇咬,十年怕井绳吧。"

"啊?"旁边的驴还不太适应。

程朗把头埋在手里头,说出话来闷声闷气:"你在家的时候说要去接我,又想跟我去开会,怕我被别人拐走了,我就overreact了。哦,反应过度。"

"我没说啥啊……"周凯委屈,"那处对象不是得天天在一起吗?"

程朗叹气:"对啊,你没说啥,所以我说是我反应过度,我听到这一类的话就……不大舒服……人类的大脑很玄妙。有的时候你认为你能控制自己的情绪,实际上控制不了。"

周凯:"这我知道,我爸上来那劲得啥砸啥。"

程朗苦笑一声:"虽然不太像,但也差不多。总之就是,当你遭受过一些痛苦的时候,再受到特定的刺激,脑子就会不受理智控制地做出反应。比如我听到你说怕我跑了……"

程朗没说下去，周凯倒是明白了。

之前也有个怕她跑了的狗卵子玩意儿，为了把她捆在身边给她下药。

难怪她不愿意听这些个，搁我我也不愿意听。

周凯想到这就气不打一处来："那你跟自己生啥气啊！我咋没碰上那王八犊子，那时候我要认识你，不是我对象也得把那玩意儿揍到不能自理。打赢坐牢打输住院我也认了，太特么不是东西。"

"我也想。"程朗说，"但是我控制不住我自己，我看到那张脸就觉得恶心，马路上看到和他一样发型穿一样衣服的人都觉得恶心，电视里看到和他长得像的人都觉得恶心，都想要把电视砸了。"

程朗吸一口气："这就是我为什么跟自己生气，事情已经过去这么久了，为什么我还是受到影响，还是没法儿控制自己的情感，还会迁怒到无辜的人身上。"

"无辜的人……是我吗？"周凯试探性地问。

程朗瞪他一眼："你说呢？"

周凯咧嘴一笑："好了好了，有精神了！"

然后一下一下替她将头发："跟自己生啥气啊，这事都很正常。你知道我为啥不抽烟吗？我看见烟灰缸就觉得我爸要拿来砸人，抽个卵毛。电影里都说了，这叫啥PTSD，这是正常现象！"

程朗点头："嗯，你还知道PTSD啊？"

周凯："我特意记住的。那回看电影一看太有感触了，这玩意儿大家都有啊。郭小凡小时候叫蜜蜂把嘴蜇了，到现在连蜂蜜都不敢吃。"

程朗想说那还是有点不一样，但是被男朋友给打断了："这回我知道了，你不愿意听的我以后就不说！你还有啥不喜欢的干了会PTSD的事，咱今天都说明白了，以后我保证不干！"

程朗摇头："哪有那么娇贵，一般我自己都能扛过去。这不是好久没谈恋爱了有点儿不适应，以后可能就好了。"

周凯不依不饶："那不行，那你不痛快我也就不痛快。我发现你这人看着挺活泛个人，其实啥事都憋肚子里。你不愿意跟家里人说，有啥事你冲我说呗，一个人憋着多难受啊。"

程朗："糟糕的事情到处说，除了让别人也跟着难受，有什么意义。"

周凯："我是别人吗？我是你对象啊！再说了，我头脑简单，没那么容易难受。"

程朗捏他脸："哪有说自己头脑简单的，我觉得你头脑一点不简单。"

周凯："咋不简单，你看你整那些玩意儿我一个字都看不明白，还一根筋，你不是领着粉丝管我叫小毛驴吗？"

程朗："你挖坑挖那么好就证明你不简单，还能逗我笑。"

周凯："看看，我就说你喜欢看挖坑，敢情看上我就是因为我会挖坑。"

程朗："还因为你会做铁锅炖大鹅。"

周凯使出浑身解数，终于把女朋友逗高兴了，两人便离开马路牙子，继续往家里头移动。

程朗喝了酒又走了很长一段路，回去累得倒头就睡。留下周凯一个人在客厅里抱着手机，眼睛瞪得像铜铃。

这天晚上他脑袋里盘旋着一个问题：程朗好像，不太容易真的开心，该怎么让她真的开心起来呢？

除了开挖掘机。

要是能上美国去把那瘪犊子给剁了就好了。

但是不能啊，那咋办？

周凯苦思冥想了一个晚上，第二天做出来一个慎重的决定——去找路涵江。

三

路涵江把周凯约到了他办公室。

这家伙急急忙忙说找他有事，还非得面谈，十有八九跟程朗脱不了干系。

因为赵大爷事件，周凯已经很久没敢踏足他家小区，正好今天研究所有聚餐，员工们欢送某老教授光荣退休，程朗也跟着去了。

路涵江的办公室，倒成了非常安全的地方。

你问路涵江为啥不去？该社恐自打入职以来就不参加任何聚餐活动，大家都已经习惯了。

晚上八点，一位穿着橘色背心的快递小哥出现在了研究所的前台，脑袋上戴着同色头盔，头盔上还竖着两个连弹簧的兔子耳朵，随着脚步晃晃悠悠。

保安问小哥找谁，小哥一晃手里的盒子："205 的快递，得本人签收，叫……叫路涵江。"

保安从入职第一天就被领导警告过了，没事不要和那个人说话；一定要当他不存在，更不要去敲他的门。

他挥挥手："上去吧，楼梯在走廊东头。"

谁乐意敲那个门谁敲吧，他可不想上去给自己找不痛快。

果然，快递小哥对即将到来的危险毫无知觉，一步一颠地朝走廊里跑去，头盔上俩兔子耳朵显得分外快乐。

保安又埋头玩上了手机。

玩到九点，哼着小曲收工下班。

钥匙收到一半忽然想起来好像没看到那快递小哥出门，可能是自己刚才看直播带货看得太投入了，没注意人家出去了。

于是继续哼着小曲出门跨上电动车回家，嗯，快递的电动车都没有，那小伙子肯定早走了。

他不知道的是，该名快递小哥，落在了路涵江手里，被带到了三楼的实验室，很是做了一些不可告人的事情。

一个小时以前。

路涵江收到了一条短信，内容只有两个字：开门。

他深吸一口气，打开门，门口站着一个快递小哥。

条件反射，电光石火，一瞬间那门就又被关起来了，正好拍在准备进屋的快递小哥脸上。

要不是有个头盔挡着，恐怕能把鼻梁拍折。

路涵江背靠着门，吓得心脏狂跳，然后听到门那边号叫："路涵江你抽什么疯！"

这声音怎么那么耳熟？

"周……周凯？"路涵江试探性地问。

门那边传来怒吼："我是你爹！"

然后……门就开了。

路涵江十分不好意思："对不起……我……我以为是快递。"

周凯把头盔摘下来往桌子上一放，两个兔子耳朵颤颤巍巍。

"那我装得还挺像，表演课没白上。"

"你为什么要装成快递员啊？"路涵江不能理解，为了吓唬他玩吗？

周凯丝毫不拿自己当外人，一屁股坐在沙发上："这不你教我的吗？"

路涵江很茫然："我……我没教过吧……"

周凯："有水吗？渴死我了！"

路涵江才反应过来，赶紧给他从墙角箱子里掏出来一瓶矿泉水。

周凯咕咚咕咚灌掉半瓶，舒爽地叹了口气，然后说："不是你说的吗？想要不让人注意到，就得当街上最常见那种人。快递员多常见啊！"

路涵江恍然大悟："啊……我是说过……但是……"

他的本意是让周凯别穿太显眼的衣服戴太显眼的帽

子啊……

周凯扬扬得意，指给他看那个头盔："今天刚到的。咋样，像吧？你是第一个，程朗都没看见呢！"

路涵江只能点头："特别像。"

"这可是我的独门绝技，你别告诉别人啊。"周凯接着阐述他的理论，"我其实一直就整不明白，你说那些个明星啊啥的，为了不给人认出来，就戴个帽子口罩墨镜，把脸捂得严严实实。咱先不说这个喘不上来气的问题啊，你就，大伙儿都好好的就你捂这么严实，这不是脑袋上插个旗，敲锣打鼓喊我不是一般人吗？"

路涵江点头，好像觉得有点儿道理。

周凯接着说："一开始公司也让我这么捂着，大夏天给我热得啊，脸都憋大了。我本来就寻思呢，大家都这么捂，我也这么捂吧，这世界上也没有好挣的钱。但是后来发现这玩意儿它不好使，我在飞机场教人认出来好几次，满屋就那么几个捂严严实实的，一扒拉就知道是不是你。我就琢磨着这样不行，得想别的辙。这要哪天我跟程朗出去溜达给人发现了，那可就要了命了。"

"然后你就装快递员了？"路涵江问。

周凯大点其头："我这个……冥思苦想……琢磨了挺长时间，上礼拜开门拿外卖时候突然就悟了！我这在家点那老多次外卖，从来不明白送外卖的长啥样，这不就，很完美嘛！你知道给你送外卖的长啥样吗？"

"我家门口有个牌子，写快递外卖都放门口，不要敲门。"

路涵江说。

他根本不会面对外卖员。

周凯挥挥手："行了行了，问你就是白问。反正我就觉得这事可行，赶紧上网买了一套装备，这不今天才到，正好上你这来试试。还真挺好使，这玩意儿还有个面罩，我回头把面罩一拉下来，谁也看不清楚里头啥样，正好不用戴口罩了，还不憋得慌。"

"那你不买外卖的衣服，买快递的衣服，是因为快递拿个空盒子就行？"路涵江问。

周凯一拍大腿："对啊，要么说你们当博士的脑子好使呢，我琢磨半宿才琢磨出来的招，你这马上就反应过来了！送外卖还得拎个饭多费劲啊，快递的拿个假盒子里头啥也不装就行。"

路涵江点点头，若有所思："好像这个办法也不错。"

"那是特别不错！那些追星的拍照的，根本没人瞅送快递的。我这头盔一戴，干啥都行！"

"那你是不是还得买个同款电动车？"路涵江心思缜密了起来。

周凯脸上涌起了得意的神色："已经买了，还没运到呢！"

路涵江："那你今天是怎么来的？"

周凯："公司车送啊。我白天拍完杂志，公司车送来的。在车上我把这套行头一换，下车就进院了。"

路涵江表示你这个行动细节还需要完善，周凯认真听取了他的意见，并且和他共同探讨了几种可能的情况与处理方式。比如：来不及换电动车的时候怎么办；遇到不让快递外卖进的场所怎么办；和程朗逛街的时候怎么办；诸如此类。

周凯非常热情地邀请路涵江加入他的伪装快递员大计。

路涵江表示不感兴趣："还得和门卫说话，太可怕了。再说我也不会骑电动车。"

周凯摇头："程朗也不会骑，自行车也不会骑。你们学习好的咋都不会骑车。"

路涵江说你这个推论不成立，这两件事没有必然联系，我跟程朗不会骑车属于独立事件。你得拿出统计学数据作为理论依据来我才支持你的论点。

获得了周凯的评论："我看你像个论点。"

然后路涵江问出了一个灵魂问题："那你为什么要买这个带耳朵的头盔，普通头盔不是更不显眼吗？"

周凯跟他说，这个耳朵是快递公司的奖励，只有每个月送件数量前三的快递员才能有，这个月不努力下个月就没耳朵了，耳朵代表我是特别好的快递员。

然后停了一停又说："这样程朗离老远就能找着我。"

路涵江盯着耳朵沉思了半天，说："欲盖弥彰，也是一种办法，这样其他人的注意力焦点就会集中在耳朵上，更加不会注意你的脸了。"

周凯连连点头："对对对，就是这个意思。"

他才不会承认就是觉得有耳朵的比没耳朵的头盔好玩呢。

"对了，你今天来找我干什么？就是为了给我看这个快递员行头？"路涵江的思维终于跳跃回了正题，而周凯还沉浸在耳朵头盔里不能自拔。

这么一问他才醒悟过来："噢噢噢噢，不是，这就是顺便。我过来主要……还是因为程朗……我觉得她活得有点儿费劲。"

四

周凯把最近的事情如此这般跟路涵江描述了一通，当然关于那个 Mark 的部分就含糊带过，只说他想来问问，有什么办法能让程朗更开心一点。

路涵江一边听一边拿张纸在手里头写写画画，写了啥周凯也没看懂，反正看着不像中国字。

"那你为什么要来找我呢？"路涵江听完，十分困惑，"谈恋爱的事情，我真的不大懂。"

周凯坐在旁边，手并不闲着，没事就拨拉拨拉头盔上的兔子耳朵。

他跟路涵江说："谈恋爱的事情不用你管，这块儿我肯定比你会。"

路涵江："那你需要我干什么？"

周凯眯着眼睛，瞄准那兔子耳朵，做出来弹脑门儿的姿势，兔子耳朵受此一击，摇得不亦乐乎。

"我就是想知道，干点啥能让她那个……振奋一下精神，别老想着以前那些个闹心事，发自内心地乐呵点。"

路涵江低头看看手里头那张纸，然后说："你还是没回答我的问题，你为什么觉得我是解决这个问题的最好人选呢？"

他自认不是个每天疯玩傻乐的人啊，这个事他不是应该去找郭小凡吗？

"啊，你问这个啊！"周凯恍然大悟，"我是觉得吧……你比较能够理解她，你俩属于一类人。"

路涵江有点儿诧异："一类人？"

程朗能开车满世界溜达还能跟你谈恋爱，而我只想蹲在办公室里看文献。

"就是……学习好的……那类人……你明白吗？"

周凯又接着补充："我觉得你跟她肯定有不少共同语言，说不定就能整明白她。你们这不要去外国开会吗，道上你顺道再帮我打听打听呗。"

至此，路涵江算是真搞清楚了周凯的来意。

之前他还以为这位是上门来威胁他出差期间不要打程朗的主意呢。

既然弄明白了，那他心里就有数了。

少年啊，命运给你的馈赠，早就在暗中标好了价格。

路涵江沉吟一阵，跟周凯说："你这个事情，好像有点复杂，我得仔细想想。"

周凯喜出望外："不着急，你慢慢想。我今天晚上啥事没有，就在这儿等着。"

路涵江的眼珠子慢慢转到周凯身上："可是……我们这么干坐着想……我没有灵感……"

周凯一拍大腿："这好办，我叫点烤串啤酒啥的咱边吃边想。哎你说我一个快递员叫外卖，真有意思。"

"不是，我不是这个意思。"路涵江的眼镜后面闪过一抹光辉，"我是说，我需要一边工作一边想，才能有灵感。正好我在实验室还有工作，要不你来帮我一下？"

周凯咧嘴："还有我能帮上忙的？"

路涵江低头："就配合我收集一点实验数据，不困难。"

周凯当即点头答应。

如果前台的保安没有下班，他会看到那个各色的路老师领着早就该离去的快递小哥，从二楼下来，穿过大堂，搭上另一部电梯，直奔三楼的实验室。

但是保安下班了，实验室门口，只有路涵江和周凯俩人。

路涵江一开门，周凯就感到了一阵若有若无的危险气息。

他以为这些什么语言学实验室，跟他们高中的视听室差不多，一堆电脑加上一堆耳机，大家坐那儿念就行。顶多有两个程朗拿出来的透明人头，那玩意儿他看多了已经不害怕了。上回在程朗那儿过夜，半夜起来上厕所，乌漆墨黑一脚踹着一个，他都没什么反应，直接又给塞回去了。

但是这个东西为什么会出现在倒下的脏衣篮里，也是一个不解之谜。

事实上，路涵江他们单位这个实验室，和周凯想象得完全不一样。

不像高中时候人畜无害的还能偷摸打小游戏的视听室，倒是更像很多人的究极噩梦——牙科诊所。

那一台一台奇形怪状的机器，上面排满了密密麻麻的按钮，闪着令人不安的光亮。这里一个探头，那里一个架子，那些机器上连的各种各样的线，另一端都有可能粘在人脑袋上。

周凯不由自主地转起了左手那个硅胶手环。

对，就是程朗送给他的那个电击手环，训练课程结束他也一直戴在手上，有人问就说这玩意儿能缓解紧张。

谁知道还真的缓解了一下他现在的紧张。

路涵江站在旁边，满脸都写着阴谋得逞的愉快。

他早就想要把程朗珍贵的被试弄过来好好测试一番了，但不是实验室没空当，就是周凯没时间，他红了之后就更加见不到人。

既然今天他自己送上门来，路涵江决定好歹也得让他把自己想要的数据全都测试一遍，过了这村可就没这个店，一些假说还得活人验证才行。

夜深人静，月黑风高，四下无人，正是把青年男子按在椅子上做活体实验的大好时机。

周凯嗅到了一些危险的气息，故作镇定，问路涵江："这些玩意儿都干啥的啊？"

路涵江这回倒不磕巴了，介绍起他的好伙伴们如数家珍："这个是眼动仪，那个是脑电仪，那个绿的是浪纹计。哦，这个我特别喜欢，这个是电子语图仪。"

作为一个复杂机器（挖掘机）操作者周凯深深地知道，一个机器上头按钮越多，说明那玩意儿越不好对付。

路涵江每说出来一个他完全没听过的名字，他的心肝就跟着颤抖一下。

程朗弄个手环都能把他电得嗷嗷叫，这里可是有一屋子机器呢……

"这些玩意儿程朗会使吗？"关键问题，得赶紧问。

路涵江倒是愣住了："应该……会……一些吧？我们没具体交流过这个问题，但是这些主要都是用来记录数据和生成图像的，操作上也没什么特别的技巧，很多我上本科的时候就用来做过实验了，程朗他们应该也做过。"

一番话下来，周凯丝毫没有感到安慰。

怪不得她送起犬猫止吠器来心安理得，原来已经用活人做实验好多年了。

一刹那，周凯猛然想到要是真能让程朗高兴起来，自己给她当当实验小白鼠也没啥。

但是很明显，今天不满足路涵江的需求，他也别想走出这个门。

路涵江自然不知道他的这番心路历程，兀自在旁边唠唠叨叨地对他的小宝贝们表达爱意："这个电子声门仪是我申请的funding买的，最新一代的；这个EPG，动态电子腭位仪，用来研究代偿性发音特别有用，现在都可以定制电子上腭了，很多年前想要知道发音部位得把舌头涂黑；我们这还有鼻流鼻压计，气流气压计，都能照顾到……"

周凯也不知道他要照顾到些啥，也不敢问，只关心一个问题："疼吗？"

虽然周凯自己没有觉得，路涵江还是能听出来他的嗓音里有一丝颤抖。

这个事情他完全不能理解："不疼啊。"

周凯："要打针吗？"

路涵江："不用啊……"

周凯明显松了一口气："啊，那没事了。"

然后马上回过神来："用电吗？"

路涵江："当然要用电啊，没有电怎么开机。"

"不是！"周凯指指他的手环，"你那些玩意儿，会电人吗？"

路涵江恍然大悟："不会不会不会！就是传感器而已啊，粘上可能会有点儿难受，但是也就那样了。"

这回周凯的一口气真的松了下来："那行，不疼你随便折腾，今晚上本大爷归你了！"

路涵江得到被试本人的允许，心情相当愉悦，一时间竟不知如何下手。

索性从离他最近的开始："来我们先试试眼动仪……你先把这个戴上……哦不对，我先开机……"

那天晚上程朗跟同事聚餐回来，见周凯罕见地毫无动静，数小时没有骚扰她，就给他拨了一个电话过去。

那边接起来，咳嗽两声，又挂了。

周凯给她秒发信息："我嗓子疼，说不出来话。"

程朗不疑有他，只当天热火气大，就换了打字聊天，聊着聊着，周凯就累得睡着了。

五

第二天沈捷她们见到的，是一个嗓子沙哑眼眶青黑的周凯。

沈捷咋舌："这真是年轻人火力旺啊！"

雁雁直接在旁边唱起了歌："感觉身体被掏空……"

还好她们跟程朗小区的保安赵大爷不熟，要不然也会被当场普及什么叫作"药渣"。

一个没精打采的周凯对这些人的浅薄认识嗤之以鼻："想啥呢……一天天的脑袋跟小凤西瓜似的……我昨晚都没看着……那谁……"

沈捷有点没反应过来："什么小凤西瓜。"

雁雁一伸舌头："沈姐你想，小凤西瓜是什么瓤的?"

沈捷从鼻子里出气："没见着就更可疑了，从实招来！你干什么去了把自己累这样，这脸色不好还能化妆，一会儿你上台发言就这动静?"

周凯窝在商务车后座上，把帽子往脸上一盖："没事，他们反正也就看看猴。我今天能说出话来就不错了，还要啥自行车!"

然后把脸往窗户上一靠："你放心吧，我啥也没干。上路涵江那儿支援他科学研究去了，给他念一晚上课文。"

路涵江其人，沈捷虽然不熟，但是印象深刻——毕竟第一次见面就吐了人家一身。

在外头盐吃多了，就不免谨慎一些。沈捷眼珠子一转，还是觉得应该跟程朗核实一下。

给程朗发了条信息：你们俩昨天晚上干啥了？这驴今天拉磨的劲都没有了，请悠着点使唤我的摇钱树!

直接问不如下个套。老奸巨猾。

程朗那边秒回：我不是我没有不要冤枉我！我昨天晚上跟

同事聚餐去了。难道不是你们没黑没白让他拉磨把他累感冒了吗？

沈捷赶紧澄清：别赖我！昨天下午他还活蹦乱跳炸蹦子呢，来公司还能帮雁雁扛两箱水。一定是晚上跑出去干了什么不可告人的事情。

程朗：哦，他说他找路涵江去了。那估计就是被路涵江虐待了。

沈捷看到两边说辞一致，才松一口气。

橘子姐说得是，这个圈子里，诱惑太多，一旦出了名就瞎折腾的人数不胜数。不能怪她疑心重，总归不能让朗朗吃亏。

然后又想到自己身上，沈捷突然有点疑惑，她自己咋就不操心方笑尘呢？是不是有点儿过于不在乎了？

这个念头一闪而过，马上被一大波电话微信淹没。周凯可以蒙头大睡，她还是要工作的。

对了，得赶紧叫雁雁弄个保密协议给那个路涵江签了，要不他把音频发外头去可咋办。

那边的周凯睡是睡了，其实没有蒙头。脸上的帽子早就掉地上了，头恨不得掉到膝盖上，看得出来着实是挺累。

落到路涵江手里真不是一般人能受得了的，体魄强健如驴也能被折磨得奄奄一息，连做梦都不能放松。

周凯迷迷瞪瞪，半梦半醒间又听到了路涵江的声音："嗯……对……戴上了这个你就尽量保持一个姿势不要动，我叫你动你再动。"

"别紧张，第一次做不好很正常，多来几遍就熟悉了。"

"没事，你放松，你放松，不疼，也没电，骗你是小狗！"

"是不是，不疼吧？来，开始先慢点，慢慢来。好，很好，就这样，很简单吧……"

"下面我们加快点速度，对，快点，再快一点，大声一点，没关系，这个屋子都是经过隔音处理的，外面听不见。"

"来，眼动仪这边差不多了，我们来换电子声门仪。"

周凯在梦里放下路涵江的测试材料，长出一口气："有水没，念半天都给我念缺氧了。"

然后就被自己给咳嗽醒了。

本来嗓子就疼，张嘴睡觉可真干。

周凯面不改色地抹了一把嘴边的口水，问雁雁要水喝。

一口气干掉一瓶矿泉水，沈捷在回微信间隙拍了张照片给程朗发过去，附言：饮驴图。

程朗那会儿正在路涵江的办公室里，顺手就把照片拿给他看："看看你把人折腾的，今天嗓子还疼呢。"

路涵江满脸通红，露出十分懊悔的表情："对……对不起……我昨天实在是太兴奋了，一激动给忘了……"

程朗放下手机："逗你玩而已。他一个大活人嗓子疼几天也没啥关系，不用太在意。"

路涵江却仍旧十分惶恐："我……真不好意思……要不然……要不然我去买点药……叫个药的外卖……"

不讲本专业内容的路涵江又陷入了对生活的习惯性的无助。

程朗也没难为他："真没事，不用管，那是个能拿铁锹炖大鹅的货，嗓子疼两天不在我耳边聒噪正好。来咱们再看看这个PPT有什么需要完善的地方吧。"

程朗来找路涵江，是有正事。理论上，他要在芬兰的那个学术会议上做一个presentation，但是这种事情对于社恐明显属于极刑，就拉程朗帮他念，他负责填充内容。而主办方居然也就同意了，果然是社恐友好国度。

程朗来找他，就是为讨论这个事情的。

谁知道一进门路涵江先老实交代了自己昨晚私会周凯的事情，说请他来帮忙当一下被试。

程朗倒是不疑有他，毕竟周凯属于为朋友两肋插刀，为郭小凡提空银行存款的类型；路涵江招呼他，他毫不含糊地过来，也属于正常现象。

什么人红了就叫不来的现象，起码还没有发生在他身上，再说了周凯也不是那种架子大的人。

路涵江倒是怪不好意思，觉得无意间抢了程朗的被试。

程朗已经把她的被试连皮带骨头吃干抹净，倒是不在意这些，手一挥非常大方："没事，只要他有时间，你随便找。"

路涵江没吭声，心里却想的是下次我可不找他了。他来一趟好麻烦，还得伪装成送快递的，万一被人发现了，那……研究所不是会涌进来很多其他人……也太可怕了！

当然，他答应周凯，不把他的真实目的告诉程朗，还好程朗也没问。

要是问了，他并不能保证自己不露馅儿。

这天晚上程朗倒是见到了男朋友。

本来今天是见不到的，周凯说晚上有个什么见面会，"下磨"的时间估计会比较晚，得十一二点。

程朗下周就要出去开会，正好在家突击完成一下手头的工作。

结果十点钟刚过，门铃就响了，显示屏里头一个快递小哥，头盔上还长俩兔子耳朵。

和路涵江白天描述的周凯那一身行头十分吻合。

程朗故意想要逗他，在对讲机说："帮我放快递柜吧。"

那边虚假的快递小哥愣了一下，然后极速编起来瞎话："快递柜满了！"

程朗："那你放门口邮政信箱上。"

小哥又一次愣了，然后说："不行，贵重物品，丢了咋整。"

程朗看逗差不多了，就给开了门："那行，你上来吧。"

几分钟以后小哥敲门："快递！"

程朗站在门口，好整以暇，带着大尾巴狼的笑容隔着门喊："放门口吧，谢谢。"

她好像已经能听到那边周凯咬牙切齿的声音了。

但是那个家伙居然还没有放弃，认真地编："我这让本人签收，一个姓周的寄的。"

程朗趴在猫眼上，努力憋着笑："太晚了谁知道你是不是真快递，反正我是不会开门的，放门口吧，丢了不让你赔。"

周凯脑袋上那兔子耳朵肉眼可见地耷拉了下来，过了一会儿，做出最后的挣扎："那不行……公司不让……你赶紧开门吧，送完你这单我就下班了，大半夜的我们也不容易，你理解一下。"

门那边有一些簌簌的响动，是程朗在捂嘴抖肩而笑。

笑够了她贴在门上问："你真是送快递的？"

兔子耳朵支棱起来："真是，你赶紧开门吧。"

门开了，程朗一把揪住耳朵，把他揪进了门："是送快递的才怪！"

周凯的头发被头盔带子夹住了，龇牙咧嘴："哎呀，疼……疼……"

好不容易把头盔摘下来，一脸的哀怨："你啥时候发现的？"

程朗："从你按门铃开始。"

周凯："你这眼睛可太好使了，啥都瞒不过你。"

程朗玩弄着手里头的兔子耳朵："不是，你装得挺像的，说话也挺像的，而且隔着头盔声音的辨识度也比较模糊，我也不太容易从你说的话里猜出来。"

周凯蒙了："那你到底是咋知道的？"

程朗拨拉着兔子耳朵："路涵江告诉我的啊……你昨天不是也穿这一身去找他的吗？"

"他妈的！这小子，我明明跟他说别跟你说！"周凯相当气愤。

其实头天晚上，他真的嘱咐了路涵江，别跟程朗说这个伪装快递员的事情，想着能给程朗搞点惊喜。问题是他嘱咐路涵江别跟程朗说的事情不止这一件，路涵江一次只能处理一个秘密，根本就没在意这个兔子头盔的事情。

白天一看见程朗就把这事当笑话跟她说了。

周凯的计划从一开始就是失败的。

他垂头丧气，递给程朗一个盒子："嘴不严，都不好玩了。给你，快递员是假的，快递可是真的。"

程朗接过来："快递盒子也是假的。"

周凯："内容是真的就行。"

程朗打开盒子，里头躺着一排十二支口红。

"为啥要送这么多口红?"她不太理解。

周凯："现在不是流行送口红吗，郭小凡他们那直播间的，我看挺好就买了。"

"我是问……怎么这么多?"程朗看他。

周凯："我也不知道你喜欢哪个色儿，我瞅着都一样，就一样买一根，先给你挑。"

程朗："那我不喜欢的挑剩下的呢?"

周凯："郭小凡说七天无理由可以退货。"

程朗突然笑起来："哈哈哈哈我男朋友可真聪明!"

本来她以为是个无聊霸总桥段，但是周凯在此展现了莫名好笑的生活智慧。

周凯皱着眉头："你这人笑点怎么都这么奇怪……"

我干啥了啊？我这不是正常反应么，那不喜欢的口红还能吃了啊……

程朗心情突然好起来，决定把工作推到明天再做，今夜她准备和这个自动送上门的兔男郎好好玩耍一番。

第十八章　将翱将翔

一

八月份倏忽而过，一转头夏天的尾巴都要抓不住了，吹空调吃西瓜的日子一去不返，暑假里所有懒洋洋没有动力的"等天气凉快了再说"都不得不付诸实践。

比如该开学的人得开学，该开会的人也得开会。

今日周四，机场保安小黄站在门口挨个儿往旅客身上蹭防爆检测的小纸条，机械运动，百无聊赖。

直到他蹭到了一个……快递员？

小黄瞅瞅他："你干啥的？"

对方："送个人。"

小黄眯起眼睛："送谁啊？"

对方："我对象。"然后不耐烦起来，"咋的飞机场不让送快递的进啊？我送完人还得回去干活呢！"

小黄挥挥手，让他赶紧进去。现在人均自媒体，多一事不如少一事，只要这人身上没爆炸物，能过金属探测仪，就不关他事。

快递小哥可能是职业习惯，三步并两步蹿出好远，脑袋上那兔子耳朵也跟着蹦蹦跶跶。

小黄瞅着那个动如脱兔的背影，发出一声感叹："小样儿还挺高。"

虚假的快递小哥周凯，自打有了这身伪装，可以说是上天入地无所不能，居然也敢在光天化日之下出现在飞机场这种曝光高风险地区了。

程朗跟路涵江是晚上十点半的航班。周凯下午去参加了品牌方的活动，一结束就"驴奔豕突"来了机场，在公司的车里套上快递员伪装，赶到的时候，程朗他们已经托运好了行李。

本来程朗是叫他不用来的，出差几天开个会而已，又不是就此一去不回。

但是周凯死活不干啊，这个驴跟程朗混的时间长了，也学会了一些个说话的技巧。跟她说舍不得你，远不如跟她说要去试试兔子头盔管不管用。

事实证明，真的管用。

虽然路过的大部分人都会看一眼戴头盔的快递员，但是根本不会有人关心他长得啥样。当一个人穿上了那个马甲，所有人关心的就只有他手里拿了啥东西。

周凯很满意，可以光明正大地来送女朋友了，不用继续贼眉鼠眼顺墙根行走。

路涵江却非常不满意。

因为他站在这二位旁边，每个投向周凯那兔子耳朵的目光，都会顺带着在他脸上滑过。对于一个社恐来讲，这压力真的有点儿大，路涵江的手已经伸进了包里，摸到了他的饼干袋子。

套，还是不套，这是一个问题。

毕竟这不是在研究所里。

这是机场，一小部分人匆忙赶路，大部分人东张西望的地方。

脑袋上套个纸袋，很容易引起可怕的围观。

路涵江飞速权衡了一下，然后深吸一口气，跟程朗说："我去一下洗手间，你们聊完了喊我。"

然后就原地消失了。

直到躲进洗手间的隔间里，他才长舒了一口气。

剩下程朗和她的伪快递员男友进行告别活动。

周凯："记得没事的时候给我打视频。"

程朗："有时差，有时候时间不一定对得上。"

周凯："没事，我原来经常熬夜看球，时差不就跟欧洲杯差不多么。"

程朗："还真……差不太多。"

周凯："那妥了，肯定没问题！"

程朗："你去录综艺要管住嘴啊，不该说的别说，尽量说点不咸不淡的废话。"

周凯："你咋不让我管住别的地方呢？"

程朗："比如呢？"

周凯："那节目可要来好几个漂亮女演员呢，你就不怕我跟她们跑了？"

程朗："腿长在你身上，你要是想跑……"

周凯："就把我腿打折？"

程朗："好像也行。"

周凯："啊，对了，照顾好小路，别让别人欺负他。这天高皇帝远的，我也不能去给他出头。"

程朗哭笑不得，从啥时候起路涵江就跟郭小凡一样成了他小弟了？

好像也不是不行。

于是周凯的女朋友带着周凯的小弟踏上了去赫尔辛基开会的旅程。

第二天同一时间，周凯又出现在了同一个飞机场。

这回是国内航班，去录他亲自挑选的那个干活儿综艺。

出发前他还兴高采烈地跟沈捷说："哎这回我不怕给人认出来了，我可以接着装送快递的。我跟你说昨天我就穿的这身，晃悠半天，谁都没认出来！"

沈捷面无表情地看向雁雁："告诉他为什么。"

都当了好几个月明星了，这货咋还不开窍呢！她又想拉方笑尘去吃全驴宴了。

雁雁嘿嘿一笑："狗哥，当明星在机场被拍，也是一项工作。"

周凯茫然："那你们之前都让我裹严实了，这回我伪装成功了你们又不干了。"

雁雁倒是不生气，她狗哥长得赏心悦目，脑子轴点有什么关系。

雁雁掰开了揉碎了给他解释："是这样的，你看现在哪个明星都有机场街拍，拍得还都挺好看，那很多都是安排好了的。你看啊，在机场被拍到呢，明星就增加了曝光度，粉丝站姐就获得了一手新闻，有时候接送机还能和明星互动一下，这不都是双赢的事吗？所以呢，我们官方发出来的行程上有的事情，你就多少得配合一下。"

雁雁喝口奶茶，接着说："所以啊，在机场被拍到的时候，你也得收拾干净，穿点好看的衣服，帽子口罩墨镜一戴，就有那范儿了。你不能真让粉丝拍快递马甲啊，那成啥了。"

周凯恍然大悟："这样啊！那你们以前为啥不告诉我？"

"这不是常识嘛，这还用告诉吗？"沈捷终于憋不住了，"公司那么多人，我们以为你没吃过猪肉也见过猪跑啊，谁能想到你是真的对猪这个物种一无所知呢！"

"那不是你们非要把我往程朗那儿一塞整啥培训吗？我被她祸祸得半死不活，哪有时间研究猪不猪的。"周凯回嘴。

沈捷："那你倒是有时间跟人家谈恋爱！"

周凯不乐意起来："你看看，又提这茬，一天天没完没了的。人家爸妈都不反对，你老在这儿磨叽啥。"

然后还补刀："你知道我跟郭小凡小时候管你这样的叫啥吗？尿频尿急尿不尽，属于思想前列腺炎。"

雁雁一个没憋住，被奶茶呛了个半死。

沈捷恨恨扔出一句："我看你像个前列腺！"

结束战斗，前头司机想笑而不敢笑，憋得贼辛苦。

当天晚上到了住地，沈捷开着视频跟方笑尘疯狂吐槽周凯长达一个小时之久，最后做出总结陈词："你等着，下一部戏我非给他接个特别受罪的，大热天粘着头套大冬天穿短袖什么的。这货就是欠收拾！"

方笑尘在那头说："我倒觉得他挺不错。现在的小孩儿和我们那时候不一样，混得好的有一个算一个都是人精，你看着忠厚老实的，实际上心眼比谁都多。你放他出去折腾，说不定就能乱拳打死老师傅。"

沈捷摇头："老师傅没死我先死了，天天折磨得我快心梗了。"

然后缓一口气："其实还是得感谢朗朗，现在已经比以前好多了，要是没有她帮忙，我估计这会儿七七都烧完了。"

方笑尘阻止她："呸呸，别瞎说，童言无忌！"

沈捷笑："看不出来你还挺迷信。"

方笑尘："宁可信其有啊。"

沈捷也就不再和他多说，转而讨论起让他来找她会合的事情了。名义上她来陪艺人录综艺，实际上开始之后艺人就归节目组了，她在旁边杵着也没有什么建设性意义，不如偷空和方笑尘享受几天甜蜜假期。

二

某年初秋，某省乡下。

周凯作为顶流小生谢初飞的添头，被沈捷一起捆绑销售给了一档主打田园生活的红牌综艺。

这年头打工人在城里头憋得眼珠子发绿浑身长毛，专门喜欢看明星在田间地头顶着大太阳出各种洋相，相应地各类综艺也就应运而生。周凯去录的这一档，占了做得早的优势，收视一直相当好，来的嘉宾都是各路大牌，他这样刚出了点小名红了几个月的，只能当主咖谢初飞的绿叶。

不过周凯本人倒是不怎么在乎。"有夺（多）大脑袋就戴夺大帽子。"他跟沈捷说。

毕竟他被白导演强行拉去拍电影的时候已经被社会毒打了二十来年，接着又被程朗翻来覆去折磨了半年，对于自己的能力上限十分有数。

一上节目组的车他就跟谢初飞说好了，你负责搔首弄姿，我负责闷头干活儿，这样咱俩都得劲儿。

谢初飞跟他炒了几次CP，多少算是熟悉点了，对这个安排基本没有异议，只是觉得"搔首弄姿"用在这里似乎哪里不太对劲，但他也想不出来什么更好的词汇来，就默认了周凯的建议。

这一期一共请了六个嘉宾，三男三女，男的除了谢初飞和周凯的买一送一组合还有个歌手。女的反过来，两个唱歌的小姐姐，一个演电影的，人气也都旺盛得很。一下飞机各家粉丝蜂拥而至，自然周凯的红鲤鱼和绿鲤鱼们也没有缺席。

置景其实简单得很，跑到农村找个平头正脸的民房刷上一刷，院子里配上灶台和黄狗，外头猪圈鸡舍齐全，最主要的，在各种角落装上海量摄像头，就可以开拍了。

周凯看着节目组递给他的剧本一脸惆怅："这上头也没几个字啊……"

副导演满脸堆笑："我们这种节目呢，主要还得靠老师们自由发挥。老师们不要拘束，要释放天性，展现真实的自我，具体的细节我们后期再来操作。当然了重要的提示点剧本里还是有的。"

周凯黑着脸，敢情新手村还没出就让我去打老怪啊，这我咋打啊。

虽然导演和沈捷都一再跟他保证你随意一点没有关系，最后不妥当的都会被剪掉，但他还是先掏出手机看程朗那里几点了。

很显然，节目组是不等人的，还没等周凯和程朗接上头，摄像机就架起来了，土灶台也搭好了，六个嘉宾上来就是一通土法做饭大挑战，从砍柴开始。

制作方已经充分掌握了流量密码：要想红，得做饭，不做饭的田园综艺没有灵魂。

周凯和谢初飞被分配到了去村里买柴火的光荣任务，第三个男生郭山去地里掰苞米，没办法，谁叫他没和谢初飞炒过CP。

录综艺么，自然就得制造难度，有了困难才有看点。

谢初飞和周凯拿着一张残缺的地图陷入沉思——这村里到底哪儿能买着柴火。

节目组还不让他们沉思，说得移动移动、交流交流，请一边溜达一边商量。

周凯和谢初飞只能开始肩并肩齐步走。

周凯开始没话找话："你烧过柴火吗？"

谢初飞："没，我根本就不会做饭。哎对，你不是说开过饭店吗？你会弄吧？"

周凯："我也没烧过，你听外头说柴锅鸡柴锅鱼的，其实底下都是煤气灶，谁有功夫真给你烧柴火。"

谢初飞："那怎么办？一会儿我们能点着吗？"

周凯："咱先找着上哪儿买柴火吧。没柴火就得回去点桌子腿了。"

听得旁边工作人员一哆嗦，问导演："咱真让他们点桌子腿吗？"

导演："点，为啥不点！别的节目哪个点过桌子腿？他们愿意烧床都行！"

这边迷茫的砍柴兄弟终于破解出来一点线索，朝着错误的方向毅然前行，走着走着渐趋荒凉，两人觉出来不对，朝路过开拖拉机的老大爷问路。

老大爷没有着急指路，先操着塑料普通话问："你们这是拍电视啊？"

谢初飞点头："对，我们在录节目呢。"

老大爷朝后头摄像机羞涩地一笑："我说这俩小伙子这么俊呢！"

接着问谢初飞："你贵姓啊？"

谢初飞说："我是谢初飞。"

老大爷明显不知道谢初飞是哪根苞米，跟他说："小伙子好好演。"

然后开着拖拉机突突突地远去了。

又剩下了一脸茫然的难兄难弟，说好的指路呢？没指呢，咋就跑了！

"你看你都把大爷整迷糊了，也没告诉咱哪卖柴火就跑了。"周凯突然间来了一句。

谢初飞有点愣神，这跟我有什么关系。

但他是斯文有礼小仙男，不能生气，只能发挥演技充满惊愕地盯着周凯。

而对方，一位有着小麦色肌肤的驴样男子，龇着大板牙，扬扬得意："大爷问你姓啥，你应该跟他说你姓谢。"

这回谢初飞彻底真实地惊愕了："这有关系吗？"

"当然有啊，你这个违反了合作原则，人家问啥你不答啥，可不就把大爷给整蒙了。"

周凯此刻完全回忆起了课上情景对话练习时候被程朗支配的恐惧，整个人都变得有学问了起来："就是吧，人说话得遵守个CP原则。"

别的词其他人没听懂，这个词一蹦出来所有人的耳朵都立起来了。

导演组激动得两眼发蓝光，谢初飞心里头疯狂埋怨周凯口无遮拦，炒CP这事，重点就在当事人态度暧昧绝不戳破啊，你这直接说出来了还有什么炒头！

而周凯，相当平静："这个CP原则啊，英语我也没记住，就叫啥合作原则，我之前上课、上表演课时候学的。说这个你跟人说话得合作，所以就叫合作原则，里头有一条就是别人问啥你答啥，要不别人容易蒙。"

沈捷后来看到这段的时候相当绝望，表演课老师要是能教这玩意儿她就现场表演吃桌子腿。

"你说人家问你贵姓，你说你姓谢不就完事了么，然后直接问柴火上哪买，咱现在就买上柴火了！你非在那儿报大名，报完人家还不认识你，夺（多）尴尬啊。那大爷不跑你是不是还得把演过啥电视都跟人说一遍？"

两句话把谢初飞说得不好意思了，他的确以为大街上谁都该认识他，"我是谢初飞"跟"我是诸葛亮"一样好使。

从没想过大爷有不看偶像剧这个可能。周凯这么一说，倒显得他过于自负了。

毕竟在演艺圈比周凯多混了十年，谢初飞脑筋一转就给自己找回了场子："那我把大爷吓跑了，你说该怎么罚我。"

就这么一句话，搁同人女那儿就是三十万字爱恨情仇，一夜不能合眼的灵药。

可惜说给的是个驴脑袋听。

周凯满脸茫然："罚啥罚，我就觉得这个什么合作原则挺有用的，随便跟你说说，你咋还当真了。赶紧走吧买完柴火回去做饭，我这扯半天淡饿得前胸贴后背了都。"

不光是他，跟着他们拍了一路的工作人员也都开始腿软，导演不得不下达指令加快进度赶紧给他们完整的地图，然后去买柴火。

要不然可能到明天他们也吃不上饭。

其实就是个隐形墨水，用水一浸就能看见，两人一边溜达一边扯淡绕了半个村，吓跑鸡鸭一群老大爷一个，居然谁也没有想到这个办法。

谢初飞不知道，周凯那些个武侠小说属实白看了。

这些都不重要，重要的是等他终于能躲进没摄像头的洗手间里和程朗视频的时候，程朗变着法儿跟他说我男朋友真聪明，然后提醒他自己学的自己用就行了，教别人大可不必。

周凯有点委屈："我那不寻思都一个公司的得提醒一下吗？"

此刻的低情商回答：你自己连半瓶子醋水平都不到就别想着教别人了。

而程朗，是不会这样回答的。

她说："这是我的独门绝学哎，我只想教给你一个人。"

那驴马上就老实了。

三

不得不说，同样是明星做饭，这档综艺能火，自有它的道理。

主要体现在制作组的独出心裁上。

别的节目让人做饭，势必要选厨艺最好的那个，做出来节目效果好，艺人本人也可以收获一波观众的好感度。而这个节目吧，就非要找厨艺最差的那个，在灶台前头上演一出鸡飞狗跳。

导演说："与众不同才能有话题度，今天你们炸了厨房，明天保准你们上热搜第一。"

从来没做过饭的谢初飞，和演电影的江静静，显然就是信了导演的鬼话，毅然承担起了做饭的重任。

另外两个唱歌的小姐姐，一个负责切菜，一个负责切肉，对着案板横眉立目，咬牙切齿。

扛着柴火回来的谢初飞和周凯，与扛着玉米棒子回来的郭山算是完成任务，已经累得两眼发直，坐下就不再想站起来，完全失去与人交流的欲望。

谢初飞表示，让江静静先拿玉米炖排骨吧，我喘口气再去炒菜。

江静静倒也没有异议。

不过准确地说，瘫在一旁的只有谢初飞和郭山，周凯消停了一分钟，就蹦了起来："哎你这样不行，你这么切菜一会儿手指头给你剁掉。"

切菜的Lucy吓得赶紧停了手，周凯两步蹿了过去："来来你把刀给我。"

还在状况外的Lucy将信将疑把刀递给周凯。

周凯站在案板前头示范："你这手，得这么拿菜，把手指头收回去，这个关节冲外。就你刚才那样，手指头搁外头杵着，过一会儿就给你剁下去，咱今天就吃手指头蘸辣酱了。"

然后冲Lucy比了比左手食指："我刚开始蘸辣酱……不是，小时候刚开始自己做饭时候，"夸嚓"一下就切掉一块肉。"

然后把刀递给Lucy："来你试试，千万别伸手指头啊！"

Lucy被他这一番血腥的蘸辣酱威胁给吓着了，老老实实地把手指头缩了回去。

旁边切肉的莉莉丝就跟着发嗲："你好厉害哦，看起来好专业的样子，之前有专门学过厨艺吗？"

周凯摇头："没……没学过，就瞎整。"

"但是他开过饭店，白导演就是从影视城的饭馆里把他找出来的。"谢初飞歇过了劲，开始给自己找存在感。

莉莉丝瞪圆她无辜的眼睛："酱紫啊（这样子啊），那你真的很厉害啦。我这边肉好滑好难切啊。"

另一组摄像及时地抓拍到了那边Lucy翻了个巨型白眼。

江静静边刷锅边撇嘴，表情也是非常精彩。

按照常理，周凯这个时候就会顺势过去帮莉莉丝把她手里那点肉切完。

但是你见过一头活驴让它往哪儿跑就往哪儿跑吗？

周凯看她一眼，说："肉更得摁紧点，你这手指头就这么支棱着也得剁掉。"

莉莉丝毫不气馁："我不太喜欢肉碰到皮肤的感觉哎，有点恶心。"

暗示，疯狂暗示。

谢初飞和郭山在旁边憋笑。

周凯看看她："那你戴个手套呗。"

莉莉丝那个瞬间结冰的表情，后来被誉为该节目的第一名场面。

而现场的周凯，又把审视的目光投向了正在给排骨焯水的江静静："哎你开那么大火锅一会儿就噗了……"

江静静跟莉莉丝有点旧怨，此时学着她的口吻，嗲声嗲气地喊："酱紫啊！那该怎么办哎？"

周凯径直走过去，把电磁炉上的火关小："噗了关火啊，就酱婶（这样式）的！"

对，他们其实还是有电磁炉的，土法做饭只能用来炖一锅排骨，要不然这饭怕是要做到明天早上。

导演有言在先，不允许他干涉人家的做饭过程，做出来什么就吃什么，做不出来就喝西北风。

就是想要个自然的炸厨房效果。

但是吧，很显然，计划赶不上变化快，主要是他本人对周凯的了解过于浅薄。

本来的安排，是由江静静使用那个巨型柴火铁锅炖一锅排骨，谢初飞拿电磁炉炒几个素菜，其他四个人负责备菜和布置餐桌。

兼做炸厨房的气氛组。

谁知道周凯这个一直不咋出声的添头，到了厨房里就像脱缰的野驴，开始不受控制，成了本期综艺最大的变数。

本来，周凯是暗暗下定决心把嘴闭上的，因为程朗很久以前就告诫过他，说多错多，一句话可以被解读出来一千种意思。

可是现实真的太残酷了，管不了那么多了，不让他说话不如直接把他掐死。

他真的没法儿眼睁睁看着江静静把整根玉米扔进锅里跟排

骨一块儿炖，这是对排骨的侮辱，属于浪费粮食范畴，罪大恶极，叔可忍婶不可忍。

"大姐，你那苞米得剁成块啊！"周凯喊。

江静静瞪他一眼："咱俩谁大不一定吧。"

周凯满脑子只有玉米："那大妹子，苞米不能那么炖，不入味。"

江静静本来也是个大咧咧的人，马上思路就跟着转到了玉米上："还得切啊……那现在我再捞出来？"

然后拿起来两根筷子。

周凯："你要干啥？"

江静静："捞玉米啊。"

周凯："你那笊篱搁那是要跟炒勺下崽儿吗？"

江静静："笊篱是什么？"

周凯大为绝望："我的妈呀……你这比程……你这是成心的吗？"

他差点儿脱口而出：你这比程朗还扯淡。

好在及时憋了回去。

仔细想想刚才自己在演示怎么切菜时候，她好像就拿个筷子一块一块夹排骨来着，咋就没注意到呢。

他赶紧把笊篱拿过来，递给江静静："这叫笊篱，捞东西用的。"

江静静恍然大悟："哦，我以为这个是筛面粉的。"

周凯觉得自己快心梗了，相比之下程朗简直属于生活百事通。

江静静终于成功把整根玉米棒子拯救了出来，然后拿起菜刀，砍将下去。

刀卡住了。

周凯："使劲！苞米不好剁。"

江静静连刀带玉米高高举起，又重重摔在案板上。

汁水四溅，半截玉米飞上了鸡窝，另外半截砸到了郭山脸上，而刀，卡在了案板里。

大家灰头土脸，导演拍案叫绝。

周凯："也没叫你使那么大劲啊……"

经过了一番搏斗，玉米棒子终于被砍杀殆尽，下了炖锅。

厨房的主导权转移到了谢初飞手里，负责炒那些个切好了的菜。

按照他的冷感系男神人设，菜炒坏了倒也没什么问题，只能说明他这人比较不食人间烟火。

只要姿势帅，观众们还是肯买账的。

可惜的是公司给他捆绑了一个周凯前来。

这个人吧……虽然跟他炒了那么久CP，但实际接触并不算多，谢初飞一直看不透他，不知道是扮猪吃老虎还是真缺心眼，就老留着点心思。

在这些名利场里，塑料感情到处都是，实际上全是生意，不能太相信别人的表象。

不过今天谢初飞好像看明白了周凯一点。

这也是后来同人女们津津乐道的名场面之一。

谢初飞在灶台前头手忙脚乱地炒菜，周凯跟在他身后一路把各路调料与厨具收拾整齐，并且手拿湿巾见哪儿擦哪儿。

像一只勤勤恳恳、任劳任怨的老母鸡。

周凯跟江静静不熟，所以在她面前还有所收敛，但是换了谢初飞这个半熟的人，他施展的空间就更大了。

"哎，先搁油后搁菜，你这往菜上倒油算咋回事。"

"离锅近点没事，锅不咬人。"

"这就出锅啊，你搁盐了吗？"

"你咋倒那么多油！你不要减肥吗？"

"哎哟，我去！"

谢初飞一瞬间并不知道发生了什么，他不就是把盆子里的木耳给倒进锅里吗，怎么周凯"嗷"一声把他撞到一边去了。

谢初飞迷迷糊糊摘掉糊在脸上的湿巾，才发现那油锅里头异常热闹，如果不是周凯及时反应过来给盖上盖子，热油就该飞出来溅他一脸了。

现在穿着围裙的谢初飞完好无损，周凯胳膊上被油崩了几个油点子，正把手伸在水龙头底下冲凉水来缓解疼痛。

一时间现场混乱起来，节目也不录了，乱七八糟的人一拥而上查看两人的"伤势"。

导演腿一软坐在凳子上就没起来，这要是真出了事，他可赔不起谢初飞那张脸啊！下回坚决不拍炸厨房了，坚决不作妖了。

确认了谢初飞跟周凯都没大事，大家才放下心来。

谢初飞感谢的话源源不断地从嘴里流出来，周凯倒是一脸无所谓："没事，我在饭店干那时候成天挨烫。这崩一下也看不出来，反正我黑。"

然后话锋一转，跟谢初飞说："木耳炒鸡蛋，应该先下鸡蛋。"

<h2 style="text-align:center">四</h2>

做饭环节被谢初飞这么有惊无险地一折腾，赶紧草草收工。导演派熟练工（副生活制片）上场把那几个菜迅速炒完，端上桌开始赶拍吃饭镜头。

以后再不敢让这群祖宗动油锅了。

虽然周凯自告奋勇地说要去炒菜，但是他被留在现场盯着的雁雁强行押下去包扎伤口了。

以为没自己啥事的沈捷正跟方笑尘在山里的度假酒店泡着数萤火虫玩呢，一听自家的驴毛被燎了，火急火燎要往这边赶。

周凯一再保证说没事，就烫了几个白点，水泡都没起。

沈捷却完全不能放心，这要是烫得多了呢，这要是油锅翻地上了呢。不行，没有在自己眼皮底下看着，看来还是真不行。

这个驴是不是有什么传染性闹事体质，怎么谢初飞好好的一个劳模，跟周凯混一起几天也开始不消停了呢。

沈捷放下电话，一屁股坐在方笑尘腿上，非常颓丧。

"一分钟都不带让人消停的，哪天我不干了才算能真休假，要不然永远有事找。"

方笑尘搂住她的腰："其实你也可以辞职休息一段时间再说吧，我们先去美国开车转它两个月。"

沈捷叹气："你当我不想啊，问题是现在走不开啊，再等等吧，等这驴上了轨道再说。我现在走了更没人治得了他，总不能让朗朗给他当经纪人吧？"

"那我得申请下个月去趟美国，跟几个老朋友约了打球，顺便看我儿子。"方笑尘说。

沈捷表示没有意见，下个月她只会更忙。

方笑尘的儿子是前妻生的，他英年早婚，不到三年又离了，儿子被前妻带去了美国，又给配备了一个意大利裔的后爹，如今已连汉语也讲不利索了。

这边沈捷敲定了明天退房去节目组那边盯着，方笑尘反正已经过来了，索性跟她一起去探班。

而那边周凯他们还在挑灯夜战，拍吃饭的环节。

虽然制作过程中出了五花八门的幺蛾子，但是经过一番整治，饭桌上还是花花绿绿摆了一桌子吃的。

玉米炖排骨还没熟，工作人员特意嘱咐别真吃。其他的菜和米饭都是熟的，可以吃。

结果就是，周凯来来回回指导了一圈，别人既没有剁掉手指头也没有烫到脸，只有他自己光荣负伤，胳膊上被涂了烫伤膏又缠了纱布，像一根白色的棒槌。

谢初飞过来问他，他还有点儿不好意思："哎，我说不包了，他们非让我包，跟夺（多）严重似的。"

谢初飞一脸严肃地说："还是包上吧，伤口感染了就麻烦了。我之前演过一个医疗剧，那里头有人伤口感染了就被截肢了呢！"

周凯笑，筷子伸向罪魁祸首木耳炒蛋（原始的那锅已经被撤掉了，这是后炒的，导演要求必须有这道菜，这是重要道具）。

他很想说，别扯淡了老子脑瓜门子叫人砸出血都没死，这点小伤算个毛线。

但是想到程朗的教诲，又活活就着大米饭给咽了回去。

下一筷子伸向中间那盘子排骨，谢初飞在底下悄悄碰了他一下："那个没熟。"

"哦，忘了忘了！"周凯转道去夹了空心菜。

这一段两人说啥导演掐了没播，毕竟排骨没熟是不能告诉观众的，但是交头接耳的动作被完整保留，播出时候看得女观众们满脸露出慈祥的姨母笑。

周凯对面坐着郭山和江静静，江静静一直盯着他那手环看。

最后还是问了出来："你好像一直戴着那个手环哎，有什么讲究吗？"

手臂包得像个棒槌以后，那个黑不溜秋的橡胶手环就更显眼了，别人很难不注意到它。

这个问题周凯被问过无数遍了，回答已经驾轻就熟："就，戴着玩的。"

"我给这个牌子做过代言，这玩意儿好像还能电击吧哥？"郭山突然来了一句。

这下全桌人的目光都被吸引了过来，没事戴个手环不奇怪，咋还要带电击功能呢？别人的手环不都是记录步数心率啥的吗？

周凯万万没想到在这里碰上了一个懂行的。

那怎么办？编呗。

只见他龇出白牙冲郭山一笑："治病的，我手脖子有点毛病。"

谁知道江静静横插一杠："什么问题啊？我表舅是骨科大夫，要不要回头帮你看看？"

周凯一看，得，还得接着编。

"没啥，腱鞘炎。"他直接抄袭了程朗的职业病。

程朗作为一个电脑用太多的人，时不时就会腱鞘炎发作一下，以此为由赖掉一些家务，让周凯帮着做。

周凯就是在一次一次的擦地收拾厨房中，知道了腱鞘炎的存在。

"我也有腱鞘炎哎，之前打游戏打太多就这样了，现在没时间打了就好很多了。"Lucy说，然后问周凯，"你也是打游戏吗？"

周凯很自然地拿起纸巾擦桌子上的汤汁："不是，我……我开饭店时候颠勺颠多了。"

要么说，编瞎话这个事也是会熟能生巧的，要让人相信，首先得有细节。

也是程朗教的。

大家恍然大悟，纷纷感叹每份工作都好辛苦。

"酱紫呀，那你夹菜会不会很费力？要不要我帮你夹？"莉莉丝跳出来找存在感。她坐在周凯右手边。

然后遭到了无情的拒绝："我这都快吃完了你才想起来啊。"

把莉莉丝噎得直瞪眼。

对面几个人集体偷笑，被摄像拍了个正着。

晚上视频的时候，周凯把自己现编的颠勺颠出腱鞘炎跟程朗显摆了一通，程朗说他很有进步，都知道注意细节了。

然后又问："你为什么不也说是打游戏呢？"

"那要是有节目让我打游戏我打不好咋整，颠勺我反正真会颠。"

心思缜密，令人无法反驳。

程朗发现自己的男朋友不仅智商节节升高，还学会了装大尾巴狼。

周凯一上来就举着那包扎得跟棒槌一样的胳膊卖惨，说今天录节目时候被锅里的油烫了，需要女朋友安慰安慰。状态十分娇弱，好像外头那个"屁大点事包啥包"的人不是他一样。

程朗在那边十分配合："是吗？疼不疼呀？"

周凯点头："嗯，挺疼的，烫伤就是挺疼的。"

程朗："现在还疼吗？"

周凯举着胳膊："不能碰，一碰还挺疼。"

程朗："是吗？真可怜，我要是在你身边就好了。"

周凯："嗯，你给我吹吹就不疼了。"

程朗："我觉得……还是把胳膊剁掉吧，剁了就不疼了。"

周凯警觉起来，他女朋友的脸上露出了熟悉的大尾巴狼微笑。

"我都听小姨说了。"程朗简单地表示我就想看看你能装到几时。

周凯的脸瞬间垮了下来："那也不用这么狠吧……我可是你亲对象，上来就给胳膊剁掉……"

程朗在那边表情沉痛："我怎么感觉你扮猪吃老虎的功夫见长了？"

周凯又得意起来："那是，也不看看是跟谁学的。"

获得了程朗一个白眼加持。

在没有摄像头的角落视频完，他还得回去有摄像头的房间表演睡觉。

录节目么，三个男生一间，三个女生一间，得过集体生活。

周凯在程朗那边没有收到什么怜惜之情，只收到了对他装模作样的一些谴责，在谢初飞和郭山这边，情况就完全不同了。

这两个人是真情也好假意也罢，反正都积极帮"手不方便"的周凯干这干那。

尤其是谢初飞，那叫一个忙前忙后，一会儿问他要不要帮忙拆行李，一会儿要帮他把衣服挂进衣柜，一会儿又从包里掏出来个防晒霜说这个特别好用完全晒不黑。

周凯不得不一直强调自己没有残废，并从他手下抢下来自己的各种物件。

说真的，不需要帮忙还在其次，他首先就对谢初飞的生活能力非常怀疑，毕竟是能把湿木耳往热油里扔的人。

让他干活儿比让程朗干活儿还叫人不放心。

比如现在，这个家伙就在奋力和被罩搏斗，自告奋勇帮他装个被罩，被子已经在里面拧了五圈，而他还在外面摸索被子的边角在哪儿。

周凯摇头，拽过来被子的一角："放那儿我整吧……我一只手都比你装得快。不是，你平时在家也这样吗？"

谢初飞很坦然："在家有小时工来做啊。"

"那你出来工作之前呢？"郭山也好奇。

"我家也有小时工。"谢初飞回答。

行吧，公司给他打造的不食人间烟火人设啊。

周凯摇摇头，跟在后面收拾起那两位扔了满地的生活用品，按大小个儿归类、放好，并且擦了上面的灰。

工作人员过来给他们做单独采访，问有什么感想。周凯环顾四周说："我觉得你们回头千万别拍让演员干家政的综艺，早晚得把房子点了。"

五

田园综艺么，光吃饭不干活儿也是不行。第二天全体明星就被套上工作服赶下了田，进行收割水稻及捉鱼活动。两人一组，上午割水稻，下午捉鱼，分别计分。收获最多的组可以决定下一顿饭吃什么。

做饭就不用做了，导演现在腿还软着，怎么也得等几天才能鼓起新的勇气折腾人。

分组么，男女搭配，干活不累。

大家睡眼迷蒙抽签的结果，谢初飞和莉莉丝一组，郭山和Lucy一组，剩下一个周凯，被分配给了江静静。

导演本来还假模假式过来问周凯的手要不要紧，哪知道那绷带半夜就被他嫌热给拆掉了，露出来手臂上两个深色点子，因为他黑，还得认真找上一会儿，的确看起来没什么问题的样子。

周凯本人也毫不在意，甚至有点儿雀跃，直接过去三下五除二换上工作装，想着这下好了，草帽一扣胶鞋一穿就下田干活儿了，有了光明正大少说点话的理由。

倒是谢初飞跟在他后面不依不饶，要求他把伤口包好。

周凯不乐意："热，不包还都很热，捂着更热啊，不动都是一身汗！"

谢初飞像个复读机："万一感染了呢，感染严重要截肢的。"

周凯顺嘴说了一句："没事，放心吧，截肢了肯定不用你赔。"把谢初飞噎得直翻白眼。

好在他现在已经能分辨自己说话的问题所在，下一秒就反应了过来，赶紧找补："哎，这句删了删了别播……你别生气啊，我不是那意思，哎我这狗嘴里老是吐不出象牙来。"

谢初飞一看他那样，脸上明明白白写着"我下次还敢"，但这次道歉的态度又十分诚恳，莫名就生不出气来。而且还要维持温文儒雅的人设不是。

当即表示大家一个公司我能不知道你就是心直口快吗，然后讨价还价："那起码要贴个防水创可贴吧？"

周凯自知理亏，老老实实地接过创可贴贴了上去，然后兴高采烈地出去挑镰刀。

他虽然前些年一直流窜在各种地方被社会毒打，干过种种脏活累活，但是确乎还是个城里长大的孩子，农活倒真的没怎么干过，于是显得分外雀跃。

一路扛着镰刀连蹦带跳，把跟他一组的江静静落在后面老远，还得工作人员过去喊他："周老师您等一下江老师。"

这才老老实实站住，冲江静静挺不好意思地龇牙一笑。

后来被观众们认为这种互动也很甜蜜。

节目播出以后，程朗看到这段的时候心有戚戚焉，跟他说："其实应该在你手上拴个绳，就扣那手环上，我跟你每次出门时候都想这么牵着，要不然一会儿就不知道窜哪儿去了，叫都叫不住。"

周凯抗议："不行！那不跟拴小狗一样吗？"

然后陡然想起来自己那个手环的前身，不就是个犬猫止吠器，脸色又绿了一层。

程朗故意转移主要矛盾，狡辩道："明明是牵小毛驴。"

周凯这回没有上当："牵啥也不行！"

然后灵光一闪，蹦出来土味情话："牵手倒是可以，牵着手我就不会走丢了。"

程朗哭笑不得，觉得以后逗他要谨慎。

收割水稻这个事吧，说难不难，说简单也并不简单。首先你得跟镰刀搞好关系，莉莉丝跟那镰刀的感情就比较生分，但她又想着跟谢初飞套套近乎，凑过去看着老像要把谢初飞的腿给剁了。吓得工作人员和助理都偷偷摸摸把谢初飞往后扯。

周凯虽然跟镰刀也没多少感情，但起码擅使菜刀，跟江静静配合就还算默契，看不出来有肢解对方的企图。

就是不怎么爱说话，一路闷头割他的稻子。

江静静问他怎么不说话，这货又开始随口胡编："我这不想多整点拿个第一吗？就能决定中午吃啥了。"然后又补了一句："昨天大米饭太硬，今天可以吃面条。"

其实他只是不知道该怎么演，还是闷头干活儿比较省事。

可是这话听在江静静耳朵里，就全然不是那么一回事。昨天说大米饭太硬吃了胃疼的是她，周凯明显还挺关照自己的。再看看他认真干活儿满脸淌汗那个傻样，旁边谢初飞上了半斤发胶的铁刘海还很坚挺，郭山已经开始跟Lucy猜拳决定谁能休息，江静静觉得这么实在的小伙子真少见啊，自己运气真好。

然后呢，割稻穗的时候也不是随便割的，还得割得整齐。

周凯作为一个强迫症，开始还不太整齐，后来的就像模像样了。只是他还看不得江静静那边不整齐，老是想要拿过来她的刀自己上手。

郭山跟Lucy那种，一刀下去拿起来稻子茬跟狗啃的一样，看得旁边围观的老乡们直摇头。

谢初飞那一组在整齐度方面其实不错，只不过莉莉丝割了十分钟就开始喊腰疼，开始站在旁边拿帽子给谢初飞扇风，美其名曰，搞好后勤工作。

谢初飞对着镰刀欲哭无泪："难道我的腰不疼吗？"

抬起头来还是一脸仙气飘飘："那你不舒服，你就少干一点。"

心里面已经暗暗把这个女的列为拒绝往来户，决定回头就跟沈捷说以后坚决不和她参加同一档节目，更不和她一组。

割好了的稻子也不能随便乱扔，得打成捆摆好，才能进行后续的脱粒工作。

沈捷跟方笑尘带着一车奶茶赶到的时候，正好赶上他们给稻子打捆。

方笑尘来探班，请全组喝奶茶。

大家在太阳地里从早晨折腾到现在，也确实是累了，一拥而上跑去领取奶茶。

方笑尘在圈里混迹多年，到处都有一点香火情面。这一组的导演跟制片他都认识，演员更不用说，谢初飞周凯不用说，莉莉丝这样的他都合作过，反正大家嘻嘻哈哈一团和气。

沈捷先去把她捆绑销售的谢初飞和周凯拎过来从头到脚用杀人眼神扫描了一遍，确认完好无损，才肯放下心来干别的。

谢初飞慢条斯理地坐在户外折叠椅上吸他的奶茶，安慰沈捷："没事了，有惊无险。下次我不干这么不擅长的事了，这次多亏了你让周凯跟我一起来……哎他人呢？"

周凯因为不想听沈捷重复念叨一遍昨天晚上已经说过的事情，选择了趁人不备旋风喝掉奶茶，然后跑回田里继续给稻子打捆。

沈捷跟谢初飞哭笑不得，喊他回来："现在没人拍，你自己在那儿捆什么啊?"

周凯这才反应过来,哦,对,他们是来演给别人看的,不是真帮人家老乡割稻子。

没人拍他自己在那儿干活儿就没有意义了。

一瞬间他觉得有点儿失落,正捆得来劲呢,这堆人喝奶茶的工夫他能把自己和江静静的都捆好。

江静静也发现了他的奇异行径,喊负责拍花絮的小伙子快去拍。

小伙子闻风而动,喊周老师你别动,刚才那段咱们再演一遍,正好从谢老师喊您回来开始。

周凯有点茫然:"啊?这咋演?"

然后摇头:"拉倒吧,拍那么多了不差这点,你赶紧喝奶茶吧。"

他又不是程朗,哪来那么好记性记得自己刚才都说过啥。

结果被导演和沈捷同时否决:"不行,那段挺好,你再来一遍!"

周凯愣在当场,他统共就正经拍过那一部电影,导演还属于神棍范畴,这种说演就演的要求,对他来说属实是很难达到的高级技能了。

周凯抬头看看天,再看看手里的稻子,发出了一声长叹:"这咋演啊……"

一让他演,他连捆稻子都捆不利索了。

还是江静静比较有经验,过去跟他说,不用一个字一个字复述刚才的话,你就还站那捆你的稻子就行,然后谢初飞怎说你就跟着接，就行。

"就捆就行？"周凯瞪着她。

江静静点头："嗯，就捆就行！别的不用管。"

于是他又开始沉浸式捆他的稻子，捆完还要摆放整齐，横平竖直。

远处谢初飞喊他："别捆了，过来喝奶茶，现在没人在拍你！"

周凯抬起头，一脸疑惑："啊？没人拍就不用捆了？我寻思着早点捆完早点吃饭。"

然后江静静拿着一杯奶茶一路小跑给他送了过去。

事实证明江静静、导演和沈捷的直觉并没有错，这段一播出来，观众好感度刷刷上升。

一个棱角分明的、过分认真，并且着急吃饭的小伙子，谁能不喜欢呢？就是刷屏的弹幕里头，有些人觉得周、谢二人似乎有感觉，另一些人觉得周、江好像也不错的样子。

只有周凯本人，在电视前头急得直蹦跶，跟程朗再三解释："我跟那女的没啥，刚认识，真没啥！"

程朗看看他："我也没说你们有啥啊，你觉得有啥能瞒得过我吗？"

周凯摇头。

然后问："那你为啥表情那么恐怖？"

程朗："我就是在研究这个奶茶里头有没有加芋泥。"

六

午饭是江静静点的，葱油拌面配各式小炒菜。上午的割稻子活动周凯他们组以大优势胜出，获得了午饭的点菜权。

其他组各位成员四肢俱全，是皆大欢喜的一个上午。

可惜的是，艺人吃上了饭，工作人员还不能吃饭。

他们得跟着拍完吃饭的镜头，等各位艺人进去午休了，才能到后面领不太热乎的盒饭。

结结实实干了一上午活儿之后，大家的胃口果然好得很，控碳水的也不控了，戒糖的也不戒了，号称素食主义的郭山……倒还在吃素，问题是他一个人干掉三碗面，疾如风雷，做的分量差点儿就没够吃。

反正周凯是收回了他那双想要再来一碗的黑手。

菜还有，多吃点菜也行。

大家把桌上的饭一扫而空，工作人员就可以换班去吃饭了，反正这院子里里外外的摄像头比蚊子还多，午休时间谁要是整点幺蛾子出来也不至于错过。

实心眼如周凯，自然认为午休就是冲个凉上床打盹儿，为下半场的摸鱼活动养精蓄锐。

而其他人，则各有各的安排，反正没人真睡觉。

周凯一头栽到床上的时候，郭山还问了他一句："你这就睡觉了？"

周凯把头埋在枕头里："早晨起太早给我困完了。"

还反问人家："你不睡觉啊？你干啥去？"

郭山露出了一个含义复杂的笑容："我去和Lucy讨论一下新单曲。"

笑话，费了大劲来上综艺，每一分钟都得努力刷存在感展示自己，大好的两个小时，用来睡觉可是太浪费了。

这种长休息，写作消除疲劳，读作自由卖弄，其实都会有人跟拍。

只有周凯真的去睡觉。

剩下的人老早都研究好了自己该干点啥。郭山和Lucy两个一组干活儿的要愉快对歌，能趁机宣传新单曲为啥不干，实在不行还能互相炒点绯闻出来。

江静静在院子里头招猫逗狗，喂了鸡又喂猪，力图打造亲善小动物的人设。她不是没来找过周凯，结果门都没敲就听见里头响起了非常诚恳的呼噜声，也只能默默离去。

同样是一组干活儿的，谢初飞很显然不想跟莉莉丝待在一起。莉莉丝嫌太阳大，要回屋敷面膜，当她的美妆达人。谢初飞招呼都懒得跟她打，自顾自地搬了个躺椅跑到葡萄架子下面当他的乘凉美少年，手里还拿着一把秸秆。

人家认认真真地编起了小动物！

秸秆做的，小兔子小狗小蜻蜓，有脑袋有翅膀，还真的挺像那回事。

工作人员赶紧上去问谢老师您还会这个啊。

谢初飞对着镜头羞涩一笑，说编着玩的，小时候经常玩，现在好久没弄过了。

冷感美少年笑了，还富有童趣，还心灵手巧。这段一播，不知道俘获了屏幕那头多少男女的痴心。

其实他上礼拜才学会，还热乎着呢。就会那么几个，多一个都不会。

沈捷拿到初版剧本就问他要弄点什么爆点出来，整个团队头脑风暴了一下午，才拿出来这个解决方案。

看起来十分不经意，做起来效果相当好。

至于周凯，本来他就属于捆绑销售，谢初飞这边出了风头，他肯定不能也跟着起高调，抢人家的戏份。于是沈捷就直接放驴归圈了，连提醒都懒得提醒。

果然周凯结结实实在空调房里睡了一个好觉，还梦见自己跟程朗去海岛上度蜜月，被长了腿的大白鲨追着满山跑，一个激灵吓醒了。

醒了发现大白鲨没有，秸秆小动物倒是有那么几只，被谢初飞在窗台上摆了一溜，像在排队买好吃的一样。

周凯揉揉眼睛："困死我了，你编的？"

谢初飞又展露了他那个精心练习过的羞涩笑容："编着玩儿。编了六个，大家一人一个。"

周凯挺意外："你还会编这个哪！这要给哪个小姑娘人家得乐昏过去。"

果然，刚睡醒脑袋就是不好使，他这话一出口，谢初飞倒是没法儿接茬了，涉及男女关系，得慎之又慎。

周凯那个脑筋明显还处于下线状态，没有感受到谢初飞的尴尬，或者说，还没等他尴尬呢，就直接岔开到下一话题了：

"哎这飞机挺好，我就会叠纸飞机，这样的还第一次看见。"

"那个是蜻蜓。"谢初飞松一口气，赶紧纠正他，"你看还有头呢。"

周凯拎起来秸秆蜻蜓仔细端详，嘴里啧啧称奇："你这还给整俩眼睛，可真厉害。我小时候就会抓，然后让俩蜻蜓干仗。"

然后又把目光投向小马："哎你这个是给我的吧。"

谢初飞："你要挑这个呀？"

"这不小毛驴么，别当我不知道粉丝给我起外号叫小毛驴。"周凯一脸理所当然。

他当然知道，始作俑者就是程朗。

谢初飞憋笑，瞥一眼摄像头："那个不是驴，那个是马。"

周凯表示这我可真看不出来，反正长四个腿我就当是驴了，这个我先拿走了啊。

后来弹幕里头五颜六色厚厚刷了一屏的"定情信物"，其中一条还是程朗发的。

这会儿那几位各自施展完了才艺，跑来前院集合，又是给谢初飞一通好夸，并且暗自恼恨自己搞人设的水平不如人家。

而周凯，偷偷给他的秸秆小毛驴拍了个照，躲到被窝里发给程朗："看，小毛驴！"

然后钻出被窝，跟没事人一样问谢初飞："哎，哥们儿，大尾巴狼你会编吗？"

这要问的是沈捷，必然会收获"我看你像个大尾巴狼"的回答。

好在他问的是以温文有礼著称的谢初飞，人家回答他："这个真不会，我也就会那几个基本的。"

周凯倒是不挑，跟他说："那你再给我编个狗呗，然后安上个大尾巴，也差不多。"

谢初飞松一口气，狗他是学过的，但是，周凯为什么非得要大尾巴狼呢？

那自然是万万不能告诉他想要送给程朗，周凯此刻清醒了一点，眼珠子一转，说："我回头给白导演，你看他那样，是不是像大尾巴狼？"

无辜当了大尾巴狼的白导演在家里连着打了好几个喷嚏。

那边周凯又改了主意："要不我自己编吧，你教教我，自己编的有诚意。"

谢初飞也不知道他到底为什么要拿秸秆编个大尾巴狼送给白导演，但是很显然，坐在一起教他编秸秆这个动作很利于二人炒的CP发展，于是答应了，说晚饭后教他。

旁边围观的方笑尘跟沈捷说："你看，不用你操心，各人有各人的缘法。"

沈捷表示那是你没见过他捅娄子的时候。

"午休"过了的大家就开始了喜闻乐见的摸鱼活动。因为摸到的鱼就是晚上要吃的，所以大家的积极性分外高涨。

摸鱼活动需要在稻田的泥水里进行，所以每人发一件连体橡胶背带裤，穿上了拗造型，别有一种稚拙的可爱。

几位艺人里头搭的都是各类T恤，只有周凯，没穿上衣。

露出来一段锁骨和两条手臂，结实的、黝黑的、有伤痕的、有肌肉的。

赢得了女生们的一阵尖叫。

还有一块洗掉过的不清晰的文身。

被化妆师扑过去用防水遮瑕膏又一通遮。

而他本人一脸严肃地问谢初飞和郭山："你们里头还穿T恤啊，脏了还得洗，夺（多）费劲啊？"

谢初飞和郭山瞅瞅他，不想承认自己脱了就是白条鸡的事实，一个说肩带磨得慌，一个说自己紫外线过敏得做好防晒。

反正，要脱你脱，我们坚决不脱。

没有对比，就不会有伤害。

七

那天晚上程朗跟男朋友视频的时候，发现他情绪有些低落，就问出了啥事情。

周凯蹲在洗澡间里头，闷闷不乐，支支吾吾，只说这录综艺太累了，把人当牲口使，好在明天补点镜头就能回去了。

然后接着问路涵江最近咋样，见人还哆嗦不。

程朗明知道他在转移话题，但是看见男朋友上下眼皮直打架的困样，也就没跟他计较，说路涵江好得很，比在国内放松，毕竟这边本来就没有多少人。

不差这一会儿，有什么猫腻的话她迟早能够发现，于是开开心心地跟周凯聊起来酒店院子里进了驯鹿的事情。

聊着聊着就听到那边有人敲门，郭山在外头喊："周凯，好了没有？我要洗澡睡觉！"

两人匆匆收线。

周凯让出了浴室给郭山，自己迷迷瞪瞪往床上一瘫，衣服也没脱，径直睡了过去。

谢初飞瞅着旁边床上那黑不出溜睡得如奔跑野驴的CP，脑子里突然蹦出来一个念头：这会儿知道穿衣服了。

然而听到渐渐响起的驴鸣一样的鼾声，又赶紧摇摇头，觉得自己一定是摸鱼的时候脑子里头进了水，跟这个家伙计较什么，他大约是真觉得洗衣服费劲吧……

谢初飞和周凯那一瞬间的郁闷都来自下午的摸鱼活动。

本来么，摸鱼属于轻松愉快的调剂项目，导演想着大家随便捞捞，拍点湿身镜头泥巴大战啥的给观众送送福利，正好晚饭还能吃稻田鱼。

结果周凯这一脱上衣，事情就变了味儿了。

在场男男女女的眼珠子都长了钩子，有的还冒出了可疑的精光。午休时候谢初飞精心安排的那一出秸秆小动物编织活动马上显得逊色了不少。

毕竟，人类抗拒不了一些原始的诱惑、自然的召唤。

而诱惑本人还傻呵呵地在那跟人家说什么这种鱼刺多个儿还小，裹上面炸酥了吃最方便。

更可恨的是，风头被抢的谢初飞还没法儿跟他对着脱，一个是和人设过于不符，另一个，是他肯定没有周凯脱得好看。

只能想办法在其他地方找补找补，拿着网兜边捞鱼边思考的谢初飞，发出了一些感叹：小红靠捧，大红靠命啊。老天爷拿着馅儿饼往人嘴里塞，还能说什么呢？

旁边的围观队伍里沈捷也发出了感叹："我好像有点儿理解朗朗了，这种男朋友谁不想要呢？"

"你也想啊？"方笑尘逗她。

沈捷暗地里踢他一脚："可拉倒吧，我看见他就觉得要心梗，这个嫩草太轴了我可吃不起。一天天的尽闹幺蛾子，还把身边人都给带坏了，一个朗朗，一个谢初飞，都开始不消停。"

"那别的嫩草你觉得可以？"方笑尘又问。

收获了标准答案："我看你像嫩草。"

"我不是，对我来说你才是嫩草。"方笑尘捏一捏她的手。

沈捷却顾不上和他调情，眼珠子盯着田里："不行！我得去提醒他一下。"

下午的摸鱼活动延续上午的两两分组，可是另外两组的妹子，都有意无意地往周凯那边凑。

反正水是浑的，浑水摸鱼么，你说鱼往哪游就往哪游。

今天不知道怎么的，鱼都往周凯那边游。

先是Lucy，拿着小网子低头追鱼，追着追着到了周凯旁边，一个"不小心"，脚下一滑，趁势搭了一下周凯的肩膀。

周凯正在屏息凝神准备下网，Lucy这么"一滑"，鱼就跑了个无影无踪了。

周凯一脸丧气地站起来，提醒自己，旁边有摄像头，得保持礼貌。

但是他连比哭还难看的笑脸都挤不出来，只能板着个脸，面无表情，冲着Lucy相当敷衍地问："脚崴了吗？"

江静静赶紧补上："没事吧？没事吧？这个泥里面很滑的，要慢点走。"

Lucy本来就是假滑，笑嘻嘻说没事的，又追着鱼往别处去。

人一走周凯那脸就沉了下来，拉得堪比驴脸，趁弯腰捞鱼的时候跟江静静小声吐槽："舞舞扎扎的，把我鱼都吓跑了，肯定是故意的。"

江静静还给他一个意义不明的微笑。

这个田里专心捞鱼的恐怕也只有他。

Lucy得了逞，莉莉丝自然也不甘示弱。

虽则"假滑"被Lucy抢了先，但这种小事怎么可能难倒她。

她也稀里哗啦蹚着水往周凯的方位追鱼而去。

然则这回周凯学了乖，远远看见莉莉丝过来，赶紧喊她停下："等会儿，我这鱼快过来了。"

莉莉丝不得不暂时定住，场面一度十分尴尬，只好拿起网子假装找鱼。

那边周凯真的捞上来一条鱼，认为自己成功破解了对方的阴谋，不禁得意起来。

抬眼一看莉莉丝还在那儿原地站着找鱼呢，兴高采烈跟人家喊："不用过来了，这边都被我们捞差不多了。"

莉莉丝气冲脑门，然后眼珠子一转，中气十足地"哎哟"了一声，响遏行云，不愧是唱歌出身。

全场的人目光都集中到了她身上。

周凯离得最近，礼貌发问："你没事吧？"

心里认为喊那么大声一般没事。

莉莉丝作惊恐状："鱼在咬我的脚！"

周凯条件反射："姐，你吃过鱼没？这点儿小鱼哪有牙。"

莉莉丝更惊恐了："那是什么东西在咬我的脚啊，快过来帮我看一下！"

周凯朝她移动过去："真有东西啊，那田里头虫子可多了，肯定不是鱼！"

莉莉丝小脸煞白："那是什么，不会是蛇吧，咬了我一下又跑了！"

连导演都有点蒙了，这到底是不是演的啊，我是要拍还是要喊人过去看看啊。

此时只见莉莉丝整个人都靠在周凯身上："啊！扶我一下，我要脱了鞋子看一下！"

周凯瞅她一眼："这连汤带水多费劲啊，你还是赶紧上岸上坐着看吧。"

莉莉丝眼波流转，望着他："我动不了，我害怕。"

这个时候难道不是男生都会把女生抱回岸边吗？莉莉丝的算盘打得相当好。

可惜她的对手是周凯，那货以迅雷不及掩耳之势朝旁边喊了一声："谢初飞！把你组员整岸上去，别耽误我捞鱼！"

谢初飞闻言，努力憋笑，手一抖鱼都跑了，只得过去把莉莉丝挽到岸上，脱了鞋子一看果然没事。

周凯终于能够安心捞鱼，把刚才憋的一肚子闷气都发泄在网兜上，但是由于动作过大，也没捞着啥鱼。

此刻江静静过去教他："你不能这样，这样从旁边捞鱼容易跑掉，你得从底下捞鱼才不会跑。"

边说边把着他的手腕做了一回示范动作。

周凯虚心受教，认真改进了捞鱼技巧，但是已经落后别人不少。

就这一出戏加一出戏，看得沈捷在旁边心惊胆战。那几个女明星，每个心眼都有周凯八个多，他这要是一个不小心中了招，回头可怎么跟程朗交代。

还好傻驴有傻福，全都顺利过关了。

但沈捷还是不放心，特意趁休息时间过去明确地提醒了他，别跟女明星走太近，她们都想吃你豆腐。

周凯吸着冰可乐呆立当场，仔细想来包括江静静，好像真的都……

当即皱起了眉头，半晌吐出来一句："有病啊……"

然后赶紧要求沈捷别告诉程朗，想了一下又问，能不能去找导演剪掉这些乱七八糟的。

沈捷跟他说，拍出来再看吧。肯定不能让她们跟你绑定炒作。

摸鱼比赛的结果，是一直躲在后面勤恳捞鱼的郭山胜出，以绝对优势遥遥领先，他一个人捞的比另外两组加起来都多。

周凯又恢复了精神头，屁颠屁颠跟上去："哥，你咋那么厉害！"

郭山倒是很谦虚："我们南方孩子小时候经常玩这个的。

北方不太多吧？"

周凯摇摇头："我还真没捞过。"

他小时候姥姥不疼舅舅不爱，没人带他下河捞鱼。

然后他问谢初飞："你小时候捞过吗？"

谢初飞摇头："我那个时候都在上学和练钢琴，都没有见过稻田。"

不食人间烟火人设不倒。

下午捞了鱼，晚饭自然吃鱼。摄制组听了周凯的意见，要求把捞到的小鱼裹着面糊炸到金黄，捞出来蘸椒盐吃，果然筋酥骨软，不用吐刺。

只是几个女生又觉得炸制食品吃了太罪恶，一人只尝了那么一筷子。郭山是素食主义者不吃鱼，谢初飞要控制体重，也不敢放开了吃。

大家辛辛苦苦捞到的鱼，倒是大部分便宜了周凯。

谢初飞打趣他，周凯很认真："你懂啥，这叫精神损失费。"

谢初飞吃完饭，放下筷子就给他正在拍的电视剧导演发信息：胡导，我希望能把不穿上衣的戏都删掉，麻烦你们尽快改出来。

他是从剧组请假出来录综艺的，明天录完了就得接着回去拍戏。

跟组编剧怕是今天晚上要熬个大夜了。

第十九章　将安将乐

一

　　田园综艺录的时候还能穿个短袖T恤，等到播的时候，大家已经都换上了长外套，更有怕冷者，悄悄地套上了秋裤。

　　谁冷周凯都不会冷的，毕竟他穿着出街神器送快递装备，秋冬是橘色带大Logo冲锋衣加厚款裤子，还带着护膝，头盔不变，仍旧是那个带俩耳朵的。

　　今日的机场保安见多识广，一个脑袋上带俩耳朵的快递小哥堂而皇之踏进大门，人家眼皮都不带抬一下的。

　　毕竟早上六点，大家都挺困的。

　　这回快递小哥还是来送人，送路涵江。

　　上次程朗和他去芬兰开会，路涵江在这个人均距离两米的国家待得相当惬意，如同回到了精神家园，整个人都轻松了不少，时不时就念叨着想要在这里定居。

程朗纳闷，问他那你博士毕业时候怎么不留在这儿，而是选择回国呢？

路涵江低头，不好意思道："我们研究所，是第一个找我的。"

敢情他是因为害怕投简历面试……哪家第一个找上他就去哪家。

程朗不得不感叹研究所真是捡漏能手，但是现在看来她要挖自己单位墙脚了。

当周凯忙着割稻子抓鱼的时候，程朗在会场上忙着和主办方的几位大佬勾兑。

别的不说，路涵江的履历和科研成果真的相当漂亮。

果然有大佬眼珠子放光说他愿意过来吗，愿意过来可以先来当访问学者，等我们新一年的招聘计划启动了就把他留下。

钱不用担心，我们这里有专项基金可以资助他。

路涵江果真欣然同意。

回来没多久就收到了对方大学的邀请函。

研究所领导不疑有他，毕竟搞科研的出国访学属于常态，只要不用他们出钱，员工出去和别的研究机构交流一下也没什么不好，而且老看见走廊里飘个纸袋子着实有点烦。

相当痛快就批准了路涵江的申请。

七折腾八折腾填了一通表之后，路博士涵江终于踏上了前往芬兰的旅程。

周凯听到这个消息的时候相当错愕。

还是路涵江本人特意来跟他说的。

去芬兰之前，周凯和他做了一些个见不得人的交易，他贡献出了自己的肉体，给路涵江做实验，换他帮忙想办法让程朗轻松一点。

谁知道这两人一回来，情况却朝着奇怪的方向发展了。

当他兴高采烈地戴着兔耳朵头盔又一次蹿进路涵江的办公室，那家伙的表情罕见地凝重。

"我有事跟你说。"路涵江用了非常正式的台词。

吓得周凯魂都没了，脑袋上俩兔耳朵跟着直哆嗦。一般来说这种台词后面接的就不能是好话。

他深吸一口气，问："程朗咋了？她是不是得啥病了？"

路涵江慌乱起来："不是……不是……不是程朗……是我……"

周凯瞪圆眼睛："你也不能得病啊！缺钱你跟我说，最近我还挣了点，录那啥综艺还给不少钱。"

路涵江更加慌乱，面红耳赤："不是，我没病……我是……我是要走了……"

话刚说出口发现有歧义，怕周凯吓死，赶紧补上一句："我要去芬兰工作。"

然后和周凯俩人同时坐在沙发上大喘气。

他是急得，周凯是吓得。

好不容易把这点来龙去脉整明白了，周凯有点儿伤感："这就要走啊，下楼喝酒吃烤串不好吗？"

"人之蜜糖，我之砒霜。"路涵江说。

周凯一咧嘴："也是，你上那边去了就不用成天在脑袋上套个袋了。全国都社恐，一人脑袋上一个袋。挺适合你。"

程朗去芬兰开会以前，听都没听过赫尔辛基的某人认认真真地在手机上搜了半天这个国家是干啥的，结论是全国社恐，公园里头椅子都是单人位，连洗澡蒸桑拿时候都没人唠嗑。

周凯大大松了一口气，这就不会出现大马路上出现一个帅哥勾搭他对象的事情了。

但完全没承想这种全民社恐友好的范围会直接拐跑了路涵江，还是程朗鼓励牵线搭桥的。

"那你啥时候走？"周凯问。

路涵江低头盯着地板："下个月吧……看办手续的进度。"

"哎，行吧，天下没有不散的酒桌，也不能从半夜喝到天亮，那不成酒蒙子了。"周凯在进行安慰与自我安慰。

路涵江咬了半天嘴唇，最后蹦出来一句："我很……我很感谢你。"

"谢啥，都是哥儿们！"

然后突然反应过来："你谢我啥啊，我也没借你钱。"

"谢谢你……带我玩啊。"路涵江回答。

小时候，操场上，不管是跳绳、踢球还是骑马打仗，永远没人带他玩。

"你们文化人想法真多，谢来谢去的。那要这么说我还得谢谢你呢，你还帮我撒了那老多谎！不是你我说不定都不能跟程朗好上。"

周凯扯了半天淡，突然一拍大腿："哎呀妈呀，你都把我给吓忘了，对对我托你的事呢？程朗那边，你看出点啥没有来?"

路涵江点头:"没事,我记着呢。"

周凯凑上去:"那你发现啥了?"

路涵江条件反射地往后躲,脑袋撞在了台灯上,发出了巨大声响。

周凯索性站起来靠到门上,这是屋里能达到的最远距离。

"我这木头脑袋不长记性。我站这儿来,你说吧。"

达到了两米的安全社交距离以后,路涵江果然放松很多。

路涵江:"程朗吧……"

周凯:"咋样?"

路涵江:"我可能……有个发现……但是没有足够的证据支持……大概……只能有个不成熟的结论……不知道对你有没有帮助。"

周凯:"到底啥结论啊……你赶紧说!有这工夫苞米都烀熟了。"

路涵江:"你有没有觉得,程朗说话特别顺耳,几乎不会让任何人反感。"

周凯:"对啊,那她不就是干这个的吗?要不沈姐也不能把我送她那儿去啊。"

路涵江:"那你……觉得我呢?我也是研究语言学的,我说话和她一样让人高兴吗?"

周凯乐了:"让你说话都费劲!你能说出话来我们就挺高兴的。"

路涵江:"你别开玩笑,仔细想想。你平时和我对话的时候，我说话是不是不如程朗那么顺耳。"

周凯："那不能这么比啊，我喜欢她，她不歇气骂我一天我都乐意。"

路涵江还没放弃，接着引导："你把时间倒回还没喜欢她之前，你是不是觉得她几乎没有说话特别难听的时候。"

周凯把自己那狗熊掰苞米的脑子充分地调动起来，费了死大的劲回忆，最后得出结论："好像是没有。我那时候咋也学不会，笨得不行了都，她好像也没说啥不好听的。"

路涵江点头："我开始也不觉得有什么异常，也是因为这次你让我帮忙，我多留意了一下她的日常交流，才觉得有点不一样。"

周凯："这夺（多）好啊，谁见谁喜欢。像我这样死牙赖口一说话就招人烦的才不行吧。"

路涵江很认真地看着他："可是她为什么要所有人都喜欢她呢?"

周凯没明白，张着嘴看向路涵江。

路涵江："你设想一下，一个工作不错，家庭条件也不错，长得也不错，头脑还特别聪明的女孩子，她是不是应该很骄傲。"

周凯："好像……是吧……我看那些女明星一个个都劲儿劲儿的，程朗那可比她们强多了。"

路涵江点头："是这样吧……但是在我的观察里，程朗很注意让旁边的每个人都感到舒适，这种注意已经超出了一般人认为的'会说话'的程度。我就觉得有点儿奇怪。"

周凯的脑子还没跟上，路涵江接着说："这种说话的方式一般都是后天习得的，是讨好型人格的一种体现。长期被打压或者欺负的人会有两种发展路径，一种像我这样采取回避策略，能不跟人交流就不交流，另一种就会发展成讨好型人格，力求让身边所有人都满意。但我不明白的是……以程朗的条件……谁会欺负她啊？"

　　周凯站在门口，半晌没说话，最后蹦出来一个字："靠！"

二

　　周凯还是送走了路涵江，临走时再三叮嘱他，到了那边要是有人欺负你，赶紧给我打电话，隔着太平洋你也归我罩着！

　　"亚欧大陆。"路涵江小声地纠正着。

　　周凯没听懂，程朗给他解释："我们和芬兰隔着亚欧大陆，隔着太平洋那是美国。"

　　"反正都没去过，咱回头去找小路玩去！"周凯认真瞅着路涵江，"行不行？"

　　路涵江当然说行。

　　于是周凯放他进了安检，与程朗和郭小凡并排目送那个没套纸袋的身影消失在玻璃门那头。

　　然后自己在那儿念念叨叨："我这节目都要播了，他就不能看完再走。"

　　郭小凡一撇嘴："狗哥……芬兰……也有网。"

　　周凯瞪他一眼："那能一样吗！那咱一起边喝酒吃烤串边

看多有意思。"

"也是啊……"郭小凡略一琢磨，确乎有点儿伤感，然后就直接进入了工作模式，"哎，狗哥说好了啊，兄弟我上直播你得给面子，你得来！"

周凯不耐烦："知道了，你这几天都磨叨多少回了，嘴皮子都被你磨叨烂了！"

郭小凡嘿嘿一笑，自行告辞回公司继续搞他的直播带货事业，才不要站在那里当那两个人的电灯泡。

一个机场有无数个门，那长了兔子耳朵的快递小哥进去了就再没出来，保安完全不以为意。谁知道从哪个门蹿出去了。

他没想到的是，快递小哥本人，已经跟着漂亮小姐姐径直去了地下停车场，钻进车里，外套一脱头盔一摘，就变成了艺人周凯。

然后再戴上头盔，又成了快递小哥周南风。

得意扬扬地跟程朗说："你看我像不像超人。就那个，一摘眼镜就能飞，一摘头盔就变谁都认识。"

程朗设好导航，打着火，摇头："那你应该再去买一打内裤也套上。"

周凯摇头："那不行，太砢碜了，还费内裤。"然后反应过来，"哎，你这人咋这么损呢！"

程朗笑："超级英雄都内裤外穿，你自己认领的。"

周凯在旁边张牙舞爪，忽然想到路涵江那个什么"讨好型人格"的理论。那是不是，程朗肯损他，是有安全感，跟他不见外。

想到这里周凯就得意起来，对，就是得把那个三孙子从程朗脑袋里撵走，她才能痛快起来。

路涵江走了不到一星期，周凯去录的那档综艺就播了。

播之前拿给他们看样片的时候，周凯很有点不乐意："看着像个傻帽。"

"就这么剪挺好，能再多给点他和谢初飞互动的镜头吗？"沈捷这样回复节目组。

周凯在旁边急得干瞪眼："哎，就不能把我整聪明点吗？老白那电影里我可没这么二。"

完全忘记了自己当年如何评价那个角色——就是个傻×。

"我觉得不傻啊？你们觉得傻吗？"沈捷问跟着看片的其他人。

获得一致否认。

"狗哥你在里头超帅的！"雁雁鼓励他。

周凯摇头："咋瞅咋像傻帽。"

"这个叫真性情，现在就流行这个。"雁雁劝他。

"你就说这些事是不是你干的吧？"沈捷问。

周凯："是……但是……"

沈捷："是你干的不就完了。人家就是给分清了一下主次，加了点动画，那实质上也没歪曲你的本意啊。而且啊，你看，你在这里头不都是助人为乐么，一会儿教人家切菜，一会儿扶人家上岸，一会儿又从油锅旁边救了谢初飞，这也没丑化你吧？"

周凯感觉到她说得好像有点道理，但又有点不对劲。

他说不清哪有道理，也说不清哪不对劲。

要是搁以前，说不清也没关系，胡搅蛮缠谁不会啊，就死活说不同意叫他们改，也不是不行。

可是跟程朗混在一起时间长了，他觉得当个文明人的重要内容就是"得讲道理"，反正程朗跟他讲道理的时候都赢了。

于是他就没有再继续反驳沈捷，把矛头指向了另一个方向："那能不能把我跟那几个女的说话的镜头删一删，最好根本没有。"

在座诸人眼前一黑，这什么鬼要求啊？不想传绯闻也不用这么极端吧。

你一个添头，人家肯给你留这么多片段已经不错了，哪里还有自己要求删的，是不是脑子被驴踢了？

只有沈捷和雁雁知道他是怕程朗看见了不高兴。

沈捷把他拉到一边"单独谈谈"，上来就跟他说："你放心吧，朗朗不会生气的。"

周凯："不怕一万，就怕万一啊！"他倒是谨慎起来了。

沈捷摇摇头："你跟那几个姑娘有猫腻吗？"

周凯蹦起来："必须没有啊！"

沈捷一摊手："那不就完了。朗朗又不是傻子，她脑袋比谁都好使，有没有问题她还能看不出来？"

周凯坐下来："话是这么说……可是我老觉得心里头不踏实。"

沈捷："没事，我不是在现场吗？到时候朗朗要是真生气了，我负责给你做证。"

周凯这才勉强消停下来："那行吧……你得说话算话啊！"

沈捷："行行，我一个不够再加雁雁和方笑尘，行吧？实在不行谢初飞我也给你拉来。"

周凯这才放了行。

事实上，作为一个奇蹄目马科生物，周凯的直觉，还是有那么一点管用的。

虽然他不知道现在的观众能通过那么一个小时的节目自行脑补出来多少爱恨情仇。

这期节目播出来之后，互联网上大概出现了这几种主流意见：认为周凯和谢初飞是一对儿的；认为周凯和江静静是一对儿的；认为莉莉丝单恋周凯的；认为周凯暗恋Lucy的；认为郭山暗恋Lucy的；认为谢初飞跟江静静来电的；认为Lucy和莉莉丝相爱相杀的；甚至还有认为院里的鸡和狗感情不一般的……

看得周凯眼花缭乱，心肝乱颤，唯恐女朋友信了其中任何一条。

然而女朋友一边啃鸡脚筋一边说："讲真还是江静静跟你同步率高一点。"

周凯吓得脚筋一麻。

只听见那边程朗又说："但是还是比不上谢初飞，毕竟你跟谢初飞是我和小姨花费心血认真打造的正经CP。"

周凯那脚筋又恢复正常了，也拿起来一串鸡脚筋啃："你放心，没事，不可能有事，那几个女的加一起都赶不上你一根脚指头。"

程朗摆出来认真脸："人各有所长，她们很漂亮哎！我就觉得那个江静静很好看。"

周凯摇头："瘦得跟个豆角干似的，拉倒吧。"

程朗："饮食男女人之大欲，看见漂亮姑娘多看几眼是正常的，你不用那么紧张。"

周凯忽然正经起来："其实我想让你把我眼睛捂上不让我看。别人都吃醋你为啥不吃醋。"

程朗皱眉："我要吃醋……也得吃点有根源的醋吧……"

周凯："不用！你无理取闹就行，撒泼打滚也行，都行，闹心你就说出来别憋着。"

程朗缓缓放下她的鸡脚筋："哇！这么长时间了我才发现男朋友是个抖 M！"

周凯："什么玩意儿？"

程朗狞笑着："你早说啊，早说我早就可以满足你了！"

说着从桌子下面掏出来电击手环的遥控器："怪不得你戴着这个玩意儿不撒手！"

只听得周凯一声惨叫："哎，不是，不是这么回事！嗷！你别闹！看电视看电视……救命啊谋杀亲夫了……"

过了一阵子，综艺播完了，烤串也凉了，啤酒也没气了。

周凯也瘫在沙发上只有出气没有进气："不是，到底什么叫抖 M。"

程朗趴在耳朵边悄悄告诉他。

周凯："我为啥没事喜欢被皮鞭子抽啊，我有病吗！"

程朗："那你为什么突然说想看我无理取闹。"

周凯："我就是……我就是觉得……你有时候……太在乎别人的感受了，然后就把真实的自己给憋里头了，瞅着特别憋得慌。我就是……想让你不那么憋得慌……你懂吗？"

他那有限的词汇量也就形容到这里了。

程朗没说话。

周凯接着说："我就是想让你想咋的就咋的。"

"嗯，我知道了。"程朗说。

"哎你别哭啊，你这咋欺负人的先哭呢！不带这样的啊，啥理都叫你占了！我跟你说搁电视剧你这样的就叫什么白莲花。"

周凯手忙脚乱起来，给她去拿纸巾。

程朗倒是又笑了。

三

周凯那综艺播出的时候，是个星期六，晚上九点，赫尔辛基时间下午四点。

本来的计划是喊上郭小凡跟沈捷，大家吃着烤串喝啤酒，与路涵江远程同步，一起观赏周凯在线犯傻。

可是有人忙着谈恋爱，有人忙着上直播，最后东亚大区代表还是只有周凯跟程朗，烤串和啤酒倒是没有缺席，仍旧是程朗热爱的拉萨啤酒，配内蒙古的小羊羔刚刚好。桌子上摆着吃吃喝喝毛豆花生还有一个iPad，北欧代表路涵江的窗帘，对着摄像头欲说还休。

想让路涵江开前置摄像头，那大概要等到人类飞出银河系。

"你们那儿不是下午吗？咋天就黑了？"周凯特意拿出来手机查了一下赫尔辛基是几点。自从程朗出差之后，他手机里那个时钟，就一直显示着北京时间跟赫尔辛基时间。没办法，时差什么的，老记不住怎么算。

"我们这里都到北纬60度了，已经算日落比较晚的了。再往北很多地方一天只有两三个小时天是亮的。"路涵江的声音传过来。

"妈呀，我以为在东北晚上五点钟天黑就够闹心的了。你这成天一直黑着能行吗？不憋屈吗？"周凯拿了一串鸡心啃起来。

"我觉得挺好，可以安心做研究。"路涵江说。

然后补充了一句："街上人也很少。"

"哎，你上次那个关于汉语异态和常态的研究有进展吗？我发现离合词……标记论……象似性……"

程朗不知道哪根筋搭上了线，放下一串小郡肝，突然跟路涵江聊起了学术问题。

以下省略周凯听不懂的夹中夹英热烈讨论若干字。

结果就是说着说着路涵江灵光一闪直接下线了，说要去语料库里头翻翻语料。

看综艺小组终归还是就剩下了周凯、程朗。

然后就发生了前文所述的一些惨烈的不可描述事件。

以周凯的全面缴械投降为结局。

虽然那几个人放了他们鸽子，但是在同一时间，还是有更多人观看了这期节目，并从中得到了完全不同的乐趣。

——比如沈凝、程穆明夫妇。

程穆明边看边叹气："不容易啊，这孩子不容易啊。我看他们做饭我都要脑梗了。"

沈凝则满脸不可置信："我不会做饭我也知道油的沸点比水高啊！"

程穆明叹口气："那你为什么上次非要油炸冷冻鸡翅？"

沈凝："我……哎你看那个小姑娘是不是对周凯有意思？"

程穆明："我觉得吧……谢初飞好像对他更好……哎呀这两人站一起真好看，萧萧肃肃，爽朗清举……如芝兰玉树……"

沈凝："你能上一边念叨么，耽误我看电视。"

——比如保安赵大爷和张大爷。

赵大爷："嘿！我就说这小子有出息，你看，上电视了吧！"

张大爷："早知道他们家扔的饮料瓶子啥的我都攒着不卖了，现在卖也算明星周边产品。"

赵大爷："做梦吧你，你说是就是啊，人家肯定不承认。"

张大爷："哎，你说他跟三号楼那小姑娘到底有事没事？"

赵大爷眼珠子一转，曰："年纪一大把了别那么八卦！"

张大爷不乐意起来："就你还说别人，全小区就你最好打听，连高老太太家猫天天隔着玻璃跟鸟打仗你都知道。"

——比如赵大爷远在深圳的孙女毛毛。

正抱着手机坐在电视前头一边看一边尖叫。

内容包括但不限于："啊啊啊啊太帅了！""啊啊啊啊嗑到了！""啊啊啊啊开飞机组合请给我锁死！""我去这是我不花

钱能看的吗！""绿茶！离我家小毛驴远点！我家小毛驴属于飞飞！"……

以上内容她会即时用人声尖叫一遍，招来父母的白眼之后转入地下活动，又跑到粉丝群里以文字形式再发一遍。

是的，那个粉丝群里，也包括程朗在内。

——比如郭小凡他妈和他老舅。

郭小凡他妈："南风这孩子不容易啊。开挖机开饭馆，现在上电视了还是个干活儿的命。"

老舅："那电视上都是演的，你看着整了一上午，实际上一个人就整两下，剩下都是替身。"

郭小凡他妈："这抓鱼还替身呢？"

老舅："对，小凡在影视城开饭店那会儿我去过，他们那儿啥群众演员都有，啥都能替！什么手替脚替头发替，抓鱼肯定也能替。"

郭小凡他妈："我瞅着不是替身，胳膊上那个疤瘌是南风的。你说这孩子跟小颖，可惜了的。"

老舅："得了姐，人家现在身边都是女明星，哪个不比小颖好。"

郭小凡他妈："也是，我看跟他组队那个小姑娘就挺好，又大方又漂亮。"

——比如邱颖，躲着老公跑进洗手间看，笑着笑着就哭了。

——比如某个普通家庭的某个普通母亲，在小女儿看电视的时候去擦客厅的地，偶尔瞟过一眼，就坐在沙发上不动地方了，和女儿一起笑得前仰后合。

而当事人，则一直都在吐槽。

"我跟你说郭山吃贼多，我们看他不吃肉都不好意思跟他抢。"

"谢初飞你瞅着干净利索个人，啥也不收拾，那衣服卷巴卷巴就塞行李箱了，都跟抹布似的。"

"哎那个莉莉丝，我看她该改名叫黏豆包，跟谁都磨磨叽叽黏黏糊糊，我一听她说话就脑瓜子疼。我给你编个大尾巴狼她还管我要，脸皮可真厚。"

"对对就这，导演剪掉了你没看见，这个Lucy趁机摸了我好几把，你说是不是有病。"

"我觉得吧……你往那儿一站，能忍住不摸才是有病。"程朗慢悠悠开口。

周凯撇嘴："你就说得好听，真有人摸你肯定不乐意。"

"江静静呢？"程朗问。

周凯："啊？"

程朗："你把这堆人挨个儿吐槽了一遍，还没说江静静呢。"

周凯："我那是没说么，我那是没劲儿说。你是不知道啊，跟她一组我真是……上老火了……你跟她一比都算生活十项全能。"

然后收到了程朗的死亡凝视，赶紧改口："不不不，十个她摞一起也比不上你。"

程朗觉得很有必要揪住男朋友给他进行一番比较句的教学。

但是沈捷喊他们看微博。

周凯有一个官方号，是雁雁在管，他自己根本连账号密码都记不住。

不像人家谢初飞，每发一条都是自己权衡再三的。

比如今晚，他就艾特了去参加节目的各位嘉宾，并把周凯放在了第一位。

雁雁知道每次一和谢初飞联动流量就会增长，倒也没当回事。谁知道等节目播完一看，妈呀爆炸了。

赶紧喊正主来看。

周凯点开自己那条公式化的节目预告，底下评论成千上万。

内容却很一致。

全是喊老公的。

还有一些喊着要给他生猴子。

程朗把粉丝群打开给他看，也是同样待遇。

"一瞬间那么多人喜欢你，怎么感觉不太激动啊？"程朗问他。

周凯还处在发愣阶段："喜欢我……感觉不太真实。"

"一夜之间就有好几百万个女生想嫁给你了哦！"程朗努力给他增加真实感。

结果换来了一句土味情话："她们那都不算，没征求我同意，我只想让一个人管我叫老公。"

程朗愣在当场，良久说了一句："不要看太多言情电视剧！小姨让你看也别看了！"

周凯不是不失落的。

何以解忧，唯有拉萨啤酒。

四

如制作方和沈捷所料，这期综艺一播出来，就收获了超高人气。

虽然大部分人是冲着谢初飞点开了节目，可是等一期播完，周凯的话题度已经奋起直追，红鲤鱼与绿鲤鱼的队伍急速发展壮大，社交媒体上到处都是排着队管他叫老公的人。

各种各样的邀约纷至沓来，把沈捷和整个团队忙得脚打后脑勺，公司老板橘子姐笑得见牙不见眼："你看，我就说等他热度上来再接戏吧，现在找他的戏评级和番位都能上几个档次。"

沈捷自然称赞老板英明。

只有老板的老公白导演不乐意，说好好的小伙子又要被你拉进世俗的染缸，那些个片汤电视剧拍多了，人就没有灵性了，我还怎么找他演电影。

结局自然是被橘子姐武力镇压。

毕竟公司不赚钱的话，白导演的艺术梦想就缺少经济基础。

他也只能默默闭嘴。

而一下子从五流艺人跃居二流艺人的周凯，却没有高兴到哪里去。

倒不是因为程朗不跟他深入探讨感情问题，关于这方面，他早就有了打持久战的思想觉悟，一个人遇到了糟糕的事情，不是"咔嚓"一下就能消化。

他到现在也没法儿原谅周老九，自然也不会要求程朗马上忘掉过去彻底地快乐起来，那种事只有郭小凡这样脑袋直接通着肠子的货能办到，聪明人心思都重，得小火慢炖。

火大了肉里头不入味，还容易把锅底烧煳，万事万物，和铁锅炖大鹅的道理都差不多。

周凯目前的主要问题在于，他是蒙的。

用程朗的话，叫overwhelming。

一瞬间巨量的人、事、物向他涌来，公司转给他各种各样的工作邀约问要不要去，沈捷攥着一堆项目来问他想演哪个戏，手机里多出来这样那样的联系人，走在路上被认出来的频率大幅增加，就连银行卡里的收支，他都不知道要怎么处理。

毕竟之前二十来年加一起，也没赚到过那么多钱。

他一度想让程朗帮他管钱，果不其然收获了一通关于亲密关系与边界的教育。

于是只好暂且搁置，他现在还有更多事情要处理，比如商量怎么去郭小凡的直播间当嘉宾。

这个事情其实是早就说好的。郭小凡去了那个搞直播带货的公司，倒是混得如鱼得水。一开始负责全面打杂，后来老板发现直播的密度太大而且主播不够用，就让他也上去凑两场，谁知道触发了这大兄弟的唠嗑天赋，很多观众还就吃他这一套东拉西扯的拉家常式直播。一段时间下来，他的数据比公司雇的那几个肤白貌美受过专业培训的正经主播都好。

于是也跟着排上了班，工作内容从全面打杂变成了边直播边打杂。

播着播着就把鬼主意打到了撒尿和泥的好兄弟周凯身上。虽然咱是个初创的小公司，还是富二代老板开来玩票的，但是，别的直播间有明星嘉宾，我们也得有！

一问明星嘉宾们的出场费，他就消停了。

这个预算吧……老板表示等咱再做大点再说吧。

可是郭小凡没有气馁，别人可以狮子大开口，他狗哥这么仗义，肯定不带这样的。

果然，他一张嘴，周凯就直接答应下来。

出场费？咱是那跟亲兄弟还明算账的人吗？我不就露个脸吹吹牛掰吗，这还要啥钱！

于是两人就这么愉快地达成了合作意向，直到郭小凡拿合同来找周凯签名。

沈捷曾经无数次揪着他的耳朵提醒他，任何合同，任何需要签名的东西，都必须先拿给公司看过再说。

于是周凯就拿着那张合同去找了沈捷，收获了一顿爆炸性输出。

最近方笑尘去美国了，沈捷的心情明显不如前阵子好。

她跟周凯说，不要钱是不可能的，传出去了以后谁都来说人情，我们还怎么混。

周凯也跟她杠起来，说要钱是不可能的，他都答应大锅了，丢不起这个脸。

沈捷懒得跟驴较劲，直接一个电话喊过来了郭小凡，还附带一个想来蹭点合作的他家老板。

三个人撇开周凯关在会议室讨论了半天，最后给出了一个折中的方案：周凯放弃他那部分分成，公司这边再把出场费压低一些，勉强到郭小凡他们的预算之内。

最后谈成的那个价格，可谓是同等水平的脚踝斩，非常的经济实惠。

郭小凡的老板当即和他勾肩搭背起来，走出公司大门的时候都是用蹦的。

问题是，那是一个月以前的事情了。

计划永远不如变化快。

等周凯排出来档期上直播的时候，他的身价已经翻了几番，再拿那点出场费，不是寒碜人吗？

周凯连夜找程朗支招，该怎么说服沈捷让她别给大锅那边加钱。

程朗眨眨眼："我男朋友还挺信守承诺。"

周凯挺胸："那肯定的，糊弄谁也不能糊弄你俩。我最受不了秃噜反帐（东北方言，说话不算话）的人。"

程朗："我俩？"

周凯："你和大锅啊！老铁和老……对象……"

然后遭到了程朗的物理攻击："你说谁老！"

经过程朗一晚上的突击培训，周凯总算是跟沈捷达成了不涨价的共识。虽然只此一次下不为例，也不许郭小凡公司跟其他人透露，但也足够让周凯言而有信了。

在一个月黑风高的晚上，新晋当红艺人周凯，开始了他人生中的第一次直播。

后台等着的沈捷她们，还有家里抱着电脑的程朗，都十分紧张。

这是直播啊，没有剪辑，没有特效，说啥播啥。以周凯的历史来看，不担心是不行的。

虽然之前郭小凡公司已经把提纲仔仔细细地跟沈捷这边敲定过了，虽然程朗和沈捷就这个提纲已经跟周凯反复磨合很多遍了，虽然郭小凡一再保证万一话头不对他就当场表演啃桌子腿吸引观众的注意力，但是，仍旧没有人放心。

除了骆小晖，也就是郭小凡他们公司的富二代老板。

这位比郭小凡还小两岁的老板一脸的踌躇满志："没事，我相信周哥的专业水准！"

众人脸上露出不忍的神色，周凯的专业……是炖大鹅跟开挖掘机。

倒是周凯，他自认经过了这一阵子的捶打，嘴上已经有了把门的，去录个综艺嘴也没怎么瓢，只要程朗的事情不露馅儿，万事都好说。

他就这样信心满满地坐到了郭小凡旁边，开始了今日的带货活动。

为契合周凯的人设，公司特意安排了厨房小家电专场。

首先出场的是空气炸锅。

郭小凡照例介绍了一遍产品功能之类的，评论区根本没人搭理，刷的全是什么"小毛驴最帅""红鲤鱼与绿鲤鱼已经到位""开飞机组合啥时候能出现"，诸如此类的黑话。

郭小凡就知道没自己啥事了，这时候就是唠七舅老爷他三外甥女在食堂吃饭结果天花板上掉了个猫都没用了。

果断把对话切到了周凯那边，让他试用一下这空气炸锅，并唠起了当年两人在家用纸壳炸锅包肉的往事。

郭小凡："这个炸出来不比油锅差吧?"

周凯："挺好，而且安全，我小时候做饭没少被热油进过。"

郭小凡："现在想想都后怕，幸亏没进脸上。"

周凯："那进手上也挺疼! 进得还不值。你说这要是真锅包肉也行，那可是纸壳裹着面炸的，也不好吃!"

评论里一大片：天哪，你们真吃了?

周凯一脸理所当然："那不吃多浪费啊! 总不能白进了，纸壳挑出来外头皮都给吃了呗。"

郭小凡大笑："对对，但是回家也一人挨顿揍是吧，狗哥?"

周凯点头："揍得比进得还疼呢!"

直播间和评论区充满了一片欢声笑语，沈捷她们也缓缓放下心来，势头不错……坚持住……坚持住……

程朗在电脑前头却放下了手里的茶杯，她觉得有点不舒服，但是也说不上哪里，可能是晚饭没吃饱血糖低，于是去拿了一包糖炒栗子，　边剥一边看男朋友在直播间里头现场制作土豆丝煎饼。

五

周凯上直播上了一个小时，开始还提心吊胆，生怕哪句不对说错了话，后来做上了土豆丝煎饼，竟然徐徐放松下来，和郭小凡一个扯一个捧，唠得风生水起。旁边沈捷她们就没这么好的心理素质了，一场直播下来，整个团队紧张得腿直发软，消耗了巨量卡路里。

还好还好，没出什么大的岔子，大家松一口气，啸聚而去，要吃夜宵了。

始作俑者却不参加，他忙着回家搂女朋友睡觉。

而女朋友正在盘算着明天早餐想吃同款土豆丝煎饼，评论区成千上万的人喊着想吃，喊得她也有点心动。

一切好像都在朝着安稳静好的方向发展，程朗甚至表扬了周凯的临场发挥。

直到有一个不知道是红鲤鱼还是绿鲤鱼的剪刀手，连夜凭着自己的满腔热爱，剪出来个小毛驴上直播搞笑段子合集。

这种浓缩的小段子合集很容易吸引眼球，给艺人赚到更多流量和关注，经纪公司也是欢迎的，雁雁还特意用周凯的号过去给点了个赞。

不出所料，那个合集的浏览次数飞速增长，大部分是不明真相来找乐子的围观群众，小部分反复观看，掰开揉碎，只为了多看两眼他们喜欢的那头会切土豆丝的大牲口。

董小姐 Tracy 就是其中之一。

供职于肥鹅传媒的 Tracy，自打参加了一次周凯的发布会，就迷上这个小伙子了。

周凯长得不算顶级好看，也就是眉眼精神，和谢初飞那种不断返厂精雕细琢的没法儿比。如果说谢初飞算工笔画，那他顶多是个草图。

可是偏偏这个草图身上有种少见的旺盛生气，让天天闷在办公室里搬砖的人们心向往之，Tracy自然没法儿逃脱。

而且，她见过真人，真人比照片和视频里都要好看，浑身散发着令人精神一振的荷尔蒙。为了周凯，她一度认真考虑过要不要跳槽去橘子姐的公司。

奈何人家不缺人。不能日日见到真人，捧着视频花痴一下也是好的。

董小姐把那个6分34秒的视频合集存在手机里，每次离开工位去洗手间就刷上一遍，可以给她带来长达若干小时的好心情，让她有精神继续生产一些个吸引流量的垃圾稿件。

直到刷到第十二遍的时候，董小姐在洗手间里拍案……不……拍大腿而起。

发出了一声惊天动地的："我靠!"

旁边隔间里头传来部门小领导的问话："Tracy吗？你怎么了？要不要紧？"

Tracy只能就坡下周凯这头驴了，说自己忘了带纸。

小领导从隔间底下塞过来一包纸，踩着高跟鞋踢踢踏踏走远了。

只留Tracy在隔间里头用纸捂着嘴满地蹦跶，时而上蹿时而下跳，活像被上了弦的铁皮青蛙。

等到激动情绪释放完毕，她才缓缓走出隔间，活动活动脸部肌肉，深吸一口气，假装无事发生，走回了工位。

买了一杯奶茶，连同剩下的半包纸一起送还给小领导。

小领导受了贿赂，便不再追究她在洗手间迟迟不归的问题，毕竟自己也刚刚带薪摸了半天鱼。

她不知道的是，Tracy回到工位上，就开始打开各路搜索引擎，发动各种人脉，彻底放飞自己了。

第十二遍看段子合集的董翠微小姐，发现那个无人注意的捧哏，和周凯一比貌不惊人的主播，黑得连滤镜都遮不住的年轻人，在某个段子的末尾，口头禅似的顺出来一句："是吧，狗哥。"

这个名字好像在哪儿听过。

周凯被外界共知的外号就那么几个：一些人爱称小毛驴，一些人尊称驴哥，一些黑子管他叫大牲口，和谢初飞CP叫开飞机。

没人叫过他狗哥。

那我为什么感觉好像听到过。

Tracy这回终于把注意力投射到那个黑不溜秋完全不能带美妆产品的男主播身上，暂停，放大，一帧一帧仔细看脸。

还是不认识。

只知道是周凯还没成名时候的哥们儿。

董小姐坐在马桶上集中注意力进行头脑风暴，地毯式在脑袋里搜寻关于周凯的一切记忆。她一共就见过真人两次，一次电影开发布会，一次电影首映。

都沉迷在他的那双眼睛里不能自拔。

电影……电影……此前周凯除了白导演的电影之外，正经上节目就只有那个鸡飞狗跳使他人气爆棚的田园综艺。

可是，那一期综艺她也翻来覆去地看过无数遍了，里头的确有条狗，和鸡棚里的鸡关系暧昧，可是好像没人管它叫哥。

周凯跟狗的互动还不如那个女明星江静静多，他主要在跟不会干活儿的各位队友较劲。

那到底是在哪里呢……

你以为Tracy会放弃吗？

不，一个好的记者，宁可冒着在马桶上待出痔疮的危险，也要把脑袋里那条线索追查到底。

Tracy显然做到了这一点。在腿麻了三分钟以后，她的大脑终于完成了后台计算，给出了明确答案——那个电影的首映式！

当时，她确确实实听人说了一耳朵，什么狗哥……什么真爱……什么路老师。

还一度怀疑过坐在前面的那个漂亮小姐姐跟周凯有什么特殊关系。

后来……后来工作和生活千头万绪，她就给忘了这一茬。

可是今天，今天她又听到了这个称呼，还是和周凯相关的场合。甚至，仔细回想起来，说话的人很可能就是那个花名叫大锅的男主播！

但是时间过去太久了，她早就忘记了当时偷听了一耳朵的原话。

到底真爱是那个小姐姐还是那个什么路老师来着？

那个小姐姐说她叫什么来着？姓程还是姓陈？

怎么当时就顾着看人家耳环好看了，都没记清楚脸长啥样。

对，当时开发布会的时候她也在来着，说团队里有她朋友，那是Tracy第一次见到她。

想着人家气质真好，耳环真好看，但是瞅着太有文化了，不像是混这个圈的。

后来首映时候又看到一次，但是几分钟之后就被电影里的周凯完全吸引了注意力，七七八八忘了人家的存在。

然后，今天，一切线索都串联了起来，他们嘴里的那个狗哥，就是周凯无疑！

但是真爱……到底是那个小姐姐，还是什么路老师……她真的记不清了。

就这，对她而言，已经是国王长了驴耳朵的惊天爆炸新闻了。

不管是谁，周凯也就他们嘴里的狗哥，是有一个真爱的。

这个消息如果放了出去，不知道有多少人要半夜在被子里哭泣，不知道多少人要为谢初飞抱打不平，也不知道有多少人气得要给经纪公司寄刀片了。

回到工位的董小姐强行按住乱蹦的思绪和马上跑到群里头公布的冲动，毕竟她是真正念过新闻系的人，fact-checking还是得做。

哪怕去周凯小区门口蹲着翻垃圾，她也要找出点真凭实据来。

等等，好像夏天的时候……有谣传说周凯有女朋友然后又被澄清是谣言来着……那是哪个群流出来的消息来着……

第二十章　雨雪霏霏

一

这个城市的天气最喜欢和居民的期待对着干，尤其是在下雪方面。

要么是整个冬天不见一片雪花，程朗出差去埃及开会，埃及都下雪了，"帝都"还是干到令人发指。

要么是在秋天的尾巴上，整个城市都还在享受落叶与蓝天的时候，风云突变，给你刮上一夜北风，发动一场偷袭。

大家一觉醒来，发现窗外狼藉一片，地上枯枝败叶，冰碴混着雪水，早高峰混乱拥堵，而集中供暖还没有开始。

十一月就从这样的一天开始。

天气是糟糕的，打车是排队的，但董小姐翠微的脑袋里自行装着一团火炭似的念头，抵消了她没穿秋裤的寒冷。

不管了，就是今天。

今天她将孤注一掷，迈出人生的一大步。

前面要么是光明坦途，要么是万丈深渊，不搏一搏怎么知道。她好不容易把自己从翠微变成Tracy，接下来的事情呢？她不甘心就这么一辈子蹲在格子间里生产文字垃圾，她想要更多。

心怀秘密的董小姐上班的时候满脸红润，精神亢奋，效率奇高。

同事们窃窃私语，都以为她销假回来，有了新的男朋友。

董小姐对那些问题报以暧昧不明的微笑："是有那么一个男人。"

一个她非常喜欢的男人，即将与她产生千丝万缕的联系，她要踩着他的肩膀去得到自己想要的一切，多么令人激动。

三天之前，Tracy突然请了年假，说家里有急事，得回去处理。

喝了她不知多少杯奶茶的小领导没当回事，顺手就给批了。

反正干媒体这一行，稿子哪里都能写，只要带着笔记本开着微信，员工7×24小时属于公司。

Tracy说要回老家，倒也没错，只不过她去的是周凯的老家。

周凯作为周南风时候的履历已经是娱乐圈的传奇故事，并不难查。她再发动一下人脉打听一圈，很快就找到了他跟郭小凡都念过书的那所学校。

然后直接跳上了开往机场的出租车。

她要从深远的东北挖出来那个人作为"狗哥"的过去，越大的新闻，越要好好调查。用互联网时代的话讲，爆料，要有实锤。

一个全民用社交媒体的时代没有秘密可言。一天以后她就找到了周南风的高中同学甚至是高中班主任、小时候的邻居、大了之后的情敌，甚至邱颖和她老公。

不过那两个人拒绝回答她任何问题，让她从哪儿来回哪儿去，别瞎打听。

没关系，他们不说，有的是人愿意说，聊八卦谁不乐意呢，还有钱拿，就更乐意了。

当Tracy找到郭小凡他们家的时候，已经对少年周南风有了一个大致的了解，和她想得很是不一样。

高中同学说："上学时候就可多小姑娘喜欢他，剃个小板寸，打篮球时候一溜小姑娘在场边等着给他送水，结果他跟人打起来扔水瓶子，把有个女生脸给砸了，都出血了。后来两人还好上了，你说气不气人。"

班主任说："其实不是个坏孩子，人很仗义，也聪明，就是心思没放在学习上。不过他家里头那个情况吧……也的确比较特殊……人各有命吧，现在这不也挺好……我们全校老师都跟着他那直播买空气炸锅，还挺便宜。"

邻居张叔说："周老九那个瘪犊子玩意儿能生出来这么个儿子，可真是祖坟上冒青烟。得亏他死得早，要不孩子挣多少钱都能叫（让）他给祸祸完了。"

邻居王婶说："小时候啊……他和他妈……叫（被）他爸

打得啊……半夜里嚎我们听着都瘆得慌。你说他妈跑咋不把孩子也带上呢？也真够狠心的……"

董小姐站在东北暖气烧得贼热的房子里头浑身冰凉，原来她一直站在台下仰望的那个人，之前的人生过得那么艰难，不由得生出来怜爱之心，翻粉丝群翻得更起劲了。

郭小凡他妈不在家，不知道上哪儿去了。邻居指给她两条街外头的小超市，说那是他老舅开的，让她上那儿问问。

果然看到了老舅在店里和两个不知道哪来的闲人在吃花生米吹牛掰。

Tracy留了个心眼，没说自己是来采访的，只说要买东西，东拉西扯，东看西看，竖着耳朵听老舅各种地吹有的没的，然后无缝加入了闲聊。

老舅看她挑了一筐价格比较贵的零食饮料心情大好，也不撵她走，买一百块东西附送价值十块钱的唠嗑。

唠着唠着就扯到了周凯身上。Tracy一脸无辜地说最近东北男明星都好火啊，又高又帅还特别有男人味，那个周凯你们知道吗？好像就是你们这儿的。

老舅唠上了头，一拍大腿说这你可就问对人了！

开始从他跟郭小凡撒尿和泥讲起，说到郭小凡他妈生病南风倾囊相助还开始抹上了眼泪。郭小凡千叮咛万嘱咐过不要跟别人说周凯的事，老舅一时没憋住说漏了嘴，但是理智还在，尽拣好听的说。

那小姑娘看着可喜欢南风了，应该没啥事。

然后那小姑娘问他，好像直播里你外甥管他叫狗哥，这外号有啥来历吗?

老舅往嘴里扔一粒花生米,说:"嗐,小时候他们闹着玩瞎叫,南风外号就叫疯狗,说打起仗来不要命,还咬人。"

Tracy笑了:"正好他名字里还有个风字。"

老舅瞪大眼睛:"可不是嘛,我咋没想到这一茬,就想着咬人了。其实也不是老咬人,那也是因为我们家小凡……"

Tracy对她喜欢的男艺人又多了一些比较深刻的认识。

也终于找到了关于"狗哥"的证据。

那天在首映现场的那个人,十有八九就是郭小凡了。

而郭小凡,人在北京,做着直播,可比周凯好接触得多。

她又马不停蹄地赶回了北京,同时,还七拐八拐找到了当时说周凯疑似有女朋友的那个人的微信,也就是毛毛。

毛毛说是她爷爷自己脑补的,人家周凯是去上演讲课的,那老师她都见过,有好几个博士学位,一看就特别有文化,根本和周凯不是一路人。

Tracy跟毛毛八卦了几句,打开地图,一眼看到离小区只有十分钟路程的研究所。

然后她果然在研究员介绍里发现了程朗,好了,这回不用纠结是陈小姐还是程小姐了。

那么……陆老师,又是谁呢?

当天晚上她就有了答案。郭小凡的唠嗑式直播里某一期顺嘴提过,咱也是认识文化人的,我的朋友陆老师就是一个真正的文化人,他现在在芬兰,等我挣了钱就去找他蒸桑拿。

Tracy瞪大了眼睛:陆老师是男的!

程小姐是女的，陆老师是男的，这……

他们俩谁是周凯的真爱呢？

雄兔脚扑朔，雌兔眼迷离啊！

还是说……都是？

完了完了完了，Tracy在地中间来来回回地转圈，这个瓜，比想象中的复杂啊。还可能存在这两个人其中一个是给另一个打掩护的情况，或者，以别的明星的经验来看，也有可能这两个人都是掩护？

Tracy陷入了思索。

不行，她还需要更直接的证据。

那就只能使用笨办法了。陆老师在芬兰，程朗可还在国内，只要跟着她，不管是不是，都能排除一个错误答案。

Tracy的第三天假期，用来在程朗单位门口蹲守。

她还找了个赋闲在家的同学帮忙，去程朗小区门口蹲守。

前一天晚上程朗跟周凯在一起鬼混，没有回家，蹲守小区的同学扑了个空，但是领到了两千块劳务费，非常满足。

那天是周一，研究所要开例会，程朗倒是上午十点准时出现。

卡其色风衣黑色长裤，耳朵上坠着两串金银镶的银杏叶子，倒是很适合秋天。

躲在旁边的Tracy一咧嘴，真是咋看都跟周凯不像是一国的。

程朗进去开会了，Tracy只能在秋风中刷手机。官方给出周凯的行程今天是杂志拍摄，还有代拍泄露出来的下车照，一脸睡眼惺忪的样子显示出昨天没睡好的状态。

去他家乡逛了一圈的Tracy对那照片的感情又复杂了一层。她很想跟粉丝群里的人说，你们知道他有那样的人生吗？

但是她憋住了，还有更重要的事情。

十二点，理论上的吃饭时间，程朗没有出来，外卖小哥的电动车停满了研究所的门前。

下午五点，理论上的下班时间，程朗还是没有出来，Tracy在租来的车里坐了一天，十分想上厕所。

第一次跟人，经验不足，她坐在车里犹豫不定，是冲进研究所借个厕所呢，还是现在外卖下单纸尿裤呢？

时间就在犹豫中过去了。

Tracy一咬牙，还是冲进了研究所，算了，错过就错过，大不了明天再跟一天。自然的召唤不能不顺从。

然后她就看到了程朗，站在大堂里，跟人家说话。

抱头鼠窜进了厕所，解决完之后，大堂里的程朗已经不见了。

二

对于程朗来说，那是最普通不过的一天：起床，去研究所，开例会，和杜老师寒暄一会儿，中午吃了个外卖，蹲在办公室里码着论文，晚上又下楼取了个外卖，回去办公室继续码论文，一直到晚上十点半男朋友收工，在电话里哼哼唧唧喊她回去一起吃消夜。

说有从广东人肉带回来的萝卜牛杂煲。

程朗结结实实用脑用了七八个小时，也的确把摄入的那点碳水消耗殆尽，于是干脆利落地关电脑收工了。

外头秋风萧瑟，落叶满街奔跑，她把风衣裹紧，一头钻进自己的小mini，打开座椅电加热，奔向萝卜牛杂煲。

并不知道路旁停着的另外一辆车里，躲着一个饥寒交迫的Tracy。

她跑去上了个厕所就发现程朗不见了，简直五雷轰顶，心里已经计划着要再用掉一天年假，结果程朗又从大门口施施然回来了。

原来只是去拿外卖咖啡。

被虚晃了一枪的Tracy暗下决心这回坚决不乱跑了，实在不行就外卖叫个尿不湿。

当然，避免上厕所的最好办法还是不吃不喝。

问题是程朗十一点才离开办公室。

下午六点的时候Tracy犹自抱着手机在粉丝群里聊天，丝毫不觉得饿。

到了晚上八点，就变成可以坚持。

晚上九点的时候，她觉得胃有点儿疼，而且外头开始刮风，车里也变冷了。

十点，腿软和头晕一起找上了门，连手都有点儿抖，她从背包角落里掏出一块不知道哪年的软糖吃掉，才恢复了一点点的精神。

然后她陷入一个尴尬的境地：这时候撤退去吃饭的话，今天一整天的折腾就白费了，明天又要从头开始。继续坚持下去呢？天知道程朗什么时候能离开，这幢楼里头起码还有三分之一的窗户亮着灯，这些搞研究的怎么跟互联网下班一样晚。

一般来说，这种了无生趣的时刻，她会拿出周凯的视频来振奋一下精神。可是今天明显不太管用，Tracy满脑子都是"他有喜欢的人了""不知道是男的女的""反正不可能是我"之类乱七八糟的念头。

再过一会儿，脑袋里飘荡的念头就变成了"我不管，我要知道真相""坚持一下，说不定今天晚上就能看到他本人"，以及"他之前不是过得也很糟糕么，吃得苦中苦，方为人上人"。

董小姐Tracy就这样靠着周凯的视频撑过了程朗下班前的最后一个小时。

那个身影钻进了车里，发动了汽车。

毫无跟踪经验的Tracy也跟着发动了汽车。

毫无反跟踪经验的程朗满心想着萝卜牛杂煲，丝毫没有发觉。

Tracy就这样意外成功地跟着她开到了周凯那个小区门口，然后就被保安拦下来了。

这个小区主打的就是私密性好且管理严格，要不然沈捷也不能让周凯住到这里来。Tracy在门口连蒙带骗全部不好使，只能默默把车停到远处，掏出来一台单反，外加一枚看起来焦段就特别长的镜头。

这是她从一个朋友那里借来的，该朋友以偷拍各种明星为生。

毫无知觉的程朗敲开周凯的门，差点儿被萝卜牛杂煲的香气击倒。她的男朋友从厨房里端出来一盘闪着迷幻光泽的蛋炒饭，冲她咧嘴一笑："过来吃饭啊！"

　　程朗看看他："大半夜的不用吃蛋炒饭这么具体的东西吧？"

　　周凯："你不是让我整点主食吗？"

　　程朗："我以为外卖随便叫个馄饨烧饼之类的就行。"

　　周凯："那叫主食啊？那叫溜缝儿的。你不吃啊？那我自己吃了。"

　　程朗往桌子旁边一坐："谁说我不吃，这可是蛋炒饭啊！"

　　没人能拒绝深夜一碗蛋炒饭的诱惑。

　　那萝卜牛杂煲，其实是雁雁送的。她去广东出差，回来打包了两份，一份给沈捷，一份给周凯，都是她的衣食父母。

　　Tracy 在外头上蹿下跳找角度往小区里拍的时候，周凯和程朗已经消灭了萝卜牛杂煲，正一起瘫在沙发上发呆。

　　蛋炒饭升血糖太快，这两个人现在都处于茫茫然的食困状态。

　　聊天也有一搭没一搭。

　　周凯："沈姐又给我一堆剧本，让我挑一个。"

　　程朗："那你就挑呗。"

　　周凯："我不想挑。"

　　程朗："为啥？"

　　周凯："都是些个总裁啊、大侠啊，要不就是神仙，我哪个都没当过。"

程朗："别的演员也没当过啊，谢初飞也没当过太子啊，不还是很受欢迎。"

周凯："那不一样，他们是没吃过猪肉但是看见过猪跑。我根本连猪都没见过，装都装不像。"

程朗："不是，我觉得你见过猪头肉。"

周凯："那是，我跟你说，我开饭店时候做那酱猪头肉，就没有说不好吃的，郭小凡空嘴就能吃一盘儿。热热往馒头里一夹，那些个群演都说比剧组盒饭好吃。"

程朗坐起身来："咱说点蔬菜行吗，吃饱了再听这个有点腻。"

周凯也跟着坐直，开始揉肚子："你不说我不觉得，现在我也腻得慌，还不消化。"

程朗摇摇头："我就说大半夜吃蛋炒饭不太行。"

周凯从鼻孔里出气："得了吧，就你吃得最香，不够还跟我抢！"

程朗："我也觉得有点不消化，要不泡点茶喝？"

周凯摇头："没地方，要不咱下去溜达两圈吧，消消食。"

程朗同意了他的提案。

彼时半夜十二点，风倒是停了，但气温着实不高。

两个人一人套上一件厚卫衣出了门。程朗的衣服没在这儿，穿的还是周凯的。

出门前程朗还问他："你不要戴你的外卖头盔吗？"

周凯皱眉："这大半夜的外头哪有人看啊，满街溜达的估计除了代驾就是咱俩。"

程朗也就没有多说，她也不是很想老是跟外卖小哥一起上街，俩人还得保持一定距离。

如此月黑风高，正适合摘掉头盔，手拉手轧马路消食。

而在小区门口折腾了半天还没找到拍摄角度的Tracy，正在感叹现在高档物业的私密性也太好了，让别人根本看不到业主的生活，阶级和阶级彻底割裂开来，诸如此类。

然后她就看到小区门开了，里头溜溜达达走出了两个人。

穿着卫衣，戴着帽子，手拉着手。

留给她一对背影。

Tracy举起相机，下意识地拍了一堆照片，内心意外地平静。

作为一个看了不知道多少遍周凯视频的人，她一眼就认出来了那个背影的身材比例跟走路姿态，还有那个标志性的抓头动作。

她在摸鱼走神的时候，无数次地幻想过如果在街上遇到了周凯会是怎样一个场面，自己会激动到说不出话吗，还是会冲上去跟他合影呢？还是会悄悄地躲在一旁偷看呢？

在她三千六百次的想象里，绝没有今天这一幕。

那个人在深夜里扯着女朋友轧马路，两个人在人行道上跳格子玩。

而她自己，躲在角落里，偷拍，并且一天没有吃饭。

有些肥皂泡在那一瞬间破灭了。

那天晚上Tracy回到家时已是半夜两点钟了。她从冰箱里掏出来一条上周的吐司和一根上个月的香肠，加热一下狼吞虎咽地吃掉了，还干掉了一瓶可乐，终于觉得活了回来。但是有一部分好像已经死掉了。

第二天销假上班，董小姐马力全开，一整天都坐在电脑前面敲键盘。同事问她折腾啥新选题呢，她暧昧地一笑，说："打算做个长篇人物特写。"

三

那天早上，程穆明正在厨房里琢磨早餐是吃溏心煎蛋还是白煮蛋的时候，沈凝推门而入，问他："朗朗和你联系过吗？"

程穆明放下手里的鸡蛋："这个点她还没起床吧，怎么了？"

沈凝皱着眉头："那小周和你联系了吗？"

程穆明紧张起来，他老婆是发动机炸于前都不为所动的人，这个表情肯定是有什么事。

"出啥事儿了？"

沈凝举起来手机："你看这个，说是小周家房子塌了。我给朗朗打电话她又不接……这什么情况？没听说北京地震了啊……"

程穆明拿过来手机，也不知道哪里的推送，一行大字写着"突发！艺人周凯疑似塌房，粉丝心碎大哭"，点进去却弹出来一大堆广告弹窗，关也关不掉。

"这个问题……有点儿严重啊……"程穆明满脸严肃，"有一个好消息和一个坏消息，你要先听哪个？"

沈凝瞪他一眼："你能不能好好说话，我这着急呢。"

程穆明装腔作势咳嗽一声，说道："好消息呢，是小周家房子没真塌。"

　　沈凝瞪着他："你怎么知道？"

　　程穆明嘿嘿一笑："这就要说到坏消息了。坏消息就是呢，这个'塌房'是个黑话，就是指一个明星出现了什么负面新闻，让原本喜欢他的观众们不喜欢了，明星在他们心里完美的形象坍塌了，就好像房子塌了一样。"

　　"这样啊……房子没真塌就好……可是小周出什么事了？"沈凝明显松了口气。

　　程穆明摇头："我也不知道啊，不过人身安全应该没啥大问题，来咱们搜搜看。"

　　然后两个人就愣住了。

　　娱乐新闻里头铺天盖地都是什么"大瓜！周凯被曝不是单身！""周凯深夜与神秘女子约会被拍""究竟是什么样的嫂子能把今年的黑马哥哥弄到手！"，诸如此类，不一而足。

　　沈凝点进那张乌漆墨黑的模糊照片，只有两个手牵手的背影，穿着卫衣，戴着帽子，看不见脸。

　　自家孩子自己认得，看不见脸他们也知道那是程朗。

　　两个人露出来截然不同的表情。

　　沈凝非常疑惑："怎么演电影不能谈恋爱吗？"

　　程穆明一脸担心："可别叫这些人找到朗朗啊。哎不行，你赶紧给沈捷打个电话……"

　　沈捷此刻正带人在砸周凯家的大门。

　　接起来电话就是："姐，我这忙着呢！等会儿再说。"

然后直接就给挂断了。

她觉得自己最近一定是水逆，要不然没法儿解释这接二连三的闹心事。一个方笑尘在美国待了一个多月不肯回来，问就是好不容易飞过来一趟我再转转；一个谢初飞不小心在片场撞到鼻子不得不返厂维修；现在又来了一个周凯，三更半夜上街和女朋友轧马路也能被拍到，真是天亡我也。

而且，沈捷咬牙切齿，这个爆料的什么Tracy董，也不知道活的是哪国时间，凌晨四点半钟在各大社交媒体贴文，公司的人五点多才看到，还是因为被她家猫揍起来了去给猫喂饭。看见了吓得一个电话拨到了沈捷那儿，把沈捷差点儿吓心梗了，捂着胸口倒在床上半天不想动弹。

早上五点多，这个时间，不出意料周凯那货必然在睡觉。沈捷打电话，没接；给程朗打，也没接。

给雁雁打，她倒是马上就接了起来。

沈捷指挥雁雁跟她兵分两路，一个去程朗家一个去周凯家，不管这两个人在哪儿，一定要肉身前去把他们喊醒。

沈凝打电话的时候，沈捷刚顶风冒雨一路飙到周凯家门口，挽起袖子开始敲门。

今日阴天，气温稍微上去一点，下雪改成了下雨，外面阴呼呼，屋里暖呼呼的，正适合睡觉。

周凯正梦到自己开着七彩飞天挖掘机和程朗遨游天际，就被砸门的声音惊醒了。

还好他们这个公寓一梯一户，要不然邻居肯定出来骂人了。

程朗也醒了，迷迷糊糊踹他一脚："去开门。"

周凯从床边摸了一件衣服随便套上，几乎是闭着眼睛梦游一样摸到门边："谁啊？"

可视门铃里映出沈捷的脸，无奈主人连眼睛都没有睁开。

好在耳朵不能关上，周凯认出来沈捷的声音，给她开了门。

于是沈捷看到自己手下刚爆出大新闻的男艺人，穿着一件到肚脐的T恤和花色沙滩短裤，迷迷瞪瞪站在门前，脚上还只穿着一只拖鞋。

很显然，他穿的是程朗的家居服，还穿反了。

因为身前明确地缝着一根小狗尾巴，周凯一转身，背后果然画着小狗的脸。

沈捷已经说不出来自己是生气还是好笑了，一屁股坐在沙发上："朗朗呢？"

周凯指指屋里："在睡觉。"

沈捷："你赶紧去把她喊起来。出事了，你们俩被人拍到了。"

这会儿周凯还没完全睡醒，反应了半天，才听明白沈捷的意思："我们俩被发现了？"

沈捷瞪他一眼："要不我一大早跑来蹭你们家早饭吗！"

周凯一个激灵清醒过来，脱口而出："我去！"

然后拔腿向卧室跑去，顺便踢飞了脚上仅剩的一只鞋。

程朗睁开眼睛就看到男朋友穿着自己的家居服站在床前，还穿反了。

几乎是下意识地拿起床头柜上的手机就拍了一张。

周凯一脸惊惶："露馅儿了露馅儿了。你赶紧起来，沈姐来了。"

程朗开始还在疑惑，什么露馅儿了，听到沈捷来了，心里就有了数。

坐起来扔给周凯他的睡衣："天塌下来你也不能强行征用我的衣服啊，还穿反了。"

周凯这才发现自己穿了程朗的衣服，龇牙道："我说咋觉得腰上凉飕飕的呢。"

赶紧把程朗的衣服脱掉换上自己的。

换好衣服脸又垮下来，坐在床边盯着地面："完了，这回咋办啊……"

程朗拍拍他肩膀："没事，总归会有办法解决的。"

周凯摇头："我倒是无所谓，本来就是个天上掉馅儿饼的事，大不了不干了，主要是怕你……"

程朗拽住他的手："走吧，兵来将挡水来土掩。"

然后他们就从沈捷那里听到了事情的经过。

其实也没什么经过可言，就是在今天凌晨四点半的时候，一个叫Tracy董的账号，在社交媒体上发了一篇长文，外加一张照片。

那篇文章有个考场作文一样的名字：记一位男明星的诞生。

里面写了一大堆周凯离开家乡之前的事情，他家里的事情，他学校的事情，他是怎么获得了"狗哥"这个外号，又是怎么在高中毕业之后不得不外出闯荡等经历。

写得饱含深情，充满同情，有很多之前没有被人挖出来的新料。

然后她回顾了周凯那本来就没多长时间的演艺生涯，夸赞了这个人身上的真诚与野性。

最后，她贴了一张模模糊糊的照片，说，看起来他终于打败了多舛的命运，祝他幸福。

是一篇互联网时代少见的高质量人物特写。

并且在结尾爆了个惊天大料。

董翠微小姐从下午写到傍晚，又从傍晚写到凌晨，最后设置了一个定时发送，时间：凌晨4：30。

董小姐满意地躺进被窝，戴上眼罩，心里洋溢着快乐的气泡：周五发新闻周六加班算什么，我要让这些媒体都尝尝早起写稿的痛苦。

Tracy带着对未来的美好期望安然睡去了。不管是好是坏，这下她要出名了，只要出名，一切都会变得不一样的。

一个Tracy睡着了，千百个与此相关的人惊醒了，包括照片里的那两个人。

周凯拉着个脸看完了那篇文章，然后问程朗："这个字儿念啥？多羊的命运？"

四

董小姐一觉醒来，社交媒体上已经炸了锅，她那个账号涌进了不知多少私信和评论，粉丝数量爆炸性上升，而公司的同事，大领导小领导，已经打爆了她的电话。

一时间，她成了一个非常重要的人。

Tracy站在窗前，抱着手机，微微抬起下巴：从此以后，我的人生，就不一样了。

她清楚地知道，不能把底牌一次都亮出来，那些人会提出各种条件来跟她换取照片里那女生的真实身份。人生中的第一次，她坐在了被人免费送奶茶的位置上，掌握主动权的感觉真是不错，此刻她真心诚意想要感谢周凯。

同样炸锅的还有粉丝群。

所有的粉丝都在问同样的问题：是真的吗？是谁啊！

五花八门的猜测满天飞，有人觉得可能是江静静，有人觉得可能是跟他一起出席活动的女星，还有人觉得是工作人员，跟周凯出现在同一张照片里的人被猜了个遍，雁雁跟沈捷都光荣上榜，甚至还有人认为是橘子姐。

睡了老板资源才好，逻辑上毫无问题。

把橘子姐气得鼻孔冒烟，拿着手机连声大骂这届网友不长脑子。

"一个个都咋想的！我养的小白脸送去给我老公拍电影？到底谁有病啊！"

一边的白导演赶紧给她顺气："你要养小白脸也得谢初飞那样的吧，周凯跟个山药蛋子似的，肯定不是你的菜。"

说起来谢初飞……还有那么一些人，所谓周谢"开飞机"组合坚定的CP粉们，认为这是一个烟幕弹，说不定还是周凯公司自己放的，为的就是掩饰他和谢初飞之间不可告人的关系。

正蹲在私人医院里维修鼻子的谢初飞凭空打了一串喷嚏，然后继续跟远在美国的真老婆（女）视频。

而这件事情的两位主人公，正待在周凯公寓里哪也不敢去。沈捷把整个团队都给喊到这里开会，方便她随时监视周凯。

这个驴自从整明白了那个词既不念"命运多羊"也不念"命运多牛"之后，整个人变得异常沉默，呆呵呵盯着沈捷问："咋整啊？"

沈捷说得讨论一下，这个时候不能贸然出手，要以静制动，以不变应万变。

然后他就又不说话了。

发了半天愣之后跟程朗说："你饿不饿？"

程朗摇头，一早晨被这种事情砸醒，她的胃根本没醒过来，脑袋还在高速运转企图找出来解决方案。

周凯又转向沈捷："沈姐，你饿吗？"

沈捷一脸丧气地抱着手机微信办公，头也不抬："你觉得呢？"

"我饿了，我去整点吃的。"周凯说完，自说自话地进了厨房，并且关好了门。

雁雁说要去帮忙，却被程朗拦住了："让他一个人做吧，没事。"

雁雁就老老实实回去工作了，现在网上的评论看也看不完，无数人涌到周凯的账号下面留言，夸的骂的支持的，也不知道里面会不会出问题。

程朗打开那个她在里头卧底的粉丝群看了一眼，里头也是疯的疯傻的傻，哭的哭笑的笑。

头像是大尾巴狼的成员抛出来一个问题："你们觉得公司会怎么处理？"

立刻引来无数指点，而且都有根有据，引经据典。"某年某月某艺人被发现嫂子是怎么处理的""上个礼拜谣传某人出轨是怎么处理的""互联网压水花撒热搜常见方法总结"。

粉丝群是一个巨大的数据库，集合了往届大量相关案例，还有人不断加入补充。对程朗来说，是个非常好的数据收集平台，而且但凡有点弄不懂的地方，随口一问总会有人马上跳出来解答。

作为一个研究者她自然而然就想着要先收集数据分析案例，看一下处理这类事件的历史演变过程，然后再去得出结论。

至于周凯，她觉得她男朋友在看完那篇文章的一瞬间碎成了好几块，可能需要独处一阵子，来把自己整合成一个囫囵人，pull himself together，再说别的事情。

就先不打扰他了吧。

程朗果然很了解自己的男朋友，周凯的确需要一个人待着，虽然连他自己也不一定明白为什么。

就是条件反射一样的，躲进厨房并且锁上门，掏出来面粉和鸡蛋，开始和面擀面条。

从小他就觉得厨房是个好地方，渴了有水，冷了有火，柜子里有大米，抽屉里有菜刀，还有个窗子，如果他爸破门而入，起码有跳窗逃跑的机会。

他妈妈在消失之前，就老喜欢把自己锁在厨房里，不知道是在做饭还是在干什么，反正厨房可以带给她一定的安全感。后来她把这个秘密告诉了周凯，说如果我不在家，你爸发疯，你就先往厨房躲。

周凯记得很牢，后来他妈再也不回来了，厨房就成了他一个人的地盘。

所以他十分讨厌开放式厨房，对他而言，厨房没门，那还叫什么厨房！

在厨房里他可以吃，可以喝，也可以思考。

擀面条对他而言，不是什么难事，无非就是倒水、搅和、揉面，发（醒）一阵子面，再揉面，再发（醒）一阵子……如是往复两三次，也就可以把面团按扁，擀成薄片，切开就成了面条。

刚把面粉掏出来的时候，他只是觉得脑袋有点木，觉得外头人声太吵，想要自己待一会儿。

等一个面团揉好了，他那充满面粉的脑袋也理出了点头绪，哦，原来我有点生气，生气完了还有点难受。

面揉好了要等它发一阵子。周凯在冰箱里看了半天，拿出来一捆上海青，还有一盒海白虾，以及小葱。

海白虾要解冻，青菜要洗，葱要切葱花，周凯一边洗菜，一边难受。

他跟那个女的无冤无仇，为啥要跑到别人老家去翻人家老底？

那些久远的、褪色的，他觉得已经过去不会再有人提起的事情，都被人写了出来。白纸黑字，每个笔画都在提醒着他，你以为你可以跑得掉吗？你以为演了电影有了点钱，你就不是周老九的儿子了吗？

不，他死了也会回来缠着你，你没法儿和他彻底撇清关系的。

青菜洗好了，又开始处理虾。

他拿着剪子，把虾头挨个儿剪掉，然后开膛破腹，挑出来虾线，又成了一枚毫无瑕疵的虾仁。

虾仁就卖得贵了。

周凯看着一盘子虾仁，突然就笑了。

程朗说的那叫什么？什么剑掉下来了？

名字太长了没记住，周凯一般管它叫青椒土豆丝之剑，有时候也会说成酱爆豆角丝之剑，取决于当天想吃啥。

他不止一次跟程朗提过，从被白导演相中那天开始，他就觉得这事不可能这么顺利。以他从小倒霉到大的经历来说，事出反常必有妖，总觉得有一天要出点啥事。

可是偏偏生活过得还很顺利，他的电影上了、火了，得到了更多钱和更多工作，身边有了几个朋友，甚至还交了一个以前想都不敢想的女朋友。

一切都在朝着好的方向发展，周凯说服了百分之九十的自己，你的倒霉日子过去了，现在该你过好日子了。

但是另外百分之十，无论何时，都在坚信脑袋上有个青椒土豆丝之剑挂在那，不知道哪天就会掉下来把脖子砍断。

一般这种时候程朗就安慰他，没事，说不定明天小行星就撞地球了，你的烦恼就不存在了，我们能快乐一天就先快乐一天。

如今很明显，那剑掉下来了，地球还没毁灭，他得出去应付那把剑，捅自己也就算了，皮糙肉厚，可是不能捅着程朗。

想通了之后，他呼吸逐渐稳定下来，做饭的速度也明显变快了，行云流水切好了面条并焯好了虾仁。

锅里放油，下葱花炝锅，然后丢进去一波刚才剪下来的虾头，虾头虽然不好吃，但是可以煸炒出很鲜美的虾油，这还是他跟影视城的南方人学的。炒完之后把虾头捞出去，再放上海青和虾仁进去炒，加点盐与香油，就是很好吃的浇头了。

等这几碗青菜鲜虾面做好，周凯再把厨房门打开的时候，已经俨然又是一脸熟悉的驴气了。

他问程朗："你吃不吃煎蛋？"

程朗从笔记本电脑前面抬起头："吃。"

周凯点头："单面煎要溏心是吧？"

程朗："嗯。"

屋子里其他人疯狂起哄，说闻到了恋爱的酸臭味，并且说他们也要吃煎蛋。

周凯也都挨个儿给煎了，用光了家里的鸡蛋库存。

五

周凯最近发现，人这种生物，有的时候非常奇怪。

他们十分容易对一些不知道会不会发生的事情感到焦虑，这种心情像是眼睛里头生了颗麦粒肿一样，时不时就得蹦出来让你闹心一下子，以为自己要瞎了，然后吃不好睡不着，狠狠折腾一通。

然而当糟糕的事情真的发生了，脑袋顶上那把青椒土豆丝之剑真的掉下来以后，他反而平静下来了，远远不像自己预料中的那么惊慌失措。

吸溜完了青菜鲜虾面，他问沈捷："你们打算怎么办？"

沈捷摇摇头："走一步看一步吧，先晾着。现在这个社交媒体，不知道等会儿又能爆出什么来。我先想办法联系上那个Tracy再说。"

"都整到这份儿上了为啥我不能直接出来承认呢？"周凯问。

"因为历史数据表明这个办法并不好用。"程朗替沈捷回答了一句。

周凯看向他女朋友："你咋还有数据呢？"

程朗指指自己的电脑："我从加了你的粉丝群那天就在收集啊。"

周凯："你那不是研究人说话吗？"

程朗点点头："嗯，主要是收集语料。但是反正，看八卦么，一顺手的事，谁叫我过目不忘，而且危机公关的文本也是我的研究方向之一。"

周凯相当迷茫，虽然他知道自己在程朗那还有个叫"被试"的身份，可是这件事情大多数时候都被当成私密玩笑，直到今天他才真的意识到程朗是在工作的。可是她到底在研究个什么啊？

程朗知道他没听明白，坐在那儿好声好气地同他解释："其实也只是一时兴起啦，本来我就想顺便看看粉圈黑话都是些个什么特征和表达习惯。后来社交媒体小作文看多了，突然就觉得好像也可以收集一些过往案例，看看危机公关的文本之间有什么差别。"

周凯面无表情："然后呢？"

"然后我就惊呆了，怎么那么三五百字的一段话里头能出现那么多错误用法呢！哦，其实我们一般说这种用法的接受度比较低，也不能说是彻底错误，当然有些个错别字真的可谓是石破天惊……"

程朗感叹了一句之后，说回了正题："所以我手头就积累了一些个危机公关的案例和数据。以这个最常见的恋情曝光来说吧，一般的处理方式就那么几种。最直接的就是官宣承认，一般双方都是公众人物的居多；也有的是直接不承认，但是这种后来被发现的概率还是挺大。"

"对，还有拉个别人当烟幕弹的；还有给对家砸钱买热搜让自己的新闻消失的；还有说人家爆料的造谣发律师函要告他们的；我还见过自己把圈里其他人都拉下水的……反正在这个事情上什么奇葩操作都有。"沈捷在一旁吐槽。

"咦？那沈姐，我们是不是可以让狗哥和谢初飞……互相打一下掩护？"雁雁突然来了灵感。

获得了周凯程朗沈捷的一致反对。

周凯："不行，我演不明白。"

程朗："还是不要了。撒谎这种事情撒到后来，会需要越来越多的细节来填补，我觉得这么干太耗费人力了。"她肚子里还有没说出来的半句：你们根本没能力去编一个完整的谎言，还不如不编。

沈捷："雁雁！我让你管官微不是让你天天看些个同人文！"

雁雁吐吐舌头："我就是……突然有了灵感。"

沈捷摆摆手："行了，赶紧把你那灵感收回去，接着给我找水军刷评论区去。"

然后瞅着程朗："最好的办法是眯着，既不承认也不否认，是吧朗朗？"

程朗很自然地把碗递给开始收盘子的周凯："对啊，多说多错，少说少错。反正社交媒体时代这些新闻迭代很快的。"

她停下喝口水："反正根据我这阵子的观察，这种无声无息就消失掉的新闻带来的影响应该是比较小的。反而是高调官宣的后来很容易出各种问题。"

"所以整半天咱就在家眯着等这事儿过去就行？"周凯问，他已经光速擦干净了面前的茶几。

沈捷指指周围："你看他们像要眯着吗？"

"那你不是说啥也不用干？"

沈捷："现在不用发声明，不等于下一个小时不用，也不等于明天不用。咱们得时刻监视事情的走向，你不知道这些人都能干出什么来，现在粉丝人均列文虎克你知道吗？"

然后看向程朗："快点地把你家这头驴牵走，别耽误我工作。"

程朗一笑，把周凯拉到一边："要是我，这个时候就不去惹小姨。"

周凯则满脑子都是"你家的驴"，有一点微妙的幸福，很是陶醉了一会儿才回过神来，然后发出宣言："让我干什么都行，让我退圈也行，但是无论如何不能牵连到她。"

沈捷瞪他一眼："你想得还挺美！你退圈了谁给我赚钱，再说你自己看看合同，违约金付得起吗！"

周凯一愣："我这还彻底卖给你们了吗？"

沈捷冲着他露出一个邪恶的笑容："想解约也行啊，你可以去考研考公，考上了公司就不得不跟你解约。"

周凯的气焰顿时矮了几分，他这辈子考的最后一个试是挖掘机驾驶执照。

考研考公什么的，还不如让他付天价违约金。

只能哼哼唧唧蹭回程朗旁边："我听你的，你不想公开，我就跟他们硬刚到底。你要是想公开，我也陪你，我保证不跟那些个人渣一样瞎整胡整。"

程朗把脚放在那驴将要尥蹶子的尊蹄上："我觉得吧，有些事情的发展，它是一个连续统……"

周凯："啊？什么桶？"

程朗："不用管，我就是说啊，要不要公开，什么时候公开，以什么方式公开，这个事情不是那么绝对的，都是要在发展变化的过程中看的。"

周凯："哦，那你看吧，看完告诉我该干啥就行。"

程朗指指远处将要喷火的沈捷："小姨才是你经纪人，我只是提出一些自己的想法，回头我们得和你公司商量才行。"

周凯尴尬地朝沈捷龇了龇牙，问："沈姐，中午你们吃全家桶行吗？我给大伙儿订外卖。"

获得了沈捷的一句回复："我看你像个全家桶！"

周凯讨了没趣，发现作为事件中心的自己，反而不知道该干什么，只能拉住程朗闲聊："沈姐刚才说什么粉丝都特别虎，他们不会找上门来吧？"

程朗在她过耳不忘的记忆里搜索了半秒钟，回答他："哦，她说粉丝人均列文虎克。列文虎克是改良了显微镜并且发现了微生物的人。就是说现在的粉丝都能从一点点特别小的细节上发现问题。比如那个爆料的照片，乍一看可能没什么特别，但是有的人就能通过细节发现……"

"等一下。"

程朗把Tracy的那张照片找出来，放大，再放大，问周凯："你看出什么来了吗？"

周凯摇头："我都看不出来这是我。"

程朗又问："你觉得通过这张照片能发现我们住在哪儿吗？"

周凯："这不跟别的大马路一样吗？还黑灯瞎火的看不清楚。"

程朗："你不觉得很奇怪吗？这个人明明知道我们住在哪里，长什么样子，但是照片发出了怎么抹去了大部分有价值的信息。"

"因为她还想多卖点钱啊！"沈捷插了一句嘴。

"经常有人这样，爆个似是而非的料，然后手里头的高清照片待价而沽，留着卖给出价最高那个人。一般都是不想被爆料的艺人这边，也有时候是给对家啦，别的狗仔啦，别的公司啦，不好说。所以我才叫他们赶紧地把那个Tracy给挖出来。"沈捷解释。

周凯大喜："还能买回来啊？那你不早说，多少钱我都乐意！"

沈捷："早说啥！这都不一定，也可能她手里没照片。而且现在各种门路都找不到那女的，简直奇了怪了，发个大瓜玩消失，遛我们玩呢！"

就在沈捷掘地三尺到处翻找董小姐的时候，粉丝群里头一位红鲤鱼的列文虎克技能觉醒了。

赵大爷一上班就接到了孙女毛毛的电话："爷爷，你上次说住你们小区那个跟周凯谈恋爱的姐姐，有多高？"

赵大爷冲着电话喊："毛毛啊，我都说了没那回事，我给看差了。你可别学人家早恋啊！"

毛毛改变了策略："我不早恋不早恋，我就觉得那个姐姐很好看。爷爷你想想她到底多高？"

赵大爷想了半天，得出结论："没注意啊。好像，好像比我高？"

毛毛又问："那她跟周凯走一起，他们俩差多少，你记得吗？"

赵大爷盯着桌子，想了半天，然后说："差……差……我老了啊，记性不好……"

赵大爷老了，记性好不好不知道，听力真的不行，手机开着外放，旁边张大爷凑过来就喊了一句："差一头！我瞅着真亮儿的，你爷爷这老花眼！"

毛毛喊了一句什么，迅速挂断了电话。

赵大爷瞪眼瞅着张大爷："咋哪儿都有你！"

张大爷还不服气："我这不是看你眼神不行好心帮忙？"

赵大爷气哼哼："人家小两口的事，你别跟着瞎嚼舌头！"

六

Tracy一觉醒来已经是中午了，手机呈现爆炸状态，未读信息与未接来电，皆是对强迫症的致死剂量。她庆幸自己决策英明，提前躲到酒店里来了，如今出租房的门怕是要被同事敲烂了。

之前看电视剧的时候她一直不理解，为什么那些个将军已经吃穿不愁了还要造反呢？如今手机捧在手里，一条一条点开那些未读信息，她突然就发现，拥有权力的感觉真好啊。哪怕只是在信息洪流里掌权那么几天，她就有了一辈子值得回味的经历；如果操作得当，说不定还能获得更多。

董小姐打开微信的时候，陡然有了一股皇帝翻牌子的快感。

但是和她有过那么两面之缘的程朗就没这么高兴了，主要原因还是……她想出门。

理论上现在还没人摸到周凯门上，她也还没暴露，下午回办公室应该也没多大风险。可是，依照沈捷的说法，你现在就待在三体那个什么黑暗森林里，敌不动我不动，你一动弹说不定就招来什么妖魔鬼怪。

周凯作为一个万事都跟沈捷对着干的艺人，头一次分外支持自己经纪人的言论，强行把女朋友关在屋里。

程朗眼珠子转了三圈，说要不你把那套送快递的装备借我，总没人看一个快递小哥吧。

周凯瞪她一眼："快递小哥开个玩具车去送快递啊？"

他坚持认为mini车属于玩具车。

程朗懒得和他争辩挖掘机和mini车哪个在玩具城卖得更多，只要求解决问题："那我可以骑电动车去。"

周凯眼皮都不抬一下："你骑过吗？"

程朗："……应该……不困难吧？"

周凯瞅瞅外面的雨夹雪："我没学过啥语言学都能听出来你心虚，自行车都不会骑，你还骑上电动车了？"

程朗的脸垮下来："可是待在你这我没法儿工作啊，我下周还有一个deadline呢。"

周凯："你就假装今天感冒了不工作不行吗？"

程朗："我跟谁假装？自己？"

周凯相当坦然："对啊，我上学时候经常假装自己有病不写作业。"

程朗觉得没法儿跟这种逃课积极分子沟通，转头问沈捷："小姨，我找同事来接一下应该没事吧？让他开到地下车库来？我们那儿也是地下车库，他回家再把我顺回来。"

沈捷从手机上抬起眼睛，一脸放弃治疗的表情："去吧去吧……让你在这得把我烦死。"

程朗得到了出门允许，雀跃而起。倒是她男朋友反应了过来，十分想问到底是哪个同事来接你，男的女的。但是上次瞎打听的后果还历历在目，于是他硬生生憋了回去。

程朗梳洗打扮他也梳洗打扮，程朗换外出的衣服他也换。雁雁一把揪住他说狗哥你可不能到处乱跑，你属于重点关注对象。

周凯露出一个相当到位的营业笑容，说："我就上地下送送她，然后就上来。你看我这外套都没穿，这天儿肯定不能出去作死。"

雁雁很想说别人肯定不会作死，但是你吧我们不能保证，但是她也憋回去了。

此时无声胜有声，只有程朗带着放风的喜悦跟大家道别。

周凯非常自然地跟在她后面，戴上个口罩："我送你下去。"

程朗心知肚明这个驴肚子里有几两火烧，只装作若无其事，任由周凯陪着下到了地下车库，与在电梯口等着的杜老师接上了头。

周凯一见这老头儿，心里先是"唰啦"一声放松下来，然后咯噔一下，彻底掉了下去。

就说咋瞅着这么眼熟呢……

这不是……当时因为人家欺负路涵江，还差点儿把人给揍了……的那几个老师之一吗？

不仅周凯记得杜老师，杜老师也记得他。

今日程朗问能不能搭一下他的顺风车，说自己限行，又感冒，地址就在他家附近。

杜老师自然满口答应，然后看到程朗身边这小伙子，顿时抚掌大笑："小程啊小程，我就知道！"

周凯不知道他知道些啥，程朗倒是知道。

杜老师大为感叹："哎呀！还是没赶上啊没赶上，我还以为你这个被试能给我闺女留着呢！"

程朗假模假式咳嗽两声："咳咳，我也没想到。"

周凯呆立一旁，不知道是不是应该过去给人家先道个歉，怎么感觉程朗跟这个老师达成了什么不可告人的地下交易，还涉及人家闺女。

愣神的工夫程朗已经打开了副驾的门，周凯赶紧摆出营业态度："谢谢您谢谢您，慢点开啊道上滑！"

程朗探出头去，喊他过来。

周凯附耳过去，程朗小声跟他说："没事，别担心，那个写稿的人，应该不会真的伤害你。"

周凯："你咋知道？"

程朗眨眨眼睛："你女朋友什么都知道。"然后挥挥手，"上去吧，等我回来给你带黄桥烧饼！"

没必要跟周凯解释什么是语篇分析，什么又是构式语法，或者隐喻和转喻。

她关上窗子，跟杜老师聊起了黄桥烧饼，说研究所旁边新开了一家烤得很好吃。

很多天以后的某一天，杜老师的闺女回家吃饭，一家人吃着火锅看着电视，杜老师指着电视剧里头那个小伙子说："闺女，你觉得这小伙子长得咋样？"

杜小姐眼睛里冒出了粉红泡泡："小毛驴啊！我们家小毛驴最帅了！可惜他有女朋友了。"

杜老师很平静地接茬："那时候我还差点儿想让你去跟人家相亲，现在可晚喽！"

杜小姐嗤嗤一笑："爸？你知道他是谁吗？"

杜老师大点其头："不是叫周……周凯是不是……"

杜小姐一个字一个字问她爹："那你为什么没介绍给我呢？"

杜老师非常冷静："你不是说了吗，谁也不见，汤姆·克鲁斯来了也不见。"

杜小姐筷子上的虾滑一下子就掉回了锅里。

而在周凯仍然惴惴不安的今时今日，他的女朋友许诺了黄桥烧饼之后直扑办公室而去。他本人因为一早就被吵醒，试图回屋补觉，结果自然是睡不着的。

在床上翻了二十来个烙饼之后毅然决定起来打扫厨房并且给滞留他家不走的团队做晚饭。

结果前脚刚进厨房，后脚就听到沈捷拍案而起："可算找着了！"

周凯从厨房里蹿出来："找着谁了？"

沈捷："爆你料的人啊！"

然后急匆匆跟他说："行了，我得赶紧回公司见老板。你，保持无线电静默，先在家给我待好！"

然后留下雁雁看守，带着团队又一溜烟跑回了公司。

剩下一个扒着厨房门框发呆的周凯，听雁雁给他汇报情况。原来他们一上午，控评的控评，删帖的删帖，降热搜的降热搜，忙到两眼一黑的时候，沈捷终于通过五六七八层关系和那个发照片的Tracy搭上了线。

那边说，她手里有更清晰的照片，想要和经纪公司这边谈谈。

如果要出一笔钱把这些照片买回来，显然得老板橘子姐点头才行，所以沈捷才急着回去。

周凯后知后觉："啊，不用我自己买吗？"

雁雁噘嘴："那要看对方提的是什么条件，或者看老板怎么决定了。"

然后话锋一转："也有可能对方是你的梦女哦，提出来要你以身相许什么的，也说不定嘿嘿嘿……"

周凯凭空打了一个寒战："你可别吓唬我！"

第二十一章　昔我往矣

一

　　“帝都”人民很少经历这么难熬的十一月，开始是下小雪，晴了两天不到，又开始雨夹雪，地上泥泞一片，空气里湿冷难耐，魔法攻击使人脑浆都跟着凝固。

　　如是反复了几次，天终于晴了，集中供暖也终于开始了。

　　但是温度却断崖式地降了下去，十月末还能穿风衣的天气，这会儿就得裹上羽绒服了，铜锅涮肉的旺季正式到来。

　　而有一伙人，却在这股潮流里头分出来一条岔路，跑去借了一口铁锅。

　　做铁锅炖出身的青年周南风，在投身影坛一年多以后，终于得以再次站在了灶台边上。

　　毕竟录综艺那次没轮到他来做饭，他只能负责打杂。

　　农家乐的老板一再确认："你们就用锅和灶台是吧？小鸡

儿蘑菇啥的都不要是吧?"

雁雁在电话那头一再点头:"对对对对,您把锅洗干净就行,食材我们都自备,做菜的人我们也都有。"

于是老板乐颠颠把钥匙往院门口石头底下一扔,自己开车钓鱼去了。

至于那伙人为什么要来租用自家的铁锅,现在城里头小年轻的花样多着呢,乐意干啥干啥呗,只要给够了钱,坐锅里洗澡他都不拦着。

驱车六十公里跑到山里租铁锅的,自然是周凯和他女朋友,以及他的狐朋狗友们,也就是郭小凡和白导演。

本来还能捎上一个路涵江,但是那家伙跑去芬兰吃驯鹿罐头去了,没有这份口福。

起因是程朗要吃周凯亲手炖的大鹅。

之前沈捷刨地三尺地把爆料的董小姐Tracy挖了出来,她所料不差,对方果然是待价而沽。

程朗所料也不差,Tracy很显然不想对周凯造成什么太大的伤害,在对家和沈捷公司之间,选择了沈捷的公司。

橘子姐付出了一套小房子的首付钱,买了Tracy一个彻底闭嘴。

还有那些个周凯程朗深夜轧马路跳房子的高清照片。

然后连连慨叹,这是她买过的最无聊的照片,毫无娱乐性,主角干的事过于弱智,性价比极低。

好在驴毛出在驴身上,周凯早晚能把这钱给她赚回来。

即将被薅秃的驴本人还觉得颇为过意不去,跟白导演直夸橘子姐仗义能处，自己要为她两肋插刀。

白导演翻个白眼，暗道你小子早晚得被我老婆论斤卖了。

一斤驴肉能做几个火烧来着？

给Tracy打了钱的当天，公司就喊人发了些什么"谢初飞不在剧组，男二男三盛大斗法"的边角料，热搜狠狠买上几条，吃瓜群众的热情瞬间转移了大半。

还有一些个死忠追着周凯账号问的人，雁雁既不承认也不否认地回了些个片汤话，也就逐渐没有人再提。

互联网就是这样，一个新闻能持续三天已经算是长久，很多时候上午人们还在关心明星的女朋友，下午焦点就转移到了动物园人工繁育出的一窝新兔狲。

周凯被关在家里48小时之后，他和程朗的那张照片就成了历史影像。

程朗带回去的黄桥烧饼都比这保质期长。

他的粉丝，那些个红鲤鱼和绿鲤鱼，一伙儿坚信他真有女朋友，还有一伙儿坚信他和谢初飞才是真情实感，也有那么伙儿只看脸不走心，表示只要你不退圈一切好商量。

不管怎么说，这一页都算颤颤巍巍地揭过去了。

程朗的身份没有被发现，但是周凯的住处附近明显出现了一些个探头探脑的家伙。沈捷让他赶紧打包滚去酒店，雁雁当场开始找起了新的房子。

不怕贼偷，就怕贼惦记。

周凯虽然对当艺人没有隐私这件事情表示了老大的不满，但也暗暗松了一口气。自从出事以来，他已经擦了三遍厨房，四遍客厅地板，甚至把有污渍的墙面都用魔术海绵擦了个干净，现在整个屋子闪闪发亮。

程朗第一天下工回来，放下黄桥烧饼，说："哇! 你家在发光哎!"

负责监视的拖油瓶雁雁蹦出来，满脸发光："程姐，我都不知道狗哥是这种居家旅行必备的高级自清洁型号。你要是不要了可千万别乱丢，等我上门来回收。"

周凯隔空扔过来一团厨房纸巾："呸呸呸! 说啥呢? 不会说话别说。"

正中雁雁脑门。

雁雁倒是不尴尬，朝程朗露出来真挚的微笑："程姐别生气，我就开开玩笑，不是故意的啊。"

程朗眨眨眼睛："没事，我觉得这个型号应该还能用挺长时间。"

然后假模假式，用超大声悄悄话问雁雁："回收的话，能以旧换新吗?"

接着嘴就被半个烧饼给堵住了。

周凯超大声回答："不能，不退不换!"

所以他那套房子退租的时候，连中介都惊呆了，一分钱押金都没能扣掉。这是后话。

至于始作俑者Tracy，如她所愿，拿到了一笔钱，账号涨了乌泱乌泱多的粉丝，并且顺利跳槽到别家公司当上了内容总监，上任策划的第一个选题便是——周凯的人物专访。

怎么看怎么都像走上了人生巅峰的样子。

周凯听沈捷来转达采访要求的时候都气乐了，说这人脸皮是啥做的，咋能这么厚呢，她是想亲自来听我说她有毛病吗？

沈捷摇摇头，她不来，人家现在高升了，可以派手底下的员工来。

周凯大摇其头，我才不去，谁爱去谁去。

然后他还是去了。

因为沈捷告诉他，这是当时买照片时候谈好的打折条件，周凯的专访做一次可以减十万块钱。

周凯当即来了精神："那你不早说，我跟她唠半个月都行！"

当天晚上他就跟程朗感慨："我越来越理解沈姐当时跟我说过的话了。"

程朗问："她说什么了？"

周凯："这一行人均不要脸。"

程朗表示理解，名利场里人什么都能拿来交换。

周凯赶紧伸着个脸凑过来："别算我，我可还要脸呢！你看，脸皮还挺薄的！"

说着就拉着程朗的手往上贴。

程朗摸了一手油，踹他赶紧去洗脸，那驴非得让她陪着，两人打打闹闹钻进了浴室。

沈捷问过程朗，你就不害怕吗？万一被曝光出来，会有无穷无尽的人骚扰你。

程朗指指她的电脑屏幕，说我分析过各种相关案例之后觉得十有八九不会。

沈捷摇摇头，说我们这一行最不能信的就是数据，有的人不按常理出牌，什么事情都能做出来，你得多加小心。

程朗答应了，好好地小心了几天，见事情逐渐平息，也就渐渐放松了警惕。

直到那一天下班。

那天她限行，晚上八点以后才能开车，于是在办公室留着又干了一会儿活，整理了一堆周凯的录音语料。

瞅着时间差不多了，下楼，开车，打火，拐过一个弯，等红灯。

然后车就原地转了一百八十度，滑到了马路中央。

她在驾驶座上，一脸茫然，我是谁我在哪儿我在干什么。

二

撞车的一刹那程朗脑袋里闪过的第一个念头是：安全带真的非常有用啊。

如果她没有系好安全带，大约早就从座椅上飞出去卡在车窗或者挡风玻璃上面，甚至会血流披面，进退不得。而不是像现在一样只是脑袋上磕个包，脸上擦破指甲大小一点皮。

后面的事情恍惚而混乱，好像撞她那个车已经开始冒烟了，然后有个人从车里跳出来对她大喊大叫。她坐在车里没出去，打电话报了警。

再后来，警察、救护车与拖车轮番上阵，她被拎到了医院。包完脸上伤口等着做头部CT的时候，沈捷火急火燎地出现在她面前，后面还跟着一个熟悉的快递小哥，脑袋上晃荡着两只兔子耳朵。

程朗折腾了一晚上，只觉得困顿不堪，耳朵里嗡嗡作响，靠在快递小哥肩膀上疯狂地打瞌睡。快递小哥把她的手攥得死紧，嘴里还念叨什么："没事没事，肯定不能有事。"

离开医院的时候医生再三嘱咐，回家之后如果睡觉，要每两个小时把她喊起来一次，看看是不是神志清醒，如果出现头晕呕吐昏厥，要赶紧带来医院。

有时候脑震荡的症状不会立刻出现。

所以那一晚上，程朗过得很痛苦。时不时有一只爪子伸过来，要么摸摸颈动脉，要么翻翻眼皮，要么伸在鼻子下面看她还有没有在呼吸。还每隔两个小时把她扒拉醒，问她头晕不晕、疼不疼，想吐不想吐。

她只能在半睡半醒中间摇摇头，然后继续昏睡过去。

梦里在解一道物理题，已知她的车在静止状态下被撞出去N米，旋转180度，撞击角度是左后方，求对方的车速要达到多少才能获得这种效果。

而身边那个人，躺在床上，抱着个手机，眼睛瞪得像铜铃，一分钟都没有睡过。

第二天，本来周凯约好请整个团队吃饭，答谢他们在照片事件里做出的努力，现在显然是要无限期推迟了。

毕竟付账的人24小时不错眼珠子地盯在女朋友身上，把女朋友搞得十分烦躁。

程朗："我真的没事了，就被蚊子踢了一脚。"

周凯："那你万一突然脑出血咋办？周老……我……爸就是突然脑出血了，没几天就死了。"

程朗："不会的，CT报告都说没有。"

周凯："今天没有不等于明天没有。"

程朗："那你要什么时候才能相信我真的只是头上磕了个包！"

周凯："反正现在不行！"

程朗与他缠斗半日，败下阵来，不得不请假在家休息几天。因为对方使出了撒手锏，威胁她如果不请假休息，就要告诉她爹妈，让程穆明夫妇过来看着她。

程朗当即缴械投降，打开电脑填起了病假申请。

她可不想为了脑袋上一个包把父母吓个半死，尤其是那位能够凭空脑补十万字恩怨情仇的亲爹。

于是她在年末用光了今年的病假与事假天数，进行了一阵家里蹲活动。不过最近天气渐冷，车又被撞烂了屁股，送去大修，家里蹲就家里蹲吧。

至于撞她那个人，就更加匪夷所思了。

那人是一个……粉丝兼二道贩子……专门卖艺人周边产品的。

之前她看好周凯的上升势头，花不少钱囤积了一堆乱七八糟的周边，还付钱让人画了他和谢初飞的各种小漫画，准备转手印出来卖个好价钱。

结果就冒出来了这个照片事件，她的生意大受影响。很多粉丝因为艺人谈恋爱了就转投别家，而这些人正好是她的目标客户，消费主力。

产品卖不出去，本钱也就打了水漂。问题是，这个女孩子本身并没什么钱，想着能靠这个小赚一笔，就跑去借了小额贷款。

如今还不上钱，家里又给她很大压力，可能本人也是有点偏执和躁狂，一气之下，就都怪到了程朗头上。

至于她是怎么知道程朗的，根本就是瞎猫碰上死耗子。

当时毛毛在小范围里头怀疑过程朗的身份，后来又辟了谣，被大粉们安抚住了，这个妹子也就在被安抚的人里面。

照片的事情一出，不知道是偏执还是直觉，她无论如何都坚信照片里那个人就是程朗，也没跟谁商量，二话没说就租了个车直接给她撞了。

现在人还在拘留所里待着呢。

程朗搞清楚整件事之后哭笑不得，好像并不奇怪，但又好像哪里都很奇怪。

最后得出结论是运气不好。

但是她身边的人显然不这么想，有送她开光佛珠的，有给她介绍道士转运的，还有送她防水逆符的。只有路涵江的反应比较正常，认真地隔着屏幕算概率。

至于周凯，他得知此事以后在屋子里兜圈尥蹶子长达半个小时，恨不得当场去把肇事者的家给拆了，让她在物理意义上"塌房"一回。好不容易消停下来之后，还是会隔一阵子对任何人随机冒出来一句"你说那女的是不是有病"。

他一度非常严肃地找沈捷，说要用官方账号发个声明，让粉丝们别给他花钱，也别介入他的生活。

遭到了雁雁和沈捷的一致反对，跟他说你这不是此地无银三百两么，无缘无故发这么个玩意儿，只会让别人更好奇到底是咋回事，结果只会更加混乱。

周凯一反常态没有继续尥蹶子，居然承认了她们说得有道理，然后就往沙发上一坐，呈现一种放空的状态。

雁雁和沈捷对望一眼，有种自家崽子忽然长大了的欣慰感，人家甚至知道看看送来的剧本了。

就是付出代价的是程朗，这事让她们很是过意不去。

程朗本人倒是不觉得什么，头上的包第三天就消了肿，脸上的擦伤也很快愈合了，留下两道细微到很难分辨的疤痕，还有些个无伤大雅的不舒服，也不会影响到正常的生活。

车倒是损失惨重，不得不换了整个屁股，目前还在修理厂呢。不过反正有保险赔付，还有对方赔她的修车费，于她其实也没什么太大损失，甚至还小赚了一点。

更让她觉得棘手的反而是周凯，这个家伙肉眼可见地消沉了下去，要么就是出去工作，在家时候废话逐渐减少，经常性地对着地板发呆。最近她睡眠质量有点差，有的时候半夜起来，他就瞪个眼珠子在旁边盯着，也是有点惊悚。

程朗试图安慰他，说不是你的错，小概率事件而已，开车总要遇到点事故，我人不是没事吗。

周凯摇头，说这次没事不代表下次也没事，要不你还是离我这种丧门星远点，我这人运气不好，谁跟我走得近谁倒霉。

程朗不得不驳斥他的唯心主义观点，说没有的事，你看郭小凡现在不是过得挺好，白导演也是遇见你才拍出来了好电影的，你不要拿小概率事件来说事。

周凯看看她："真的？"

程朗坐到他身边："真的，你看路涵江。路涵江找到了适合他生存的地方，也不能算坏事吧？"

周凯往旁边倒去，把头放在她膝盖上，眼睛盯着桌子腿："是酱婶的吗？"一激动东北话出来了。

程朗想起来他在酒会上装醉那个晚上，也是这样把头搁在她膝盖上，装着装着就真的睡了。她心里泛起了一点怀念往事的甜蜜，揪着男朋友刚长出来的胡楂，说："对了，现在天也冷了，你还欠我一顿铁锅炖大鹅呢。"

周凯马上答应下来："你要吃啊？我给你做！你等着，我让郭小凡找鹅去，我们以前的鹅都是他找的，比别家的好吃不少。"

第二天又突然跑过来问她："能多叫几个人吗？一锅咱俩肯定吃不完，锅太小炖着没味儿。"

程朗自然不会反对。

于是那顿答应好了的庆功宴，就变成了团体铁锅炖大鹅活动。受邀各位租铁锅的租铁锅，找大鹅的找大鹅，忙了个不亦乐乎。

三

铁锅炖大鹅这道菜的精髓，其实并不在于铁锅，也不在于大鹅，而在于并没有出现在菜名里的隐藏食材——土豆。

没有土豆的铁锅炖大鹅，就失去了灵魂。

需要的是当季新下来的糯土豆，去皮切成大块，同鹅肉在锅里头辗转沉浮，灵肉相融，吸饱了汤汁里的作料与肉香，并且把自己的一部分化作汤汁。在一锅铁锅炖里面，鹅肉可能剩下，但是土豆根本不可能被剩下。

这顿饭的分工如下：雁雁负责找锅找地方，郭小凡负责买鹅，周凯负责其他一切配菜以及其他吃食，剩下的人负责吃。

大家看到锅的时候，一些个南方人率先惊呼了起来：这到底是澡盆还是锅！

然后只见郭小凡搬出来一个泡沫箱，里面安详地躺着一只鹅。

更多的人惊呼起来："道理我都懂可是鹅为什么这么大！"

这群人虽然大部分四体不勤五谷不分，但烤整鸡总还见过，面前这只在冰袋的环绕中安详睡去的大鹅，可能有三只整鸡那么大……

白导演问该鹅体重几何，郭小凡一指箱子，说十三斤。

果真又迎来一片惊呼："哇比我家的猫都重！""我觉得这个鹅要是活着我肯定打不过！""我家三只鹦鹉加一起都抵不上半个鹅！"

郭小凡摇摇头，嫌弃这些人没见过世面："鹅长到三十斤的都有！"

然后周凯在旁边补充了一句："那样的不能做菜，不好吃，肉太老！"

最后轮到周凯出场，他负责带土豆和其他蔬菜，这都还在大家的预期之内，直到他搬出来一个啤酒箱子，对，就是程朗优选的拉萨啤酒。

雁雁赶紧说："狗哥我们带喝的了。"周凯看她一眼，说："我这是调料。"

该啤酒箱子里共计装有如下调料：生抽、老抽、蚝油、香醋、料酒、盐、白糖、白胡椒粉、桂皮、香叶、八角、花椒、葱姜蒜，以及四瓶拉萨啤酒。

满满当当地摆了一桌子。

"咦，你怎么把我的啤酒也拿来了？"程朗问。

这是她藏在周凯冰箱深处准备偷偷自斟自饮的储备。

周凯一边把那些个瓶罐按大小个儿排队，一边回答她："啤酒也是调料，少啥也不能少啤酒，而且我发现这个拉萨啤酒好使，做菜比别的酒都好吃。"

程朗只能无力地挥别自己最后的库存。算了，回头再买吧，他高兴就好。

这些天来那驴一直低眉耷眼，今天出来炖大鹅，好像终于有了精神头，看向大鹅的眼神之炽烈，如同那天酒会上看着自己。

大鹅被周凯相当快地肢解了，凉水下锅焯烫。

雁雁她们凑过去问有没有什么能帮忙的，程朗在旁边笑："没事，让他自己做吧，他做饭不喜欢身边有人。"

以前她也试图进厨房礼貌性地打个下手，然后就被周凯相当暴躁地赶了出来，理由是："别跟我后头，再烫着你！"

吃了若干顿周凯做的饭之后，程朗得出了一个结论：做饭这件事情之于周凯，就像那饼干袋子之于路涵江，有着一些个能够给精神带来平静的力量。所以她才喊着要吃铁锅炖，想着是不是让他做顿大的，就能安抚一下他的情绪。

目前看来好像有点儿效果，当注意力都放在灶台上之后，周凯好像终于摆脱了那种缠绕在身上的不安感，开始专注且兴奋起来。

程朗坐在旁边，心头也松了一松。

听白导演在那儿讲剧组往事："你们没跟组是不知道。当年他们做的那炖大鹅是一绝，别的道具菜拍完了基本都剩那儿，就他们家的菜，哪个组都能吃个溜干净！"

又道："你说这是不是就是缘分。我那天上旁边组找老胡聊天去，看他们买那道具炖大鹅挺好吃，俩主演恨不得把碗都给舔了，我就跟旁边闻闻味儿，闻得特馋，就问是哪家买的，晚上领着人去吃它一顿。"

沈捷听这段已经听得耳朵出了茧子，发着信息头也不抬地接了一句："然后他们饭店后厨是明档，你一进门就看见周凯拿着个铁锹在炖大鹅，就跟他一见钟情了。"

"我那叫慧眼识人！"白导演瞟着程朗，"一见钟情的在这儿呢！"

程朗连连摆手："不不，我们真不是！"

众人便开始起哄，追着问是谁先看上的谁。

雁雁跟她熟一点，凑过来问："说真的程姐，我们狗哥这么帅，你第一次看见他，真的没有一点小动心？"

程朗坚定地摇头："没有。那时候他宿醉没醒，眼睛睁不开，脸也没洗，身上还有一股酒味。我只想赶紧给他做个水平测试让他回家洗澡。"

沈捷继续插嘴："我做证，是我把他从被窝里刨出来的，真没洗脸。"

郭小凡贱兮兮凑过来，问："哎程姐，那你是啥时候对狗哥开始动心的？"

程朗看他一眼："我为什么要回答你这种问题！"

郭小凡眨眨眼睛："你要是告诉我，我就告诉你狗哥啥时候开始喜欢你的。"

程朗不上钩："这我心里有数，不用你告诉。"

郭小凡又抛出一个诱饵："那我跟你讲他之前那些对象的事。"

程朗仍旧不上钩："那我也知道，还是不用你讲。"

郭小凡一拍桌子："我还就不信了。我跟狗哥从撒尿和泥时候认识到现在，你有啥想知道的尽管问！"

程朗沉吟："这就有点难以拒绝了……但我还是……"

"说说呗，我也想知道。"周凯忽然从她身后冒了出来。

他把大鹅下了锅安顿好了，此刻只需要等着炖熟。

程朗看一眼周凯那眼神，忽然就没了脾气，想要满足他一下。

"其实……就是……有一天晚上……你踩了一块乐高，然后硌了脚，去捡的时候又撞在了窗框上，把后背给划破了。"

周凯满脸茫然："有这回事吗？"

他挠挠脑袋："好像是有一次……没注意窗户开着的，一站起来就撞上了。"

"是不是你后背划破了就脱衣服让人家帮你上药，然后看到你的肌肉就开始心生邪念？"白导演当即接上了剧情。

"别瞎扯，我看你像个邪念！"周凯说出了程朗的心里话。

程朗跟白导演不熟，还得稍微注意礼貌："还真的没有。我给了他一个创可贴，他自己去洗手间贴的。"

大家纷纷表示，你这在电视剧里要被观众骂死，说好的男主福利镜头就这样没有了。

"那后来呢？到底看上我哪了？"周凯还在执着地追问，他是真的想不出来那点事有什么能感动程朗的。

"后来我问你没事吧，要不要帮你包一下。你说这点伤算个屁，我小时候'波棱盖'卡出油了都照样跑。"程朗学得惟妙惟肖。

还给在座的南方人解释，"波棱盖"就是东北方言里的膝盖。

周凯还是不明所以："那然后呢……"

程朗接着说："然后你还没等我跟你道歉说乱丢乐高，就先跟我说不行你这地方得收拾一下，这么放回头还得硌着脚，这下创（撞）后背还行，下回你要是创（撞）了脑袋创（撞）出点啥事可咋整。接着你就帮我把那些个散在外面的零件都收到有盖子的盒子里了，还按颜色大小分了类。"学着周凯的东北话，惟妙惟肖的。

"所以程姐你是喜欢他强迫症，还是喜欢他帮你干家务？"郭小凡也没明白。

程朗在桌子底下拍拍周凯的手，说："他受了伤流了血，但是情绪稳定，而且先想到的是下回不能让我再受伤。这样有共情能力还肯为他人着想的人，不值得喜欢吗？"

女生们大点其头："值得，非常值得！"

程朗感到桌子下面那只手捏她捏得更紧了，手的主人一瞬间满脸通红，腾地站起来："我去看看炖咋样了。"

扭头就跑去了灶台边上，只留给他们一个认真观察铁锅的背影。

四

众人翘首期待了两个小时，斗地主打过七把，八卦更新了一轮，周凯终于宣布大鹅熟了，可以吃饭了。

在这之前，大家已经被铁锅里冒出来的香气迷得神魂颠倒，语无伦次，一颗心都系在灶台边上，只等周凯一声令下。郭小凡闻声而动，弹起来喊："狗哥我帮你盛菜！"

他站在灶台边上抄起炒勺，仿佛又回到和周凯开饭馆的岁月，怎么一年光景，人生忽然就拐了这么大一个弯呢。郭小凡抽抽鼻子，他狗哥总算混出来了，还有个好对象，真好。他妈说得对，南风是好孩子，不会倒霉一辈子。

郭小凡跟周凯果然是熟手，三下五除二就把菜都端上了桌，也不管谁戒糖谁减脂谁不吃碳水，每人面前扎扎实实一碗大米饭，还冒尖。

这顿饭的前半段，吃得异常肃穆。只有开头的时候假模假式寒暄了两句，周凯感谢大家的帮忙，大家夸赞周凯的厨艺。

接下来就是一通稀哩呼噜的埋头苦吃。对一个厨子最大的赞赏，是嘴里没有地方说话。同时，也是对鹅表示尊敬：这是一只脱离了低级趣味的鹅，一只死得其所的鹅，一只背负了深沉情意的鹅。

接下来的事情就很好预料了，大鹅土豆配米饭，属于碳水炸弹范畴，吃完很难保持头脑清醒，还没有来得及喝酒，所有人已经瘫在座位上眼神迷离，昏昏欲睡，勉强聊着一些东一榔头西一棒子的话题。

比如方笑尘还待在美国没有回来，并且盛情邀请沈捷跟他去佛罗里达跨年。

比如郭小凡他们还想跟沈捷的公司合作，周凯谢初飞怪贵的，那不是还有没红的小艺人么。

比如白导演说橘子姐老是怀疑他在外头有人，问题是他真的没有。

白导演一脸苦相："她老觉得有一万个小姑娘在外头勾引我，每个都想演我的新电影。根本就没那回事嘛！我拍电影那是为了艺术，艺术！你看看周凯，我还要啥好处？啥好处没有还得追着他求他拍！还得陪这个货喝大酒！喝得我晚上回酒店躺浴缸里抱着拖鞋睡觉！"

"老板那也是在乎你。"雁雁的脑袋已经被土豆占领了，说不出来什么更聪明的辞藻。

白导演愤愤不平地说："在乎她也在乎点靠谱的事，我要长周凯这样，还值得被怀疑怀疑。"

然后福至心灵，忽然转向程朗："你就不怕这货出去给你乱来？现在喜欢他的小姑娘估计得论体育馆装。"

"老白毛儿你胡咧咧啥，一口酒没喝咋就多了呢！信不信今天我还让你上浴缸里搂拖鞋。"程朗还没来得及说话，周凯先把白导演喷了一顿。

倒是程朗适时往他嘴里塞了一块土豆，跟白导演说："没关系，我不担心的。"

"我们程姐是谁啊！人家对狗哥的人品可有信心了，是吧？"郭小凡跳出来维护他兄弟。

谁知道程朗一笑，说："他的人品是一方面，主要吧还是……我对自己有信心。如果他干了什么不想让我知道的事情，做我们这一行的……还是挺容易发现的。"

说得在场众人心里头咯噔一下，连同周凯在内。

"朗朗你快给他们讲讲你们同事那个事儿……"沈捷又埋头去回信息，顺嘴接了一句。

众人立时好奇起来，起哄要程朗讲故事。

程朗看一眼周凯："真讲啊？"

周凯："讲呗，你问我干啥？我也没听过。"

程朗："我怕讲了你有心理压力。"

周凯："没事，不干亏心事不怕鬼敲门。你就讲呗。"

程朗喝口水润润嗓子，轻描淡写："其实也没什么，就是我们研究所的一个同事，之前发现她老公出轨，然后就离婚了。那时候她老公要去外地出差两个月，她就找个周末过去玩。然后她老公带她去吃当地一种很有名的包子，吃完包子之后，她就发现事情不对了。"

"包子怎么了？馅儿里有女人头发？"郭小凡眼珠子锃亮。

"包子没事，包子好吃得很，但是她老公在吃包子之前说了一句，这个包子很好吃，吃完你会很感动的。"程朗说。

大家都表示没听明白。

白导演摸到了点边："男的说话突然文艺，肯定有问题。"

然后发觉自己中枪了，又给自己开解："不是我这样的，我这样的从来都文艺！不是突然！"

程朗点名让周凯回答问题："你觉得呢？"

周凯摸着手上的电击手环，想起了他被"言外之意"会话练习支配的那些个夜晚，期期艾艾，试探性地回答："这个男的……之前吃过包子了？"

"嗯，然后呢？"程朗问。

"然后……是跟别人一起吃的？"

"不错呀！接下来呢？"程朗还没有放过他，"为什么说他是跟别人一起吃的？"

周凯眼珠子发直："不知道啊……我就……蒙的。"

程朗宣布他蒙对了百分之六十。

然后公布了答案："她老公在那边住了一个月，吃过当地著名的小吃不奇怪，和别人一起去吃也不奇怪，但是他的用词很奇怪，标记性非常强。"

程朗话一出口，就发现需要重说，她不想在大鹅和土豆面前解释什么叫标记性。

换了一种更通俗的说法："就是说，她老公用的这个'吃了会很感动'的表达方式，从来没有出现在他们俩之前的对话里，那么无疑就是她老公新学的一个词。要是想要无意识地脱口而出一个新的表达方式，那么必定要长时间或者高密度地听到这个说法。"

在座的人好像渐渐地不困了，眼睛里逐渐冒起了光。

"然后呢然后呢！"雁雁催她快点说。

只有周凯没催，老老实实在旁边给程朗递水。

大鹅虽好，但有点咸，她吃完了就一直觉得渴。

"然后这就很简单了啊。她老公离开家满打满算也就一个月，长时间就可以排除，那么只剩下高密度；应该是和这个说话的人一起吃过不止一次，乃至很多次东西，才能习得这种表达方式。而这个说话的方式，女性使用的频率要明显高于男性，还得是受过高等教育的女性。"

"啊……"大家张着嘴，点着头，白导演在手机备忘录里头疯狂打字。

程朗习惯性伸手，周凯果然老老实实把水递给了她。她一低头，露出满足的微笑。

然后做了结案陈词："我同事产生了怀疑之后，又注意观察并且记录了她老公接下来几天说的话，从中找出了更多与从前不一样的表达方式，基本确认了对方的大致籍贯和一些其他信息，然后在度假结束的那一天，和男方摊了牌。据说男方一开始并不承认，但是她根据之前推断的大致信息进行了一系列的诱供，于是男方就招了。他出差的地方是个旅游胜地，正好前女友辞职过来散心，两个人就约了个饭，然后就一顿饭变三顿，三顿变十顿……"

听完了整个故事，满桌人都清醒了。

发出了一些类似于"语言学可真有用！""周凯你还是老实点吧。""这也太吓人了，说梦话都不保险啊！"之类的感叹。

郭小凡凑过来："狗哥，采访你一下。现在是什么感想？"

周凯没理他，瞅着程朗："我这辈子都不会干对不起你的事儿，哪怕我们要分手，也绝不会因为这种狗卵子事儿。"

"啊呸呸呸呸！童言无忌！"白导演突然按头让周凯吐口水，继而凑过来问程朗："程小姐，你们那儿还有没有更劲爆的八卦？跟我聊聊呗，我可以掏钱买！"

程朗朝白导演扯出来一个营业性微笑："我们都是一堆书呆子，哪有那么多八卦可以说。"

接着转身拿了瓶啤酒，递给旁边急赤白脸的周凯："我信你，你不是那样的人，奖励你今天的辛勤劳动。"

周凯接过酒瓶子，又恢复了驴气，非要用筷子表演开瓶盖，失败数次，还是上了酒起子。

五

那天晚上大家在啤酒、铁锅和大鹅的加持下全体喝得迷迷糊糊，就地卧倒留宿在了农家院里。

京郊的民宿是民宿，农家院是农家院。民宿可以做成小镰仓小苏州小圣托里尼小马拉喀什，农家院基本只有一个装修风格，就是——土炕加花床单。

讲究一点的还来个报纸糊墙，让人一觉梦回他们根本没经历过的年代。

周凯他们住下的这一家也不例外。

他跟程朗的房间，半个屋子是炕，另外半个屋子简单摆了点衣柜桌椅之类。墙上糊着报纸，窗户上贴着窗花，枕头被褥均是大红底色配粉色牡丹花，再点缀些个暗绿色的叶子，看得人眼睛发花。

唯一不够"复古"的是，那炕是电热的。估计是怕烧煤烧出危险，万一客人一氧化碳中毒就热闹了。

程朗一进门就笑了，说这个屋子也太喜庆了，感觉马上就要洞房花烛夜。

按理来说周凯此时应该狞笑一声说那咱就赶紧洞房吧，然后把她扛起来往床上一扔。

但是今天他搂着门框，两眼发直，一脸迷瞪，怎么看都是喝多了的感觉。

请问大家还记得这个驴第一次在程朗家喝多了之后都干了什么吗？

对，蹦跳，清理房间，并重新摆放家具。

使程朗的客厅达到了整洁的顶峰。

今天眼瞅着就要故技重施。他嘴里念念叨叨，直冲桌子上的纸抽而去："这咋灰这么大，这能住人吗？你上一边去，我得给整干净了！"

然后自说自话，发挥了极强的主观能动性，把屋里能擦的地方都给擦了一遍。只可惜这是农家院的客房，里头家具就那么两件，供他发挥的空间着实有限。

十分钟以后他就无事可做了，在地上转悠了两圈，一屁股坐在炕沿上，径直向后倒去。

"不行了，困死了，睡觉了。"

程朗看看他："那你先睡吧，我还不困。"

周凯三下两下脱了衣服，滚进被窝里，只露出来一个头，跟程朗说："想搂着你睡。"

程朗叹了口气，还是满足了他的要求。

俩人并排躺在横亘半个屋子的炕上，被面上印着艳粉的牡丹花。

程朗看着天花板说："你看我们俩，像不像三十年前的新婚夫妇。"

周凯在旁边意义不明地哼唧了两声，连手带脚都扒在她身上，头埋在她肩膀上，认真地打起了呼噜。

程朗也没有再去拿手机，只是瞪眼看着天花板，那上面也糊了报纸，但是关了灯，只有一片漆黑。

她觉得眼眶有点酸，只好更努力地睁大眼睛。路涵江跟她说过，喷嚏可以憋回去，眼泪也可以憋回去。

不过她失败了，一整天蓄积的情绪"哗啦"一下奔涌而出，又悄无声息地滴在枕头上。

她早就知道了，她什么都没有说，她一直在努力，存着微茫的希望，寻找各种台阶，希望那个人能自己改变主意。

现在，很显然，没有成功。

既然如此，伸头一刀，缩头也是一刀，不如来个痛快。

她终于开口了："你没睡着吧。"

旁边传来两声哼唧。

程朗没有放弃，抽着鼻子："我知道你没睡着。"

周凯装不下去了，只能开口："嗯，睡不着。"

程朗："你想说什么，就说吧。"

黑暗里传来几声吸鼻子的声音："我……你知道了？"

然后他自己一笑："对啊，你啥都知道。"

程朗："那你也得说出来，不说出来，就不算数。"

这次是悠长的沉默，夹杂着越来越沉重的叹息。

最终他说："要不然，我们还是算了吧。"

程朗瞪着天花板，她想说，我知道了，很酷，很利落，很不在乎。

可是她什么都没说出来，一个研究语言的人今天才发现，人在很伤心的时候，是不想说话的。

她只想翻过身去，把头埋进被子里哭个痛快。

有人从后面抱住她，很大力地抽鼻子："都是我不好，你和我在一起不会幸福的。"

程朗转过来："周南风，你不要再说言情剧台词！到底为什么？"

周凯用额头抵住她下巴，抽抽搭搭："我是惹祸精，不是我你就不会被车撞。"

程朗："可我没什么大事，车撞坏了修就是了，大不了换一辆新的。"

周凯："车没事，你有事。"

程朗："我有什么事，我好好的。"

周凯摇头："你那不叫好好的，你要是好好的怎么会睡不着觉，睡着了半夜就惊醒，你做梦都在发抖，你知道吗？"

这回是程朗不说话了。

周凯并没有要停下来的意思："你包里那个小药片，我在路涵江那儿也见过，那个玩意儿是治惊恐发作的。"

程朗那次被撞了车，大家一度全部紧张兮兮，但是后来经过医生确认，她本人的确也没有受什么影响。于是连同沈捷在内，亲戚朋友全都默认她没事了。

只有一个人是例外。

因为只有那个人半夜睡在她身边。

周凯不是个浅眠的人，一旦睡过去就很难被惊醒。可是有一天，程朗成功地把他吓醒了。

失眠他能理解，脑袋太好使的人都容易睡不着觉。路涵江容易失眠，程朗容易失眠，他高中的数学老师也经常失眠，失到最后头发没剩几根，全靠假发撑场面。

但是有些事情超出了他的认知，他没见过一个人睡着睡着觉忽然像被电了的鱼一样原地一个激灵，然后直接醒过来，再也睡不着觉。他也没见过自己女朋友在睡梦里裹住被子瑟瑟发抖，好像永远不会停歇。

然后他就也跟着睡不着觉了。

他知道程朗不喜欢那种大惊小怪，被蚊子踢了一脚都觉得会死的人，但是他又真心觉得，那车祸是不是把程朗脑袋给撞出毛病来了。

他就只能自己在一旁偷偷地打听，旁敲侧击地骚扰路涵江，问他吃的那个蓝色小药片是什么。有一天看到程朗吃，她说那是安眠药，但是周凯总觉得哪里不对，上次路涵江社恐恐到喘不上气来，吃的好像也是这玩意儿。

果然，路涵江说那个药是人类的好朋友，具有抗焦虑、镇定情绪的作用，可以治疗惊恐发作，当然，安眠的作用也有。

然后他很自然地问："程朗最近在吃这个吗？"

周凯苦笑，他怎么可能瞒得过这些人精，就只能默认。

路涵江听完来龙去脉以后，跟他说，你听过PTSD吗，创伤后应激障碍。

他认真回忆了一下，没想起来，路涵江在那头认认真真给他解释了一遍。这家伙一拍脑袋，恍然大悟："哦！我知道了，就是这么回事。"

然后直接关掉了视频。

反正那边路涵江是不可能主动给他打过来的。

别的人不知道，可是他知道。以前程朗也撞过一次车，开车的是她那个王八犊子前夫Mark，她坐在副驾驶，那人直勾勾地朝树开了过去。

创伤后应激障碍，再次碰见相似情境的时候可能会引发惊恐发作，恐惧、呼吸困难，以及全身发抖。这一切发生在理智控制的区域之外，只等人的防御一松懈，就开始作祟。

周凯也开始睡不着觉，他看着程朗在睡梦里发抖，就会想起来，害她再撞一回车的罪魁祸首，不就是自己吗？

可能周老九说得没错，我就是个晦气东西，谁跟我待在一起谁倒霉。

周凯觉得，可能程朗身边没有自己的话，她会过得更好，起码不会被车撞了之后还要失眠和半夜惊醒，靠小药片控制自己不要发抖。

　　即使他心里头一万分地舍不得。

　　可是他更希望程朗健康而快乐。

　　"你什么时候发现的？"周凯问。

　　"你说要请一堆人来吃铁锅炖大鹅的时候。"程朗回答他。

　　周凯抱住她："我……我不知道该咋说……所以……"

　　"所以你不敢单独和我待在一起。"程朗替他补完了后面半句也并不给他答话的机会。她深吸一口气，接下去，"你不用说了，我都知道了，可能这样对我们俩都好吧。"

　　周凯感觉心里头有一根弦拽着，"咯噔"一声，胸口一疼。

　　他觉得自己真的快挺不住了，只好一翻身坐起来，开灯去拿桌子上的纸抽，开始擤鼻子，擤完又拿两张往程朗脸上抹："别哭了，多砢碜，一脸鼻涕泡。"

　　两人抬起头，四目相对，都愣住了。

　　客房里那喜庆的大红床品……它掉色……

第二十二章　今我来思

一

周凯下车的时候，下午的太阳斜斜照过来，晃得他头昏眼花，视野里瞬间出现一大片盲区。他赶紧把卫衣的帽子扣上，才能看清东西。

其实看不清也无所谓，这片地方他再熟悉不过。毕竟在这里炖了好几年的大鹅，铁锅都整漏了两口，这里每条街上卖什么，哪个饭馆黑心哪个早点铺子实在，哪个酒店的小老板和哪个超市的老板娘有一腿，他心里头门儿清。

只不过这一次回来，他不用从长途汽车站扛着行李再折腾回他跟郭小凡的"凯旋铁锅炖"，有人给他买头等舱的机票，有人帮他拿行李，有专门的司机在机场开着豪华商务车等着接他，还有一堆粉丝在到达出口蹲点尖叫，趁他往外走的时候往他手里头塞各种小礼物。

要是在以往，他大约会享受一下旧地重游衣锦还乡的痛快，跟程朗开玩笑说自己从锅边炖菜的变成墙上合影的了，估计旁边烤串店的老板眼珠子都要掉下来。可是现在，程朗不在，一切都变得索然无味。

他只想赶紧远离人群一头扎进剧组。

这是个武侠剧，他演男二号，一个武官，负责倾慕女主角并跟在她后面收拾残局，最后为救女主角连命都给搭上了。

沈捷说："你没演过古装剧也没演过武侠剧，要不要再考虑一下？这个剧冬天拍夏天的戏，可挺遭罪的。"

周凯头都不抬说："就它了，没啥可考虑的。"

因为这个组开机最早，他在北京一秒钟都不想多待。这个城市的一切都让他想起来程朗，又想起来自己亲手把她推到一边去。想到这些他就吃不下饭，还不如赶紧进组忙活起来。

于是公司紧锣密鼓一通张罗，终于极速签好了合同把他送进剧组。

那武侠剧邀请周凯，本来是不抱什么希望的。制片说有枣没枣打一竿子试试呗，就问了问经纪公司。谁知道人家就同意了，天上一个冻硬了的馅儿饼砸下来，全组都有点昏头昏脑。

而且这位还没提什么奇怪的无理要求，什么整个团队要住总统套房啦，拍摄地旁边必须要有五星级酒店方便去上厕所啦，也没带着七姑八姨自己家的狗一起过来蹭吃蹭喝。

导演组现在每天都在心里烧高香，想着被社会毒打过的演员就是吃苦耐劳啊。

通告上说几点化妆就几点出现，几乎不迟到，那种睡到自然醒才出现在片场的情况周凯根本不会出现。

拍翻窗户的戏，"咣叽"从窗框上摔下来，磕得龇牙咧嘴，也不生气，拍拍屁股起来又翻了好几回。翻得导演发誓下一场一定喊武替，万一磕坏了他可赔不起。

大冬天的穿个夏天袍子在水里头拍过河的戏，上蹿下跳地也不嫌冷。制片看了连连感叹，这吃的是草，做出来的是驴肉火烧啊。

其实周凯也不是不冷，或者说，他其实一直都觉得挺冷。

包邮区本来就没暖气，片场就更加不可能有，只能摆点暖风机烘一烘，头暖了脚就冷，脚暖了手还凉，没有太阳的天气，整个就是冰系魔法攻击。

他开饭馆那几年，一到冬天就跟郭小凡咬牙切齿地吐槽，说要是有朝一日挣着钱了，要头也不回从这鬼地方搬走，从此再不回来。

这话说完还不到两年，他就又在包邮区的冬天里瑟瑟发抖了，并且预计要待到明年春天。

打脸的速度也着实有点快。

不过待了一阵子之后，周凯发现，冷也不一定是件坏事。人在冷的时候，思维会变得迟缓，头脑简单，脑浆子像是都跟着冻住了，这样就比较没那么容易想起来程朗。而且手也冷，就不会想一直捏着手机看以前的聊天记录，也不会一直在所有社交媒体上偷偷看她今天又干了什么。

所以他知道程朗现在不冷，她待在一个很暖和的地方度假，面朝大海，有水果吃有椰子计喝，身边还有个沈捷跟她做伴。

这两个人现在属于失恋阵线联盟。

当程朗喊沈捷去海边度假的时候，她几乎是秒回，把周凯送进剧组安顿好，就直接飞去找程朗了，连夏天的衣服都是落地了机场现买。

俩人一碰头，才发现对方都刚刚和男朋友分了手。

沈捷一拍大腿："我说那货怎么突然转性了蹦高要进组拍戏，搞半天是躲你啊！"

程朗趴在游泳池边的躺椅上，面前摆着个椰子，一脸萎靡，并没有什么喝的兴致。

"躲我干什么……我又不吃人……我也不吃驴肉火烧！这辈子都不想看到驴肉火烧了！"

沈捷还是不能理解："之前吃铁锅炖大鹅时候不还好好的吗？怎么就分手了？"

程朗用吸管戳椰肉，把椰子里头戳得千疮百孔："就是那天分手的。"

沈捷"扑棱"一声坐起来："也没看出来啊……啥情况啊这是……他做个饭哪惹着你了？"

程朗摇头："不是啊，没有，可能……有一段时间了吧。"

沈捷心里头咯噔一下，她这个外甥女说话向来滴水不漏的，一旦开始语无伦次，大约事情就真的挺严重了。

她索性坐到程朗那张躺椅上，压低声音又问一遍："怎么了啊？"

程朗还在面无表情戳她的椰肉："他觉得是他害我被车撞，

给我带来各种麻烦，我跟他在一起不会幸福的。"

沈捷皱眉："这你就答应了？这么狗的理由你都答应？"

程朗叹口气："我也觉得他跟我在一起不会幸福的，或者说，我根本没想好自己适不适合走进亲密关系。"

在那次事故之前，她并没有发现自己的PTSD问题。她觉得之前Mark带来的伤害，随着时间推移会慢慢消失的。可是如今不同了，很明显那一团阴影没有消失，只是躲在暗处伺机而动。

一旦得到了机会，就跳出来张牙舞爪，让她半夜惊醒，让她在睡梦中浑身发抖，让她认真考虑在这种情况下跟周凯在一起，对他究竟是好事还是坏事。

但这些她都不想再跟沈捷说一遍了，痛苦的事情反复描述，实在是太耗费精力，她现在没有那个勇气。

于是她问沈捷："你说你也失恋了是个什么情况？方笑尘怎么了？"

沈捷果然顺利接过了话头："也没怎么，就是我们俩……对未来的规划不一样吧……早十年碰上他说不定就不一样了。"

沈捷喝了一口她的椰子："你知道方笑尘很早之前结过婚吧？"

程朗："嗯。"

沈捷："他跟前妻有个儿子，现在二十出头。"

程朗："你好像说过。"

沈捷："那个儿子被前妻带去美国了。"

程朗："他儿子不希望你们在一起？"

沈捷摇头："不是，他儿子跟他都不太熟，一年就见个一两面。"

程朗："那是怎么了？"

沈捷："是他儿子有个女朋友。"

程朗："女朋友喜欢方笑尘了？"

沈捷冷笑一声："我倒宁可是那样，问题是，女朋友怀孕了。"

这回程朗终于放过了那倒霉的椰子，爬起来坐好，听沈捷在那里咬牙切齿。

"他本来说去美国看一下儿子就回来，然后就发现儿子女朋友怀孕了，还打算把小孩儿生出来跟他儿子一起养，然后他就待在那边不走了。"

程朗："然后呢？"

沈捷："他一直有点后悔，觉得自己年轻时候就顾着工作，不怎么去陪小孩儿，导致他儿子跟他基本没啥感情。这回儿子要有小孩儿了，可算找到后悔药了，小孩儿的亲情可以从头培养，所以这人打算经常蹲在美国给一个婴儿认真当爷爷。"

程朗："这好像……也可以理解。"

沈捷："我不是不能理解，但是他功成名就了可以半退休，我肯定没法儿陪他待在美国给人家当……当……当……"

"当奶奶么哈哈哈哈哈哈哈……"虽然程朗心情着实不怎么好，但她还是很不厚道地接下了这半句话。

二

在进组之前，沈捷跟周凯嘱咐了大概几千条，这个那个，事无巨细，比郭小凡他妈还磨叨。刚好那会儿他心情低落，左耳朵听完，百分之八十都从右耳朵冒了出去，还剩百分之二十也没能完整留存在脑袋里。

"这拍戏剧组不都一样么，我又不是没干过。"周凯想让沈捷赶紧闭嘴。

沈捷盯着他，语重心长："每个剧组都是不一样的，人不一样，剧组氛围会变得相当不一样，你不要以为谁都跟老白那样。"

那个时候，周凯还完全不能理解她这话的意思，但是进组三天，他就懂了。

的确，这个武侠剧的剧组，和老白毛儿那文艺电影的剧组，完全不是一回事儿，工作方式也相当不一样。

老白毛儿兴致·上来在现场盯通宵也是常有的事，这边基本上下午六点以后就看不到 A 组导演的身影了，人家喝酒去了，那不还有别人能盯么。

老白毛儿成天蹲在那儿龇牙咧嘴揪着头发想剧本，这边导演只会花式折磨跟组编剧。

还有就是，老白毛儿那个剧组，不用天天拍谍战片。

周凯刚到时候不大理解，为啥片场老有几个工作人员傻楞二愣到处溜达，眼珠子四处乱瞟。然后就发现其中一个掏出对讲机:"东边东边,东边山上有一个!"

不一会儿山上草丛里被撵出来一个扛着照相机的姑娘,满身都是土和草,一边走还一边伸脖子往这边看。

要不然就是拍着拍着脑袋顶上一片奇异的嗡嗡声,有个工作人员掏出弹弓就要朝着无人机招呼。

还有什么伪造证件混进剧组的,在酒店门口蹲点的,在剧组车上偷装定位仪的,不看都不知道娱乐圈的偷拍技术发展到这种程度了。

老白毛儿那剧组里是不会有的,因为他们那儿没有什么大明星。最大牌的是老白毛儿,没有粉丝乐意看一个谢顶导演抠脚的偷拍图。

这个组就不一样了,虽然不是顶级大制作,但是男主女主也是拿得出手的明星,还空降了一个周凯,最近追着这小毛驴屁股跑的人可不老少。

抓偷拍成了剧组的日常,周凯也跟着贡献了一份力量,没事就往旁边山坡上瞅两眼,给自己脑袋瓜子找点事干,才会不那么容易想程朗。

其实他也很奇怪,他一直觉得自己是那种能动手绝不过脑子的人,脑壳里头那堆东西基本属于摆设。但是最近,好像终于从脑花升级成了大脑,时不时地给他一点刺激,提醒他曾经有个做梦都找不着的女朋友,然后被他亲手给撵走了。导致他吃东西没味看东西不聚焦,眼珠子还经常迎风流泪。

周凯觉得这脑子好使得有点儿不是时候,得给它找点事干,抓偷拍的就是个不错的事儿。

练了一阵子之后，他已经总结出了规律，能从一片乱草的荒山上看出哪片藏着人，瞥一眼就知道天上那是无人机还是鸟，甚至能从无人机发出的声音大小来判断弹弓到底能不能打到。比工作人员发现得还早，永远快人一步。

每个艺人都有点儿自己的怪癖，剧组的人司空见惯，但是兜里永远揣个望远镜加一副弹弓的家伙，的确是不怎么常见。

混熟了以后，他们也会不时跟着问问："周哥今天逮着几个啊？"

没办法，这位无论如何不能接受自己被称作"周凯老师"这件事，宣称他这辈子最怕就是老师，谁这么叫他跟谁急。

于是他就成了周哥。

除了抓偷拍，周凯学到的另一个谍战知识是：不要给陌生人开门。

公司对他进组这个事颇为重视，给他现配了助理、保镖和表演老师。雁雁一个女孩子给他当助理不方便，就又找了个男孩子阿牛过来跟他。

至于保镖，周凯其实不能理解，说自己驴高马大还要什么保镖。沈捷说主要是替你挡掉围观啊粉丝啊什么的，那也不能大庭广众你撒腿就跑吧。

周凯觉得也有道理。

但是呢，毕竟他也不是美国总统，保镖不可能24小时蹲在他门口，人家也要吃饭睡觉上厕所。

所以沈捷还是再三叮嘱他，在剧组不要随便给人开门，你不知道半夜来敲你门的都是谁。

周凯没当回事，谁也不认识他，半夜敲门估计只有送外卖的。

结果不到一个月，他半夜被敲了四五次门。

第一次号称是客房服务，他刚洗完澡在床上懒得动弹，就叫人家回去，说今天不用打扫。

门外又问要不要送水，这个时候真服务员来了，问你是干啥的。

对方落荒而逃。

周凯低头看看自己连条浴巾都没围的自然风干造型，连连感叹还好犯懒不想起来。

此后就略微多了一点心眼，打发走了一个没点过的外卖，一个号称要来聊剧本的编剧（事后发现查无此人），还有一些个真工作人员。

比如喝多了的导演，跟导演不对付要来挑事的制片，还有B组的女演员什么的。

他现在深刻理解了什么叫公众人物，真闹心啊。

但是今天晚上来敲他门的，居然是个熟人。

不要给陌生人开门，熟人，还是得开吧……

于是他给江静静开了门。

虽然深更半夜，江静静仍旧是女明星出街标准打扮，棒球帽配连帽衫，衣服上还别着个墨镜，方便随时挡脸。

周凯白天就听到江静静来的消息，但是没见着人。她不是常驻角色，过来客串一阵子就走。周凯没想到在这个组里还能天降熟人，也是觉得有点儿意外。

结果晚上人家就发微信说要来找他叙叙旧。

他也不好意思不开门。

江静静一摘帽子，周凯就盯着她脸瞅了半天，然后问："我咋觉得你跟上次长得不太一样了？"

江静静倒是很坦率："过阵子要拍个戏，那边觉得我鼻子不够挺，就去做了一下。"

然后凑近他："现在还能看出来肿吗？前两天还有点肿呢！"

周凯摇头："你脸上粉那么厚哪能看出来。"

然后起身去开冰箱："你要喝啥，我这有可乐，还有橙汁……"

江静静要了矿泉水，她说那个新戏得减重，最近她都在断碳水。

周凯直摇头："你们这咋跟捏面人似的，说哪不好还带去改的。"

"那怎么办，不去改人家就找别人了，有的是人愿意改。"江静静喝口水，"其实男艺人也一样，你看谢初飞不是也老得返厂。"

"那咋没人让我去整？"周凯陷入沉思，然后得出来结论，"让我整我也不带去整的。"

江静静凑过去，捧住他的脸："因为你长得好，不用整啊。"

吓得周凯当场举双手投降，浑身僵直："你干什么玩意儿！"

三

周凯整个人此时的状态，用程朗的话叫呆若木鸡，用他自己的话叫"麻爪了"。

毕竟对方不是拎着板砖上门削人的带头大哥，他不能上去一个酒瓶子把人砸开花，也不能揪着头发用膝盖顶人家肚子，一切之前习得的近战技能，面对着一个和他半生不熟的女明星都没有用武之地。

他只能选择高举双手原地站好，确保自己不会瓜田李下碰到哪儿，然后再开始对敌方喊话。

周凯："停停停你别瞎摸！喝多少了你这是！"

江静静松开手，有点茫然："我没喝酒啊。"

周凯："没喝你咋跟喝高了似的，搁这耍啥酒疯！"

他还是留了个心眼，把这种行为定义为"耍酒疯"，才好给对方台阶下。

江静静有点生气："不是你叫我来的吗？你现在算是要怎样！"

周凯理直气壮："我叫你来吃小龙虾啊！扒小龙虾，没让你扒我！"

下午的时候江静静给他发微信说到剧组了，晚上一起吃饭不。

他说晚上有他的戏，拍完不知道几点。

江静静又说那拍完我去找你吃夜宵？

周凯当时想着拍完都累散架了完全不想再爬去吃什么夜宵，就说我在屋里吃小龙虾外卖，你要是想吃可以过来一起吃。

　　江静静说好。

　　现在小龙虾外卖还没到，江静静人先到了。

　　情况就是这么个情况。

　　江静静回想了一下自己跟周凯的对话，露出完全不可思议的表情："你还真叫我来吃小龙虾啊！"

　　周凯也露出和她差不多的表情："对啊，那我微信上不写挺明白吗！正好那小龙虾一份挺多的我吃不了，这不寻思你来了正好分你一半么。"

　　江静静长出一口气，一张脸蛋白了又青，青了又红，还好她出门前特意补了妆，看不大出来。

　　"你先把手放下，我也不能吃了你！"江静静看到周凯那个浑身僵直的人棍样子就生气。

　　"不是，我很好奇你这脑袋里装的都是什么东西，是奶茶还是芋泥啊！"江静静一生气，就无法保持冷静。拿出她当年上表演课的精神头来，在周凯面前挥斥方遒，"你跟我，孤男寡女！同在一个剧组！深更半夜！谁能信你真请我来吃小龙虾！"

　　江静静一股怒气上头，眼神越发凶狠。周凯不由得瑟缩了一下，迟疑地开口："那你以为……我是要……那啥……"

　　江静静："你觉得我能怎么以为！"

　　"哎……不是……我真不是……"周凯想要跟她道歉，但是话在嘴边堵成了一团，哪句说出来好像都要挨骂，要是程朗在就好了，程朗肯定不会闹这种笑话。

可是程朗不在，程朗已经从他生活里消失快半个月了。

程朗虽然不会出现，小龙虾却真的准时出现了。外卖小哥把东西放在门口，一溜烟地奔向下一单去了。

周凯把那巨大一盒小龙虾拿进来，递到江静静面前："真有小龙虾……我真没别的意思……"

江静静能说什么呢，也只能就坡下驴，评论起小龙虾来："闻着是挺香，怪不得你老惦记着。"

周凯把盒子放到桌上，问她："你吃不吃？"

江静静摇头："我减肥，太油了不能吃。"

周凯垂头丧气："行行我明白了。我头脑简单四肢发达，说话不过脑子。我跟你赔礼道歉，让你误会了，是我不对。"

江静静翻个白眼："孩子啊你可长点心吧，这样早晚叫人卖了还给人数钱。"

周凯继续低头，拿出来上学时候面对班主任关大牙的劲头："我不对，我下次肯定不瞎说话。"

然后瞄一眼江静静："我饿得不行了，前胸贴后背了都。你不吃我先吃了，咱边吃边说啊。"

江静静喝着矿泉水，眼见周凯在那里左右开工进食小龙虾，告诉自己心静自然凉。不过还是有点儿不甘心。

"哎，我说，你也够坐怀不乱的啊……"她看着周凯，欲言又止，还是想给他一次机会。

周凯嘴里塞了一口虾肉，头也不抬："我又不是没有对象。"

然后就噎住了。

奋力咽下去那点玩意儿，赶紧纠正："不对，我现在没有对象了。"

江静静嗅到了八卦的气息："你到底什么情况？前阵子那个偷拍是真的？你真有女朋友？"

周凯也懒得瞒她："那时候有，现在没有了。"

江静静顿时来了兴致："分手了？"

周凯："嗯。"

江静静："为什么呀？"

周凯："不合适呗，哪有那么多为什么。"

江静静："不是你喜欢上别人了？"

周凯："我是那样人么！别瞎打听，不合适就是不合适呗！"

江静静："那你觉得她不合适……我合不合适啊？"

周凯又一次被吓着了，他终于放下了手里的小龙虾。

"你你你别瞎开玩笑。"

江静静拿出了一副严肃脸："我没开玩笑，我是认真的。"

周凯满脸不能理解："你是女明星啊……你要啥对象没有……你为啥能看上我这样的……"

江静静："我就喜欢你这样的。"

周凯："咱俩不熟吧……一共也就认识那么……一个礼拜？你知道我是啥样人吗？"

江静静："我以后可以慢慢知道，感觉对了先开始再说。"

周凯突然站起来，摘掉吃小龙虾的一次性手套，过去把江静静刚才放在一边的帽子拿起来，递给她。

"那我也认真跟你说一次，不管你对我啥感觉，我对你真的啥感觉也没有，我现在也没心情跟任何人处对象。不早了，你赶紧回去睡觉吧。"

话说到了这个份儿上，江静静也就只能拿起帽子回去了。

周凯把门一关，面对着剩下那半盆小龙虾配青笋，顿时失去了胃口。

沈捷说得对，剧组啊，太复杂，以后半夜天塌下来他也不开门了，认不认识的都不开。

他倒回床上，望着天花板，忽然觉得非常讽刺。

三年前，他还在这个没暖气的影视城卖铁锅炖大鹅，想都不敢想，有一天电视上的女明星会跑过来说喜欢他，并且差点儿把他就地正法。

然而当这种事情真的发生了，他居然一心只想把人家撵走。

这世界上的事儿真是说不清啊。

今天这个事要是给程朗听见了，她得笑死，肯定又是给我一顿教育。周凯抬起手，看着那个黑色的橡胶手环，遥控器在他兜里，他按了两下，电得自己一哆嗦。

程朗这个人说分手就分手，第二天径自跑到他家把自己的东西全部打包拿走了，但是把这个遥控器留下来了。

谈恋爱的时候两个人玩小情趣，周凯让她拿着遥控器，说我永远在你的魔爪下生存。

周凯看到那个遥控器放在茶几上的时候，胸口陡然痛起来，像被他爸踹了个正着。这样一来，他们两人，也就彻底没有关系了吧。

但是他选择还戴着那个手环，并且把遥控器也揣在了兜里。

人总得有个念想。

四

程朗正在走神。

她跟沈捷，作为失恋阵线联盟，虽然出来度假了，但很显然提不起什么游山玩水的兴致，整日泡在酒店各处进行躺平活动。沈捷还跟她感叹，说岁月不饶人，年轻时候心情不好还可以喝酒蹦迪发疯，如今只想待在床上躺尸，多一个指头都不想动，发泄都发泄不动了。

程朗作为一个心情同样不好的人，毫不留情地指出她上次心情不好的时候，还在她小区楼下借酒浇愁，并结结实实吐了路涵江一身。

沈捷瞪她一眼，说那我还又老了半岁呢，现在只感觉身体被掏空。

彼时刚好有个服务员过来跟她们介绍新推出的什么冥想+SPA放松套餐，俩人一合计，反正都是瘫着，不如换个地方瘫，就顺手预订了两份。

结果SPA过于火爆，要约到明天，今天下午只能参加冥想活动。

于是，此时此刻，她们俩正和其他三位中产阶级女性一起在房间里盘腿席地而坐，听前头一个穿得衣袂飘飘的教练用同样缥缈的语气说："来……想象一下……现在你正坐在海边，海浪打在你的脚上，来关注自身的呼吸，契合自然的节律。"

程朗闭着眼睛，眼珠子不受控制地往上翻了一圈。

这个什么教练的套路就不能因地制宜一下吗，这酒店就建在海边，出了冥想教室的门五分钟可达私人沙滩，她们俩卧室的窗户外头碧蓝一片，就这还需要想象？

想象不了当然也没法儿跟着往下呼吸吐纳什么的，她把眼皮抬起来一条缝，瞟一眼旁边的沈捷。

结果沈捷也正好在看她。

程朗指指前头还在徒劳想象大海的教练，意思是你咋不听她扯了？

沈捷摇头晃脑，指指自己的脚，用口型告诉她：我腿麻了。

那一瞬间二人眼神相交，同时举起手指了指门外。

走不走？

走吧。

这冥想课还要持续一个小时，还是撤吧。

别疗愈不了心情反而更加闹心了。

于是两人蹑手蹑脚，从香气缭绕仙乐飘飘的屋子里头溜了出去，去真正的大海边上吃起了饭。

很明显，湿奶油老虎虾的疗愈作用要好于酒店捆绑销售的正念冥想课程。

柠檬叶九层塔和椰浆搭在一起，就是一股子热带风味。

如果程朗没有咬到一颗小米辣就更好了。

海边的餐厅四面皆没有玻璃，不时有小鸟儿飞进来跳上桌子。程朗贪看一只小鸟啄人家的头花，就忘了筷子上夹的是什么。

被辣得七窍冒烟，赶紧灌下大量冰啤酒。

好不容易消停下来，沈捷又凭空丢给她一个比小米辣更劲爆的消息。

"我就说啊，男的不行。"她拉着个脸，给程朗看聊天记录，"我在剧组的内线说，有个江静静半夜从那小兔崽子房间里出来。这才几天啊就绷不住了！朗朗你就不该因为他伤心，不值当，你看人家马上翻篇了！"

程朗灌下去最后一瓶冰啤酒："敢情你们派过去个助理是去监视周凯的啊？"

"那也不是，主要还是给他当助理。我就是叫他多留意着点有点风吹草动及时跟我汇报。"沈捷解释。

然后回过味儿来："哎你怎么还站他那边啊！人家都跟别人好上了。"

程朗瞅着那聊天记录："这也不算是确凿的吧？还没有我们俩被发现那次真，起码那次是有照片的。你看这个助理，也是听别人说的，这个别人也不知道是又听哪个别人说的，什么实质性的证据都没有，你也不能说他就跟别人怎么样了吧？"

沈捷从鼻子里哼出来一声冷笑："你当是你写论文呢，还又有证据又有数据，八卦就是这么你一嘴我一嘴传出来的。"

程朗："所以我说也有可能是谣言么，这有什么不对？"

沈捷认真地把菜里剩下的小米辣挨个儿挑出来放在一边，一边挑一边跟程朗说："这个事呢，是真是假，我现在也不能确定。但是有一点我能够完全确定，剧组里半夜敲门的事情，是真的会发生的。"

她见程朗没动静，就又补上一句："我送他进组时候已经嘴皮都磨烂了跟他说别随便给陌生人开门，但是吧……这个驴是啥德行你最清楚，他不想听进去的话说了就等于放屁。"

"所以你认为，江静静半夜从他房间里出来这件事，是有很大可能性的?"程朗问。

沈捷："反正我觉得这一出挺熟，我之前看过不知道多少场了。"

程朗转头看外头真正的大海。傍晚是退潮的时间，湿润的沙滩露出来，一道一道海浪非常温柔地涌过来，洗掉沙滩上的一切痕迹。

她深吸一口气，说："就算真的是这样，我们已经……不在一起了。他要和谁交往，也是他的自由。"

程朗一直觉得自己是个挺理智的人，可是海风吹过来，仍旧是鼻子一酸，心里涌上来一股说不清道不明的委屈。

她理智的大脑有百分之八十相信周凯不是个马上能把她抛诸脑后的人。

可是另外百分之二十，不受理智控制，在神经递质的作用下把一切事情推演向最坏的结局。

很显然，人类不能百分百控制自己的身体和思维。

要不然程朗就能说服自己，不要在海滩上对着湿奶油老虎虾抹了眼泪又抹鼻涕。

沈捷也跟着一脸不痛快："你说你……我跟方笑尘，那是真没办法，人生规划彻底不一致。你这……他想分手你就跟他分啊，他虎你也虎呗。虎完人家又乐呵了，剩下你在这儿放不下。"

沈捷拿起来手机："不行，我得跟周凯说道说道。"

被程朗当场制止："我们都是成年人，做了决定就要承担后果。当时非要跟他在一起的是我，一定要分手的也是我，我没有立场去指责任何事情。"

沈捷瞪着程朗："然后他在那儿把妹，你在这儿抹眼泪？气得我吃不下去饭？"

程朗突然笑了："你这一套还挺押韵。"

沈捷拉下脸："行了行了你跟个花猫一样，赶紧去洗把脸。晚上还有篝火晚会呢，现场勾搭俩小狼狗，谁还不能翻篇啊。"

然而这两人都没能出席篝火晚会。

沈捷晚饭化悲愤为食量摄入了太多碳水，困得不行直接睡过去了。

程朗去泳池旁边的玩具店买了一套铲子小桶，一个人蹲在僻静处挖沙子。

挖着挖着就开始想念摆在家里的那个乐高利勃海尔挖掘机。那个玩意儿可以用手机遥控，真的能走，也真的能挖。她刚拼完的时候周凯说回头咱们俩给拿到沙滩上，肯定是海边最靓的崽儿，别的小朋友要羡慕哭的那种。

现在呢，现在沙滩上只有程朗一个人。

以后他们俩也不可能在一起挖沙子了吧。

想到这里程朗真实地感受到了心口疼。原来心碎这个词是有现实依据的，她想。

第二十三章　眷眷怀顾

一

　　程朗离开"帝都"去度假的时候，树上还残留着稀稀落落的黄叶子，有那么一点秋风萧瑟的意思；等到她回来的时候，车窗外头已经只能看见光秃秃的树枝子了。想必这几天又结结实实刮了几场大风，从机场到家这段路途，她已经感到嘴唇上裂开了两道口子。

　　"哟，小程啊，出差去了？"

　　程朗在小区门口刚下出租车，就跟赵大爷撞了个正着，于是那行李箱，不由分说就从司机手里被转移到了赵大爷手里。

　　"不是，出去玩了。"程朗试图从赵大爷手里抢过自己的行李，未果。老头子拖着拉杆箱的手坚定如磐石，健步如飞，气势比黑车司机和酒店门童不知高出多少。

　　程朗只能跟在他后面微弱地抗议："大爷我自己拿吧……

也不沉……"

赵大爷态度坚决："两步路，你没戴手套怪冷的。"

程朗并不想在大庭广众之下和赵大爷抢夺行李箱，只能老老实实跟在他后面往家走，并配合他闲话家常。而且，她真的挺冷的。

赵大爷："这是上哪儿玩去了啊？"

程朗："哦，去海边待了两天。"

赵大爷："挺好挺好，年轻人得劳逸结合，该休息就休息。我瞅着你都瘦了，肯定是上班给累的。我儿子也是，那恨不得一个月就休两天，剩下时间都在单位加班。这资本家的钱不好挣啊！"

程朗还没想好应该敷衍点什么，只听赵大爷话锋一转："我就说哪儿不对劲呢，你出去玩，没跟周……那谁一起啊？"

赵大爷还挺有保密意识，特意压低声音询问，并且观察了四周环境。

程朗："他有工作，没时间。"

赵大爷龇牙咧嘴："没工夫陪你去，咋也不来接你呢？瞅着挺会来事个小伙子啊，这么处对象可不行啊，下回碰上我得说说他！"

程朗原本可以随便说点什么应付过去，可不知道为什么，面对赵大爷，她突然就失去了任何编瞎话的兴趣，跟在后面小声地说："我们没有在一起了。"

赵大爷没听清，回头扯着嗓子问："啥？没有时间？"

然后直接义愤填膺："没有时间挤时间啊！工作是给公家

干的，对象是给自己处的啊！不是大爷说你啊，你们小年轻的不懂，工作没了那有的是合适的，对象没了再想找个合适的，可费死劲了，说不定这辈子就找不着了！要不你看毛毛奶奶死了那些年，我咋都不找老伴儿呢，没合适的啊！"

"合适的人，那么难找吗？"程朗问。

赵大爷扯开了话匣子："哎……你们还年轻啊……你们不懂……那些个老太太，和我能说到一起的就没几个。上回碰见个差不多的呢，整半天人家为了让孙子在我房子那片上小学，才乐意跟我过……你说这事整得……多憋屈啊……"

"还能这样啊！"程朗也大为不解，这老太太为了孙子也是够拼的。

"可不就是嘛！在这事儿以前，我都不知道还有这门道呢！然后六号楼那高老太太还笑话我，说这回知道了吧，别人对你好那未必都是真心实意，还不如我家猫，那一个个心里头不带有别人的。说起来高老太太上回还问……那谁呢，说多好个小伙子，咋就找不着对象呢。我都没敢跟她说你俩的事……"

赵大爷露出一副专业地下工作者的神情："放心吧，我心里有数，我不能出去瞎说。"

程朗也不是第一天认识赵大爷，对于他的习惯性驴唇不对马嘴一般都是习惯性忽视。只有今天，她认真地接了话："您觉得，他都哪里好呢？"

"长得好啊！"赵大爷想都不想，脱口而出。

"哎，我活了六十来年了，长这么精神的小伙子就没见过几个，而且健康，身体倍棒吃嘛嘛香，帮高老太太扛她那猫砂，大气都不带喘的。我跟你说啊，你们小姑娘不觉得，这身体健康可太重要了，不健康的一过了三十那是越来越完。"

也没说出来是怎么个越来越完法，得靠程朗自己体会。

"而且啊，这都是些个外在条件，最重要的，他在乎你啊！你是不知道，有一阵子那谁啊，天天蹲月亮地里盯着你家窗户瞅，梁山伯瞅祝英台也就那么个瞅法。别的我不敢说，他心里头有你那是肯定的，这也得亏你后来跟他好了，你要是不答应他啊，我看他得难受一辈子。"

"不至于吧，他才二十多岁，后面不知道会遇到多少人。"程朗不知道是在说服赵大爷，还是在说服自己。

"至于，肯定至于，谁不是打小年轻过来的啊。一看他那样我就知道，你在他心里头那就是啥……电视里头说的……白月光！到死都得惦记着那种。"赵大爷最近在看古装仙侠爱情剧，白月光重灾区。

"您也有忘不掉的人吗？"程朗问。

赵大爷一瞬间严肃起来："毛毛她奶奶啊……她一走，我这日子过得……啥意思没有……直脖等死……"

语气非常的萧瑟，凭空让程朗打了个寒战。

然后赵大爷迅速地回归了主题："你们啊，太年轻，不懂……找着个好对象不容易。少加点班，多在一起凑合凑合，钱啥时候挣都行，穷不死人。"

说着就到了程朗家单元门口，赵大爷终于肯把箱子交给她了。

程朗连声道谢，赵大爷笑笑："没事，我就当锻炼身体。"

说着径自朝门口溜达出去，事了拂衣去，深藏身与名。

剩下一个程朗，两手冰凉，拖着箱子，回到家里，把外衣鞋子随地一扔，灯也不开，坐在沙发上发呆。

她以为出去待了一阵子，心情会好很多，可是赵大爷两句闲扯，又把她拽回了标准失落状态。

她的心里升起来一个疑问，赵大爷说的，是不是也有道理？她离开了之后，周凯会不会也过得很痛苦呢？如果是那样的话，她离开还有意义吗？

然后江静静的脸自动蹦了出来。

哦，对，他在剧组，还有心情和别的女演员纠缠不清，应该……没什么大问题吧。

但是可能也不是那么回事？娱乐圈的新闻跟赵大爷的理解力应该差不了多少？

程朗，一个可以在几万条语料里头归类、筛选，找到规律并画出来漂亮模型的人，就这么陷在感情谜题里头纠结了好几个小时，直到把自己饿到低血糖为止。

她头晕得厉害，摇摇晃晃走到厨房，拿出来一罐冰可乐灌下去，才勉强恢复了点精神。

赶紧点个外卖救急。

可能是之前说了太多次驴肉火烧，一打开外卖软件，扑面而来，全是大数据推送的驴肉火烧。

程朗自嘲地笑了一下，点了两个精肉火烧加一份酸辣土豆丝。

今日就是要碳水配碳水，好好放纵一下。

二

分手这件事情，令人痛苦的很大一部分原因，在其余波悠长。

并不是双方一咬牙一狠心，大路朝天各奔一边那么简单，做出这个决定以后的每一件善后工作，都会带来一波新的难受。

你得把通讯录里打情骂俏的聊天昵称换回对方的大名。

你得把自己的东西和对方的东西交割清楚。

你得放弃预计和对方一起进行的所有计划。

你还得在别人问起的时候，装作漫不经心地回答：我们已经不在一起了。

很显然，周凯就没法儿很好地完成这一步骤。

当白导演龇着牙花子在视频电话那头让他帮忙联系一下程朗的时候，周凯瞬间换上了一张驴脸："你找她干啥？"

白导演明显会错了意，赶紧解释说："放心吧兄弟绝对不会挖你墙脚，天地良心我找你女朋友真的是公事，有个新点子需要她的技术支持。"

周凯听罢脸色丝毫没有缓和，下巴反而拉得更长，由驴脸向马脸逐渐进化。

"她不是我女朋友了，你自己找去。"硬邦邦地扔下这句话，他就下了线。

留下一个以为自己耳朵出了毛病的白导演，杵在原地，拔剑四顾心茫然。

等他再给周凯回拨过去，人家直接按掉。

白导演心里"夸嚓"一下凉掉：完了，看来是真的。

怎么自己去找了两天外景回来就分手了呢？这世界变化太快。

好在不只有周凯一个人认识程朗，他又掉转马头跑去找沈捷。

"为啥呀！咱们吃铁锅炖大鹅那天还好好的呢！"白导演不能理解。

沈捷也一脸不痛快："人家两个觉得不合适就不合适呗，也不需要别人理解，我看周凯翻篇可翻挺快的。"

白导演眨眨眼睛："这又是什么新故事？"

沈捷休假回来，手里头事情千头万绪，没心情跟他扯闲篇，让他回家去问橘子姐，现在赶紧说找程朗干什么。

一说到这个白导演就兴奋起来，说铁锅炖大鹅那天他受到了启发，最近有了一些个新想法，想找程朗帮忙提供一些个技术支持。

沈捷满脸写着不信任，问他到底是个啥想法。

白导演手舞足蹈，连说带比画，说他要拍一个中年男性倒霉鬼，陷入了时间循环，永远循环播放他出轨被老婆发现并且失手推下楼的那一天，为了保命他不得不想尽办法掩盖自己偷情的事实，但是结局总会被老婆发现，只要发现了他就会再死一次。

很显然，这个想法受到了程朗那天讲的故事的启发，白导演表示，他想要程朗提供更多这种有技术含量的发现方式。

沈捷听完以后，突然理解了老板橘子姐为啥天天盼着自己老公进组拍电影。

这个脑回路一般人真的消受不了。

白导演还在那边滔滔不绝，说他这拍的不是偷情与反偷情，是对命运和人性的深思，随着时间循环的推进，不排除会发展到一些非常先锋、非常实验的剧情，说不定还能探讨一下宇宙的浩大与人类的渺小。

然后只得到了沈捷两个字的回答："不行。"

白导演骤然住嘴，转而质问沈捷："为什么？我又不是不给顾问费！"

沈捷盯着白导演，一个字一个字说："你觉得，你让一个刚分手的人，去跟你聊这种题材，合适吗？"

白导演瞪大眼睛："周凯那小子敢脚踏两只船？等老子去削他！"

沈捷突然觉得方笑尘除了热衷给人当爷爷之外真的算是个正常人了。

她叹口气，跟白导演说程朗现在很不开心，听了周凯和江静静的流言之后更不开心，请他不要再往人家伤口上撒盐了，你那因为偷情要死一万次的男主角再找别人想想办法去吧。

白导演碰了两头钉子，只好闷闷不乐地暂时打消了这个念头。

程朗作为一个大活人不难找，但是沈捷话都说到这个分儿上了，他也不能再上赶子去招人讨厌，他又不是周凯。

话说回来，那小子不是这辈子非卿不可吗？怎么就分手了？

白导演觉得不能放过这个大好的人类观察机会，于是缓了两天，又去骚扰周凯。

那家伙收了工还没卸妆，披头散发坐在小马扎上，圆领袍的领子解开了一半，夕阳下还真的有那么点"落拓江湖载酒行"的味道。

就是手机镜头一晃，露出来里头的保暖内衣。

周凯仍旧没什么好气："你又要干啥？"

白导演八卦兮兮凑近屏幕："听说你跟江静静……"

周凯皱眉："你听谁在那儿放的屁！"

声音之大，引来了很多人回头。

助理赶紧过去拽他："哥，外头冷，咱上车里再打呗。"

周凯老老实实躲进了保姆车，冲白导演紧鼻子瞪眼："你都听谁胡说八道的！我跟江静静一毛钱关系没有！她来客串两天就走了！这都啥乱七八糟的！"

白导演还不信，毕竟这种事他也不是没见过，来敲他门的女明星也不老少。

当下摆出一副"都是男人，我懂"的嘴脸，跟周凯说兄弟你跟我就别装了。

获得了周凯的死亡凝视："你跟我说实话，到底是哪个王八犊子造的谣！"

白导演见势不妙，当即供出了沈捷。

周凯再怎么也没想到，王八犊子竟然是他的经纪人本人，也愣了几秒钟。

然后问白导演："你说沈姐知道了，是不是程朗也该知道了？"

白导演一看是将功折罪的大好时机，当即添油加醋把沈捷跟他说的话艺术加工了一番，恨不得让程朗在家以泪洗面肝肠寸断，下一分钟就直接哭倒长城。

那边周凯越听动静越小，最后又粗暴地下了线。

白导演这回倒是不太吃惊，并且露出来一些个暧昧不明的微笑。不让他招惹，他偏要加把火，看看能烧出个什么结果。

周凯放下电话，心里头就彻底乱了套。

现在是个什么状况，程朗觉得他和江静静有一腿？然后她就很伤心？吃不下睡不着一个礼拜瘦好几斤？

按照周凯原来的分手逻辑，他是导致程朗生活失控的罪魁祸首，程朗不跟他在一起就能过回她正常的生活。

这么说的话，要是他跟江静静传绯闻，有助于程朗对他彻底死心，倒也是一件符合预期的好事情。

问题就是，驴这种生物，他没有学过逻辑，做事全凭一腔热血。

此刻他脑子里早就没法儿容纳那么多弯弯绕绕，占据思考空间的只有一个念头：不能让程朗以为他跟别人好了，那她该多难受啊。

不能让她这么难受。

于是他拿起来手机，点开和程朗的对话框，写了几个字，删掉，又写了几个字，又删掉。

最后他还是关上了那个对话框。

开始给沈捷打电话。

三

从很小时候起，周南风就知道一件事情，人要是对什么东西上了瘾，绝对没那么容易戒掉。

他爹周老九，年轻的时候恨不得一个礼拜发两次誓说我再去"耍钱"就天打雷劈，每次都如同放屁，最后他死于严重的脑干出血，也没被雷给劈着。

幼年周南风每每被他妈拎着脖领子去麻将馆喊他爹回家，路上一直暗自发誓，长大以后绝对不能学周老九，坚决不能迷上任何一整起来就没个完的东西。

后来他倒也遵守了自己给自己定下来的规矩，不管是抽烟喝酒还是电子游戏，从来拿得起放得下。

谁知道有朝一日，让他无论如何放不下的，是个大活人呢。

他拿起来手机反复若干次，想给程朗发个信息，解释一下江静静那事儿，但就是下不了决心。

从小他就知道，不管他爹在家装得如何人模狗样，只要给他看见麻将牌，马上就跟被勾了魂儿一样跟人家走了。让一个人戒掉瘾头，最好的办法，就是彻彻底底地别叫他看见任何相关事物。只要看一眼，之前的苦头就算是白吃了。

所以他左思右想，不敢去招惹程朗，他怕自己顶不住。

只能去找沈捷自证清白，只要沈捷知道了，程朗肯定会知道。

也就达到了他的目的。

周凯所料不差，沈捷前脚放下电话，后脚就去给程朗报信，从头到尾完整叙述了一遍小龙虾事件的前因后果，听得程朗差点儿笑死。

当时耳提面命教了他那么久的言外之意，结果还是败给了小龙虾。程朗放下电话，觉得好像经历了这些日子以来，第一次真实的快乐。

转念一想这话是周凯说的，应该也给收在语料记录里头，于是打开电脑开始录入。

那个叫作"被试001"的文件夹，里头已经分门别类塞满了文档，有培训计划，有测试材料，有测试记录，有文字语料，有录音，甚至还有该被试的脑电图（路涵江测的，临走前共享给了她）。程朗打开文档，填上了刚才被转述过来的那段小龙虾对话。

自动编码显示是第3575条。

"已经这么多条了啊……"程朗自说自话，把页面拉回第一条，一条一条地看下去，一会儿哭一会儿笑，无论如何没法儿关上那个文档。

那里面有过去大半年里，关于她和周凯的一切，当时只道是寻常。

远在剧组的周凯在屋里待不住，索性裹上外套出去溜达。

一晃就冬天了，外头是南方特有的湿冷，他走着走着就冷得受不了，脚底下不听使唤，鬼使神差一样拐进了已经换了老板的"凯旋铁锅炖"。

名字倒是没换，因为炖大鹅炖出来了明星，这家店已经成了群演们的朝圣必备。谁都想来上一锅大鹅炖土豆，沾沾周凯的好运气，保不齐就被哪个导演慧眼识珠了呢。

可惜正主来了，却没人发现。

这个小镇什么都不多，就是演员多。一个个都是帽子墨镜口罩裹严严实实，离老远一瞅那个范儿就是演员。

至于穿着个橘黄色快递夹克的……那显然就是送快递的。

于是各位群演特邀围坐在一锅大鹅前头指点江山挥斥方遒，完全没人注意后头二人桌旁边吃一份地三鲜盖饭加一盘尖椒炒护心肉的快递小哥。

快递小哥也不抬头，举着个手机，一边刷朋友圈，一边闷头苦吃。

只听得隔壁桌一个男生说："哎，我都二十五了，连个特邀都混不上。要不还是收拾收拾回家修电脑去吧，别在这混了。"

另一个光头男生安慰他："你别这么想啊，咱今天为啥坐在这吃铁锅炖大鹅？为了演艺梦想啊！你看那个周凯出道时候都一把年纪了，远不止二十五。"

"什么呀，他拍电影时候才二十六，怎么就一把年纪了！"另一个女生赶紧纠正，很显然，这位也是他那个红鲤鱼绿鲤鱼的粉丝团成员。

二十五的男生撇撇嘴："到我这二十五岁就是高龄群演，

人家就是才二十六！有没有你这样双标的。”

“亲，你照照镜子就知道我为啥双标了，长成人家那样三十六也照样红。”女生丝毫没有给他留面子。

光头男生龇着牙：“我就不理解了，挺普通一男的啊，怎么你们女生就被他迷得神魂颠倒了。那一个个的，蹲人酒店门口撵都撵不走。”

女生冷笑：“嗯，人家挺普通一男的，要脸有脸要马甲线有马甲线，又会炖大鹅又会开挖掘机，也就比你们两个白条鸡强……一万多个一点点吧！”

“哦，还有啊，我听他们那个剧组的人说，我们家小毛驴，一点架子没有，拍戏从来不迟到，对助理也特别好，而且也不跟别的女生拉拉扯扯的。”

女生还在强力输出周凯的好处。

光头男不乐意起来：“不是，你都跟这混好几年了怎么就这么天真呢，这一行哪个男的干净啊！你不知道不代表他不跟人瞎搞。”

二十五男生也帮腔：“就是，我前两天还听他们那个B组副导演说，每天都有不同的人半夜从他房间里出来，从女一到女四，连来客串的都没放过。”

旁边桌的快递小哥一口米饭噎在嗓子眼，咽也不是吐也不是，狠命在座椅上蹭了几次才给顺下去。上升期当红男艺人差点儿就殒命自己发迹的小饭馆里。

周凯灌了几口啤酒之后终于喘匀了气，靠在椅子上想，要是真噎死了，这剧情白导演肯定喜欢。

而罪魁祸首丝毫不觉得有什么不对，还在隔壁桌大放厥词："我跟你说，你还别不信，男人最了解男人，到他那个地位了，要什么女人没有，我才不信他大半夜的一个人关屋里吃小龙虾呢。"

　　周凯想着这人嘴里唯一的事实大概就是小龙虾了，剩下的都什么瘪犊子玩意儿。

　　得亏这些年他脾气好了，搁年轻时候不把这人揍住院了不能算完。

　　光头男却没有放过他，嘴里吐出了更离谱的谣言："我听说，那位的背后有金主，所以才一下子这么火，还有人说金主就是白导演。"

　　女生皱眉："人家就签在白导演老婆公司，你这么扯淡白导演老婆答应吗？"

　　光头男诡秘一笑："这些大咖私底下玩得很开的，白导演夫妻两个捧他一个，也不是没有可能。我听'帝都'的朋友说，白导演他老婆，还专门给那谁找了个老师。"

　　"人家找个表演老师也很正常吧……"女生闷闷不乐。

　　二十五男生摇摇头："那就是名义上的表演老师。"

　　周凯一愣，怎么连程朗也给牵扯进来了。

　　然后只听得那男生接着口出惊人之语："实际上啊，听说那个女的是京圈出了名的SM女王，专门……调教人的。"

　　两个男生挤眉弄眼，一脸暧昧笑容。

　　此刻周凯彻底震惊了，还带这么编的？这都什么跟什么啊……

他这辈子从来没有如此深切地理解过什么叫作"三人成虎"，沈捷跟他说什么"剧组人多嘴杂"可真是太轻描淡写了。这一个个的，张嘴就能给你编个电影出来，还是限制级的。

程朗想必还不知道自己荣升SM调教女王了吧，还出场费五千块一小时呢。

周凯想起来程朗教他的，编瞎话要有细节，细节才能让人感觉真实。这几个货的细节就挺真实，连出场费都给编出来了。

他习惯性掏出来手机想给程朗发饭馆见闻，打开微信才想起来，对面那大尾巴狼，已经不是每天可以和他分享今日好笑的关系了。

可是真的很扯淡啊，可是真的很好笑啊，可是真的很想跟她说啊。

不能说，只能在自己炖过大鹅的饭店里喝二锅头，一口一口闷。

快递小哥扬手，又叫了一碟炸花生米。

外头居然零零星星下起了雪，喝多了的快递小哥歪歪扭扭走在雪里，天地于他像个樊笼。

四

程穆明先生将在明年喜迎本命年。今年一进十二月，早早就跑来叮嘱自己的亲闺女，千万不要忘记给他买红色的秋衣秋裤，以及袜子，得别人送的才能管用，可以赶走坏运气。

程朗大惑不解，让我妈给你买不就完事了，干什么要隔山隔水的非让我下单再寄回家呢？

程穆明先生在视频那头老脸微红，捂着话筒小声说："你还不知道嘛……这些在她眼里……都属于迷信活动……"

前飞机工程师沈凝女士，一个坚定的无神论者，坚决拒绝了配偶要求买红内衣的请求，并且跟他解释说木星离地球近的时候也有好几亿公里，影响不了你的运气。

程朗笑了，问自己亲爹："然后你就又听了一遍关于太阳系的一切？"

程穆明叹口气，一脸往事不堪回首的样子："你说我容易吗，别人家老婆唠叨地拖不干净，我家老婆唠叨摩擦系数。"

"那要不咱换一个？"程朗打趣他。

程穆明："你这孩子，有这样开你亲爹玩笑的吗？你妈也有你妈的优点，认定了的人不能说不要就不要，你不要觉得找到一个合适的人那么容易！"

程朗听者有意，想起来她跟周凯的剪不断理还乱，心里头没来由地咯噔一下。

结果那边亲爹如同有心灵感应一般，马上提起来了他的活驴好女婿："对了朗朗，小周是不是快过生日了？那孩子不容易，家里头也没个人，你可得好好安排一下。"

程朗突然就愣住了。

她还没跟家里说过她跟周凯的事情。

一遍一遍跟人说"我们已经不在一起了"，对刚分手的人来说，实在有点过于残忍。于是她让沈捷先不要把消息泄露出去。

沈捷心情也没比她好到哪去，索性俩人一起神隐起来。

直到程穆明兴冲冲地跟程朗讨论起了周凯的生日计划。

程朗难以理解："爸，你怎么知道他生日的？"

"第一次见面我就问了啊，那时候你俩还没在一起呢。我就瞅着这小伙子挺好，赶紧打听打听。"程穆明相当坦然。

第一次见面就在厨房一边切土豆丝一边查人家户口，顺嘴一提程穆明便记得清清楚楚，程朗那个复印机一样的记忆，随谁就一目了然了。

程朗可以变着花样把一句话说出来十八种花样，但今天就是没法儿在视频这边打断程穆明滔滔不绝的各种生日企划，跟他说出分手那个事实。

没有人比她更懂得会话的时机与重点，没有人比她更知道怎么开启一个新话题，但是今天，她脑袋里的一切关于会话和语用的知识全数封冻，一句话到了嘴边，无论如何不知道应该怎么开口。

程穆明还在那头对着手机摄像头出他的歪主意："知道我是怎么追上你妈的吗？我花了一年，写了一整本小说，在她过生日时候送给她，只有她能看，就是写给她的。这个送人礼物啊，主要就在于心意，花钱谁不会啊，你得花心思琢磨，让人家觉得自己在你心里头特别重要，这才能有意义。"

"我……我最近比较忙……不太有时间……"程朗支支吾吾了半天憋出这一句，脑子里还是一片空白，最后蹦出来这么一个空洞无力的烂借口。

果然获得了亲爹的强力反击。

程穆明语重心长："朗朗啊，你不要怪爸爸多嘴。这个人和人之间的亲密关系呢，是双向的，不能仗着人家喜欢你，就只接受人家的好意不付出，你得让他也看到你对他的重视，这段关系才是健康的关系。你看看你过生日时候，小周多上心，给你做好吃的，还带你去开那个挖掘机。投之以桃报之以李么，人家过生日，你是不是也得花点心思。你喜欢他，就得表现出来，让他知道啊。"

　　脑袋里一片糨糊的程朗继续输出奇烂无比的借口："那我做饭的水平也很差，也没有什么技能可以教他。"

　　程穆明一瞪眼睛："你都拿了两个博士了怎么脑袋就那么不开窍呢！谁让你做饭了，他喜欢什么东西，想要什么东西，你总该知道吧，知道了往那上想办法呗！"

　　然后顿了一顿："不知道就打听啊?"

　　喝口水程穆明又说："你不应该不知道吧，我闺女那多机灵个人啊。"

　　程朗心说，他现在最想要的，我清楚得很，但是……不应该给他啊……会变得不幸。

　　喜欢一个人不应该让他变得很痛苦。

　　可是嘴上却跟程穆明说："爸我这儿接个电话，回头再说。"

　　倒也不是托词，真的有另一拨语音通话打进来，是沈捷，叫她去她家门口取快递，别人送来的松叶蟹，不吃要坏掉。

　　程朗问你又要出差?

　　沈捷长叹一声："我现在就在飞机场坐着呢，你们家那……呸……我们那活驴祖宗又出幺蛾子了，我得过去给他收拾烂摊子。"

程朗耳朵马上竖了起来,嘴里还装着风平浪静:"他又怎么了?"

沈捷叹口气:"喝多了,走错门了,跑人家B组导演屋里赖着不走,抱着人家哭,还给人家擦地。现在剧组里头已经传说他和B组导演才是一对了。哦,人家还是个一米九的大胡子壮汉。"

程朗觉得这个画面似曾相识,看看自己家客厅地板,笑出来:"这点事也不需要你亲自跑一趟吧?"

沈捷在那边冷笑一声:"就这点破事当然不至于,他就是跟B组导演真睡了我都不用过去。"

程朗:"那他还干了什么?"

沈捷叹了更长的一口气,恨不得把肺里的空气都叹出来:"这货给人家擦了地还要擦淋浴房,B组导演想把他给送回自己屋去,结果不知道撞到哪儿了,把钢化玻璃给撞爆炸了。据说现场两人一头一脸玻璃碴子,胳膊腿上都是血。倒霉B组导演之前在屋里睡觉,只穿了个内裤,别提多刺激了。"

这回程朗笑不出来了,问:"人没事吧……"

沈捷表示,没大事,也没割到啥重要部位,都是些细小皮外伤,最大一道口子也就缝了三四针。问题是,也不知道他们俩拉扯时候采用了什么体位,B组导演的伤在腿上,周凯的伤都在脸上和手上。

手上也就罢了…… 一个正在拍戏的演员脸上划了三四道小口子,真是想想头也疼。

前方助理传回来的战报她信不过,务必要亲自过去看看。

周凯自己说的没事她当然更信不着，演艺圈就没有比他更皮糙肉厚的男明星了，没割着大动脉都是没事。

程朗问清楚了状况，稍微放下心来，然后沈捷就给她发了前线传来的战损照。

那驴脸上贴了一块纱布，脑袋上包个兜苹果的白色网兜，一只耳朵也被缠了个严实，搂着个胳膊腿都缠着纱布的大哥，两人还在朝镜头比什么胜利手势，简直是不能更二。

程朗对着照片开始笑，摇摇头自言自语："傻子。"

然后她就哭了，那个傻子为什么喝多，为什么抱着人家B组导演哭，为什么非要给人家擦淋浴房，她清楚得很。

到底，值不值得呢。

程朗一瞬间觉得喘不上气来，心里千头万绪，压得她呼吸困难，血液涌上头脸。

于是抓起外套出了门，去沈捷那里拿松叶蟹，希望冷空气能够使她镇静下来。

结果刚走出去没几步，就碰上了保安张大爷。

张大爷手里头提着一袋包子，叫住她，问："之前住五号楼那小伙子，能不能帮我问他一嘴，他上次做那酱肉豆角馅儿包子到底有啥秘方，打那开始我就惦记上了，不管外头买的还是老赵家做的，没一个包子能比得上他做那个！"

程朗愣在了当场。

她没记错的话，那一批包子，是猫罐头馅儿的，被周凯拿到楼下给扔了。

怎么就到了张大爷嘴里了呢。

第二十四章　风雨攸除

一

白导演第一次遇见周凯的时候，酒也不喝了，菜也不吃了，大鹅也不抢了，撂下筷子一个箭步蹿到厨房门口，隔着出菜口对着铁锅前头挥舞铁锹的人喊："哎，小伙子，你叫什么名字?"

厨房里油烟机隆隆作响，对方啥也没听清，回头瞅他："回去坐着吧马上就好，这一锅就是你们的。"

餐饮业服务人员标准答案。

白导演偏不甘心，扒在出菜口上，死活等人家转过头来上菜，又问了一遍："我问你叫什么名字!"

那一身是汗的小伙子抬头："你谁啊，找我干啥?"

眼睛里的光把白导演迷住了，一脸痴笑："你叫什么名字呀?"

对方发现不打发走这个二货，服务员都堵在后头没法儿上菜了，只能丢过来三个字："周南风。"

结果那二货还没走，任凭服务员在他脑袋上传递大鹅和脏盘子，他自岿然不动，继续往窗口里喊话："你生在春天吧？这个名字听起来就很温暖！"

名叫周南风的男子又往他面前放了一盘子大鹅："我冬天生的。"

服务员越过白导演，拿走大鹅，汤汁洒在了他肩膀上。

白导演全然不觉，还在跟人家套近乎："那就是你家里人一定很期待春天吧，南风刮起来天气就暖和了。"

周南风瞪他："你是不是吃饭的？不吃赶紧走别在这挡着，没看外头排队吗！"

然后鬼使神差地回答了他的问题："我出生的时候我爸打牌摸了一张南风。"

白导演抚掌大笑，连声称赞这太有故事性了，这人物和故事太接地气。

接着就被闻声赶来的郭小凡连哄带骗劝回了自己桌，至于他怎么忽悠那铁锅前头的男子放下炒勺去演他的电影，那又是以后的事了。

周南风出生的那一天是个大晴天，西北风三到四级，气温零下三十三到零下二十一摄氏度。

也就是说，白天最暖和的时候，室外也有零下二十一摄氏度。

他妈妈在医院里疼得上气不接下气，疼了八个小时，终于把他给整了出来。

他爸久等不见孩子降生，径自跑进了离医院最近的棋牌室，在无数次的"再打一圈就走"中，迎来了怒气冲冲的大舅哥，揪着脖领子给拎回了医院，临走手里还攥着他刚摸的那张麻将南风。

行了，那这个孩子就叫南风吧。

他妈和天下一切还对丈夫抱有幻想的女性一样，以为有了小孩儿，丈夫就会对家庭负起责任来，不再没日没夜待在一个乌烟瘴气的屋子里头"修筑长城"。

毕竟她丈夫一开始的时候，并不是这样的，谁也不会脑袋被门夹了嫁给一个赌鬼。前几年他还是个体面人，长得精神，说话好听，吹拉弹唱都会一点，还买个二手摩托车，带着姑娘到处兜风。

后来，后来发现一切都是假象，一个人顺风顺水的时候，并不能看到他的真面目。非要等到单位效益不好了，工资越发越少，甚至连班都快没得上之后，才能看出来他会怎么应对这个世界。

很显然，周老九的应对方式就是一脑袋钻进棋牌室不再出来，一问就是这把要赢个大的，就有钱养家了，他也是为了让这个家过得更好。说得冠冕堂皇、理直气壮。赢了自然买点好酒好菜回家，输了就开始打老婆。

按理来说，一个脑筋清楚的老婆，就应该当机立断，及时止损，赶紧和他划清界限。但是人年轻的时候，总会有点理想主义，老婆放不下他的好卖相，也放不下两个人之前的柔情蜜意，兼之听了脑筋更不清楚的七大姑八大姨的劝，居然认为生个孩子就好了，男人只有当了爹才会变成一个大人。

事实证明，这个责任心定律只适合于极少数的男人，幸存者偏差使大家只看到了成功案例，周凯的亲爹显然不属于那极少数人。当爹这件事情带给了他无限多的新麻烦，家里多了一口人要花钱，花得还不少，吃喝拉撒还都要人管，占用了不少打牌时间，甚至还给他套上了道德枷锁。

一进棋牌室，连老板带牌搭子，都劝他少打两圈，过过瘾得了，孩子小，你不能老不着家。气得他连夜找了个离家骑车一小时，没有人认识他的地方继续打牌。回家是不可能的，看孩子更是不可能的，家里多了个小孩儿更闹心了，更应该躲出去消停消停，反正孩子都生了，老婆更跑不掉。

当然，周老九错误估计了人的耐受力。老婆后来也下了岗，靠开小卖部把孩子拉扯到上小学，终于受不了这种输了就喝、喝了就揍的循环，某天把孩子送到了学校，就再也没去接，没人知道她去了哪里。

只剩周南风父子两个，糊弄一天算一天地活着。

周老九仍然是输了就喝、喝了就揍，赢了钱就继续拿去输。

小学二年级的周南风记得很清楚，那年秋天他发小郭小凡过生日，他妈给他买了一份肯德基全家桶，满满的一桶炸鸡，还有胡萝卜餐包，还有玉米和一大瓶子可乐。

他跟郭小凡还有几个同学，吃得满嘴冒油，蹭脏了郭小凡家绣着牡丹花的沙发套，被郭小凡他妈举着扫帚一通乱棍狂扫。

然后冬天就到了，轮到了周南风过生日。

往年他妈都会在这天煮一碗面，里头加两个鸡蛋，然后跟他说，小卖部里的零食今天可以随便吃，有时候还能买个小蛋糕给他。

今年他妈不知道去哪儿了，小卖部里那点货品早被他爸顶了出去，周南风偷眼瞅见他爸心情好像不太差，也没喝酒，小声提醒他："爸，我今天过生日。"

周老九坐在沙发上抽烟，抬头看他一眼："过呗。"

周南风继续试探："那晚上咱吃啥？"

他爸："有啥吃啥。"

周南风："我妈以前……都下个面条……"

话还没说完凌空一个烟灰缸照着脸砸了过来，跟着就是一巴掌。周老九想起来要不是这小兔崽子，自己也不会丢了老婆，陡然暴怒，拎起儿子就揍："能找着你妈，你跟她过去啊！叫老子找着她，老子揍死她……"

后来再骂什么周南风就不大听得见了，被他爹扇得脑瓜子嗡嗡的。

他只记得自己连哭带嚎挣脱了他爹，棉袄都没穿，套上鞋就往大舅家跑。

眼泪鼻涕加上血，糊在脸上都结了冰。

大舅把他扛到医院，脑门上缝了好几针，最终还是留下个疤。

再后来他大舅上南方打工去了，他就只能往郭小凡家躲，让郭小凡他妈把他洗干净，一声长一声短骂周老九不是个东西。

周南风很早就对过生日这个事情放弃了期待。

除了今年。

本来，今年他是可以期待一下的。因为有程朗在，夏天教她开挖掘机的时候，她笑嘻嘻说你等着，你过生日我们也搞点好玩的。

从那时候起他就真心实意地期待起来，谁知道冬天还没到，他们已经不在一起了。期待也就跟着成了空。

剧组里头倒是重视得很，提前半个月就闹着要找地方聚餐，B组导演还张罗着请人来烤全羊。他一直可有可无，提不起兴致来，也不是很想加入，盘算着实在不行就出点钱请客吃饭，自己躲在屋里睡觉。

反正那帮孙子就是想找个由头喝酒吃肉。

谁知道计划不如变化快，烤全羊还没到位，他跟B组导演先被钢化玻璃整了个满身花。

正好，周凯脑袋上裹着绷带，借口自己受伤了要休息，躲在酒店房间里头睡觉，耳根相当清净。

快睡着时候他还在想呢，果然就是该着，一过生日就挂彩，也不是第一回了。

然后周凯迷迷糊糊地便进入了梦乡。

梦里程朗拉着他上天下地，骑完了大象骑鲸鱼，正开宇宙飞船呢，外头有人敲门。

周凯扯过来被子蒙上头，继续睡，他已经学乖了，谁开门

谁傻 × 。

但那敲门的人并不放弃，没完没了，坚持不让他好好睡觉，而且还有调，一声轻一声重，还不太一样。

周凯迷迷糊糊地觉得这个调好像有点儿熟，在哪儿听过来着。

哪儿呢？

困死了想不起来，有完没完了！发电报呢！

欸？发电报？

他一个激灵蹦起来，鞋也不穿，扑过去把门拉开。

门口果然站着程朗。

二

周凯以为自己睡毛愣了，为什么一打开门，门口站着一个风尘仆仆满身冒着冷气的程朗，他最近经常做这种类型的梦。

周凯的手永远比脑子快。虽然根本没有琢磨出来程朗为啥会出现在这里，甚至没整明白到底是不是在做梦，但不耽误他冲过去一把搂住人家，连关门带拿行李一气呵成。

是幻是真，先抱住再说。

抱住了他就再不打算撒手。

然后就被冰冷的小手伸到了脖领子里面，冰得他一激灵，彻底清醒过来，认识到自己已经睡醒了，怀里搂着的正是日思夜想的那个大活人，一瞬间竟不知道说什么好了。

还是程朗先开了口。

"我是来讨债的。"她说。

"啥?"周凯眼睛瞪得驴大,满心疑惑,但就是不撒手。

躲在他怀里的那个人露出了大尾巴狼的笑容:"我突然想起来,你还欠着一笔债务呢。"

周凯冥思苦想:"我欠你啥了?"

这会儿他终于醒了,脑筋搭上了线,瞬间改换思路:"只要你不走,要啥都行。"

程朗冷笑一声:"猫罐头包子的事情,你还记得吗?"

周凯尴尬:"那……那时候我不是不懂事吗?"

程朗轻轻说:"那个时候你答应我,欠我一次人情,算给我赔礼,你还记不记得?"

周凯:"好像是有这么回事。"

程朗:"我今天就是来让你兑现承诺的。"

周凯:"你想让我干啥我都干,只要是你说的。"

程朗退后一步,盯着他的眼睛:"那我们不分手了,好不好。"

周凯觉得自己又开始梦游了,他不知道自己嘴里那不受控制的舌头说了点啥,也听不大清楚程朗跟他说了啥,好像她说生日快乐,后来又说什么过来得太匆忙没来得及准备礼物,后来又说了个啥……

没关系,不重要,这是他活了二十多年唯一一次觉得过生日可太好了的时候。

他所期待的,居然能够变成现实,这件事情本身就显得非常不现实。

但是他已经不打算深究这些了，他只想抱着那个失而复得的人，长长久久，再也不放手。

于是第二天他又落枕了，歪在枕头上龇牙咧嘴。

程朗嘲笑他："你这个样子可怎么去拍戏啊？"

周凯得意扬扬，指着自己的脑袋："我受伤了，这两天休假。"

一个寸劲没用对，又是一阵龇牙咧嘴。

程朗摇摇头："那你怎么不去暖和点的地方休假，这里这么冷。"

周凯一翻身趴在她腿上，腻腻歪歪："不想折腾，一个人去没意思。幸好哪也没去，要不就等不到你了。"

"是哦……"程朗难得没有嫌他台词恶心，反而若有所思，"果然……timing很重要啊。"

"什么玩意儿？"周凯问。

程朗摇摇头："没什么。我就是在想，如果昨天我来找你，而你没在，会怎么样。"

周凯有点紧张："会怎么样？"

程朗留给他一个长得吓人的沉默，然后说："那我估计……会在这里等到你回来。"

周凯一个高蹦起来："真的？"

程朗："我决定的事情，没那么容易放弃。"

"那你怎么又回来找我了。"话一出口，周凯就后悔了，在物理意义上连着抽了自己几个嘴巴子。

"我不是那意思，我没说过，你就当没听过，你别当回事!"他慌不择路，口不择言。

还是程朗把他抓过来顺毛："因为我发现我弄错了。"

周凯："啊？"

程朗接着说："我以为不跟我在一起，你会轻松一点，会过得快乐。"

周凯鼻子一酸："那不可能……"

程朗自嘲地一笑："我也发现了，那不可能……既然我们两个都不快乐，那分手就没有意义。"

周凯不说话了，他不知道该说啥好，男儿有泪不轻弹，他现在为啥又想哭，丢人。

程朗恰到好处地岔开话题："我好像……有点饿了，我们出去吃饭吧。"

周凯积极响应："你要吃啥？"就是歪着个脖子，姿势僵硬。

程朗学他，也把头歪到那个角度："你过生日呀，你来决定。"

周凯这才想起来，从昨天半夜算起，他今天还有一整个白天可以用来过生日。

他不好意思起来，挠了挠脑袋："我都忘了。"

程朗："我没忘呀，想想么你要吃什么。"

周凯脸上五官缩成一团，搜肠刮肚，比做表达练习时候还费劲。

良久蹦出来一句："我想吃面条……"

程朗表示没有异议，俩人就这样出现在了面馆里。周凯还套着他那身无往不利的快递小哥夹克，由于心情大好，头盔上俩兔子耳朵颠得分外愉快。

看得程朗很想给他揪下来。

这家面馆卖苏式面，俩人各点一碗红汤面，七七八八配一堆浇头，什么爆炒猪肝啦，雪菜毛豆啦，扁尖笋丝啦，响油鳝糊啦，恨不得把菜单上都点一遍，服务员大姐都说你们点这么多吃不完的，强行给去掉了两个。

周凯却还问："能在里头打个鸡蛋吗？"

大姐拒绝："我们面和汤都是分开的，不能打鸡蛋。"

周凯仍不放弃："那单加鸡蛋行吗？"

大姐："你要加什么，有卤蛋和荷包蛋，卤蛋四块荷包蛋三块。"

周凯选择了荷包蛋。

大姐犹自嘟哝："两个人点这么多吃不完的！"

程朗突然问一句："大姐你是安徽宣城人吧？郎溪？广德？"

大姐十分惊奇："哎小姑娘你怎么知道的？我是郎溪人呀！"

程朗笑笑："听口音有点像。"

周凯扬扬得意："她就研究这些个的，说两句话就知道你是哪儿人！"

大姐连连点头："哎呀，这你都能听出来，厉害啦厉害啦！"

也不再计较两个人点菜过多有浪费嫌疑，笑嘻嘻跑去厨房下单了。

程朗打了周凯手背一下："你这到处乱吹牛！"

周凯："你这不是猜挺准吗？她说话我都听不大懂。"

程朗摇头："我怎么可能精确分辨所有的方言呢？我能听出来是因为上学时候去宣城那边做过方言调查，那边属于安徽不太多的用吴语的地方，而且郎溪和广德有的地方属于吴语太湖片，和吴语宣州片又不太一样。"

周凯总结："所以你这就是瞎猫正好碰上了死耗子。"

程朗愣了半天才回答："好像……也可以这么说……"

一时面已经端了上来，大碗小碟子，七七八八摆了一桌子，周凯把碟子里的荷包蛋倒进碗里，有点不好意思："小时候过生日我妈都给我煮个面条，里头放俩鸡蛋，挺多年没吃了。"

程朗很识趣地没问他爸咋不给他吃面条。

举起来茶杯说："生日快乐！往后每年都陪你吃面条。"

对面那驴得寸进尺："那你能亲自给我煮吗？"

程朗眯起眼睛："你确定你想吃？"

周凯想想她那个仅限于把食材做熟的厨艺水准，迟疑道："那也不是……非得你煮……"

程朗："你真的想吃我可以煮的，还可以在里面放个鸡蛋。"

周凯："行！你煮我就吃！实在不行还能就咸菜！"

此刻他心里已经列好了可以配面吃的一百种咸菜清单。

三

江南地区的冬天虽然没有暖气，但是时间的确要比北方短得多，这才三月底，中午就已经热得穿不住外套了，有不在乎春捂秋冻的人，白天已经公然穿着短袖满街溜达了起来。

沈捷一出机场上了剧组的车，第一件事就是给程朗打电话："到了吗？到了吗？"

程朗："刚到。"

沈捷："早不到晚不到，偏要赶我不在时候到，你先帮我冻起来啊！等我们回去再说。对了，你记得带点薄衣服来，这边热死了，我等个行李工夫都觉得要熟了。"

程朗："嗯，没事，我有每天三遍实时天气播报服务。"

沈捷："还好意思说，那祖宗在剧组没事就抱着个手机傻乐，长眼睛的都能看出来他有情况。"

程朗不置可否，只说："那我回头让他注意一下表情管理。"

沈捷摇摇头，这两人和好了之后越发地黏糊，比她订的刀鱼馄饨馅儿还黏糊，真是没眼看啊没眼看。

从冬天一直拍到了春天，年都没能回去过，这部戏终于要杀青了。周凯的白衣白马将军生涯也总算告一段落，于是盛情邀请程朗过来参加庆祝仪式，说要给她一个惊喜。

程朗这段日子本来就不时跑过来探望男朋友，倒也不在乎多跑这一趟。只是她对周凯所说的"惊喜"持怀疑态度，上次过生日时候收到那个寿桃她还记忆犹新，不知道这回那货能折腾出点啥名堂来。

就这么将信将疑的，程朗还是来到了那个熟悉的房间门口，敲门，有长有短，改不了的摩斯密码。

周凯蹿过来开门，一脸傻笑："整完这点事我就能回去天天跟你在一起了。"

程朗："你不用工作吗，我可还得工作。"

周凯接着傻笑："你工作呗，你上班我就在家给你做好吃的。"

程朗听着这话有点耳熟，猛然发现，这不就是亲爹程穆明先生经常挂在嘴边的吗……怪不得这两个人一见如故啊……

但是不管她怎么威逼利诱，周凯都不说出这个"惊喜"。

这个驴跟她在一起时间长了，脑筋似乎灵活了许多，套话也套不出来，反而被他武力制服，那索性等明天一起揭晓。

她就不信还有什么能比寿桃更离谱。

第二天是个好天气，风和日丽，南方春天来得早，街上已经是花红柳绿。

程朗心情也跟着愉快，在那念念有词："冠者五六人，童子六七人，浴乎沂，风乎舞雩，咏而归。"（《论语·先进》子路、曾皙、冉有、公西华侍坐）

周凯问她："你说啥呢？"

程朗笑笑："《论语》里的，写春天的话。"

还没等她多说，被沈捷一把薅住袖子："你们俩行了，今天到处都是人，不想露馅儿就给我消停点！"

俩人想到上次被人拍到带来的严重后果，默默地闭上了嘴。周凯遵照指示向右平移了三个单位，去和公司派给他的表演老师有一搭没一搭地扯淡。

程朗则被沈捷拉住："说好了啊，回去上我那儿去吃饭，今年的刀鱼馄饨就指着你呢。"

程朗眨眨眼睛："今年不用我包了吧，有人比我会包。"

沈捷一脸鄙视："那你就负责吃吗？"

程朗毫无愧色，大点其头。

其实庆祝活动，都是大同小异，主创和主演们上去讲两句场面话，摆好队形各种合影，也就宣告本剧顺利杀青了。

轮到周凯的那两句场面话，几乎和当时电影首映式时候程朗给他写的稿子一模一样，敷衍程度简直令人发指。不过也没人在意就是了，大家更在意的是之后的庆功宴。

这几年的新习俗，各位艺人的后援会热衷于组织什么"杀青应援"，也就是在一部戏杀青的时候送来大量吃喝，请全剧组的人吃饭，表示替他们喜欢的人感谢剧组工作人员。

有送奶茶的，有送炸鸡啤酒套餐的，有送无限量甜品台的，也有什么请厨师去当场做饭送华丽餐车的，反正一个剧组里头若干个艺人，大家可以愉快吃上许多白食。

当然，剧组也准备自己的饭菜。

B组导演从冬天就念叨着一起吃烤全羊，不幸被喝多了的周凯连累搞了一身伤，烤全羊计划不得不暂且搁置，如今终于得逞，大合影拍完就一溜烟盯着他的羊去了。

程朗看着一辆又一辆涂装鲜艳的大巴车驶入会场，各色吃食和人物立牌共舞，鲜花与气球齐飞，倒是热闹得很。

她问沈捷："周凯有吗？"

沈捷："肯定有啊，你不是在那个粉丝群卧底吗？你都不知道？"

程朗摇摇头："上次分手以后我就删掉了，后来也没再加回去，那个群里面语言结构太单调了，没什么研究价值。而且，我也不想介入他的工作太多，两个人还是应该有一定的边界感。"

沈捷冷笑一声："我看那位可未必有，恨不得24小时挂你身上。早一个月就跟我说杀青了先休假，啥也不干就在家陪你。"

程朗没来得及接这一茬，因为她看到了周凯的应援车，绝不会认错。毕竟别的车上都画着艺人的大头照和鲜花爱心之类，而这辆车，上头画着一头龇着大白牙的筋肉毛驴，身边还有一堆红鲤鱼和绿鲤鱼蹦来蹦去。

提供的餐食不出所料，是满坑满谷的驴肉火烧。

并且配了周凯代言的一款汽水。

看得沈捷眼前一黑，掏出手机："雁雁，后援会那边是谁负责对接的？他们怎么越来越不正经了！"

然而到了现在，周凯嘴里所谓的惊喜还是没有出现，因为他本人还在那里被各路人马拉着合影留念。

程朗已经相煎何太急地跑去拿了一份驴肉火烧就汽水吃起来了。

不能怪她，一车驴肉火烧放在一起，那个香味真的很难抵挡。

一通折腾合影采访之后，终于挨到了吃饭时间，B组导演倾情组织的烤全羊活动盛大开幕。

影视城这儿荒山野岭空地多，倒是适合一堆人露天席地喝酒烤羊。

旁边还有个小河沟子，春风一吹，杨柳一摇，真是不要太惬意。

程朗放眼望去，还是没有找到周凯，这里乌泱乌泱百十号人，他也不知道跑哪儿去了。

程朗吃过了驴肉火烧，肚里有粮心里不慌，索性坐下来观察人群。摄影组那些人应该是同乡，都是一样的口音，目测是晋语区的，不知道是山西还是河南。道具组好像也是同乡，可真有意思。

周凯踪影皆无，雁雁倒是不知从哪里钻了出来，递给她一个小盒子，说是周凯让转交的，让她务必收好千万别丢了。

程朗打开一看，里头一个装扭蛋那种透明的球形塑料壳子，打开来，里面团着一张纸，上头画着个傻里傻气的没翅膀蓝色小鸟，一看就是周凯的手笔。

毕竟别人应该不知道 wug 是个什么玩意儿。

周凯倒是记住她喜欢这个小蓝鸟了，一会儿送她个定制马克杯，一会儿送她个小蓝鸟耳环，上次过生日还整了一个 wug 毛绒公仔，打开肚子还能掏出个挖掘机钥匙。

程朗笑了，他这是用 WUG 搞惊喜搞上瘾了，还带发展系列剧情的。

也不知道这次能弄出来什么好玩的。

羊吃到一半的时候，好玩的终于姗姗来了。

烤全羊总策划 B 组导演蹿上台宣布，本次庆功宴的特别惊喜环节开始。首先是女一号倾情献唱，然后男一号现场舞剑，女二号吹了个笛子，终于轮到了周凯。

大家翘首期待这位是要唱歌还是跳舞，结果人家骑着个电动三轮车缓缓驶入会场。

三轮车上还被不知道哪个恶趣味选手绕了一圈七彩祥云。

至于车上拉的东西，大家都相当熟悉——不就是"凯旋铁锅炖"左转过去那个丁字路口每天晚上都会出现的那个烤冷面摊子吗。

连招牌都没换：正宗烤冷面烤肠铁板炒饭炒面炒一切。

周凯把车停下，三步两步跳上台，龇着一溜白牙嘿嘿一笑："那个啥啊，老刘（B组导演）说要整才艺表演，我唱歌跳舞都稀烂，也没学过啥，就会做饭，那我就给大家表演个烤冷面吧。"

"你不是还会开挖掘机吗!"底下有好事者大喊。

周凯挠挠头："没租着，也不赖我。"

然后他宣布今天从摊主大姐那租来了烤冷面餐车，为大家表演现场烤冷面，但是因为时间有限，只能抽签，二十个人，谁抽到的纸条上有画，谁就中签了。

程朗看到手里头和抽签桶里一模一样的塑料小球，脸上露出了然的微笑。

无论如何，她都会中签的。

只是别人纸条上都潦草地画个小花小草小蝴蝶，只有她的是小蓝鸟。

包括她在内的二十个人跑去周凯的烤冷面摊子前头排队。周凯穿着剧组T恤，外头系个黑色围裙，姿势标准手法熟练，一看就是专业选手。

程朗排在了第六个，给了某人一些缓冲的时间。

烤冷面的摊子就支在烤全羊的旁边，天气本来就暖和，两边的热气一夹击，周凯很快就开始冒汗了。

导演虽然没抽中烤冷面服务，但是举着手机在旁边拍得很满足："哎哎，这个角度好。哎哎，这个光绝了！小王你拿个反光板来，狗哥你注意一下表情管理！"

周凯抬头擦汗，表情越管理越不像个好人。

作为粉丝后援会代表来参加庆功宴（主要是送驴肉火烧）的几个迷妹已经要昏厥了："天哪好好看！浑身上下都散发着荷尔蒙！你看他可以一次烤好几个！我们家小毛驴是做饭天才！"

谁也没注意到一会儿工夫五份冷面已经烤完了，轮到了第六份，抽中签的是一个挂着工牌的女生，估计是经纪公司的。

程朗走到周凯对面，隔着铁板上的热气对视，脸上露出来大尾巴狼的笑容。

程朗："我要一份烤冷面，香辣味的。"

周凯有点憋不住笑，不得不掏出来纸巾假装擦汗，好不容易把脸上的傻笑擦了回去，装出来一脸专业表情："葱、香菜都要吗？"

程朗："不要葱，多放香菜，辣椒少点。"

周凯："加菜吗？有烤肠辣条笋丝里脊猪头肉。"

程朗："加一份……加一份烤肠和……笋丝吧。"

周凯："猪头肉不要吗？自己卤的可香了！"

程朗仍旧很严肃："没有驴肉吗？"

周凯瞪她一眼："没有！"

程朗："那就再加一份猪头肉吧！"

周凯点头："行，知道了！"

然后掏出来一张冷面，刚想在上头磕个鸡蛋，又放下来："等会儿。"

然后以迅雷不及掩耳之势，就把上衣给脱了。

努力表现得一脸镇定："太特么热了我要给烤熟了。"

周围一片此起彼伏的尖叫。周凯把围裙穿回去，瞅瞅程朗："这下凉快多了。"

惊喜不惊喜，意外不意外！

程朗终于憋不住笑，举着手机拍起来没完。周凯也不躲，自顾自打鸡蛋撒调料翻面，就让她拍个痛快。

今年的第一天，他和程朗路过这个烤冷面摊子，程朗提着一份烤冷面边走边跟他畅想："我每次路过这种小摊子，都有一个梦想。"

周凯："随便加料不加钱？"

程朗："这是你的梦想吧……"

周凯倒也不否认："夺（多）好啊。那你想干啥？"

程朗："我想看好看的小伙子不穿上衣挥汗如雨地在炉子后面烤冷面，太瘦不行，还得有肌肉，然后……最好穿个围裙，若隐若现……烤着烤着抬起头拿围裙擦擦汗，露出来一小块腹肌。"

周凯："你就直接说想看我啥也不穿还烤冷面呗！"

程朗："那可不是，还是得穿围裙，围裙是精髓，而且不用非得是你，符合我标准的都行。那谁，那谁，还有那个谁谁谁都行……"

周凯："谢初飞行不行？"

程朗："不行，他太白了……"

周凯："你不用装了，我就知道你就想看我……我可以回去假装给你烤。"

程朗："那多没劲，我想看的是现实场景里的精壮小伙子烤冷面，得真烤，得有人围观，还得有人排队……"

两个人嬉笑打闹，在冷风里干掉了一份烤冷面。

几个月以后，这个场面居然真的实现了，光天化日，大庭广众，程朗从（还穿着裤子，但是没穿上衣的）周凯手里接过了专门给她定制的那份豪华加料烤冷面，脸上也渗出来细细的汗珠。

今天晚上，有你好看。

四

一年一度，沈捷喊程朗去她家吃刀鱼馄饨。

不同的是今年包馄饨的人换成了程朗带来的周凯，以及参会人数达到了历史新高。

本来沈捷以为只多周凯一个，能包馄饨能做菜，倒是不差他那一口饭。

谁知道沈凝、程穆明夫妇从天而降，说是程穆明要去作协开个什么会，顺便来看程朗。那自然不能不请来吃饭。

结果周凯作为一个挂件，当日还带了挂件的挂件，也就是他的好哥们郭小凡。

据说是因为他们公司想跟沈捷公司谈个什么合作，索性一起领来吃饭。

于是这顿饭从原计划的三个人变成了六个，好处是其中一半会做饭，沈捷只要坐着和程朗母女聊天说笑等着吃饭即可。

这样一想也就平衡了。

那三个男人在厨房里头一见如故，热火朝天地折腾了起来，没关紧的厨房门里头传来一阵又一阵神秘香气，是春笋与野菜、刀鱼与火腿，怎么闻都是春天的味道，叫人等得五内俱焚。

其实每年春天的菜色都差不多，刀鱼馄饨、腌笃鲜、豌豆炒河虾仁、油焖笋、炸花椒芽、香椿炒蛋、芦蒿炒火腿、香干马兰头……就是这些东西，但过了这个时候，就再吃不到那个味道。

像程朗说的，timing 很重要。

周凯和郭小凡两个在今天以前都认为刀鱼就是带鱼的人，活活被鲜掉了眉毛，连连感叹这世界上好吃的可真多。

程穆明一脸慈爱地看着周凯："我跟你阿姨今年在云南过冬天，你和朗朗过年时候有空去住一阵子。那边好吃的更多，在内地买都买不着！"

周凯自然答应得很顺畅。

程朗在旁边紧盯着他爸："爸，喂太胖会被大灰狼叼走的。"

沈捷也帮腔："对啊姐夫，这个家伙还得拍电视剧拍照片，你不要投喂他！"

沈凝出来做证："对，去年冬天我们在广西，不到一个月我就胖了六七斤，就是这个人到处拉着我吃东西！"

程穆明遭到围攻，满脸尴尬："哎呀，小伙子，随便吃点不会胖啦，他那么多肌肉本来就需要消耗能量！"

程朗听到了重点："爸，你怎么知道他有没有肌肉！"

程穆明一脸淡定："到处都是他不穿上衣烤冷面的视频啊。"

周凯脸皮再厚，在女朋友家长面前还是红了一红。程朗倒是毫不在乎："你们还挺跟得上潮流。"

沈凝又出卖自己配偶："你爸没事就上网搜搜小周又干啥了，结果他那短视频APP一打开，铺天盖地都是小周，估计比你知道的都清楚。"

程穆明赶紧岔开话题："我那……我那叫采风！作家就得观察生活……观察世界的变化……对了小捷你上回说的男朋友是不是也是演电影的？"

沈捷摇头："那早就不是我男朋友了。"

程穆明这下尴尬起来："啊，是我不好……是我多嘴了……"

沈捷倒是不介意，夹起来一筷子炸花椒芽："没事，早都过去了，三……两条腿的男人不是满街都有。"

"就是，我们老板最近正追沈姐呢！那可是正宗年轻有为小狼狗！"郭小凡闷头消灭了他那一碗馄饨，石破天惊地来了一嗓子。

收获了大家的注视和沈捷眼睛里射出来的死光。

郭小凡这才觉得不妙："我……我以为程朗他们知道呢……"

程朗看着沈捷："这是什么情况……骆小晖追你?"

沈捷翻个白眼："他追归他追,我可还没答应呢。"

"看你这样早晚要答应。"沈凝在旁边冷不丁插了一刀。

沈捷喝口酒掩饰自己的尴尬："哎,也没怎么,就是之前周凯不是上过他们公司的直播吗,后来他们就来找我们这儿别的艺人合作,一来二去的就接触了几次,谁知道他们那个老板就开始在我身边瞎转悠了……"

"大锅,你不是说你们老板比你还小两岁吗?"周凯突然抓到了重点。

郭小凡大点其头："是啊,但是人家就喜欢御姐,一看见沈姐就把持不住……要不你说那么多小明星,他为啥非找沈姐公司合作呢!"

沈捷叹气："我开始还以为他是因为周凯呢,后来才发现根本不是那回事!"

程穆明在旁边若有所思："哎呀,小捷这个恋爱经历,可真丰富。上一个比她大十来岁,这一个又比她小十来岁,有意思……"

得到了沈捷和自己老婆的齐声喝止："不许写!""想都不要想!"

程朗在旁边慢悠悠地给亲爹出主意："其实吧……也不是完全不能写……但是你得多加几层滤镜,让人家完全看不出来是在写谁……"

哼,叫你有重大八卦也不跟我说,偏要气气你。

沈捷:"周凯，管管你女朋友。"

"不敢，我只有被管的份儿!"周凯当即表明立场，气得沈捷说回头要给他接个夏天穿棉袄的戏。

程穆明心疼未来女婿，赶紧投降说不写了不写了，我一把年纪了写不动了，专心在家做菜陪老婆。

郭小凡还在努力挽回自己的失误，试图把话题岔到更远的地方:"哎程姐，小路最近有消息吗？这都走挺长时间了还挺想他的。"

"哦，他挺好的。芬兰那边现在已经给他正式的offer了，等他回国来办完手续就可以去那边长住。"程朗也适可而止，不再跟沈捷逗闷子了。

郭小凡龇牙咧嘴:"听说那边比东北冷的时间还长，一年八个月是冬天，他也真受得了!"

"我看他过挺好，人越少的地方他活得越自在。上次视频说找着个好朋友，给我们一看是经常上他院里溜达的驯鹿。"周凯插嘴。

"驯鹿是啥鹿啊?"郭小凡问。

"比一般鹿大，角贼长!"周凯回答。

郭小凡:"那你说好吃吗?"

周凯:"我上次问来着，结果小路把我说一顿，说不能看啥长腿的都想给炖了。对了他还说冬天让我们过去看极光，说贼好看。"

郭小凡表示对极光有强烈的兴趣。

一群人吃饱喝足，又聊了些别的八卦。什么谢初飞终于出来承认自己结婚了，而且老婆已经怀孕七个多月；什么白导演最近沉迷在无限出轨循环的剧本里，天天在家装出轨试探橘子姐，把橘子姐气得要和他真离婚；什么雁雁嫌北京气候太干燥跳槽跑去上海，沈捷找的新助理连 Excel 都不会用；什么周凯的前女友终于考上了事业编和老公双双进入体制内……

郭小凡觉得今天自己这个嘴就没把门的，说完就赶紧快进到老板为了讨沈捷欢心看完了她们公司做的全部作品。

斜眼瞅瞅程朗，好像没生气。

再瞅瞅周凯，算了我这个月都躲狗哥远点。

吃完饭大家各自散去，周凯和程朗送程穆明夫妇回了酒店，仍旧觉得没有消化，于是又下楼散步。

程朗也搞了一件快递制服，还恰好是周凯那家的竞争对手。

一个蓝色的快递小妹和一个橙色的快递小哥，手拉着手在刚长出新叶的垂柳下溜达。

周凯："咱啥时候找路涵江去看极光啊？"

程朗："那要看我今年的工作什么时候做完。"

周凯："那你啥时候能做完啊？"

程朗："那得取决于被试的配合程度。"

周凯："被试……是啥来着？"

程朗："就是你呀……"

时间一晃到了夏天。

赵大爷伙同张大爷站在保安室门口，看着搬家工人把一箱箱书装车运走。

赵大爷："都搬走了啊。五号楼没啥书那小伙子搬走了，八号楼一墙书那小伙子也搬走了，现在连三号楼那一墙书的小姑娘也搬走了。"

张大爷："人家不是跟那小伙子搬一块儿去了吗。"

赵大爷叹气："可惜啊，以后就不能看他们谈恋爱了。"

张大爷也跟着叹气："可惜啊，咋就没能问明白那包子咋做呢！"

同样是这个夏天。

周凯和新戏的主创团队一起，南下去给自己的新戏做宣传。

天气太热，他早放弃了之前新郎官似的西装外套，只穿一件短袖衬衫，上头还破几个洞，裤子上也是大洞连小洞。粉丝说这叫褴褛感，走在时尚前沿。女朋友说这叫懒驴感，哪件衣服最凉快穿哪件。

他手上仍旧套着那个标志性的橡胶手环，攥着话筒说些个毫不走心的片汤场面话，感谢完了导演感谢公司，感谢完了公司感谢赞助商，满脑子想的都是赶紧回酒店吹空调给女朋友打视频。

讲完了片汤话就是互动环节，一大堆举着小毛驴扇子的粉丝簇拥而上，挨个儿合影要签名。

周凯保持着职业微笑挨个儿配合，心里头念叨等合同到期了坚决不干了，要重操旧业开饭店去，然后再买它一队挖掘机，放那儿收租金，程朗放假了就跟她到处溜达，想想都爽！

大明星就这么走着神完成了他的全部行程，被助理和保镖夹着朝出口移动，两旁是尖叫的粉丝。

走着走着他心中若有所感，忽然回了一下头。

炎夏之都的人海里有双眼睛在默默注视，旁边伸过来一个应援的灯牌，挡住了她的脸。

周凯看了一眼满坑满谷的小毛驴扇子，回头继续往出口移动。

晚上回去跟程朗视频，程朗跟他说，你虽然生日在冬天，可是名字写的却是夏天呢。

程朗："凯风自南，吹彼棘心，是说夏天暖和的风从南方吹来，吹在了酸枣的枝芽上。"

周凯："这是个什么诗？"

程朗："写母亲抚养儿子如何辛苦的诗，下面两句是棘心夭夭，母氏劬劳。"

周凯："哦，那我这属于误打误撞就有文化了。我妈是挺辛苦。"

程朗："你没怪过她吗？"

周凯："但凡她能过下去，她也不带跑的，人都有各自的难处。"

程朗："我男朋友真是个共情能力一流的好人！"

周凯："你知道一开始我为啥喜欢你吗？"

程朗："为什么？"

周凯："这辈子除了我妈之外，你是唯一一个能把我说的话正经当话听进去的人。"

程朗有点不好意思："我那是……你是我的被试啊。"

周凯："那我就一直给你当被试。"